MERICE BRIFFA

Land meiner Träume

Buch

Cornwall im August 1844: Die zwölfjährige Meggan Collins beobachtet bei einem Spaziergang im Wald ihre achtzehnjährige Schwester Caroline beim Liebesspiel mit dem gleichaltrigen Rodney Tremayne. Rodney ist der Sohn von Phillip Tremayne, dem Besitzer einer großen Kupfermine, in der Meggans und Carolines Vater arbeitet. Als die schwangere Caroline erfährt, dass sie und Rodney Halbgeschwister sind, beschließt sie völlig verzweifelt, sich aus Angst vor der Schande umzubringen.

Um die entsetzlichen Ereignisse in Cornwall zu vergessen, wandern die Collins nach Australien aus. Sie reisen in den Süden des Landes, nach Burra, wo vor kurzem Kupferminen gegründet wurden. Das Leben ist hart und eintönig. Und immer wieder werden die Collins von Schicksalsschlägen heimgesucht. Eines Tages lassen jedoch zwei Besucher lange unterdrückte Erinnerungen aufkeimen. Es sind die Verlobten Con Trevannick und Jenny Tremayne. Sie sind auf der Suche nach Jennys Bruder Rodney, der nach dem schrecklichen Vorfall ebenfalls nach Australien gegangen ist und von dem jede Spur fehlt. Die herangereifte Meggan ist von widersprüchlichen Gefühlen hin- und hergerissen. Einerseits gibt sie der Familie Tremayne die Schuld am Tod ihrer Schwester, andererseits fühlt sie sich seit ihrer Kindheit zu Con hingezogen. Auch in Con wächst eine immer größere Zuneigung für Meggan. Aber kann ihre Liebe eine Zukunft haben?

Als kurz darauf der Fluss nahe Burra durch starke, anhaltende Regenfälle ansteigt, reißt er eine Brücke weg und überflutet einen von Minenarbeitern bewohnten vertrockneten Seitenarm. Die Collins kommen mit dem Schrecken davon. Und doch wird das Unglück auch ihr Leben für immer verändern ...

Autorin

Merice Briffa lebt in Brisbane, Australien, auf einer Farm mit vielen Tieren. 1994 erschien ihr erster Roman, seither hat sie zehn weitere Bücher verschiedener Genres veröffentlicht. »Land meiner Träume« ist der erste Band einer großen Australien-Saga. Weitere Bände sind bei Goldmann in Vorbereitung.

Merice Briffa

Land meiner Träume

Eine Australien-Saga

Aus dem Englischen
von Elvira Willems

GOLDMANN

Titel der Originalausgabe:
»The White Hare«.

FSC
Mix
Produktgruppe aus vorbildlich
bewirtschafteten Wäldern und
anderen kontrollierten Herkünften

Zert.-Nr. SGS-COC-1940
www.fsc.org
© 1996 Forest Stewardship Council

Verlagsgruppe Random House FSC-DEU-0100
Das für dieses Buch verwendete FSC-zertifizierte Papier
München Super liefert Mochenwangen.

1. Auflage
Deutsche Erstveröffentlichung Oktober 2008
Copyright © der Originalausgabe 2008 by Merice Briffa
Copyright © der deutschsprachigen Ausgabe 2008
by Wilhelm Goldmann Verlag, München, in der
Verlagsgruppe Random House GmbH
Published by Arrangement with Merice Briffa
Dieses Werk wurde vermittelt durch die Literarische
Agentur Thomas Schlück GmbH, 30827 Garbsen.
Umschlaggestaltung: Design Team München
Umschlagfoto: Getty Images/Art Wolfe
BH · Herstellung: Str.
Redaktion: Frauke Brodd
Satz: deutsch-türkischer fotosatz, Berlin
Druck und Bindung: GGP Media GmbH, Pößneck
Printed in Germany
ISBN: 978-3-442-46680-1

www.goldmann-verlag.de

ERSTER TEIL

Cornwall
1844

1

Der Tag, an dem Meggan den weißen Hasen sah, begann wie jeder andere Sonntag. Dann, am selben Tag, sah sie ihre Schwester Caroline in den Armen von Rodney Tremayne.

Am Sonntag wurde in der Grube nicht gearbeitet, und wenn Meggan nach der Kirche im Haus ihre Pflichten erledigt hatte, war sie frei, ihrer Wege zu gehen. Diese Wege führten sie oft an den Wäldern von Tremayne Manor vorbei und dann hinauf zu den urzeitlichen Steinen im Moor, von wo sie, wenn sie zurückblickte, über ihre ganze Welt schauen konnte.

Der Mittelpunkt war das Dorf. Reetgedeckte, weiß getünchte Cottages schmiegten sich an die Flanken des kleinen Tals, das sich zum Meer hin absenkte. An der Küste standen eng zusammengerückt die Cottages der Fischer, und die roten und blauen Fischerboote waren bunte Farbtupfer auf dem Kiesstrand. Links von da, wo Meggan saß, führte die Straße nach Helston den Hügel hinunter, an der Kirche vorbei, um den Fuß des Dorfes herum und dann wieder hinauf, am Haus der Familie Collins vorbei, und dann noch eine Meile weiter zur Grube.

Hinter dem Dorf, wo das Maschinenhaus die Klippen überragte, waren die zusammengewürfelten, hässlichen roten Backsteingebäude von Wheal Pengelly zu sehen, der Erzgrube von Pengelly. Jenseits von alldem, jenseits des zerklüfteten Steilufers, das im Sommer von einem prächtigen Teppich von Wildblumen gekrönt wurde, ließ eine freundliche Brise weiße Schaumkronen munter über die graugrünen Wellen tanzen. Ganz weit draußen am Horizont schien ein Dreimasterschoner reglos zu verharren.

Direkt unter ihr lag Tremayne Manor mit seinen vier verzierten Schornsteinen, die mit den Bäumen in der Nähe um die Höhe wetteiferten. Diese mächtigen Eichen und Ebereschen bildeten einen Schild, der die Quelle ihres Wohlstands den Blicken der Familie Tremayne entzog. Ohne diese Bäume hätten die Bewohner des Herrenhauses direkt über das obere Ende des Dorfes auf die Grube geschaut.

Für Meggan Collins war das Leben an diesem Sonntag Ende August 1844 voller Versprechungen. Mit ihren zwölf Jahren würde sie sich bald ihren größten Wunsch erfüllen können, und so war sie, als sie vom Cottage aufbrach, vor Aufregung ganz hibbelig.

Sommerfarben kleideten noch das Moor, denn weißgelber Stechginster und purpurrotes Heidekraut warfen Farbtupfer zwischen die Cottages im Tal. Der Tag hätte nicht schöner sein können: Die Hitze des Sommers ließ allmählich nach, und die Sommerblumen zeigten sich in ihrer letzten duftenden Pracht. Es war ein Tag, den man lieben musste. Und einer zum Laufen, Herumwirbeln und Tanzen – ein Tag, an dem man als Kind genau das mit unbeschwerter Zügellosigkeit tat.

Meggan sang den Vögeln etwas vor und lachte begeistert auf, als sie als Antwort trillerten und zwitscherten. Sie sah einige Hasen, die auseinanderstoben, als sie versuchte, sich an sie heranzuschleichen. Am Abend würde es Hase zum Abendessen geben, mit Karotten und weißen Rüben so lange gedünstet, bis er so zart war, dass einem das Wasser im Mund zusammenlief.

Meggan erreichte die aufrechten Steinkolosse und ließ sich ins Gras fallen. Sie war den letzten Teil des Weges gelaufen und deshalb angenehm außer Atem. Den Kopf auf die Hände gestützt, beobachtete sie eine einsame Schäfchenwolke, die gemächlich über den Himmel zog.

»Ich glaube, du bist da oben ganz allein sehr glücklich, kleine

Wolke, genauso glücklich wie ich hier unten. Ob ich noch glücklich bin, wenn ich nicht mehr so frei sein kann wie du?«

Ihre Ma ermahnte sie stets, daran zu denken, dass sie allmählich erwachsen wurde, dass sie kein Kind mehr war, das frei durchs Moor streifte wie eine Zigeunerin. In mancher Hinsicht wollte Meggan nicht erwachsen werden, besonders seit ihr Körper sie vor zwei Monaten mit dem unwiderlegbaren Beweis für das Ende ihrer Kindheit konfrontiert hatte.

Und bei den Veränderungen, die es in ihrem Leben schon gegeben hatte und bald noch geben würde, verweilten jetzt auch ihre Gedanken. Sie schaute gerade einem Rotkehlchen hinterher, das über die Heide flatterte, da fiel ihr ein weißer Blitz ins Auge. Er huschte so schnell vorbei, dass sie zuerst nicht erkannte, was für eine Kreatur es war, der das weiße Fell gehörte.

»Ein weißer Hase?«, flüsterte sie und drückte sich vorsichtig auf die Ellbogen hoch. »Sehe ich Gespenster?« Meggan kannte niemanden, der schon einmal einen weißen Hasen gesehen hatte.

Sie verharrte ganz still und wartete auf das erneute Auftauchen des Tieres. Als dies nicht geschah, kroch sie vorsichtig auf Händen und Knien um den nächsten Monolith. Sie linste dahinter und konnte ein lautes Keuchen gerade noch unterdrücken. Keine drei Meter von ihr entfernt hockte ein Hase, weißer als Meeresschaum. Sobald er ihre Gegenwart spürte, ließ er kurz seine langen Ohren fliegen und huschte außer Sichtweite. Meggan bekam Gänsehaut, und ein Frösteln zog ihr über den Rücken.

»Das ist ein Omen.« Sie erinnerte sich an die Sage und an all die Geschichten, die man ihr über die Katastrophe von 1836 erzählt hatte, als neun Bergleute umgekommen waren. Viele behaupteten, damals sei ein weißer Hase gesehen worden. Und obwohl es hieß, der Mann, der wirr vom Anblick des Vorboten der Tragödie geschwätzt hatte, sei doch ein rechter Einfaltspinsel gewesen, waren abergläubische Geister überzeugt, dass es da einen Zusammenhang gab. Hatten sie nicht just am nächsten Morgen, nachdem der Schwachkopf in den Gasthof gestolpert war, um allen von dem weißen Hasen im Moor zu erzählen, angefangen, den eingebrochenen Gang freizugraben, um die Leichen der toten Bergleute zu bergen?

Meggan war nicht weniger abergläubisch als andere junge Mädchen in Cornwall, doch mit gesundem Menschenverstand beruhigte sie sich nach dem anfänglichen Schock. Sie stand auf und ging in die Richtung, in die der Hase verschwunden war. Solange sie das Tier im Blick behielt, konnte sie sich sicher sein, dass es ein Geschöpf aus Fleisch und Blut war. Wäre es das mythische Vorzeichen einer Katastrophe, so redete sie sich vernünftig zu, würde es sich in Luft auflösen. Echte Hasen gruben sich flache Kuhlen in die Erde. Meggan war wild entschlossen, die Sasse des weißen Hasen zu finden.

Eine ganze Weile blieb Meggan dem Tier auf der Spur; sie schob sich durch Brombeersträucher, kletterte über Felsbrocken und folgte so seinem Pfad. Zuweilen verschwand er, um wenige Augenblicke später wieder aufzutauchen, die langen Ohren aufgestellt, als spürte er ihre Gegenwart. »Es ist, als wolltest du, dass ich dir folge«, flüsterte sie bei sich, und die Neugier hatte alle abergläubischen Ängste vollkommen verscheucht.

Jedes Mal, wenn der Hase weiterlief, folgte Meggan ihm so heimlich, wie sie es vermochte. Doch dann blieb sie mit dem Rock in einer Brombeerhecke hängen, und da sie fürchtete, ihn zu zerreißen, nahm sie sich die Zeit, den Stoff vorsichtig loszuzupfen. Wenn sie den Rock zerriss, würde sie nicht nur Ärger mit ihrer Ma bekommen, sie würde ihn auch eigenhändig flicken müssen. Und wenn es eine Aufgabe gab, die Meggan über alle Maßen zuwider war, dann das Nähen. Als sie ihren Rock endlich von den Dornen befreit hatte, schaute Meggan wieder auf und sah, dass der Hase in den Wäldern von Tremayne Manor verschwand.

Doch Meggan war noch nicht bereit, ihre Suche aufzugeben, und lief in den Wald, ohne darauf zu achten, dass sie Privatgrund betrat. Als sie einen Blick auf einen stillen weißen Fleck erhaschte, schlug ihr Herz schneller. Heimlich wie ein Jäger kroch sie, tief am Boden gebückt, vorsichtig weiter. Der Hase rührte sich nicht. Meggan bewegte sich besonders leise, um das Tier nicht noch einmal aufzuschrecken, und schob sich sachte näher. Als sie ganz nah war, sah sie, dass sie nicht auf den Hasen zugekrochen war.

Das Weiße war Carolines Unterrock, ihr bester Sonntagsunterrock, auf dem Boden ausgebreitet, zusammen mit ihrem Kleid. Daneben lagen Männerkleider. Meggan sah schnell, dass das nackte Paar das tat, was nur Ehemann und Ehefrau im Ehebett tun sollten.

Sie drückte sich rasch die geballten Fäuste auf den Mund und konnte so gerade noch ein Japsen verhindern, das ihre Gegenwart verraten hätte. Den jungen Mann, dessen Körper sich über Carolines bewegte, dessen Rücken die Arme ihrer Schwester umklammerten und an dessen Lippen sich ihr Mund presste, erkannte sie sofort. Blonde Menschen waren in Pengelly selten. Rodney Tremaynes Haar hatte fast dieselbe weizengelbe Farbe wie Carolines.

Noch während Meggan diesen Schock verarbeitete, schrie Rodney bebend auf. In Carolines Schrei lag fast ein Anflug von Schmerz. Sie drängte sich an ihren Liebsten, und sie hielten einander mit einer Inbrunst umklammert, die irgendwo in Meggans Bauch ein äußerst seltsames Gefühl hervorlockte. Ein Gefühl, das sie so noch nie gehabt hatte. Sie spürte, dass ihr Herz wild pochte und dass sie am ganzen Leib zitterte. Die Fäuste immer noch auf den Mund gepresst, um jeglichen Laut, der ihr sonst womöglich entfahren wäre, zu unterdrücken, zog Meggan sich still und leise zurück, während sie gegen eine plötzliche Übelkeit ankämpfte.

Dann lief sie, so schnell sie konnte, weg von dem weißen Hasen, weg von Caroline und ihrem Liebhaber, zurück über das offene Moor, über das holprige Gelände zwischen Tremayne Manor und dem Dorf, um in verwegener Hast den Klippenweg hinabzuklettern. Die winzige sandige Bucht war ihre Zuflucht, ein Ort, an den sonst niemand kam.

Von dort ging es weiter über die Felsen zu ihrem ganz speziellen Versteck hinter einem großen Stein, wo der Sand warm war, wo sie die Augen schließen und nur das Schlagen der Wellen hören konnte. Doch sosehr sie sich auch bemühte, sie konnte das Bild der Liebenden nicht aus ihren Gedanken vertreiben. Meggan wusste genau, was sie gemacht hatten, wenn auch erst seit kurzem.

Lange Zeit hockte sie einfach nur da, die Hände auf den Mund gepresst, um die Übelkeit in Schach zu halten, die Augen fest zugekniffen, um das, was sie nicht wissen wollte, auszublenden. Doch es wollte nicht verschwinden, genauso wenig wie ihre Angst, dass es da irgendeine Verbindung gab zwischen ihrer Beobachtung des weißen Hasen und der anschließenden Entdeckung der Liebenden.

Doch es war nicht Angst allein, die sie diesen Zufluchtsort hatte aufsuchen lassen. Hier in ihrem besonderen Asyl zwischen den Felsen, wo das wilde Meer ihr nichts anhaben konnte und wo im Donnern der Wellen das Klopfen ihres Herzens widerhallte, drehte Angst ihren Magen zu einem festen Klumpen zusammen. Hier am Strand war sie womöglich mehr in Einklang mit der Natur als auf ihren Streifzügen über die Moore. Vielleicht entsprach das urzeitliche Donnern der Wellen auf die grauen Felsen, begleitet vom Anstürmen und Zurückziehen des Wassers auf dem Sand, an diesem Tag auch mehr ihren aufgewühlten Gedanken.

Die Sonne wärmte die Felsen, zwischen denen Meggan saß, genauso wie sie das weiche Gras gewärmt hatte, auf dem sie vor kurzem gelegen hatte. Doch Meggan zitterte trotz der Wärme. Die Knie eng an die Brust gezogen, die Arme darumgeschlungen, das Kinn auf der grauen Serge ihres Rockes abgestützt, bemühte sie sich mit aller Kraft zu vergessen, was sie eben gesehen hatte, während sie sich doch gleichzeitig lebhaft in allen Einzelheiten daran erinnerte.

Als sie jetzt erneut an Caroline und Rodney Tremayne dachte, überkam sie wieder dasselbe seltsame Gefühl. Es sorgte dafür, dass sie die Hand zwischen die Beine drücken wollte, wo sie sich noch nie zuvor berührt hatte. Doch das war falsch. So falsch wie der Anblick Carolines neben einem Mann. Besonders neben Rodney Tremayne. Warum tat ihre Schwester das, überlegte Meggan, wo doch alle wussten, dass sie Tom Roberts heiraten würde? Genauso wie jeder wusste, dass wohlhabende Grund- und Grubenbesitzer wie die Tremaynes nicht in arme Bergarbeiterfamilien einheirateten.

Meggan kauerte sich noch enger zu einem elenden Häuflein zusammen. Aus so einem heimlichen Stelldichein, so einer Hurerei im Unterholz, konnte nichts Gutes erwachsen. Tom wäre sicher sehr wütend, wenn er es erführe. Jeder wusste, wie hitzig Tom war. Er war ein stolzer Mann. Konnte er auch gewalttätig werden, wie sein Vater? Hatte der weiße Hase sie deswegen warnen wollen? Meggan zitterte erneut vor Angst.

Tom durfte niemals von Carolines Betrug erfahren. Doch was sollte sie, Meggan, tun? Caroline darauf ansprechen? Es ihren Eltern erzählen? Sollte sie überhaupt jemandem von dem weißen Hasen erzählen?

Meggan wünschte sich, sie wäre älter und klüger und wüsste, was tun. Sie wünschte sich, sie hätte den weißen Hasen nicht gesehen. Und ganz besonders wünschte sie sich, sie hätte Caroline und ihren Geliebten nicht entdeckt. Vor allem aber wünschte sie sich, sie könnte aufhören, dieses Bild zu sehen, aufhören, diese seltsamen Gefühle zu fühlen, an einer Stelle, an der sie überhaupt keine Gefühle haben sollte.

Caroline hatte Meggan am Tag ihrer ersten Blutung ruhig erklärt, was es damit auf sich hatte.

»Ma hat nie mit mir darüber gesprochen. Ich will nicht, dass du törichte Ängste hast, weil du nicht weißt, warum du blutest.«

Die stets neugierige Meggan hatte weitere Erklärungen darüber verlangt, wie Männer und Frauen Babys machten.

Caroline war tiefrot angelaufen. »Du weißt, was mit deinem Körper geschieht und warum, und mehr erzähle ich dir nicht. Du bist sehr schön, kleine Schwester. Nimm dich vor Männern in Acht, die dir süße Worte ins Ohr flüstern, ohne dass sie dich heiraten wollen.«

All das hatte Caro gesagt, und doch hatte sie mit Rodney Tremayne im Gras gelegen. Und auch noch Spaß gehabt dabei, vermutete Meggan. Der Gedanke, was passiert wäre, wenn jemand anderer die beiden erwischt hätte, schnürte Meggan die Kehle zu. Sie selbst hätte auf jeden Fall darunter zu leiden. Die Schmach, die Caroline über die Familie brachte, würde bestimmt dazu führen, dass Meggan nicht mehr ins Herrenhaus arbeiten gehen durfte – und dass sie nicht mehr singen durfte.

Wie konnte ihre Schwester so dumm und selbstsüchtig sein? Und was war mit Tom Roberts, der in den vergangenen zwölf Monaten mehr als deutlich gemacht hatte, dass er Caroline zur Frau begehrte? Er hatte die Zustimmung ihrer Eltern und wartete nur auf Carolines Einwilligung. Meggan wusste jetzt, warum ihre Schwester nicht Ja gesagt hatte.

Das Gezänk zweier Möwen unterbrach Meggan in ihrer Grübelei. Normalerweise hätte sie über die Vögel gelacht, doch sie hatte das Gefühl, von ihnen verspottet zu werden. Zornig schrie sie sie an, sie sollten verschwinden, während ihr heiße Tränen in den Augen brannten. Alles, was sie wollte, war, vollkommen allein zu sein. Sie drückte die Fäuste fest auf die Augen und kauerte sich wieder zusammen.

Eine ganze Weile hockte Meggan trübselig da und weinte leise, bis ihre Gedanken sich zu einem unentwirrbaren Knäuel verheddert hatten. Krank vor Erregung wusste sie nur, dass sich alles verändern würde – zum Schlimmeren.

Meggan hob den Kopf von den Knien, um ihn an den Fels zu lehnen, und begann ganz leise bei sich zu summen. Das Summen ging allmählich in die Worte eines Liedes über. Sie liebte die sehnsüchtige Melodie von *Greensleeves*, die in diesem Augenblick ganz ihrer Stimmung zu entsprechen schien. Singen half. Ihre Verwirrung flog mit dem Lied davon, die Freude, die das Singen ihr stets brachte, half, ihre aufgewühlten Gedanken zu beruhigen.

Die Reinheit und Klarheit der jungen Stimme wehte über die Felsen und verzauberte die Ohren des Mannes, der bis zu diesem Augenblick tief in Gedanken versunken am fernen Ende der Bucht entlanggegangen war. Auch er wusste von dem Stelldichein seines jungen Pflegebruders mit der Tochter des Obersteigers. Man erwartete von jungen Männern, dass sie sich die Hörner abstießen, doch Con Trevannicks größte Sorge war, dass sich der empfindsame junge Mann von neunzehn Jahren bei seinem ersten amourösen Abenteuer einbildete, er erlebte eine tiefe und beständige Liebe.

Dann war da Caroline Collins selbst. Im Gegensatz zu anderen Grubenmägden war sie keine, die ihren Körper freizügig herschenkte. Con hielt um die Grube herum stets die Ohren offen. Aus unflätigen Scherzen wusste er, dass sie Tom Roberts gesagt hatte, sie werde ihm erst nach ihrer Eheschließung ihre Gunst gewähren. Caroline war, soweit Con wusste, eine ruhige, liebenswürdige junge Frau. Der perfekte Mensch, um Tom Roberts' bessere Qualitäten zum Vorschein zu bringen und seine weniger wünschenswerten zu unterdrücken. All das warf in Cons Kopf beunruhigende Fragen nach der Beziehung zwischen Rodney und Caroline auf. Das Grübeln über die richtigen Antworten auf diese Fragen hatte ihn so beschäftigt, bis er den Gesang hörte.

Zuerst dachte er, seine Fantasie spielte ihm einen Streich. Er blieb stehen und lauschte. Gesungen mit ehrlichen Gefühlen und mit der reinsten Stimme, die er je gehört hatte, wurde er sich gewahr, dass die betörende Weise ihn tief bewegte. Con Trevannicks einzige Erinnerung an seine Mutter war die, wie sie sang. Während ihr Gesicht in seiner Erinnerung kaum mehr war als ein Schatten, wusste er doch, dass sie immer gesungen hatte.

Er stand eine Weile wie verzaubert da und lächelte, und alle Gedanken an das junge Liebespaar waren aus seinem Kopf vertrieben. Con suchte den Strand ab, um einen Blick auf die Sängerin zu erhaschen. Sie war nirgends zu sehen, und das natürliche Amphitheater der Klippen verlieh dem Lied eine zusätzliche ätherische Qualität. Von Neugier getrieben, ging er über den Strand auf die Stimme zu. Ob unsterbliche Elfe oder Mensch, er wünschte das Wesen zu sehen, dessen Stimme die Reinheit eines Engels besaß.

Als er ausgemacht hatte, dass das Lied von irgendwo hinter den Felsen kam, ging er, um die Sängerin nicht zu erschrecken, mit leisen Schritten darauf zu. Er fand sie, den Kopf rücklings am Felsen ruhend, die Arme um die hochgezogenen Knie geschlungen. Sie hatte die Augen geschlossen, was darauf schließen ließ, dass sie sich vollkommen ihrem Lied überlassen hatte. Ihre Jugendlichkeit erstaunte ihn. Dieses Mädchen besaß eine Reife, die weit über ihr Alter hinausging.

Überrascht über die Entdeckung, dass sie noch ein Kind war, überlegte er, wer sie wohl war. Er nutzte die Gelegenheit, solange sie seiner Gegenwart nicht gewahr war, und setzte sich in der Nähe auf einen Felsbrocken, um sie zu betrachten. Con kannte sie nicht. Soweit er wusste, gab es in der Grube keine Grubenmagd, die so glänzend schwarzes Haar besaß.

Das Mädchen war zweifellos sehr begabt. Eine Stimme von solcher Reinheit war in der Tat selten. Doch am meisten fesselte ihn die Tatsache, dass ein so junges Mädchen fähig war, dem Liedtext so viel Gefühl zu unterlegen. Die Götter, sinnierte er, hatten sie zweifellos begünstigt. Mit ihrem schweren schwarzen Haar und ihren vollkommen proportionierten Zügen würde sie zu einer wahren Schönheit heranwachsen. Eine leidenschaftliche Schönheit, wenn man nach ihrem Gesang gehen konnte. Er überlegte noch, welche Farbe ihre Augen wohl hatten, als diese, vielleicht weil das Mädchen seine Gegenwart spürte, plötzlich aufgerissen wurden und das Lied auf ihren Lippen erstarb.

Braune Augen. Fast schwarz. Unter dichten, schrägen Brauen. Ausdrucksstarke Augen, die ihn mit einer Mischung aus Groll und Misstrauen anschauten, während ihre Wangen von einer leichten Röte überzogen wurden.

Con lächelte. Das Mädchen erwiderte sein Lächeln nicht.

Ihre Miene änderte sich in dem Augenblick, da sie ihn augenscheinlich erkannte. Dass sie rot wurde, konnte er verstehen, doch die Besorgnis, die er jetzt in ihren Augen sah, verstand er nicht. Er lächelte noch einmal, um ihr die Befangenheit zu nehmen. Er wollte sie weiter singen hören. Seine Worte waren leicht neckend und enthielten eine versteckte Frage.

»Ich dachte, ich würde eine Meerjungfrau finden oder zumindest einen Meergeist. Und stattdessen finde ich eine bezaubernde kleine Grubenmagd.«

»Ich bin keine Grubenmagd. Ich bin Sängerin.« Mit dieser Antwort hatte er nicht gerechnet. Die dunklere Röte ihrer Wangen war zweifellos Zorn zuzuschreiben.

»Und eine äußerst begabte«, versicherte Con ihr rasch, da er spürte, dass er sie beleidigt hatte. Das Mädchen faszinierte ihn mit jedem Augenblick mehr. Offensichtlich stammte sie aus dem Dorf. Vielleicht war sie die Tochter eines Fischers. Er versuchte, ihren Zorn mit einem beruhigenden Lächeln zu beschwichtigen. »Bitte, sing weiter. Ich habe dein Lied sehr genossen.«

Ein Kopfschütteln und ein störrisches Zusammenpressen der Lippen mussten Con als Antwort genügen.

»Erzählst du mir dann, wer du bist?«, fragte er in einem freundlichen, beruhigenden Tonfall, um ihr zu versichern, dass er nichts Böses im Schilde führte.

So wie sie die Lippen öffnete und ihre Augen blitzten, dachte er einen Augenblick lang, sie würde ihm sagen, es ginge ihn nichts an, wer sie sei. Stattdessen presste sie die geöffneten Lippen wieder fest zusammen. Ein Sturkopf. Con, den das schwierige Kind amüsierte und gleichzeitig noch mehr faszinierte, versuchte es noch einmal. »Weißt du, wer ich bin?«

Das Mädchen nickte, und in ihrem Gesicht zeigte sich ein Wechselspiel der Gefühle, bevor sie den Blick senkte. Im Gegensatz zu dem Feuer, das sie vor wenigen Augenblicken an den Tag gelegt hatte, wurde ihre Stimme jetzt weich. »Du bist ... Sie sind ... Mr. Trevannick.«

Con bemerkte, dass sie bewusst ihre Ausdrucksweise korrigierte. Sie war nicht ungebildet. Noch faszinierender. »Woher kennst du mich, wenn du nicht in der Grube arbeitest?«

»Mein Vater ist der Obersteiger.«

»Ah, natürlich.« Allmählich dämmerte es ihm. »Du bist die kleine Meggan Collins.«

Das freche Kinn wurde gehoben. Die dunklen Augen blitzten entrüstet. »Ich bin nicht klein. Ich ... bin ... zwölf!«

»Verzeih mir«, sagte Con, konnte ein Lachen jedoch nicht ganz unterdrücken. Was für ein wunderbar ausdrucksstarkes Gesicht dieses Mädchen besaß. So viel Leidenschaft, und dabei war sie noch ein Kind. Mit ihrem Temperament und dem Versprechen einer seltenen Schönheit wollte er jede Wette eingehen, dass sie in wenigen Jahren einen veritablen Schwarm von Verehrern haben würde. Sie erwiderte unverwandt seinen Blick und machte keinen Versuch, ihren Groll zu verbergen.

»Ich wollte dich nicht kränken, Meggan. Jenny ist ein Jahr älter als du, und trotzdem betrachte ich sie noch als Kind.«

Bei der Erwähnung seiner Pflegeschwester wurde der Groll in dem jungen Gesicht augenblicklich von Stolz und Neugier verdrängt. »Ich werde Miss Tremaynes Gesellschafterin. Ist sie wirklich nett?«

»Jenny ist sehr nett. Freundlich und gutmütig. Du wirst sie mögen.«

»Ich hoff's.«

Con betrachtete das Mädchen einen Augenblick. Es bestand kein Zweifel, dass sie sich über die Veränderung freute, die sich in ihrem Leben ergeben würde. »Wie kommt es, dass du im Herrenhaus als Jennys Gesellschafterin angestellt und nicht zur Arbeit in die Grube geschickt wirst?«

»Das war der Wunsch meines Vaters.«

»Tatsächlich?« Con war überrascht. Bei aller Zuneigung für seine Pflegeeltern konnte er sich doch nicht vorstellen, dass Phillip Tremayne sich überreden ließ, den Wünschen seines Obersteigers nachzukommen. Phillip wusste sehr genau, wie die Tremaynes zu den Familien standen, die auf ihrem Gut und in ihrer Grube arbeiteten. Es sei denn, hinter der Vereinbarung steckte mehr, als an der Oberfläche sichtbar war. »Glaubt dein Vater, dass du eine bessere Zofe abgibst?«

Diesmal reckte sie das Kinn vor Stolz. »Ich mach …« Sie unterbrach sich, und ihre Wangen glühten vor Verlegenheit. Sie senkte die Augenlider und kaute auf der Unterlippe herum. Dann sprach sie langsamer und achtete wieder sorgfältig auf ihre Grammatik. »Ich werd an Miss Tremaynes Musikunterricht teilnehmen. Mein Pa glaubt, dass ich begabt bin.«

»Ich glaube auch, dass du großes Talent hast. Du wirst Jenny weit in den Schatten stellen. Sie hat eine recht hübsche Stimme, doch du bist mit einem seltenen Geschenk gesegnet.«

Das Gesicht des Mädchens glühte vor Freude. »Vielen Dank, Sir. Ich freu mich auf nächste Woche, wenn Miss Tremayne zurück ist und ich ins Herrenhaus geh.«

Con lächelte. Was für ein entzückendes Kind. »Ich glaube, jetzt freue ich mich auch auf dein Kommen.« Er stand auf und machte einen Schritt auf sie zu. »Du bist ganz und gar nicht wie deine Schwester, nicht wahr?«, bemerkte er und erinnerte sich an die Sache, die ihm bis eben noch Kopfschmerzen bereitet hatte. Obwohl er wusste, dass er die Stirn gerunzelt hatte, war er doch verblüfft über die Reaktion der jungen Meggan.

Er ließ die Hand, die er ausgestreckt hatte, sinken, denn sie drückte sich gegen den Fels, und in ihren Augen stand unverkennbar Angst. Con blieb stehen. »Ich wollte dich nicht erschrecken, Meggan. Ich wollte dir nur die Hand reichen, um dir aufzuhelfen.«

»Ich brauch Ihre Hilfe nicht«, erklärte sie und stand auf, um es zu beweisen. »Ich geh jetzt nach Hause.«

»Warte. Ich begleite dich nach Hause. Damit dir nichts passiert.«

Meggan wandte sich noch einmal um. »Ich brauch auch nicht Ihren Schutz.« In ihren Worten lag so viel Gift, dass sie von den Felsen geklettert war und auf den Klippenweg zulief, bevor Con sich von seiner Überraschung erholt hatte.

Er hatte keine Ahnung, womit er sie in die Flucht geschlagen hatte, und schaute ihr hinterher, wie sie flink den Pfad hinaufstieg, während die Sonne auf ihrem Haar schimmerte wie auf einem Rabenflügel. Er überlegte, ob unter ihren Vorfahren, wie unter seinen eigenen, spanische Invasoren gewesen waren. Ihre Augen waren viel dunkler als seine, und ihr Haar war von einem seltenen echten Schwarz.

Dieses hitzige Kind war also angestellt worden, um Jenny Gesellschaft zu leisten. Vielleicht war sie genau die richtige Person, die seine Pflegeschwester brauchte, um aus der Reserve gelockt zu werden. Er überlegte, wie lange das Mädchen im Herrenhaus bleiben würde, und ertappte sich dabei, dass er sich wünschte, es möge eine lange Zeit sein. Er wollte sie besser kennenlernen. Dann ertappte er sich bei dem Gedanken, dass er, wenn Meggan Collins siebzehn sein würde, dreißig war.

Oben am Pfad blieb Meggan stehen, und ihr Herz pochte heftig im Einklang mit dem Donnern der Wellen an die Klippen unter ihr. Ihr Atem ging schwerer als sonst, wenn sie hier oben ankam. Doch normalerweise hastete sie den steilen Weg auch nicht in solcher

Eile herauf. Als sie sich umschaute, sah sie, dass der Mann, Con Trevannick, ihr immer noch hinterherblickte.

Verwirrt und aufgebracht wandte sie sich schnell um und eilte weiter. In Sichtweite des Dorfes zwang ein Stechen in der Seite sie, langsamer zu gehen. Meggan wusste, dass sie, wenn sie in so einem Zustand nach Hause kam, Schelte von ihrer Mutter zu erwarten hatte, und setzte sich auf einen Stein, um zu Atem zu kommen und sich so weit zu beruhigen, dass man ihr ihren inneren Aufruhr nicht mehr anmerkte.

Ihr besonderer Nachmittag, der so schön angefangen hatte, war unwiederbringlich ruiniert. Wenn sie erst einmal Gesellschafterin von Miss Tremayne war, durfte sie nicht mehr wild übers Moor streifen. Deswegen hatte sie das Beste aus diesem speziellen Nachmittag machen wollen, solange sie noch die Freiheit hatte zu gehen, wohin es ihr beliebte. In nur zwei Wochen würde sie von ihrem freundlichen Cottage in die, wie sie sich ausmalte, strenge Pracht von Tremayne Manor ziehen.

Die Pläne, die man für ihre Zukunft gemacht hatte, erfüllten Meggan wohl mit hochfliegenden Erwartungen, hatten für sie aber immer noch etwas von einem Traum. Sie konnte sich einfach nicht vorstellen, wie es zu dieser Vereinbarung gekommen war. Sie, die zweite Tochter von Henry Collins, mittleres von fünf Kindern, sollte Gesellschafterin von Miss Jenny Tremayne werden, der einzigen Tochter des Besitzers von Wheal Pengelly. Des Mannes, für den ihr Vater, ihr älterer Bruder und ihre ältere Schwester arbeiteten und der eines Tages auch den Lohn ihrer jüngeren Brüder zahlen würde.

Meggan wusste nicht recht, was sie wirklich von der in Aussicht stehenden Veränderung ihrer Situation halten sollte. Die Tochter des Herrenhauses hatte sie bislang nur aus der Ferne gesehen. Sie hatte nur eine äußerst vage Vorstellung von ihrer unterschiedlichen gesellschaftlichen Stellung und nahm an, dass das Mädchen sehr affektiert und förmlich sein und die Tochter eines Bergarbeiters eher als Magd denn als Gefährtin betrachten würde.

Meggan hatte nicht die geringste Lust, nach jemandes Pfeife zu tanzen, und der Gedanke, Dienstbotin zu werden, war ihr äußerst unbehaglich. Sie hatte Probleme genug, sich mit ihrem freien Geist den von den Eltern aufgestellten Verhaltensregeln zu fügen. Steckte sie nicht ständig wegen irgendetwas in Schwierigkeiten? Besonders bei ihrer Ma. Sie hätte ihren Vater gebeten und angefleht, sie nicht wegzuschicken, wenn sie nicht ...

Wenn sie nicht – o ja – wenn nicht die Aussicht auf Teilnahme am Musikunterricht von Miss Jenny Tremayne bestünde. Sie würde Klavier spielen lernen. Aber das Beste war, dass sie Stunden bei einem richtigen Gesangslehrer nehmen würde. Sie würde lernen, das Geschenk ihrer Stimme richtig zu benutzen. Für eine solche Gelegenheit, ihren Traum, eine große Sängerin zu werden, zu verwirklichen, schwor Meggan, sittsam allen Anordnungen Folge zu leisten, die man ihr erteilte.

Angenehme Wunschbilder von ihr selbst, wie sie im Herrenhaus vor Gästen sang und wie man ihr applaudierte, verdrängten die beunruhigenderen Gedanken. Wen scherte es schon, wie es gekommen war, dass sie so viel Glück hatte? Das Einzige, was zählte, war, dass sie dieses Glück hatte, selbst wenn ihre Ma nichts davon hielt. Doch ihr Pa hieß es gut, und Meggan zweifelte nicht daran, dass er bei der Planung ihrer Zukunft die Hand im Spiel gehabt hatte. Er hatte oft erklärt, dass seine Meggan niemals in der Grube arbeiten würde, obwohl Caroline Grubenmagd geworden war und zusammen mit den anderen das geförderte Erz per Hand aus dem tauben Gestein klaubte, seit sie im Alter von zwölf Jahren von der Schule abgegangen war.

Henry Collins hatte darauf bestanden, dass seine Kinder alle eine Schulbildung erhielten, und er wollte nichts davon hören, dass sie die Schule verließen, bevor sie zwölf wurden. Meggan fand mehr Gefallen am Unterricht als ihre Geschwister. Sie würde nie zufrieden damit sein, ihr Leben in einem kleinen kornischen Dorf zu verbringen, wo es doch in der Welt so viel zu sehen gab.

Ein großer brauner Hase huschte vorbei und entriss Meggan die angenehmen Tagträume, mit denen sie sich getröstet hatte. Wieder musste sie an Caroline, Rodney Tremayne und den weißen Hasen denken. Sie wusste einfach nicht, ob sie etwas unternehmen sollte, und wenn ja, was.

Sie wusste auch nicht, warum sie, als Mr. Trevannick auf sie zugekommen war, an die Dinge gedacht hatte, die Männer mit Frauen machten. Einen Augenblick lang hatte sie richtig Angst gehabt, und jetzt überlegte sie, warum ihr so etwas überhaupt in den Sinn gekommen war. Sie hoffte wirklich, dass sie während ihres Aufenthalts in Tremayne Manor nicht zu viel Zeit in seiner Gegenwart verbringen musste.

Meggans erwartungsvolle Vorfreude auf ihre Zukunft war schmählich geschwunden. Mr. Trevannick schüchterte sie ein. Rodney Tremayne nutzte Caroline aus, und Meggan redete sich jetzt ein, Miss Jenny Tremayne könnte nicht anders als vollkommen verzogen und durch und durch gemein sein. Schließlich war Meggan nur die Tochter eines Bergmanns, egal wie gut sie singen konnte. Aus einem verwegenen Impuls heraus wünschte sie sich inbrünstig, dass etwas passieren würde, was ihren Umzug ins Herrenhaus verhinderte. Sie konnte auch ohne die Wohltätigkeit der Tremaynes eine große Sängerin werden – ganz genau! Mit einem tiefen Atemzug verankerte sie diese Absicht fest in ihrem Herzen und machte sich dann auf den Heimweg.

Henry Collins saß in seinem Lehnstuhl in dem winzigen Wohnzimmer und las eine Lokalzeitung aus Truro. Obwohl er durch Geburt und Erbe dazu bestimmt war, das Leben eines Bergarbeiters zu leben, hatte Henry sich oft gewünscht, er hätte in der Jugend den Mut gefunden, sich seinem Vater zu widersetzen und wegzulaufen, um zur See zu fahren. Es war ihm immerhin gelungen, lesen und schreiben zu lernen, sodass er in dem geschriebenen Wort eine Flucht aus den Fesseln seiner Herkunft finden konnte.

Er wollte, dass seine Kinder eine gute Bildung erhielten, denn er hoffte, dass sie dann für sich ein besseres Leben fanden. Die Jungen schienen, obwohl sie alle fleißig waren und das Lesen und Schreiben erlernten, zufrieden mit der Aussicht auf ein Leben als Bergleute. Caroline hatte sich schwergetan mit dem Lernen, sie hatte lieber ihrer Mutter geholfen, statt mit ihrem Pa zu lesen. Nur Meggan hatte eifrig gelernt, denn sie war sich dessen bewusst, dass es in der Welt viel mehr gab als das Dorf Pengelly mit seiner Grube.

Als sie in den Salon trat, schaute er mit einem Lächeln auf. Es war ein besonderes Lächeln, mit dem er nur sie bedachte. Obwohl er dieses Eingeständnis nie in Worte gefasst hätte, wusste Meggan, dass sie der Liebling ihres Vaters war. Zwischen ihnen schien es eine besondere Bindung zu geben, wie sie sie mit ihrer Mutter nie erlebt hatte. Caroline war diejenige, die ihrer Mutter am nächsten stand. Caroline, und dann der kleine Tommy. Die Älteste und der Jüngste. Vielleicht war dies so, weil die beiden das blonde Haar ihrer Mutter hatten, während Meggan, Will und Hal so dunkel waren wie ihr Vater.

»Warst du wieder draußen im Moor, Liebes?«

»Ja, Pa. Wenn ich mal in Tremayne Manor wohn, kann ich das nicht mehr.«

»Du hast alle vierzehn Tage einen halben Tag frei.«

»Dann komme ich dich besuchen.« Ihre Trennung war das Schlimmste daran, dass sie ihr Zuhause verlassen musste. Ihre Lippen zitterten, und sie senkte den Blick auf ihre Hände, die einander fest umklammerten.

»Komm her, Liebes.« Henry klopfte auf sein Knie, auf dem er seine kleine Meggan oft geschaukelt hatte. Seit sie zu groß war zum Schaukeln, hatte sie es sich angewöhnt, neben seinem Sessel auf dem Boden zu sitzen, die Hände auf seinen Knien, und zu ihm aufzublicken, während sie sich unterhielten, oder in geselligem Schweigen den Hinterkopf an sein Knie zu lehnen oder ihm zuzuhören, wenn er von den Träumen seiner Jugend sprach. »Komm, erzähl mir, was du heute gemacht und was du erlebt hast.«

Das war eine ganz harmlose Bitte, denn Meggan fand immer etwas Interessantes, von dem sie erzählen konnte, selbst wenn es nur die Possen der Zaunkönige in den Sträuchern waren, eine Eidechse, die über den Boden gehuscht war, oder eine Ameise, die sich abgemüht hatte, einen Grassamen in ihr Nest zu schleppen. Einen Augenblick lang war Meggan versucht, mit allem herauszuplatzen und ihrem Pa alles über Caroline zu erzählen, über Rodney Tremayne und besonders über den weißen Hasen. Sie hätte es so gerne jemandem erzählt, den Kummer geteilt, der so schwer auf ihrem Herzen lastete.

Stattdessen hockte sie sich zu seinen Füßen und lehnte die Wange an seinen Oberschenkel. So konnte er ihr nicht ins Gesicht schauen und dort keinen verräterischen Gesichtsausdruck entdecken. Denn die Erinnerungen an den Nachmittag ließen sich einfach nicht verscheuchen.

»Pa, erzähl mir ...« Sie unterbrach sich.

»Was soll ich dir erzählen, Liebes?«

»Warum hat Mr. Tremayne mich als Gesellschafterin für seine Tochter ausgewählt? Warum nicht Sara Merton oder Jenna Gribble? Die Tochter des Pastors wäre doch sicher passender. Jenna ist still und gehorsam, und Sara ist klüger als wir alle zusammen. Sie näht sogar ganz wunderhübsch.«

Dieses Klagelied entlockte Henry Collins ein leises Lachen. »Meine liebe Meggan, setz dich nicht herab. Du bist den Mädchen im Dorf absolut ebenbürtig und um einiges intelligenter als die meisten. Und du hast mit deiner Stimme eine seltene Begabung. Wir haben schon darüber gesprochen, Liebes. Du besitzt das Talent, eine richtig große Sängerin zu werden.«

»Ein Talent, das ich von deiner Ma geerbt habe.«

»Ja. Sie war eine wunderbare Sängerin.«

»Erzähl mir von ihr.«

»Du kennst ihre Geschichte doch.«

Er hielt einen Augenblick inne, und Meggan wusste, dass sie beide das Bild einer schönen Frau vor Augen hatten, die ihre Zuhörerschaft mit ihrer Stimme in Bann gehalten hatte, während in Cornwall ein verbitterter Mann mit einem kleinen Jungen zurückgeblieben war.

»Erzähl mir noch mal, wie du nach London gefahren bist.«

»Das ist lange her. Ich war jünger als du jetzt. Sie kam nach Helston und schickte nach mir. Mein Pa wollte nicht, dass ich ging, aber ich wollte sie sehen. Ich war erst drei Jahre alt, als sie Cornwall verließ.«

»Hast du dich an sie erinnert?«

»Ja. Sie trug feine Kleider, und ich fand, sie war die schönste Person, die ich je gesehen hatte. ›Ich bin gekommen, um dich mit nach London zu nehmen‹, sagte sie. ›Dein Vater ist einverstanden.‹ Ich glaubte ihr nicht, aber ich war ganz aufgeregt bei dem Gedanken, bis nach London zu reisen.«

»Wolltest du wirklich nicht in London bleiben, Pa?«

»Ach. Es war sehr aufregend dort, und ich war sehr stolz auf meine Ma. Die ganze Zeit war sie von einem Schwarm von Menschen umgeben. Ich dachte an meinen Pa, so ganz allein in Cornwall und verbittert, weil seine Frau ihn verlassen hatte. Er hatte doch auf der Welt nur noch mich. Er brauchte mich mehr als meine Ma.«

»Warst du traurig, als sie starb?«

»Traurig, dass eine so wunderbare Stimme so jung verloren ging.«

»Ist meine Stimme genauso gut?«

»Deine Stimme ist noch reiner. Und deswegen gehst du ins Herrenhaus. Mr. Tremayne ist ein kultivierter Mann, auch wenn einige ihn für stolz und barsch halten. Er hat eine große Liebe zur Musik, Meggan. Seine Tochter war die letzten drei Jahre ohne Mutter. Er findet es wichtig, dass sie eine Gesellschafterin in ihrem Alter hat.«

»Aber ist es nicht ungewöhnlich, dass eine Gesellschafterin am Gesangsunterricht und an den Tanzstunden ihrer Herrin teilnimmt? Du hast gesagt, ich würde mit Miss Tremayne auch Französisch lernen.«

»Das stimmt. Ich hoffe, später lernst du auch Italienisch und Deutsch. Um die großen Opern zu singen, brauchst du diese Sprachkenntnisse. Ihr werdet London besuchen. Wenn du älter bist, reist ihr vielleicht sogar auf den Kontinent.«

»Solche Träume, Pa. Sie kommen mir«, fügte sie hinzu, weil sie plötzlich Panik bekam, was das Auftauchen des weißen Hasen wohl bedeuten mochte, »viel zu fantastisch vor, um wahr zu werden.«

»Verlier diese Träume nie aus den Augen, Meggan. Was auch immer das Leben für dich bereithält, welche Prüfungen auf deinem Weg liegen, bleib dir immer treu. Gib deine Träume nicht auf, nur um etwas zu sein, was jemand anders von dir erwartet.«

»Wie du es getan hast, Pa?«

»Ja.«

»Hast du es je bereut, dass du in Cornwall geblieben bist, um Bergmann zu werden, statt um die Welt zu reisen?«

»Manchmal vielleicht, bevor du auf der Welt warst.« Er strich ihr übers Haar. Meggan spürte die große Liebe, die zwischen ihnen herrschte, und allmählich hob sich die Last von ihrer Seele. Ihr Pa würde sie verstehen. Er würde wissen, was sie tun sollte. Sie würde es ihm erzählen. Jetzt gleich.

»Pa, heute Nachmittag hab ich …«

Ihre Mutter kam herein, rote Flecken auf den Wangen vor Verärgerung. »Du hast dir heut Zeit gelassen, Kind. 'n bisschen später, und ich hätt mir Sorgen gemacht. Weißt du, wo deine Schwester ist? Es ist fast Abendbrotzeit, und sie is' noch nicht daheim. Wenn sie nicht bald auftaucht, kriegt sie von mir aber was zu hören. Na, komm, Mädchen, ich brauch deine Hilfe beim Abendessen.«

Meggan stand rasch auf. Ihre Mutter hatte noch nie Verständnis aufgebracht für die enge Bindung zwischen Vater und Tochter. Zuweilen hegte Meggan sogar den Verdacht, dass sie es ihnen verübelte. In dem wütenden Blick, den sie ihrem Mann jetzt zuwarf, lag Missbilligung, und die müde Resignation, mit der er dies hinnahm, weckte in Meggan den Wunsch, ihn irgendwie zu trösten. Ihre Ma fand, Lesen sei Zeitverschwendung, und hielt es auch nicht für notwendig, dass ihre Töchter mehr lernten, als ihren Namen zu schreiben.

Meggan kam es stets so vor, als herrschte zwischen ihren Eltern sehr wenig echte Zuneigung. Dann spürte sie, wie ihr die Röte ins Gesicht stieg, denn das Bild der Liebenden war wieder da, und sie konnte sich einfach nicht vorstellen, dass ihre Ma und ihr Pa je so zusammen waren. Doch sie mussten sich so geliebt haben, sonst gäbe es weder sie noch ihre Brüder noch Caroline.

Rasch verscheuchte sie diese Gedanken aus ihrem Kopf. »Tut mir leid, Ma, ich war unten am Strand.«

»Hast du deine Schwester irgendwo gesehen?«

Meggan schüttelte den Kopf und hoffte inständig, dass ihre Miene sie nicht verriet. Als Caroline wenige Minuten später in die Küche kam, kostete es Meggan große Mühe, ein ausdrucksloses Gesicht zu machen.

»Wurd aber auch Zeit«, erklärte Joanna. »Wo warst'n den ganzen Nachmittag? Ich hoff bloß, dass du vor der Hochzeit nich' schon mit Tom Roberts rumschäkerst.«

»Natürlich nicht, Ma. Du müsstest mich eigentlich besser kennen.«

Wenigstens besaß sie so viel Anstand, rot zu werden, bemerkte Meggan, die vom Kartoffelschälen aufblickte, um ihrer Schwester von der Seite einen Blick zuzuwerfen.

»Ich wollt Mary besuchen. Aber sie war nich' zu Haus, und der alten Mrs. Ryan ging's nich' gut, und sie wollt Gesellschaft. Immer wenn ich gehn wollt, bat sie mich, noch 'n bisschen zu bleiben. Ich glaub, sie mag meine Besuche.«

»Lügnerin«, sagte Meggan stumm vor sich hin und blickte finster auf die Kartoffeln hinunter. Oh, nicht dass Mrs. Ryan sich nicht über Carolines Besuche freute. Jeder mochte Caroline, die freundlich und gut war. Und doch brachte sie es fertig, ihre Mutter vorsätzlich zu täuschen, die nie auf den Gedanken käme, an den Worten ihrer ältesten Tochter zu zweifeln. Doch andererseits, was hatte Meggan von ihrer Schwester erwartet? Sie würde ihrer Mutter wohl kaum die Wahrheit sagen. Meggan jedoch kannte die Wahrheit, und das würde sie Caro später wissen lassen.

»Na, dann erledigt jetzt eure Pflichten, ihr zwei. Euer Pa und eure Brüder wolln ihr Abendessen.«

Die beiden Mädchen machten sich an die Arbeit, und Joanna seufzte. Mit Töchtern hatte man doch nichts als Sorgen. Sie hoffte, dass Caroline, die mit ihren blonden Haaren und blauen Augen ihr selbst so ähnelte, bald unter die Haube kam. Tom Roberts war ein anständiger Kerl, bei dem man sich darauf verlassen konnte, dass er gut für seine Frau sorgen würde. Wenn Caroline doch nur Ja sagen würde. Joanna verstand nicht, warum das Mädchen zögerte. Wohl wahr, Caroline würde Toms Heim mit seiner Mutter und seinen drei jüngeren Schwestern teilen müssen, doch so war eben der Lauf der Dinge. Wollte Caro etwa auf die Liebe warten? Na, die Flausen wollte Joanna ihr bald austreiben.

Joanna hatte Henry Collins nicht geliebt, als sie ihn vor achtzehn Jahren geheiratet hatte. Er war ein verlässlicher, großzügiger Ehemann gewesen, und über die Jahre hatte sie eine gewisse Zuneigung zu ihm gefasst, selbst wenn sie seine Begeisterung für das Lernen einfach nicht verstand. Joanna schätzte sich glücklich, einen Mann zu haben, der nicht trank, ein hübsches Cottage, die Mittel, ihre Familie satt zu kriegen und zu kleiden, und dass die Geburt von fünf Kindern ihrem guten Aussehen nichts hatte anhaben können. Es war nichts damit zu gewinnen, sich mehr zu wünschen.

Sie liebte jedes einzelne ihrer Kinder, und doch hoffte sie, dass sie keine mehr bekommen würde. Tommy, der Jüngste, der ihr nach Caroline am liebsten war, war schon neun. Joanna war zwar noch keine sechsunddreißig, aber sie wäre froh gewesen, wenn sie sich hätte sicher sein können, dass es keine weiteren Babys mehr geben würde. Sie hatte ihre Töchter, und Henry hatte seine Söhne, obwohl Meggan sein Liebling war, denn sie war ihm in mancher Hinsicht sehr ähnlich.

Ach, Meggan. Joanna seufzte. Sie hieß es nicht gut, dass ihre jüngste Tochter zu den Tremaynes ins Herrenhaus zog. Wenn Grubenmagd gut genug war für Caro, sollte es doch auch für Meggan gut genug sein. Man musste sich nur anschauen, was die Singerei mit Henrys Kindheit angerichtet hatte, die Mutter ab nach London und der Vater von Jahr zu Jahr mürrischer, bis er starb.

Doch Henry hatte darauf bestanden, dass Meggan diese Gelegenheit bekam. Und Joanna wusste quälend genau, womit Henry Phillip Tremayne diese Vereinbarung abgerungen hatte. Nicht dass Henry die Angelegenheit Joanna gegenüber je zur Sprache gebracht hatte, doch das Wissen darum war immer da und stand als Schatten zwischen ihnen.

Als die Familie sich in der Küche zum Abendessen versammelt hatte, trug Meggan wenig zum familiären Geplauder bei, während die Jungen munter von ihren Erfolgen beim nachmittäglichen Angeln erzählten. Sie waren mit Joes Boot rausgefahren, und Hal ließ sich besonders begeistert über die Freuden des Angelns aus.

»Du wärst wohl lieber Fischer als Bergmann?«

»Ja, Pa. Joe wär jetzt bereit, mich zu nehmen.«

»Du bist erst zehn Jahre alt.«

»Nächsten Monat werd ich elf.«

»Und du bleibst in der Schule, bis du zwölf bist.«

»Aber, Pa …«

»Lass ihn doch von der Schule abgehn, wenn er will«, unterbrach Joanna sie. »Weder als Fischer noch als Bergmann braucht er mehr zu lernen.«

»Ich will auch Fischer werden«, meldete sich Tommy zu Wort.

Henry schaute seine jüngeren Söhne an und blickte dann über den Tisch zu seiner Frau. Drei sehr entschlossene Gesichter. »Wir reden später darüber, nachdem Meggan untergekommen ist.«

Will bemerkte, wie still seine jüngere Schwester war. »Was ist überhaupt mit dir los? Du hast die ganze Zeit noch kein Wort gesagt.«

Meggan schaute zu Will hinüber. »Ich hab heute einen weißen Hasen gesehen«, platzte es aus ihr heraus, bevor sie wusste, dass sie die Worte sagen würde.

Kaum etwas, was sie hätte sagen können, hätte ihre Zuhörer so ergriffen. Mehrere Augenblicke herrschte Schweigen. Ein so intensives Schweigen, dass selbst das Feuer im Herd sein Knistern eingestellt zu haben schien. Sechs Augenpaare, blau, braun und das ungewöhnliche Grau von Wills Augen, blickten sie an. Zuerst zeigten alle Gesichter Schock. Meggan sah sie nacheinander an, während ihr Herz in dem bangen Bewusstsein zu pochen begann, dass sie nichts hätte sagen sollen. Auf Wills Miene machte sich fast sofort Skepsis breit. Sowohl Hal als auch Tommy verharrten in ängstlicher Scheu. Caroline und ihre Ma waren blass geworden.

»Du machst Witze«, erklärte Will, doch in seinem Tonfall lag eher eine Frage.

Meggan schüttelte langsam den Kopf. Könnte sie doch nur sagen, es sei bloß ein Witz gewesen.

»Das ist wieder ein Omen«, flüsterte Joanna mit blassem Gesicht.

»Genug.« Henry hatte für solchen Aberglauben wenig übrig. Sein Blick, den er wütend auf seine Frau gerichtet hatte, wanderte mit Strenge um den Tisch, bis er auf Meggan ruhte.

»Ist das wahr, Meggan?«

»Ja, Pa. Ich habe einen weißen Hasen gesehen.« Warum klang

sie so in der Defensive, als hätte sie etwas Falsches getan und würde ihn anflehen, sie zu verstehen?

»Du hast dich doch von Pixies in die Irre führen lassen«, höhnte Will und unterstrich seinen Unglauben damit, dass er sich mit dem Finger an den Kopf tippte. »Das kommt davon, wenn du die ganze Zeit ganz allein durchs Moor streifst.«

Meggans grollender, wütender Blick hatte keine Wirkung auf ihren Bruder. »Ich hab mich nicht mehr von Pixies in die Irre führen lassen als du, Will Collins. Ich sag wenigstens die Wahrheit«, fügte sie mit einem kurzen Seitenblick auf Caroline hinzu. Ihr fiel auf, dass ihre Schwester jetzt mehr als blass war. Caroline hatte Angst.

Will war Meggans Blick gefolgt, auf Caroline. »Schau nicht so ängstlich drein, Caro. Die Kleine ist nur auf Beachtung aus, wie immer.«

»Ich bin nicht klein«, fuhr Meggan auf und wünschte, sie säßen nicht auf gegenüberliegenden Seiten des Tisches. Es juckte sie in den Fäusten, auf die Brust ihres Bruders einzuschlagen.

»Genug.« Henry Collins' Befehl brachte sie beide zum Schweigen. »Ich weiß nicht, warum ihr zwei ständig zanken müsst.«

»Will fängt immer an.«

»Ha! Du regst dich doch immer gleich auf.«

»Ich habe ›genug‹ gesagt.«

Bruder und Schwester wussten, dass es nicht ratsam war, den Zorn ihres Vaters heraufzubeschwören. Meggan warf ihrem Bruder einen giftigen Blick zu, der ihm sagen sollte, wie sehr sie ihn hasste, und Will war deutlich anzusehen, dass er genauso schlecht auf seine jüngere Schwester zu sprechen war. Innerlich fragte Meggan sich jedoch, warum sie in letzter Zeit ständig zankten. Sie und Will hatten sich immer sehr nahegestanden. Nach ihrem Vater war er derjenige, den sie am meisten liebte, und der Einzige, der sie Megs nennen durfte. Doch diesen Kosenamen hatte er lange nicht mehr benutzt.

»Ich denke, du könntest dir nächste Woche ein wenig Mühe

geben, Will, nett zu deiner Schwester zu sein. Wenn sie erst mal nach Tremayne Manor gezogen ist, werden wir sie kaum noch zu sehen kriegen.«

Will nickte schweigend und fing sich einen weiteren wütenden Blick von Meggan ein, die der Versuchung kaum widerstehen konnte, ihm die Zunge herauszustrecken.

»Oh, hört auf, ihr beiden«, rief Caroline. »Falls Meggan wirklich einen weißen Hasen gesehen hat ...«

»Hab ich.«

»... kann das nur bedeuten«, fuhr Caroline fort, ohne auf ihre Schwester zu achten, »dass etwas Schreckliches passiert.« Caroline nahm, wie ihre Mutter, jeden Aberglauben, der ihr je zu Ohren gekommen war, für bare Münze.

»Das ist nur eine alte Legende, Caroline.«

»Und was ist mit letztes Mal, als ein weißer Hase gesehen wurde, Pa? Ich war zwar erst neun, aber ich erinner mich sehr gut daran.« Caroline steigerte sich immer mehr in ihre Unruhe hinein.

»Sie hat recht, Henry«, flüsterte Joanna und legte Caroline einen Arm um die Schulter, um sie zu trösten. Sie warf ihrer jüngeren Tochter einen Blick zu, in dem die Frage lag, wie sie bloß so ein ungeratenes Kind in die Welt hatte setzen können. Dann sah sie ihren Ehemann flehend an.

»Vielleicht sollte keiner von uns morgen in die Grube gehen«, scherzte Will. Nur dass niemand es lustig fand.

Henry seufzte und blickte seinen Sohn ob seiner Leichtfertigkeit mit gerunzelter Stirn tadelnd an. »Darüber macht man keine Witze. Glaubst du, ich hätte es vergessen? Es war das Erste, was mir in den Sinn gekommen ist. Deswegen darf kein Wort von dem, was Meggan gesagt hat, diesen Raum verlassen.« Er schaute in die Gesichter seiner Familie. »Versteht ihr das?«

»Warum nicht?«, fragte Hal.

»Weil Pa es gesagt hat«, fuhr Will ihn an, dem der Spaß vergangen war.

»Sachte, Sohn. Vielleicht ist es recht, dass die Kleinen es erfahren. Wenn die Bergleute von Meggans weißem Hasen hören, weigern sie sich wahrscheinlich, in die Grube zu gehen.«

»Warum?«, wiederholte Hal.

»Vor acht Jahren, als du gerade ein Würmchen von drei Jahren warst und Tommy noch ein Baby, hat es in der Grube ein Unglück gegeben. Eine Woche, bevor es geschah, lief der arme alte Davy Hallett herum und sagte, er hätte in der Nähe der Grube einen weißen Hasen gesehen. Die meisten Leute haben ihn ausgelacht, denn er war immer schon der Dorfdepp. Einige bekamen Angst wegen des alten Aberglaubens, es bedeute, dass ein Unheil geschieht. Andere spotteten, weil die Legende besagt, ein weißer Hase mit einem schwarzen Hund, und das drüben Richtung Breage, am Wheal Vor.

Dann ist die Grube eingebrochen, und die Männer sind alle umgekommen. Jetzt sagten die Leute, der Aberglaube sei wahr, und seither haben sie wohl Angst davor, dass wieder ein weißer Hase gesehen wird. Und deswegen wird keiner von euch ein Wort darüber verlieren.«

Meggan fing an zu zittern. In ihrer lebhaften Fantasie sah sie sich als Vorbotin des Bösen. »Glaubst du, es wird was Schreckliches passieren, weil ich einen weißen Hasen gesehen hab, Pa?«

»Nein, Kind, und du musst dir keine Sorgen machen. Es ist ungewöhnlich, um diese Jahreszeit einen zu sehen, das ist alles. Und es war weit weg von der Grube.«

Henry Collins schaute noch einmal in die Gesichter seiner Familie. »Habt ihr das alle verstanden?« Er wartete, bis alle genickt hatten. »Gut. Und falls einer in Versuchung gerät, etwas zu sagen, dann soll er innehalten und daran denken, welche Panik unter denen entstehen könnte, die den alten Aberglauben fürchten. Besonders unter denen, die bei dem Unglück im Jahr sechsunddreißig Familienangehörige verloren haben.« Er unterbrach sich noch einmal, um sich davon zu überzeugen, dass er seiner Familie deutlich gemacht hatte, wie wichtig es war, die Sache geheim zu halten. »Und jetzt essen wir fertig zu Abend.«

»Und danach, Meggan«, sagte Joanna, »machst du mit deiner Näharbeit weiter, schließlich wollen wir deine Kleider nächste Woche fertig haben.«

Meggan zog eine Grimasse. »Ich kann Nähen nicht ausstehen. Kann Caro das nicht für mich machen, und ich übernehm ihre Pflichten?«

»Nein, kann ich nicht«, erwiderte Caroline. »Du bekommst viel zu oft deinen Willen. Wahrscheinlich musst du auch für Miss Tremayne nähen, wenn du ins Herrenhaus ziehst.«

»Das wird dem Gör aber nicht gefallen«, stimmte Will ihr zu. Diesmal versetzte Meggan ihm einen festen Tritt gegen das Schienbein, was ihr einen Schmerzensschrei von ihrem Bruder und einen ordentlich festen Klaps aufs Handgelenk von ihrer Mutter eintrug.

»Ich weiß nicht, wo du dein Temperament herhast, Miss. Du solltest lernen, es zu zügeln, sonst bezweifle ich, dass du im Herrenhaus eine Woche überlebst. Und du wirst mit deiner ausgelassenen Art keine Schande über deinen Vater und mich bringen. Darüber kannst du beim Nähen nachdenken.«

»Ja, Ma.« Ihre Demut erwuchs nicht aus Reue über den gezielten Tritt. Für seine Hänseleien hatte Will noch viel mehr verdient. Doch wenn sie aus dem Herrenhaus hinausgeworfen wurde, würde dies – obwohl sie am Nachmittag selbst mit dem Gedanken gehadert hatte – das Ende all ihrer Träume bedeuten. Nirgendwo sonst konnte sie Gesangsunterricht erhalten.

Meggan versank in trotzigem Schweigen. Will sprach über die Bergleute, die überlegten, Pengelly und Cornwall zu verlassen, um zu den Kupferminen im weit entfernten Südaustralien auszuwandern. Obwohl sie tief in ihre eigenen Gedanken versunken war, fiel Meggan auf, dass sich weder ihre Mutter noch Caroline am Gespräch beteiligten und dass Will zwischen den Antworten auf Hals wiederholtes »Warum?« immer wieder zu ihr herüberschaute. Sie wusste, dass er sie, sobald sich die Gelegenheit ergab, nach den Einzelheiten ihrer nachmittäglichen Beobachtung fragen würde.

Dazu kam es an diesem Abend jedoch nicht. Sie hatten kaum ihr Abendessen beendet, als ein kurzes Klopfen gefolgt vom Öffnen der Tür die Ankunft von Tom Roberts ankündigte. Er wurde so herzlich empfangen wie immer. Tom Roberts hatte weder dem Obersteiger noch seiner Familie je einen Grund gegeben, etwas anderes als eine gute Meinung von ihm zu haben. Carolines zurückhaltenden Gruß schrieben alle, einschließlich Tom, ihrer natürlichen ruhigen Natur zu. Nicht so Meggan, denn sie kannte den Grund für Caros Befangenheit. Sie erfreute Tom mit einem besonders warmen Lächeln.

Meggan mochte Tom wirklich. War er nicht der stattlichste Mann im Dorf, und hofften nicht alle Mädchen auf ein Lächeln von ihm und einen bewundernden Blick aus seinen blitzenden dunklen Augen? Toms Haut war dunkler als die von Meggan und Will. Auch viel dunkler als die von Mr. Trevannick, dachte Meggan und wurde dann rot vor Verwirrung, dass sie überhaupt an diesen Mann dachte.

»Guten Abend, Tom«, grüßte Henry Collins den abendlichen Besucher. »Wir reden gerade über den Plan, nach Südaustralien auszuwandern. Euer Jack geht also bestimmt?«

Tom nickte. »Ende des Monats, obwohl seine Mary besorgt ist, das Baby mit aufs Schiff zu nehmen. Sie hat Angst, es könnte ihm was passieren.«

»Es ist ihr Erstgeborenes«, sagte Joanna, »und dazu noch ein Sohn. Nur natürlich, dass sie sich Sorgen macht.«

»Also, sie hat sich so aufgeführt, dass Ma die Geduld mit ihr verloren hat. Sie hat vierzehn zur Welt gebracht und sieben davon beerdigt und hat Mary gesagt, es sei Gottes Wille, ob ein Baby lebt oder nicht.«

»Joseph war aber kein Baby mehr«, mischte Will sich ein, was ihm einen zornigen Blick von seinem Vater eintrug.

»Hat keinen Zweck, das zur Sprache zu bringen. Das ist alles lange her.«

»Im Herbst sind es acht Jahre«, stimmte Tom ihm zu. »Joseph war achtzehn. Es war hart für Ma, Joseph und Pa zur gleichen Zeit zu verlieren.«

In der kurzen Stille, die dem folgte, warf Henry Meggan einen strengen Blick zu. Sie verstand. Die Roberts-Männer waren bei dem Unglück ums Leben gekommen, das sich ereignet hatte, kurz nachdem der alte Davy Hallett allen erzählt hatte, er hätte einen weißen Hasen gesehen.

»Es wird Zeit, dass die Kleinen ins Bett gehen«, sagte Joanna in die Stille hinein. »Meggan, mach dich jetzt an deine Aufgaben.«

Meggan stand auf, um das Geschirr vom Abendessen abzutragen und in die Spülküche zu bringen. Heute Abend wurde von Caro nicht erwartet, dass sie half. Nicht, wenn Tom Roberts zu Besuch war. Ihre Ma würde mit aller Raffinesse dafür sorgen, dass ihre ältere Tochter erkannte, was für ein Glück sie hatte, dass ein Mann wie Tom um ihre Hand anhielt.

Joanna warf ihrer älteren Tochter in der Tat einen spitzen Blick zu, bevor sie Tom freundlich anlächelte. Wenn Caro seinem Werben nicht bald nachgab, würde ein anderes Frauenzimmer dies sicher tun. Tom war nicht nur eine stattliche Erscheinung, er war auch ein guter Arbeiter. Es war ein Segen, dass die Härte der Natur, die aus seinem Vater einen brutalen Mann gemacht hatte, dem Sohn nur männliche Stärke geschenkt hatte. Hätte Joanna auch nur im Geringsten befürchten müssen, Tom könnte dem Vater nachschlagen, hätte sie sein Werben nicht unterstützt. Die arme Mrs. Roberts war wegen der Prügel ihres Mannes und ihrer fast ununterbrochenen Schwangerschaften weit über ihre Jahre hinaus gealtert. Es gab nur eine Sache, in der Joanna Gewissheit brauchte.

»Dann bist du glücklich, in Pengelly zu bleiben, Tom?«

»Ein oder zwei Jahre vielleicht. Jeder weiß, wie schwer es in Zukunft wird, Kupfer zu gewinnen. Es heißt, in Südaustralien ist die Bezahlung besser und der Bergbau leichter. Selbst ein gewöhnlicher Bergmann kann ein gutes Leben haben. Ich hab auch gehört, dass ein Mann, der bereit ist, schwer zu arbeiten, in Australien etwas aus sich machen kann.«

»Ja«, sagte Henry, »diese Geschichten habe ich auch gehört. Vielleicht tun manche recht daran, zu gehen. Aber ich denke, du nicht, Bursche.«

»Wenn Jack sein Glück tatsächlich in Australien macht, bräuchte ich gute Gründe, hierzubleiben.«

»Es wird gute Gründe geben. Joe Griggs Lunge wird ihm bald nicht mehr erlauben, zur Arbeit zu gehen, und dann wird Tremayne einen neuen Obersteiger brauchen. Ich lege ein gutes Wort für dich ein.«

»Ich danke dir, Henry, aber das wäre nur *ein* Grund, zu bleiben.«

»Wenn du heiratest, bleibst du vielleicht gern hier«, drängte Joanna mit einem Lächeln für Tom und einem weiteren spitzen Blick auf Caroline.

Die stummen Befehle wurden nicht missverstanden. Caroline stand mit einer gemurmelten Entschuldigung von wegen Kopfschmerzen auf und verließ, bevor jemand sie fragen konnte, den Raum.

Sie huschte aus der Hintertür und stieß bei ihrer Rückkehr vom Abort in der Küche auf ihre Mutter, die auf sie wartete. »Was für eine Dummheit hast du im Sinn, Tochter? Tom wird noch denken, du wollest ihn nicht heiraten.«

»Ich will ihn auch nicht heiraten«, erwiderte Caro. »Es war deine Idee, Ma, nicht meine.«

Befremdet packte Joanna ihre Tochter bei den Schultern und drehte sie so, dass das Licht der Lampe dem Mädchen ins Gesicht fiel. »Und warum nicht? Einen besseren Mann als Tom bekommst du hier in der Gegend nicht.«

»Ich heirate Tom nicht, wenn er so wird wie sein Vater, dauernd betrunken und gewalttätig.«

»Tom ist nicht wie sein Vater.«

»Ich will auch nicht in dem beengten Loch der Roberts' leben.«

Joanna seufzte. Da hatte Caroline den, soweit Joanna sagen konnte, einzigen Haken an dieser Ehe zur Sprache gebracht. Wollte sie wirklich, dass ihre ältere Tochter in ein Haus zog, das bei weitem nicht so behaglich war wie ihr eigenes? Joanna stellte sich jedoch wie immer der Realität. Sie verlor sich nicht in Träumen über Dinge, die unerreichbar waren.

»Die Hütte ist klein«, räumte sie ein, »aber du könntest sie schön machen. Mrs. Roberts hat sicher nichts dagegen, wenn du den Haushalt übernimmst. Wenn Jack mit seiner Familie wegzieht, sind nur noch die Zwillinge und die kleine Agnes zu Hause. Und wenn Tom Obersteiger wird, bekommt ihr euer eigenes Cottage. Du wirst es gut haben.«

»Vielleicht ist gut für mich nicht gut genug«, erklärte Caro mit einem ungewohnten Hochmut, der Joanna verzweifelt aufschreien ließ.

»Ich weiß nicht, was in dich gefahren ist, Mädchen. Tom wird nicht ewig warten. Es gibt manch eine, die nicht Nein sagen würde, seine Frau zu werden.«

»Ja. Milly Jones zum Beispiel, und sie kann ihn gerne haben. Ich liebe Tom nicht, und er ist nur scharf darauf, mit der Tochter des Obersteigers verheiratet zu sein.«

Mit dieser Erklärung schob sie sich an ihrer Mutter vorbei, um in die Wohnküche zu gehen, wo die Männer noch um den Kamin saßen. Sie wünschte ihnen kurz angebunden eine gute Nacht und eilte die schmale Treppe hinauf in das Dachzimmer, das sie sich mit Meggan teilte.

Meggan nahm den letzten gescheuerten Topf aus dem Wasser und stellte ihn zum Abtropfen hin. »Ich würd Tom heiraten, wenn ich Caro wär. Nur weil sie sich für was Besseres hält als die anderen Mädchen, will sie mehr als das Leben als Frau eines Bergmanns.« Weiter mochte Meggan nicht gehen, um das Geheimnis ihrer Schwester nicht preiszugeben.

Joanna war nicht in der besten Stimmung. »Hast du nicht selbst hochfliegende Pläne? Du mit deinem Vater?«

Meggan spürte, wie der Zorn ihr die Hitze in die Wangen trieb. Warum wollte ihre Ma einfach nicht einsehen, wie viel ihr die Musik bedeutete? »Aber ich kann singen. Du weißt, dass ich singen kann. Eines Tages werd ich eine große Sängerin sein, du wirst sehen.«

»Ja«, räumte Joanna ein, auch wenn sie Meggans Leidenschaft für das Singen genauso wenig verstand wie die Tatsache, dass ihr Mann die Ambitionen des Mädchens auch noch unterstützte. »Leute wie wir sollten uns nicht unter bessere Leute wie die Tremaynes mischen.«

»Bitte, überleg es dir nicht noch einmal anders, Ma. Ich sterbe, wenn ich nicht singen darf.«

»Hm. Das wird nicht passieren, genauso wenig wie ich deinen Vater dazu bringe, es sich anders zu überlegen. Und jetzt ab in dein Zimmer. Nimm eine Kerze mit und mach vor dem Schlafengehen die Näharbeit fertig. Und ärger deine Schwester nicht.«

Meggan gab sich nicht die geringste Mühe, keinen Krach zu machen, als sie das winzige Dachzimmer betrat, das sie sich mit ihrer Schwester teilte. Sie kaufte Caro die Kopfschmerzen nicht ab und ging davon aus, dass sie noch wach war. Und tatsächlich saß ihre Schwester auf dem Bett, die Knie an die Brust gezogen, die Arme um die Knie gelegt und die rechte Wange daraufgestützt. Caro starrte aus dem Fenster in den dunkler werdenden Tag.

»Ich finde, du bist dumm«, erklärte Meggan, ging zu ihrem Bett und setzte sich, um ihre Stiefel auszuziehen. Als Caro sich weder rührte noch ihr antwortete, stellte Meggan ihre Stiefel sorgfältig neben das Bett und ergriff noch einmal das Wort.

»Ich weiß, warum du Tom nicht heiraten willst.«

»Gar nichts weißt du«, antwortete Caro, ohne den Kopf zu heben.

»Ich weiß mehr, als du denkst.«

Bei dieser selbstgefälligen Erklärung streckte Caro sich tatsächlich und stellte die Füße auf den Boden. Sie warf ihrer Schwester einen forschenden Blick zu.

»Was soll das heißen, Meggan?«

Meggan zuckte die Achseln. »Warum hattest du so Angst, als ich von dem weißen Hasen erzählt hab?«

»Du hast uns mit der Geschichte Angst eingejagt, du dummes Kind.«

»Es war keine Geschichte, und ich bin kein Kind.«

»Wenn du kein Kind genannt werden willst, dann solltest du dich auch benehmen wie eine Erwachsene.«

»Und wie wär das?«, wollte Meggan wissen. »Wie du mit Rodney Tremayne?«

Mit grimmiger Genugtuung bemerkte Meggan, wie sehr sie ihre Schwester mit dieser Frage schockiert hatte. Sämtliche Farbe war aus Carolines Gesicht gewichen. Sie schnappte nach Luft und sah sich ängstlich um, als hätten die Wände Ohren. Da das Zimmer ihrer Brüder nebenan lag und die beiden jüngeren im Bett waren, hatte Meggan leise gesprochen. Carolines Stimme war kaum mehr als ein Flüstern. »Was hast du gesagt?«

»Ich hab dich gesehen. Heut Nachmittag.«

»Mich gesehen?« Caroline hatte sich so weit gefangen, dass sie jetzt so tat, als ginge es sie nichts an, während Meggan doch den Argwohn in ihren hübschen blauen Augen sah.

»Ich bin dem Hasen in den Wald gefolgt und hab dich mit Rodney Tremayne gesehen.«

»Was hast du gesehen?«

»Genug, um zu wissen, dass du dich mit ihm triffst.«

»Du fischst doch nur im Trüben. Du lügst, wahrscheinlich auch, was den Hasen angeht.« Sie wandte den Kopf ab, um wieder aus dem Fenster zu starren.

»Du bist diejenige, die lügt, Caro. Du lügst Ma an, warum du Tom nicht heiraten willst. Du liegst mit Rodney Tremayne im Wald.«

Caroline schnappte nach Luft. So leicht ließ Meggan ihre Schwester nicht davonkommen. »Was hast du vor, Caro? Du sollst doch Tom heiraten.«

»Ich hab Tom nie gesagt, ich würd ihn heiraten.«

»Alle denken, du heiratest ihn.«

»Die sollen sich doch alle um ihre eigenen Angelegenheiten kümmern. Ich heirate Tom nicht.«

»Vielleicht wollte Tom dich auch gar nicht heiraten, wenn er es wüsste.«

»Was soll das heißen, Meggan?« Sie wandte sich um, um ihre Schwester wieder anzusehen.

»Ich hab euch gesehen, Caroline. Ich weiß, was ihr gemacht habt.«

Caroline stieg rasch aus ihrem Bett und kniete sich an das Bett ihrer Schwester, und ihre Stimme wurde zu einem zarten Wispern. »Meggan, Meggan. Es ist nicht so, wie du denkst. Bitte, sag's niemand.«

»Ich sag nichts. Aber wie kannst du nur?«

»Nicht irgendeinem. Rodney und ich lieben uns.«

»Aber ...«

»So zeigt man jemandem auf ganz spezielle Art, wie sehr man ihn liebt.«

»Ich versteh's trotzdem nicht.«

»Du wirst es verstehen. Wenn du erst selbst eine Frau bist.«

»Ich bin schon erwachsen. Du weißt genau, dass ich vor zwei Monaten meine Blutung bekommen hab.«

»Um eine Frau zu sein, braucht es mehr als einen Monatsfluss.

Wenn du einen Menschen liebst, willst du mit ihm so zusammen sein. Ich kann's nicht erklären. Ich weiß nur, dass ich so nie mit Tom oder irgendeinem anderen Mann zusammen sein könnte. Nur mit Rodney.«

»Und er? Bist du die Einzige, mit der er so zusammen ist?«

Wieder schnappte Caroline empört nach Luft. »Wie kannst du so was Grässliches sagen, Meggan? Rodney liebt mich wirklich.«

»Er wird dich nicht heiraten.«

»Das hat er aber gesagt.«

»Hah! Und du nennst mich ein dummes Kind. Ich hab genug Verstand, um zu wissen, dass Mr. Tremayne seinem Sohn niemals erlauben wird, dich zu heiraten.«

»Er hat auch erlaubt, dass du Gesellschafterin seiner Tochter wirst.«

»Das ist ja wohl kaum dasselbe, Caro. Menschen wie die Tremaynes heiraten nur ihresgleichen. Abgesehen davon sind Ma und Pa damit einverstanden, was ich mache. Wenn sie hören würden, was du so treibst, wären sie zutiefst schockiert.«

Caroline ließ die Schultern hängen und fing leise an zu weinen. »Bitte, sag nichts. Bitte.«

Voller Reue, dass sie ihrer Schwester so zugesetzt hatte, beugte Meggan sich vor und legte Caroline tröstend einen Arm um die Schultern.

»Wein nicht, Caro. Ich erzähl nichts. Versprochen.« Sie machte eine Pause. »Ich war ganz schön durcheinander, als ich euch so gesehen hab.«

»Arme Meggan.« Caroline umarmte ihre Schwester. »Es tut mir leid, dass du es so rausgefunden hast.«

»Wie konntest du nur, Caro? Du hast gesagt, anständige Mädchen würden so was nicht machen. Du erwartest doch nicht wirklich, dass er dich heiratet.«

»Doch. Rodney liebt mich wirklich, Meggan, so wie ich ihn liebe. Wir heiraten, und wenn sein Vater ihn verstößt.«

»Und dann bist du genauso arm, als würdest du Tom heiraten.«

»Ich heirate ihn nicht wegen Geld, Meggan. Wir hätten wenigstens einander und unsere Liebe.«

»Du redest dir da was ein, weil du gern hätt'st, dass es so wär. Ma ermahnt uns immer: Auch wenn Pa Obersteiger ist und wir besser dran sind als die meisten, sind und bleiben wir eine Bergmannsfamilie. Leute wie die Tremaynes, Grubenbesitzer, werden sich immer für was Besseres halten als wir.«

»Rodney ist anders. Er ist freundlich und sanft. Wir sind füreinander bestimmt. Wir wissen sogar, was der andere denkt. Zwischen uns herrscht ein besonderes Gefühl. Er wird mich heiraten, Meggan. Ich hab keinen Grund, an ihm zu zweifeln. Du glaubst doch nicht, ich würd mich so auf einen Mann einlassen, wenn ich ihn nicht wirklich lieben würd, oder?«

»Nein.« Meggan kämpfte noch mit der Vorstellung, dass ihre Schwester und Rodney Tremayne ein Liebespaar waren.

»Dann sagst du wirklich niemandem etwas?«

»Natürlich nicht. Ich will nach Tremayne Manor. Aber wenn ich euch gesehen hab, Caro, wissen andere womöglich auch über euch Bescheid. Ich mag mir gar nicht ausmalen, was Tom tut, wenn er es erfährt.«

»Tom erfährt gar nichts. Nicht, bevor Rodney und ich verheiratet sind.«

»Du glaubst das wirklich, nicht wahr?«

»Ich muss, Meggan. Ich muss glauben, dass er mich heiratet.«

»Ich hoff's für dich. Aber ich hab auch Angst um dich, Caro.«

»Warum?«

»Weil«, sagte Meggan ganz langsam, »der weiße Hase mich zu euch geführt hat.«

2

Tremayne Manor erhob sich hoch über der Klippe. Die prächtige georgianische Fassade des Herrenhauses überblickte aufwändig angelegte Gärten, und auf seiner Rückseite lag das Meer. Drei Generationen von Tremaynes hatten im Herrenhaus gelebt, seit ein wohlhabender Vorfahre die verarmte Tochter des Hauses geheiratet hatte. Damals war es als Pengelly Manor bekannt gewesen, bis derselbe Vorfahr anstelle des alten Herrenhauses einen nutzlosen Prunkbau errichtet hatte, von dem aus er seinen ganzen Besitz überblicken konnte, und das Anwesen umbenannt hatte. Als der gegenwärtige Squire, Phillip Tremayne, Louise Pengelly geheiratet und sie in das Haus ihrer Vorfahren gebracht hatte, hatten die Menschen im Dorf dies für ein gutes Zeichen gehalten.

Die Grube Wheal Pengelly, zu Lebzeiten von Phillips Vater gegründet, war nur vom Zierpavillon aus zu sehen, denn sie klebte hinter dem fernen Ende der kleinen Bucht an der Klippe. Obwohl die Grube die Hauptquelle ihres Wohlstands war, konnten die Tremaynes ihre Existenz und die Hässlichkeit der Bergehalden größtenteils ignorieren. Phillip wagte sich vielleicht zweimal im Jahr in die Nähe der Grube. Die Verwaltung überließ er seinem Pflegesohn Con, der ein Händchen dafür zu haben schien.

Nicht dass jemand im Dorf dem Squire hätte vorwerfen können, er sei gleichgültig. Seit Antritt des Erbes seines Vaters hatte er für die Ausführung notwendiger Reparaturen an den Cottages gesorgt und einiges getan, um die Lebensqualität der Dörfler zu verbessern, auch wenn viele Familien noch zu mehreren in einem Zimmer lebten.

Im Laufe der Jahre gab er noch mehr Geld für den Unterhalt der Cottages seiner Arbeiter aus. Hauptsächlich, weil Con ihn dazu anstiftete, der alles über jeden zu wissen schien, besonders welche Familien am dringendsten Hilfe nötig hatten. Phillip wünschte sich oft, sein Sohn ähnelte mehr seinem entfernten Cousin Con. Der hatte seinen Verstand zweifellos von seinem Vater geerbt, einem Schiffskapitän. Phillips Kinder, Rodney und Jenny, hatten beide das sanfte Gemüt ihrer Mutter. Phillip liebte seinen Sohn, doch er war dankbar dafür, dass Con zu dem Zeitpunkt, wenn Rodney die Zügel auf dem Gut übernähme, da sein würde, um ihm zur Seite zu stehen und ihm Kraft zu geben.

Dass sowohl sein Sohn als auch seine Tochter etwas von seiner eigenen selbstherrlichen Sturheit mitbekommen hatten, hätte Phillip nie für möglich gehalten.

Drei Tage, nachdem er Caroline das letzte Mal gesehen hatte, saß Rodney Tremayne im Zierpavillon und starrte auf die Spitze des Maschinenhauses von Wheal Pengelly. Dort drüben war seine Liebste zusammen mit den anderen Grubenmägden bei der Arbeit, das Kupfererz vom tauben Gestein zu klauben. Der Gedanke, dass sie so hart arbeiten musste, gefiel ihm gar nicht. Wenn sie sich trafen, küsste er jeden einzelnen ihrer schlanken Finger und dann die Handflächen ihrer zierlichen Hände, als könnte er damit die Schwielen und Blasen lindern. Hände wie ihre, erklärte er, waren für Juwelen gemacht, nicht für harte Arbeit.

Obwohl sie sich erst seit zwei Wochen heimlich trafen, wusste Rodney, dass Caroline Collins die Frau war, mit der er den Rest seines Lebens verbringen wollte. Er zweifelte nicht an ihrer Bestimmung füreinander. Die wechselseitige Anziehung war vom ersten Augenblick an da gewesen. Es schien, als wären sie durch unsichtbare Fäden verbunden, die sie zueinanderzogen.

Er erinnerte sich, wie er eines Nachmittags spät zur Grube geritten und einer Gruppe von Frauen begegnet war, die nach getanem Tagwerk auf dem Heimweg ins Dorf waren. Sie traten auf dem Weg zur Seite, um ihn durchzulassen. Er hatte dankend den Kopf geneigt und begegnete dabei dem kecken Blick einer Frau, die ihren Gefährtinnen erklärte: »Das ist mal 'n Mann, der 'ner jungen Frau das Bett wärmen könnt. Ich wett, ich könnt ihm noch das eine oder andere beibringen.«

Lüsternes Kichern trieb ihm vor Verlegenheit die Röte in die Wangen. Entschlossen, die zu Scherzen aufgelegten Frauen zu ignorieren, bemerkte er dennoch, dass eine sich nicht an den Anzüglichkeiten der anderen beteiligte, sondern mit gesenktem Blick abseits stand, eine leichte Röte auf den Wangen. Sein Interesse war geweckt, als ihm dämmerte, dass das Gerede ihrer Gefährtinnen sie ebenfalls in Verlegenheit gebracht hatte. Er ritt weiter, konnte der Versuchung aber nicht widerstehen, sich nach ein paar Metern noch einmal umzudrehen. Die junge Frau hatte sich gleichzeitig nach ihm umgesehen. Ihre Blicke begegneten sich, eine süße Röte überzog ihre Wangen, und Rodney wusste, dass er verliebt war.

Herauszufinden, wer sie war, war leichter als gedacht. Gleich am nächsten Morgen ging er wieder zur Grube, wo er sie beobachtete, wie sie mit dem Obersteiger sprach. Eine beiläufige Bemerkung Con gegenüber entlockte diesem sofort die gewünschte Information. Rodney heckte rasch eine Möglichkeit aus, vertraulich mit Caroline zu sprechen, während er darauf achtete, dass niemand etwas von seinem Interesse gewahrte. Oft konnten sie nur rasch im Vorbeigehen einen Blick wechseln.

Doch diese seltenen vertraulichen Augenblicke, wenn sie keine Worte brauchten, um einander zu offenbaren, wie sie zueinander standen, waren nicht genug. Rodney sehnte sich danach, Caroline zu berühren und sie in den Armen zu halten, und hatte zaghaft vorgeschlagen, sich am nächsten Sonntagnachmittag im Wald auf dem Tremayne Estate zu treffen.

Caroline sagte weder Ja noch Nein, und Rodney war nervös und unruhig und schlief schlecht. Als der Sonntag kam, zögerte er es hinaus, in den Wald zu gehen. Obwohl er begierig war, mit seiner Angebeteten zusammen zu sein, hatte er Angst, enttäuscht zu werden. Seine Freude, als er sah, dass sie auf ihn wartete, war grenzenlos.

Als sie ihn näher kommen sah, stand Caroline von dem langen Baumstamm auf, auf dem sie gesessen hatte. Eine Minute lang standen sie einander nur gegenüber und lächelten. Dann fielen sie sich in die Arme und verharrten in einer Umarmung, die ausdrückte, wie groß das wechselseitige Verlangen war. Als sie an diesem Nachmittag sehr viel später auseinandergingen, hatten sie einander zugeflüstert, wie sehr sie einander liebten, und diese Liebe auch vollzogen. Seit diesem ersten heimlichen Stelldichein waren die Tage der Woche nutzlos verstrichene Zeit, die nicht vergehen wollte, bevor sie wieder zusammen sein konnten. Die wenigen heimlichen Stunden waren ihnen nie genug.

Nachdem sie sich am vergangenen Sonntag geliebt hatten, hatte Caroline weinend von Rodney wissen wollen, was die Zukunft wohl für sie bereithielte. Er hatte ihre Tränen weggewischt und sie an sich gedrückt und ihr versprochen, sie zu heiraten. Doch bei all seinem Feuer wusste er doch, dass ihm mit gerade mal achtzehn Jahren ohne die Einwilligung seines Vaters die Hände gebunden waren. Und deswegen saß Rodney jetzt allein im Zierpavillon: Er bereitete sich innerlich auf ein Gespräch vor, das, wie er wusste, sehr schwierig werden würde.

Rodney fand seinen Vater wie gewöhnlich um diese Tageszeit in seinem Arbeitszimmer, Papiere und Geschäftsbücher um ihn herum ausgebreitet. Während sein Vorfahr gleichen Namens ein ansehnliches Wissen über Mineralogie besessen hatte, war Phillip Tremayne sehr geschickt im Umgang mit Zahlen. Ordentlich mit Anmerkungen versehene Zahlenreihen und ausgeglichene Hauptbücher gaben ihm fast genauso viel Befriedigung wie der am Ende erzielte Gewinn. Eine Begabung für die Mathematik war eine Fertigkeit, die Rodney von seinem Vater geerbt hatte. Zumindest in dieser Hinsicht konnte Phillip stolz auf seinen Sohn sein.

Phillip schaute stirnrunzelnd auf, als der Junge klopfte und eintrat.

»Was ist?«, wollte er wissen. Wusste Rodney nicht, dass sein Vater um diese Zeit nicht gestört werden wollte?

»Ich muss mit Euch sprechen, Sir. Würdet Ihr mir ein paar Minuten von Eurer Zeit gewähren?«

»Ist es so wichtig, dass es nicht warten kann?«

»Ja, Sir, das ist es.«

»Nun gut, aber fass dich kurz.«

Phillip schloss mit einem verärgerten Seufzer das Hauptbuch, lehnte sich zurück und war bereit zuzuhören. Ihm war aufgefallen, dass Rodney etwas nervös war und seinem Vater nicht in die Augen sah. Der Junge schien allen Mut zusammenzunehmen, um zu sprechen. Phillip beschlichen böse Vorahnungen. Hier stimmte eindeutig etwas nicht. Er hoffte, sich nicht anhören zu müssen, dass sein Sohn gespielt hatte und in ernste Schulden geraten war. Ein früherer Vorfahr war wegen seiner verschwenderischen Art enterbt worden. Solche Charakterzüge vererbten sich manchmal in Familien.

Rodney war, wie Phillip sich schmerzlich eingestehen musste, von Natur aus leicht beeinflussbar. Da er sich innerhalb von Sekunden gewappnet hatte, dass sein Sohn ihm seine Schulden gestehen und um einen Kredit bitten würde, begriff er nicht gleich, was Rodney sagte.

»Ich habe ein Mädchen kennengelernt.«

Phillip blinzelte. »Wie bitte?«

Rodney, der ziemlich unzusammenhängend mit den Worten herausgeplatzt war, spürte, wie er rot wurde, weil er sie wiederholen musste. »Ich habe ein Mädchen kennengelernt, Vater.«

»Aha.« Phillip entspannte sich. Seine Erleichterung darüber, dass er mit seinen Vermutungen so weit danebengelegen hatte, war in der Tat so groß, dass er seinen Sohn anstrahlte. »Stößt dir die Hörner ab, was? Hab mich schon gefragt, wann es so weit sei. Du hast aber doch kein Mädchen in Schwierigkeiten gebracht, oder?«

Tief verletzt darüber, dass sein Vater sein Geständnis so beiläufig abtat, spürte Rodney, wie sich seine Wangen röteten. »So ist es nicht, Sir. Ich liebe dieses Mädchen.«

Alles, was er mit diesem Ausruf erreichte, war, dass aus Phillips strahlendem Lächeln ein nachsichtiges Lächeln wurde. Er nickte. »Ah, ja. Erste Liebe. Du wirst ohne Zweifel noch oft glauben, du wärst verliebt, bevor du heiratest. Achte nur darauf, dass du deinen Samen nicht an unpassender Stelle verstreust.« Er beugte sich vor, um das Hauptbuch wieder aufzuschlagen.

Rodney wusste, dies war das Zeichen, dass er entlassen war. Er war bestürzt über die vollkommen unerwartete Reaktion seines Vaters. Ganz gegen seine Natur drängte es ihn, seinen Vater bei den Schultern zu packen und zu schütteln und darauf zu bestehen, dass er die Sache ernst nahm und seinem Sohn zuhörte, was der ihm zu sagen hatte.

»Ihr irrt Euch, Vater. Sehr. Dies ist die Frau, die ich heiraten möchte.« Rodney hörte die Veränderung in seiner Stimme von mangelndem Selbstvertrauen hin zu großer Entschlossenheit. Er sah die Überraschung im Gesicht seines Vaters, war sich aber nicht sicher, ob diese auf seine Worte zurückzuführen war, auf den Ton, den er angeschlagen, oder auf die Tatsache, dass er nicht gehorsam den Raum verlassen hatte.

»Mumpitz! Du bist viel zu jung, um Ehepläne zu schmieden. Gütiger Himmel, du bist ein junger Schnösel. Ich war zwanzig Jahre älter als du, als ich deine Mutter geheiratet habe.«

»Verzeiht mir, Sir, aber ich bin nicht Ihr. Ich mag jung sein, aber ich weiß, was in meinem Herzen vor sich geht.«

Phillip machte eine wegwerfende Handbewegung. »Das bildest

du dir jetzt ein. Ich kann dir versprechen, dass du es dir anders überlegt hast, bevor das Jahr um ist. Aber ich wüsste doch gerne, wer die junge Dame ist? Es gibt in der Gegend wenige, die geeignet wären, die Braut eines Tremayne zu werden.«

Jetzt, da er seinem Vater mutig entgegengetreten war, entdeckte Rodney eine innere Entschlusskraft, von deren Existenz er bislang nichts geahnt hatte. Er würde sich starkmachen für das Mädchen, das er liebte, und nicht vor der Autorität des Mannes zurückweichen, der sein Leben mit großer Strenge regierte.

»Vielleicht hängt das davon ab, welche Vorstellungen Ihr davon habt, was geeignet ist, Vater. Wenn Ihr eine junge Dame gleichen Vermögens und gleicher Erziehung meint, dann, nein, dann würdet Ihr sie nicht geeignet finden. Doch wenn Ihr jemanden meint, der mich liebt und mir eine treue und hingebungsvolle Ehefrau sein wird, dann, ja, dann habe ich den perfekten Menschen gefunden.«

»Das sind doch nichts als Wortklaubereien, Sohn. Du weißt sehr wohl, dass kein Tremayne je unter Stand geheiratet hat. Und du wirst nicht der erste sein. Genieß getrost deine kleine Romanze, aber schlag dir jeden Gedanken an Hochzeit aus dem Kopf. Ich werde es nicht erlauben.«

Rodney kniff die Lippen zusammen. Er hatte gewusst, wie sein Vater reagieren würde, doch bis er ausdrücklich des Raums verwiesen wurde, musste er jedes Argument vorbringen, um sich seinem Vater begreiflich zu machen.

»Wenn Ihr sie kennenlernen würdet, würdet Ihr sehen, dass sie ein liebenswürdiges, gut erzogenes Mädchen ist.«

»Gut erzogen? Schäkerst du mit der Tochter des Arztes oder dem Mädchen des Vikars? Wenn dem so ist, muss es sofort aufhören. Diese Männer wären nicht erbaut, wenn du ihre Töchter verführtest. Genauso wenig wie ich.«

»Die interessieren mich nicht, Sir. Für mich gibt es nur ein Mädchen. Sie ist die Tochter des Obersteigers.«

»Was?«, donnerte Phillip und erhob sich so plötzlich von seinem Stuhl, dass dieser gefährlich ins Wanken geriet, bevor er sich wieder beruhigte. Beide Hände flach auf den Tisch gestützt, starrte er seinen Sohn entsetzt an. »Welches Obersteigers?«

»Henry Collins. Ich liebe Caroline Collins.«

»Nein!«

»Vater ...«

»Genug«, dröhnte Phillip. »Du wirst niemals wieder mit diesem Mädchen reden. Hast du mich verstanden?«

»Ich verstehe das nicht.« Er verstand es wirklich nicht. Die heftige Reaktion seines Vaters verblüffte Rodney. Er hatte gewusst, dass sein Vater dagegen sein würde, doch seinen Zorn, ja, Zorn, konnte Rodney nicht verstehen. Er hatte geglaubt, sein Vater hielte große Stücke auf Henry Collins.

»Warum habt Ihr so große Vorbehalte? Ihr haltet immerhin so viel von der Familie Collins, dass Ihr die jüngere Tochter ins Haus holt.«

Phillip winkte ab. »Das gehört nicht zur Sache und hat nichts mit ... mit deiner Vernarrtheit zu tun.«

»Das ist keine Vernarrtheit«, flehte Rodney. »Ich liebe Caroline, und sie liebt mich.«

In Phillips Miene war nichts als Zorn. »Du hast gehört, was ich gesagt habe. Halt dich von dem Mädchen fern. Sie ist nicht die Richtige für dich. Ich habe gehört, dass sie einen Bergmann heiraten soll.«

»Das ist der Wunsch ihrer Mutter, nicht Carolines.«

»Dann legt ihre Mutter mehr Verstand an den Tag als du. Lass das Mädchen einen Burschen ihres eigenen Stands heiraten. Du gehst, falls du das vergessen haben solltest, nächstes Jahr nach Oxford. Ich empfehle dir, deine Zeit besser zu nutzen und für die Aufnahmeprüfungen zu lernen.«

Phillip setzte sich und wandte seine Aufmerksamkeit wieder seinen Hauptbüchern zu. Rodney begriff, dass das Gespräch zu

Ende war. Er zitterte, ob aus Zorn, aus Enttäuschung oder aus einer Mischung aus beidem, vermochte er nicht auszumachen. Auf einer abstrakten Ebene registrierte er, dass auch die Hand seines Vaters zitterte, als er die Seiten des Hauptbuchs umblätterte. Rodney drehte sich auf dem Absatz um und verließ den Raum.

Nachdem die Tür sich geschlossen hatte, machte Phillip eine ganze Minute lang weiter Eintragungen ins Hauptbuch. Doch in Gedanken war er nicht bei den Zahlen. Er lehnte sich auf seinem Stuhl zurück und starrte mit leerem Blick auf die Tür. Dann stand er auf und ging im Raum umher. Am Fenster blieb er stehen und schaute eine ganze Weile hinaus. Dann kehrte er zu seinem Schreibtisch zurück und griff nach einem Blatt Papier. Der Brief, den er an seinen Cousin in Northumberland schrieb, kam ohne Umschweife zur Sache.

Phillip vertraute nicht darauf, dass Rodney dem väterlichen Verbot Folge leistete. Der Junge glaubte wirklich, er sei verliebt. Die Affäre musste unverzüglich ein Ende haben. Dazu würde er Rodney weit weg von Cornwall schicken und auf Henry Collins eindringen, dafür zu sorgen, dass seine Tochter auf dem schnellsten Wege unter die Haube kam.

Die Angelegenheit wurde zwischen Vater und Sohn nicht wieder erwähnt. Rodney war verärgert über die Weigerung seines Vaters, ihn überhaupt ernst zu nehmen, und die darauf folgende heftige Ablehnung, deshalb ging er Phillip aus dem Weg. Zur Essenszeit, wenn Con ebenfalls zugegen war, konzentrierten sich die Gespräche auf Angelegenheiten, die mit dem Tremayne Estate zu tun hatten. Nicht einmal wenn das Gespräch auf die Grube kam, ließ Phillip in irgendeiner Weise durchblicken, dass ihm die Vernarrtheit seines Sohnes in eine Grubenmagd noch im Kopf herumging.

Rodney, der sich verzweifelt danach sehnte, seinem Vater irgendwann begreiflich zu machen, wie ernst es ihm war, Caroline zu heiraten, überlegte schon, wie er die beiden zusammenbringen konnte. Für ihn war Caroline die freundlichste und sanfteste

Seele auf der Welt. Er war überzeugt, wenn Phillip das Mädchen erst einmal kennenlernte, würde er ihnen seinen Segen nicht länger verweigern.

Der baldige Einzug Meggans ins Herrenhaus war sicher von Vorteil. Caroline konnte eingeladen werden, um ihre jüngere Schwester zu besuchen. Solche Ränke schmiedete Rodney und gelangte mit jedem Tag mehr zu der Überzeugung, der Ausbruch seines Vaters sei nur eine spontane Reaktion ohne große Bedeutung gewesen.

»Ich lauf jederzeit schneller als ihr, auch wenn ich 'n Mädchen bin.« Meggan schaute Hal und seinen Freund Jimmy Goss an, die zusammen mit Tommy und dem fünf Jahre alten Jack Goss erst den halben Weg den Hügel herunter waren.

Auf dem Heimweg von der Schule war sie wie so oft den steilen Hügel hinuntergelaufen. Sie liebte den Nervenkitzel, die bange Aufregung, dass ihr Körper schneller sein könnte als ihre Beine und sie stolpern und den ganzen Weg bis nach unten kullern würde, wo zwischen ihr und dem Rand der Klippe nur ein paar Wildblumen standen.

Eigentlich durften sie diesen Pfad, der einen Umweg ums Dorf machte, nicht nehmen. Ma wäre verärgert, wenn sie es herausfände. Doch da nur noch zwei Tage Schule war und in der nächsten Woche das Leben im Herrenhaus begann, bestand Meggan darauf, den langen Heimweg zu nehmen. Den ganzen Nachmittag hatte Meggan mit ihrem neuen Leben geprahlt, nur um die Jungen zu ärgern.

Als sie anfing zu laufen, rief Hal: »Damen, die in großen Häusern wohnen, laufen nicht.« Er wurde nicht beachtet.

»Du wirst nie eine Dame«, rief er noch, bevor er in einen Singsang verfiel, in den die anderen bald einstimmten: »Meggan wird keine Dame. Meggan wird keine Dame.« Immer wieder, bis sie sie eingeholt hatten.

Meggan wartete auf sie, die Hände in die Hüften gestemmt, den Kopf zur Seite gelegt. »Ich werd 'ne Dame, wenn ich muss. Aber ich bin trotzdem noch ich selbst. Und wenn ihr vorauslaufen wollt, werd ich euch beweisen, dass ich schneller bin als ihr alle zusammen.«

»Ich wette, das kannst du nicht.«

»Ich wette, das kann ich doch. Wir laufen an Mawther Hopkins' Haus vorbei, um Miners Row herum und dann hoch am Laden vorbei und dann wieder den Hügel runter bis hierher.«

Die Jungen wirkten nicht besonders begeistert, und der kleine Jack sprach aus, was alle dachten: »Das ist ganz schön weit, Meggan.«

Die Hände in die Hüften gestemmt, betrachtete Meggan sie mit Verachtung. »Ihr müsst nicht mit mir um die Wette laufen. Ihr könnt auch gleich zugeben, dass ich schneller bin.«

»Ich lauf gegen dich«, erklärte Hal.

»Ich auch.«

»Und ich.«

»Du kannst hier warten und auf unsere Bücher aufpassen«, erklärte Hal Jack.

»Ich gebe euch den halben Weg bis Mawther Hopkins' Haus Vorsprung, bevor ich loslaufe«, sagte Meggan.

»Wart mal 'ne Minute.« Jimmy packte Hal am Arm. »Sie hat Schuhe. Wir nicht.«

Meggan warf ihm ein süßes, spöttisches Lächeln zu und setzte sich, um ihre Stiefel aufzuschnüren. Sie wusste, dass Jimmy darauf hoffte, dass sie empfindliche Fußsohlen hätte. Die Jungen hatten ja keine Ahnung, dass sie bei jeder Gelegenheit die Stiefel auszog. Ihre Fußsohlen waren abgehärtet genug, um sie geschwind über das bucklige Kopfsteinpflaster zu tragen.

Die Jungen liefen los, bevor Meggan ihre Stiefel fertig aufgeschnürt hatte. »Ich krieg euch trotzdem«, rief sie. Eilig zog sie die Stiefel aus und dann die Socken und verharrte dann noch ein wenig, um ihren Rock an den Seiten aufzuknoten, damit der viele Stoff ihre Unterschenkel nicht behinderte. Bis dahin hatten die Jungen fast Mawther Hopkins' Cottage erreicht. Meggan setzte ihnen nach.

Sie achtete darauf, nicht gleich so schnell wie möglich zu laufen. Solange sie sie am Laden einholte, würde sie sie den Hügel hinunter schlagen. Die Jungen waren losgelaufen, so schnell sie konnten, und Meggan ging davon aus, dass sie, wenn sie den Laden erreichten, schon außer Atem wären. Außerdem zweifelte sie daran, dass einer von ihnen den Mut besaß, mit voller Geschwindigkeit den Hügel hinunterzujagen.

Tommy überholte sie in der Miners Row und die beiden Älteren holte sie kurz vor dem Laden ein. Sie lief an ihnen vorbei und blickte, als sie ein gutes Stück vor ihnen war, über die Schulter und rief: »Könnt ihr nicht schneller?«

Mit grimmig entschlossenen Mienen verdoppelten die Jungen ihre Anstrengungen, und Hal schoss seinem Freund davon.

Meggan, die ihre Geschwindigkeit verringert hatte, um sich nach den Jungen umzusehen, lachte laut und sammelte sich zu ihrem rasenden Lauf den Hügel hinunter, wo Jack von der Ecke aus zuschaute. Doch ihre Spötteleien kamen sie teuer zu stehen. Mit dem großen Zeh stieß sie gegen einen hochstehenden Pflasterstein, stolperte und fiel, wobei sie sich des Schmerzes deutlicher bewusst war als der Tatsache, dass die Jungen triumphierend an ihr vorbeiliefen.

Irgendwie gelang es ihr, dem Kullern Einhalt zu gebieten, obwohl sie sich sicher war, dass ihr Gesicht und ihre Hände voller Schrammen waren und dass sie sich wahrscheinlich auch das Kleid zerrissen hatte. Leise fluchend – Worte, die sie gelegentlich bei den Bergleuten aufgeschnappt hatte und für die ihre Mutter ihr das Fell gerben würde – schaffte sie es auf die Füße und schrie vor Schmerz laut auf, als sie versuchte, den linken Fuß zu belasten. Sie spürte Tränen in ihren Augen brennen und hätte am liebsten vor Enttäuschung mit dem Fuß aufgestampft. Das Wettrennen konnte sie auf keinen Fall beenden. Sie wusste nicht einmal, ob sie es schaffen würde, nach Hause zu humpeln. Sie schaute hinunter und sah, dass ihr Zeh schon zur doppelten Größe angeschwollen war und sich rasch schwarz verfärbte.

Die Jungen waren den Hügel wieder heraufgestapft.

»Alles in Ordnung, Meggan?«, fragte Hal.

»Nein«, fuhr sie ihn an. »Ich glaub, ich hab mir den Zeh gebrochen.«

Wenig mitfühlend, wie es nur ein Bruder fertigbrachte, stellte Hal bloß die Wahrheit fest: »Du warst die, die ein Wettrennen wollte.«

»Weil du nicht zugeben wolltest, dass ich schneller bin. Es ist deine Schuld.«

Jimmy eilte empört zu seiner Verteidigung. »Ist es gar nicht.«

»Schlechter Verlierer«, höhnte Hal.

»Bin ich nicht«, schrie Meggan und versetzte Hal einen Schubs, der ihn mit einem Aufschrei auf den Hintern beförderte.

Tränen brannten in seinen Augen. »Gemeinheit.«

»Heulpeter. Ich hab dich doch kaum angefasst.«

»Du hast mich feste gestupst.«

»Hab ich nicht.«

»Hast du doch.« Hal stand wieder auf und schubste seine Schwester so, dass sie das Gleichgewicht verlor und das Gewicht auf ihren verletzten Zeh verlagern musste. Der Schmerz ließ sie noch einmal aufschreien. Tränen liefen ihr über die Wangen. Sie hob die Hand, um ihren Bruder zu schlagen, so fest sie konnte, doch da sah sie, dass sein Gesichtsausdruck sich völlig veränderte. Einen Augenblick später wurde ihr Handgelenk fest gepackt.

»Das reicht jetzt«, sagte eine energische Stimme, eine Stimme, an die Meggan sich gut erinnerte. Mr. Trevannick hielt ihre Hand fest.

Die Jungen rannten davon, sollte sie doch zusehen, wie sie allein zurechtkam. Meggan war versucht, ihnen hinterherzurufen, was für Feiglinge sie doch seien, doch mit einiger Mühe gelang es ihr, ihre Zunge zu zügeln. Plötzlich war sie sich bewusst, dass Mr. Trevannick sie recht ungezogen finden musste, und richtete den Blick auf ihren schwarzen Zeh. Wenn er Mr. Tremayne erzählen würde, dass sie zu raubeinig und zu wild war, um Miss Jennys Gesellschafterin zu werden, würde sie vor Scham im Boden versinken. Ganz zu schweigen davon, dass sie ihren Vater enttäuschen und ihre Mutter erzürnen würde.

Aufgebracht, wütend und unter großen Schmerzen trotzte Meggan ihrem Kaperer. »Ich geh jetzt, Sir.«

»Das denke ich nicht, kleine Meggan.«

»Sie können mich nicht daran hindern«, erklärte Meggan und wollte sich aus seinem Griff befreien.

»Du hast dich verletzt, als du gestürzt bist.«

»Das ist nichts. Ich kann gehen.«

Er ließ ihren Arm los. »Zeig's mir.«

Sie schaffte es, zwei Schritte auf der linken Ferse zu humpeln, bevor die Schmerzen unerträglich wurden und ihr wieder Tränen über die Wangen liefen. Mit dem Rücken zu ihm blieb sie stehen.

»Starrköpfiges Kind, was?«, bemerkte er und trat vor sie. »Komm, ich bringe dich nach Hause. Da drüben steht der Wagen.«

Meggan wurde allmählich übel vor Schmerz, und so ließ sie sich von ihm hochheben und den Hügel hinauftragen, wo gegenüber dem Laden das Pferd und der Wagen warteten. Als sie gewahr wurde, dass etliche Leute sich dafür interessierten, was da vor sich ging, wand Meggan sich innerlich. Das würde sich schnell herumsprechen. Ihre Ma würde bald erfahren, wie ihr Unfall sich ereignet hatte, selbst wenn sie Mr. Trevannick überreden konnte, nicht zu verraten, wie sie sich benommen hatte.

Auf dem Sitz des Wagens abgesetzt, spitzte Meggan verärgert und verlegen die Lippen. Obwohl sie gezwungen war, Mr. Trevannicks Hilfe in Anspruch zu nehmen, war sie fest entschlossen, sich in hochmütiges Schweigen zu hüllen, bis ihr ihre Schulbücher einfielen. Er holte sie von da, wo sie sie abgelegt hatte, reichte sie Meggan, stieg neben ihr auf und warf einen, wie Meggan fand, belustigten Blick auf ihre störrisch zusammengepressten Lippen.

»Du bist verärgert, dass du das Wettrennen nicht gewonnen hast.«

Meggan wandte den Kopf noch weiter ab.

Gefangen zwischen Belustigung und Verärgerung, schwieg Con. Wenn das Kind widerspenstig sein wollte, würde er sie in Ruhe lassen.

Er hatte die vier den Hügel herunterkommen sehen, und seine Aufmerksamkeit war zuerst ganz von Meggans verwegenem Lauf den Hügel herunter gefesselt gewesen. Das Mädchen war ihm seit dem vorausgegangenen Sonntag nicht mehr aus dem Kopf gegangen, und so war er stehen geblieben, um ihr zuzusehen. Er war fasziniert, als sie sich hinhockte, um die Stiefel auszuziehen, und staunte nicht wenig, als er erkannte, dass sie die Jungen zu einem Wettrennen herausgefordert hatte.

Was für ein faszinierendes Kind. Leidenschaftlich, ungehemmt, ganz das Gegenteil von Jenny. Er kicherte über das Bild in seinem Kopf und sah aus dem Augenwinkel, dass Meggan ihm den Kopf zugewandt hatte. Er bemerkte ihre ungehaltene Miene, als sein Kichern lauter wurde.

»Sie haben kein Recht, mich auszulachen.«

»Ich lache dich nicht aus, Meggan. Das würde mir nie in den Sinn kommen. Ich habe gerade daran gedacht, wie du die Jungen zum Wettlauf herausgefordert hast. Das Rennen hättest du auf jeden Fall gewonnen. Und dann ist mir in den Sinn gekommen, dass ich Jenny noch nie laufen gesehen habe. Nicht einmal, als sie noch klein war.«

Seine Bemerkung dämpfte ihre Empörung, und Meggan spürte

die Hitze der Demütigung in ihren Wangen. »Sie denken, ich bin keine passende Gesellschaft.«

»Ganz im Gegenteil. Ich glaube, du wirst Jenny sehr guttun. Sie muss aus ihrem Schneckenhaus gelockt werden und ...«

»Und ich muss lernen, eine Dame zu sein.«

»Das wollte ich nicht sagen.«

»Das sagt Ma. Die ganze Zeit. Sie findet mich viel zu wild, und ich fürchte, sie hat recht. Ich versuch wirklich, mich zu ändern.«

»Veränder dich nicht zu sehr, Meggan, meine kleine Zigeunernixe.«

So wie er das sagte, »meine kleine Zigeunernixe«, entzündete es in Meggan innerlich ein warmes Glühen. Die Wärme, die sie spürte, stieg ihr in die Wangen und ließ sie sich auf dem harten Wagensitz winden.

»Sie scherzen, Mr. Trevannick. Eine Zigeunerin kann keine Nixe sein und umgekehrt auch nicht.«

»Aber du bist beides, Meggan. Eine Nixe, die auf dem Felsen sitzt und mit ihrem Lied bezaubert und die dann die Klippe hinaufsteigt, um sich in eine Zigeunerin zu verwandeln und durchs Moor zu streifen.«

»Da sind die Jungen.« Meggan war erleichtert, sie zu sehen. Obwohl Mr. Trevannick sie sicher nur auf den Arm nahm, wollte sie nicht mehr hören.

Con zog schon die Leine an. Die Jungen kletterten auf den Wagen, und danach hörte Con amüsiert zu, wie sie eine passende Geschichte aushecken, mit der sie vielleicht der Strafe entkamen, um Meggans gebrochenen Zeh zu erklären.

»Und du solltest diesen Sonntag ins Herrenhaus gehen, Meggan. Das wär mir 'ne schöne Bescherung, dass du mit 'nem gebrochenen Zeh zur Arbeit erscheinst. Wie gut, dass du noch nicht gehst.«

Meggan keuchte bestürzt auf. »Nicht? Was meinst du damit, Ma? Hat Mr. Tremayne es sich anders überlegt?«

»Nein, Kind. Hab dich nicht so. Miss Tremayne bleibt nur noch 'n bisschen länger in London, das ist alles. Du gehst ins Herrenhaus, wenn sie wiederkommt. Mr. Trevannick hat heut Bescheid gesagt. Es ist ein Glück. Jetzt, wo du still zu Hause sitzen musst, kannst du deine Näharbeit fertig machen.«

Und das war, wie Meggan zugeben musste, die schlimmste Strafe, die sie für ihre Torheit bekommen konnte: im Haus gefangen und zu der verhassten Näharbeit verpflichtet.

Der nächste Sonntag brachte heftigen Wind und Regen, sodass es Meggan nicht ganz so schwer ankam, dass sie sich nicht vom Fleck rühren konnte. Doch sie hatte sich über die ungenutzten zusätzlichen Tage in Freiheit geärgert. Und da sie mit ihrer Näharbeit fast fertig war, hatte sie ihrer Mutter die Erlaubnis abgerungen, den Nachmittag im Bett liegen und lesen zu dürfen, was in der Tat ein seltenes Zugeständnis war.

Sie war ein wenig überrascht, als Caro hereinkam, um sich ein besseres Kleid anzuziehen und ihren Mantel zu holen.

»Es ist schrecklich schlechtes Wetter, um auszugehen, Caro.«

»Ich geh nur Mrs. Ryan besuchen, um ihr eine Pastete zu bringen, die Ma gebacken hat.«

»Was für eine Ausrede würdest du benutzen, wenn Ma keine Pastete für Mrs. Ryan gebacken hätte?«

Caroline erstarrte, ohne ihre Schwester anzusehen. »Ich weiß nicht, wovon du redest, Meggan.«

»Ich red von dir und Rodney Tremayne. Ich weiß, dass du ihn triffst, wenn du ausgehst. Aber heute könnt ihr nicht im Wald liegen, sonst müsstest du Ma erklären, wie du so dreckig geworden bist.«

»Sei nicht vulgär, Meggan.« Caroline mochte trotzig sein, doch die hitzige Röte in den glatten Wangen verriet Meggan, dass ihre Schwester sehr aufgeregt war.

»Du bist vulgär, Caro, dich so zu benehmen. Du solltest vorsichtig sein, dass du kein Baby bekommst.«

Meggan sah ihre Schwester bleich werden. Unruhe ergriff sie. »Caro ...«

Doch Caro war bereits zur Tür hinaus, und Meggan blieb zutiefst verstört zurück. Der weiße Hase, den sie am vergangenen Sonntag gesehen hatte, fiel ihr wieder ein, und sie machte sich große Sorgen. Sie vergaß ihr Buch, legte sich hin und starrte an die Decke. Nicht zum ersten Mal wünschte sie sich, sie wäre älter und wüsste, wie sie mit dem Geheimnis ihrer Schwester und ihren eigenen aufgewühlten Gedanken umgehen sollte.

In ihrer Zuflucht im Gartenhaus der Tremaynes schmiegte sich Caroline in die Arme ihres Geliebten. Tränen flossen langsam über ihre Wangen. Sie war oft den Tränen nahe, wenn sie sich liebten. Ihre Vereinigung war immer so schön, denn ihre Seelen gingen eine ebenso innige Verbindung ein wie ihre Körper. Es konnte nicht ausbleiben, dass eine solche Leidenschaft Folgen hatte. Die Gewissheit, dass in ihrem Leib ein neues Leben heranwuchs, war mitverantwortlich für ihre Tränen. Seit sie dies wusste, hatte sie Angst, Rodneys Liebe könnte nicht ehrlich sein. Sie fürchtete, dass sie nur eine von vielen dummen Bergmannstöchtern war, die sich von einem Mann von Stand hatte verführen lassen.

Rodney fuhr ihr mit der Hand über die Wange, barg sie darin und drehte ihr Gesicht ihm zu. »Was ist, meine Liebste? Warum weinst du so?« Seine Miene war so zärtlich, und sie liebte ihn so sehr, dass ihre Tränen noch reichlicher flossen. »Caro, Caro.« Er zog sie fest an die Brust und wiegte sie, bis ihre Tränen versiegten, dann flüsterte er die Frage in ihr Ohr: »Bekommst du ein Kind?«

Als sie schluchzend nickte, wurde sie noch fester umarmt und schweigend einige Augenblicke so gehalten. »Unser Kind«, murmelte er und ließ sie aus seiner stürmischen Umarmung frei. »Meine liebste Caro, ich kann kaum glauben, dass es wahr ist.«

»Es stimmt aber«, antwortete Caro, zog sich zurück und vergrub das Gesicht in den Kissen, auf denen sie lag. Schluchzer schüttelten ihren Körper.

»Wein doch nicht, Liebste.« Er wollte sie wieder in die Arme schließen, doch sie wehrte ihn mit einer Bewegung der Schulter ab. »Geht es dir so schlecht deswegen?«

»Ja ... nein ... ich will nicht in Schande geraten.«

»Schande?«, rief er, setzte sich auf, packte sie fest bei den Schultern und zog sie hoch, sodass sie einander gegenübersaßen. »Glaubst du etwa, ich würde zulassen, dass du in Schande gerätst?«

»Was hast du vor? Willst du Vorkehrungen treffen, dass ich bis nach der Geburt irgendwo hinfahre? Die Leute kämen doch dahinter. Ich wüsste es. Wüsste, dass ich ein Kind hätte, das von Fremden aufgezogen wird.« Sie konnte den bitteren Groll nicht aus ihrer Stimme vertreiben, denn dies war ihre größte Angst, dass Rodney sie nicht genug liebte. Und wenn dem so war, wenn er sie nicht genug liebte, um sie zu heiraten, wenn seine Worte nichts als schöne Worte waren, dann wollte sie lieber sterben, als mit der Schande zu leben, ein uneheliches Kind zur Welt gebracht zu haben.

Da er nicht antwortete, schaute sie auf, um ihm in die Augen zu sehen. Der Schmerz darin verriet ihr, dass ihre Worte ihn verletzt hatten. Sie streckte die Hand aus, um seine Wange zu berühren.

»Ich liebe dich, Rodney, aber was bleibt uns anderes übrig?«

Er fasste sie zärtlich am Kinn, um ihr Gesicht anzuheben, damit sie ihm nicht auswich. »Liebste Caro, das Kind, das du trägst, ist die Frucht unserer Liebe, und ich verspreche dir, dass es umgeben von der Liebe beider Eltern aufwachsen wird.«

»Dann liebst du mich wirklich?«

Er drückte ihr einen zarten Kuss auf die Lippen und fuhr mit der Hand über ihre Brust und dann hinunter bis zu der leichten Rundung ihres Bauchs. Dort ließ er seine Hand ruhen. »Wie konntest du daran zweifeln, meine Liebste? Wir heiraten so schnell wie möglich.«

Caroline schüttelte den Kopf. »Das wird dein Vater nie erlauben.«

»Er wird«, erklärte Rodney. »Ich sorge dafür, dass er versteht, wie sehr wir einander lieben.« Doch seiner Stimme mangelte es an Überzeugungskraft, was Caroline durchaus nicht entging.

»Du sagst das, was du hoffst, und nicht, was du wirklich glaubst.«

»Ich sorge dafür, dass er uns seinen Segen gibt. Wenn es sein muss, bitte ich Con um Unterstützung. Mein Vater hält viel auf seine Meinung.«

Caroline schüttelte wieder den Kopf, und in ihrer Rüge lag eine zarte Traurigkeit. »Du glaubst, Con Trevannick wird unser Fürsprecher sein? Oh, mein Liebster. Er ist dein Pflegebruder. Er wird nichts tun, was ihm die Gunst deines Vaters entziehen könnte.«

»Warum sagst du so etwas?«, rief Rodney gequält aus. »Liebst du mich nicht mehr?«

»Du weißt, dass das nicht so ist. Deine Frau zu sein würde mich zum glücklichsten Menschen in ganz Cornwall machen. Ich kann mir bloß nicht einreden, dass ich es je sein werde.«

Er packte ihre Hände, und in seinem Blick lag ein feierliches Versprechen. »Wir werden heiraten, meine liebste Caroline. Selbst wenn wir durchbrennen müssen.«

Mit diesem Versprechen musste Caroline sich für den Augenblick zufriedengeben. Sie wollte ihrem Liebsten verzweifelt glauben, konnte sich aber nicht davon überzeugen, dass alles gut werden würde. Wenn Rodney ihr die Treue brach, wenn er auf den Rat seines Vaters hörte, wollte sie sich lieber umbringen, als Schande über ihre Familie zu bringen.

3

In der Annahme, nur ihre jüngere Schwester wüsste von den heimlichen Treffen mit Rodney und nur er allein wüsste um ihr anderes Geheimnis, dachte Caroline nicht an Joannas mütterliche Instinkte. Und so hatte sie nicht die leiseste Ahnung, was sie erwartete, als Joanna sie zwei Tage später bat, nach dem Abendessen einen Spaziergang mit ihr zu machen.

Der Boden war nach dem Regen am Wochenende wieder getrocknet, doch die Wildblumen entlang der Klippe hatten ihre Frische verloren. Die beiden Frauen sprachen wenig und nur über Belanglosigkeiten, bis sie an den Rand der Klippe kamen, wo jemand eine schwere Bank aufgestellt hatte, auf die sie sich setzen konnten, um über das Meer zu schauen. Sie saßen schweigend eine Weile da und blickten beide aufs Meer hinaus, als Joanna das Wort ergriff.

»Du bekommst ein Kind, nicht wahr?«

Carolines einzige Antwort war, in Tränen auszubrechen. Joanna seufzte. »Wie weit bist du?«

»Im zweiten Monat.«

»Dann sag mir, mein Mädchen, warum du immer noch vorgibst, Tom nicht heiraten zu wollen. Dafür magst du ihn offensichtlich genug. Jetzt kannst du die Heirat nicht länger hinauszögern. Ich bitte deinen Pa, mit Tom zu sprechen und alle Vorkehrungen zu treffen.«

»Nein!«, rief Caroline gequält. »Bitte nicht!«

»Caroline?« Joanna packte ihre Tochter bei den Schultern, um ihr ins Gesicht zu sehen, denn sie begriff nicht, was der Grund für die Angst war, die sie darin sah. »Was ist los? Hast du Angst vor Tom? Hat er dir Gewalt angetan?« Joanna geriet ins Zweifeln. Hatte Tom sie alle getäuscht? War er ein brutaler Mann wie sein Vater?

»Nein, das ist es nicht.«

»Und was ist dann das Problem?«

»Es ist nicht Tom.«

Caroline hatte so leise gesprochen, dass Joanna ihre Worte kaum verstanden hatte. Sie zwang sich, die eigene Stimme ganz ruhig zu halten. »Nicht Tom? Du warst mit einem anderen Mann zusammen?«

»Ja.«

»Mit wem?«

Als ihre Tochter nicht antwortete, riss Joanna die Geduld. Sie stand auf, zog Caroline hoch, packte sie an den Schultern und schüttelte sie.

»Wer ist der Vater, Caro? Sag's mir.«

»Ich kann nicht. Aber ich liebe ihn, Ma, und er liebt mich.«

»Du wirst es mir sagen, Caro, und wenn wir die ganze Nacht hier draußen bleiben. Ich sag deinem Vater nicht, dass du ein Kind erwartest, ohne ihm den Namen des Mannes nennen zu können, der dafür verantwortlich ist.«

Caroline hickste ihre Tränen hinunter, schniefte und fand dann den Mut, ihrer Mutter in die Augen zu sehen. »Rodney Tremayne.«

»Oh, mein Gott.« Joanna ließ die Schultern ihrer Tochter los. Sie setzte sich schwer auf die Bank, und sowohl Stimme als auch Miene verrieten ihre Angst. »Sag, dass das nicht wahr ist, Caro.«

»Er liebt mich, Ma. Er hat versprochen, mich zu heiraten.«

Joanna starrte ihre Tochter an und schüttelte, verzweifelt leugnend, den Kopf. Caroline, die sah, dass sie von ihrer Mutter keine Unterstützung zu erwarten hatte, wandte sich ab und senkte beschämt den Kopf. »Du glaubst mir nicht.«

Joanna stand wieder auf, um ihre Tochter zu umarmen, die sie so innig liebte. »Oh, mein liebes Kind. Dass du so getäuscht wurdest. Das wird niemals passieren, Caro. Du bist nicht das erste Mädchen, das von einem Gentleman mit falschen Versprechungen um den Finger gewickelt wurde.«

Caroline machte sich aus den Armen ihrer Mutter frei. »Du verstehst das nicht. Er liebt mich wirklich, Ma.«

»Nun, vielleicht liebt er dich ... jetzt. Doch es ist nun mal so, dass Tremaynes nicht unsereinen heiraten, Tochter. Es wird das Beste sein, du heiratest Tom ungesäumt.«

»Ich will Tom nicht heiraten. Und Tom wird mich auch nicht mehr wollen, wenn er hört, dass ich mich von 'nem anderen Mann hab schwängern lassen.«

»Das sagst du ihm auf keinen Fall.« Joanna hatte die Stimme erhoben. »Wenn es kommt, sagst du, es wär 'ne Frühgeburt.«

Caroline war schockiert. »Das ist nicht recht!« Sie konnte sich weder vorstellen, eine solche Lüge auszusprechen, noch ertrug sie den Gedanken, dass Tom sie in sein Bett führte. Was mit Rodney ein schöner Akt der Liebe war, würde ihr mit einem anderen Mann zuwider sein. »Das kann ich nicht, Ma.«

»Du kannst und du wirst, und damit ist die Sache erledigt. Ich red heute Abend mit deinem Vater. Ich erzähl ihm, das Kind ist von Tom, und morgen sagst du Tom, dass du ihn heiratest. Er wird keinen Aufschub wollen. Er hat lang genug gewartet.«

»Nein, Ma. Bitte. Sprich wenigstens zuerst mit Rodney. Falls ... falls er mich wirklich auf den Leim geführt hat, dann geh ich einfach weg. Ich könnt nie einen anderen heiraten.«

»Du wirst Rodney Tremayne niemals heiraten, es wär also das Beste, du gewöhnst dich an den Gedanken, Toms Frau zu werden. Ich lass nicht zu, dass du ein uneheliches Kind kriegst. Du hast ja keine Vorstellung, was für ein Leben dir dann bevorsteht.«

»Warum bist du dir so sicher, dass Rodney mich nicht heiratet?«, weinte Caroline. »Das kannst du doch gar nicht wissen.«

Sie bemerkte, dass ihre Mutter plötzlich sehr müde wirkte. »Ich weiß es, Caro. Glaub mir, ich weiß es.«

Am nächsten Vormittag wünschte sich Joanna, sie wäre dem Flehen ihrer Tochter gegenüber, ihren Zustand wenigstens noch ein paar Tage zu verheimlichen, hart geblieben. Während sie sorgfältig ihr bestes Kleid anzog, war sie nach wie vor davon überzeugt, es sei das Beste, wenn Caro Tom sofort heiratete und ihm niemals sagte, wer der Vater des Kindes war. Doch sie hatte sich vom fortgesetzten Schluchzen ihrer Tochter rühren lassen und stand jetzt vor einer Aufgabe, auf die sie gut und gerne hätte verzichten können.

Auf Tremayne Manor angekommen, ging sie mutig zur Haustür und läutete. Da Meggan bald ihre Stellung im Herrenhaus antreten sollte, konnten die Bediensteten nichts Unziemliches dabei finden, dass sie mit Phillip Tremayne zu sprechen wünschte.

Während der Butler wegging, um festzustellen, ob Mr. Tremayne abkömmlich sei, blieb Joanna allein in der Halle zurück. Sie bewunderte die herrschaftliche Einrichtung. Ein prachtvoll gemusterter Teppich lief durch die Mitte, und die Dielenbretter links und rechts davon waren zu höchstem Glanz gewienert. An der Wand standen in Abständen einige geschnitzte und mit Brokat bespannte Stühle. Auf einem kleinen Schrank stand eine riesige Vase mit frischen Blumen, deren Schönheit der vergoldete Spiegel verdoppelte.

Joanna betrachtete alles eingehend. Im Vergleich dazu kam ihr ihr eigenes hübsches Cottage sehr ärmlich vor. Doch Joanna fühlte sich wohl in ihrem Cottage, auf eine Weise, wie sie sich im Herrenhaus niemals hätte wohl fühlen können. Selbst wenn ihr ein solches Leben je offengestanden hätte.

Innerhalb weniger Minuten kehrte der Butler zurück. »Mr. Tremayne wird Sie unverzüglich empfangen, Mrs. Collins. Hier entlang, bitte.«

Sie wurde ins Arbeitszimmer geführt, wo sie nur einen kurzen Eindruck von der Pracht der Einrichtung bekam, bevor Phillip Tremayne sich hinter seinem Schreibtisch erhob und vortrat, um sie zu begrüßen. »Wie schön, Sie zu sehen, Mrs. Collins.«

So höflich. So formal. Bis der Butler sich, auf ein Nicken seines Herrn hin, zurückzog. Dann nahm Phillip ihre Hand, um sie zu einem Stuhl zu führen. »Joanna. Du bist schön wie je.«

Doch Joanna nahm keine Notiz von der Bewunderung in seinen Augen, setzte sich auf die vorderste Stuhlkante, drückte Füße und Knie zusammen und verschränkte die Hände im Schoß.

»Vielen Dank, dass Sie bereit waren, mich zu empfangen, Mr. Tremayne.«

»Phillip, bitte. Wir müssen doch nicht so förmlich sein.« Er schürzte die Lippen, während er sie einen Augenblick musterte. »Über welche deiner Töchter möchtest du reden?«

Die Frage kam so unerwartet, dass Joanna nur den Mund aufriss. »Du weißt es?«

»Die Sache mit Caroline und Rodney, ja. Der Junge hat letzte Woche mit mir gesprochen. Er ist auf die dumme Idee gekommen, er wäre verliebt. Er wird darüber hinwegkommen.«

Worte, die Joanna wenig Trost boten. »Was genau hast du zu ihm gesagt?«

»Ich habe ihm gesagt, er soll sich die Hörner woanders abstoßen und mindestens die nächsten zehn Jahre keinen Gedanken ans Heiraten verschwenden. Und ihn gewarnt, er solle aufpassen, wohin er seinen Samen sät.«

Dass seine Worte sie verletzten, schien er nicht zu bemerken. Joanna wusste sehr wohl, dass Phillip Tremayne, obwohl er ein guter Gutsherr und Dienstherr war, sich niemals Gedanken um das Feingefühl anderer Menschen machte. Hatte Phillip sich je darum geschert, wohin er seinen Samen säte?

»Dein Rat kommt zu spät. Caroline bekommt ein Kind.« Ihre Worte waren mit leerer, vollkommen leidenschaftsloser Stimme gesprochen. Joanna hatte sich streng unter Kontrolle und war zufrieden, als sie sah, dass Phillip genauso entsetzt reagierte wie sie am Abend zuvor.

»Rodney hat sie geschwängert?«

»O ja.« Diesmal konnte Joanna nicht verhindern, dass sich Bitterkeit in ihre Stimme schlich. »Auch sie glaubt, sie ist verliebt. Sie ist überzeugt, dass Rodney sie heiratet.«

»Niemals! Das weißt du so gut wie ich.«

Joanna senkte den Kopf. »Das hab ich ihr gesagt. Die Tremaynes heiraten nicht unter ihrem Stand.«

Phillip musterte sie scharf, doch ihre Miene verriet keinen Hinweis auf irgendeinen Hintersinn. Er schüttelte sich im Geiste. Was vergangen war, war vergangen. Er bereute nichts.

»Was wirst du tun?«, fragte er.

»Ich hab Caroline gesagt, sie muss Tom Roberts unverzüglich heiraten und das Kind als seins ausgeben.«

»Verstehe.« Er nickte nachdenklich. »Das ist offenkundig die einzige Lösung, doch da du bereits einen Entschluss gefasst hast, warum bist du da noch zu mir gekommen?«

»Ich brauche deine Hilfe. Caroline kann gelegentlich ziemlich stur sein. Sie hat geschworen, Tom niemals zu heiraten. Wenn wir sie glauben machen könnten, Rodney hätte sie verlassen, überlegt sie es sich vielleicht. Ich will, dass du deinen Sohn fortschickst, bis Caroline und Tom verheiratet sind.«

»Beruhige dich, Joanna. Ich habe schon an einen Cousin in Northumberland geschrieben und ihn gebeten, Rodney zu sich zu holen, bis er nach Oxford geht.«

Eine Last hob sich von Joannas Herz. »Danke. Mit ein wenig Glück wird alles gut.«

Da ihr Auftrag ausgeführt war, stand sie sofort auf, um zur Tür zu gehen. Phillip erreichte diese zur gleichen Zeit und blieb, die Hand am Türknauf, stehen.

»Ist sonst noch etwas, Joanna?« In seinen Augen lag eine Frage, die sie geflissentlich ignorierte.

Sie blickte ihn ruhig an. »Nein. Sonst ist nichts.«

Obwohl die Unterredung mit Phillip Tremayne ihre Besorgnis beträchtlich erleichtert hatte, wusste Joanna, dass sie erst vollkommen zur Ruhe kommen würde, wenn Caroline Mrs. Tom Roberts war. Am Abend würde sie mit Henry sprechen, der zweifellos auf einer unverzüglichen Heirat bestehen würde. Da sie Zeit hatte, über die Angelegenheit nachzudenken, sah sie auch den Nachteil, der darin lag, Tom als den Vater zu bezeichnen. Henry würde Tom zu Recht ins Gebet nehmen. Und das würde Joannas Plan vereiteln. Der mütterliche Instinkt sagte ihr, dass Caro nicht mit Tom geschlafen hatte. Und deshalb musste sie ihrem Mann die Wahrheit sagen. Eine Wahrheit, die schmerzlicher war als eine Lüge.

Ihr vorsichtiger Optimismus erhielt einen Schlag, als Henry sich beim Abendessen an seine ältere Tochter wandte.

»Ich habe den jungen Mr. Tremayne heute mit dir reden sehen, Caroline. Was wollte er?«

Caroline lief knallrot an, was ihrer Mutter alles verriet. Und Meggan, obwohl die anderen das nicht mitbekamen. Caroline murmelte vage etwas von wegen, sie sei gefragt worden, ob die Arbeit ihr gefalle.

Joanna hörte kaum, was ihr Mann antwortete, und bekam auch die nachfolgende Diskussion über die Vorzüge verschiedener Grubenbesitzer und Dienstherren nicht mit. Von Furcht ergriffen, wusste sie, dass sie Caroline wegen der Affäre mit Rodney Tremayne noch am Abend ins Gebet nehmen musste.

Caroline wollte nicht hören. Noch sturer, als ihre Mutter es für möglich gehalten hatte, weigerte sich das Mädchen, irgendein Argument zu akzeptieren, das Joanna vorbrachte.

»Warum verstehst du das nicht, Ma? Rodney und ich lieben uns wirklich. Wir heiraten. Auch wenn wir durchbrennen müssen.«

»Ihr seid wirklich verrückt. Durchbrennen? Sein Vater würde ihn enterben.«

»Das weiß er, und ich auch. Es ist uns egal. Wir gehen nach

Amerika oder Australien. Irgendwohin, wo es keine Rolle spielt, wer unsere Familien sind.«

Caroline war so entschlossen und so eisern, dass Joanna blass wurde vor Angst. Diese Sturheit hatte sie nicht von ihrer Mutter geerbt. »Das ist ein dummer Traum, Caro. Du kannst Rodney nicht heiraten. Vertrau mir, ich weiß, was das Beste für dich ist. Heirate Tom. Du bist eine Bergmannstochter. Du solltest eine Bergmannsfrau werden. Das ist das Leben, das du kennst.«

»Oh, warum verstehst du mich nicht? Hast du Pa nicht geliebt?«

Joanna musste den Zorn, der in ihr aufflackerte, mit Macht zügeln. »Das hat damit nichts zu tun.«

»Verstehe. Du hast aus Vernunftgründen geheiratet. Ich werde aus Liebe heiraten. Ich heirate den Vater meines Kindes.«

»Das kannst du nicht, Caro.« Joanna war den Tränen nahe. »Warum glaubst du mir nicht, wenn ich dir sage, dass du niemals, niemals, niemals Rodney Tremayne heiraten kannst?«

»Du kannst uns nicht daran hindern. Das kann nicht mal Mr. Tremayne.«

»Caro, Caro. Warum bist du nur so stur?« Joanna vergrub das Gesicht in den Händen und drängte Tränen des Schmerzes zurück. Einen Moment herrschte Schweigen. Warum, oh, warum war das Schicksal nur so hart? Wurde sie, Joanna, für ihre eigenen Sünden bestraft? Wenn es doch nur nicht so wäre. Joanna holte tief Luft und hob den Kopf.

»Ich würd's dir lieber nicht sagen, Tochter, aber es ist wohl der einzige Weg.«

Als Caroline den Schmerz im Gesicht ihrer Mutter sah, machte sich in ihrem Herzen ängstliche Bestürzung breit. »Mir was sagen?«

»Die Wahrheit darüber, warum du Rodney Tremayne nicht heiraten kannst.«

Joanna nahm sich Zeit, um ihre Gedanken zu sammeln. Als sie

zu sprechen begann, richtete sie den Blick nicht auf ihre Tochter, sondern auf die Hände, die sie fest im Schoß verschränkt hatte.

»Ich war sechzehn, als ich Phillip Tremayne zum ersten Mal begegnet bin. Ich hab mich wahnsinnig in ihn verliebt und er sich in mich. So sagte er jedenfalls. Aber er hat Louise Pengelly geheiratet und mich gebeten, seine Geliebte zu werden. Ich hab mich geweigert. Wenn er mich nicht genug liebte, um mich zu heiraten, sollte er mich auch nicht anders haben. Dein Vater wollte mich heiraten, aber ich hab auch ihn abgewiesen. Wenn ich Phillip nicht haben konnte, wollt ich keinen.« Sie hob den Kopf, um Caroline anzusehen. »Kommt dir das bekannt vor, Tochter?« Ohne auf eine Antwort zu warten, senkte sie den Blick wieder auf ihre Hände und fuhr fort.

»Sie waren zwei Jahre verheiratet, bevor Louise schwanger wurde. Sie hatte Schwierigkeiten mit der Schwangerschaft und der Geburt. Damals hat Phillip sich mir wieder genähert. Zuerst hab ich ihn abgewiesen, aber ich war, seit er geheiratet hatte, so unglücklich, dass ich bald nachgegeben hab. Obwohl es unmoralisch war, war ich in diesen Monaten glücklicher als je in meinem Leben. Als ich entdeckte, dass ich ein Kind erwartete, war ich ganz aufgeregt bei dem Gedanken, dass ich stets einen Teil des Mannes besitzen würde, den ich liebte. Er konnte mich nicht heiraten, doch ich dachte, er würde mir irgendwo ein hübsches Haus einrichten und mich oft besuchen. Siehst du, ich hab ihm geglaubt, als er sagte, er liebe mich. Stattdessen hat er meine Hochzeit mit deinem Vater arrangiert.«

Caroline hatte das Gefühl, einer Fremden zuzuhören. Sie konnte sich einfach nicht vorstellen, dass ihre praktische Mutter Phillip Tremayne so sehr geliebt hatte, dass sie sowohl bereit gewesen war, ein uneheliches Kind zu bekommen, als auch, als seine Geliebte zu leben.

»Wusste Pa es, oder hast du dich verstellt, wie ich mich Tom gegenüber verstellen soll?«

»Nein. Ich wollt ihn nicht heiraten, ohne dass er die Wahrheit wusste. Er hat mich trotzdem geliebt und war bereit, mich zu nehmen und das Kind als seins auszugeben. Er ist von Phillip großzügig belohnt worden, mit der Beförderung zum Obersteiger und diesem Cottage.«

»Ich hätte gedacht, er besäße mehr Stolz.«

»Dein Pa ist ein guter, großzügiger Mensch. Es war der Beweis, wie sehr er mich liebte. Und ja, er hatte seinen Stolz, also hat er abgewartet. Warum glaubst du, wird Meggan Miss Jennys Gesellschafterin?«

»Was ist aus dem ...«, eine grausame, scharfe Erkenntnis überkam Caroline, »... dem Baby geworden? ... Das war ich.« Ihre Stimme stieg hysterisch. »Dann ... dann ist Rodney mein Bruder? Ich bekomme ein Kind von meinem Bruder? Nein, nein, das kann nicht wahr sein.«

Der Schmerz in Joannas Herz drückte sie schwer nieder, und die Qual und das Entsetzen im Gesicht ihrer Tochter zerrissen ihr die Seele.

»Es tut mir leid, Caro, Liebes. Ich wünscht, ich hätt's dir nicht erzählen müssen. Hätt'st du doch nur auf mich gehört und wärst einverstanden gewesen, Tom zu heiraten.«

Caroline vergrub das Gesicht in den Händen. »Was soll ich nur machen?«

Joanna holte tief Luft. Eine von ihnen musste stark bleiben. »Du tust genau das, was ich dir sage. Du heiratest Tom, Kind, und außer uns beiden muss niemand die Wahrheit erfahren.«

Das Mädchen starrte seine Mutter ungläubig an. »Du bist so hart, Mutter. Ist es dir egal, wie ich mich fühle?«

»Du weißt ja nicht, wie schwer mir das Herz ist, Kind. Aber ich muss praktisch denken.«

»Rodney?« Caroline versagte die Stimme. »Weiß er es? Wird er es erfahren?«

Joanna schüttelte den Kopf. »Sein Vater schickt ihn weg, bis du und Tom verheiratet seid.«

»Wenn ich Tom heirate, wird er denken, ich würde ihn nicht lieben.« Was redete sie da? Wie konnte sie so etwas sagen? Wie konnte sie darüber reden, Tom zu heiraten? Es wollte ihr einfach nicht gelingen, das, was ihre Mutter ihr gestanden hatte, wirklich zu begreifen.

»Es wär nicht das Schlechteste, wenn Rodney das denken würde. Er wird eine Frau seines Standes finden und dich mit der Zeit vergessen, wie auch du ihn vergessen musst.«

»Das kann ich nicht, Ma. Ich kann weder Rodney anlügen noch Tom. Und auch nicht das Baby. Es ist ein Kind der Blutschande. Es könnte nicht normal sein.« Hysterie trieb ihre Stimme immer höher.

»Ruhig jetzt. Das ist dummes Gerede. Meine Worte haben dich schockiert. Vertrau mir, Kind, es war das Beste für dich, es zu erfahren. Ich hab Phillip Tremayne wirklich geliebt, aber ich musste lernen, meine Gefühle hintanzustellen, dem Mann zuliebe, den ich geheiratet hab. Dein Vater ist ein guter Mann, und ich bin glücklich mit ihm. Tom ist ein guter Mann, und du wirst lernen, mit ihm glücklich zu sein. Komm jetzt, Caroline, meine Liebe«, sie umarmte ihre Tochter, »für heute Abend haben wir genug geredet. Morgen früh siehst du die Dinge klarer.«

Lange vor dem Morgen waren Carolines Gedanken in der Tat vollkommen klar. Lange vor Tagesanbruch, Stunden, bevor die anderen sich im Schlummer regten, stieg sie aus dem Bett, in dem sie die ganze Nacht schlaflos gelegen hatte. Um ihre jüngere Schwester nicht zu wecken, zog sie sich sehr leise an und schlich mit den Stiefeln in der Hand verstohlen aus dem Zimmer. In der Küche zog sie sie an und verließ das Haus heimlich durch die Hintertür.

Sie ging die Dorfstraße hinunter und bog dann in den Pfad ein, der über die Klippe führte. Am höchsten Punkt blieb sie stehen, um zurückzuschauen, über das Dorf dahin, wo Tremayne Manor als dunkle Silhouette im Mondlicht lag. Sie wusste nicht, wie lange sie so dort stand, und bemerkte auch nicht die Tränen auf ihren Wangen. Ihr einziger Gedanke war, dass der Mann, den sie mehr liebte als ihr Leben, ihr Bruder, in diesen dunklen Mauern schlief.

Ihre Liebe zu dem Mann, dessen Kind sie unter dem Herzen trug, hatte in den langen, verzweifelten Nachtstunden nicht gewankt. Doch in ihrem Herzen war ein großer Zorn gegen ihre Mutter gewachsen und mit ihm eine Bitterkeit gegen den gefühllosen Mann, der ihr Vater war. Sie war zu dem Schluss gekommen, dass die beiden für die Verzweiflung, die sie erlitt, büßen sollten.

»Verzeih mir, Rodney. Es ist am besten so«, flüsterte sie, bevor sie ihren Weg zur Grube fortsetzte.

Als Meggan wach wurde, sah sie, dass das Bett ihrer Schwester leer war. Caroline, dachte sie, muss heute Morgen sehr früh aufgestanden sein. Sie zog sich an und ging nach unten, wo sie in der Küche nur ihre Mutter antraf. Pa und Will hatten das Haus für ihre Schicht in der Grube schon verlassen, während die kleineren Jungen erst aufstanden, wenn es sich gar nicht länger aufschieben ließ.

»Morgen, Ma. Ist Caro draußen?« Hoffentlich blieb ihre Schwester nicht zu lange auf dem Abort, denn dort musste Meggan dringend hin.

»Caro? Ist sie nicht mehr im Bett?«

»Nein. Sie ist wohl wach geworden und hat sich angezogen, als ich noch geschlafen hab.«

Joanna seufzte verärgert. Sie hatte sich die ganze Nacht gefragt, ob es wirklich klug gewesen war, Caroline die Wahrheit über ihren Vater zu gestehen. Ein winziger Anflug von Beklemmung ließ ihr Herz ruckartig klopfen. »Wo ist das Mädchen dann?«

»Ich weiß nicht, aber wenn sie nicht draußen ist, geh ich jetzt mal raus.«

Als Meggan wenige Minuten später ins Haus zurückkehrte, zog

ihre Mutter gerade den Mantel an. Ihre Stiefel für draußen hatte sie bereits geschnürt. Meggan schnappte überrascht nach Luft. Sie sah, dass die Hände ihrer Mutter an den Knöpfen des Mantels herumfummelten.

»Stimmt was nicht, Ma?« In ihrem Bauch machte sich ein unbehagliches Gefühl breit.

»Kümmer dich um das Frühstück für deine Brüder, Meggan. Ich hab was zu erledigen.«

»Wo gehst du hin, Ma? Wo ist Caro?« Irgendetwas stimmte nicht, dessen war Meggan sich jetzt ganz sicher.

»Darum musst du dich nicht kümmern. Tu nur, was ich dir aufgetragen hab, und sorg dafür, dass ihr alle zur Schule geht, falls ich bis dahin noch nicht zurück bin.«

Dann war ihre Mutter weg, und Meggan wurde übel. Der weiße Hase war ihr wieder eingefallen.

Joanna war viel schneller in Tremayne Manor, als man für diese Entfernung normalerweise brauchte, und als sie dort ankam, hatte sie solche Stiche in der Seite, dass sie keuchend nach Luft schnappte und nur noch stolpernd vorwärtskam. Um diese frühe Stunde schien niemand da zu sein. Joanna läutete wiederholt und klopfte laut an die Tür und schluchzte fast, so voller Sorge war sie. Nach einer, wie es ihr schien, endlosen Zeit öffnete die Haushälterin ihr die Tür.

»Wozu der Aufruhr, Mrs. Collins? Und was machen Sie an der Haustür?«

Joanna achtete nicht auf den missbilligenden Tonfall der Frau. Sie und Haddy Brown waren gleichaltrig und hatten einander schon als Mädchen nicht gemocht.

»Ich muss mit Mr. Tremayne sprechen. Dringend.«

»Hmmm. Der gnädige Herr ist noch im Bett. Ich störe ihn nicht ohne guten Grund.«

»Er wird es verstehen, wenn ich mit ihm spreche.«

»Sie kommen ums Haus zur Küchentür, Mrs. Collins, und warten da. Der gnädige Herr wird Sie sicher empfangen, sobald er aufgestanden ist und gefrühstückt hat.«

»Oh, du dummes Weibsstück. Es ist dringend.« Joanna wollte ins Haus treten, doch die Haushälterin stellte sich ihr mit ihrer ganzen massigen Gestalt und weit ausgestreckten Armen in den Weg. Joanna war so wütend, dass nicht viel gefehlt hätte, und sie hätte Haddy Brown geschlagen.

»Was gibt es, Joanna?« Die Stimme von der Treppe zog die Aufmerksamkeit der Frauen auf sich. Das Nachthemd über den Breeches zeugte von Phillip Tremaynes Eile beim Ankleiden. Er kam die Treppe herunter. »Ich habe den Tumult gehört. Was ist passiert?«

Obwohl sie ihre Sorge unbedingt loswerden musste, warf Joanna einen bedeutungsvollen Blick in Haddy Browns Richtung. Einen Blick, den die Frau offenkundig zu ignorieren gedachte, bis Phillip sie mit einem kurzen »Vielen Dank, Mrs. Brown« entließ.

Die Haushälterin zog sich eingeschnappt zurück, und erst als sie weit außer Hörweite war, sprach Joanna mit leiser Eindringlichkeit.

»Wo ist Rodney?«

Phillip zuckte überrascht die Achseln. »Ich nehme an, reiten. Normalerweise reitet er sehr früh aus.«

»Caroline hat auch sehr früh das Haus verlassen.«

Er blickte sie scharf an. »Du denkst, sie haben sich verabredet.«

»Ich befürchte Schlimmeres.«

Phillip begriff sofort. »Du denkst, sie sind zusammen weggelaufen?«

»Caro hat gesagt, sie würden durchbrennen, wenn ich versuche, sie mit Tom Roberts zu verheiraten.«

Phillip stieß ein abschätziges Schnauben aus. »So etwas Dummes tut Rodney nicht.« Sein Stirnrunzeln jedoch verriet, dass er kein allzu großes Vertrauen in den gesunden Menschenverstand seines Sohnes hatte.

»Aber du hältst es für möglich. Was sollen wir tun?«

»Nichts, solange wir nichts Genaues über ihren Verbleib wissen.« Er nahm sie am Arm und führte sie zu einem Sofa an der Wand. »Ruh dich hier aus, während ich zu den Ställen schicke. Der Stallbursche wird wissen, um welche Zeit Rodney losgeritten ist.«

Haddy Brown wurde erneut herbeizitiert. Sie konnte ihre Neugier kaum verhehlen, und ihr Blick verweilte auf Joannas Gesicht, als könnte sie dort eine Erklärung finden. Doch sie tat, wie ihr geheißen, und kehrte wenige Minuten später mit der Kunde zurück, dass Mr. Rodney in der Tat sehr früh ausgeritten sei, jedoch gesagt habe, er sei vor dem Frühstück zurück.

»Siehst du, Joanna, sie sind nicht zusammen. Vielleicht ist Caroline zu einem frühen Spaziergang aufgebrochen. Wenn du zum Cottage zurückkehrst, ist sie wahrscheinlich schon wieder zu Hause.«

Joanna erhob sich. »Ich bete, dass du recht hast, Phillip, aber ich hab Angst, sie kommt nicht nach Hause.«

»Hast du Grund zu der Annahme, oder ist es nur die ganz natürliche Angst einer Mutter?«

»Nein. Das ist es nicht.« Joanna knetete die Hände, sie machte sich größere Sorgen, als sie zugeben mochte. »Sie weiß es, Phillip. Caro weiß, dass du ihr Vater bist.«

Phillip Tremayne starrte sie an. »Du hast es ihr gesagt? Warum um alles in der Welt hast du das getan? Wir waren uns, bevor du Henry Collins geheiratet hast, einig, dass nur wir beide und dein Mann es je erfahren sollten. Du hast dein Versprechen gebrochen, Joanna.«

Er war ungehalten. Und zwar sehr. Joanna schmerzte sein unfaires Urteil. »'s ist schon recht, dass du wütend bist, Phillip Tremayne. Du musstest dir ja nicht ihre Tränen und ihre ungestümen

Drohungen anhören. Sie war wild entschlossen, mit Rodney zusammen zu sein. Ich hab's ihr nur gesagt, um sie davon zu überzeugen, Tom Roberts zu heiraten.«

»Ich nehme an, ohne Erfolg.«

»Ich hab ihr gesagt, am Morgen würd sie die Dinge klarer sehen.«

»Und jetzt ist es Morgen, und du sagst, sie sei verschwunden. Wie hat Caroline auf dein Geständnis reagiert?«

»Sie war natürlich außer sich.«

»Natürlich.«

Joanna verlor die Nerven. »Schlag mir gegenüber nicht diesen sarkastischen Ton an, Phillip Tremayne. Ich versuch nur, meine Tochter zu schützen. Unsere Tochter. Oh, wie ich mir wünschte, ich hätte mich nie auf die Lügen und Täuschungen eingelassen. Ich wünschte, ich hätt's ihr vor langer Zeit schon gesagt.«

Voller Zorn und Besorgnis eilte sie zur Haustür. Sie achtete nicht auf Phillip Tremaynes »Warte, Joanna« und verließ das Haus ohne einen Blick zurück.

Sie war noch nicht ganz davon überzeugt, dass die jungen Leute nicht durchgebrannt waren. Natürlich würde Rodney erwähnen, wann er vom Ausritt zurückkäme, einfach, um jeden Verdacht zu zerstreuen. Doch wenn die beiden nicht durchgebrannt waren, wohin war das Mädchen dann gegangen? Bei Meggan hätte sie Phillips Vorschlag eines frühmorgendlichen Spaziergangs glauben können. Doch ihre andere Tochter streifte ihres Wissens am Morgen nicht durch die Gegend.

Joanna ging nicht auf direktem Weg zurück ins Dorf, sondern nahm den Pfad entlang der Klippe und blieb häufig stehen, um auf die Felsen unter ihr zu starren. Es herrschte Ebbe, und zwischen den Felsen waren Flecken Strand zu sehen. Doch auf dem Strand war nichts, was darauf hindeutete, dass Caroline sich in ihrer Verzweiflung die Klippe hinuntergestürzt hätte. Und doch wollte das Grauen nicht von Joanna weichen.

Tom Roberts, dachte sie in verzweifelter Hoffnung. Vielleicht hatte Caro früh das Haus verlassen, um ihm zu sagen, dass sie ihn heiraten würde. Bestimmt war das Mädchen dorthin gegangen. Hatte Joanna ihr nicht geraten, keine Zeit mehr zu vergeuden und eine anständige Ehefrau zu werden? Am Abend würden sie sicher zusammensitzen, um die Hochzeitspläne zu besprechen.

Inzwischen war Joanna bis dahin gekommen, wo der Weg von der Klippe wegführte, und wandte sich wieder dem Dorf zu. Nach fünf Minuten stieß sie auf den Weg zur Grube. Sie schlug ihn ein und schaute zur Grube hinüber. Eine Gruppe kam langsam den Pfad herauf. Die haben aber spät Schichtende gemacht, dachte sie. Dann sah sie, dass ihr Mann und ihr ältester Sohn unter den Männern waren. Sah auch, dass zwei von ihnen, Tom und ein anderer Mann, eine Trage trugen.

Entsetzen packte sie und lähmte sie viele lange Sekunden. Dann lief sie den Männern voller Verzweiflung entgegen. Alle, auch Will, hatten den Kopf gesenkt. Nur Henry Collins hob den Blick vom Boden. Die Männer blieben stehen und warteten. Joanna sah den Schock auf den gesenkten Gesichtern, die nasse Tränenspur auf Wills Wangen. Henrys Miene war kalkweiß und angespannt. Mann und Frau sahen einander an, dann trat Joanna seitlich an die Trage und hob das Sackleinen hoch, um in das Gesicht ihrer toten Tochter zu blicken. Nur ein leiser, erstickter Schluchzer entfuhr ihren Lippen.

»Wir bringen sie nach Hause.«

Wie erstarrt ging Joanna mit versteinertem Gesicht den ganzen Weg zurück ins Dorf neben Caroline her.

4

Meggan wäre am liebsten weggelaufen und hätte sich versteckt. Wenn sie weit genug liefe, konnte sie vielleicht den schrecklichen Schuldgefühlen und der Trauer entfliehen. Es war zwölf Stunden her, seit man Caros Leichnam nach Hause gebracht hatte, und Meggan hatte immer noch keine Träne vergossen. Sie kauerte in ihrem Bett und starrte auf die leere Bettseite. So nah, dass sie und Caro die Hand ausstrecken und einander berühren konnten, wenn sie im Bett lagen.

Jetzt lag die Leiche ihrer Schwester unten in ihrem Sarg, und morgen würden sie sie außerhalb der Friedhofsmauern beerdigen. Am Nachmittag war Reverend Merton da gewesen. Meggan hatte still in der Ecke gesessen und zugehört, wie ihre Mutter disputiert und den Geistlichen angefleht hatte, ihnen zu erlauben, ihre Tochter in geweihter Erde zu beerdigen.

»Sich das Leben zu nehmen ist gegen den Willen Gottes, Mrs. Collins«, hatte er in dem selbstgerechten Tonfall verfügt, in dem er auch predigte. »Ihre Tochter, Gott habe sie selig, hat eine schreckliche Sünde begangen. Ich kann nicht erlauben, dass sie auf dem Friedhof beerdigt wird.«

Dann hatte Meggans Ma etwas Seltsames gesagt. »Mr. Tremayne sorgt für Ihren Lebensunterhalt. Er wird wollen, dass Caroline auf dem Friedhof beerdigt wird.«

»Nein«, sagte Pa, während Reverend Merton die Augenbrauen so hoch zog, dass es aussah, als hätte er Haare auf seinem kahlen Schädel.

»Ganz egal, wer sich für Sie verwendet, Mrs. Collins, Ihre Tochter kann nicht in geweihter Erde beerdigt werden.«

Das war sein letztes Wort, und er verabschiedete sich, ohne ein einziges Wort des Trostes für die Familie. Ihre Mutter war unter untröstlichen Schluchzern zusammengebrochen, und Meggan hatte ihren Vater unglücklich angeschaut und erkannt, dass das Gefühl, das er mit Mühe unterdrückte, Zorn war.

»Wenn das wirklich ein Mann Gottes ist«, erklärte er mit einem verächtlichen Blick auf die Tür, durch die der Geistliche verschwunden war, »betritt von uns niemand mehr eine Kirche.«

Die aufgelöste Joanna schwätzte zusammenhangloses Zeug vor sich hin, und Henry redete ihr zu, ins Bett zu gehen, und schickte Will los, um vom Arzt Laudanum oder etwas Ähnliches zu holen. Meggan blieb sich selbst überlassen. Mrs. Roberts hatte die beiden kleineren Brüder am Nachmittag mit zu sich genommen. Tom war, nachdem sie Caroline nach Hause gebracht hatten, in Richtung Wirtshaus geeilt.

Meggans Bestürzung und der Schock über die Tragödie waren rasch von schrecklichen Schuldgefühlen abgelöst worden. Den ganzen Tag über hatte sie an den weißen Hasen denken müssen. Und sie konnte auch die Worte nicht vergessen, die sie zu ihrer Schwester gesagt hatte: »Ich habe Angst. Der weiße Hase hat mich zu euch geführt.«

Auf dem Bett kauernd, rang Meggan mit der schrecklichen Vorstellung, sie trage Mitschuld am Tod ihrer Schwester. Wäre sie doch an diesem Tag nicht übers Moor gestreift. Dann hätte sie den weißen Hasen nicht gesehen. Dann hätte sie auch Caroline nicht mit Rodney Tremayne gesehen. Und dann wäre diese schreckliche Sache vielleicht nicht passiert.

Was Meggan einfach nicht verstand, war, warum Caroline sich in einen Grubenschacht gestürzt hatte. Hätte sie niemandem von dem Hasen erzählen sollen? Oder hätte sie Ma alles erzählen sollen, was sie gesehen hatte? Dass sie keine Antwort wusste, machte Meggans Schuldenlast nur umso schwerer.

Leute waren ins Cottage gekommen, um ihr Beileid auszusprechen. Die Belastung für ihre Eltern war groß. Unter der Wirkung des Laudanums, das Will geholt hatte, schien ihre Mutter kaum mitzubekommen, was um sie herum geschah. In ihren Schuldgefühlen und ihrer Verwirrung war Meggan zu dem Schluss gekommen, sie könnte am besten Buße tun, indem sie all die Arbeit tat, die normalerweise ihre Ma erledigte. Sie machte Erfrischungen für die, die kamen, um ihr Beileid auszusprechen, und Mittagessen und Abendessen für die Familie, und als ihr Vater anerkennend bemerkte, wie gut sie sei, verstärkte das nur ihre Schuldgefühle.

Im Laufe des Tages hatte sie durch aufmerksames Zuhören die Tatsachen erfahren, die man ihr verschwiegen hatte. Einer der Übertagearbeiter der Nachtschicht hatte in der Nähe des alten Schachts, der nicht mehr benutzt wurde, seit Wasser eingedrungen war, eine Frau gesehen. Er hatte kaum registriert, ob er wirklich etwas gesehen hatte, als die Frau verschwand. Er war hingelaufen, um in den Schacht zu spähen, doch dreihundert Meter Dunkelheit waren zu undurchdringlich für das menschliche Auge.

Er erzählte anderen, was er zu sehen geglaubt hatte. Da es unmöglich war, dass jemand einen solchen Sturz überlebte, überlegten die Bergleute, wie sie überprüfen könnten, ob der Mann tatsächlich eine Frau in den Schacht stürzen gesehen hatte. Während sie noch darüber debattierten, kamen die Männer zur Frühschicht.

Tom Roberts, wahrscheinlich der Kräftigste von allen, erbot sich sofort freiwillig, sich an einem Seil an einer Winde in den Schacht ablassen zu lassen. Ans Ende des Seils knoteten sie eine kleine Kohlenschütte. Tom stieg hinein, und als sie ihn eine Stunde später langsam wieder hochhievten, wiegte er Carolines Leichnam in den Armen.

Am nächsten Morgen schien die Sonne strahlend auf die Prozession von Trauernden, die hinter dem Karren des Leichenbestatters hergingen. Nur wenige bemerkten, was für ein außerordentlich schöner Tag es war. Die, die es bemerkten, betrachteten es als Spott über ihre Trauer. Joanna, die zwischen ihrem Mann auf der einen und ihrem ältesten Sohn auf der anderen Seite ging, schluchzte leise. Sie kamen zur Kirche und gingen an dem überdachten Friedhofstor, dem Eingang zu dem ummauerten Friedhof, vorbei. Um die Ecke bogen sie in die Gasse, wo der Leichenbestatter die Leine anzog, um das Pferd zum Stehen zu bringen, als sie das leere Land hinter dem Friedhof erreichten.

Dort war bereits ein Grab ausgehoben worden. Joanna hatte immer noch gehofft, ihre Tochter könnte in geweihter Erde beerdigt werden, und als sie diese Hoffnung jetzt getrogen sah, geriet sie ganz außer sich. Meggan, die immer noch nicht weinen konnte, hielt Hals und Tommys Hand fest umklammert.

Der Geistliche sprach nur wenige Worte, und in diesen wenigen Worten schalt er scharf die, die nicht den Glauben besaßen, nach Gottes Willen zu leben. Seine Erklärung, Carolines Seele werde auf ewig umherirren und niemals durch die Himmelstore schreiten, barg keinen Trost für die, die sie geliebt hatten. Die, die gekommen waren, um ihre Achtung zu bezeigen, wanden sich vor Verlegenheit.

Meggan achtete kaum auf die scheinheiligen Worte des Pfarrers. Sie betrachtete die Gesichter der Menschen, die das Grab umstanden. Die meisten weinten offen oder hatten Tränen in den Augen. Selbst Will liefen stumme Tränen über die Wangen. Tom Roberts weinte nicht, doch als Meggan sein Gesicht betrachtete, fröstelte ihr vor Angst. Sie wusste nicht, was Rache war, doch sie sah sie in Toms Miene. Er würde jemanden für Carolines Tod büßen lassen.

Obwohl Meggan sich immer noch schuldig fühlte, weil sie durch ihre Untätigkeit an Carolines Tod mitgewirkt hatte, hatte sie keinen Zweifel mehr daran, wer wirklich für Caros Entschluss, sich das Leben zu nehmen, verantwortlich war. Sie glaubte auch zu wissen, warum Caro es getan hatte. Sie ging in Gedanken zurück zu dem Gespräch mit ihrer Schwester und war sich fast sicher, dass Caro ein Baby erwartet hatte und dass der Mann, der dafür verantwortlich war, sie im Stich gelassen hatte. Zwischen all ihrer Trauer und ihren Schuldgefühlen keimte ein bitterer Zorn gegen Rodney Tremayne auf. Meggan schaute noch einmal zu Tom hinüber und überlegte, ob sie ihm den Namen des Mannes verraten sollte, an dem er seine Rachegelüste auslassen konnte.

Als die erste Handvoll Erde auf den Sarg geworfen wurde, in dem ihre Schwester lag, traf die Endgültigkeit des Todes Meggan mit fürchterlicher Wucht. Sie konnte nicht zusehen, denn sie wusste doch, dass es ihre schöne Schwester war, die da unter der Erde begraben wurde, und schob sich aus dem Kreis der Trauernden, um den Weg zurückzulaufen. Sie wollte sich in das überdachte Friedhofstor setzen, um dort auf die anderen zu warten. Doch sie musste feststellen, dass dort schon jemand saß. Und zwar Rodney Tremayne und Mr. Trevannick. Der eine machte ein finsteres Gesicht, der andere war von Trauer erschüttert.

Meggan blieb stehen, sie hatte nur Augen für den verstörten jungen Mann. Wie konnte er es wagen, um Caroline zu weinen, wo doch alles seine Schuld war. Sie stürzte sich auf ihn, um ihn mit Fäusten zu traktieren.

»Sie haben meine Schwester umgebracht«, schrie sie. »Ich hasse Sie! Ich hasse Sie!«

Da spürte sie, wie die Mauer, die ihren Schmerz bis dahin zurückgehalten hatte, bröckelte. Sie riss sich aus Mr. Trevannicks Griff los, der ihren Arm gepackt hatte, drehte sich um und lief weg, ohne auf seine Stimme zu achten, die ihr hinterherrief, sie solle warten. Tränen kullerten ihr über die Wangen, und sie wollte nur noch allein sein – ganz allein, an dem einzigen Ort, wo sie sich vor der Welt sicher fühlte.

Sie stolperte und stürzte auf dem Klippenweg, und obwohl sie sich nicht verletzt hatte, ließ der kleine Unfall die Tränen noch schneller laufen. Erst als sie in Sicherheit war, an ihrem Platz hinter den Felsen, überließ sie sich ganz ihrer Trauer. Wie lange sie weinte, wusste sie nicht. Jetzt, wo die Tränen endlich flossen, schien ihr, als wollten sie gar nie mehr aufhören.

Sie spürte kaum den tröstenden Arm, der sich um ihre Schultern legte, und dass sie an eine feste Brust gedrückt wurde, während eine Hand ihr sanft übers Haar strich. Sie wusste nur, dass so festgehalten zu werden den Schmerz linderte. Allmählich klang der Anfall von Kummer ab. Sie schniefte, rieb sich mit der Faust fest über die Nase und murmelte: »Tut mir leid, Sir.« Sie wollte sich aus seiner Umarmung frei machen.

Doch Con Trevannick hielt den Arm fest um ihre Schultern. Die Finger, die sanft über ihr Haar gestrichen hatten, wischten ihr die Tränen von den Wangen.

»Nein, Meggan. Ich bin derjenige, dem es leidtut. Für die Tragödie, die du und deine Familie erlitten habt.«

»Wegen Ihrer Familie.« Sie konnte die Bitterkeit nicht zurückhalten.

Er schwieg einen Augenblick. »Du hast Rodney beschuldigt. Warum?«

Meggan, die nicht auf die Frage antworten wollte, machte sich frei und stand auf. »Ich gehe jetzt.«

»Meggan.« Con Trevannick erhob sich genauso schnell und nahm ihre Hand, um sie am Weggehen zu hindern. »Wusstest du, dass deine Schwester und Rodney sich heimlich getroffen haben?«

Sie nickte. »Ich hab gewusst, dass er sie nie heiraten würde, selbst nachdem er ihr ein Kind gemacht hat, und«, fügte sie hinzu, als ihr ein weiterer Gedanke in den Sinn kam, »ich komm auch nicht ins Herrenhaus. Ich hasse Ihre Familie und werd nie wieder mit Ihnen reden.«

Er schüttelte leicht den Kopf und fuhr ihr mit zärtlichen Fingern noch einmal über die Wange. »Harte Worte, kleine Meggan. Wenn dein Schmerz nachlässt, überlegst du es dir vielleicht und denkst wieder freundlich von mir.«

»Ich werd niemals freundlich von Ihnen denken, Mr. Trevannick.« Sie hätte noch mehr gesagt, sehr viel mehr, doch da kam Will über die Felsen geklettert.

»Da bist du ja, Megs. Ich hab mir Sorgen gemacht. Geht's dir gut?«

Sie nickte und lief zu ihm, um ihm die Arme um den Hals zu werfen und ihn fest zu umarmen. »Oh, Will. Es tut mir leid, dass ich so oft gemein zu dir war. Ich hab dich lieb.«

»Ich hab dich auch lieb, kleine Megs. Und jetzt komm nach Hause. Pa macht sich auch schon Sorgen um dich.«

»Pass auf dich auf, Meggan«, sagte Con. »Ich werde dich nie vergessen.«

Will sah den Mann an. »Ich weiß nicht, warum Sie hier sind, Mr. Trevannick. Ich danke Ihnen dafür, dass Sie sich um sie gekümmert haben, aber wir passen aufeinander auf. Wir Collins wollen nichts von den Tremaynes.«

Ohne ein weiteres Wort führte er seine Schwester, den Arm immer noch um ihre Schulter gelegt, fort. Meggan blickte sich nicht mehr um.

Zum zweiten Mal sah Con Trevannick dem Mädchen zu, wie es den Klippenweg hinaufstieg. Diesmal betrübte ihn die Überzeugung, dass er sie nie wiedersehen würde.

Joanna lag wach. Henry neben ihr schlief tief und fest. Wie sehr er um Caroline trauerte, vermochte sie nicht zu sagen. Auch wenn er nicht ihr leiblicher Vater war, war er in jeder anderen Hinsicht vom Augenblick ihrer Geburt an ihr Vater gewesen. Obwohl Meggan einen besonderen Platz in seinem Herzen einnahm, hatte Henry Collins seine fünf Kinder alle gleich behandelt.

Als ihre Augen sich allmählich an die Dunkelheit gewöhnten, konnte Joanna die Konturen im Zimmer unterscheiden. Es war wohl in den frühen Morgenstunden. Sie wusste, dass es zwei Tage her war, seit sie ihre Tochter beerdigt hatte. Die meiste Zeit war sie ruhiggestellt gewesen. Am Abend zuvor hatte sie sich geweigert, noch mehr Laudanum zu nehmen, denn sie wollte nicht von dem Mittel abhängig werden.

Da ihr Kopf jetzt klar war, gelobte sie sich, keine Tränen mehr zu vergießen. Sie musste die schreckliche Last der Trauer in ihrem Herzen versiegeln. Durfte sie niemals mehr zeigen. Aber auch nie vergessen. Die Qual der Reue, dass sie die Wahrheit über Carolines Vater nicht früher enthüllt hatte, war schwer genug zu ertragen.

In Joannas Kopf schlug die Vorstellung Wurzeln, dass sie für ihre Sünde, einen verheirateten Mann geliebt zu haben, bestraft wurde. Und wenn dem so war, welche Tragödien würden die Familie dann noch ereilen? In den langen Stunden der Morgendämmerung baute sich die unsichtbare Mauer auf, die Joanna fortan von ihrer Familie trennen würde.

Am Vormittag verließ Joanna das Cottage. Es gab noch eine letzte Sache, die sie für ihre tote Tochter tun musste. Zum dritten Mal innerhalb einer Woche machte sie sich auf den Weg nach Tremayne Manor. Während sie sich bei Henry schlicht fragte, wie tief seine Trauer war, musste sie sich unbedingt davon überzeugen, dass Phillip Tremayne um seine leibliche Tochter trauerte. Er hatte einen Beileidsbrief geschickt. Doch er hatte ihnen nicht, wie Mr. Trevannick, persönlich seine Aufwartung gemacht.

Diesmal stieß Joanna sehr zu ihrer Erleichterung nicht auf Haddy Brown. Grimms, der Butler, öffnete die Tür. Er murmelte sein Beileid und ließ ihr die Ehre zuteilwerden, sie direkt zum Arbeitszimmer seines Herrn zu bringen, statt sie in der Halle warten zu lassen. Der Mann war zu gut geschult, um seine Neugier unverhohlen zu zeigen, doch Joanna zweifelte nicht daran, dass unter den Dienstboten wilde Spekulationen kursierten.

Jeder in Pengelly wusste von der Tragödie. Es war Joanna egal, welche Gerüchte und Mutmaßungen darüber kursierten, warum Caroline sich das Leben genommen hatte. Die Leute redeten sowieso, da konnte man nichts machen. Nichts würde Caroline wieder lebendig machen. Es gab nur eines, was Joanna wissen musste.

»Warum warst du nicht bei der Beerdigung?«, fragte sie, bevor Phillip die Gelegenheit hatte, sie zu begrüßen, ja, bevor er überhaupt Zeit hatte, sich ganz zu erheben.

Er stand auf und kam um den Schreibtisch herum. In seiner Miene lag, wie Joanna bemerkte, eine gewisse Härte. »Ich hielt es für das Beste, fernzubleiben. Die Leute würden reden.«

»Als würden sie nicht sowieso reden. Du hättest dort sein sollen. Caroline war deine Tochter.«

»Ich habe sie gezeugt, mehr nicht.« Joanna fand, er sprach mit weniger Gefühl, als wenn es um ein Fohlen ginge, das er gezüchtet hatte.

»Ist es dir egal«, weinte sie, »dass meine Tochter, dein Fleisch und Blut, tot ist?«

Eine kalte, verschlossene Miene machte aus seinen Zügen eine Maske. »Joanna, es tut mir sehr leid für dich, aber es war wohl kaum meine Schuld.«

»Wie kannst du behaupten, es war nicht deine Schuld? Du hast doch ihre Existenz geleugnet, du hast doch so getan, als wäre sie das Kind eines anderen. Und du wusstest nicht, was dein Sohn im Schilde führte.«

»Genauso wenig, wie du wusstest, was deine Tochter im Schilde führte. Gib nicht mir die Schuld, Joanna.«

Einen Augenblick verschlug es Joanna die Sprache, wusste sie doch, dass er die Wahrheit sagte. Eine Mutter sollte spüren, wenn ihre Tochter sich einen Liebsten nahm.

»Wir tragen beide die Schuld. Ich, weil ich die Sünde begangen habe, dich zu lieben, und du, weil du sie nicht als deine Tochter anerkannt hast.«

Die kontrollierte Maske verrutschte und enthüllte etwas von dem Schmerz, den er so vehement leugnete. »Wie hätte ich sie anerkennen können? Denk doch nur an den Kummer, den es Louise bereitet hätte, wenn sie erfahren hätte, dass ich mich einer anderen Frau zugewandt habe, während sie darum kämpfte, sich von Rodneys Geburt zu erholen.«

»Wenn Caro ein Junge gewesen wär, hätt'st du das Kind gewollt.«

»Du vergisst, dass ich bereits einen Sohn hatte.«

»Und wenn's umgekehrt gewesen wär? Wenn Louise dir eine Tochter und ich dir einen Sohn geschenkt hätte?«

»Aber das hast du nicht.«

»Nein, damals nicht. Ich hab dir zuerst eine Tochter geschenkt. Aber ich hab dir auch einen Sohn geschenkt.« Der Zweifel und der Schock in seiner Miene zauberten ein grimmiges Lächeln auf ihr Gesicht.

»Ich verstehe dich nicht, Joanna. Wie kannst du einen Sohn von mir haben?«

»Hast du das vergessen? Bedeute ich dir denn überhaupt nichts? Du bist zu mir gekommen, weißt du noch, nach Louises Tod. Hast du dir Hal nie genauer angeschaut? Trotz seiner dunklen Haare ähnelt er dir so sehr. Sähe man euch je zusammen, würde niemand daran zweifeln.«

»Hal ist mein Sohn?« Er schüttelte den Kopf, als müsste er die Verwirrung abschütteln. »Warum hast du mir das nicht gesagt?«

»Du hast deine Tochter verleugnet. Warum sollt ich dir deinen Sohn geben? Ich wollt einen guten Mann nicht für dich verlassen.«

»Nein. Du hast es vorgezogen, bei einem Mann zu bleiben, den du nicht liebst.«

»Ich respektier ihn, und das ist wichtiger als Liebe. Zweimal hat meine Liebe zu dir mich vom rechten Weg abgebracht. Beim ersten Mal bin ich bereitwillig deine Geliebte geworden. Doch du hast entschieden, mich anständig zu verheiraten. Und nach Louises Tod hast du entschieden, ich sollte doch deine Geliebte werden. Du willst alles nach deinem Kopf, Phillip. Du scherst dich keinen Deut um die Gefühle anderer. Und deswegen ist deine Tochter gestorben.«

»Joanna.« Er hob die Hände, nur um sie wieder fallen zu lassen. »Was kann ich sagen? Ich habe dich stets geliebt.«

In seinen Augen sah sie, dass er die Wahrheit sprach. »Und ich dich«, antwortete sie sanft, bevor sie sich wieder hinter ihren immer massiver werdenden Verteidigungswall zurückzog. »Meggan wird nicht ins Herrenhaus kommen, Phillip. Und wenn ich gleich zur Tür hinausgehe, wird es das letzte Mal gewesen sein, dass ich dich je aufsuche oder mit dir spreche.«

Joanna wandte sich ab. Sie hatte alles gesagt, und jetzt war sie erschöpft. Mehr konnte sie nicht mehr ertragen. Ihre Hand lag auf dem Türknauf, da schloss sich Phillips Hand um ihre und drückte die Tür wieder zu. Seine Hand fuhr zu ihrer Schulter, um sie an sich zu ziehen. Seine Arme umschlangen sie, und er küsste sie mit der Leidenschaft, der sie nie hatte widerstehen können.

Wenige kurze Augenblicke hielt Joanna sich stocksteif, bevor sie fand, sie könnte diese letzte Umarmung ruhig auch genießen. Es würde die letzte sein. Wenn sonst nichts, so hatte die Tragödie um Caroline und Rodney ihr die Kraft gegeben, ihre eigenen Begierden zu zügeln.

Endlich ließ Phillip sie los. »Joanna?« Es war zugleich eine Frage und eine Bitte.

Joanna schaute eine ganze Weile ruhig zu ihm auf. »Auf Wiedersehen, Phillip.« Dann öffnete sie die Tür, um von dem Mann wegzugehen, der ihr so viel Liebe geschenkt und zu viel Kummer bereitet hatte.

Weder Joanna, die hoch erhobenen Hauptes davonging, noch Phillip, der ihr hinterherschaute, bemerkte Rodney, der die Halle weiter hinunter auf einem Stuhl zusammengesunken war.

Phillip Tremayne starrte seinen Sohn an. Keiner sprach ein Wort, ihre Mienen waren beredt genug. Rodneys Blick war anklagend, untröstlich. Phillips verriet, auch wenn er sich dessen nicht bewusst war, mehr Gefühle, als sein Sohn je darin gesehen hatte. Die Konfrontation mit Joanna, gefolgt von der Offenbarung, dass sein Sohn alles mit angehört hatte, löste tief in seiner Brust einen stechenden Schmerz aus. Er war froh, dass Jenny noch in London war und von alldem hier nichts mitbekam. Er wusste nicht, was er zu seinem Sohn sagen sollte.

Als das Schweigen zwischen ihnen sich über eine ganze Minute ausgedehnt hatte, ergriff Rodney das Wort. Er sprach gequält, gebrochen; Zorn und Kummer erstickten seine Stimme. »Ihr hättet mir die Wahrheit sagen können.«

Phillip, der unter großen Qualen nachträglich einräumte, wie schlecht er mit der ganzen Angelegenheit umgegangen war, schüttelte fast unmerklich den Kopf. »Ich wünschte jetzt, ich hätte.«

»Jetzt, wo Eure Sünde aufgedeckt wurde.«

Bei diesen harschen Worten seines Sohnes flackerte Phillips alte Überheblichkeit wieder auf. »Es ist keine Sünde, jemanden zu lieben.«

»Wenn man frei ist zu lieben.« Ein Schluchzer brach Rodneys Stimme, seine Züge verzerrten sich vor Qual. »Ich habe Caroline geliebt.«

»Ich auch«, antwortete Phillip, diesmal freundlicher.

Wieder breitete sich Schweigen zwischen ihnen aus, ihre Gefühle waren zu stark, um in Worte gefasst zu werden. Und wieder ergriff Rodney als Erster das Wort.

»Ich habe Euch geliebt und respektiert. Ja, ich war stolz auf Euch und auf das, was ich war. Jetzt schäme ich mich, den Namen Tremayne zu tragen.«

»Du schämst dich?«, brüllte Phillip. »Du schämst dich, ein Tremayne zu sein?«

Rodney starrte seinen Vater an. »Ich kann nichts dagegen tun, dass ich Euer Sohn bin. Doch ich danke Gott dafür, dass ich nicht so bin wie Ihr. Ihr habt Euch genommen, was Ihr wolltet, und dann nebenbei Joanna Collins' Leben geplant, ohne einen Gedanken daran zu verschwenden, wie es ihr wohl erging. Ich begreife jetzt, dass Ihr Euch noch nie um jemand anderen geschert habt als um Euch selbst. Ist meine Mutter an fehlender Liebe gestorben?«

»Wie kannst du es wagen!«

»Ich wage es, weil Ihr Caroline in den Tod getrieben und auch mein Leben zerstört habt. Ich verlasse Cornwall, Vater, und das ist das letzte Mal, dass ich Euch so nenne. Wenn ich dieses Zimmer verlasse, werdet Ihr mich nie wiedersehen. Und ich werde niemals mehr den Namen Tremayne benutzen.«

Rodney rannte davon, Tränen brannten in seinen Augen. Er hätte nie gedacht, dass er einmal so einen Hass für seinen Vater empfinden würde. Auch wenn seine Worte melodramatisch geklungen haben mochten, so waren sie doch in großem Ernst gesprochen. Wenn er in Cornwall bliebe, wo ihn alles ständig an das erinnerte, was er verloren hatte, würde er innerlich verdorren. Es gab andere Orte auf der Welt, wohin er gehen konnte. Weit entfernte Orte, wo er sein Erbe ablegen konnte. Indien, Amerika, Afrika, vielleicht sogar Australien. Wohin er auch ging, von jetzt an würde er den Namen seiner geliebten Mutter tragen. Niemand würde ihn unter einem anderen Nachnamen kennen als Pengelly.

Phillip blieb reglos stehen und sah seinem Sohn hinterher. Er unternahm nichts, um ihn zu beschwichtigen oder ihn aufzuhalten, und hielt es für das Beste, es seinem Sohn zu überlassen, seine Gefühle zu ordnen. Der emotionsgeladenen Erklärung schenkte er nicht den geringsten Glauben. Sein Sohn handelte nicht aus einem unbesonnenen Impuls heraus.

Zwei Stunden später musste er einsehen, dass er sich geirrt hatte. Im Zimmer seines Sohnes, wo nur die allerpersönlichsten Besitztümer von Rodney fehlten, brach er zusammen. Er hatte innerhalb von einer Woche zwei Kinder verloren. Jetzt blieb ihm nur noch Jenny. Phillip gelobte sich hoch und heilig, sie nicht auch noch zu verlieren. Sie würde das Richtige tun, Con heiraten und für immer auf Tremayne Manor bleiben. Vielleicht konnte er Con sogar davon überzeugen, den Namen Tremayne anzunehmen, sodass dieser durch die Generationen weitergegeben werden konnte.

Jenny hatte ein ruhiges und freundliches Wesen, Caroline nicht unähnlich. Sie würde ihrem Vater zu Gefallen sein wollen. Con? Er war bereits ein Mann und kümmerte sich im Grunde schon jetzt um die Verwaltung des Guts und der Grube. Doch obwohl ihn seine Pläne ein wenig trösteten, verließ Phillip Tremayne das Zimmer seines Sohnes mit schwerem Herzen.

Seit dem Morgen, an dem sie Caroline heimgebracht hatten, fand Meggan kaum mehr Schlaf. Wenn sie endlich schlief, wurde sie von intensiven, quälenden Träumen heimgesucht, die sie nicht zur Ruhe kommen ließen, und nach dem Aufwachen fühlte sie sich dann so elend und verstört, dass sie begonnen hatte, gegen den Schlaf anzukämpfen. Es war viel besser, wach zu liegen und die Kontrolle über die eigenen Gedanken zu haben.

In den letzten Wochen hatte sich alles verändert. Ma sprach nur wenig, außer, um das Nötigste zu sagen. Meggan hatte ihre Mutter auch nicht mehr weinen gesehen. Sie verstand das nicht, denn sie selbst weinte immer noch sehr viel, genau wie ihre jüngeren Brüder. Will weinte, wie sie wusste, wenn niemand seine Tränen sehen konnte.

Pa war der Einzige, der sie und ihre Brüder tröstete. Ma sagte ihnen einfach, sie sollten sich zusammenreißen. »Es ist vorbei«, sagte sie. »Es hat keinen Zweck, die ganze Zeit zu weinen.«

Was, überlegte Meggan, war falsch daran, zu weinen, wenn man unglücklich war? Ma erwartete doch wohl nicht, dass sie Caroline vergaßen? Während sie über diese und andere Fragen nachsann, bemerkte Meggan, dass sie ihren Vater noch nicht zu Bett gehen gehört hatte. Sie stieg aus dem Bett, schlang sich ein Umhängetuch um die Schultern und ging die Treppe hinunter.

Ihr Vater saß mit gesenktem Kopf in der guten Stube. Als Meggan durch die Tür kam, hob er den Kopf. »Kannst du nicht schlafen, Schatz?«

»Nein, Pa.« Sie setzte sich rasch auf den Boden und lehnte den Kopf an seinen Oberschenkel, wie er es gerne hatte. Ihr Vater strich ihr übers Haar, und eine Weile saßen sie schweigend so da.

»Pa«, sagte Meggan, »ich hab gestern gehört, wie Will und Tom sich unterhalten haben. Tom hat gesagt, er würde mit Jack nach Südaustralien gehen. Er hat zu Will gesagt, wenn er hierbleiben würde, würde er einen Tremayne umbringen. Glaubst du, das stimmt?«

»Der Kummer lässt ihn wild drauflosreden. Mehr nicht.«

»Caro hätte ein Baby bekommen, nicht wahr?«

»Warum fragst du?«

»Ich habe sie an dem Tag, an dem mir der weiße Hase begegnete, zusammen gesehen, Caro und Rodney Tremayne. Tom hasst die Tremaynes, nicht wahr?«

»Ja. Er hat das Gerede der Frauen in der Grube mitbekommen. Und ich konnte ihn nicht anlügen, als er mich danach gefragt hat.« Henry Collins seufzte tief. »Was für eine Tragödie.«

»Oh, Pa, ich wünscht, ich wär an dem Tag nicht ins Moor gegangen und hätt den weißen Hasen nicht gesehen. Ich wusste, dass etwas Furchtbares passieren würde.« Sie fing wieder an zu weinen und vergrub das Gesicht am Knie ihres Vaters. Mit einer Hand strich er ihr sanft übers Haar, während er mit der anderen ihr Kinn anhob, damit sie ihn ansah.

»Still, Kind. Du hast keine Schuld. Caros Baby wurde lange vor diesem Tag gezeugt.«

»Aber warum hat sie sich umgebracht? Hätte sie nicht weggehen können, um das Baby zu kriegen?«

Henry seufzte. »Deine Ma hat darauf bestanden, dass sie Tom heiratet und lügt, was das Baby angeht.«

»Hat Caro es deswegen getan?«

»Vielleicht zum Teil. Das ist alles sehr kompliziert, Schatz, und du bist zu jung, um dir um solche Sachen Sorgen zu machen.«

»Ich bin nicht zu jung, Pa.«

»Ich denke, du bist zu jung, um die ganze Wahrheit zu erfahren. Glaub mir, Meggan, wenn ich dir sage, dass du keine Schuldgefühle haben musst. Vergiss den weißen Hasen. Das war nur ein Zufall.«

Vater und Tochter schwiegen eine Weile und schöpften wieder einmal Trost aus der Gegenwart des anderen.

»Hättest du Lust, nach Südaustralien zu gehen, Meggan?«

Die Frage wurde in einem so normalen Tonfall gestellt, dass Meggan einige Augenblicke brauchte, um darauf zu reagieren.

»Warum fragst du mich das, Pa?«

»Ich bin zu dem Schluss gekommen, dass es für deine Ma das Beste wäre, wenn wir Pengelly verlassen. Am besten gleich ganz aus Cornwall weggehen. Ich spiele schon mit dem Gedanken, seit die ersten Männer ausgewandert sind. Damals dachte ich, es wäre selbstsüchtig, meiner Familie meinen Willen aufzuzwingen. Aber jetzt ist alles anders, und ich habe einen Entschluss gefasst. Wir gehen alle nach Südaustralien.«

Meggan lächelte ihren Vater an und lehnte dann den Kopf wieder an seinen Oberschenkel. Ihr Pa strich ihr weiter übers Haar. So blieben sie sitzen, jeder in seinen eigenen Gedanken über das neue Leben versunken, das sie erwartete.

ZWEITER TEIL

Burra, Südaustralien
1846–1851

5

Kupfer war, im Gegensatz zu Gold, kein Erz, das einen einfachen Bergmann reich machen konnte. Es war jedoch das Erz, das die junge Kolonie Südaustraliens vor dem Bankrott retten sollte. Frühe Funde von Silber und Blei in den Mount Lofty Ranges in der Nähe von Adelaide führten zur Entwicklung einer Handvoll kleiner Bergwerksgesellschaften. Die Gesetze der neuen Regierung erlaubten einem Individuum nicht, Gold abzubauen. Um eine Grube zu gründen, musste das Land zuerst von der Regierung gekauft werden, normalerweise durch eine eilig gegründete Aktiengesellschaft.

Alle glaubten, dass Schafzucht und Weizenanbau einer Kolonie freier Siedler Wohlstand bringen würden. Im Gegensatz zu den Bewohnern von Neusüdwales hatten die Südaustralier keine billigen Sträflingsarbeiter, die denjenigen halfen, die versuchten, ihr Auskommen in der Landwirtschaft zu finden. Und die neuen Siedler hatten nur selten eine Vorstellung davon, wie sie den Anbau ihrer eigenen Produkte in Angriff nehmen sollten. Die ganze Bevölkerung hatte ständig Hunger.

Die Ankunft der deutschen Emigranten, die der religiösen Verfolgung in ihrem Land entflohen waren, rettete die hungernden Siedler. Die Zuwanderer gründeten in den fruchtbaren Hügeln um Adelaide ihre eigenen Dörfer, wo sie genauso lebten wie in ihrem Heimatland. Nicht lange, und deutsche Frauen in bunten Landestrachten brachten frische Waren und Molkereiprodukte hinunter nach Adelaide.

1839, drei Jahre nach Ankunft der ersten Siedler, waren von Adelaide aus in allen Richtungen riesige Pachtfarmen gegründet worden. Rund hundert Meilen nördlich wurden an einem größeren Creek zwei Schaffarmen errichtet. Indische Schuldknechte, die als Schäfer arbeiteten, gaben dem Fluss den Namen Burra Burra. Niemand sah voraus, als wie wahrlich passend sich dieser hindustanische Name, der »groß, groß« bedeutete, erweisen würde.

1845 arbeitete William Streair als Schäfer auf dem Princess Royal Run. Acht Meilen weiter nördlich am Burra Burra Creek, auf der Gum Creek Station, hatte der Schäfer Thomas Pickett seine Hütte an der Quelle eines Zuflusses, nicht weit vom Burra Burra Creek entfernt. Hätte nicht Zufall oder Schicksal eingegriffen, wäre es diesen beiden Männern ergangen wie so vielen anderen, die dieses unendliche Land bearbeiteten: zu Lebzeiten von einigen gekannt, mit dem Tod in Vergessenheit geraten.

Auf dem Princess Royal Run bildete der strahlend blaue Azurit ein Mosaik auf dem Grat des Hügels, der sich über dem Bach erhob. Schäfer Streair erkannte die Bedeutung des bunten Felsens. Mit einer Tasche voller reicher Erzproben fuhr er hinunter nach Adelaide. Er wusste, dass der Wert dessen, was er bei sich trug, nicht in dem Erz an sich lag, sondern darin, dass er die Fundstelle kannte. In dem Büro der Kaufleute Bunce und Thomson in der Rundle Street bot man ihm acht Pfund, wenn er verriet, von wo sein Fund stammte. Diese Summe entsprach dem, was er als Schäfer in mehreren Monaten verdiente, und Streair nahm das Angebot sofort an.

Die Kaufleute waren aufgeregt. Diese reichen Azuritproben waren sicher ein Hinweis auf das Vorhandensein eines noch reicheren Kupfererzgangs. Ohne sich von der unbehaglichen Pferdereise im kalten und nassen Winterwetter abschrecken zu lassen, machten sich von Adelaide mehrere Trupps auf den Weg, um die Gegend in der Nähe des Burra Burra Creek zu erkunden.

Bei einem Streifzug traf Kaufmann Bunce den Schäfer von Gum Creek, Thomas Pickett. Für eine Belohnung von zehn Pfund erklärte Pickett sich einverstanden, den Männern einen blasenförmigen Ausbiss zu zeigen, den er gefunden hatte. Die Mitglieder des Trupps trauten ihren Augen nicht. Die Blase, die der Schäfer gefunden hatte, bestand aus anstehendem Kupfer, das gut einen Meter aus dem Boden ragte und sich über eine Länge von gut vier Metern erstreckte.

Doch die Aufregung wurde von Vorsicht gemäßigt. Es gab keine Möglichkeit, herauszufinden, ob die Blase auf das Vorhandensein eines reicheren unterirdischen Erzgangs hinwies oder ob sie nur der verwitterte Überrest einer uralten Ader war. Die Proben, die die Männer nahmen, um sie zu analysieren, zerstreuten jedoch ihre Befürchtungen. Eine Probe enthielt 74 Prozent Kupferoxid, eine andere 60 Prozent. Als alle Proben ausgeschmolzen worden waren, belief sich das Ergebnis auf 53 Prozent reines Kupfer. Eine weitere Probe ergab 71,25 Prozent reines Kupfer.

Da in der Regierungskasse noch exakt ein Pfund war, schaukelte sich die Aufregung überall in der Kolonie hoch. Investoren sahen die Gelegenheit, reich zu werden. Trotz des kupferoxidroten Versprechens auf große Vorkommen an Bodenschätzen erklärte Gouverneur George Grey, dass die Vorschriften der Bergordnung gelten würden. Das untersuchte Gebiet hatte die Form eines Parallelogramms, rund sechseinhalb mal dreizehn Kilometer. Um die wenigen Morgen zu erwerben, unter denen die Kupferader lag, waren die Investoren gezwungen, insgesamt 20 000 Morgen Land zu kaufen.

Der Regierungspreis für Land lag bei einem Pfund pro Morgen. In der armen Kolonie konkurrierten nur zwei Hauptparteien miteinander. Eine bildeten die Kaufleute von Adelaide. Die andere setzte sich aus Aktionären der South Australian Mining Association zusammen. Die S. A. M. A. – oder »Sammy«, wie sie von den Bergleuten vielfach genannt wurde – war im Mai 1845 im Anschluss an die Ausmessung der Kupfermine in Kapunda gegründet worden.

Schließlich wurde der Aufschluss in Burra Burra in zwei Teile geteilt. Aus einer Segeltuchtasche musste ein Stück Papier gezogen werden, und die Kaufleute erhielten den Princess-Royal-Aufschluss, und »Sammy« bekam die Stelle mit der riesigen Kupferblase. Die sechsundachtzig Aktionäre brachten die Gesamtsumme von 12 300 Pfund auf. Nachdem sie ihren Teil des Lands bezahlt hatte, blieb der Gesellschaft damit ein Betriebskapital von 2.300 Pfund.

Zu dem Zeitpunkt, da das Auswandererschiff mit Meggan Collins und ihrer Familie in Port Adelaide anlegte, zahlte die Monster Mine in Burra Burra ihren Aktionären stattliche Dividenden. Nirgendwo in der Welt gab es eine Grube mit so viel reichem Kupfer. Und da Kupfer weltweit knapp war, war mit dem Erz ein hoher Preis zu erzielen.

Im April 1846, nur eine Woche nach ihrer Ankunft in Adelaide, reiste Henry Collins mit seinen Söhnen Will und Hal nach Norden, um in der Grube in Burra zu arbeiten. Joanna, Meggan und der kleine Tommy blieben in Adelaide. Zu dieser Zeit bestanden die Unterkünfte für die Bergleute in Burra Burra nur aus Zelten und primitiven Buschhütten.

»Hundert Meilen sind eine lange Reise, wenn einen am Ende nichts Behagliches erwartet«, erklärte Henry seiner Frau. »Wenn uns der Ort zusagt, könnt ihr zu uns kommen, sobald Cottages gebaut worden sind. Ich habe gehört, dass der Landvermesser Mr. Kingston Pläne für eine Stadt mit fünfundsechzig Parzellen für die Bergwerksgesellschaft entworfen hat. Wir werden bald ein Cottage mieten können.«

»Es wäre schön, wieder ein richtiges Zuhause zu haben.«

Dem musste Henry zustimmen. Auf dem Schiff hatte es für die dreihundertsechzig Auswanderer praktisch keine Privatsphäre gegeben. In Adelaide angekommen, waren sie in einer Hütte mit drei anderen Familien untergekommen. Segeltuchabtrennungen sorgten dafür, dass die Familien zum Schlafen ein wenig Privatheit hatten. Die freistehende Küche teilten sich alle gemeinsam.

»Ihr bleibt nicht lange hier«, hatte Henry seiner Frau versprochen und bald zwei Zimmer zur Miete gefunden. Obwohl die Familie eng zusammenrücken musste und es auch hier eine freistehende Küche gab, hatten sie es behaglicher, denn sie mussten die Küche nicht mit anderen Familien teilen.

Von der ganzen Familie war Joanna die Einzige, die es reute, dass sie Cornwall verlassen hatten. Die lange Seereise hatte ihr arg zugesetzt. In Port Adelaide angekommen, hatte sie bestürzt herausgefunden, dass ihnen noch eine Reise von sieben Meilen auf einem holprigen Feldweg bevorstand, bevor sie die Stadt erreichten. Sieben Meilen heißer Nordwind, roter Staub, seltsam fremde Bäume und Vögel und noch seltsamere Tiere. Auf halbem Weg zwischen Hafen und Stadt waren sie dem erschreckenden Anblick einer kleinen Gruppe nackter, dunkelhäutiger Männer ausgesetzt, die die Einwanderer ohne jede Spur von Freundlichkeit betrachteten. Alle trugen gefährlich wirkende Speere bei sich.

»Die tun uns nichts«, erklärte ein Mann ihnen. »Bis jetzt hat es keine Probleme mit den Eingeborenen gegeben.«

Nur oberflächlich beruhigt, griff Joanna nach Meggans Hand. Meggan, die das alles faszinierte und die nicht zugeben wollte, dass die dunkelhäutigen Männer ihr ein wenig Angst einjagten, war froh, die Hand ihrer Mutter halten zu können.

Die Stadt Adelaide, die schon einige hübsche zweistöckige Gebäude aufweisen konnte und deren Läden fast alles führten, was ein Mensch brauchen mochte, hob Joannas Stimmung ein wenig. Für Meggan und ihren jüngsten Bruder Tommy wurde die Stadt zum Abenteuerspielplatz. Sie knüpften Freundschaften mit anderen Kindern und kannten bald alle Straßen der Stadt. Anne Winton, ein Mädchen in ihrem Alter, wurde bald Meggans beste Freundin.

Charles Winton war mit seiner Frau Mary und ihrer dreiköpfigen Familie auf demselben Schiff wie die Familie Collins nach Südaustralien gekommen. Anne, die Tochter, war das jüngste Kind.

Adam war vier Jahre älter als sie, während der andere Bruder, Joshua, altersmäßig genau zwischen seinen Geschwistern lag.

Auch Joanna fand Anschluss. Eines Tages bekam die Familie Besuch von einem methodistischen Geistlichen. Robert Green stammte ebenfalls aus Cornwall. Er war von Statur her eher klein und von beträchtlichem Umfang; seine Haut war von der starken Sonne gerötet, während seine Hände verrieten, dass er ein Mann war, der harte körperliche Arbeit nicht scheute. Er besaß ein freundliches Naturell und unglaublich strahlend blaue Augen, die an allem, was sie betrachteten, Freude zu finden schienen.

Er besaß auch das undefinierbare Etwas, das die Menschen dazu brachte, ihm ihre Sorgen anzuvertrauen. Doch alles erzählte Joanna ihm nicht. Von Phillip Tremayne konnte sie niemandem erzählen, doch sie vertraute ihm an, dass Caroline sich das Leben genommen hatte und dass sie in ungeweihter Erde beerdigt worden war. Joanna erzählte ihm sogar von Carolines Affäre mit Rodney Tremayne und dem ungeborenen Kind, das sie unter dem Herzen getragen hatte.

Robert Green saß da und hörte ihr zu. Er tadelte nicht, noch fällte er scheinheilige Urteile. Er sprach weder von Sünden noch von Gott noch von Vergebung. Als er ging, war alles, was er sagte: »Gott sei mit dir.« Er versprach, sie wieder zu besuchen.

Durch Robert Greens häufige Besuche fand Joanna nach und nach wieder ihren Frieden. Sie nahm an den Gottesdiensten teil und bestand darauf, dass ihre unwilligen Kinder Gott ebenfalls ihre Hochachtung bezeigten. Die Religion wurde zu Joannas Rettung. Als ihre Seele ruhiger wurde, gelobte sie, fortan dem Wohle Gottes und ihrer Mitmenschen zu dienen, in der Hoffnung, auch Carolines Seele möge die ewige Ruhe finden.

Nach sieben Wochen in Adelaide musste Meggan sich von ihrer Freundin Anne verabschieden. Charles Winton hatte rund vierzig Meilen östlich von Adelaide am Murray River Farmland gepachtet. Er hatte eine kleine Herde von hundert Schafen gekauft, die sie mitnahmen, und drei Milchkühe. Ein Planwagen, gezogen von vier Ochsen, beförderte alles, was sie sonst noch brauchten, um sich im jungfräulichen Buschland ein Zuhause zu schaffen.

»Ich wünschte, wir würden mit euch gehen«, erklärte Meggan Anne. »Aus dem Nichts ein Zuhause zu schaffen kommt mir viel aufregender vor, als in eine Stadt zu ziehen, wo ein Haus für uns gebaut wird.«

»Wir werden kein Haus haben, Meggan. Daddy sagt, unterwegs schlafen wir auf Decken unter dem Planwagen. Wenn wir den Fluss erreichen, schlafen wir in einem Zelt. Wir werden äußerst primitiv leben.«

»Du wirst ein großes Abenteuer erleben und an allem Spaß haben. Ganz bestimmt. Wir sind uns sehr ähnlich.«

Anne umarmte ihre Freundin. »Liebe Meggan, ich werd dich vermissen. An dem neuen Ort wird es nur uns fünf geben. Adam und Joshua helfen Daddy beim Roden und Fällen der Bäume für unser Haus. Mummy und ich müssen uns um die Schafe und Kühe kümmern.«

An einem trüben, grauen Tag, an dem von Süden ein eisiger Wind blies, machten sich die Wintons mit ihrem Ochsenkarren, ihren Pferden, Schafen und Kühen auf den Weg. Mary und Anne saßen oben auf der Ladung. Adam und Joshua ritten zwei der Pferde und trieben das Vieh. Ein drittes Pferd war hinten an den Wagen gespannt.

Bis zum Morgen des dritten Tages verlief die Reise gemächlich und ereignislos. Anne sah die Aborigines als Erste.

»Mummy! Schau mal da drüben!«

Mary schaute auf und sah eine Frau und ein Mädchen im Schatten am Fuß eines Eukalyptusbaums hocken. Beide schienen zu schlafen. Das Mädchen hatte sie wohl näher kommen gehört, denn es stand auf und stellte sich schützend vor die reglose Frau. Es dauerte nicht lange, und sie schwankte auf den Füßen und brach mit gesenktem Kopf in die Knie.

»Mit ihnen stimmt sicher was nicht, Mummy.«

»Charles. Halt den Wagen an.« Charles war schon dabei, die Leine der Ochsen anzuziehen.

Anne kletterte von ihrem hohen Sitz auf die Deichsel, sprang hinunter und duckte sich unter den Zugriemen durch, um auf die Aborigines zuzugehen.

»Anne«, rief ihr Vater warnend, »komm zurück. Das ist vielleicht eine Falle. Vielleicht liegen bewaffnete Schwarze im Hinterhalt.«

»Nein, Daddy, die sind wirklich krank.«

Sie lief zurück zum Planwagen und holte einen Wasserbeutel, um ihn dem Mädchen eilig anzubieten. Das Mädchen, in dessen großen, dunklen Augen eher Unsicherheit als Angst lag, rührte sich nicht, selbst als Anne ihr den Wasserbeutel ein zweites Mal hinhielt.

»Oh, du verstehst nicht, was das ist, was?« Anne kippte den Wasserbeutel, um ein wenig zu trinken, und bot ihn dann dem Mädchen noch einmal an.

Das Mädchen nahm den Wasserbeutel, immer noch ohne eine Miene zu verziehen, trank, wie sie Anne hatte trinken sehen, und hockte sich dann neben die Frau. Sie hielt der Frau den Wasserbeutel an den Mund und sagte etwas in der seltsamen gutturalen Sprache, die Anne unter den Aborigines um Adelaide schon gehört hatte. Als sich die Frau nicht regte, kniete sich Anne auf die andere Seite von ihr. Ohne sich Gedanken über den schmutzigen, verfilzten Zustand der Haare der Frau zu machen, hielt sie ihr sanft den Kopf, sodass das Mädchen der Frau das Wasser in den Mund tröpfeln lassen konnte.

Inzwischen hatten sich Charles, Mary und die beiden Jungen um sie geschart. Die Frau hustete ein paarmal, schlug die Augen auf und schrak mit einem hohen entsetzten Winseln zurück, bei dem die Weißen buchstäblich einen Satz machten. Mary spürte, wie ihr ein Frösteln den Rücken hinunterlief.

Das Aboriginal-Mädchen sagte etwas. Die Frau hörte zu, ohne den verängstigten Blick von den Weißen zu wenden. Das Mädchen sprach immer noch in ihrer eigenen Sprache, zeigte auf die weißen Menschen und dann auf ihren Mund.

»Sie haben Hunger«, übersetzte Anne.

»Das sehe ich, Liebes. Steh vom Boden auf. Adam, hol eine Dose Kekse aus dem Wagen.«

Als er zurückkam, bot Mary dem Mädchen einen Keks an, den sie ohne Zögern nahm. Sie biss in den Keks, schien überrascht über den Geschmack und verschlang dann rasch den Rest. Ein zweiter Keks wurde ebenso schnell verputzt wie ein dritter. Mary hielt ihr noch einen Keks hin und bedeutete ihr mit einer Kopfbewegung, er sei für die Frau. Diese nahm ihn dem Mädchen aus der Hand und aß ihn so langsam, als bereitete ihr das Schlucken Schwierigkeiten.

»Du liebe Zeit«, bemerkte Mary, »die arme Frau ist sehr krank. Was sollen wir machen, Charles? Wir können doch nicht einfach weiterziehen und sie allein lassen. Sie verhungern. Die Frau wird womöglich sterben, wenn wir ihnen nicht helfen.«

»Es ist sehr seltsam, dass sie so ganz allein sind.« Charles Winton traute der Situation nicht recht. Seit sie auf die Frau und das Mädchen gestoßen waren, hatte er den Busch um sie herum beobachtet. »Ich sehe keine Spuren von anderen Schwarzen, obwohl sie zweifellos geschickt genug wären, sich zu verbergen, wenn sie nicht gesehen werden wollten.«

»Vielleicht wurden die zwei ausgesetzt, weil die Frau so schwach ist.«

»Ich weiß nicht, ob die Aborigines so etwas machen. Ich glaube auch, dass die Frau stirbt, wenn sie keine Hilfe bekommt.«

»Dann nehmen wir sie mit«, erklärte Mary.

»Das sind schmutzige, nackte Wilde«, erhob Joshua verächtlich Einwände.

»Es sind Menschen, Joshua«, schalt sein Vater ihn. »Wo bleibt deine christliche Nächstenliebe?«

Bei Joshuas Worten wurde Mary bewusst, dass ihre beiden Söhne sich offenkundig für die nackten weiblichen Körper interessierten. »Ihr Jungen geht zurück zu den Schafen. Anne, hol mir eine Decke für die Frau und ein Hemd von Joshua für das Mädchen.«

Joshua wirbelte herum. »Kein Hemd von mir. Das kann ich doch nie wieder anziehen.«

»Ein Hemd von Joshua«, wiederholte Mary und fixierte ihren Sohn mit einem Blick, der ihm verriet, dass sie alles andere als erfreut war über seine Haltung.

Anne lief zurück zum Wagen, um eine Decke und ein Hemd zu holen. Mary schaute zu, wie das Mädchen drei weitere Kekse verdrückte. Die Frau aß einen, und beide tranken reichlich aus dem Wasserbeutel. Mithilfe der Zeichensprache wurde das Mädchen überredet, das Hemd überzuziehen, dann halfen sie der Frau auf die Füße, legten ihr die Decke um und brachten die beiden dazu, auf den Wagen zu steigen.

Als die Ochsen wieder anzogen und der Planwagen weiterrollte, kreischte das Mädchen auf und klammerte sich an Annes Arm. Doch dann fing sie an zu kichern, und nach einer Weile schien sie die Fahrt recht zu genießen. Anne beobachtete, wie sie mit staunender Miene das Hemd befingerte. Anne fasste ebenfalls an ihr Hemd, lächelte das Mädchen an und sagte: »Hemd.«

Ein verdutzter Blick war die einzige Reaktion.

Anne versuchte es noch einmal. »Hemd.«

Das Mädchen lächelte. »Hem.« Sie hob die Arme, um die Ärmel zu betrachten, spielte an den Knöpfen herum und lächelte noch einmal. »Hem.«

Anne lächelte zurück. »Sie mag das Hemd, Mummy. Ich glaube

nicht, dass Joshua es wiederkriegt, selbst wenn er wollte.« Anne berührte ihr Kleid. »Kleid.«

Das Mädchen berührte Annes Rock. »Kei.«

Anne beschloss, es mit einem anderen Wort zu versuchen. »Stiefel.« Und so ging es weiter über Nasen, Hände und Arme, bis sie schließlich zu den Namen kamen.

Anne zeigte mit dem Finger mitten auf ihre Brust. »Anne.«

Das schwarze Mädchen zeigte auf seine eigene Brust. »An.«

»Nein, nein. Ich bin Anne.« Sie zeigte auf sich und dann wieder auf das Mädchen. »Du bist ...«

Das Mädchen antwortete mit einem Namen, der für Anne vollkommen unverständlich war. Als sie ihn wiederholte, hörte Anne aufmerksam zu und fand, dass der Anfang des Namens so ähnlich klang wie Jan.

»Jane«, erklärte sie. »Ich nenn dich Jane.« Sie bekräftigte dies, indem sie das Zeigespiel noch ein wenig fortführte. »Anne. Jane.«

Das Mädchen machte ihr alles nach. »An. Jain.«

Anne klatschte entzückt in die Hände. Das Mädchen tat es ihr nach. Mary Winton lächelte über sie und sah, dass auch um die Lippen der kranken Frau ein winziges Lächeln spielte.

Als die Wintons am Nachmittag des nächsten Tages den Murray River erreichten, konnte Anne einige Bäume und Vögel mit ihren Aboriginal-Namen identifizieren. Die Mädchen hatten aus einer Kombination aus Zeichensprache und einfachen Wörtern eine Methode der Kommunikation entwickelt.

Innerhalb einiger Tage erlangte die Frau allmählich ein wenig Kraft zurück, und die beiden Mädchen wurden unzertrennlich. Jane passte sich rasch an die Gewohnheiten der weißen Menschen an und amtierte ihrer Mutter als Dolmetscherin. Die Hausherrin hatte Janes Mutter auch einen neuen Namen gegeben: Hannah. Hannah wurde bald Marys hingebungsvolles Dienstmädchen.

Nachdem die vordringlichste Aufgabe, Gatter zu bauen, um

die Schafe nachts einpferchen zu können, schließlich erledigt war, machten Charles und seine Söhne sich daran, Bäume zu fällen und Bauholz zu spalten, um ein kleines Haus mit zwei Zimmern zu bauen. Das größere Zimmer sollte das Schlafzimmer für Charles und Mary werden, das kleinere für Anne. Nachdem hinten für die Jungen ein Anbau angefügt worden war, bekamen Hannah und Jane deren Zelt. Dieses Arrangement hatte jedoch nicht lange Bestand, denn Anne verlangte, dass Jane in ihrem Zimmer schlafen dürfe.

»Bitte, Mummy. Jane ist die einzige Freundin, die ich hier draußen je haben werde. Ich will nicht, dass sie bloß ein Aboriginal-Mädchen ist, mit dem ich spiele. Sie soll wie meine Schwester sein.«

Wenn sie etwas wollte, konnte Anne sehr überzeugend sein. Also zog Jane in Annes Schlafzimmer ein. Als eine richtige massive Küche gebaut wurde, bekam Hannah auf der anderen Seite des Lehmziegelschornsteins einen kleinen Anbau. Für sie war das eine prächtige Wohnstatt. So wuchs allmählich der Wohlstand auf der Schaffarm der Wintons. Und so wurden ein schwarzes Mädchen und ein weißes Mädchen Schwestern.

Erst nach einer ganzen Weile erfuhren die Wintons, dass Hannah ihre Tochter genommen hatte und mit einem anderen Mann vor einem brutalen Ehemann geflohen war. Mehrere Monate waren sie ihren Verfolgern entkommen, indem sie stets nach Westen zogen. Sie hatten Streifen aus tragfähiger Rinde als Flöße benutzt und waren über den großen Fluss geschwommen. Schließlich glaubten sie sich in Sicherheit. Eine Zeit lang lebten sie glücklich, bis zu dem Tag, an dem der Mann nicht vom Fischen zurückkehrte. Mutter und Tochter hatten drei Tage lang flussauf- und flussabwärts das Ufer abgesucht, bis sie seine Leiche im Wasser treibend gefunden hatten.

Da sie nicht jagen konnten und wenig Erfolg beim Fischen hatten, waren die beiden auf die Nahrung angewiesen, die sie im

Busch fanden. In ihrem verzweifelten Hunger hatten sie eine ihnen unbekannte Frucht gegessen. Innerhalb kurzer Zeit waren beide sehr krank geworden und wären womöglich gestorben, wenn die Weißen nicht zur rechten Zeit auf sie gestoßen wären.

Im November kehrte Henry Collins nach Adelaide zurück, um seine Frau und seine anderen beiden Kinder zu holen. Die wiedervereinte Familie Collins richtete sich bald in ihrem neuen Cottage in Burra ein. Inzwischen nahm die junge Siedlung Kooringa Formen an. In der Stadt lebten zweihundertachtunddreißig Männer, nur siebzig Frauen und rund einhundertsechzig Kinder. Innerhalb von zwölf Monaten hatte sich die Bevölkerung verdreifacht. Unter denjenigen, die in diesem Jahr angekommen waren, war auch Tom Roberts. Mit sich brachte er eine Frau. Milly Roberts, deren Betragen ganz genauso frech war wie früher in Pengelly, war selbstgefällig zufrieden, dass sie sich den von ihr ausgesuchten Ehemann geangelt hatte.

Als er in die Position des Obersteigers berufen wurde, zog Henry mit seiner Familie in ein größeres Cottage, das man ihm auf dem Grubengelände zur Verfügung stellte. Obwohl er erst dreizehn Jahre alt war, arbeitete Hal mit seinem Vater und seinem Bruder unter Tage. Der kleine Tommy arbeitete als Klaubjunge, der das Erz aus dem tauben Gestein klaubte, und wartete ungeduldig auf den Tag, da er alt genug war, mit unter Tage zu gehen.

Meggan hätte zusammen mit ihrem kleinen Bruder arbeiten können, doch in dieser Hinsicht hatte sich an der Haltung ihres Vaters nichts geändert. Also blieb sie zu Hause bei ihrer Mutter, denn in der Stadt gab es sonst nichts für sie zu tun. Niemand ersetzte die Freundschaft, die sie mit Anne geknüpft hatte.

In diesen frühen Jahren kam Meggan ihrer Mutter näher denn je zuvor. Beide fanden in ihrer neuen Heimat wenig zu bewundern. Die Sommer waren unerträglich heiß. Weihnachten war in der drückenden Hitze nicht dasselbe. Die Fliegen, angezogen vom

Essensgeruch oder vom Geruch schweißfeuchter Haut, waren am schwersten zu ertragen. Bald kam die Familie dahinter, dass es klüger war, sämtliche Türen und Fenster zu schließen. Fliegen, Staub und sengende Hitze blieben draußen, während das abgedunkelte Innere, wenn es auch stickig war, wenigstens den Eindruck von Kühle vermittelte.

Je größer die Stadt wurde, desto mehr wuchs auch Meggans Unzufriedenheit. »Ich möchte etwas tun, Pa«, diskutierte sie mit ihrem Vater. »Ich finde es schrecklich, den ganzen Tag im Cottage zu hocken.«

»Erz zu klauben würde dir auch nicht gefallen. Da wir vier unseren Lohn nach Hause bringen, musst du nicht arbeiten. Zu Hause kannst du deiner Mutter Hilfe und Gesellschaft leisten.«

»Pa, ich will nicht nur daheim bei Mutter hocken«, flehte Meggan. »Ich wollte nach Südaustralien kommen, aber es ist ganz anders, als ich gedacht habe. Es gibt nichts, was unseren Mooren ähnelt, wohin ich spazieren könnte. Es gibt keine Schule, keine Gelegenheit, zu singen, keine Arbeit, außer in der Grube.«

Henry nahm die Hand seiner Tochter und hielt sie fest. »Bist du wirklich so unglücklich, Kind?«

Meggan nickte. »Ja, Pa«, sagte sie mit unterdrückter Sehnsucht. »Als wir noch in Cornwall lebten, hatte ich einen großen Traum. Ich wollte eine berühmte Sängerin werden. Dieser Traum kommt mir jetzt so weit weg vor. Ich möchte etwas anfangen mit meinem Leben, Pa, und nicht nur bei Ma zu Hause hocken, bis irgendein Mann um meine Hand anhält.«

Henry lächelte. »Bis dahin sind es ja wohl noch ein paar Jahre, mein Liebes. Ich werde deiner Heirat erst zustimmen, wenn du achtzehn bist. Und dann auch nur, wenn du ganz sicher bist, dass der, der dich zur Frau nimmt, ein guter Mann ist.«

»Ich bin schon vierzehn, Pa. Im August werde ich fünfzehn.«

»Ich weiß. Mein kleines Mädchen wird erwachsen. Was hältst du davon, wenn ich mit dir und deiner Ma nach Adelaide fahre und Ferien mache? Du könntest ein bisschen einkaufen gehen, ein paar Sachen erstehen, die in Kooringa zu teuer sind.«

»Meinst du das ernst?«

»Ja.« Henry lächelte und geriet ins Wanken, als Meggan ihm die Arme um den Hals warf.

»Danke, danke, Pa.«

In den zwei Jahren, seit die Collins Adelaide verlassen hatten, hatte der Wohlstand aus dem Kupferbergbau das Gesicht der Stadt verändert. Es gab viel mehr Häuser, zahlreiche Geschäfte waren aus dem Boden geschossen, und prächtige Villen zeugten vom Wohlstand derer, die Anteile an der Burra Mine hielten.

Sie hatten nur fünf Tage, um die Stadt zu genießen, und Meggan beschwatzte ihre Eltern, überall mit ihr hinzugehen. Sie erkundeten Läden, besuchten den Strand, bewunderten die prächtigen Villen und schlenderten durch die neue Parklandschaft am Torrens River. Vor allem Letzteres bereitete Meggan besonderes Vergnügen, und dort sollte sich schließlich auch ihre Zukunft entscheiden.

Eines Nachmittags spazierten sie durch den Park, und Meggan und ihr Vater waren in ein Gespräch vertieft, als Joanna plötzlich schrie: »Oh! Das Kind!«

Als Vater und Tochter in die Richtung schauten, in die Joanna zeigte, sahen sie einen kleinen Jungen die Böschung zum Fluss hinunterlaufen, offenbar vollkommen gebannt von einer Entenfamilie. Gleichzeitig hörten sie den angsterfüllten Schrei einer Frau: »Barney.« Der Junge lief weiter. Die Frau, mit einem Mädchen ähnlichen Alters auf dem Arm, eilte ihm hinterher. Sie war jedoch viel zu beleibt, um zu laufen, und rief in wachsender Panik hinter dem Jungen her.

All das erfasste Meggan in Sekundenschnelle. Das unbekümmerte Kind, das sich der Gefahr nicht bewusst war, hatte das Ufer fast erreicht. Meggan hob ihre Röcke und lief. Die Enten ergriffen wild mit den Flügeln schlagend die Flucht. Der Junge schaute im Laufen zu ihnen auf. Er war noch zwei Schritte vom Fluss entfernt. Meggan war mehrere Schritte weit weg.

»Stopp!«, schrie sie.

Das Kind schaute sich um, schwankte und stolperte rückwärts.

Meggan machte einen Satz, erwischte seinen linken Fußknöchel und rollte mit ihm ins Wasser. Sie kam rasch wieder nach oben und zog den Kopf des Kindes über Wasser. »Nimm ihn, Pa«, rief sie ihrem Vater zu, der ihr hinterhergelaufen war.

Henry nahm den schreienden Jungen, setzte ihn auf der Böschung ab und zog dann seine Tochter aus dem Fluss. »Mein mutiges Mädchen.«

»Nicht mutig, Pa, ich hatte Glück, dass ich so schnell laufen kann.«

Sie kniete sich neben den Jungen. »Siehst du, jetzt ist alles wieder gut.«

»Barney.«

»Mama.«

Die Frau setzte das Mädchen ab und hob den Jungen hoch. Er schlang die Ärmchen um ihren Hals und schluchzte an ihrer Schulter. »Enten.«

Gerührt von den Tränen des Jungen, fing auch die Kleine an zu weinen. Meggan hob sie hoch, um sie zu trösten, und da sah sie, dass die beiden Zwillinge waren. Sensibel für den Schrecken, den ihr Bruder erlitten hatte, klammerte sich das Mädchen an Meggan wie der Junge an seine Mutter. Die Frau wandte sich, Tränen in den Augen, an Meggan.

»Wie kann ich Ihnen nur danken, meine Liebe. Sie haben Barney das Leben gerettet.«

Meggan schüttelte nur verlegen den Kopf. Sie zitterte ein wenig.

Joanna nahm Meggan das kleine Mädchen ab und sagte zu ihrer Tochter: »Dir ist kalt, Kind. Wir bringen dich besser nach Hause, damit du etwas Trockenes anziehen kannst.« Sie sah die Frau an. »Der Junge braucht auch trockene Sachen.«

»Ja. Ja.« Sie setzte den Jungen ab und nahm beide Kinder an die Hand. »Aber wie heißen Sie, meine Liebe?«, fragte die Frau Meggan. »Mr. Heilbuth und ich würden uns gerne bei Ihnen bedanken.«

Wieder schüttelte Meggan den Kopf. »Das ist nicht nötig.« Sie zitterte jetzt so sehr, dass sie froh war, als ihre Mutter ihr den Arm um die Schultern legte. Eigentlich fror sie gar nicht, das Zittern war vermutlich nur eine emotionale Reaktion auf den Zwischenfall.

Henry blieb zurück, während seine Frau und seine Tochter sich auf den Weg machten. »Kommen Sie zurecht, Madam? Brauchen Sie auf dem Heimweg Hilfe?«

»Uns geht es gut, danke. Wir wohnen bei Freunden, gleich da drüben.« Sie zeigte auf ein reizvolles zweistöckiges Wohnhaus, das in einem ebenso anziehenden Garten stand. »Aber würden Sie mir bitte Ihren Namen nennen. Ich würde Ihrer Tochter ihr mutiges Einschreiten gerne vergelten.«

»Ich bin Henry Collins, Madam. Meine Tochter heißt Meggan. Sie wird nichts annehmen. Wir sind nur auf Besuch hier. Morgen kehren wir nach Burra zurück.«

»Mama, kalt.«

»Ja, Schatz, ich bringe dich nach Hause, und dann kriegst du trockene Sachen. Kommen Sie aus Burra, Mr. Collins?«

»Ja, Madam. Sie bringen am besten Ihren Jungen nach Hause und ich meine Frau und meine Tochter.« Er lüftete seinen Hut und ging davon, ohne darauf zu achten, dass die Frau ihm noch gerne einige weitere Fragen gestellt hätte.

Obwohl Meggan nichts davon wissen wollte, dass ihre Rettung des kleinen Jungen sie zur Heldin machte, behandelten ihre Brüder sie wie eine, sobald sie die Geschichte gehört hatten.

Will umarmte sie fest. »Für mich bist du eine Heldin, Megs, da kannst du sagen, was du willst.«

»Jetzt macht es mir nichts mehr aus, dass du mich beim Wettlauf immer schlägst«, lautete Hals trockener Kommentar.

Worauf Joanna erwiderte: »Es war zweifellos die Vorsehung des Herrn. Während ich dich immer tadele, weil du so wild bist, hat er dich darauf vorbereitet, dem kleinen Jungen das Leben zu retten.«

»Glaubst du das wirklich, Ma?«

»Der Herr passt auf uns alle auf.«

»Und warum hat er Caro dann sterben lassen?«, wollte Meggan wissen und fügte, sobald die Worte aus ihrem Mund waren, ein schockiertes »Tut mir leid, Ma« hinzu.

Joannas Miene blieb kalt. »Wenn Caroline darauf vertraut hätte, dass der Herr sich um sie kümmert, hätte sie sich nicht das Leben genommen.«

Später saßen Meggan und Will zusammen und redeten. »Ma hat sich verändert, Will. Ist Caro ihr egal geworden?«

»Natürlich nicht. Aber Ma hat noch nie groß ihre Gefühle gezeigt.«

»Das stimmt. Ma hat uns nie in den Arm genommen oder geküsst. Will, glaubst du, Ma wird jetzt immer so religiös sein? In Cornwall war sie nicht so.«

»Weißt du, was ich glaube, Megs?«

»Nein.«

»Ich glaube, Ma versucht, Gott zu beschwichtigen.«

»Warum? Wegen Caro?«

»Weil Ma denkt, dass es ihre Schuld ist, dass Caro Selbstmord begangen hat.«

»Was redest du da, Will?«

Meggan war überrascht, dass das Gesicht ihres Bruders ganz rot geworden war.

»Mehr, als gut ist. Vergiss es einfach, Megs«, sagte er barsch vor Verlegenheit.

»O nein, Will Collins.« Meggan packte ihn am Arm, denn er machte Anstalten, wegzugehen. »Du kannst mir nicht erzählen,

Ma würde denken, es sei ihre Schuld, und mir dann nicht verraten, warum.«

»Ich hab nicht das Recht, es dir zu sagen, Megs.«

»Dann frag ich Ma.«

Will sah sie entsetzt an. »Das darfst du nicht. Und auch nicht Pa.«

»Warum nicht? Will?« Die Hände in die Hüften gestemmt, starrte sie ihn wütend an, bis er erneut rot anlief und kapitulierte.

»Na gut, Megs. Ich erzähl's dir, aber du musst mir versprechen, weder Ma noch Pa je wissen zu lassen, dass du es von mir hast.«

»Was ist mit Hal und Tommy?«

»Die müssen es nie erfahren.«

Als Will die Geschichte zu Ende erzählt hatte, wünschte Meggan sich, sie wäre nicht so hartnäckig gewesen. Andererseits verstand sie jetzt, warum Caro den Freitod gewählt hatte.

»Wie lange weißt du das alles schon, Will?«

»Ich habe es erfahren, bevor wir Cornwall verließen.«

Meggan hatte Mühe, das unvorstellbare Verhalten derer zu verstehen, die sie so gut zu kennen glaubte. »Ich kann das gar nicht glauben von Ma. Wie soll ich denn so tun, als wüsste ich es nicht? Sie merkt es mir bestimmt an.«

»Du wirst so tun«, drohte Will ihr, »genau wie ich. Ma weiß nicht mal, dass Pa es mir erzählt hat. Du bist alt genug und klug genug, um die Menschen zu verstehen, Megs. Pa hat mich gebeten, nicht über die beiden zu urteilen. Er hatte recht.«

»Vermutlich.« Zweifel färbte ihr Wort.

»Versprich mir nur, dass du nichts sagst.«

»Versprochen.« Doch Meggan überlegte, wie sie es nur schaffen sollte, sich ihrer Mutter gegenüber genauso zu verhalten wie immer. Pa, der seine Tochter sehr gut kannte, würde bestimmt merken, dass etwas nicht stimmte. Und tatsächlich sprach er sie schon am nächsten Tag darauf an.

»Du hast etwas auf der Seele, Kind.«

Meggan kaute auf der Unterlippe herum. »Will und ich haben uns gestern Abend unterhalten.«

»Ah.«

Meggan plapperte rasch weiter, denn sie fürchtete fast, ihren Vater zu erzürnen. »Er hat mir erzählt, dass Caroline Mr. Tremaynes Tochter war, Pa.«

»Will hatte nicht das Recht, dir das zu erzählen.«

»Sei bitte nicht böse auf Will. Es war nicht seine Schuld. Ich habe so lange gequengelt.«

»Wie kam es dazu?«

»Wir haben über Ma und ihre Religiosität gesprochen. Bist du böse, Pa?«

»Nein, Kind. Geheimnisse haben es an sich, an den Tag zu kommen.«

»Ich will, dass du vergisst, dass Will es mir erzählt hat.«

»Das wäre für alle das Beste, mein Liebes.«

Vater und Tochter umarmten sich, und Meggan spürte seine Liebe. Sie wusste, dass sie jederzeit mit ihrem Vater reden konnte, sollte das frisch erworbene Wissen sie je bedrücken.

Das Leben kehrte wieder zu seiner vorherigen Routine zurück. Die Freude über die Reise nach Adelaide verblasste rasch zu einem Traum. Wieder wurde Meggan von Langeweile geplagt. Dann kam der Tag, an dem sie, als es an der Tür klopfte und sie öffnen ging, einem Fremden gegenüberstand. Einem Fremden, der in die Tracht eines wohlhabenden Schafzüchters gekleidet war.

Der Mann lächelte sie an. »Gehe ich recht in der Annahme, dass Sie Miss Meggan Collins sind?«

»Ja, ich bin Meggan Collins.«

»Wer ist an der Tür, Meggan?«, rief Joanna aus dem Hinterzimmer.

»Ein Gentleman, Ma.«

Joanna kam zur Tür geeilt. Der Mann lüftete seinen Hut.

»Mrs. Collins. Ich bin George Heilbuth.« Er lächelte über Joannas verdutzte Miene. »Ich habe einen Schlingel von einem Sohn namens Barney. Ich glaube, ich muss Ihrer Tochter ...«, ein breiteres Lächeln galt Meggan, »... dafür danken, dass sie ihn aus dem Torrens River gezogen hat.«

Meggan spürte, wie sie rot wurde, und konnte nur mit einem verlegenen »Oh« antworten.

Doch Joanna besann sich trotz ihrer Überraschung rasch auf die Fakten. »Aber das ist viele Wochen her, Sir.«

»Allerdings, und ich hätte Sie schon früher aufgesucht, wenn ich nicht so viel mit dem Lammen zu tun gehabt hätte. Ich fühlte mich verpflichtet, der jungen Meggan persönlich meine Dankbarkeit zu bezeugen.« Wieder lächelte er Meggan an, die dastand, von dem Mann zu ihrer Mutter blickte und sich fragte, was dieser Besuch wohl zu bedeuten hatte.

»Meggan will keine Belohnung.«

»Eine Belohnung ist auch nicht der Grund, warum ich hier bin. Dürfte ich hereinkommen, um mit Ihnen beiden zu reden, Mrs. Collins?«

»Natürlich.« Joanna wurde rot. Wie konnte sie so ungastlich sein und den Mann draußen vor der Tür stehen lassen? Sie führte ihn in das kleine Wohnzimmer, das jetzt mit den Möbeln und Besitztümern, die sie aus Cornwall mitgebracht hatten, fast genauso möbliert war wie das Wohnzimmer in ihrem alten Cottage in Pengelly. Als ihr Besucher saß, stellte sie die Fragen, wie sie ihr in den Sinn kamen.

»Woher wussten Sie, dass Meggan Ihren Sohn gerettet hat? Und wie haben Sie uns gefunden?«

»Ihr Mann hat meiner guten Frau Ihren Namen genannt. Und er hat erwähnt, dass Sie in Burra leben.«

»Aber in Burra gibt es viele Familien mit dem Namen Collins.«

»Die Stellung Ihres Mannes als Obersteiger hat meine Suche ein wenig erleichtert. Doch jetzt zu dem Grund meines Besuches.« Er wandte sich an Meggan. »Mögen Sie Kinder, Meggan?«

Obwohl die Frage sie überraschte, antwortete Meggan bereitwillig. »Manchmal passe ich auf die Kleinen unserer Nachbarn auf.«

»Und machen Sie das gerne?«

Meggan nickte und überlegte fieberhaft, wohin die Fragen wohl zielten. Sie sah ihre Mutter an, ob die aus dem Mann klug wurde.

»Meggan kann gut mit kleinen Kindern umgehen«, beteuerte Joanna.

Mr. Heilbuth nickte. »Ich würde Meggan gerne eine Stellung anbieten. Als Kindermädchen für unsere Zwillinge.«

Meggan keuchte auf. Sie schaute rasch den Mann an und dann wieder ihre Mutter. »Oh, Ma. Das würde ich sehr gerne machen.«

Joanna stimmte nicht so bereitwillig zu. Sie warf ihrer Tochter einen strengen Blick zu. »Wir werden darüber nachdenken, Sir. Können Sie wiederkommen, wenn mein Mann zu Hause ist? Er wird Ihnen viele Fragen stellen wollen.«

»Nennen Sie mir einen Zeitpunkt, Mrs. Collins, und ich bin hier.«

»Gegen vier heute Nachmittag würde passen.«

Mr. Heilbuth erhob sich. »Dann um vier Uhr. Vielen Dank, Mrs. Collins. Meggan.«

Kaum hatte er das Cottage verlassen, konnte Meggan vor Aufregung kaum an sich halten. »Sag bitte Ja, Ma. Ich würde die Stellung gerne annehmen.« Sie wirbelte, die Arme um den Oberkörper geschlungen, herum. »Oh, ich wäre so glücklich.«

»Du wirfst noch das Porzellan runter, wenn du nicht aufpasst«, ermahnte Joanna sie. »Und jetzt putz fertig, Meggan. Es gibt nichts mehr zu sagen, bis dein Pa nach Hause kommt.«

Meggan war den ganzen Tag so unruhig, dass sie ihrem Vater entgegenlief, um ihn zu begrüßen, bevor er das Cottage erreichte.

Dass sie etwas Wunderbares zu erzählen hatte, musste sie ihm gar nicht sagen. Sie sprühte von Kopf bis Fuß Funken.

»Was macht dich so glücklich, liebes Kind?«

»Erinnerst du dich an den kleinen Jungen, Pa? Der in den Fluss gefallen ist? Sein Pa hat mir eine Stellung als Kindermädchen angeboten. Bitte erlaub mir, sie anzunehmen.« Sie führte neben ihm einen kleinen Freudentanz auf.

Henry blieb stehen, um seine Tochter am Arm zu fassen. »Langsam, Mädchen. Erzähl mir alles von Anfang an.«

Meggan erzählte ihm von ihrem vormittäglichen Besucher und dass er in zwei Stunden wiederkommen würde, und endete damit, dass sie ihm noch einmal versicherte, wie gerne sie die Stellung antreten würde.

»Du willst dich wirklich um kleine Kinder kümmern?«

»Ja, Pa. Ich bin von selbst nicht drauf gekommen, aber jetzt, wo mir eine solche Arbeit angeboten wurde, weiß ich, dass es das ist, was ich gern tun würde.«

»Dann sollst du es auch tun. Falls ...«, er packte sie noch einmal am Arm, bevor sie einen weiteren Freudentanz aufführte, »... deine Ma mit den Vereinbarungen einverstanden ist.«

Als der Mann wiederkam, wartete Henry nur bis zum Austausch von Höflichkeiten, bevor er sein Gegenüber einer ausgiebigen Befragung unterzog. Die Familie Collins erfuhr, dass George Heilbuth Schafzüchter war und rund sieben Meilen von Burra am Baldwin Creek einen eigenen Besitz hatte, Grasslands. Lange kinderlos, waren er und seine Frau Virginia in mittleren Jahren mit Zwillingen gesegnet worden.

»Barney und Sarah sind jetzt fast zwei Jahre alt und halten uns immer mehr auf Trab. Seit sie auf der Welt sind, hatten wir nicht weniger als sechs Kindermädchen. Die längste Zeit, die eine geblieben ist, waren acht Monate. Sie verließ uns, um zu heiraten. Seither haben wir keine gefunden, mit der wir zufrieden gewesen wären. Eine war unehrlich, eine war faul, und die anderen kamen mit unserer abgelegenen Lebenssituation nicht zurecht. Die Letzte ist nur drei Monate geblieben. Wir haben sie auf unserer letzten Reise nach Adelaide eingestellt.« Er neigte den Kopf in Meggans Richtung, um ihr zu bestätigen, dass es ebenjene Reise gewesen war. »Seither ist Mrs. Heilbuth ohne Hilfe.«

»Warum bieten Sie Meggan die Stellung an?«

»Ihre Tochter, Mr. Collins, hat bereits unter Beweis gestellt, dass sie im Notfall rasch und entschlossen handelt. Wir betrachten es auch als Vorteil, dass Sie in Burra leben. Meggan könnte ihre Familie regelmäßig besuchen. Und ihre Familie wäre auf Grasslands jederzeit willkommen.«

Es blieben nur noch die Fragen von Entlohnung und Bedingungen. Obwohl Meggan noch nicht ganz fünfzehn war, würde sie das Gehalt einer Erwachsenen von achtzehn Pfund pro Jahr und ihre Verpflegung bekommen. Ihre Pflichten würden darin bestehen, sich um die Zwillinge zu kümmern und gelegentlich im Haushalt zu helfen. Jeden zweiten Sonntag sollte sie frei haben, um ihre Familie zu besuchen.

»Meine Frau hat sehr viel in der Milchküche zu tun. Wir halten sowohl Kühe als auch Ziegen, um Käse zu machen. Mrs. Heilbuth stammt aus einer Familie exzellenter Käsemacher.«

»Grasslands Cheese«, erklärte Joanna. »Den habe ich in dem Laden in Kooringa schon oft gekauft.«

»Nun, Meggan.« Henry wandte sich an seine Tochter. »Was meinst du?«

»Ich würde die Stellung gerne antreten.« Sie sah wiederum ihren neuen Dienstherrn an. »Wann soll ich anfangen, Mr. Heilbuth?«

»Ich kehre heute Abend nach Hause zurück. Könnte Meggan am Samstag fertig sein?«, fragte er Joanna. »Dann würde ich Mrs. Heilbuth und die Zwillinge mitbringen, sodass Sie sich alle kennenlernen können.«

So wurde es verabredet. Und am Samstag darauf begann eine neue Phase in Meggans Leben.

◇◇◇

6

»Meggan! Meggan, meine Liebe.« Mrs. Heilbuth, deren rundes, hausbackenes Gesicht ganz rot war und in deren Augen das Funkeln unterdrückter Aufregung stand, stürzte in das kleine Hinterzimmer, wo Meggan den Zwillingen Unterricht erteilte.

»Was ist, Mrs. Heilbuth?«, fragte Meggan. Auch die Kinder starrten ihre Mutter an, die ihnen abwesend ein Lächeln schenkte.

»Mr. Heilbuth ist gerade aus Adelaide zurückgekehrt. Er hat zwei Besucher mitgebracht.«

»Wie schön für Sie.« Grasslands lag rund hundert Meilen und eine Zweitagesreise von Adelaide entfernt, und Besucher waren auf der Schaffarm der Heilbuths stets willkommen. »Ich soll Ihnen wohl heute Abend etwas vorsingen.«

Meggan sagte dies mit einem Lächeln. In den vier Jahren, da sie bei den Heilbuths war, gewährte ihr die Unterhaltung von Besuchern ebenso viel Freude wie ihren Zuhörern.

»Ja, ja. Aber, oh, meine Liebe, es ist so aufregend.« Mrs. Heilbuth drückte wie ein Kind, das ein wunderbares Geheimnis in Händen hält, eine Hand auf die Brust. »Unsere Besucher kommen aus derselben Gegend von Cornwall wie Sie und glauben, dass Sie sie kennen.«

Meggan zog vor Schock zischend den Atem ein. Besucher aus Cornwall? Wen aus Pengelly kannte sie, der bei den Heilbuths zu Besuch weilen könnte? Bergleute wohl kaum, aber vielleicht Dr. Gribble mit seiner Frau oder sogar der Geistliche von Pengelly, derjenige, der sich geweigert hatte, Caroline in geweihter Erde zu beerdigen. Wer auch immer sie waren, Meggan wollte sie nicht hierhaben, so nah bei ihrer Familie in Burra. »Wer sind diese Gäste?«

»Wenn ich Ihnen ihre Namen verrate, verderbe ich Ihnen die Überraschung. Jetzt kommen Sie mit, meine Liebe, und lernen Sie sie kennen.«

»Ich ...« Meggan schaute an sich hinunter. Die Kinder hatten mit Wasserfarben gemalt, und einige farbige Streifen hatten den Weg von Barneys Pinsel auf die Ärmel ihres Kleids gefunden. Da sie aus Erfahrung wusste, dass Barney seine Farben großzügig verteilte, trug sie eins ihrer alten Kleider, ein blau geblümtes Musselinkleid, das am Saum ein wenig fleckig war und am Kragen geflickt. »Ich sollte mich umziehen. Ich bin nicht angemessen gekleidet, um Besucher zu empfangen.«

»Reden Sie keinen Unsinn. Natürlich sind Sie gut gekleidet. Sie wissen ganz genau, dass wir hier draußen nichts auf Förmlichkeiten geben. Sie sehen immer bezaubernd aus, egal was Sie tragen.« Meggan machte den Mund auf, um noch etwas zu sagen, doch Mrs. Heilbuth hatte sich schon an ihre interessiert lauschenden Kinder gewandt: »Barney, du und Sarah könnt in die Küche gehen und Cookie bitten, euch etwas zu essen zu geben. Und macht keine Dummheiten.«

Meggan machte den Mund wieder zu, während die Zwillinge flink die Stühle zurückschoben, um eilig in der Küche zu verschwinden. Da also sämtlichen Einwänden widersprochen worden war, strich sie ihren Rock glatt, steckte mit nervösen Fingern ein paar lose Haarsträhnen fest und folgte Mrs. Heilbuth. Statt durch das Haus zu gehen, ging Mrs. Heilbuth über die seitliche Veranda, zu der sich zuerst das Schulzimmer öffnete, dann Meggans Zimmer, danach das Zimmer der Zwillinge und das Elternschlafzimmer. Die Veranda führte weiter an der Vorderseite des Hauses entlang. In einem weiteren langen Flügel mit Türen, die sich auf die vordere Veranda öffneten, lagen das Wohnzimmer, Mrs. Heilbuths Salon und zwei der vier Gästezimmer.

Die anderen beiden Gästezimmer, das Speisezimmer und Mr. Heilbuths Arbeitszimmer gingen von einem Durchgang ab, der hinter den vorderen Zimmern vorbeiführte. Zwischen den beiden Flügeln erstreckte sich von der Vorderseite des Hauses bis zur Rückseite eine breite Halle. Sie führte in den Küchenhof, zu dem das Schulzimmer ebenfalls eine Tür hatte. Das Zimmer der Köchin und die Spülküche lagen seitlich vom Hof gegenüber dem Schulzimmer. Die lange Küche, ein Bad und eine Waschküche bildeten die vierte Seite. Ein Durchgang zwischen Küche und Waschküche führte zum äußeren Hof und zu den Gärten des Anwesens und zu der Milchküche mit den dicken, kühlenden Mauern, wo Mrs. Heilbuth ihren Käse machte.

Anfangs war Meggan fasziniert gewesen von dem für sie neuen besonderen Zimmer, in dem es eine Badewanne gab und wo man vom Waschkessel in der angrenzenden Küche heißes Wasser einlaufen lassen konnte, doch inzwischen hatte sie sich längst an den Komfort eines großen, massiven Herrenhauses gewöhnt. Sie scheute sich auch nicht, mit Gästen am Tisch zu sitzen. Mrs. Heilbuth hatte sich um Meggans Erwachsenwerden gekümmert. Aus der lebhaften Bergmannstochter war inzwischen eine redegewandte junge Frau geworden, die sich in jeder Gesellschaft behaupten konnte.

An der Tür zum Salon blieb Mrs. Heilbuth stehen, warf Meggan ein aufgeregtes Lächeln zu, nahm sie bei der Hand und drängte sie, als Erste einzutreten.

Ein Schritt ins Zimmer hinein, und Meggan blieb wie angewurzelt stehen. Sie spürte, wie ihre Gesichtszüge vor Schock erstarrten. So viele Namen waren ihr zwischen dem Schulzimmer und dem Salon durch den Kopf gegangen, doch ausgerechnet dieser nicht. Plötzlich war sie wieder zwölf Jahre alt und schlug die Augen auf, da saß Con Trevannick auf einem Fels und lauschte ihrem Gesang. Er blickte sie jetzt mit derselben fragenden Miene an. Er hatte sich nicht verändert. Die Jahre, in denen sie vom Mädchen zur jungen Frau herangewachsen war, schienen an ihm spurlos vorübergegangen zu sein.

Meggan merkte, dass sie ihn anstarrte, konnte den Blick jedoch nicht von seinem Gesicht lösen. Nur er allein schien im Raum zu existieren. Con Trevannick. Hatte sie ihn je wirklich vergessen? War er nicht immer da gewesen, irgendwo in den tiefsten Regionen ihres Geistes? Hatte sie nicht gewusst, dass sie dazu bestimmt waren, sich eines Tages wiederzusehen?

Der Bann wurde gebrochen, als er mit ausgestreckter Hand einen Schritt machte, um nach ihrer Hand zu greifen. »Meggan, meine kleine Zigeunernixe. Ich sehe, dass Sie sich an mich erinnern.«

Meggan spürte, dass er nach ihrer Hand griff. Kleine Zigeunernixe. Auch diesen neckenden Kosenamen hatte sie nie vergessen. Sie blinzelte und konzentrierte sich wieder auf sein Gesicht. Das unwirkliche Gefühl wollte nicht von ihr weichen, also blinzelte sie noch einmal, während sie nach ihrer Stimme suchte, die sie verloren zu haben schien. Nach einer – wie es ihr schien – Ewigkeit fand sie sie endlich wieder.

»Wie geht es Ihnen, Mr. Trevannick?«

Seine Lippen verzogen sich zu dem halb amüsierten Lächeln, an das sie sich so gut erinnerte. »Sehr gut. Und Ihnen geht es zweifellos auch sehr gut.« Die offene Bewunderung in seinen Augen ließ sie den Blick senken. Sie versuchte, die Hand sanft aus seinem Griff zu lösen, doch er war nicht bereit, sie loszulassen.

»Ich war erstaunt«, fuhr er fort, »als George Ihren Namen erwähnte. Doch lassen Sie mich Ihnen Jenny vorstellen.«

Erst jetzt richtete Meggan den Blick auf die junge Frau, die auf dem braunen Samtsofa saß, und keuchte auf. Der Schock war fast mehr, als sie ertragen konnte. Bis auf die Tatsache, dass die Augen der jungen Frau eher grau denn blau waren, hätte es Caroline sein können, die da im Salon der Heilbuths saß. Jetzt war es unmöglich, die Wahrheit zu leugnen, die sie aus Will herausgepresst hatte. Die junge Frau, die sie mit einem zögernden Lächeln anschaute, war der lebende Beweis dafür, dass Carolines Vater in der Tat Phillip Tremayne gewesen war.

Meggan verspürte den fast überwältigenden Drang, aus dem Raum zu stürzen, vor einer Vergangenheit wegzulaufen, die, wenn auch nicht vergessen, so doch noch tiefer vergraben gewesen war als ihre Erinnerung an Con Trevannick. Jetzt war sie auf einer Schaffarm in Südaustralien wieder mit dieser Vergangenheit konfrontiert. So weit weg von Cornwall und Pengelly, und doch nicht weit genug. Und sie bekam auch nicht die Gelegenheit, das Durcheinander in ihrem Kopf zu sortieren.

Con Trevannick zog sie mit sich, die Heilbuths strahlten, und ihre guten Manieren hinderten sie daran, eine Szene zu machen.

Jenny Tremayne stand auf, um sie zu begrüßen, und Meggan stellte überrascht fest, dass auch sie nervös war. Nach der Bekanntmachung nickten sie einander zu, fragten gestelzt: »Wie geht es Ihnen?«, und hatten sich weiter nichts zu sagen.

Jenny Tremayne nahm wieder Platz. Mrs. Heilbuths stattliche Gestalt ließ sich auf dem passenden Sofa gegenüber nieder und klopfte auf das Kissen neben sich, um Meggan aufzufordern, sich zu ihr zu setzen.

Die liebe, gute Mrs. Heilbuth malte sich sicher aus, sie hätte Meggan die schönste Überraschung bereitet und diese hätte mit den Besuchern aus ihrem Heimatdorf vieles zu bereden. Stattdessen trat Meggan einen Schritt zurück. »Ich sollte wieder zu den Kindern gehen. Wenn Sie mich bitte entschuldigen.«

Mrs. Heilbuth war enttäuscht. »Es ist in Ordnung, wenn Sie eine Weile bleiben, Meggan.«

Meggan schüttelte den Kopf. Sie konnte nicht bleiben, nicht solange sie so unter Schock stand. »Ich hätte das Gefühl, meine Pflichten zu vernachlässigen.« Sie nickte dem Mann und der jungen Frau knapp zu. »Ich hoffe, Sie genießen Ihren Besuch in Burra.«

Dann floh sie eilig, doch nicht zu den Kindern, sondern in ihr

Zimmer, wo sie sich mit geschlossenen Augen rücklings an die geschlossene Tür lehnte und ihren wirren Gefühlen freien Lauf ließ. Warum, oh, warum nur waren sie hierhergekommen, um Erinnerungen an eine schmerzliche Vergangenheit wachzurütteln? Und Jenny Tremayne sah Caro so ähnlich. Was, wenn ihre Ma sie sah?

Ma war nicht mehr dieselbe, seit Caroline sich das Leben genommen hatte. Während der letzten Monate in Cornwall hatte sie kaum ein Wort mit jemandem gesprochen, nicht einmal mit ihrer eigenen Familie. Auch auf der Reise nach Australien hatte sie sich, so gut es auf dem überfüllten Auswandererdeck möglich war, abgesondert. Seit ihrer Ansiedlung in Burra ging sie in die methodistische Kirche, und ihre religiöse Hingabe wurde allmählich zur Obsession. »Ich muss das tun«, erklärte sie ihrer Familie, die sie nur bei ganz seltenen Gelegenheiten begleitete, »um Carolines Seele zu retten.« Sie widmete freimütig einen Großteil ihrer Zeit, um Menschen in Not zu helfen – »um vor den Augen des Herrn Erlösung zu finden«.

Wie mochte ihre Ma auf den Anblick von Jenny Tremayne reagieren? Meggan hatte keine Ahnung, nur das sichere Gefühl, dass aus dieser Begegnung nichts Gutes erwachsen würde. Es war sinnlos, darüber zu grübeln, warum die beiden nach Burra gekommen waren. Die Gegend hier besaß keinerlei Reize, die Besucher anziehen mochten. Die runden Hügel waren baumlos, die wenigen Bäume, die darauf gestanden hatten, waren längst gefällt worden, um die hungrigen Kessel der Pumpenhäuser und der Schmelzhütten zu füttern. Die Sommer waren heiß, die Winter kalt. Der Qualm von den Schmelzhütten durchdrang die Luft, und die Grubengebäude dominierten alles. Meggan konnte nur hoffen, dass der Besuch von kurzer Dauer war und das Paar wieder abreiste, bevor ihre Familie etwas von ihrer Anwesenheit erfuhr.

Und Tom Roberts! Du lieber Gott, was würde Tom wohl tun, wenn er ihnen begegnete? Von dem Tag an, an dem Caroline starb, hatte er seinen intensiven Hass gegen die Tremaynes geschürt. Klatsch und Tratsch hatten bald das Ihre dazu getan. Auch Tom hatte sich verändert. Im Laufe der Jahre war er seinem Vater immer ähnlicher geworden. Oft betrunken, häufig gewalttätig, war er jetzt ein Mann, dem man besser nicht in die Quere kam.

Meggan ging zu ihrem Bett, setzte sich darauf und vergrub den Kopf in den Händen. Ihres Wissens wusste Tom nur, dass Caroline Rodneys Kind erwartet hatte. Die Bestätigung, dass dieser Klatsch wahr war, hatte er buchstäblich aus Will herausgeprügelt. Würde Tom, falls er Jenny Tremayne begegnete, den ihm bis dato nicht bekannten Teil der Geschichte erraten? Welche Büchse der Pandora würde dann geöffnet werden?

Mit einem aufgewühlten Seufzer stand Meggan auf, ging zu dem Waschständer und goss aus dem Wasserkrug mit dem Rosenmuster Wasser in die dazu passende Waschschüssel. Ein feuchtes Handtuch ans Gesicht zu pressen half ihr, sich ein wenig zu beruhigen. Bis sie ihre Haare gelöst, gebürstet und wieder ordentlich festgesteckt hatte, waren ihre Gefühle wieder im Gleichgewicht. Es war sinnlos, sich mit dem zu quälen, was passieren konnte, denn womöglich passierte überhaupt nichts Dramatisches. Sie atmete tief durch, ermahnte sich, vernünftig zu sein, und ging die Kinder suchen.

Bruder und Schwester waren im Küchenhof und spielten unter dem aufmerksamen Blick der Colliehündin Bess mit deren Welpen.

»Was für eine gute Idee.« Meggan setzte sich auf das Kopfsteinpflaster neben die Kinder und war genauso verzaubert wie die Zwillinge. Mit ihren acht Wochen waren die Welpen entzückende verspielte Fellbällchen. Einer krabbelte sofort auf Meggans Schoß.

»Das ist Alice«, erklärte Barney ihr.

»Oh?« Meggan rollte den Welpen herum, um ihm den Bauch zu kitzeln, und die Zwillinge kreischten vor Lachen, als ein kleines Hinterbein unkontrolliert durch die Luft tanzte. Lachend kitzelte Meggan absichtlich mal heftiger und mal zarter, um das Kitzeln dem Rhythmus des tanzenden Beins anzupassen. »Alice ist ein hübscher Name, Barney, außer dass das hier ein kleiner Junge ist.«

»Tatsächlich? Den hier nenne ich Roger.« Ein weiterer Welpe wurde auf Meggans Schoß gehoben.

»Er kann Roger sein. Er ist ein kleiner Hundejunge.«

Barney nahm den ersten Welpen aus Meggans Schoß und drehte ihn auf den Rücken, um seine Unterseite genauso in Augenschein zu nehmen wie Meggan. »Woher wissen Sie, wer ein Junge und wer ein Mädchen ist? Haben sie was am Bauch?«

»Oh, also …« Meggan schaute die stille Sarah an, die ihre Erklärung mit demselben Interesse zu erwarten schien wie ihr Bruder. Gütiger Himmel, dachte Meggan, wie soll ich bloß Sechsjährigen den Unterschied zwischen Welpenmädchen und Welpenjungen erklären? In ein paar Jahren würden sie es sicher selbst herausfinden, schließlich lebten sie auf einer Schaffarm und hatten eine Vielzahl von Tieren um sich herum. Inzwischen warteten die Kinder auf ihre Antwort.

Sie machte Ausflüchte. »Erwachsene wissen so etwas. Ich weiß, dass du ein Junge bist und Sarah ein Mädchen. Und ich weiß auch, dass Roger und Alice beides Hundejungen sind.«

»Woher?«

»Ich … ich weiß es einfach, mehr nicht. Du stellst zu viele Fragen, Barney.«

»Aber Sie haben doch gesagt, es ist gut, Fragen zu stellen, um etwas über die Dinge zu lernen.«

Ein tiefes Kichern, an das sie sich nur allzu gut erinnerte, erlöste Meggan aus der Verlegenheit, eine Antwort zu finden, während es sie gleichzeitig noch tiefer in Verlegenheit stürzte. Sie schaute auf und sah Con Trevannick an der Rückwand des Hauses lehnen. Wie lange beobachtete er sie schon?

»Setzen die Kinder Ihnen immer so zu?«, wollte er wissen, trat näher und hockte sich neben sie, um mit den Ohren des Welpen namens Alice zu spielen.

Sarah, die eher schüchtern war, ließ den Kopf hängen. Meggan, die an sich nichts dabei fand, mit den Kindern auf dem Kopfsteinpflaster zu sitzen, fand ihre Situation jetzt, wo sie mit den Kindern nicht mehr allein war, wenig schicklich. Sie stand so anmutig wie möglich auf, den Welpen noch auf dem Arm.

Barney plauderte über die Welpen, als spräche er mit jemandem, den er schon sein ganzes Leben lang kannte. »Sir, wissen Sie, wie man Welpenjungen von Welpenmädchen unterscheidet?«

»Barney!« Meggans verlegene Ermahnung wurde durch den amüsierten Blick, der sie aus Con Trevannicks Augenwinkel traf, nur noch verschärft. »Bitte entschuldigen Sie uns, Mr. Trevannick, die Kinder sollten zurück zu ihren Lektionen.«

Er stand ebenfalls auf und blickte ihr herausfordernd ins Gesicht. »Laufen Sie schon wieder weg, Meggan?«

Sie spürte, dass die Röte auf ihren Wangen sich vertiefte, und wusste sehr wohl, dass ihr Gesicht die Verwirrung verriet, die sie empfand. Sie senkte die Lider, um ihre Augen vor seinen forschenden Blicken zu verbergen, und bückte sich, um Sarah aufzuhelfen und den Welpen abzusetzen. »Komm, Barney. Morgen kannst du wieder mit den Welpen spielen.«

Barney stand mit einem widerstrebenden Murren auf. »Aber ich weiß immer noch nicht, wie man einen Jungen von einem Mädchen unterscheidet.«

Wieder kam Cons tiefes Kichern Meggans Antwort zuvor.

»Ganz schön hartnäckig, was?«, murmelte Con.

Ungeachtet ihrer anderen Gefühle musste Meggan über sein Amüsement lächeln.

»Was ist so lustig?« Barney beäugte die Erwachsenen misstrauisch.

»Überhaupt nichts«, versicherte Con ihm. »Soll ich Ihnen aushelfen?«, fragte er Meggan, immer noch ein Lachen in den Augen. Und schon kniete er sich hin und nahm einen Welpen auf den Arm. Er drehte ihn um, um einen guten Blick zwischen seine Hinterbeine werfen zu können. »Das hier ist ein Mädchen, und das hier«, er hob einen weiteren Welpen hoch, »das ist ein Junge. Siehst du, dass sie unterschiedlich gebaut sind?«

Barney machte sich daran, sämtliche Welpen zu untersuchen. Sarah ließ rasch Meggans Hand los, um ihrem Bruder zu helfen. Ihrer unerleuchteten Miene nach zu urteilen, hatte sie offensichtlich keine Ahnung, welchen Körperteil der Welpen ihr Bruder so beflissen studierte.

»Jetzt verstehe ich es.« Barney nickte zufrieden. »Jungen haben …« Er unterbrach sich, sah erst seine Schwester und dann Meggan an und stand dann auf, um dem Mann hinter vorgehaltener Hand etwas ins Ohr zu flüstern.

»Ganz genau«, pflichtete Con ihm bei. »Deswegen sind Jungen Jungen und Mädchen Mädchen.« Er stand auf und schaute Meggan wieder auf eine Art und Weise an, die ihr den Atem verschlug. Sie wandte sich hastig ab, zog Sarah mit sich und befahl Barney, ihnen zu folgen.

Zurück im Schulzimmer, erteilte sie den Kindern die Aufgabe, ihre Buchstaben zu üben. Da dämmerte Meggan allmählich, wie unhöflich sie gewesen war. Was hatte dieser Mr. Trevannick an sich, dass sie ihre guten Manieren in seiner Gegenwart stets vergaß? Warum konnte er sie so aufstacheln? Wenn wir uns das nächste Mal begegnen, muss ich mich entschuldigen, dachte sie, auch wenn sie sich dabei noch unbehaglicher fühlen würde.

In den Jahren seit ihrer Kindheit war ihr freier und widerspenstiger Geist gezähmt, jedoch nie gebrochen worden. Meggan war immer noch ganz sie selbst. Unterwürfigkeit ging ihr immer noch so sehr gegen den Strich wie früher. Wie glücklich sie sich schätzen konnte, diese Position bei der Familie Heilbuth gefunden zu haben. Vom allerersten Tag ihrer Stellung an war sie eher als Familienmitglied denn als Hausangestellte behandelt worden. Sie liebte die Zwillinge und empfand große Zuneigung zu deren Eltern.

Darin lag mehr Grund zur Sorge als in dem, was Mr. Trevannick von ihrer Unhöflichkeit halten mochte. Falls er ihr schlechtes Benehmen erwähnte, würde es der guten Meinung der Heilbuths über sie Abbruch tun. Das allein wäre schon schlimm genug, doch gänzlich unerträglich fände sie es, wenn die Heilbuths von ihrem Benehmen enttäuscht wären. Vielleicht, dachte Meggan, war doch richtig, was Ma immer behauptete: Ihr Stolz würde eines Tages noch ihr Untergang sein.

Obwohl sie sich immer noch Sorgen machte, verging der restliche Vormittag wie immer, ohne dass sie noch einmal mit den Besuchern aus Pengelly zusammentraf.

Das Mittagessen im Haus war normalerweise eine zwanglose Angelegenheit, die Familie aß in der Küche. Doch wenn Gäste auf Grasslands waren, wurden die Mahlzeiten im Speisezimmer eingenommen. Meggan und die Zwillinge aßen normalerweise trotzdem in der Küche. Mrs. Heilbuth schlug ihr vor, bei dieser Gelegenheit könne sie sich gerne zu den Gästen gesellen, doch Meggan lehnte ab. Dass das Paar aus Pengelly kam, war noch lange kein Grund, erklärte sie ihrer Dienstherrin, alles auf den Kopf zu stellen.

Ganz abgesehen von dem Wunsch, diesen speziellen Besuchern aus dem Weg zu gehen, zog Meggan die Gemütlichkeit der Küche der Förmlichkeit des Speisezimmers bei weitem vor, besonders tagsüber. Bei den Gelegenheiten, da Meggan formell mit ihren Dienstherren und Gästen zu Abend speiste, amüsierte sie sich jedoch stets. Sie besaß jetzt zwei hübsche Abendkleider, die ihr beide sehr gut standen, und unter Mrs. Heilbuths sorgfältiger Anleitung hatte sie mühelos Etikette und gesellschaftliche Umgangsformen entwickelt.

Im Gegensatz zu dem Speisezimmer mit seinem eleganten Mobiliar konnte man die Küche nur als schlicht bezeichnen. Sie hatte einen höhlenartigen Kamin zum Kochen, auf dessen erhöhten seitlichen Simsen Schmortöpfe und Eisentöpfe mit Deckeln standen. Blankpolierte Kupferkannen und Pfannen waren auf dem schweren Sims über dem Kamin aufgereiht. An einer Wand stand ein schwerer Eichenschrank und in der Mitte, flankiert von zwei langen Bänken, der Tisch, den Mr. Heilbuth aus eigenhändig gefällten Bäumen bei der Gründung des Hausstands gezimmert hatte.

Cookie, eine freundliche, mütterliche Frau, hätte von ihrer Natur her eigentlich einen üppigen Busen und dieselbe gemütliche Rundlichkeit besitzen müssen wie Mrs. Heilbuth. Doch stattdessen war sie groß und schlank und erinnerte äußerlich eher an eine Lehrerin denn an eine Köchin auf einer Farm. Sie war Mitte vierzig und kinderlos, was ihren Mann, einen Schäfer, ebenso schmerzte wie sie selbst, und sie liebte die Zwillinge abgöttisch. Die beiden hielten Cookie – nach Meggan – für »den bestesten Menschen auf der ganzen Welt«.

»Wir haben Besuch«, verkündete Barney in der Annahme, Cookie müsse informiert werden.

»Ich weiß, kleiner Mister Barney. Auch aus Cornwall, wie man hört.«

»Meggan kennt sie.«

»Tatsächlich?« Cookie drehte sich mit überraschter Miene um.

»Cornwall ist nicht sehr groß«, sagte Meggan. Cookie war im Outback von Neusüdwales geboren und aufgewachsen und konnte sich kein Land vorstellen, wo man leicht von einem Dorf zum nächsten spazieren konnte.

»Mir ist zu Ohren gekommen, es sind Angehörige der Gentry?«

»Ja.«

»Oh, ich wollte Sie nicht kränken, Meggan, meine Liebe. Ich habe immer gehört, dass der Standesunterschied zwischen Gentry und gewöhnlichen Menschen in England viel größer sei als in den Kolonien.«

»Das stimmt.« Meggan unterbrach sich, kam dann aber zu dem

Schluss, dass Cookie eine befriedigendere Antwort verdient hatte. »Miss Tremaynes Vater ist der Besitzer der Grube, in der meine Familie gearbeitet hat.«

»Sie waren sicher überrascht, sie hier zu sehen.«

»Allerdings.«

»Und Mrs. Heilbuth hat Sie hinzugeholt, sobald sie ankamen. War Ihre Familie in Cornwall gut mit ihnen bekannt?«

»Nicht mehr als die meisten anderen im Dorf.« Bitte, hör auf, Fragen zu stellen, flehte Meggan im Geiste. »Barney, halt deine Gabel anständig.«

»So, Meggan?«, fragte Sarah.

»Ja. Ja, genau so, Barney.«

»Tut mir leid, Meggan, hab's vergessen.«

Seliges Schweigen für eine kurze Minute, bevor Barney wieder das Wort ergriff.

»Cookie, wissen Sie, wie man einen Welpenjungen von einem Welpenmädchen unterscheidet?«

»Barney!«

Cookie kicherte. »Schon gut, Meggan. Er war immer schon wissbegierig.«

»Was bedeutet ›wissierig‹?«

»Es bedeutet, dass du zu viele Fragen stellst«, antwortete Meggan. »Und jetzt sei still und iss.«

Der Junge verzog das Gesicht, senkte den Blick auf seinen Teller und legte die Hände mit Messer und Gabel darin links und rechts vom Teller ab.

Sarah beobachtete ihren Bruder. »Barney weint gleich.«

Das hatte Meggan auch schon bemerkt. »Was ist los, Barney?«

»Sie finden, ich bin ungezogen«, antwortete der Junge mit einem Schniefen.

»Das habe ich nicht gesagt.«

»Sie haben gesagt, ich würde zu viele Fragen stellen. Das haben Sie gesagt, als wir mit den Welpen gespielt haben.«

»Oh, Barney, das sollte aber nicht heißen, dass du ungezogen bist.«

»Und warum ist es falsch, Fragen zu stellen?«

»Du kannst so viele Fragen stellen, wie du willst, Barney. Aber manchmal wissen die Erwachsenen auch nicht alle Antworten.«

»Ich wette, Mr. Tvannick weiß sie.«

»Dann habt ihr die Besucher schon kennengelernt.« Cookie fand, es sei an der Zeit, sich einzumischen. Meggan wirkte schon ein wenig entnervt, und der junge Barney konnte, das wusste sie nur zu gut, so eine »Warum«-und-»Warum nicht«-Diskussion endlos fortführen.

Barney strahlte sofort. »Mr. Tvannick hat mir gezeigt, wie man einen Welpenjungen von einem Welpenmädchen unterscheidet.«

»Also, ist das nicht toll?« Cookie strahlte.

»Aber ich weiß es nicht«, beschwerte sich Sarah.

»Mädchen brauchen das nicht zu wissen«, erklärte Barney seiner Schwester mit der Überlegenheit dessen, der männlichen Geschlechts ist und zehn Minuten älter.

»Warum nicht?«

Meggan seufzte. Cookie kicherte.

»Ich denke«, sagte Meggan, »das war jetzt genug über Welpen. Und jetzt seid ihr beide still und esst euer Mittagessen.«

Meggans Tonfall duldete keinen Widerspruch, und die Zwillinge taten, wie ihnen geheißen. Als sie fertig waren, fragten sie, ob sie vom Tisch aufstehen könnten. Meggan wusste, dass sie direkt zu den Welpen laufen würden. Cookie und sie konnten jetzt in Ruhe noch eine Tasse Tee trinken, bevor die letzten Vorbereitungen für das Mittagessen der Heilbuths und ihrer Gäste anstanden.

»Sie sind heute nicht ganz Sie selbst«, bemerkte Cookie, als sie den Tee einschenkte.

Meggan seufzte. »Stimmt.«

»Das sind natürlich die Besucher.«

»Ja. Es war ein ganz schöner Schock.«

»Sie sagten, Sie kennen sie?«

»Miss Tremayne bin ich noch nie begegnet. Und Mr. Trevannick kannte ich nur flüchtig.«

»War die Bekanntschaft freundschaftlich?«

»Ziemlich freundschaftlich, was ihn anging.« Sie lächelte reumütig bei der Erinnerung. »Ich fürchte, ich war als Kind ihm gegenüber ziemlich ungehobelt.«

»Sie? Niemals.«

Schweigen.

»Wollen Sie darüber reden?«

Meggan schüttelte den Kopf. »Lieber nicht.«

Cookie musterte sie einen Augenblick und sah mehr, als Meggan für möglich hielt. Sie nickte wie zu sich selbst. »Das ist in Ordnung, meine Liebe. Aber Sie wissen, wenn Sie je etwas auf dem Herzen haben, dann habe ich ein Ohr, das zuhören kann, und eine Schulter, an der Sie sich ausweinen können.«

»Ich weiß, Cookie.«

Als die Zwillinge zum Mittagsschlaf in ihrem Schlafzimmer verschwunden waren, zog sich Meggan, wie sie es gewohnt war, in ihr Zimmer zurück. Sie würde den Unterricht für den nächsten Tag vorbereiten, bevor sie sich wieder an die mühsame Arbeit machte, den Rock zu nähen, den sie sich vor einigen Tagen zerrissen hatte. Unter der unaufhörlichen Kritik ihrer Mutter hatte sie einigermaßen akzeptable Stiche erlernt. Barney war ein typischer Junge, der sich ständig die Kleider zerriss und Knöpfe verlor, und das Flicken war eine Aufgabe, die Meggan, auch wenn sie ihre Abneigung gegen das Nähen nie überwunden hatte, als kleinen Preis für ihr glückliches Leben gerne auf sich nahm.

Sie hatte herausgefunden, dass die Arbeit ihr leichter von der Hand ging, wenn sie leise dabei sang oder ihrer Fantasie erlaubte, nach Belieben zu wandern. An diesem Nachmittag sang Meggan, denn sie wollte nicht dahin reisen, wohin ihr Geist sie entführen wollte. Doch so aufrichtig sie sich auch bemühte, sich ganz auf ihre Aufgabe zu konzentrieren, drängten sich Con Trevannick und Jenny Tremayne immer wieder in ihre Gedanken. Und damit kehrten Erinnerungen an die Vergangenheit zurück, Gedanken über die Gegenwart und unbeantwortbare Fragen über die Zukunft.

Das erste Mal seit Jahren dachte Meggan an den weißen Hasen, den sie damals gesehen hatte. Wie deutlich sie sich an das Geschöpf erinnerte. Es hatte eindeutig eine Aura von Jenseitigkeit an sich gehabt. Die Hände müßig im Schoß und die Augen geschlossen, empfand sie dieselbe Besorgnis wie damals, eine Vorahnung – diesmal nicht einer Tragödie, sondern von etwas, das noch unbekannt war, das sie innerlich jedoch zusammenzucken ließ.

Gab es eine Verbindung, sinnierte sie, zwischen der alten Tragödie und der Anwesenheit von Con Trevannick und Jenny Tremayne in Burra? Die Welt war doch sicher nicht so klein, dass ihr Aufenthalt just in der Stadt, in die Henry Collins mit seiner Familie gezogen war, reiner Zufall war.

Meggan nahm ihre Näharbeit wieder auf und runzelte über den Stichen die Stirn. Sie überlegte, ob sie mit ihrem Pa über ihre vage Unruhe reden sollte. Das Band zwischen Vater und Tochter, das stets stark gewesen war, war im Laufe der Jahre noch stärker geworden. In seinen Armen hatte sie wegen ihrer Schuldgefühle geweint. Ihm hatte sie ihre qualvolle Angst gestanden, dass sie für Caros Tod verantwortlich war. Andere mochten über den Grund für Carolines Tod sagen, was sie wollten, sie, Meggan, hatte zuerst den weißen Hasen gesehen und dann die jungen Liebenden.

Caroline hatte sich das Leben genommen, Rodney Tremayne war weggelaufen, ihre Ma hatte sich in eine harte Schale zurückgezogen, in der es keinen Platz für etwas anderes gab als fanatische Religiosität. Solche Tragödien wurden kaum aufgewogen von dem guten Leben, das der restlichen Familie in Burra zugefallen war. Und dann war da Tom Roberts. Meggan wusste, dass sie allen Grund hatte, ihm gegenüber wachsam zu sein.

An jenem Abend kleidete Meggan sich ziemlich nervös zum Abendessen an. Die Versuchung, abzusagen, Kopfschmerzen oder eine andere Unpässlichkeit vorzugeben, war groß. Nur das sichere Wissen, dass Con Trevannick wüsste, sie ginge ihm aus dem Weg, und dass Mrs. Heilbuth sie mit Fragen plagen würde, auf die es keine Antworten gab, hielt sie davon ab. Ganz gegen ihre Natur überlegte sie lange hin und her, was sie anziehen sollte. Einerseits wollte sie ihr bestes Kleid tragen, um sich dem Paar aus Pengelly als ebenbürtig zu präsentieren. Andererseits fand sie es besser, etwas Schlichtes zu tragen, um die Distanz, die sie zu ihnen zu halten wünschte, noch zu unterstreichen. Am Ende fand sie, es sei das Beste, sich so normal wie möglich zu benehmen, und zog ein Kleid aus grau-weiß gestreifter Seide an, das sie häufig zum Abendessen trug.

Die Unentschlossenheit hatte dazu geführt, dass sie erst im letzten Augenblick erschien, und so betrat sie das Speisezimmer just in dem Moment, da die anderen sich setzten. Zu ihrer Bestürzung fand sie sich gegenüber dem Mann wieder, der sie so durcheinanderbrachte. Unsicher – ihrer selbst genauso wie ihm gegenüber – bemühte sie sich, den Blick gesenkt zu halten und sich möglichst wenig am Gespräch zu beteiligen. Obwohl er seinem Gastgeber und seiner Gastgeberin die gebührende Aufmerksamkeit schenkte, spürte sie immer wieder seinen Blick auf sich. Mr. Heilbuth erzählte den Besuchern von Burra, seiner Grube und den Lebensverhältnissen in der Stadt.

»Sie werden Burra interessant finden, Trevannick. Es ist ein ziemlich großer Ort mit rund fünftausend Einwohnern. Es gibt um die Grube herum fünf einzelne Siedlungen. Die walisischen Schmelzer haben ihre eigene Stadt Llwchwr, dann sind da Redruth, Hampton, Aberdeen und Kooringa. Kooringa ist die Siedlung der Bergwerksgesellschaft. Die South Australian Mining Association, abgekürzt ›Sammy‹, hat für ihre Bergleute Hunderte von Häusern mit drei und vier Zimmern gebaut.«

»Dann kümmert sich die Gesellschaft um ihre Leute?«

Mrs. Heilbuth nickte. »Auch wenn nicht alle es dankbar annehmen. Viele wollen die wöchentlich sechs bis zehn Shilling Miete nicht zahlen. Sie haben das Gefühl, die Gesellschaft bereicherte sich an ihnen.«

»Das ist natürlich lächerlich«, stellte Mr. Heilbuth fest.

»Welche Alternative gibt es zum Mieten eines Cottage in der Bergmannssiedlung?«

»Steine gibt's reichlich«, antwortete Mr. Heilbuth. »Man sieht ja, wie viele Steine beim Bau dieses Hauses und der anderen Farmgebäude verwendet wurden. Außerhalb des Grubenareals steht auch sehr viel Land zur Verfügung. Viele haben Steine gebrochen und behauen, um ihre eigenen Häuser da zu bauen, wo sie nicht den Regeln der Bergwerksgesellschaft unterliegen.«

»Zu Hause in Cornwall war es allgemein üblich, dass Männer ihre eigenen Häuser bauten«, bemerkte Jenny, die bis dahin zugehört, sich aber nicht am Gespräch beteiligt hatte.

Mr. Heilbuth zog die Augenbrauen hoch. »Die Bergarbeiter konnten Land kaufen?«

»Nicht kaufen«, antwortete Con Trevannick. »Sie haben auf Land gebaut, das zum Ackerbau nicht zu gebrauchen war und das ihnen auf drei Lebenszeiten verpachtet wurde.«

»Wie hat das funktioniert?«

»Ein Bergmann konnte für eine nominelle Pacht ein Stück Brachland erhalten. Dann hat er drei Menschen benannt, um die Länge seiner Pachtzeit zu bestimmen. Es galt die Übereinkunft, dass beim Tode desjenigen, der von den drei genannten Personen am längsten lebte, das Land an den Grundbesitzer zurückfiel, der es für den eigenen Gebrauch behalten, verkaufen oder wieder verpachten konnte. Das System versagt, wenn der Cottagebewohner die drei genannten Personen überlebt.«

»Bedeutet das, dass der arme Mann, der das Haus gebaut hatte, nichts hatte, wo er leben konnte?« Mrs. Heilbuth war schockiert.

Con zuckte die Achseln. »So war, so ist das System in Cornwall. Die Tremaynes haben den Leuten für einen geringen Betrag stets erlaubt, in ihren Häusern zu bleiben. Schließlich wurde der Boden kultiviert, und es war ja auch praktisch, einem Bergmann zu erlauben, in geringer Entfernung zu der Grube zu wohnen, wo er beschäftigt war.«

»Dann machen diejenigen, die sich in den Gemeinden von Burra eigene Häuser gebaut haben, nur genau dasselbe, was sie auch in Cornwall getan hätten. Der Vorteil hier ist, dass man das Stück Land, auf dem man baut, auch besitzen kann.«

»So scheint es.« Con Trevannick wandte seine Aufmerksamkeit Meggan zu. »Was ist mit Ihrer Familie, Meggan? Wo lebt sie?«

»In einem Cottage der Bergwerksgesellschaft. Mein Vater ist, wie in Pengelly, Obersteiger und hat ein komfortables Wohnhaus auf dem Gelände der Grube zur Verfügung gestellt bekommen.«

»Ihr Vater hat nicht den Wunsch, Land zu besitzen oder sein eigenes Haus zu bauen?«

»Das ist nicht notwendig«, erwiderte sie in der irrationalen Annahme, das sei ein Affront gegen ihren Vater gewesen.

»Oh, ich bin mir sicher, Con wollte Sie nicht kränken«, mischte Jenny Tremayne sich ins Gespräch. Überrascht über ihre Sensibilität, schaute Meggan die junge Frau an und richtete dann den Blick wieder auf Mr. Trevannick.

»Nein, das wollte ich nicht. Es tut mir leid.« Doch er verzog die Lippen auf eine Art, die nur bedeuten konnte, dass er sich über ihre Reizbarkeit amüsierte.

Sie wandte ihre Aufmerksamkeit wieder dem Essen auf ihrem Teller zu. »Wenigstens wohnen wir nicht im Creek.«

»Im Creek?«, wiederholte er, und sie konnte die Verwirrung in seiner Stimme hören.

»Sie haben richtig gehört«, bestätigte Mr. Heilbuth. »Es gibt viele, die weder Miete zahlen noch das Land kaufen wollen, auf dem sie ein eigenes Haus bauen könnten. Stattdessen haben sie auf einer Strecke von über einer Meile die Böschungen eines Zuflusses zum Burra Burra Creek ausgegraben.«

»Sie meinen so etwas wie Höhlen oder Erdbauten?«

»Von außen sehen sie aus wie ganz normale Hütten, einige haben sogar eine Veranda. Hinter der Front wurden die Böschungen ausgegraben, und zwischen den Wohnungen ist gerade noch so viel Erdreich, wie nötig ist, damit es nicht ganz einbricht. Sie wären überrascht, wenn Sie sie von innen sehen könnten. Einige dieser unterirdischen Wohnstätten haben sogar zwei oder drei Zimmer. Innen sind sie weiß getüncht. Die meisten haben links und rechts der Haustür ein Fenster, damit Licht hereinkommt. Viele sind hübsch möbliert, mit guten Möbeln und Teppichen auf dem Boden. Die Familien, die dort leben, betrachten sie als ziemlich behaglich. Die Schornsteine sind entweder mit runden Schornsteinaufsätzen oder Lehmhaufen abgedeckt. Es ist ein ziemlich interessanter Anblick, wenn man die Straße am Bach entlangfährt und unendliche Reihen dieser Schornsteinaufsätze sieht und die Essensdüfte riecht, die daraus hochziehen. Es heißt, ein Mann könnte seinen Schornsteinaufsatz am Duft des Essens erkennen, das darunter gekocht wird.«

»Wie faszinierend. Ich nehme an, in diesem Bach ist kein Wasser.«

»Am Boden des Bachs ist ein kleines Rinnsal. Die Hütten der Bachbewohner liegen weiter oben in der Böschung.«

»Und wenn es regnet?«

»Regen führt zu kleineren Überschwemmungen. Im Februar letzten Jahres war eine große Überschwemmung, die rund achtzig Hütten weggeschwemmt hat.«

»Ein solcher Vorfall hat die Leute doch sicher abgeschreckt, weiterhin am Creek zu leben.«

»Nicht im Geringsten. Bei der letzten Schätzung ergab sich, dass rund sechshundert Familien, etwa achtzehnhundert Menschen, am Bach leben.«

»Erstaunlich. Ich würde mir diesen Creek mit seinen unterirdischen Wohnungen gerne ansehen.«

»Wir machen mit Ihnen einen Ausflug durch den ganzen Bezirk Burra. Sie werden feststellen, dass es ganz anders ist als in Ihrem kornischen Dorf, von dem Meggan uns sehr viel erzählt hat.«

»Kennen Sie jemanden, der am Bach wohnt, Meggan?«

Wieder war Meggan genötigt, den Mann anzuschauen, der ihr am Tisch gegenübersaß. »Einige. Tom Roberts und seine Frau Milly, die kurz nach meiner Familie ausgewandert sind, leben im Creek.«

»Tom Roberts, ja. Ja, ich erinnere mich an ihn. Der Rest der Familie lebt noch in Pengelly. Ich erinnere mich auch an Milly.«

Da gehe ich jede Wette ein, dachte Meggan, die den unmoralischen Ruf der jungen Frau kannte. Und da dieser Gedanke keineswegs freundlich war und dazu noch eine Beleidigung gegenüber Con Trevannick, schob sie ihn rasch beiseite.

»Wie geht es Ihrer Familie?«, fuhr er fort. »Sind alle wohlauf?«

»Sie sind gesund, vielen Dank.«

»Und Sie? Singen Sie noch?«

»Unsere Meggan hat eine ganz bezaubernde Stimme«, erklärte Mrs. Heilbuth.

»Ich weiß«, murmelte Con. »Ich habe sie vor vielen Jahren einmal singen gehört, am Strand in Pengelly.« Sein angedeutetes Lächeln trieb Meggan Farbe in die Wangen, die noch tiefer wurde, als er hinzufügte: »Ich dachte, ich würde einer Nixe zuhören.«

»Das hört sich an, als steckte dahinter eine Geschichte«, bemerkte Mrs. Heilbuth mit mehr als einem angedeuteten Fragezeichen am Ende.

»Eine denkwürdige Begegnung. Eine, die ich nie vergessen habe. Ihrer charmanten Farbe nach zu urteilen, erinnert Meggan sich auch noch daran.«

»Con«, sagte Jenny Tremayne mit sanftem Tadel. »Hör auf, Miss Collins zu hänseln. Du bringst sie in Verlegenheit.« Sie warf Meggan einen freundlichen, entschuldigenden Blick zu. »Ich kenne ihn schon mein ganzes Leben lang, und er war immer schon ein rechter Quälgeist. Achten Sie gar nicht auf ihn.«

»Genau das habe ich vor«, antwortete Meggan.

»Ich sehe, dass ich Sie um Verzeihung bitten muss«, erklärte er, ohne einen Deut reumütig zu klingen. »Wollen Sie zeigen, dass Sie mir verzeihen, indem Sie heute Abend für mich singen?«

Mrs. Heilbuth kam Meggans Antwort zuvor. »Meggan singt immer für unsere Gäste. Sie singt sehr gerne, nicht wahr, meine Liebe? Unsere Gäste erfreuen sich natürlich stets an ihrem Talent. Manchmal habe ich fast ein wenig den Eindruck, unsere regelmäßigen Besucher kommen nicht um unseretwillen, sondern um Meggans Gesang zu hören. Von einem wissen wir genau, dass er nur aus diesem Grund herkommt. Unser guter Freund Mr. Westoby ist einer von Meggans glühendsten Verehrern.«

»Tatsächlich?«, fragte Con und zog die Stirn auf eine Weise kraus, die Meggan weit mehr ärgerte als das leichte Geplauder ihrer Dienstherrin.

»O ja. Ich bin mir sicher, wenn Sie ihn kennenlernen – wir erwarten ihn in einigen Wochen –, werden Sie sehen, wie sehr er Meggans Stimme schätzt. Mr. Westoby ist ein wohlhabender, ganz vortrefflicher Mann. Er ist Kaufmann und hält einen Anteil an der Mine in Burra Burra. Er besitzt ein stattliches Haus in der Nähe des Torrens River in Adelaide.«

Meggan wand sich innerlich. Mrs. Heilbuths Begeisterung war nur mit viel Wohlwollen nicht als Kuppelei zu verstehen.

Con zog wieder auf seine typische fragende Art eine Augenbraue hoch. »Ist es nur Ihr Gesang, den er bewundert, Meggan?«

»Con!«

Doch er achtete nicht auf Jennys empörten Ausruf. Meggan spürte die Hitze in ihren Wangen. Con Trevannick amüsierte sich über ihre Verunsicherung. Meggan war stark versucht, ihm unter dem Tisch einen ordentlichen Tritt zu geben, wie Will ihn zu spüren bekommen hatte, wenn er sie ärgerte, doch jetzt stemmte sie die Füße fest auf den Boden und antwortete so sachlich wie möglich.

»Mr. Westoby findet, ich sollte Sängerin werden.«

»Und wie stehen Sie selbst dazu, eine Karriere als Sängerin einzuschlagen?« Er klang, als interessierte es ihn ehrlich.

»Diesen Wunsch habe ich nicht mehr. Ich bin zufrieden mit dem, was ich bin.« Sie lächelte die Heilbuths an. »Ich habe die besten Dienstherren, kann mich um zwei entzückende Kinder kümmern und bin in der Nähe meiner Familie.«

Mrs. Heilbuth beugte sich über den Tisch, um Meggan die Hand zu tätscheln. »Sie wissen, dass wir Sie nicht halten würden, wenn Sie eine Gesangskarriere einschlagen wollten, meine Liebe.«

»Ich weiß, Mrs. Heilbuth. Einst habe ich mir das mehr gewünscht als alles in der Welt.«

»Was hat Ihre Meinung geändert?«, fragte Con.

»Ich bin erwachsen geworden«, sagte sie, »und habe die kindischen Träume hinter mir gelassen. Ich habe gelernt, das Leben realistisch zu betrachten.« Dann presste sie die Zähne in die Unterlippe, denn sie hörte einen leisen Hauch von Bedauern in ihrer Stimme.

Er kommentierte ihre Aussage nicht, doch eine leichte Veränderung seiner Miene verriet ihr, dass er sich an die tragische Lektion, die sie in jungen Jahren hatte lernen müssen, gut erinnerte.

Nach Beendigung des Mahls zog die Gesellschaft sich ins Wohnzimmer zurück. Mrs. Heilbuth setzte sich ans Klavier, und Meggan, die sich weit weg wünschte, nahm ihren gewohnten Platz neben dem Klavier ein. Zuerst war sie uncharakteristisch nervös, doch nach wenigen Takten des ersten Lieds verdrängte die Freude am Gesang jeden anderen Gedanken. Sie brachte fünf Lieder dar, bevor sie darauf hinwies, dass ihr Vortrag beendet sei. Con Trevannicks Stimme übertönte den Applaus, um sie um das Lied zu bitten, das sie absichtlich ausgelassen hatte.

»Würden Sie bitte *Greensleeves* singen? Nur für mich.«

»Ein sehr schönes Lied«, stimmte Mrs. Heilbuth ihm zu und spielte die ersten Töne auf dem Klavier, bevor Meggan Gelegenheit hatte, ihm seine Bitte auszuschlagen.

Mit jedem Wort, das sich von ihren Lippen löste, berührte die Melodie sie weit stärker als je zuvor. Die Menschen, für die sie sang, verschwanden vor ihrem Blick. Stattdessen sah sie sich selbst, wie sie vor sieben Jahren am Strand in Pengelly zwischen den Felsen gekauert hatte. Als der letzte Ton verklang, waren ihre Wangen nass vor Tränen, und Con Trevannick schaute sie auf eine Weise an, die ihr Herz einen Schlag aussetzen ließ.

Mit einem gemurmelten »Entschuldigen Sie mich bitte« eilte sie durch die Fenstertüren auf die Veranda, denn sie wollte allein sein, bevor aus den Tränen Schluchzer schmerzlicher Erinnerungen wurden. Ihr erster Gedanke war, die Zuflucht ihres Zimmers aufzusuchen, doch sie wusste, wenn sie sich aufs Bett legte und weinte, würde sie kein Ende finden. Sie musste sich so weit zusammenreißen, dass sie in den Salon zurückkehren konnte.

Sie verließ die Veranda und spazierte über den Rasen vor dem Haus zu einer Sitzbank unter einer weinberankten Laube. Dort setzte sie sich hin, um zu weinen und zu trauern, wie sie es nur noch selten tat. Nicht dass sie Caros Tragödie je vergessen hatte. Die Zeit war, wie alle sagten, ein guter Heiler. Das Leben in Südaustralien war gut zu ihr gewesen. Sie war zufrieden und glücklich. Warum hatten die beiden nach Burra kommen müssen, um längst begrabene Gefühle wieder aufzurütteln?

Mit einem Seufzer lehnte Meggan den Kopf nach hinten, schloss die Augen und machte sich daran, Gedanken und Gefühle zu sammeln. Sie hatte sich einigermaßen beruhigt, als leise Schritte sie gemahnten, dass sie nicht mehr allein war. Eine lächerliche Angst, dass die Schritte von Con Trevannick stammten, ließ sie ganz starr werden, bis sie die Person sah, deren Schritte sie gehört hatte.

Jenny Tremayne kam auf sie zu, das hübsche Gesicht von Sorgen überschattet.

»Macht es Ihnen etwas aus, wenn ich mich zu Ihnen setze, Meggan? Ich darf Sie doch Meggan nennen, oder? Und Sie müssen mich Jenny nennen«, fuhr sie fort und setzte sich, nachdem Meggan zustimmend genickt hatte. »Schließlich sollten Sie einmal meine Gesellschafterin werden.«

Als sie keine Antwort bekam, stellte Jenny die Frage, die sie quälte. »Hat unser Herkommen Sie so aufgewühlt?«

Sie klang ehrlich besorgt, und Meggan schüttelte den Kopf. »Nein. Ich bin nur dumm. Ich singe dieses Lied nur selten. Aus gewissen Gründen erinnert es mich daran, wie meine Schwester gestorben ist.«

»Das tut mir leid. Möchten Sie darüber reden?«

Meggan schüttelte den Kopf.

Jenny seufzte. »Sie sind immer noch aufgewühlt. Sie hätten Con seine Bitte abschlagen sollen.«

»Er konnte nicht wissen, wie sehr es mich berührt. Ich habe ja selbst nicht erwartet, dass ich so emotional reagiere. Sie müssen mich alle sehr merkwürdig finden.«

»Keineswegs. Mrs. Heilbuth war ziemlich besorgt und Con, wie ich mich freue, sagen zu können, recht reuig. Er wäre Ihnen nachgegangen, wenn ich ihn nicht daran gehindert hätte. Con ist mir sehr teuer, aber er ist nicht immer besonders sensibel. Ich habe gesagt, Sie wollten sicher einen Augenblick allein sein, denn ich habe bemerkt, dass das, was Sie so aufgewühlt hat, etwas sehr Persönliches war.«

Meggan sah ihr ins Gesicht. Dies war das längste Gespräch, das sie geführt hatten, seit die junge Frau nach Grasslands gekommen war. Meggan spürte einen ersten Anflug von Freundschaft. Unter ihrem ruhigen Äußeren besaß Jenny Tremayne sowohl Mitgefühl als auch Geist.

»Miss Tremayne ... Jenny«, fragte Meggan aus einem Impuls heraus, »was hat Sie nach Burra geführt? Sie sind doch sicher nicht hier, um Ferien zu machen?«

»Ich versuche, meinen Bruder zu finden.«

»Ihren Bruder?«

»Rodney. Erinnern Sie sich an ihn?«

»Ja.« Meggan schluckte einen Kloß herunter.

»Sie wissen wahrscheinlich nicht, dass er sich vor sieben Jahren mit meinem Vater entzweit hat. Er hat sein Zuhause verlassen, und seither haben wir nichts mehr von ihm gehört. Jetzt ist unser Vater sehr krank und möchte sich mit Rodney versöhnen.«

Meggan schwieg. Sie wusste, dass Rodney Tremayne nach Carolines Tod weggegangen war. Sie hatte ihn egoistisch und schwach gefunden, als er in dem überdachten Friedhofstor hockte, während Caroline beerdigt wurde. Doch sie hätte sich nie vorgestellt, dass er die Bande zu seiner Familie löste. Hatte auch er die Wahrheit darüber erfahren, wer Carolines Vater war? Und wusste Jenny es? Meggan erkannte, dass sie sehr vorsichtig vorgehen musste.

»Ihr Bruder ist weggegangen und nie zurückgekehrt? Wissen Sie, warum?«

Jenny schüttelte den Kopf. »Ich habe es nie verstanden. Ich war mit meiner Tante in London und war sehr gekränkt, dass er nicht einmal lange genug gewartet hat, um sich von mir zu verabschieden. Das erste Jahr hat Vater stets behauptet, Rodney werde bald nach Hause kommen, aber er hat nicht einmal eine kurze Nachricht geschickt, um uns wissen zu lassen, dass es ihm gut ginge. Con weiß, warum mein Vater und Rodney sich gestritten haben, aber er sagt es mir nicht. Er behauptet, es sei Sache meines Vaters zu entscheiden, ob ich es wissen solle oder nicht.«

»Und Ihr Vater hat es Ihnen nie gesagt?«

»Nein. Ich habe ihn einmal danach gefragt, kurz nachdem mir klarwurde, dass Rodney nicht zurückkommen würde. Er sagte, das sei eine Sache zwischen ihm und Rodney. Ich bat ihn noch einmal, es mir zu sagen, bevor wir von Cornwall aufgebrochen sind, doch er wollte es mir nicht anvertrauen.«

Meggan wandte den Kopf ab und tat so, als wischte sie sich Tränen aus den Augen. Wie viel schlimmer konnte die Situation noch werden? Jenny Tremayne schien freundlich und nett zu sein, und doch musste Meggan ihr die Wahrheit vorenthalten, die die junge Frau so sehnlichst zu erfahren wünschte.

»Wie sind Sie auf die Idee gekommen, Ihr Bruder könnte hier sein? In Burra müssten ihn dann viele kennen, doch ich habe seinen Namen hier noch nie gehört.«

»Wir auch nicht. Wir sind als Gäste zu den Heilbuths gekommen, weil Con großes Interesse daran hat, etwas vom Land zu sehen. Alles, was wir über Rodney herausgefunden haben, ist, dass er ein Schiff nach Adelaide genommen hat. Con hat eine Anzeige in den *Adelaide Advertiser* gesetzt in der Hoffnung, wir würden mehr über Rodney erfahren oder sogar von ihm selbst hören.«

»Aber das haben Sie nicht.« Wieder sah Meggan sie an.

»Nein.«

»Das tut mir leid. Ich hoffe, Ihre Suche wird irgendwann erfolgreich sein.«

»Das hoffe ich auch. Ich habe sowohl Con als auch meinem Vater gesagt, dass ich erst heiraten werde, wenn Rodney an meiner Hochzeit teilnehmen kann.«

»Oh? Sie sind verlobt?«

Jenny lächelte. »Es war stets der Wunsch meines Vaters, dass ich Con heirate. Er hat vorgeschlagen, wir sollten heiraten, bevor wir von Cornwall aufbrachen, und dies zu unserer Hochzeitsreise machen. Con war einverstanden, aber, wissen Sie, Meggan«, sie legte ihr verschwörerisch die Hand auf den Arm, »ich kann wirklich sehr stur sein, wenn ich will. Und ich will, dass mein Bruder bei meiner Hochzeit dabei ist.«

· Meggan lächelte. Sie schloss Jenny Tremayne mit jeder Minute mehr ins Herz. Vielleicht wären sie wahre Gefährtinnen geworden, wenn nicht das Schicksal – oder ein weißer Hase – sich eingemischt hätte.

»Vielen Dank, dass Sie mit mir gesprochen haben, Jenny. Ich wünsche Ihnen alles Gute.«

»Danke.«

Die jungen Frauen standen zusammen auf, und als sie am Haus anlangten, lachten sie beide über Meggans Anekdoten über das Leben in den Kolonien.

Con schaute sie an und lächelte ebenfalls. »Das sehe ich gerne.«

Jenny lachte ihn an und nahm Meggans Arm mit beiden Händen. »Meggan hat mir wunderbare Geschichten erzählt. Ich bin sicher, wir werden die besten Freundinnen.«

»Das freut mich sehr«, sagte Con und schaute Meggan wieder auf eine Art an, die sie sehr verunsicherte.

Am nächsten Morgen bekam Meggan die Besucher nicht zu sehen, denn sie hatte alle Hände voll damit zu tun, die Zwillinge zu waschen, ihr Frühstück zu beaufsichtigen und den täglichen Unterricht vorzubereiten. Nach dem Vormittagstee nahm Mr. Heilbuth seinen männlichen Gast mit, um ihm irgendwo auf seinem riesigen Besitz etwas zu zeigen, und Jenny gesellte sich zu Meggan und den Kindern ins Schulzimmer. Zu Meggans Überraschung reagierte die normalerweise recht schüchterne Sarah begeistert auf die Besucherin. Jennys Betragen war so vollkommen natürlich, dass beide Kinder bezaubert waren. Meggan, die die drei beobachtete, dachte, was für eine gute Mutter Jenny werden würde, und erwischte sich bei dem Gedanken an kleine Jungen, die genauso aussahen wie Con Trevannick. Sie schüttelte das Bild aus ihrem Kopf, war sie sich doch nicht einmal sicher, von wo es überhaupt aufgetaucht war.

Innerhalb einer Woche wusste sie es. Sie fühlte sich mächtig zu Con Trevannick hingezogen. Eine Anziehung, die sich, so schwor sie sich, niemals zu etwas Tieferem entwickeln durfte. Selbst wenn seine Heirat mit Jenny Tremayne nicht schon längst ausgemacht wäre, war er so weit außerhalb von Meggans Reichweite, wie ein Mann nur sein konnte. Er mochte kein Tremayne sein, doch ein wenig von deren Blut lief auch durch seine Adern. Und die Tremaynes heirateten nie unter ihrem Stand.

7

Müde stieg Will Collins die letzte Grubenleiter des Paxton-Schachts der Mine in Burra Burra hinauf. Seine Hände langten über den Kopf, um nur drei Sprossen unter den schweren Stiefeln seines Bruders Hal zuzupacken. Sie hatten auf der Fünfzig-Lachter-Sohle eine Pause gemacht, wo sie Tom Roberts und ihren jungen Bruder Tommy getroffen hatten, die auf dem Weg nach unten waren, um ihre Schicht anzutreten. Jetzt lockte der Fleck blauen Himmels über ihren Köpfen sie die letzten zwei Lachter zur Erdoberfläche hinauf.

Als sie oben waren, zog Will seinen Schutzhelm ab, um sich mit der Hand durch sein schmutziges, schweißverkrustetes Haar zu fahren. Er blinzelte mehrmals in der strahlenden Nachmittagssonne und wandte den Blick von ihrem hellen Schein hinunter auf den Schachtzugang, aus dem sie gekommen waren. Inzwischen mussten Tom und der kleine Tommy eigentlich das Vorkommen erreicht haben, an dem die vier Männer als Kameradschaft arbeiteten.

Sie arbeiteten seit etwas mehr als drei Wochen an diesem Vorkommen. Drei Wochen frustrierender, unergiebiger Plackerei. Vor vier Tagen waren ihre Hoffnungen gestiegen, bis der Kupfergang, dem sie folgten, nur noch mageres Erz hergab. Falls die Dinge im Laufe der nächsten drei Wochen nicht besser wurden, würde es für sie alle am Abrechnungstag wenig Geld geben. Von den rund zweihundertfünfzig Erzgedingehauern, die in der Grube in Burra arbeiteten, machten die Collins-Brüder mit Tom

Roberts in der Kameradschaft regelmäßig gutes Geld. Glück nannten das einige der Männer. Will schrieb ihren Erfolg harter Arbeit zu sowie seinem normalerweise unfehlbaren Instinkt für ein gutes Vorkommen.

Ein rauer, tief sitzender Husten lenkte Wills Aufmerksamkeit auf Hal.

»Ist der verdammte Wind kalt«, murmelte der junge Mann, bevor ihn ein schwerer Anfall trockenen, stoßweisen Hustens überkam.

»Ja. Die Sonne scheint zwar, aber der Wind kommt direkt vom Südpol. Aber wie du klingst, das gefällt mir auch nicht. Komm rüber zum Schuppen, umziehen, und dann siehst du zu, dass du aus der Kälte nach Hause kommst, bevor du dir noch die Lungen aus dem Hals hustest.«

»Kommst du nicht mit nach Hause?«, fragte Hal, nachdem sie sich trockene Kleider angezogen und ihre kupferroten, schweißfleckigen Arbeitskleider an Nägeln aufgehängt hatten.

»Ich komme bald. Ich will zuerst mit Pa reden. Ich finde, wir sollten eine neue Zuwegung zu diesem Vorkommen versuchen. Vielleicht kann er für uns ein Wort mit Captain Roach reden.«

»Ich bezweifle, dass Captain Roach einverstanden ist. Er erwartet, dass wir das Beste aus dem machen, was wir haben.«

»Irgendwo da unten ist gutes Erz. Ich habe mich noch nie geirrt, und ich glaube, dass ich mich diesmal auch nicht irre. ›Sammy‹ würde es sicher vorziehen, wenn wir gutes Zeug rausholten.«

»Da hast du recht. Viel Glück bei Pa und Captain Roach.«

»Ja. Bis nachher zu Hause.«

Die Brüder trennten sich vor dem Schuppen. Die Schultern gegen den eisig kalten Wind hochgezogen, schlurfte Hal davon. Will eilte zurück über das Grubengelände zum Ayers-Schacht. Pa musste bald von seiner Schicht als Obersteiger hochkommen. Er hoffte, ja betete fast, dass er seinen Pa überzeugen konnte, mit Roach zu sprechen. Die Chance, dass der Betriebsführer sich einverstanden erklärte, dass Bergleute eine andere Zuwegung zu ihrem Vorkommen vorantrieben, war mehr als unwahrscheinlich. Er würde trotzdem fragen. Ein Mann, der im Leben vorwärtskommen wollte, tat alles, um gutes Geld zu verdienen.

Zum ersten Mal nahm Will das Leben und Treiben über Tage bewusst wahr. Fast einhundert Morgen, überragt von dem riesigen weißen Schornstein, der oben auf dem mittleren Hügel stand, daneben das solide gemauerte Pulvermagazin mit seinem charakteristisch gerundeten Dach. Jeder Schacht hatte seinen eigenen Pferdegöpel, wo ein Bursche ein Pferd immer im Kreis führte, um Erz und Nebengestein nach oben zu ziehen. Überall auf dem Grubenareal waren Männer bei der Arbeit, karrten Erz zum Scheidplatz und zum Pochwerk und fuhren Abraummaterial weg. Zimmerleute arbeiteten an Holzkonstruktionen, die dauernd instand gehalten werden mussten. Lärm und Geschäftigkeit wurden beherrscht von dem lauten Dröhnen des Brechers.

Auf einer kleinen Erhebung blieb Will stehen, um den Blick über den Brecher mit seinem Wasserrad, die Sägemühle und die Zimmermannswerkstatt dahinter schweifen zu lassen. Wiederum dahinter hörte er aus den Ställen das Wiehern eines Pferds. Dort in der Nähe häckselten zwei Männer. Will drehte sich im Kreis. Drei Pferde waren nahe der Schmiede angebunden. Einen der sechs Schmiede, die in der Grube beschäftigt waren, kannte er gut.

Von den anderen Männern, die über Tage den verschiedenen Arbeiten nachgingen, kannte er nur eine Handvoll. Kaum überraschend, sinnierte er, war er doch kaum mit der Hälfte der Männer bekannt, die unter Tage arbeiteten. Über hundert Gedingearbeiter, Hauer und Erzgedingehauer plagten sich unter der Erde ab. Über Tage waren mehr als dreimal so viele Menschen beschäftigt.

Die meisten Arbeiter der »Sammy« erwarteten, wie Will vermutete, für die Dauer ihres Arbeitslebens derselben Beschäftigung nachzugehen. Es hatte eine Zeit gegeben, da hatte Will zu ihnen gehört, in den ersten Jahren in Südaustralien, als die Begeisterung für die reichen Vorkommen an Bodenschätzen, den leichten Zugang über Schächte, die oft nur ein Viertel so tief waren wie manche in Cornwall, und die überaus guten Lebensbedingungen den rosigen Schimmer des Glücks gehabt hatten.

An welchem Punkt genau Will zu dem Schluss gekommen war, unzufrieden mit seinem Leben zu sein, konnte er nicht genau sagen. Was er jedoch genau wusste, war, dass der Drang immer stärker wurde, dem Kupferbergbau den Rücken zu kehren. In den letzten zwei Wochen, da ihnen ein geringer Lohn drohte, war er noch rastloser geworden. Es musste doch, überlegte er, einen leichteren Weg geben, für seinen Lebensunterhalt zu sorgen, als im Gedinge zu arbeiten, stundenlang unter Tage in einer Hitze, die außer einem kornischen Bergmann niemand ertrug, um dann hinaufzusteigen in einen kalten Wind, der noch eisiger wurde, sobald er ihre schweißnassen Kleider kühlte.

Im Sommer war es besser, dann war die Lufttemperatur draußen häufig genauso hoch und manchmal sogar noch höher als die Temperatur unter Tage. In dieser Jahreszeit war es nicht die Angst vor einer Lungenentzündung, die die Männer plagte, dann zerrte die lähmende Hitze ihnen alle Kraft aus dem Leib, besonders beim langen Gang zum nachmittäglichen Schichtwechsel.

Will seufzte, konzentrierte sich wieder auf das Leben und Treiben um ihn herum und setzte seinen Weg über das Grubenareal fort. Das hier war nicht mehr sein Leben. Was er wollte, wusste er noch nicht recht. Er war sich nur sicher, dass es nicht der Kupferbergbau war. Mit seinem Vater hatte er darüber noch nicht gesprochen. Dazu war noch Zeit, wenn er ein bisschen mehr Geld gespart und wenigstens eine vage Vorstellung davon hatte, was er tun wollte.

Er hatte fast die Straße erreicht, die von Kooringa zu der angrenzenden Bon Accord Mine durch die Burra Mine führte, als er die vier Reiter sah. Zuerst warf er nur einen flüchtigen Blick auf sie. Captain Roach und General Superintendent Burr erkannte er sofort. Besucher waren in der Grube nichts Ungewohntes; ihr Ruf als »Monster Mine« hatte sich weit herumgesprochen.

Einige Schritte näher an der Straße warf Will noch einmal einen Blick auf die Gruppe. In dem dritten Mann erkannte er Meggans Arbeitgeber Mr. Heilbuth. Das überraschte ihn so sehr, dass er nun auch den vierten Mann genauer in Augenschein nahm. Befremden bremste seine Schritte. Ich muss mich irren, dachte er, auch wenn er wusste, dass er sich keineswegs irrte. Wer da auf ihn zuritt, war Mr. Trevannick aus Pengelly.

Ohne recht zu wissen, warum, drehte Will sich abrupt um und ging den Weg zurück, den er gekommen war. Er hatte nicht den Wunsch, diesem Mann zu begegnen. Vor allem so lange nicht, bis er wusste, warum Mr. Trevannick in Burra war und warum er sich in Gesellschaft von Mr. Heilbuth befand. Hieß das, dass Meggan wusste, dass der Mann in Burra war? Hieß es, dass Mr. Trevannick oder Squire Tremayne erwogen, in die Grube zu investieren?

Sämtliche Gedanken daran, seinen Vater zu suchen, waren vergessen, und Will ging um den Roach-Schacht herum zu den Schuppen, wo das Erz aufbereitet wurde. Mehrere der Frauen, die mit dem Ausklauben des Erzes beschäftigt waren, riefen ihm einen Gruß zu. Einige waren dabei unverhohlener als andere. Will antwortete ohne Wärme. Er wusste, dass er jederzeit jede von ihnen hätte haben können. Wenn er guter Stimmung war, flirtete er manchmal ein wenig. Ein Blinzeln oder eine freche Bemerkung, weiter ging er nicht. Die Tragödie, die außerehelich gezeugte Kinder über seine Familie gebracht hatten, war nicht vergessen.

Und er würde sich auch nicht – wie Tom – in eine lieblose Ehe locken lassen. »Komm heute Abend zum Creek, Will«, rief Milly ihm jetzt zu. »Wir servieren dir ein Abendessen, so eins hast du noch nich' gehabt.«

Sie stand in aufreizender Pose da, die Hände in die Hüften gestemmt, die Brüste nach vorn gereckt, begleitet vom Kichern, Knuffen und verschlagenen Zwinkern ihrer Gefährtinnen. Will antwortete nicht. Der Blick, den er ihr zuwarf, sollte ihre Annäherungsversuche abbremsen. Er hatte es längst aufgegeben, ihr zu erklären, dass er nicht interessiert war, selbst dann nicht, wenn Tom nicht sein Freund wäre. Will ging weiter.

»Er denkt wohl, er wär zu gut für unsereins«, folgte ihm Millys verärgerte, überlaute Stimme. »Wenn du wissen willst, was du verpasst, Will Collins, dann frag deinen Bruder Hal.«

Will blieb abrupt stehen und drehte sich um. Mit einem Lächeln, das alle Schläue enthielt, deren die Frau fähig war, warf sie nur den Kopf zurück und wandte sich wieder ihrer Arbeit zu.

Will beschleunigte seine Schritte und holte seinen Bruder am Stadtrand ein. Bis dahin hatte er sich ziemlich in Rage gearbeitet. Er packte Hal grob am Arm.

»Hast du mit Milly Roberts rumgemacht?«

Hals Miene beantwortete seine Frage.

»Du verfluchter Idiot.« Will löste seinen Griff mit einem Schubs, der Hal zum Stolpern brachte. »Was ist, wenn Tom dahinterkommt?«

»Tom?« Hal versuchte zu lachen, was jedoch nur in einem Hustenanfall endete. Ohne Mitgefühl wartete Will mit verschränkten Armen, bis sein Bruder sich beruhigt hatte.

Hal wischte sich mit dem Ärmel über seine tränenden Augen. »Er ist zu sehr damit beschäftigt, sich mit sämtlichen Frauen zu befriedigen, die ihn ranlassen, um zu merken, was da abgeht. Er denkt, nur weil er Milly prügelt, wäre sie sein gehorsames Weib.«

»Du bist trotzdem ein Idiot, Hal. Eines Tages kommt Tom dahinter, und dann wird er sämtliche Männer, die was mit seiner Frau hatten, windelweich schlagen. Und da wir in derselben Kameradschaft sind, bist du der Erste.«

»Ich war nur zweimal da.«

»Und wenn du nur einen Funken Verstand im Leib hast, gehst

du nicht mehr hin. Die Frau bedeutet nichts als Ärger, und ich will nicht, dass du da mit reingezogen wirst.«

»Was bildest du dir ein, mir vorzuschreiben, was ich tun soll? Ich bin achtzehn. Ich mach, was ich will.«

»Ja, und ich bin fünf Jahre älter als du und pass auf dich auf.«

»Es ist aber nicht nötig, dass du auf mich aufpasst. Du bist genau wie Meggan. Ihr denkt, ihr wärt was Besseres als Tommy und ich, und sagt uns dauernd, was wir tun oder lassen sollen. Na, dann sag mir doch mal, großer Bruder, was du machst, wenn du Befriedigung brauchst?«

Wills Miene verhärtete sich. »Meistens kontrolliere ich meinen Drang. Wenn es sein muss, bezahle ich eine anständige, saubere Hure. So komme ich keinem Ehemann in die Quere und setze auch keine Bastarde in die Welt.«

»Na, vielleicht bin ich mehr Manns als du und brauch's zu oft, um mir eine deiner anständigen Huren leisten zu können. Wenn eine Frau sich anbietet, nehme ich sie, und das geht dich verdammt noch mal nichts an.«

Der Trotz in seinen Worten wurde von einem Hustenanfall abgeschwächt. Hal stolperte einige Schritte weg. Will fand, es sei das Beste, das Thema für den Augenblick fallen zu lassen, trat neben seinen Bruder und fasste ihn am Arm.

»Komm, lass uns heim ins Warme gehen, bevor dein Husten noch schlimmer wird.«

Jeden zweiten Sonntag aß Meggan mit ihrer Familie zu Mittag. Zehn Tage waren seit der Ankunft der Gäste der Heilbuths vergangen, bevor Meggan sich wieder im Familiencottage an den Tisch setzte. Eine Weile drehte sich das Gespräch um allgemeine Themen, bis Will plötzlich einwarf: »Ich könnte schwören, ich hätte neulich Con Trevannick gesehen. Auch wenn ich mir nicht vorstellen kann, was er in Burra will.«

Er sah Meggan direkt an.

Henry riss den Kopf hoch. Hal und Tommy wirkten äußerst interessiert.

Meggans Herz hatte einen Schlag ausgesetzt, bevor es ein wenig schneller als vorher weiterschlug. Auch wenn sie nicht die geringste Ahnung hatte, woher er es wusste, sah sie, dass Will wusste, bei wem Con Trevannick zu Besuch war. Ein rascher Blick auf ihre Mutter verriet ihr, dass Joanna, Messer und Gabel reglos in den Händen, auf ihren Teller starrte.

»Wo hast du den Mann gesehen?«, fragte Henry Collins.

»Auf dem Grubengelände. Als ich letzten Mittwoch bei Schichtende aus dem Schacht kam.«

»Und du bist dir ganz sicher?«

»Ja. Er war es.«

Meggan hatte wieder einmal allen Grund, ihr ausdrucksstarkes Mienenspiel zu bereuen, denn Will sagte scharf: »Du weißt etwas, Megs.« Als sie nichts sagte, wurde sein Ton vorwurfsvoller. »Es war Con Trevannick, den ich gesehen habe, und du hast gewusst, dass er in Burra ist. Ich hab nämlich auch Mr. Heilbuth gesehen.«

Meggan biss sich auf die Lippe, schaute zu ihrer Mutter hinüber, die jetzt Messer und Gabel abgelegt hatte, jedoch weiterhin auf ihren Teller starrte, und dann zu ihrem Vater, dessen Miene zugleich fragend und streng war.

»Mr. Trevannick und Jenny Tremayne sind Gäste der Heilbuths«, sagte sie ruhig und blickte dabei nur ihren Vater an.

»Und du bist nicht auf die Idee gekommen, es uns zu sagen, Kind?«, wandte ihr Vater ruhig ein.

Meggan zuckte hilflos ein wenig mit den Schultern und warf aus dem Augenwinkel einen Blick auf das andere Tischende, wo Joanna ihr Besteck wieder aufgenommen und sich darangemacht hatte, ihr Fleisch zu schneiden.

Henry, Will und die Jungen folgten Meggans Blick. Henry nickte leicht, und alle aßen schweigend weiter.

Will, der das Thema aufgebracht hatte, das zu diesem unbehaglichen Schweigen geführt hatte, berichtete von einem hübschen Malachit, den sie am Tag zuvor in ihrem Vorkommen gefunden hatten.

»Der macht die schlechte Qualität des Kupfers wieder wett. Am Ende kriegen wir doch einen vernünftigen Lohn.«

»Du solltest ihn sehen, Pa«, fügte Hal hinzu. »Ich wette, der hat Edelsteinqualität. Captain Roach kommt morgen, um ihn sich anzusehen.«

»Ist er durch und durch von guter Qualität, Sohn?«

»Wenn nicht, werfe ich meine Haue weg. So hübsch ist er, mit strahlend blauen Azuritkristallen durchsetzt.«

Vor Meggans geistigem Auge erschienen leuchtende Bilder. »Ich wünschte, ich könnte auch einmal unter Tage gehen, um dieses Wunder mit eigenen Augen zu sehen, so eine Malachitfundstelle, die ihr ›Bergmannsgärten‹ nennt.«

»Das Schlängeln durch die schmalen Gänge würde dir ebenso wenig gefallen wie das trübe Licht der Strossen, selbst wenn Frauen unter Tage erlaubt wären.«

»Ich weiß.« Meggan seufzte.

»Macht nichts, Megs. Ich verspreche dir, zu deiner Hochzeit schenke ich dir ein Malachithalsband.«

Bei Wills Worten riss Joanna den Kopf hoch. »Was ist das jetzt? Hast du vor zu heiraten, Meggan?«

»Nein, Ma.«

»Aber du schäkerst mit einem Mann herum? Vielleicht mit Tom Roberts?«

»Niemals! Es gibt keinen Mann, Ma. Ich habe nicht den Wunsch zu heiraten.«

»Du solltest aber bald heiraten. Ich hab gesehen, wie die Männer dir hinterherschauen. Wart zu lange, und du hast auch ein Baby im Bauch und keinen Ring am Finger.«

Meggan schnappte nach Luft. Brennend heiße Tränen schossen ihr in die Augen. Ihr Vater langte über den Tisch, um ihre Hand zu drücken.

»Lass sie in Ruhe, Joanna.«

Joanna warf ihrem Mann einen harten Blick zu. »Diese Familie hat sich versündigt.«

Sie wandte sich wieder ihrem Essen zu, ohne die Blicke zu bemerken, die zwischen ihrem Mann und ihren Kindern gewechselt wurden. Ihre religiöse Besessenheit war immer schwerer zu ertragen.

Nach dem Essen zog Joanna sich in ihr Schlafzimmer zurück, um in ihrer Bibel zu lesen, wie sie es jeden Sonntagnachmittag tat, und Hal und Tommy gingen ihren eigenen Beschäftigungen nach. Meggan, Will und ihr Vater setzten sich auf die schattige Veranda.

»Erzähl uns von Con Trevannick, Meggan, Kind.«

Meggan traktierte ihre Unterlippe mit den Zähnen. »Er ist vorletzten Mittwoch mit Mr. Heilbuth aus Adelaide gekommen. Jenny Tremayne ist bei ihm.«

Henry runzelte die Stirn. »Das Tremayne-Mädchen und Mr. Trevannick? Warum sind sie hier? Weißt du etwas?«

»Sie wollen versuchen, Jennys Bruder zu finden.«

»Rodney Tremayne?«, entfuhr es Will.

Meggan sah ihn an. »Ja. In Pengelly hat jeder gewusst, dass er weggegangen ist. Wir haben nicht gewusst, dass er nie zurückgekehrt ist. Jenny sagte, er habe einen schrecklichen Streit mit seinem Vater gehabt und gesagt, er würde weggehen und nie mehr wiederkommen. Bis heute hat er sein Wort gehalten.«

»Warum suchen sie ihn jetzt, und warum ausgerechnet in Burra?«

»Ich glaube, Mr. Tremayne ist sehr krank und möchte mit seinem Sohn Frieden schließen oder ihn wenigstens noch einmal sehen. Alles, was über seinen Verbleib bekannt ist, ist, dass er eine Überfahrt auf einem Schiff nach Südaustralien gebucht hat. Als Mr. Heilbuth Mr. Trevannick traf und von seiner Suche hörte, hat er die beiden eingeladen, bei ihm zu wohnen, während sie hier in der Gegend Erkundigungen einholen.«

»Wie geht es dir, ständig in ihrer Gesellschaft zu sein?«

»Zuerst war ich schockiert. Ich fand es schwer, denn Jenny sieht Caroline sehr ähnlich. Das hat so viele unglückliche Erinnerungen wieder aufgeweckt. Aber Jenny ist ganz anders als Caroline. Sie ist nett und freundlich wie Caro, aber sie hat eine sehr viel resolutere Persönlichkeit. Sie gibt selbst zu, dass sie ziemlich stur sein kann.«

Sollte Jenny je in eine Situation wie Caroline geraten, besäße sie den Mut, weiterzumachen. Doch das sagte Meggan nicht. Damit hätte sie bei ihrem Vater nur alte Wunden wieder aufgerissen. Je mehr der Schmerz mit den Jahren verblasste und je mehr Meggan über die wahre Geschichte von Caroline und Rodney erfuhr, umso schwerer fiel es ihr, zu verstehen, warum ihre Schwester eine so verzweifelte Lösung für ihr Problem gewählt hatte.

»Du weißt ja, dass ich Will so lange in den Ohren gelegen habe, bis er mir alles erzählt hat.« Sie warf ihrem Bruder einen entschuldigenden Blick zu, um der Entrüstung in seinem Blick zu begegnen. »Ich habe es niemandem erzählt, Pa. Manchmal habe ich gehofft, es wäre nicht wahr. Doch dann bin ich Jenny Tremayne begegnet.«

Schweigen breitete sich aus. Was ihr Vater und ihr Bruder dachten, wusste Meggan nicht. Sie selbst dachte daran, wie schwer es ihr gefallen war, das zu akzeptieren, was ihr stets unannehmbar erschienen war. Doch sie würde es nie wieder wagen, das, was ihre Eltern taten, zu hinterfragen.

»Magst du die junge Frau?«, fragte Henry.

»Jenny Tremayne? Ja, sehr sogar. Wir haben uns recht angefreundet.«

»Und Con Trevannick?«

Meggan gab sich Mühe, Miene und Stimme ausdruckslos zu halten. »Er ist höflich und freundlich.« Und dann schlug sie ein anderes Thema an.

Der junge Stallbursche Bertie begleitete Meggan bei ihren Fahrten nach Kooringa. Meggan fuhr den Ponywagen nach Redruth, wo Berties Familie lebte, und holte ihn auf dem Rückweg von ihrem eigenen Familienbesuch wieder ab, und dann fuhren sie zusammen zurück nach Grasslands. Auf der Straße zwischen den beiden Ortschaften war Meggan überrascht, Tom Roberts zu begegnen. Da er zu Fuß Richtung Kooringa unterwegs war, fragte sich Meggan, was er wohl in Redruth zu tun gehabt hatte. Am Sonntag, dem einzigen Tag, wo die große Mine stillstand, blieben verheiratete Männer im Allgemeinen zu Hause bei Frau und Kindern. Doch Tom scherte sich, wie Meggan wusste, wenig um seine Frau.

Er stand mitten auf der Straße und versperrte dem Wagen den Weg. Verärgert, doch nicht in der Lage, etwas dagegen zu tun, zog Meggan die Leine an, bis das Pony stillstand. Tom ging an ihm vorbei, um sich seitlich am Wagen festzuhalten.

»Guten Tag, Meggan.«

»Was willst du, Tom?«

»Das Vergnügen, dich anzusehen. Du bist ein Anblick, der einem Mann das Auge erfreut und das Herz erwärmt. In ganz Burra gibt es keine, die es mit deiner Schönheit aufnehmen kann.«

»Wenn ich glauben könnte, dein Kompliment sei ehrlich gemeint, würde ich dir danken. Ich glaube jedoch, dass du das zu jeder Frau sagst.«

»Frauen sind so dumm und eingebildet, dass sie nur hören, was ihnen gefällt. Wenn ein Mann sein Vergnügen will, sagt er einer Frau eben, was sie hören will.«

»Nun, es gibt nichts, was ich von dir zu hören wünsche, Tom Roberts, und ich möchte dir auch in keiner Weise zum Vergnügen dienen. Wenn du also erlaubst, setze ich jetzt meinen Weg fort.« Sie hob die Hand, um mit der Leine zu schnalzen, doch da packte er sie mit einer Gewalt am Arm, die sie beinahe vom Sitz riss.

»Was machst du da?«, schrie sie, ebenso erschrocken wie wütend.

»Du läufst mir nicht mehr davon, Meggan. Gibst du dich zimperlich, damit mein Verlangen noch wächst?«

»Verlangen? Was bildest du dir ein, Tom Roberts? Auch wenn das etwas ist, worüber du viel weißt, hast du zu mir nicht in so einem vulgären Ton zu sprechen. Ich habe gewiss kein Verlangen nach dir, und ich habe es satt, dass du ständig versuchst, dich mir aufzudrängen.«

Sie hatte ein gehöriges Maß an Verachtung in ihre Worte gelegt, doch zu ihrem Verdruss lächelte er nur.

»Immer hitzig, die gute Meggan. Wenn deine Augen funkeln und du den Kopf so überheblich zurückwirfst, reizt mich das nur umso mehr. Ja, du bist im Bett sicher sehr hitzig. Du kannst einen Mann eine ganze Nacht lang hart und glücklich machen.«

Meggan keuchte auf. Sie spürte, dass ihr Gesicht vor Schock ganz heiß wurde, und wollte sich von ihm frei machen. »Lass mich los. Ich will weiter.« Sie war wütend, so wütend, dass sie das Gefühl hatte, wenn sie nur eine geeignete Waffe zur Hand hätte, könnte sie seine Hand leicht wegschlagen.

Er ließ ihren Arm los, ließ die andere Hand jedoch auf dem Wagen liegen. »Ich mache keine Witze, Meggan. Ich will dich, und ich werd dich kriegen, ob du freiwillig dabei bist oder nicht. In dieser Stadt wirst du deine Jungfräulichkeit nicht mehr lange bewahren, und ich hab vor, derjenige zu sein, der sie dir raubt.«

Die Lüsternheit in seinem Blick verwandelte sich in eine Drohung. Meggan bekam richtig Angst, er könnte seine Worte an Ort und Stelle in die Tat umsetzen. Sie schnalzte fest mit der Leine, sodass das Pony einen Satz machte. Sie sah sich nicht mehr um und ließ das Pony auch erst in einiger Entfernung in einem ruhigeren Tempo gehen. Dann erst warf sie einen Blick über die Schulter. Tom Roberts stand noch auf demselben Fleck, doch inzwischen zu weit weg, als dass sie seinen Gesichtsausdruck hätte erkennen können. Er hob den Arm spöttisch zum Gruß, bevor er sich umdrehte und weiterging. Schauder liefen Meggan den Rücken hinunter. Sie hatte Angst, große Angst. Jeder in der Stadt wusste, dass mit Tom Roberts nicht gut Kirschen essen war.

»Hatten Sie einen schönen Besuch bei Ihrer Familie, Meggan?«

»Ja, danke, Mrs. Heilbuth. Ich freue mich immer, meine Brüder zu sehen, besonders Will.«

»Ah, der Lieblingsbruder.«

»Wir haben uns immer sehr nahegestanden, genau wie mein Vater und ich.«

»Geht es Ihrem Vater gut? Und Ihrer Mutter?«

»Ja, es geht ihnen gut.«

»Ich habe überlegt, ob Mr. Heilbuth und ich sie nicht auf einen Besuch einladen sollten, solange Mr. Trevannick und Miss Tremayne hier sind. Ihre Familie ist schon so viele Jahre in Australien, dass sie doch sicher die neuesten Nachrichten von zu Hause hören möchten.«

»Sie würden nicht kommen, Mrs. Heilbuth.«

»Oh.« Mrs. Heilbuth wirkte geknickt. »Sie haben doch unsere Einladungen bisher immer angenommen. Sie denken doch wohl nicht, sie wären gesellschaftlich unterlegen? Wir leben so weit von der Zivilisation in Adelaide weg, dass hier kein Platz ist für gesellschaftliche Intoleranz.«

»Mein Vater hat sich noch nie jemandem unterlegen gefühlt. Aber ich versichere Ihnen, dass er es nicht als angemessen erachten würde, geselligen Umgang mit Mr. Trevannick und Miss Tremayne zu pflegen.«

»Wer findet es nicht angemessen, gesellschaftlichen Umgang mit uns zu pflegen?«, fragte Jenny, die in diesem Augenblick mit Con den Raum betrat.

»Meggans Familie. Behauptet sie.«

»Vielleicht hat sie recht«, stimmte Con ihr zu. »Sie würden sich in unserer Gegenwart nicht wohl fühlen.«

»Nicht?«

»Nein, Mrs. Heilbuth. Sie würden sich nicht wohl fühlen.« Sein Blick verriet Meggan, dass er ihre Dankbarkeit bemerkte.

Er hatte sich just in dem Augenblick eingemischt, da Meggan sich gefragt hatte, wie sie sich erklären sollte, ohne irgendetwas aus der Vergangenheit preiszugeben.

»Meggan«, fuhr er fort, »ich glaube, die ganze Stadt wird bald das Vergnügen haben, Sie singen zu hören.«

»Ich habe, seit wir in Burra sind, auf allen Wohltätigkeitskonzerten gesungen.«

»Gab es deren viele?«

»Zu viele. Unsere Wohltätigkeitskonzerte helfen Witwen und Familien von Bergleuten, die umgekommen sind.«

»Dann gibt es hier nicht weniger Grubenunglücke als damals in Cornwall?«

»Leider nicht. Die meisten Bergleute kommen durch herabstürzende Felsbrocken und vorzeitige Explosionen um. Die Familie, für die dieses Konzert gegeben wird, ist ein sehr tragischer Fall. Der Mann kam vor drei Wochen um, als Felsbrocken herabgestürzt sind. Während sie ihn beerdigten, spazierte das jüngste Kind, ein achtjähriger Junge, von den Trauernden weg und wurde von einer Schlange gebissen. Sie können sich vorstellen, dass die arme Frau schier außer sich war. Den Mann gerade unter die Erde gebracht, und keine fünfzig Meter weiter liegt der Sohn tot am Boden.«

»Wie schrecklich«, weinte Jenny. Ihr Blick huschte zu Mrs. Heilbuth. »Sterben hier viele Menschen an Schlangenbissen?«

»Man hört nur selten davon. Die meisten Schlangen machen sich einfach aus dem Staub. Der Arzt war der Meinung, dass der Junge versucht hatte, die Schlange aufzuheben. Der tödliche Biss war an seinem Handgelenk.«

Jenny schauderte es. »Er kannte doch sicher die Gefahr, wenn er hier lebte.«

»Die Familie war kaum mehr als einen Monat in Burra«, antwortete Meggan. »Die Witwe hat drei kleine Kinder großzuziehen. Meine Mutter besucht sie jeden Tag, um sie, so gut es geht, zu unterstützen. Die Frau hat sonst keine Verwandten in Australien und würde gerne nach Cornwall zurückkehren. Das Konzert soll das Geld für die Schiffspassage nach Hause erbringen.«

»Wir haben viele tragische Geschichten gehört.« Jennys Augen wurden von Besorgnis überschattet. »Glaubst du ...«, setzte sie an und schaute Con an.

»Nein, Jenny. Ich glaube nicht, dass Rodney etwas Schreckliches zugestoßen ist.«

»Wir sind schon drei Wochen in Australien und haben noch nichts von ihm gehört.« Tränen zeigten sich in ihren Augen.

Con trat zu ihr, um sie tröstend in die Arme zu nehmen. »Weine nicht, meine Liebe. Ich bin mir ganz sicher, dass wir ihn finden.«

»Finden wir ihn auch rechtzeitig?«

»Wir finden ihn rechtzeitig.«

»Meggan.« Die Zwillinge platzten ins Zimmer. »Sie haben doch gesagt, wir könnten auf den Hügel steigen, um den Sonnenuntergang zu sehen.«

»Kinder!«

»Tut mir leid, Mama.«

»Tut mir leid, Mama.«

»Und?«

»Bitte verzeihen Sie, Mr. Tvannick und Miss Tremayne.«

»Es sei dir verziehen, Barney.« Cons Mundwinkel verzogen sich zu einem Lächeln. Sein Blick begegnete Meggans, und sie fragte sich, ob sie seine Gedanken wirklich verstand. Con Trevannick mochte Barneys Temperament. Hatte er einst auch ihr Temperament gemocht?

»Wo ist der Hügel, den Sie besteigen wollten, um den Sonnenuntergang zu sehen?«, fragte er.

»Man kann ihn hinter dem Schuppen, wo die Schafe geschoren werden, sehen. Der Blick ist wirklich herrlich.«

Er schien zu wissen, welchen Hügel sie meinte. »Gehen Sie den ganzen Weg?«

Meggan schüttelte den Kopf. »Der Hügel ist viel weiter weg, als er scheint. Bis zum Fuß des Hügels nehmen wir den Ponywagen. Es gibt einen gut ausgefahrenen Weg.«

»Wenn Sie nichts dagegen haben, begleite ich Sie.«

»Ja, bitte, Mr. Tvannick«, jubelte Barney, der seinen Helden mit jedem Tag mehr verehrte.

»Kann Miss Tremayne auch mitkommen?«, fragte Sarah.

»Ich glaube, ich habe keine Lust, einen Hügel zu besteigen, Sarah. Ich bleibe lieber hier.«

»Dann gehe ich auch nicht mit. Ich bleibe hier bei Ihnen.« Und um ihre Vorliebe zu unterstreichen, setzte sie sich neben ihr Idol aufs Sofa. Sie fand Miss Tremayne schön wie eine Prinzessin und hatte ihr schon ein wenig schüchtern gestanden, wenn sie erwachsen sei, wolle sie genauso sein wie sie.

»Will sonst noch jemand den Sonnenuntergang sehen?«, fragte Con.

Die Heilbuths schüttelten den Kopf. Mrs. Heilbuth erklärte, sie sei nicht dazu geschaffen, Hügel zu besteigen, und Mr. Heilbuth wollte lieber Zeitung lesen und entspannen. »Wenn Sie mitgehen, Trevannick, braucht Meggan meine Begleitung nicht.«

»Dann nur wir drei«, bemerkte Con.

»Gehen wir.« Barney ging zur Tür.

Meggan erhob sich. »Wollen Sie uns wirklich nicht begleiten, Jenny?« Sie war gleichermaßen aufgeregt wie besorgt. Aufgeregt bei der Vorfreude darauf, die gefühlvolle Schönheit eines Sonnenuntergangs mit Con Trevannick zu teilen. Besorgt wegen der Vertraulichkeit, die daraus erwachsen mochte. Besorgt, sie könnte unabsichtlich ihre Gefühle für diesen Mann verraten.

Als Con vorschlug, er könnte reiten und Barney vor sich auf den Sattel nehmen, war der Junge so begeistert, dass Meggan unmöglich darauf bestehen konnte, den Wagen zu nehmen.

»Sie haben eine Weile nicht auf einem Pferd gesessen, Meggan«, bemerkte Mr. Heilbuth. »Sie müssen in Übung bleiben.«

»Wann haben Sie reiten gelernt, und auch noch im Herrensattel?«, fragte Con, sobald sie die Pferde bestiegen hatten und losgeritten waren.

»Kurz nachdem ich bei den Heilbuths angefangen habe. Mr. Heilbuth hat darauf bestanden, dass ich reiten und den Ponywagen fahren lerne. Er findet, in diesem Land muss man einfach reiten können. Wenn es regnet, ist ein Pferd zuweilen das einzige Transportmittel. Mein Bruder Will hat auch reiten gelernt.«

»Ihr Vater und die anderen Brüder?«

»Die interessieren sich nicht für Pferde, obwohl Mr. Heilbuth ihnen die Gelegenheit geboten hat, es zu lernen.«

»Hat Mr. Heilbuth Ihnen auch geraten, im Herrensattel zu reiten?«

»Er hat erklärt, es sei sicherer und praktischer. Damensättel sind seiner Meinung nach etwas für elegante Damen in der Stadt, nicht für Frauen im Outback.«

»Er hat natürlich recht. Reiten Sie oft?«

»Nicht sehr oft. Ich nehme lieber den Wagen.«

Zu ihrer Überraschung schürzte er plötzlich amüsiert die Lippen.

»Was ist daran so witzig?«

»Nichts, Meggan. Ich habe nur gerade daran gedacht, dass, als wir uns zum ersten Mal begegnet sind, keiner von uns gedacht hätte, dass wir eines Tages durch die australische Landschaft reiten würden.«

Meggan lächelte zustimmend. »Ja, wer hätte das gedacht!«

»Aber ich bin froh darüber.« Das Lächeln, das er ihr schenkte, ließ sie den Kopf abwenden, unsicher, was es zu bedeuten hatte, unsicher, was es mit ihr anrichtete.

Barney rettete sie aus der Verlegenheit, etwas darauf sagen zu müssen, indem er auf ein Trio Kängurus zeigte, die sie im Vorbeireiten beobachteten, mit wachsam gespitzten Ohren, bereit, jederzeit die Flucht anzutreten, sollten sie irgendeine Gefahr wittern.

»Faszinierende Geschöpfe«, bemerkte Con. »Eigentlich fasziniert mich alles an diesem Land. Ich würde gerne noch viel mehr von Australien sehen.«

»Burra ist ganz anders als Cornwall.«

»Ich wäre sehr enttäuscht gewesen, wenn dem nicht so wäre. Wenn die Zeit es erlaubte, würde ich gerne die Kolonien im Osten besuchen.«

»Ich würde sie auch gerne sehen, obwohl ich wahrscheinlich nie die Gelegenheit bekomme.«

»Was haben Sie vor? Heiraten und Ihr ganzes Leben lang in Burra bleiben?«

Meggan zuckte die Achseln und wandte das Gesicht ab. Es gab nur einen Mann, den sie gerne geheiratet hätte. Sie hätte die Hand ausstrecken und seine berühren können, und doch war er für sie unerreichbar und würde es immer bleiben. Und sie wollte auch nicht, wie sie gestehen musste, ihr ganzes Leben lang in Burra bleiben. Die Welt war so groß.

Am Fuß des Hügels banden sie ihre Pferde an Bäume, und Barney ging voraus.

»Folgen wir einem Weg?«, fragte Con, der den trittsicheren Aufstieg des Jungen beobachtete.

»Kängurupfad. Sie haben den leichtesten Weg um die Felsblöcke herum gefunden«, antwortete Meggan.

»Das hier ist aber ein Wallabypfad«, ließ Barney sich vernehmen, der, obwohl er vorausging, ihr Gespräch offensichtlich belauscht hatte. »Das sieht man an den Kötteln.«

»Kannst du die wirklich unterscheiden, Barney?«

»O ja, Mr. Tvannick. Ein Mann, der letztes Jahr bei Vater gearbeitet hat, hat es mir erklärt. Er hat mir auch gezeigt, wie man die verschiedenen Spuren erkennt. Ich will mal schauen, ob ich ein paar für Sie finde, wenn wir oben sind.«

Der Hügel war oben annähernd flach, mit wenig Bewuchs, wenigen großen Geröllblöcken und einer weiten Fläche lockerer Erde. Barney hockte sich hin, um den Boden abzusuchen.

»Schauen Sie, Mr. Tvannick. Die Spur hier ist von einem Wallaby. Das sind seine Pfotenabdrücke, und die Spur hier stammt daher, dass sein Schwanz den Boden berührt hat.«

Con hockte sich neben den Jungen. »Du bist ganz schön schlau, was?«

»Ja«, stimmte Barney ihm ohne die geringste Bescheidenheit zu. »Ich kann auch Eidechsen- und Schlangenspuren erkennen, aber hier gibt es keine.«

»Die Sonne beginnt zu sinken.« Meggan lenkte ihre Aufmerksamkeit wieder auf den eigentlichen Grund für ihren Ausflug. Der Mann und der Junge standen auf.

»Wenn man das doch nur malen könnte«, murmelte Con. Die Wolkenstreifen hatten die Sonnenstrahlen eingefangen und verwandelten den ganzen westlichen Himmel in ein Feuer aus Gold-, Orange- und Rottönen. Feuer und leuchtende Farben veränderten sich und wechselten einander in einem atemberaubenden Schauspiel ab.

Meggan seufzte. »Das ist einer der schönsten Sonnenuntergänge, die ich je gesehen habe.«

»Schauen Sie, Mr. Tvannick.«

Auf das beharrliche Ziehen des Jungen an seiner Hand drehte Con sich um. Im Osten lugte der Mond – überdimensional, buttergelb – vor dem mauvefarben getönten Himmel über den Horizont.

Meggan, die aufgestanden war und sich ebenfalls umgewandt hatte, lächelte, als er verblüfft nach Luft schnappte. »Deswegen sind wir heute Abend hergekommen. Nur in den Wintermonaten kann man den Mond aufgehen sehen, wenn die Sonne untergeht.«

Sie standen schweigend da und sahen zu, wie die Sonne tiefer sank und der Mond höherstieg. Als nur noch der Rand der Sonne sichtbar war und das Feuer am westlichen Himmel zu Rosa- und Purpurrotschattierungen verlosch, erklärte Meggan, es sei Zeit, aufzubrechen.

»Es wäre klug, abzusteigen, solange noch ein wenig Tageslicht herrscht.«

Con stimmte ihr zu. »Ich habe mich noch nicht daran gewöhnt, dass es hier keine richtige Dämmerung gibt. Es wird so schnell dunkel.«

»Heute Abend nicht, der Mond wird das Land fast taghell erleuchten.«

Barney dominierte das Gespräch auf dem Heimritt, indem er endlose Fragen stellte, die Con mit demselben Ernst beantwortete, mit dem er auch einem Erwachsenen begegnen würde. Manchmal betraf eine Frage oder eine Antwort auch Meggan. Die meiste Zeit ritt sie schweigend und erfreute sich an der Nacht, dem Mondlicht und der Gegenwart des Mannes, der neben ihr ritt.

Als sie das Haus der Heilbuths erreichten, nahm der Stallbursche Bertie ihnen die Pferde ab. Barney lief voraus ins Haus und erklärte, er sterbe vor Hunger. Meggan und Con folgten ihm langsamer in geselligem Schweigen. Am Eingang zum Küchenhof blieb er stehen und nahm ihre Hand.

»Vielen Dank, dass Sie diese Erfahrung heute Abend mit mir geteilt haben, Meggan. Jetzt habe ich noch eine Erinnerung, die ich den anderen, die ich hege, hinzufügen kann.«

»Erinnerungen?«

»An Sie.« Er senkte den Kopf, und seine Lippen strichen so rasch und so leicht über ihre, dass sie sich nicht sicher war, ob sie es wirklich gespürt hatte. Er lächelte – sein ureigenes rätselhaftes, leicht amüsiertes Lächeln.

»Vielen Dank«, sagte er noch einmal, und Meggan blieb nichts anderes übrig, als weiter neben ihm herzugehen, statt wie eine dumme Naive die Flucht anzutreten.

8

Will, der ein Mietpferd ritt, war tief in Gedanken. Vieles drückte ihn nieder, und dabei vor allem die Gedanken an seine Zukunft. Er wollte einfach raus aus der Grube, ohne zu wissen, was er danach tun könnte. So nah er seinem Pa auch stand, er fand einfach nicht die richtigen Worte, um ihm seine Rastlosigkeit zu erklären. Nur mit Meggan hatte er je offen über seine Gedanken und Gefühle reden können. An den Sonntagen, an denen sie nicht die Familie besuchte, ritt er oft nach Grasslands, um eine oder zwei Stunden mit seiner Schwester zu verbringen. Die Nähe, die die beiden als Kinder gehabt hatten, war im Erwachsenwerden noch größer geworden.

Will war ganz aufgeregt gewesen, als Meggan eine Beschäftigung bei den Heilbuths gefunden hatte. Mit den Jahren hatte auch er große Zuneigung zu dem älteren Paar gefasst, das ihm jetzt mit derselben Herzenswärme begegnete, die es Meggan erwies. Mehr als einmal hatte Mr. Heilbuth ihn gefragt, ob er nicht Lust hätte, den Bergbau aufzugeben und das Gewerbe der Schafzucht zu erlernen.

»Arbeiten Sie für mich, junger Mann«, hatte der Schafzüchter gesagt, »und ich bringe Ihnen alles bei, was Sie über Schafe wissen müssen. Ich werde nicht jünger. Noch zehn Jahre, dann brauche ich einen guten Verwalter, der sich um die Farm kümmert, bis Barney alt genug ist, um sie zu übernehmen.«

Geschmeichelt von dem großzügigen Angebot und dem Vertrauen des Mannes in seine unerprobten Fähigkeiten, hatte Will zwar ein schlechtes Gewissen gehabt, aber dennoch abgelehnt. Der Bergbau lag ihm im Blut, die Viehzucht nicht. Mehr als zwölf Monate später hatte er erkannt, dass er zwar Bergmann von Geburt war, aber nicht aus Leidenschaft. Er hatte mit der Idee gespielt, Mr. Heilbuths Angebot doch anzunehmen, nur um sie gleich wieder zu verwerfen. Was auch immer er in Zukunft mit seinem Leben anfangen würde, er würde auf keinen Fall Schafe züchten.

Er hatte keine speziellen Wünsche, außer das, was er tat, gut zu machen. Sein Dilemma war, dass er einfach nicht wusste, was das sein könnte. Er hatte jede Arbeit erwogen, die er sich nur vorstellen konnte, vom Ladenbesitzer bis zum Gemüsegärtner. Keine war ihm recht erschienen. Hal und der kleine Tommy schwelgten oft in Erinnerungen daran, wie sie in Pengelly mit dem Fischerboot rausgefahren waren. Sie hatten beide darüber gesprochen, nach Moonta oder Wallaroo zu gehen, um in den dortigen Kupferminen zu arbeiten. Dort, im Spencer-Golf, würden sie sich ein kleines Boot kaufen können. Obwohl sie oft darüber sprachen, bezweifelte Will jedoch, dass einer seiner Brüder Burra tatsächlich verlassen würde.

Wenn er an seine Familie dachte, musste Will erkennen, dass Meggan die Einzige war, die je ein besonderes Ziel im Leben gehabt hatte. Seit man sie, als sie sechs Jahre alt war, als besondere Belohnung mit in eine Revue genommen hatte, hatte sie erklärt, sie würde Sängerin werden. »Ich werde sehr berühmt. Ich werde durch die ganze Welt reisen, um für Menschen zu singen.« Wochenlang war sie herumgegangen und hatte die Melodie von *Greensleeves* gesummt, bis ihrer Ma der Geduldsfaden gerissen war.

»Du solltest dich besser mit dem Gedanken anfreunden, dass du deinen Lebensunterhalt damit verdienst, Kupfererz auszuklauben wie die anderen jungen Frauen.« Ma hatte nie die geringste Geduld für die Fantastereien ihrer jüngeren Tochter aufgebracht. Erst als andere Leute bemerkten, was für eine reine Stimme das

Mädchen habe, gab sie widerwillig zu, dass Meggan vielleicht ein wenig Talent besaß.

Ganz anders ihr Pa. Er hatte Meggan in ihrem Wunsch ermutigt und ihr sogar die Verse von *Greensleeves* beigebracht, was ihrer Ma gar nicht recht war. Will hatte manch heftige Diskussion zwischen seinen Eltern mit angehört. Besonders als die Frage aufkam, ob Meggan nach Tremayne Manor gehen sollte.

Will und Meggan hatten endlos darüber diskutiert, ohne den Grund für Meggans Glück ergründen zu können. Die plötzliche Beförderung von der Bergmannstochter zur Gesellschafterin der Tochter des Squire war in der Tat ungewöhnlich. Mr. Tremayne, wurde der Familie gesagt, hatte Meggan bei den Dorffesten singen gehört und großzügig beschlossen, das Mädchen sollte die Gelegenheit erhalten, sein natürliches Talent zu entwickeln.

Inzwischen kannte Will seit Jahren den wahren Grund hinter der wohltätigen Geste. Es mochte wohl sein, dass Phillip Tremayne Meggan singen gehört hatte, doch es schien unwahrscheinlich, dass er ein Interesse an ihrer Zukunft gezeigt hätte, hätte Henry Collins ihn nicht darauf gestoßen. »Ich habe Ihre Tochter als meine eigene großgezogen«, hatte Henry zu Tremayne gesagt. »Jetzt will ich, dass Sie meiner Tochter die Chance geben, Dinge zu lernen, die sie zu Hause nicht lernen kann.«

So war über Meggans Zukunft entschieden worden. Die Wahrheit über Carolines Vater erfuhr Will, nachdem er von Haddy Brown, der schwatzhaften Haushälterin von Tremayne Manor, angesprochen worden war. Als er seinem Vater erzählte, was die Frau angedeutet hatte, hatte Henry das Cottage in seltener Wut verlassen. Bei seiner Rückkehr war er zufrieden, dass er der Frau so viel Angst vor dem Gesetz eingejagt hatte, um ihre Zunge zu bezähmen. Er hatte Will beiseitegenommen.

»Ich kann mir vorstellen, wie durcheinander du bist, Sohn, aber ich bitte dich, weder über mich zu urteilen noch über deine Ma. Ich war schon halb in sie verliebt und wollte sie sowieso heiraten.«

Will hatte versucht, sich in eine solche Situation hineinzuversetzen, doch das war ihm nicht gelungen. »Hat es dir nichts ausgemacht, das Kind eines anderen Mannes als deines auszugeben?«

Henrys Antwort war nüchtern ausgefallen. »Doch, es hat mir etwas ausgemacht. Aber sie ist mir zu sehr ans Herz gewachsen, als dass ich zugesehen hätte, wie sie zerstört wird. Und ich kann mich nicht beklagen. Die Frau war mir eine gute Ehefrau und euch Kindern eine gute Mutter. Wirf dich nicht zum Richter über andere auf, Junge. Es ist immer leicht, zu sagen, was jemand tun oder lassen oder getan haben sollte. Erst wenn man in derselben Situation ist, weiß man, wie man selbst handeln würde.«

Nach dieser gesunden Lebensweisheit zu leben hatte Will sich seither stets bemüht. Im Laufe der Zeit hatte Wills Haltung sich verändert: Hatte er zunächst beiden Eltern kritisch gegenübergestanden, so war er irgendwann zu der Erkenntnis gelangt, dass sein Vater ein wirklich guter Mensch war. Sein Pa hatte getan, was er für richtig hielt. Seine Ma hatte teuer für ihren jugendlichen Leichtsinn bezahlt. Und die Tat, durch die Caroline ihr Leben verloren hatte, war ganz allein Carolines Entscheidung gewesen. Sinnlos zu sagen, man hätte sich schon etwas überlegen können. Unmöglich, sich vorzustellen, Caroline hätte Tom geheiratet und das Kind als seins ausgegeben. Caroline war viel zu arglos gewesen, um so eine Täuschung durchzuführen. Und Will hegte auch keinen Zweifel, wie Tom reagiert hätte.

In gewisser Weise war er froh, dass seine Schwester nicht länger gelebt und Tom geheiratet hatte. Die Freundschaft zwischen den beiden Männern war in den letzten zwei Jahren deutlich abgekühlt. Will mochte Tom nicht mehr besonders. Über dessen gewalttätiges Naturell und seinen exzessiven Alkoholgenuss konnte er hinwegsehen. Doch die Berichte über Toms Brutalität gegenüber seiner Frau fand er schwer zu ignorieren, obwohl kein Mann es mit so einer unmoralischen Frau aufnehmen müssen sollte.

Milly Roberts war, wie Will wusste, immer noch so willig wie damals in Pengelly, sich von jedem flachlegen zu lassen.

Es lag eine gewisse Ironie in der Tatsache, dass Tom in eine Ehe gezwungen worden war, um einem ungeborenen Kind Legitimität zu geben. Das Paar hatte Australien noch nicht erreicht, da musste Tom entdecken, dass überhaupt kein Baby unterwegs war. Jeder Mann wäre wohl wütend darüber geworden, dass er so ausgetrickst worden war, doch das gab ihm nicht das Recht, einer Frau gegenüber gewalttätig zu werden. Auch wenn Will wünschte, seine ältere Schwester wäre noch am Leben, so war er doch dankbar, dass Caroline dem von ihrer Ma vorgeschlagenen Täuschungsmanöver nicht zugestimmt hatte. Sie wäre die Frau geworden, die Toms brutaler Faust als Zielscheibe gedient hätte. Tom hätte Caroline zerstört. Milly wurde im Gegenzug immer schamloser.

Will dachte über Tom, Milly, Caroline und die Kompliziertheit des Lebens nach, als er die Grenze des Gartens der Heilbuths erreichte und abstieg, um sein Pferd an den Lattenzaun zu binden. Er war so in Gedanken versunken, dass er zusammenzuckte, als eine sanfte weibliche Stimme »Hallo« sagte.

Gänsehaut lief seinen Rücken hinunter, als er den Kopf hob. Waren seine Gedanken so intensiv gewesen, dass sein Geist eine Erscheinung seiner verstorbenen Schwester heraufbeschworen hatte?

»Oh, es tut mir leid. Habe ich Sie erschreckt?« Wieder sprach die Erscheinung.

Will schüttelte leicht den Kopf, denn innerhalb von Sekunden hatte er erkannt, dass die Sprecherin aus Fleisch und Blut war. »Sie sehen bloß jemandem, den ich kenne – kannte –, sehr ähnlich. Ich war nur überrascht.« Er sah jetzt, dass die junge Frau zartere Knochen hatte als Caroline. Ihre Augen waren eher grau denn blau, und ihre ganze Erscheinung zeugte von einer vornehmen Erziehung.

»Vielleicht erinnern Sie sich von Pengelly an mich«, sagte sie mit einem Lächeln, so süß, wie er noch nie eines gesehen hatte. »Sie müssen Meggans Bruder sein. Sie sehen ihr sehr ähnlich.« Sie streckte ihm eine zierliche Hand entgegen, eine Hand, die nie irgendwelche Arbeit hatte tun müssen und die weich und makellos war. »Ich bin Jenny Tremayne.«

Diese Erkenntnis war Will schon gedämmert, noch während sie sprach. Er kam sich dumm und linkisch vor. Obwohl Meggan es erwähnt hatte, rang er mit dem Schock, dass sie Caroline so ähnlich sah. Und er war auch nicht auf dieses Zusammentreffen vorbereitet gewesen.

Er hätte auf seine innere Stimme hören sollen, die ihm geraten hatte, Meggan nicht zu besuchen, verfluchte er sich innerlich, während seltsame Gefühle ihn vollkommen verstummen ließen. Doch das Bedürfnis, mit seiner Schwester zu reden, war stärker gewesen als seine Unschlüssigkeit, und zudem hatte er sich eingeredet, er sei vielleicht einfach nur ein wenig feige. Aller Wahrscheinlichkeit nach, hatte er sich zugeredet, würde er die Besucher aus Pengelly gar nicht zu Gesicht bekommen. In Erwartung seines Besuchs spazierte Meggan oft ein wenig mit den Zwillingen hinaus, um ihm auf dem Weg entgegenzukommen. Wenn sie dies nicht tat, ging er um die Gesindestuben herum, wo er sie normalerweise entweder in der Küche oder im Hof antraf. Das Haupthaus betrat er nie. Meggan und er schlenderten gerne am Bach entlang, weit weg vom Haus.

Die Reaktion, die er auf das süße Lächeln der jungen Frau empfand, gefiel Will gar nicht, und er hatte Mühe, seine Stimme wiederzufinden. Er ignorierte ihre ausgestreckte Hand und zog stattdessen den Hut ab und hielt ihn in einer Geste der Unterwürfigkeit vor sich.

»Wie geht's Ihnen, Miss Tremayne. Ich bin Will Collins. Ich komm Meggan besuchen.«

Er wusste nicht, was er sonst noch sagen sollte, und er verstand auch nicht, warum er absichtlich sprach wie ein ungebildeter Bergmann. Er sah zu, wie sie langsam die Hand sinken ließ, und bemerkte, dass eine leichte Röte ihre Wangen überzog. Wahrscheinlich waren seine eigenen Wangen bei dieser Ungehobeltheit auch rot geworden. Falls Jenny Tremayne durcheinander war, dann war Will Collins die Situation erst recht peinlich bis in die Knochen.

Aus seiner Verwirrung und seiner dummen Unbeholfenheit, dass er nicht wusste, was er sagen oder tun sollte, erlöste ihn die Ankunft seiner Schwester, die von den hüpfenden Zwillingen begleitet wurde.

»Will! Was für eine Überraschung! Bist du nur zu Besuch gekommen, oder hast du einen besonderen Grund?«

»Denselben Grund wie immer, Megs.« Er umarmte seine Schwester, und sie stellte sich auf die Zehenspitzen, um ihm einen zärtlichen Kuss auf die Wange zu geben.

Nachdem ihr Bruder sie losgelassen hatte, schaute Meggan von der jungen Frau zu ihrem Bruder. »Ihr habt euch schon einander vorgestellt?«

»Ja.«

»Haben wir.« Sie sprachen gleichzeitig, und Jenny fuhr in Wills Schweigen hinein fort: »In dem Augenblick, da ich ihn sah, wusste ich, dass er Ihr Bruder ist. Sie gleichen sich so sehr, Meggan.« Sie schenkte Will ein Lächeln, das ihn erneut völlig aus der Fassung brachte. »Bitte leisten Sie uns doch beim Vormittagstee Gesellschaft, Mr. Collins.«

Er wollte ablehnen, doch seine Schwester kam ihm zuvor. »Ja, Will. Mrs. Heilbuth wird sich auch freuen, dich zu sehen.«

»Ich würde gerne mit dir über etwas reden, Meggan.« Er schaute seine Schwester störrisch an, bemüht, ihr schweigend eine Botschaft zu übermitteln. Er wollte keinen gesellschaftlichen Umgang mit Miss Jenny Tremayne pflegen. Wenn Meggan seine stumme Botschaft doch nur verstünde!

Doch offensichtlich verstand sie sie nicht. »Zum Reden ist nachher noch Zeit. Den Kindern ist eine besondere Belohnung versprochen worden. Komm.« Meggan hatte die Hand ihres Bruders so fest gepackt, dass Will gar nichts anderes übrig blieb, als mitzugehen. Er konnte ihr wohl kaum wie ein bockiges Kind die Hand entreißen.

»Später« kam für ihn nicht schnell genug. Er hatte gehofft, seinen Tee zusammen mit Meggan und den Kindern in der Küche trinken zu können. Doch sehr zu seinem Verdruss fand er sich mit Mrs. Heilbuth und Miss Tremayne im Salon wieder. Die besondere Belohnung für die Zwillinge bestand darin, dass sie den Vormittagstee im Salon einnehmen durften.

Was dann folgte, war die unbehaglichste Stunde in Wills ganzem Leben, woran das Amüsement über das geflissentlich korrekte Benehmen der Zwillinge auch nichts änderte. Obwohl er sich gewaschen, eine anständige Hose und ein sauberes Hemd angezogen und seine Jacke abgebürstet hatte, fühlte er sich schmuddelig und gänzlich fehl am Platze. Geselliger Vormittagstee mit feinem Porzellan und feinem Gebäck war für einen Bergmann eine ungewohnte Beschäftigung.

Will beantwortete Mrs. Heilbuths unzählige Fragen über das Treiben der Menschen in der Stadt, während er sich die ganze Zeit Jenny Tremaynes Gegenwart deutlich bewusst war. Ungezwungen mit ihr zu sprechen kostete ihn große Mühe. Er quälte sich damit, dass sie ihn sicher ziemlich ungehobelt fand. Besonders, da er es vermied, sie öfter anzusehen, als es die Höflichkeit unbedingt erforderte. Er kam einfach nicht darüber hinweg, dass die junge Frau Caroline so ähnlich sah. Sie erinnerte ihn an den Kampf, den er mit sich ausgefochten hatte, bis er die Umstände, unter denen seine Eltern geheiratet hatten, akzeptieren konnte. Seltsam, dass er gerade an diesem Morgen daran gedacht hatte, wo er das doch alles vor langer Zeit aus seinem Kopf verbannt hatte.

Meggans entspannte Freundschaft mit der jungen Frau und Jenny Tremaynes natürlicher Charme steigerten seine Verwirrung noch. Er schalt sich, dass er sich nicht darauf vorbereitet hatte, ihr zu begegnen, sondern sich eingebildet hatte, er könnte den Besuchern der Heilbuths aus dem Weg gehen. Er konnte nur dankbar sein, dass ihm eine Begegnung mit Con Trevannick erspart geblieben war.

»Warum hast du mir nicht gesagt, dass sie Caroline wie aus dem Gesicht geschnitten ist?«, wollte er von Meggan wissen, als sie in den Rohrstühlen auf der Veranda vor ihrem Zimmer saßen, da Meggan es zu kühl gefunden hatte, um am Bach spazieren zu gehen. Jenny, Mrs. Heilbuth und die Zwillinge waren hinüber in die Milchküche gegangen und hatten Bruder und Schwester allein gelassen.

»Ich habe doch gesagt, sie sieht aus wie Caroline. Aber ich weiß, wie du dich fühlst, Will. Als ich ihr zum ersten Mal begegnet bin, war ich schockiert. Ich mache mir die ganze Zeit Sorgen, was wohl passiert, wenn Ma sie kennenlernt.«

»Da machst du dir mit gutem Recht Sorgen, was?«, erwiderte Will.

Meggan schaute ihn überrascht an. »Du bist wütend, Will. Warum? Weil Jenny und Mr. Trevannick hier sind?«

»Sie hätten in Pengelly bleiben sollen. Schließlich sind wir hergekommen, um alles hinter uns zu lassen.«

Obwohl Meggan ursprünglich genau dasselbe empfunden hatte, war sie bestürzt über das Ungestüm ihres Bruders. »Das haben wir doch auch. Sie sind uns nicht gefolgt. Ich habe dir erzählt, warum sie hier sind.«

»Ja.« Will seufzte, und seine Wut verflog. »Das Leben geht nie einfach so weiter seinen ruhigen Gang, was?«

Er hätte die Veränderungen meinen können, die die Familie in den vergangenen sieben Jahren erlebt hatte, doch Meggan spürte, dass er von etwas anderem sprach. »Was meinst du?«

»Ich bin nicht glücklich hier, Megs. Ich bin zu dem Schluss gekommen, dass ich nicht mein Leben lang Bergmann sein will.«

»Und was willst du sein?« Die Erklärung ihres Bruders überraschte Meggan nicht. Sie kannte ihn gut genug, um mitzubekommen, dass er sich innerlich mit etwas quälte.

»Ich weiß nicht. Das ist mein Problem.«

»Hast du überlegt, herzukommen und für Mr. Heilbuth zu arbeiten?«

»Nein. Das weiß ich ganz genau.« Will schenkte seiner Schwester ein schiefes Lächeln. »Schafzüchter möchte ich noch weniger sein als Bergmann.«

»Sowohl in Pas als auch in Mas Familie waren alle Männer immer Bergleute.«

»Ich weiß.«

Bruder und Schwester saßen in Gedanken versunken da, bis Meggan fragte: »Glaubst du, du hättest den Bergbau auch aufgegeben, wenn wir in Pengelly geblieben wären?«

Will zuckte die Achseln. »Wer weiß? Burra ist nicht Cornwall, Megs, obwohl wir Cornwaller viele unserer Gewohnheiten und einen Großteil unseres Lebensstils mit hergebracht haben.«

»Stimmt.«

Australiens kleines Cornwall. So bezeichneten die Leute seit einiger Zeit das Dreieck der Städte, wo Kupfer gewonnen wurde. Die alte Lebensform war nur von einem Land ins andere gebracht worden. Das Kupfer war die Achse, um die sich das Leben der Bewohner von Burra drehte.

»Ich bin in einer anderen Situation«, fuhr Meggan fort, »ich lebe bei den Heilbuths und habe nicht ständig eine Grube vor Augen.«

»Das ist genau der Grund, warum ich aufhören möchte, Megs. Ich möchte um mich schauen können, ohne Göpel, Schachtgerüste und Maschinenhäuser zu sehen. Ich möchte eine Arbeit, bei der ich nicht ständig mit rotem Schlamm verdreckt bin. Ich will nicht jung sterben, weil der Staub mir die Lunge zukleistert.«

»Hast du Pa erzählt, wie es dir geht? Er wird dich sicher verstehen. Er kann dir vielleicht sogar helfen zu entscheiden, was du gerne tun würdest.«

Will schüttelte den Kopf. »Ich behalte meine Gedanken für mich, bis ich mich entschieden habe. Ich möchte nicht, dass Hal oder Tommy denken, ich würde sie im Stich lassen.«

Meggan fiel auf, dass ihr Bruder Tom Roberts, den vierten Mann der Kameradschaft, nicht erwähnt hatte.

Am nächsten Morgen waren die Zwillinge gerade dabei, ihr Frühstück zu beenden, und Meggan hielt Sarah an, ihre Hafergrütze aufzuessen, als Con Trevannick in die Küche kam.

»Guten Morgen, Meggan. Guten Morgen, Sarah, Barney.«

Ziemlich verblüfft bemerkte Meggan, dass die Kinder den Besucher sprachlos vor Überraschung anstarrten. »Kinder«, ermahnte sie sie und stand auf.

»Guten Morgen, Mr. Tvannick«, sagten sie im Chor und starrten ihn weiter an.

»Esst euer Frühstück auf«, sagte Meggan, bevor sie ihm ihre Aufmerksamkeit zuwandte. »Was verschafft uns die Ehre Ihres Besuchs, Mr. Trevannick?«

»Con«, verbesserte er sie mit dem ihm eigenen spöttischen Lächeln.

»Mr. Trevannick«, erwiderte sie mit einer leichten Neigung des Kopfes in Richtung der Kinder.

Con nickte. »Würden Sie bitte einen Augenblick mit nach draußen kommen, damit ich mit Ihnen reden kann?«

Mit einem Blick auf die Zwillinge, die aufhörten zu starren, um eilig fertig zu essen, ging Meggan hinaus auf die Veranda, dankbar, dass Cookie gerade nicht in der Küche war. Sie hätte sich zweifellos noch mehr für den Besucher und seine Bitte, mit Meggan zu sprechen, interessiert als die Zwillinge.

»Was möchten Sie, Mr. Trevannick?«

»Ich bin hier, um Ihnen zu erzählen, dass George eine Reise

ins Clare Valley vorgeschlagen hat, wo sein Cousin ein Haus besitzt.«

»Oh?« Meggan war verdutzt. »Sie hätten mich nicht aufsuchen müssen, um mir das zu sagen, Mr. Trevannick. Sie sind Mr. und Mrs. Heilbuths Gäste. Ich bin nur eine Hausangestellte.«

Er lächelte auf sie hinab. »Weit mehr als das, Meggan. Sie mögen Sie sehr.«

Meggan neigte den Kopf, um ihm zu bedeuten, dass sie das wohl wusste, während sie gleichzeitig hoffte, ihr Gesicht zu verbergen, damit er nicht sah, welche Wirkung sein Lächeln auf sie hatte. »Sie haben noch nicht gesagt, was Sie wollen, Mr. Trevannick«, drängte sie.

»Jenny möchte nicht mit uns kommen. Ich weiß nicht, wie lange wir unterwegs sein werden. Vielleicht eine Woche. Könnten Sie sich bitte darum kümmern, dass Jenny in meiner Abwesenheit nicht zu einsam oder deprimiert wird? Sie glaubt allmählich, wir finden Rodney nie.«

»Glauben Sie es denn?« Wie oft hatte sie sich diese Frage schon gestellt?

Er zuckte die Achseln. »Ich hoffe es. Wir haben noch ein wenig Zeit. Von zu Hause ist ein Brief gekommen, in dem steht, dass es Phillip sehr viel besser geht und seine Zeit vielleicht doch nicht so begrenzt ist, wie wir dachten. Wir können nur hoffen.«

»Ja«, sagte Meggan, denn ihr bedeutete es wenig, ob Phillip Tremayne lebte oder starb. Nur um Jennys willen hoffte sie, dass sie Rodney Tremayne fanden.

Sie hatte durch die offene Tür geschaut, was die Kinder machten. Jetzt sah sie Con wieder an, denn sie konnte den Blick einfach nicht von ihm lassen. In dem tiefen Dunkelbraun seiner Augen stand eine Botschaft. Eine, die zu lesen sie nicht wagte. Er hob die Hand, um sanft ihre Wange zu berühren. »Passen Sie gut auf sich auf, Meggan. Wir reden, wenn ich zurück bin.«

Er entfernte sich abrupt. Meggan wandte sich vom Haus ab,

damit die Kinder sie nicht so sahen. Die Hand auf dem Brustbein versuchte sie, ihren raschen Herzschlag zu beruhigen. Vor sieben Tagen hatte er mit seinen Lippen ihren Mund gestreift. Heute hatte er zärtlich ihre Wange berührt. War es dumm von ihr zu glauben, hinter Gesten und Worten steckte eine besondere Bedeutung?

Schon am Nachmittag nach Cons Abreise blies Jenny Trübsal. Am nächsten Morgen konnten nicht einmal die Zwillinge mehr als den Schatten eines Lächelns auf ihr Gesicht zaubern.

»Sie sind traurig, weil Mr. Tvannick weg ist«, bemerkte der kleine Barney. »Sind Sie einsam?«

»Vielleicht ein wenig. Du und Sarah müsst mich aufmuntern.« Doch als Sarah ihr auf den Schoß krabbelte, um ihre rundlichen Ärmchen um sie zu schlingen und sie freundlich zu umarmen, weinte sie stattdessen beinahe.

»Was Sie brauchen«, sagte Mrs. Heilbuth an diesem Abend, »ist ein Ausflug, der Sie auf andere Gedanken bringt. Sie haben noch gar nichts von Burra gesehen. Und in Kooringa gibt es einige sehr gute Läden.«

»Kann ich irgendwo Bänder oder Spitzen kaufen? Ein paar von meinen Kleidern brauchen neuen Besatz.« Sie lächelte über Meggans erstaunte Miene. »Sie finden, ich sollte ein Dienstmädchen haben, das solche Dinge tut? Selbst zu Hause besetze ich meine Kleider selbst.«

Mrs. Heilbuth, die Meggans Abneigung gegen das Nähen kannte, lächelte sie an. »Jeder nach seinem Geschmack, Meggan, meine Liebe.« Und dann fuhr sie, an Jenny gewandt, fort: »Es gibt ein Kurzwarengeschäft. Und auch die Gemischtwarenhandlungen halten solche Dinge vorrätig.«

»Vielleicht sollte ich auf Ihren Rat hören und in die Stadt fahren. Aber wie soll ich hinkommen?«

»Wir fahren alle zusammen mit dem Einspänner. Ich habe eine

liebe Freundin in Hampton, die ich mit den Zwillingen besuchen werde, und Sie beiden jungen Frauen können eine Einkaufstour machen.«

Zwei Tage später machten sie sich alle zusammen auf den Weg nach Kooringa. Mrs. Heilbuth setzte die Mädchen am Market Square ab, wo sie sich nach zwei Stunden wieder treffen würden. Im Kurzwarengeschäft nahm Jenny sich Zeit, die zum Verkauf angebotenen Bänder und Spitzen in Ruhe durchzusehen, als ihr sechster Sinn Meggan hinaus auf die Straße blicken ließ. Auf der anderen Straßenseite ging gerade mit gesenktem Kopf und einem Korb über dem Arm Joanna Collins vorbei.

Meggans Herz machte einen Satz. Gott sei Dank war Jenny völlig darin vertieft zu entscheiden, welche Spitzen sie kaufen sollte, und Meggan entschuldigte sich rasch und eilte aus dem Laden. Ihre Ma hatte das Ende der Straße erreicht und überquerte jetzt den Marktplatz. Als Joanna in die Commercial Road einbog, ging auch Meggan in der Hoffnung, ihre Mutter besuchte jemanden und sei nicht in der Stadt, um einzukaufen, langsam auf den Platz zu. Meggan hatte einfach kein gutes Gefühl, was ein Treffen zwischen ihrer Mutter und Jenny Tremayne anging.

Mit großer Erleichterung sah Meggan, dass ihre Mutter in die Seitenstraße zur methodistischen Kirche einbog, und wandte sich um, um zurück zu Jenny zu gehen, doch da verstellte Tom Roberts ihr den Weg.

»Du wirkst ein wenig besorgt, Meggan. Kann ich dir irgendwie helfen?«

»Du kannst gehen und mich in Frieden lassen«, erwiderte sie, obwohl sie vor Angst ganz starr wurde. »Glaubst du wirklich, du könntest mir drohen und ich würde noch freundlich mit dir reden?«

Tom schenkte ihr ein Lächeln, das eigentlich immer dafür sorgte, dass Frauen ihn mit Interesse betrachteten, das Meggan jedoch völlig kaltließ. »Neulich, da ist nach einem harten Tag das

Temperament mit mir durchgegangen. Ich würde dir nicht wehtun, Meggan, meine Liebe.«

»Ich bin nicht deine Liebe.«

»Da irrst du dich. Du bist die Frau für mich.« Er streckte eine Hand nach ihr aus, doch sie trat rasch einen Schritt zurück. »Meggan, meine Liebe, ich will, dass du die Meine wirst.«

»Und das soll ich dir glauben?«, höhnte Meggan.

»Siehst du meinem Gesicht nicht an, dass ich die Wahrheit sage?«

Sein Gesicht mochte hübsch anzusehen sein, doch der Ausdruck seiner Augen war nicht vertrauenswürdiger als der einer Schlange. Meggans ursprüngliche Angst wich bebendem Zorn.

»Wahrheit? Hast du vergessen, dass du eine Frau hast, Tom Roberts?«

Er stieß ein raues, frostiges Lachen aus. »Die hätt ich längst nicht mehr, wenn's 'ne Möglichkeit gäb, sie loszuwerden. Ich bin an eine verlogene Hure gebunden.«

»Und da glaubst du, du müsstest die Situation ausgleichen, indem du mit mir schäkerst.«

»Mit dir möcht ich mehr als schäkern, Meggan. Ich will dich zur Frau. Du würdest einen guten Mann aus mir machen.«

»Du weißt doch gar nicht, was ein guter Mann ist, und doch bist du so eingebildet, zu denken, ich würde mich von falschen Worten um den Finger wickeln lassen. Du bist doch nur ein versoffener Schläger, mit dem ich mich nicht abgeben wollte. Ich bin froh, dass Caroline sich umgebracht hat, statt sich von Ma in eine Ehe mit dir zwingen zu lassen.«

Seine Miene verfinsterte sich vor Zorn. »Wenn du ein Mann wärst, Meggan Collins, würde ich dir dafür einen verpassen.«

»Wenn ich ein Mann wäre, Tom Roberts, wäre ich hoffentlich vor deinen Aufmerksamkeiten sicher.«

Ein hässlicher Fluch kam über seine Lippen. Seine Reaktion war so wütend, dass Meggan tatsächlich dachte, er würde sie schlagen. Sie war angespannt bis in die Zehen, jederzeit zur Flucht bereit, als seine Miene in einem Augenblick von Zorn zu Unglauben wechselte. Meggan sah, dass er über ihre Schulter blickte. Sie schaute sich um und sah Jenny auf sie zukommen. Jenny winkte, woraufhin Tom seinen verdutzten Blick wieder auf Meggan richtete.

»Das kann nicht Caroline sein, und doch ist sie ihr so ähnlich.« In seinen Augen stand Misstrauen.

»Viele Menschen sehen aus wie jemand anders«, antwortete Meggan, die plötzlich Angst vor Toms Reaktion bekam, falls er erfuhr, wer Jenny war. Tom wusste, dass Caroline von Rodney Tremayne schwanger gewesen war, als sie sich über den Rand des stillgelegten Grubenschachts gestürzt hatte. Es war nur gut gewesen, dass weder Caroline noch Rodney in Tom Roberts' Reichweite gewesen waren, als er all das aus Will herausgepresst hatte. Dass die ganze Wahrheit noch sehr viel tragischer war, wusste er, wie Meggan inbrünstig hoffte, nicht.

»Ich muss gehen.« Meggan drehte sich rasch um, um Jenny einige Schritte entgegenzugehen, bevor sie bei ihnen war. »Sind Sie fertig mit Ihren Einkäufen? Sollen wir eine Tasse Tee trinken gehen?«

Sie nahm Jenny am Arm und führte sie von Tom Roberts weg.

Doch die junge Frau schaute sich zu ihm um und sah, dass er hinter ihnen herstarrte. »Wer ist der Mann?«

»Ein Bergmann. Niemand, den Sie kennenlernen wollen.«

»Oh? Er sieht sehr gut aus.«

»Sein Charakter entspricht nicht seinem guten Aussehen.«

»Haben Sie mich ihm deshalb nicht vorgestellt?«

»Ja.«

»Sie mögen ihn nicht.«

»Nicht besonders.«

»Dann bezweifle ich, dass ich ihn mögen würde. Oh, schauen Sie. Da ist Ihr Bruder Will.«

Will hatte sie nicht gesehen. Er stand mit dem Rücken zu ihnen mit einigen Männern zusammen und unterhielt sich. Jemand hatte ihn wohl darauf aufmerksam gemacht, dass die Frauen näher kamen, denn als sie nur noch wenige Schritte entfernt waren, drehte er sich zu ihnen um. Doch ohne ein Lächeln zum Gruß für sie. Das Hallo zu seiner Schwester war einigermaßen freundlich, sein »Guten Morgen, Miss Tremayne« klang wie eine ihm gegen seinen Willen abgerungene Höflichkeit.

Meggan schaute rasch von einem zum anderen und sah, dass das freundliche Lächeln aus Jennys Gesicht verschwunden war. Es entging auch nicht ihrer Aufmerksamkeit, dass Will die junge Frau während ihres kurzen Gesprächs nur ein einziges Mal anschaute, nämlich als sie sich verabschiedeten.

Meggan war wütend auf Will. Die alte Geschichte zwischen ihren Familien hatte nichts mit Jenny zu tun, die davon nicht einmal etwas wusste. Er hätte wenigstens höflich sein können.

Von da, wo er stand, beobachtete Tom Roberts das Zusammentreffen. Irgendetwas stimmte nicht, da war er sich ganz sicher. Er schlenderte hinüber, um sich der Gruppe wie zufällig zuzugesellen.

»Hier kommt Tom«, sagte einer. »Wir fragen ihn, was er davon hält.«

Meggan nahm Jenny am Arm. »Wir überlassen euch euren Bergbaugesprächen. Auf Wiedersehen, Will.« Damit eilte sie mit Jenny davon, bevor Tom die Gruppe erreichte.

Als die Männer mehrere Minuten später auseinandergingen, schlenderte Tom mit Will weiter. »Wer war die junge Frau bei Meggan?«

»Jenny Tremayne«, antwortete Will, zu sehr in seinen eigenen Gedanken über das Mädchen gefangen, um zu überlegen, ob es klug war, einem Mann, der den Tremaynes Rache geschworen hatte, zu verraten, wer sie war.

»Tremayne? Du meinst, die Tochter des alten Squire?«

Zu spät erkannte Will seine Dummheit. Zu spät auch, um die Wahrheit zu leugnen. »Ja. Sie ist mit Trevannick hier.«

»Trevannick ist auch in Burra? Was machen die hier? Sind sie hier, um Anteile an der Kupfermine zu erwerben?«

Will zuckte die Achseln. Tom war viel zu neugierig. »Ich glaube, sie wollen ihren Bruder finden.«

»Aha. Dann ist er also nie zurückgekehrt. Ist es möglich, dass er hier in der Nähe ist?«

»Das geht weder mich was an noch dich, Tom. Was vergangen ist, ist vergangen.«

»Die junge Frau sieht Caroline ziemlich ähnlich.«

»Sie ähnelt ihrem Bruder«, erwiderte Will. »Hast du das nicht gesehen?«

Tom antwortete nicht auf diese Frage. In seine Augen trat ein unfreundliches Glitzern. »Ich frage mich, in welcher Hinsicht sie Tremayne noch ähnelt?«

Will konnte seine Worte nicht missverstehen. Er sprach barsch und vielleicht ein wenig zu schnell. »Du hältst dich von ihr fern, Tom. Sie ist zu unschuldig für dich.«

»Wirklich?« Tom kniff nachdenklich die Augen zusammen. »Willst sie wohl für dich selbst?«

»Ich kenne die junge Frau kaum, aber ich kenne dich, Tom. Und ich habe deine Drohungen nicht vergessen, es den Tremaynes heimzuzahlen. Ich warne dich, das ist alles.«

9

Der Regen setzte am Montag in den frühen Morgenstunden ein, und Meggan wurde von dem schweren Trommeln auf dem Blechdach geweckt. Sie lag eine Weile wach und lauschte und versuchte einzuschätzen, wie stark der Regen war. Wenn es den ganzen Tag regnet, überlegte sie, muss ich die Kinder im Haus halten. Das konnte leicht dazu führen, dass Barney sich langweilte und Sarah zänkisch wurde. Die Kinder mochten es nicht, im Haus eingesperrt zu sein.

Die wenigen Stunden, die von der Nacht noch blieben, schlief Meggan kaum, denn der immer heftigere Regen hielt sie die meiste Zeit wach. Und der Regen ließ auch nicht nach. Meggan war froh über Jennys Angebot, die Zwillinge mit Rätseln und Ratespielen zu unterhalten.

»Regnet es hier immer so schwer und so lange ununterbrochen?«, fragte Jenny Meggan.

»Wenn es regnet, ja, sehr oft.«

Besorgnis furchte Jennys Stirn. »Wie lange wird der Regen anhalten?«

»Ich glaube nicht, dass er heute noch nachlässt. Vielleicht morgen. Warum?«

»Ich warte ungeduldig auf Cons Rückkehr. Ich hatte gehofft, er wäre gestern schon wiedergekommen.«

»Sie vermissen ihn?«

»Ich bin ungeduldig«, erklärte sie mit Nachdruck. »Ich habe das Gefühl, wir sollten mehr unternehmen, um Rodney zu finden. Oh, ich weiß, dass Con jeden, den er kennenlernt, nach ihm fragt, und doch haben wir, seit wir Adelaide verlassen haben, nichts weiter in Erfahrung gebracht.«

Meggan nahm Jennys Hand, um sie tröstend zu drücken. »Australien ist ein sehr großes Land. Sie hatten Glück, dass Sie Ihre Suche auf Südaustralien eingrenzen konnten und dann noch weiter auf die Kupferregion. Setzen Sie sich nicht zu sehr unter Druck, Jenny. Ich bin mir sicher, dass Sie Ihren Bruder finden.«

»Ich hoffe es sehr, Meggan.« Aus einem Impuls heraus umarmte sie Meggan. »Sie sind mir eine teure Freundin geworden.«

Der Tag schleppte sich trostlos dahin. Meggan, Jenny, Mrs. Heilbuth und die Zwillinge waren im Salon, wo sie Kinderlieder und einfache Volkslieder sangen, als sie draußen Pferdeschnauben hörten.

»Wer kann das sein?«, rief Mrs. Heilbuth. Sie wandte sich vom Klavier ab, um durchs Fenster zu spähen. »Ach, du meine Güte, das sind Mr. Heilbuth und Mr. Trevannick. Sie sind sicher nass bis auf die Knochen.«

Die Männer waren tatsächlich ganz durchnässt. Als sie am frühen Morgen ihr Nachtquartier verlassen hatten, war der Himmel nur mit Wolken überzogen gewesen, erklärten sie. Und als sie in den schweren Regen ritten, hatte es nichts gegeben, wo sie hätten Schutz suchen können. Da half nur Weiterreiten.

»Im Burra Creek wird es sicher eine Flut geben«, erklärte Mr. Heilbuth. »Alle Gullys laufen über, und die Bäche, die wir überquert haben, waren schon am Steigen.«

»Was passiert mit den Menschen, die am Bach wohnen?«, fragte Jenny. »Strömt die steigende Flut in den Zulauf zum Creek, an dem Mrs. Heilbuth neulich mit uns vorbeigefahren ist? Die Hütten schienen ziemlich hoch und trocken zu liegen.«

»Das tun sie auch, es sei denn, wir kriegen sehr viel Regen, und danach sieht es im Augenblick aus. Wer klug ist, schafft bestimmt schon seine Möbel aus der Wohnung. Sie lagern alles, was sie können, unter Ladenmarkisen oder sonst irgendeinem Schutz, bis das Wasser wieder sinkt. Dann schaffen die meisten ihr Hab und Gut einfach wieder in die Höhlenwohnungen.«

Auch den ganzen nächsten Tag regnete es in einem fort. Am Mittwoch flaute der Regen zu periodischen Schauern ab. Am Donnerstag schien die Sonne auf eine schlammige Landschaft, und David Westoby kam nach Grasslands.

David Westoby war seit vielen Jahren mit Mr. Heilbuth befreundet. Beide Männer waren jetzt Mitte vierzig und hatten sich als junge Männer auf der Überfahrt nach Australien kennengelernt. Meggan wusste nur wenig über David Westoby. Ihr war bekannt, dass er in Adelaide ein Importgeschäft betrieb und mehrfach nach England gereist war, seit er in Australien lebte. Sie wusste auch, dass die Heilbuths an jenem schicksalhaften Nachmittag, als Barney in den Torrens River gefallen war, bei David Westoby und seiner verwitweten Schwester zu Gast gewesen waren.

Meggan hatte ihn als wahren Gentleman kennengelernt, gebildet, kultiviert und charmant. Er war mittelgroß und trug kein überflüssiges Gramm Fett an einem Körper, der ein Bild starker Gesundheit bot. In seinem dunklen Haar zeigten sich an den Schläfen erste graue Stellen, was ihm eine distinguierte Aura verlieh. Alles in allem war er ein Mann, der von Frauen verehrt wurde. Meggan wusste, dass er ihr den Hof machen würde, wenn sie ihn nur im Geringsten ermutigte.

Bei seiner Ankunft in Grasslands wurde er sofort um Neuigkeiten aus Burra gebeten.

»Gestern hat es in der Stadt erhebliche Überschwemmungen gegeben. Als die Kutsche gestern Abend ankam, lief immer noch Wasser durch die Hauptstraße. Heute Morgen aber war das Wasser im Bach stark zurückgegangen. Einige Bachbewohner haben ihre Möbel schon wieder in ihre Hütten geschafft. Man sollte denken, sie würden sich sicherere Wohnungen suchen.«

»Die letzte Flut, die Schäden angerichtet hat, ist über sechzehn Monate her, und die davor war 1848«, sagte Mr. Heilbuth. »Die Bachbewohner sind optimistisch, dass sie die nächsten zwei Jahre sicher sind.«

»Man könnte darüber streiten, ob die Bachbewohner optimistisch oder tollkühn sind.«

»Wir Cornwaller sind ein zäher Menschenschlag«, bemerkte Con. »Ein kornischer Bergmann ist kein Dummkopf. Er ist seit Jahrhunderten an harte Arbeit, Sorgen und Armut gewöhnt. Da ist es ganz natürlich, dass ein Mann jeden Penny sparen möchte, solange er zur Arbeit noch fähig ist.«

»Dann sind Sie mit ›Sammy‹ einer Meinung, Trevannick, dass es richtig ist, den Menschen zu erlauben, unter den unhygienischen Bedingungen entlang des Creek zu leben? Es ist doch eine Tatsache, nicht wahr, dass die Sterblichkeitsziffer durch Krankheiten sehr hoch ist, besonders unter Kindern. Ich glaube, es stehen eine Reihe Cottages für diese Menschen zur Verfügung.«

»Ich kann zu dieser Sachlage keine Meinung abgeben, Westoby. Ich weiß praktisch nichts über die S. A. M. A. und auch nicht über die Gesundheitsrisiken der Creek Street. Ich verstehe jedoch, warum Menschen lieber eine kostenlose Wohnstatt wählen, statt Miete zu zahlen. Menschen, die ihr ganzes Leben lang arm waren, horten jeden Penny, den sie zu fassen kriegen, in der Hoffnung, eines Tages ein besseres Leben führen zu können. Das ist schließlich der Grund, warum die kornischen Bergleute nach Australien ausgewandert sind.«

David Westoby neigte den Kopf. »Ich sehe, Sie sind ein Fürsprecher der Bergleute. Nichts für ungut, Trevannick.«

Con nickte anerkennend. »Ach was, Westoby.«

Und Meggan blickte vom einen zum anderen und überlegte, ob die beiden gewissermaßen Kräfte gemessen hatten.

David Westoby stand am Klavier und blätterte in dem Notenheft, das er mitgebracht hatte.

»Hier ist ein wunderschönes Lied, Miss Collins, eins meiner Lieblingslieder, dem Sie, wie ich denke, vollkommen gerecht werden. Es heißt *The True Lovers' Farewell* und ist ein Lied aus dem Mittelalter. Vielleicht kennen Sie es ja.«

»Ich glaube nicht.« Meggan schaute Mrs. Heilbuth über die Schulter, um sich den Text anzuschauen. Sie konnte gerade einmal die einfachsten Melodien in Notenschrift lesen. »Ich kann kein Lied singen, das ich nicht kenne.«

»Wir erwarten beim ersten Mal keine Perfektion, meine Liebe, obwohl ich bezweifle, dass Sie einen falschen Ton singen könnten, selbst wenn Sie es versuchten.«

»Sie schmeicheln mir, Mr. Westoby.«

Als Antwort wandte er den Kopf leicht, um sie anzulächeln. »Die Wahrheit ist keine Schmeichelei, Miss Collins.«

Während er die Noten für Mrs. Heilbuth auf den Notenständer stellte, warf Meggan rasch einen Blick auf Con und überlegte, was er von der Galanterie des älteren Mannes hielt. Er erwiderte Meggans Blick, doch sie konnte seine Miene nicht deuten. Mrs. Heilbuth spielte einige Töne mit der rechten Hand. Meggan trat näher ans Klavier und sang im Geiste den Liedtext zu der Melodie.

»Der Text ist wunderschön.« Sie schaute zu David Westoby auf.

»Ein richtiges Liebeslied. Wollen Sie es versuchen?«

»Sie müssen mir erlauben, zuerst die Melodie richtig hinzukriegen«, unterbrach Mrs. Heilbuth und nahm die linke Hand hinzu, um die rechte auf den Tasten zu unterstützen. Nach wenigen vorsichtigen Takten spielte sie das ganze Stück. Meggan summte leise mit und folgte mit den Augen dem Text.

»Nun, Miss Collins, singen Sie für uns?«, fragte David Westoby in das darauf folgende Schweigen hinein.

»Ich will versuchen, dem Lied gerecht zu werden. Urteilen Sie nicht zu hart über mich, wenn ich Fehler mache.«

»Über Sie kann man nicht zu hart urteilen, Miss Collins.«

»Bereit?« Mrs. Heilbuth schaute Meggan über die Schulter an.

»Wenn Sie so weit sind, Mrs. Heilbuth.«

Die Eröffnungstakte der Musik durchdrangen die erwartungsvolle Stille, und dann begann Meggan zu singen.

> *O fare you well, I must be gone*
> *And leave you for a while;*
> *But wherever I go, I will return,*
> *If I go ten thousand mile, my dear,*
> *If I go ten thousand mile.*

> *Ten thousand miles it is so far*
> *To leave me here alone,*
> *Whilst I may lie, lament and cry,*
> *And you will not hear my moan, my dear,*
> *And you will not hear my moan.*

> *The crow that is so black, my dear,*
> *Shall change his colour white;*
> *And if ever I prove false to thee,*
> *The day shall turn to night, my dear,*
> *The day shall turn to night.*

> *O don't you see that milk-white dove*
> *A-sitting on yonder tree,*
> *Lamenting for her own true love,*
> *As I lament for thee, my dear,*
> *As I lament for thee.*

> *The river never will run dry,*
> *Nor rocks melt with the sun;*
> *And I'll never prove false to the girl I love*
> *Till all these things be done, my dear,*
> *Till all these things be done.*

Schweigen folgte auf ihren letzten Ton, bevor die kleine Zuhörerschaft ihr begeistert applaudierte.

»Bravo«, rief David Westoby.

»Wie schön«, sagte Jenny. »Sie sind ein wahres Talent, Meggan.«

»Wohl wahr«, stimmte Mr. Heilbuth ihr zu. »Was meinen Sie, Trevannick?«

»Ich glaube«, antwortete Con langsam, »dieses Lied wird von jetzt an mein Lieblingslied sein. Stellen Sie sich darauf ein, dass ich Sie oft bitten werde, es zu singen, Meggan.« Und in seinen Augen lag ein Ausdruck, von dem sie sich nicht abwenden konnte.

»Eines Tages«, erklärte Westoby, »werde ich Miss Collins überreden, Sie zu verlassen, George. Sie würde in den Städten einschlagen wie eine Sensation.«

»Würden Sie gerne öffentlich singen, Meggan?«, fragte Mrs. Heilbuth.

»Ich weiß nicht.« Meggan war im Geiste noch bei der Melodie und den Worten, die auch sie sehr gefühlvoll gefunden hatte. »Früher habe ich mir vorgestellt, ich würde in den großen Opernhäusern der Welt singen. Aber damals war ich ein Kind und lebte noch in Cornwall. Als wir nach Australien kamen, ist alles anders geworden.« Sie lächelte ihre Arbeitgeber an. »Ich bin zufrieden mit meinem Leben.«

»Das freut uns, meine Liebe. Aber Sie besitzen wirklich eine bemerkenswert schöne Stimme. Und sosehr wir Sie auch lieben, würden wir Ihnen doch nicht im Wege stehen wollen, wenn Sie Ihren Traum verwirklichen möchten. Mr. Westoby würde dafür sorgen, dass man sich gut um Sie kümmert.«

»Es wäre auch nichts Unschickliches daran, Miss Collins. Meine verwitwete Schwester lebt bei mir, sie könnte Ihre Anstandsdame sein. Sie würden nur an den respektabelsten Orten singen. Meine Schwester und ich würden dafür sorgen, dass Ihr Ruf untadelig bliebe.«

»Ich verstehe das alles, und ich weiß Ihre Freundlichkeit zu schätzen, Mr. Westoby. Aber ich weiß nicht, ob eine große Sängerin zu sein immer noch das ist, was ich vom Leben möchte.« Meggan schaute von ihm zu Mrs. Heilbuth, denn sie wusste nicht recht, ob sie undankbar klang. Doch sie wusste auch nicht, was sie sonst noch sagen sollte.

»Sie waren hier in Burra zu lange isoliert, meine Liebe. Ich finde, Sie sollten Mr. Westoby erlauben, Sie in die Gesellschaft einzuführen. Finden Sie nicht, Mr. Trevannick?«

Zusammen mit den anderen richtete Meggan den Blick auf Con Trevannick. Er lehnte sich fast lässig zurück, die langen Beine weit von sich gestreckt – die Pose eines Zuschauers. »Meine Meinung zählt nicht. Meggan wird ihre eigene Entscheidung treffen und dieser folgen, ungeachtet dessen, was andere denken.« Er warf ihr wieder so ein rätselhaftes angedeutetes Lächeln zu.

Meggan spürte, dass ihre Wangen rot anliefen. »Das klingt, als wäre ich eigenwillig und selbstsüchtig, Mr. Trevannick.«

»Willensstark und unabhängig«, verbesserte Con sie. »Vergessen Sie nicht, ich habe Sie schon als Kind gekannt.«

Das Wohltätigkeitskonzert fand in dem großen Gebäude der Parochial School in Kooringa statt, wo mehr als zweihundertfünfzig Menschen Platz fanden. Diejenigen, die drinnen keinen Sitzplatz fanden, konnten dem Konzert gegen einen kleinen Obolus draußen vor den Fenstern und vor der Tür lauschen.

Will war das einzige Mitglied von Meggans Familie, das drinnen saß. Henry war, zu seinem großen Bedauern, gezwungen, in der Grube zu bleiben. Hal und Tommy erklärten, sie würden lange genug draußen stehen, um ihre Schwester singen zu hören, bevor sie zu einem der Hotels eilten, wo sie eine ausgelassenere Form der Samstagabendunterhaltung erwarteten. Die Parochial School war von der Church of England Building Society errichtet worden, und Joanna betrachtete es als Verrat an ihrem treuen wesleyanischen Methodismus, sie zu betreten. Sie kam ihrer Christenpflicht nach, indem sie die arme Witwe jeden Tag besuchte.

Die Familie Heilbuth saß mit Con Trevannick, Jenny Tremayne und David Westoby in der dritten Reihe. Will stand hinten im Saal. Meggan saß mit den anderen Musikern des Abends in der ersten Reihe. Sie drehte sich zu ihrem Bruder um und lächelte ihm zu. Doch er schaute nicht in ihre Richtung, sondern starrte so intensiv in Richtung des Paars aus Cornwall, dass Meggan die Stirn runzelte. Was ging ihrem Bruder nur durch den Kopf? Grund zur Sorge bot auch Tom Roberts, der sich mit kaum verhohlener Neugier für das interessierte, was Will so fesselte, und den Blick von Jenny Tremayne zu Will und wieder zurück schweifen ließ.

Das Konzert wurde von einem Chor walisischer Schmelzer aus der Stadt Llwchwr eröffnet. Ihm folgte ein deutsches Trio, das die Gäste mit Liedern aus seiner Heimat unterhielt. Die Frau des Arztes aus Kooringa spielte auf dem Klavier ein Stück von Chopin, und ein Schotte gab ein schwermütiges Stück auf seinem Dudelsack zum Besten. Musikalisch waren alle Nationalitäten aus den fünf Siedlungen von Burra vertreten.

Meggans Auftritt kam in der Mitte des Abends. Mit Mrs. Heilbuths Hilfe hatte sie ein Repertoire von fünf Liedern ausgesucht, das mit dem stets beliebten *Long, Long Ago* anfing. Das Lampenfieber, das ihr arg auf den Magen geschlagen war, verschwand in dem Augenblick, da sie anfing zu singen.

Als sie ihre erste Ballade sang, *The Golden Vanity*, wusste sie, dass es ihr gelingen würde, die Tapferkeit des Kabinenstewards, den Verrat des Kapitäns und das Pathos des Todes des Jungen heraufzubeschwören. Ich kann das, dachte sie erstaunt, als sie den

Applaus hörte. Ich kann die Menschen in den Liedern lebendig werden lassen. Sie wurde die freche *Mattie Groves*, die trotzige Lady Arlen und der betrogene Lord Arlen.

Ihre dritte Ballade war das Lebewohl des Matrosen an seine *Black-Eyed Susan*. Jede Ballade rief beim begeisterten Publikum eine der Stimmung des Stücks entsprechende Reaktion hervor. Meggan beschloss ihre Aufführung mit dem übermütigen Sträflingslied *Botany Bay*. Die meisten Zuhörer fielen in den Refrain ein.

Überwältigender Applaus und »Zugabe, Zugabe«-Rufe hallten durch den Saal. Meggan wandte sich zu Mrs. Heilbuth am Klavier um, um das walisische Lied *One Bright Summer Morning* vorzuschlagen, als sie laut und deutlich Con Trevannicks Stimme vernahm.

»Eine Bitte, Miss Collins. *The True Lovers' Farewell*.«

Mrs. Heilbuth lächelte bei der Bitte und nickte, und schon spielten ihre Finger die Einleitung. Con lächelte Meggan an. Und so sang sie wieder das Lied, dessen Worte ihr nicht mehr aus dem Kopf gegangen waren, seit sie es zwei Abende zuvor zum ersten Mal gesungen hatte. Con hielt ihren Blick fest, bis sie sich mit Macht losriss, da sie fürchtete, ihre Gefühle stünden ihr für alle sichtbar ins Gesicht geschrieben. Bei den letzten Zeilen schaute sie Con wieder an, und er sah sie an, und genau wie im Salon der Heilbuths lag in seinen Augen eine Botschaft, von der sie sich nicht abwenden konnte.

Während etliche Menschen den Saal verließen, als das Konzert zu Ende war, blieb doch mehr als die Hälfte der Zuhörer da, um sich noch ein wenig zu unterhalten. Männer, die sich aus der Zeit in Wheal Pengelly noch an Con Trevannick erinnerten, traten auf ihn zu. Will schob sich durch die kleine Menschenmenge, die seine Schwester umringte.

»Du warst wunderbar, Megs. Bei weitem der Höhepunkt des Abends.«

»Ich bin ganz aufgeregt, dass den Leuten meine Vorstellung gefallen hat.« Sie lächelte ihren Gratulanten zu, bevor sie sich bei ihrem Bruder unterhakte und sich abwandte. »Ich bin ganz überwältigt, Will. Ich wusste immer, dass ich singen kann, aber ich hätte nie solche Vergötterung erwartet. Ich habe das Gefühl, zu schweben.«

»Du hast es verdient. Ich kann kaum glauben, dass ich so eine talentierte Schwester habe. Du solltest dir deinen Traum erfüllen, Megs.«

Meggan drückte ihrem Bruder mit einem glücklichen Seufzer den Arm. »In diesem Augenblick denke ich auch, dass ich das tun sollte. Ich fühle mich so wunderbar. Oh, Will, findest du wirklich, ich soll Sängerin werden?«

»Wenn es das ist, was du dir wirklich vom Leben wünschst, dann solltest du es auch tun. Ich weiß immer noch nicht, was ich mit meiner Zukunft anfangen soll.«

Eine kleine Gruppe von Zuhörern blieb im Vorbeigehen stehen, voll der lobenden Worte für Meggans Vortrag.

»Siehst du, Megs«, sagte Will, als sie weitergingen, »alle fanden dich wundervoll. Aber sag mir: Warum hat Trevannick dich um dieses spezielle Lied gebeten?«

Meggan spürte, dass ihr Herz einen Schlag aussetzte. Sie wandte das Gesicht ab. »Ich glaube nicht, dass es da einen besonderen Grund gab, außer dass er es mich neulich abends hat singen hören.«

Will betrachtete sie aufmerksam. »Megs, ich stelle mir nur ungern vor ...« Doch was auch immer er sagen wollte, Meggan sollte es nicht zu hören bekommen, denn Jenny trat auf sie zu. Meggan entgingen weder Wills verschlossene Miene, noch Jennys unsicheres Lächeln.

»Hallo, Will.« Ihre Stimme war so zittrig wie ihr Lächeln. »War Meggan nicht fantastisch?«

»Ja.« Er nickte der jungen Frau ganz knapp zu.

»Wussten Sie, dass Sie so eine talentierte Schwester haben?«

»Ja, Miss Tremayne.« Er wandte ihr den Rücken zu. »Wir sehen uns später noch, Megs.«

Ohne ein weiteres Wort ging er davon. Meggan starrte ihm noch mit offenem Mund hinterher, da trat Tom Roberts näher.

»Was für ein Vergnügen, dich zu hören, Meggan.« Er warf der anderen jungen Frau einen neugierigen Blick zu. »Wie geht's, Miss? Ich bin Tom Roberts.«

Meggan sah mit Bestürzung, wie Jenny auf sein Lächeln reagierte. Sie war hin- und hergerissen: Sollte sie Jenny von Tom wegzerren oder sollte sie Will hinterherlaufen? Sie sah Mrs. Heilbuth auf sie zukommen, und das nahm ihr die Entscheidung ab. »Jenny, ich glaube, Mrs. Heilbuth sucht uns. Sagen Sie ihr doch bitte, ich bin gleich wieder da.«

Meggan eilte nach draußen. Will war nicht weit gegangen.

»Auf ein Wort, Will Collins.«

»Was?«, fuhr er sie an und schüttelte die Hand ab, die sie ihm auf den Arm gelegt hatte.

Meggan hätte ihm für seine grobe Geste fast eine Ohrfeige gegeben, so wütend war sie auf ihn. »Hast du deine guten Manieren im Grubenschacht gelassen?«

»Lass mich in Ruh, Megs.«

»Warum bist du einfach so weggegangen?«

»Ich bin nicht in der Stimmung für unnützes Gerede.«

»Unnützes Gerede! Jenny war ganz aus der Fassung über deine Grobheit.«

»Ich war höflich.«

»Höflich? Als Beleidigung verkleidet vielleicht.«

»Das ist lächerlich.«

»Ist es nicht. Jenny würde dir gerne ihre Freundschaft erweisen. Du wirst ihr die Vergangenheit doch nicht nachtragen?«

»Das ist noch lächerlicher.«

»Und warum bist du dann nicht freundlicher zu ihr?«

»Ich sehe keine Notwendigkeit. Und die junge Frau scheint mir auch nicht besonders bestürzt.« Er nickte in Richtung der offenen Tür, durch die man Jenny mit Tom Roberts lachen sehen konnte. »Du solltest dir lieber Sorgen machen, dass der da etwas zu freundlich zu deiner lieben Jenny ist.«

Er stolzierte in die Nacht hinein. Die Hände tief in den Taschen vergraben, ging Will eine ganze Weile mit gesenktem Kopf, und die ganze Strecke über konnte er Jenny Tremayne weder aus seinen Gedanken vertreiben, noch aus seinem Herzen.

Am nächsten Morgen, Sonntag, wachte Meggan, wie es ihre Gewohnheit war, früh auf. Sonntags, wenn der restliche Haushalt später aufstand als unter der Woche, ging sie gerne in der frühmorgendlichen Stille spazieren. An diesem Morgen war sie überrascht, auf der Veranda auf Con zu treffen, der auf sie wartete.

»Wir scheinen nie allein zu sein, um zu reden«, begrüßte er sie. »Ich dachte, das wäre die perfekte Gelegenheit.«

»Wir unterhalten uns doch dauernd.«

Con neigte den Kopf. »Ja. Aber es gibt manches, was nur unter vier Augen gesagt werden kann.«

Was mochte das sein?, überlegte Meggan, und ihr Herz schlug ein wenig schneller. Da sie sich nicht ganz sicher war, ob sie es wirklich wissen wollte, antwortete sie nicht, sondern stieg die wenigen Stufen von der Veranda hinunter und marschierte zügig die Auffahrt hinauf.

Con hatte keine Mühe, mit ihr Schritt zu halten. Er sprach ungezwungen über seine Eindrücke von Südaustralien. Wie es schien, ließ er sich durch ihre knappen Antworten nicht aus dem Konzept bringen. Allmählich legte sich ihre Verwirrung, und sie entspannte sich, plauderte unbeschwert und lachte sogar über einige seiner Bemerkungen.

»So ist's besser.« Er blieb stehen und fasste sie am Arm, damit sie ebenfalls stehen blieb. Seine Miene wurde so ernst, dass Meggan ganz unsicher wurde. Was wollte er ihr sagen?

»Meggan, ich reise heute ab.«

»Oh.« Sie war überrascht. Beim Abendessen tags zuvor war davon noch keine Rede gewesen. Sie war vielmehr davon ausgegangen, dass die Besucher noch einige Wochen bleiben würden. »Jenny wird mir fehlen.«

»Jenny bleibt hier. Gestern Abend habe ich sehr spät noch gute Nachrichten über Rodney erhalten. Um diesen Spuren zu folgen, muss ich nach Norden in die Flinders Ranges reisen.«

»Verstehe.« Verstand sie ihn wirklich?

»Meggan, es kann sein, dass ich nicht nach Burra zurückkehre. Abhängig davon, ob ich Rodney finde oder nicht, reise ich womöglich direkt nach Adelaide.«

»Und Jenny?«, fragte sie, auch wenn ihr eine ganz andere Frage im Kopf herumspukte.

»Sollte es sich so ergeben, wird Mr. Heilbuth Jenny nach Adelaide zu uns bringen.«

»Dann ist das der Abschied.«

Con neigte den Kopf. Er nahm ihre beiden Hände und zog sie näher. »Ich muss wissen, was Sie für mich empfinden, Meggan.«

Sie versuchte zu enträtseln, was in seinen Augen war. Wie konnte sie ihm sagen, dass sie ihn liebte … ja, liebte?

»Bitte, meine kleine Zigeunernixe. Es ist wichtig für mich.«

Der alte Kosename. Meggan unterdrückte das Beben des Verlangens, das er auslöste. Das kann nicht sein, niemals, sagte sie sich. »Ich genieße Ihre Gesellschaft. Ich würde sagen, wir sind Freunde.«

»Nicht mehr?«

»Mehr kann nicht sein.«

Er hob ihre Hände höher und drückte einen Kuss auf ihre Fingerknöchel. »Wir haben unsere Gefühle nicht immer unter Kontrolle. Ich hege große Zuneigung zu Ihnen, Meggan. Ich möchte wissen, ob sie erwidert wird.«

»Zu welchem Zweck, Con?« Meggan wandte den Kopf ab, denn

sie hörte den Schmerz in ihrer Stimme und wusste, dass er ihn auch in ihren Augen sehen würde. »Sie reisen ab. Sie werden Jenny heiraten. Was sollten meine Gefühle da für eine Rolle spielen?«

»Dann haben Sie Gefühle für mich.« In seiner Stimme lag mehr ernste Genugtuung als Triumph.

»Ich …« Meggan schaute ihm in die Augen. So wie sie aufloderten, wusste sie, dass er ihr mitten ins Herz geschaut hatte.

Er ließ ihre Hände los, um stattdessen ihre Schultern zu umfassen, zog sie an sich, senkte den Kopf und strich mit den Lippen sanft über ihren Mund.

Meggan zitterte, ihre Lippen waren weich und geschmeidig. Beinahe überließ sie sich dem Kuss, doch als sie spürte, wie er intensiver wurde, zog sie sich zurück.

»Nein. Ich kann Ihnen nicht erlauben, mich zu küssen. Wie sollte ich Jenny je wieder in die Augen sehen, wenn wir sie betrügen?«

»Wir haben sie nicht betrogen, meine Liebste, sondern uns nur unsere wechselseitigen Gefühle gestanden. Ich würde Jenny niemals wehtun, genauso wenig wie Ihnen. Ich bin zufrieden damit, zu wissen, dass die Anziehung nicht einseitig ist.«

Er ließ die Hände von ihren Schultern sinken und machte nicht noch einmal den Versuch, sie zu küssen. »Sie gehen besser zurück. Ich will Sie nicht in Verlegenheit bringen, indem ich mit Ihnen zusammen gesehen werde. Ich komme später zurück.«

Meggan wandte sich ab, um viel langsamer zum Haus zurückzugehen, als sie es verlassen hatte. Ihre Gedanken und Gefühle waren in Aufruhr. Sie hatte es vorher schon schwierig gefunden, mit ihrer wachsenden Liebe zu Con zurechtzukommen. Doch zu wissen, dass ihre Gefühle bis zu einem gewissen Grade erwidert wurden, machte es ihr noch schwerer, die Vergeblichkeit einer solchen Liebe zu akzeptieren.

Als er am Vormittag aufbrach, stand sie mit den Kindern auf der Veranda. Sie sah zu, wie er sich mit einer Umarmung von Jenny verabschiedete, die ihr mehr wie die eines Bruders vorkam denn die eines Liebsten. Für sie hatte er nur ein Nicken und ein schlichtes »Auf Wiedersehen, Meggan«. Das waren die Worte, die die anderen hörten. Die stumme Botschaft in seinem Blick galt ihr allein.

Gedanken an Meggan beschäftigten an diesem Morgen auch noch einen anderen Mann. Tom Roberts lauerte an der Straße nach Grasslands. Seit dem vorangegangenen Abend war der Wunsch, Meggan Collins zu besitzen, zu einem beharrlichen Schmerz in der Leiste geworden. Während ihres Vortrags auf der Bühne hatte er ausgeheckt, wie er es anstellen wollte, ihre Gunst zu gewinnen. Vielleicht, hatte er gedacht, sollte ich sie um ein besonderes Lied bitten.

Es hatte ihm nicht gefallen, dass Trevannick ihm zuvorgekommen war, und noch weniger hatte ihm gefallen, wie Meggan den Mann angesehen hatte. Wie er die beiden so beobachtete, beschlich Tom ein Verdacht, wem Meggans Zuneigung galt. Sein Hass auf die Tremaynes wurde dadurch nur noch stärker. Trevannick oder Tremayne war kein Unterschied. Von denen war einer nicht besser als der andere.

Den Rest der Nacht hatte Tom in einem der Hotels verbracht, wo er beim Aufwachen feststellte, dass er noch mit einer Barkellnerin im Bett lag. Er hatte keine klare Erinnerung an die Nacht, sah jedoch, dass die schlafende Frau einen großen blauen Fleck auf der Wange hatte. Ob er sie geschlagen hatte oder nicht, wusste er nicht, und es interessierte ihn auch nicht. Er wusch sich, verließ das Hotel und spazierte die Straße hinunter. Da er exzessiven Alkoholgenuss gewohnt war, war sein Kopf bald wieder klar.

Während er spazieren ging, dachte Tom gründlich über Meggan nach. Er dachte daran, wie es wäre, sie im Bett zu haben. Er dachte daran, wie sie ihm das Essen kochte und all die Dinge für ihn tat, die eine Frau tun sollte. Er dachte daran, wie er mit ihr am Arm die Straße hinunterging, von allen Männern beneidet.

Diese angenehmen Bilder, einem Überbleibsel des Wunsches entsprungen, sich zu bessern, waren in einem behaglichen Cottage angesiedelt, nicht in seiner Hütte in der Böschung des Creek. Wenn Meggan doch nur lernen könnte, ihn zu lieben; mit ihr an seiner Seite würde er bestimmt ein besserer Mensch werden. Während er über ein Leben mit Meggan sinnierte, scherte es ihn kein bisschen, dass er bereits eine angetraute Ehegattin hatte. Milly war unwichtig, lediglich ein kleines Problem, das leicht zu beseitigen war.

Bei seinem Aufbruch hatte er die Idee gehabt, bis nach Grasslands zu spazieren. Er würde Meggan wie ein richtiger Freier besuchen. Dass ihre Dienstherren am Abend zuvor so freundlich ihm gegenüber gewesen waren, konnte er sicher zu seinem Vorteil nutzen. In ihrer Gesellschaft würde Meggan sich verpflichtet fühlen, höflich zu sein. Er würde sie und die Heilbuths mit all seinem Charme davon überzeugen, dass sie nicht recht daran tat, schlecht von ihm zu denken.

Die erfreuliche Aussicht, die Zustimmung der Heilbuths zu erlangen, die hoffentlich auf Meggan einwirkten, geriet ins Stocken, als er sich daran erinnerte, wem er auf Grasslands womöglich noch begegnen würde. Trevannick hatte ihn nie gemocht, nicht einmal damals in Wheal Pengelly. Tom fluchte laut. Vielleicht war es doch keine so gute Idee, Meggan einen Überraschungsbesuch abzustatten. Der Verdacht, der ihm am Abend zuvor bezüglich Meggan und Trevannick gekommen war, stieg wieder in ihm auf. Das angenehme Bild, von den Heilbuths und der bezaubernden Meggan freundlich begrüßt zu werden, wurde von einem Bild verdrängt, wie er auf Meggans Bitte hin von Trevannick des Grundstücks verwiesen wurde.

Verunsichert setzte Tom sich auf einen Felsblock am Straßenrand und holte aus seiner Jacke eine Taschenflasche Whisky. Gehen machte einen Mann durstig. Er dachte über Meggan und Trevannick nach. Er stellte sich vor, dass sie ein Liebespaar waren, und verwarf den Gedanken gleich wieder. Er war sich sicher, dass Meggan, die sich von Männern fernhielt, sich auch Trevannick nicht hingegeben hatte. Doch vielleicht war das nur eine Frage der Zeit. Meggan und Trevannick. Caroline und Tremayne.

Verdammt. Verdammte Meggan. Verdammte Tremaynes. Verdammter Trevannick. Und verdammter Will. Das war auch so einer, der nach Höherem strebte und die Augen nicht von Jenny Tremayne lassen konnte.

Tom spürte, wie der alte Zorn sich wieder regte. Er nährte ihn mit Bildern von Meggan, wie sie mit Trevannick im Bett lag. Als die Taschenflasche halb leer war, verblasste die Idee, sanft um Meggan zu freien, unter seiner besessenen Begierde. Er war ein Narr, dass er sich eingebildet hatte, sie würde ihn je mit etwas anderem bedenken als mit ihrer gewohnten Geringschätzung. Die Hoffnung, dass sie aus irgendeinem Grund die Straße entlangkäme, wo er saß, erregte seine wütenden, geilen Gedanken. Meggan Collins würde sich nicht noch einmal über ihn lustig machen. Und sie würde auch nicht stark genug sein, ihn daran zu hindern, sie sich zu nehmen.

Dann war da noch Jenny Tremayne. Sie sah Caroline so ähnlich, dass er überlegte, ob an der Geschichte von Caroline und Rodney nicht doch mehr dran war. Will wusste womöglich etwas. Eine Wahrheit hatte Tom schon aus Will herausgeprügelt; er konnte leicht noch mehr aus ihm herausprügeln. Doch was auch immer dahintersteckte, Tom beschloss, dass er auch Jenny Tremayne haben würde. Er musste sie nur aus Meggans Einflusssphäre herauslocken, dann konnte sie ihm nicht lange widerstehen. Tom wusste, wie man eine Frau schwach machte vor Verlangen.

Seine durch rachsüchtige und zornige Gedanken ausgelöste und vom Whisky angeheizte Stimmung wurde im Laufe des Tages immer finsterer. Am späten Nachmittag ging er zurück in die Stadt. Auf der Fußgängerbrücke blieb er stehen, um den Bach hinauf in Richtung der Hütten zu schauen. Kleine Kinder spielten im Schmutz. Die meisten Türen der unterirdischen Wohnungen standen offen. Vor einigen standen Frauen und klatschten, vor anderen saßen Frauen und nähten oder bereiteten Gemüse für den abendlichen Schmortopf vor. Schon jetzt wehte der Essensgeruch aus den runden Schornsteinaufsätzen entlang des Ufers und vermischte sich mit dem überwältigenden Gestank nach Schweinen und Abfällen, der zur Creek Street dazugehörte.

Die Tür seiner eigenen Behausung war zu, und aus seinem Schornsteinaufsatz wehte kein Rauch. Er bekam keine Mahlzeit gekocht, auf ihn wartete nicht einmal ein heißes Getränk. Die Schlampe scherte sich einen Dreck um seine Bedürfnisse. Sie hatte seinen Handrücken oft genug zu spüren bekommen, um sie von ihrer Schlampigkeit zu kurieren, und doch schien es ihm, als würde sie immer aufsässiger.

Es war ihm längst aufgefallen, dass Männer ihre Gespräche unterbrachen, wenn er hinzutrat, und ein neues Thema anschlugen. »Einmal ein Flittchen, immer ein Flittchen«, hatte er einen Mann sagen hören und den warnenden Blick gesehen, den ein anderer dem Mann zugeworfen hatte, als er näher kam. Da der Sprecher aus Pengelly kam, wusste Tom genau, von wem er sprach.

Milly hatte stets bereitwillig die Beine breitgemacht. Er ärgerte sich seit Jahren darüber, dass sie ihn mit einem Trick dazu gebracht hatte, sie zu heiraten. Sie war damals gar nicht schwanger gewesen und seither auch nicht. Sie war bestimmt unfruchtbar, und das war vielleicht ganz gut so. Wenn sie je versucht hätte, ihm das Kind eines anderen unterzuschieben, hätte er sie mit bloßen Händen erwürgt. Sie hielt ihn auch so genug zum Narren. Allein dafür fühlte Tom sich berechtigt, sie zu schlagen.

Dass er selbst ein oder zwei uneheliche Kinder in Cornwall oder womöglich sogar hier in Burra herumlaufen hatte, scherte ihn nicht. Die Frauen fühlten sich zu ihm hingezogen, und wenn sie willig waren, war er es auch. Einige, die zögerlich gewesen waren, hatte er sogar gezwungen. Tom fand nichts Falsches dabei, einer Frau zu geben, was sie wollte. Die meisten Frauen waren im Grunde doch Huren, selbst die, die es hinter ihrer Ehrbarkeit versteckten.

Und dann waren da noch solche wie Meggan Collins, die sich zu fein waren, ihn zu grüßen. Sie war wie ein Stachel, tief im Fleisch seiner Leiste. Er würde keinen Frieden finden, solange er sie nicht gehabt hatte, und wenn er sie mit Gewalt nehmen musste. Vielleicht war das genau das, was sie brauchte, um sie von ihrem Hochmut zu kurieren. Bei der Vorstellung, wie er sich Meggan Collins unterwarf, wie sie sich hilflos unter ihm wand, während er sie brutal fickte, ließ ihn hart werden, und das verlangte nach Erlösung, selbst wenn es bei seiner Schlampe von einer Frau sein musste.

Während er noch überlegte, wie und wann er Meggan an einen geeigneten Ort locken konnte, ging die Tür zu seiner Wohnstatt auf. Ein Mann kam heraus. Tom sah die klatschenden Frauen von der Seite rasch einen Blick auf den Mann werfen und dann den Kopf abwenden. Dann tauchte Milly in der Tür auf, und in ihrem Blick auf die Frauen lag ein Trotz, der ihnen verriet, wie wenig sie sich um deren Meinung scherte.

Zorn stieg in Tom auf. Er hatte nicht gewusst, dass seine Frau sich in seinem Bett mit anderen Männern vergnügte. Sie musste ihn doch für einen rechten Idioten halten. Im Zorn trat Tom nach einem vorbeischleichenden Köter. Wahrscheinlich hielten die Nachbarn ihn für einen feigen Dummkopf. Zum Teufel mit dem treulosen Weib. Sollte sie doch lügen und betrügen, aber er würde nicht mit ansehen, wie die Leute hinter seinem Rücken über ihn lachten. Wenn er nach Hause kam, würde er sie grün und blau schlagen. Und er würde sie zwingen, die Beine breitzumachen, und sie so lange nehmen, dass sie eine ganze Weile viel zu wund sein würde, um herumzuhuren.

Weder Meggan noch Jenny kamen an diesem Tag auf die Idee, das Haus zu verlassen. Die Euphorie über ihren Erfolg am Abend zuvor war rasch verebbt, und Meggan war müde und lethargisch.

Als die Zwillinge am Nachmittag schliefen, lag sie auf dem Bett und war zufrieden, Jennys Geplauder zuzuhören.

»Ich finde, die Gesellschaft hat viel zu viel Macht über unser Leben«, bemerkte die junge Frau.

»In welcher Hinsicht?«, fragte Meggan.

»Sehen Sie sich uns an. Wir sind die besten Freundinnen. Weil Sie bei den Heilbuths leben und wie eine Tochter behandelt werden, ist unsere Freundschaft akzeptabel. Doch wenn Sie bei Ihrer Familie leben und in der Grube arbeiten würden, würde unsere Freundschaft zweifellos als seltsam angesehen werden.«

»Wenn ich bei meiner Familie lebte und in der Grube arbeitete, hätten wir wohl kaum Gelegenheit gehabt, Freundinnen zu werden.«

»Das stimmt. Aber ich finde es unfair. Die Heilbuths akzeptieren Menschen als die, die sie sind, und nicht für das, was sie sind oder was sie besitzen. Ich finde, so sollte es überall sein. Nur weil ein Mensch in wohlhabende Verhältnisse hineingeboren wird, macht ihn das doch nicht unbedingt zu einem besseren Menschen als jemanden, der hart für seinen Lebensunterhalt arbeiten muss.«

»Ich bin ganz Ihrer Meinung, Jenny. Doch die Gesellschaftsschichten sind, wie Sie sicher bemerkt haben werden, in Australien nicht so streng abgegrenzt wie in Cornwall. Aber wie sind Sie auf diese Gedanken gekommen?«

Jenny zuckte mit den Achseln. »Das sind nur Gedanken. Wenn mein Vater mich hören würde, würde er denken, ich hätte den Verstand verloren. Vielleicht ist das seltsam, aber in gewisser Weise bin ich froh, dass wir uns erst jetzt kennengelernt haben, wo wir ohne gesellschaftliche Einschränkungen wirklich Freundinnen sein können.«

Meggan schenkte ihr ein Lächeln. »Ich auch.«

Schweigend vergingen einige Augenblicke, bevor Jenny fragte: »Glauben Sie, es ist besser, aus Liebe zu heiraten?«

Meggan antwortete nicht gleich. Eine Heirat aus Liebe war ihr vom Schicksal nicht bestimmt. »Eine Frau, die aus Liebe heiraten kann, hat großes Glück. Vielleicht ist es klüger, als Ehemann einen Mann zu wählen, der sowohl rücksichtsvoll als auch ein treusorgender Ehegatte ist.«

»Würden Sie Mr. Westoby heiraten?«

Die Frage überraschte Meggan. »Er hat mich nicht gefragt.«

»Er würde, wenn Sie ihn ermutigten.«

»Ich habe keine Eile, zu heiraten.«

»Ich auch nicht«, antwortete Jenny mit so eiserner Stimme, dass Meggan verdutzt aufschaute.

»Lieben Sie Con nicht?«

»Natürlich liebe ich ihn.« Jenny unterbrach sich und senkte die Stimme, sodass Meggan fast den Eindruck gewann, sie spräche zu sich selbst. »Aber wenn ich Con nicht heiraten und stattdessen zufällig einen Bergmann lieben würde, würde ich nicht zulassen, dass der Klassenunterschied zwischen uns stünde.«

Meggan stützte sich auf ihre Ellbogen und sah Jenny überrascht an. »Wollen Sie mir damit sagen, Sie haben sich in einen Bergmann verliebt?«

Jenny zuckte mit den Achseln, doch die Röte, die ihre Wangen überzog, war Meggan Antwort genug.

»Jenny. Ist das wahr?«

»Es ist sicher nur eine dumme Vernarrtheit, denn ich war noch nie richtig verliebt. Was ich für Con empfinde, ist eher behaglich als leidenschaftlich.«

Der tiefere Sinn dieser Bemerkung ging Meggan erst sehr viel später auf. Erst einmal war sie mit Jennys Vernarrtheit beschäftigt.

»Erwidert der Mann, dieser Bergmann, Ihre Gefühle?«

Jenny stieß ein kleines, bitteres Lachen aus. »Er scheint nicht einmal meine Existenz zur Kenntnis zu nehmen. Wenn ich glauben würde, dass er mich je lieben könnte, würde ich in Australien bleiben.«

»Wer ist er?« Meinte sie etwa Will? Lieber Gott, lass es nicht Tom Roberts sein.

Jenny wandte den Kopf ab. »Das verrate ich nicht. Sie würden mich für vollkommen töricht halten.«

Eine Antwort, die Meggans Beklemmung nicht milderte. »Was ist mit Con? Sie haben gesagt, Ihr Vater wünsche diese Verbindung.«

»Mein Vater kann nicht immer alles nach seinem Willen haben. Ich glaube, Con geht es nicht anders als mir. Wenn ich mich in einen anderen Mann verlieben würde, würde er mir nicht im Weg stehen. Mein Vater hingegen würde es mir sehr schwer machen. Wahrscheinlich müsste ich Cornwall verlassen, wie Rodney.«

»Könnten Sie Ihrem Vater wirklich so wehtun?«

Jenny seufzte – ein resignierter Seufzer mit einem Hauch von Traurigkeit. »Nein, Meggan, ich werde Con heiraten, wie mein Vater es wünscht. Con ist ein guter Mann, und ich glaube, wir werden eine gute Ehe führen. Ich hoffe, Sie finden eines Tages auch einen guten Mann.«

Ich will keinen guten Mann, dachte Meggan, ich will den Mann, der Ihr Ehemann wird. Sie legte sich wieder hin, verschränkte die Hände hinter dem Kopf und starrte an die Decke. »Ich glaube, ich werde noch lange nicht heiraten.«

»Warum nicht? Sie wollen doch sicher Kinder. Sie können so gut mit den Zwillingen umgehen.«

»Wollen Sie Kinder?«, entgegnete Meggan und wünschte gleich, sie hätte nicht gefragt. Sie wollte sich nicht vorstellen, wie Jenny Cons Kind unter dem Herzen trug.

10

Meggan dachte in der folgenden Woche oft über Jennys Worte nach. Zu Anfang machte sie sich Sorgen, der Bergmann, in den Jenny vernarrt war, könnte Tom sein. Er war nach dem Konzert sehr charmant gewesen, und niemand konnte leugnen, dass er gut aussah und ein anziehendes Lächeln besaß. Nur die, die ihn gut kannten, blickten hinter seine Fassade.

Die Heilbuths waren sehr freundlich zu ihm gewesen, besonders als sie erfuhren, dass er Meggan aus Kindertagen kannte. Ihre Dienstherren hatten sogar angedeutet, Tom sei auf Grasslands jederzeit willkommen. Vielleicht hatte er einmal Lust, sagten sie, am Sonntag mit Will herauszukommen. Meggans einzige Hoffnung, davon verschont zu bleiben, ruhte darauf, dass sie sich sicher war, dass es Will nicht recht wäre, wenn Tom ihm beim Besuch bei seiner Schwester Gesellschaft leisten wollte.

Wenn Tom nicht der Bergmann war, von dem Jenny gesprochen hatte, sinnierte Meggan, dann konnte es nur Will sein. Je mehr Meggan darüber nachdachte, desto wahrscheinlicher schien es ihr. Von dieser Schlussfolgerung ausgehend, betrachtete sie das Betragen ihres Bruders in Jennys Gegenwart in einem neuen Licht. Wollte Will mit seinem ungehobelten Betragen darüber hinwegtäuschen, dass er sich zu der jungen Frau hingezogen fühlte? Als sie am nächsten Sonntag wieder mit ihrer Familie zu Mittag aß, sorgte sie dafür, dass sie unter vier Augen mit Will sprechen konnte.

Sobald sich die Gelegenheit ergab, machte Meggan keine Ausflüchte. »Ich glaube nicht, dass du Jenny nicht magst. Ich glaube vielmehr, dass du sie viel zu gern hast.«

Die dunkle Röte auf Wills Wangen verriet ihr alles. Sie hatte recht: Ihr Bruder fühlte sich zu Jenny Tremayne hingezogen.

»Ich glaube, Jenny ist sehr angetan von dir.«

Ihr Bruder wurde noch röter. »Und wenn schon?«

»Du magst sie doch, oder nicht?«

Will kniff nur die Lippen zusammen.

»Wenn du sie magst, warum bist du dann in ihrer Gesellschaft immer so grob und kehrst ihr gleich wieder den Rücken?«

»Sie ist Caroline zu ähnlich, deswegen will ich nichts mit ihr zu tun haben.«

»Das, Will Collins, ist ein sehr dummer Grund. Warum sollte Jennys Äußeres ein Problem sein?«

Will schüttelte den Kopf. Meggan glaubte schon, er werde gar nicht antworten. Und als er antwortete, schmerzte der Zorn in seiner Stimme sie.

»Verstehst du das nicht? Sie zu lieben wäre, als würde ich meine eigene Schwester lieben. Es wäre, als würde die Vergangenheit lebendig werden.«

»Oh, Will. Will. Du quälst dich ohne Grund. Jenny sieht vielleicht aus wie Caroline, aber vom Wesen her ist sie ganz anders als unsere Schwester. Jenny besitzt viel mehr Geist.«

Ein schiefes Lächeln huschte über Wills Gesicht. Er wusste alles über Miss Jennys Geist. Sie waren sich am Samstagabend vor dem Beginn des Konzerts über den Weg gelaufen, und da hatte sie sehr deutlich gemacht, was sie von seinem ungehobelten Benehmen hielt. Auch wenn Meggan es nicht ahnte, wusste er, dass Jenny, als sie nach dem Konzert auf sie beide zugekommen war, gehofft hatte, er würde ihr verzeihen. Und was hatte er getan? Er hatte ihr den Rücken zugekehrt.

»Und«, fuhr Meggan fort, während sie überlegte, was dieses leichte Lächeln und das anschließende Stirnrunzeln zu bedeuten hatten, »dein Gerede über die Vergangenheit ist ziemlich unangebracht.«

»Sie ist eine Tremayne. Unsere Familie hat keinen Grund, freundlich über sie zu denken.«

»Du kannst doch Jenny nicht die Schuld für die Handlungen ihres Vaters und unserer Mutter geben. Dinge, von denen sie nichts weiß und wahrscheinlich nie etwas erfahren wird. Und was Caroline und Rodney angeht, ich glaube, sie weiß nicht, dass es einen Zusammenhang zwischen dem Tod unserer Schwester und dem Weggehen ihres Bruders von zu Hause gibt.«

Will zuckte die Achseln. »Sie ist trotzdem eine Tremayne. Sie würde sich nie mit einem einfachen Bergmann abgeben.«

»Du wärst überrascht, Will Collins.«

Seine Reaktion, mehr Mienenspiel denn Worte, bestätigte Meggans Vermutungen.

»Findest du …«

»Ich finde es dumm, dass du deine Gefühle leugnest.«

Er wurde wieder rot. »Leugnest du nicht auch deine?«

Meggan spürte, wie eine warme Röte ihre Wangen überzog.

»Aha, dann habe ich doch recht!«, rief Will aus. »Wenn ich Miss Jenny Tremayne den Hof mache, fühlst du dich wohl frei, Trevannick hinterherzulaufen.«

»Das war nicht nett gesagt.«

»Aber es ist wahr.«

Jetzt, wo er den Spieß umgedreht hatte, brachte Will seine Gefühle unter Kontrolle.

Meggans Stimme zitterte. »Das ist nicht wahr. Con Trevannick hat damit nichts zu tun. Jenny hat mir gestanden, dass ihr ein Bergmann sehr am Herzen liegt und dass sie bereit wäre, in Australien zu bleiben, wenn er ihre Liebe erwiderte.«

Will kniff die Lippen zusammen, als wollte er das, was seine Schwester sagte, nicht glauben. »Aber sie hat nicht meinen Namen genannt. Das hättest du mir gesagt, oder?«

»Ich habe Augen im Kopf. Ich habe gesehen, wie sie dich anschaut, wenn sie sich unbeobachtet glaubt, und wie du sie anschaust, wenn du glaubst, es sieht keiner.« Tat sie nicht dasselbe bei Con?

»Du hattest immer schon eine romantische Vorstellungskraft, Megs.« Will bemühte sich um einen verächtlichen Tonfall, auch wenn er befürchten musste, dass ihm der elendiglich misslang.

»Ich denke nicht, dass du irgendetwas zu verlieren hättest, solltest du Jenny deine Freundschaft anbieten.«

Will schüttelte den Kopf. »Das wird nie passieren. Selbst wenn es Gefühle zwischen uns gäbe, was meinst du wohl, wie Ma sich fühlen würde, wenn ich mit einer Tremayne anbändeln würde?«

Meggan war zutiefst schockiert. An Ma hatte sie nicht gedacht, sie hatte nur herausfinden wollen, ob ihre beste Freundin und ihr Bruder einander liebten. Will hatte recht. Ma würde es völlig aus der Fassung bringen. Und das galt sicher auch für ihre eigenen Gefühle für Con Trevannick. Wie dumm sie gewesen war. Wie viel vernünftiger Will doch war.

Sie umarmte ihren Bruder. »Du hast recht, Will. Ich bin schon wieder dumm und romantisch. Ich sage nichts mehr.«

Er erwiderte ihre Umarmung, und so saßen Bruder und Schwester da und genossen die Wärme ihrer Nähe.

»Du machst dich am besten bald auf den Heimweg, Megs.«

»Warum?«

Will nickte über die Schulter. »Schau mal da oben. Scheint, als würde sich ein Gewitter zusammenbrauen.«

Meggan drehte sich um. Im Südosten hingen diesige Wolken über dem Horizont.

»Ich glaube, du hast recht. Es könnte heute Abend ein Unwetter geben. Ich verabschiede mich von Ma und Pa und mache mich gleich auf den Weg.«

Als sie und Bertie Kooringa verlassen hatten und auf dem Weg nach Grasslands waren, war Meggan erleichtert, dass der Himmel vor ihnen und im Norden blau und sonnig blieb. Über die rechte Schulter beobachtete sie, wie sich im Süden Gewitterwolken auftürmten und Richtung Burra zogen.

Ein drohendes spätes Gewitter erweckte bei den Bürgern von Kooringa keine übermäßige Besorgnis. Oft sah man, wie sich ein Sturm aufbaute, wie der graue Himmel immer dunkler wurde, bis er fast schwarz war, und dann zerstreuten sich die Wolken wieder und es fielen nur wenige Regentropfen. Wahrscheinlich war es diesmal auch so. Doch am späten Nachmittag war in der Ferne Donnergrollen zu hören.

»Scheint so, als käme wirklich ein Gewitter«, bemerkte Henry Collins. Ein aufsteigender Wind jagte die Gewitterwolken gen Burra.

»Sieht aus, als würde es schnell ziehen, Pa. Könnte auch Hagel geben.«

Die Wolken waren jetzt dunkler, fast schwarz, und hatten einen hässlichen grünen Anstrich.

An diesem Pfingstsonntagnachmittag sahen viele das Gewitter rasch auf Burra und seine Siedlungen zuziehen. Einige hofften, es werde darüber hinwegziehen. Andere hörten das vereinzelte Donnergrollen und bereiteten sich auf ein möglicherweise sehr heftiges Unwetter vor. Hühner wurden in den Hühnerstall getrieben, Ziegen im Schutz der Cottageveranda angepflockt und alles, was wegwehen werden konnte, in Sicherheit gebracht.

Mehr als zwei Stunden, nachdem sich die Wolken im Südosten zusammengeballt hatten, war die Stadt eingehüllt in eine unheimliche, schaurige Dunkelheit. Im Cottage der Familie Collins machte Joanna sich daran, die Lampen anzuzünden. Der Wind wurde lauter.

»Es ist da«, schrie Will, und die Worte waren kaum aus seinem Mund, da krachte ein fürchterlicher Donnerknall, und beide Männer stürzten ins Cottage. Nachbeben erschütterten das Haus, und auf den Schrankbrettern klapperte das gute Porzellan.

»Mein Gott«, schrie Henry, »das war direkt über uns.«

Joanna drückte mit angstvoll aufgerissenen Augen beide Hände ans Herz. »Ich spüre es bis ins Mark.«

Ein zweites Geräusch setzte unmittelbar ein, wie das eines riesigen Wasserfalls, der vom Himmel stürzte. Will lief ans Fenster.

»Eine Sintflut. Es gießt in Strömen.«

»Und das Geräusch?«

»Hagel, Ma. Komm und schau's dir an. Hagelkörner so groß wie Orangen.«

Sie drängten sich am Fenster zusammen, um ehrfürchtig zuzuschauen. Doch als ein Hagelkorn an die Fensterscheibe schlug, scheuchte Henry seine Familie vom Fenster weg.

»Keiner von uns will so nah dran sein, wenn der Hagel eine Scheibe einschlägt.«

Der Hagel dauerte nur wenige Minuten. Der Regen griff nicht ganz so wütend an.

»Ich glaube, es lässt langsam nach«, bemerkte Will. Er ging wieder ans Fenster. »Und das Gewitter zieht von der Grube weg.«

»In welche Richtung, Sohn?«

Will verrenkte den Kopf, um gen Himmel zu schauen. »Schwer zu sagen, Pa. Über die Stadt, glaube ich.«

»Wenn die Stadt so viel Regen abkriegt, gibt es sicher eine plötzliche Überschwemmung.«

»Bei dem ganzen Wasser ist die Grube bestimmt auch überschwemmt.«

Keine zehn Minuten, nachdem Will dies gesagt hatte, klopfte es an der Tür. Henry öffnete, und vor ihm stand einer der Stallburschen aus der Grube.

»Käpt'n Roach schickt mich, Sie zu holen, Käpt'n Collins. Sie und Ihre Jungen. Das Wasser flutet die Erzsohlen. Ich soll noch mehr Männer aus der Stadt holen.«

Sämtliche Senken und Mulden auf dem Grubengelände waren mit Wasser gefüllt. Winzige Bäche flossen in alle Vertiefungen. Ein breiter Strom fegte über die Erzaufbereitungsfläche und drohte, das kostbare Erz wegzuschwemmen. Die Männer arbeiteten hart, hoben Gräben aus, um das Wasser abzuleiten, karrten Steine und Holz herum, um Flutsperren zu bauen.

An allen Schachtzugängen arbeiteten Männer, um zu verhindern, dass das Wasser in die Schächte lief. Das Wasser war eigentlich nicht das Problem, denn in der Mine in Burra gab es große Wasserzuläufe, und die große Pumpe arbeitete ununterbrochen, um die Strossen trocken zu halten. Die Gefahr lag in der Gewalt des Wassers und der Trümmer, die es mitschwemmte. Grubenleitern konnten abrutschen, die Schachtwände konnten instabil werden und bröckeln.

Auch Tom Roberts war unter denen, die herbeigeeilt waren, um in der Grube zu helfen.

»Was gibt's aus der Stadt, Tom?«, fragte Will.

»Die Commercial Road ist wie ein Fluss. Am unteren Ende ist das Wasser direkt durch einige Cottages und Geschäfte gelaufen.«

»Und deine Hütte? Solltest du nicht dort sein?«

»Wenn es eine Überschwemmung gibt, dann nur am unteren Ende in der Nähe des Burra Creek. Die Hütten im oberen Bereich des Zuflusses sind sicher.«

»Der Regen zieht bald vorüber«, erklärte ein anderer Mann. »Seht ihr, wie schnell er über die Grube wegzieht?«

Doch über die Siedlung zog das Unwetter nur langsam hinweg. Auch als der schlimme Donner sich gelegt hatte und die Blitze nachgelassen hatten, fiel weiterhin schwerer Regen. Männer, die aus der Stadt gekommen waren, um an der Grube zu helfen, eilten zurück nach Hause. Gegen halb zehn kamen mehrere wieder zurück.

»Wir brauchen Hilfe, Captain Roach. Die Stadt ist überschwemmt. Wir brauchen Pferde und Karren, um die Möbel aus den Häusern zu holen. Ladenbesitzer wollen ihre Waren in Sicherheit bringen.«

Roach reagierte sofort. Innerhalb kürzester Zeit eilte er mit sechs leeren Hunten in die Stadt. Mit ihm gingen sowohl Will als auch Tom. Henry, Hal und Tommy arbeiteten weiter in der Grube.

Als sie die Stadt erreichten, boten sich ihnen Szenen des Chaos und der Verwüstung. Die Erdhütten, erst vor zwei Wochen überschwemmt, waren bereits wieder überflutet. Obwohl das Unwetter nach Nordwesten zu ziehen schien, machte sich niemand Hoffnung, dass das Wasser mit dem abziehenden Unwetter sinken würde, denn es regnete unaufhörlich. Leichterer Regen als mitten im Gewitter, und doch genug, um die Ängste der Menschen vor einer größeren Überschwemmung zu schüren.

Überall am Creek trafen die Bewohner Vorsichtsmaßnahmen und schafften ihr Hab und Gut aus den Wohnungen. Alles, was beweglich war, wurde die Böschung hinaufgetragen. Die vom Regen durchtränkte Erde war nass und glitschig, eine zusätzliche Gefahrenquelle. Während sich die Männer mit Betten, Tischen und schwereren Möbeln abplagten, trugen die Frauen Bettzeug und Kleidung, und Kinder packten Töpfe, Teller und kreischende Hühner. Quietschende Schweine, patschnasse, erbärmliche Hunde und Familienziegen wurden die Böschung hinaufgetrieben. Katzen miauten jämmerlich von da, wo sie Schutz gesucht hatten.

Die Bachbewohner häuften ihre Besitztümer nahe ihren Schornsteinaufsätzen auf, und Frauen und Kinder passten im Regen darauf auf. Der Schaden durch den Regen war nicht so schlimm, wie alles in der Flut zu verlieren. Und den Verlust ihres Hab und Guts an Langfinger und anderes unredliches Volk konnten sie sich ebenso wenig leisten.

Mehr als eine Stunde lang half Will, wo er konnte. In dieser Zeit stieg das Wasser nicht höher. Die Bewohner am oberen Bereich des Zuflusses zum Creek hielten es für sicher, in ihren Behausungen zu bleiben. Gegen elf Uhr gingen viele ins Bett. Milly Roberts war eine von ihnen.

Milly konnte nicht schlafen. Die Angst hielt sie wach. Stunden schienen vergangen zu sein, seit Tom nach Hause gekommen und dann wieder weggegangen war, um anderen zu helfen. Obwohl er ihr versichert hatte, ihre Wohnung wäre sicher, konnte sie sich nicht entspannen. Immer noch regnete es. Wenn der Regen wieder stärker wurde, wenn es wieder goss wie beim Höhepunkt des Gewitters, dann wurden bestimmt alle am Creek überflutet.

Was sie brauchte, um ihre Ängste zu beschwichtigen, fand Milly, war ein kräftiger Schluck von dem Whisky, den Tom am Samstagabend mit nach Hause gebracht hatte. Ihre kleine Wohnung bestand nur aus einem großen Raum und einem winzigen Schlafzimmer. Im großen Zimmer zündete sie die Lampe an und nahm die Whiskyflasche mit zum Tisch. Mehr als einen Schluck Alkohol trank Milly selten auf einmal. Nur genug, um ihren Körper zu wärmen und ihre sexuelle Bereitschaft anzuheizen.

Als die vertraute Wärme sie durchströmte, dachte sie an Tom und wie sehr sie ihn inzwischen hasste, aber auch fürchtete. Tom war ihr Mittel gewesen, um aus Pengelly wegzukommen. Um das zu erreichen, hatte sie keine Bedenken gehabt, von ihm die Ehe zu verlangen, obwohl es gar nicht notwendig gewesen wäre. Am Tag ihrer Hochzeit war sie von allen anderen Bergmannstöchtern im Dorf beneidet worden. Wenn die anderen jungen Frauen sie jetzt sehen könnten, würden sie sie nicht mehr beneiden. Selbstmitleid mischte sich unter die Angst, und Milly schenkte sich noch einen Whisky ein, diesmal einen größeren.

Tom hatte recht, sie eine Hure zu nennen, denn das war sie. Von dem Tag an, da ihr weiblicher Körper sich entwickelte, genoss Milly die Freude, mit einem Mann zusammen zu sein. In Pengelly war es ihr bei ihren amourösen Abenteuern nur ums Vergnügen gegangen. Als sie nach Burra kamen, war Milly Tom eine

Weile treu gewesen. Ihr Mann wusste, wie man eine Frau glücklich machte.

Doch er veränderte sich ganz allmählich. Er war ein gewalttätiger Säufer. In den ersten Jahren war es Milly gelungen, ihm in den Nächten, da er betrunken war, aus dem Weg zu gehen. Doch als die Zechereien häufiger wurden, entfloh sie seiner Brutalität nicht mehr. In Millys Kopf spukte stets die Erinnerung an Toms Mutter herum. Tom mochte seinem Vater immer ähnlicher werden, doch Milly würde es zum Teufel nicht zulassen, dass seine Brutalität aus ihr so ein jämmerliches Geschöpf wie seine Mutter machte. Je schlimmer Toms Verhalten wurde, desto entschlossener wurde Milly, ihn zu verlassen. Doch dafür brauchte sie Geld.

Milly hatte ihren Wert rasch einzuschätzen gelernt. Und sie hatte das, was das Verlangen der Männer anzog, nicht verloren. Für eine Frau, die ihnen Vergnügungen bot, waren Männer immer bereit, Geld lockerzumachen. Tom wusste nichts von den Silbermünzen, die sie heimlich hortete. Sie waren in einer Dose versteckt, auf einem Sims, den sie vorsichtig innen in den Schornstein gekratzt hatte. Wenn sie der Faust ihres Mannes oder seiner brutalen Inbesitznahme nicht entfliehen konnte, halfen ihr der Gedanke an das Silber und das Wissen, dass sie bald wieder etwas daraufhäufen konnte, die Schmerzen zu ertragen.

Milly trank ihren Becher Whisky, schenkte sich unbesonnen zum dritten Mal ein und dachte an ihr Geld. Sie hatte schon genug gespart, um Burra verlassen zu können. Sie glaubte nicht, dass Tom sich die Mühe machen würde, ihr zu folgen, wenn sie wegging. Er wäre genauso froh, sie los zu sein, wie sie ihn. Doch für den Fall, dass er sie suchte, wollte sie genug Geld haben, um Südaustralien sofort verlassen zu können. Vielleicht würde sie nach Melbourne gehen oder nach Sydney. Dort würde sie sich ein paar hübsche Kleider kaufen und Männer finden, die viel reicher waren als die Bergleute in Burra. Vielleicht hatte sie sogar das Glück, einen wohlhabenden Mann zu finden, der bereit war, ihr die Ehe zu bieten oder sie wenigstens auszuhalten.

Während Milly den Whisky trank und im Nebel der Trunkenheit über eine strahlendere Zukunft nachdachte, ging Will den Bach entlang. Er machte sich Sorgen um die Stabilität der Brücke, die von der Grube zum Hüttenwerk über den Creek führte. Da langes Bauholz in der Region knapp war, war die Brücke für die schweren Erzkarren aus Felsbrocken und Erdreich erbaut worden. Sie war nicht besonders hoch. Was für die Konstruktion notwendig gewesen war, hatte von der Böschung des Bachs aufgehäuft werden müssen, um einen breiten ebenen Straßendamm zu schaffen.

Auch andere Männer standen da und starrten auf den irdenen Damm, alle mit mehr oder weniger besorgtem Gesicht. Auf der anderen Seite staute sich das Wasser fast bis zur Höhe der Brücke.

»Was meinst du?«, fragte Will einen. »Hält sie?«

Der Mann wies mit dem Finger auf die Brücke. »Da hast du deine Antwort, Bursche.«

Etwa auf halber Höhe der stromabwärts gelegenen Seite der Brücke war zwischen den Felsbrocken ein Rinnsal aufgetaucht. Die Männer hielten die Luft an und hofften, es würde bei diesem Sickern bleiben.

Will blickte von dem Rinnsal zu der Last des Wassers jenseits der Brücke. »Wir sollten die Bachbewohner warnen, dass die Brücke wahrscheinlich nicht hält.«

Doch seine Worte kamen zu spät. In dem Augenblick, da er sich abwandte, hörte er das Dröhnen, gefolgt von angsterfülltem Geschrei. »Sie ist weg! Die Brücke ist weg!«

»O Gott.« Einen Augenblick starrte Will entsetzt auf die Katastrophe. In Sekundenschnelle war die Brücke vollkommen verschwunden, und eine mächtige Wasserwand rauschte den Bach hinunter.

Er lief mit den anderen am Ufer entlang zurück. »Kommt raus!«, schrien sie. »Kommt raus! Die Brücke ist weg!«

Die Bachbewohner hörten die Katastrophe näher kommen. Selbst die, die schliefen, wurden vom furchtbaren Tosen der rauschenden Flut geweckt. Im Nachtgewand stolperten sie aus ihren Behausungen durchs Wasser, das mit erschreckender Geschwindigkeit stieg. Diejenigen, die sich in Sicherheit gewähnt hatten, bemühten sich jetzt verzweifelt, ihre Habseligkeiten zu retten, und flößten Möbel durch mehr als ein Meter hohe Fluten. Ihr Vieh konnten sie nicht retten. Geflügel, Schweine und Enten wurden mit allem anderen, was der Flut im Weg war, hinweggespült.

Die Schreie der Frauen und Kinder und die verzweifelten Rufe der Männer verstärkten die Kakophonie. Wer bereits oben auf der Böschung war, griff nach unten, um andere in Sicherheit zu ziehen. Tom lief am Ufer entlang zu seiner Hütte. Das Wasser stand sicher schon dreißig Zentimeter oder höher darin.

Es dauerte einige Augenblicke, bis die Warnrufe zu Millys whiskygetränktem Hirn vordrangen. Als sie die Gefahr erfasste, war ihr erster Gedanke, ihr Geld zu retten. Sie sprang rasch auf und taumelte gegen den Tisch, denn in ihrem Kopf drehte sich alles vom Whisky. Sie stützte sich ab, doch sie sah alles nur verschwommen. Aus der Benommenheit wurde Übelkeit, und sie übergab sich in das Wasser, das immer höher um ihre Beine stieg.

Vor Angst und Hilflosigkeit fing sie an zu schluchzen. Jetzt, wo sie den Whisky erbrochen hatte, war die Übelkeit vergangen, doch ihr Kopf pochte. Mein Geld, dachte sie, ich muss mein Geld holen. Als sie endlich den Hocker zum Kamin gezogen hatte, stand das Wasser ihr schon bis zu den Knien, und der Hocker schwamm. Sie weinte die ganze Zeit, und der Kopfschmerz wurde von der Angst noch verschlimmert. Da die nassen Kleider ihr an den Beinen klebten, gelang es Milly erst beim dritten Versuch, auf den Hocker zu steigen. Dann weinte sie noch lauter aus Angst, er würde unter ihr wegtreiben und sie würde ins Wasser stürzen.

In dem Augenblick, als ihre Hand die Dose mit dem Geld berührte, kenterte der Hocker. Milly stürzte, den kostbaren Schatz fest an die Brust gedrückt, seitwärts gegen die Wand. Das Wasser reichte ihr jetzt bis zur Hüfte. Es schwappte über den Tisch, und mit einem leisen Zischen ging die Lampe aus und ließ sie im Dunkeln.

Milly schrie.

Sie schrie ein zweites Mal, als sie spürte, dass sich neben ihr etwas bewegte, und schluchzte erleichtert auf, als sie Toms Stimme hörte.

»Tom. Tom.« Sie war so erleichtert, dass sie sich ihm in die Arme geworfen hätte, wäre das machbar gewesen. Ihr Mann packte sie am Arm und drängte sie, sich zu beeilen. Bald waren sie aus der Hütte und mühten sich durch das immer weiter steigende Wasser dahin, wo Stufen in die Böschung gehauen worden waren.

Draußen vor der Hütte gab es etwas Licht, es war nicht vollkommen dunkel. Tom sah die Dose, die Milly mit der freien Hand gepackt hielt. Ohne sie zu fragen, begriff er, was darin war. Er wurde von einer mörderischen Wut gepackt. Eine richtige Hure, die Geld für ihre Dienste nahm. Der Drang, sie unter Wasser zu stoßen und sie unten zu halten, bis sie nicht mehr atmete, war groß. Sie hatte ihn mehr zum Narren gemacht, als er hinnehmen konnte. Nur die Tatsache, dass um ihn herum noch andere durchs Wasser wankten, ließ ihn vorsichtig sein.

An den Stufen stolperte Milly, denn der tropfnasse Stoff ihres Nachthemds, das ihr an den Beinen klebte, zog sie nieder. Tom hatte keine Schwierigkeiten. Er krabbelte aus dem Wasser und streckte die Hand nach ihr aus, um sie hinaufzuziehen.

»Gib mir die Dose«, rief er.

»Nein.«

»Gib sie mir, du dummes Flittchen. Ich kann dich nicht mit einer Hand hochziehen.«

Ich geb sie ihm nicht, dachte Milly. Tom soll mein Silber nicht haben. Sie scharrte mit den Füßen, um unter dem Wasser einen sicheren Stand zu finden. Doch ihre Füße glitten im Schlamm aus, und sie spürte das Ziehen der Strömung an den Beinen.

»Tom!«, schrie sie voller Panik.

»Die Dose, Milly. Gib sie mir, damit ich dich mit beiden Händen ziehen kann.«

Die Angst vor dem Ertrinken war größer, und Milly reichte ihm die Dose hinauf. Doch Tom stellte sie nicht zur Seite. Und er griff auch nicht nach Millys anderer Hand. Er spürte, wie das Wasser an Milly zerrte. Ganz langsam ließ er ihre Hand aus seinem Griff gleiten. Sie schrie seinen Namen, bevor sie weggewirbelt wurde. Sie schrie noch, als das Wasser sie flussabwärts trug. Will sah, wie Tom Millys Hand losließ, doch er war zu weit weg, um zu helfen. Er lief am Ufer entlang und rief nach ihr. Er beschwor sie, sie solle versuchen, den Rand zu erreichen und sich an irgendetwas festhalten, um sich über Wasser zu halten.

Doch Milly konnte nicht schwimmen. Und sie bekam auch nichts zu packen, was sie hätte retten können. Als etwas gegen ihren Körper schlug, wurde sie nach unten gezogen, kam hektisch plantschend wieder hoch, um noch einmal unterzugehen. Als das Wasser sich zum zweiten Mal über ihrem Kopf schloss, wusste sie, dass sie nie nach Sydney gehen und die hübschen Kleider aus ihren Tagträumen tragen würde.

Das große Durcheinander aus Habseligkeiten entlang der Böschung behinderte Will, und die Flut trug Milly rasch außer Sichtweite. Als er sie nicht mehr sehen konnte, blieb er stehen, stützte die Hände auf die Knie und japste vor Anstrengung und Schmerz. Er hatte Milly Roberts nicht gemocht, doch ein solches Schicksal wünschte er keinem Menschen.

Er fand Tom noch an den Stufen, wo Milly abgetrieben worden war. »Es tut mir wirklich leid, Tom. Ich konnte sie nicht retten.«

Tom nickte nur. Will dachte, er sei starr vor Schock und Trauer. »Komm, Tom. Komm mit mir heim. Du kannst jetzt nichts mehr tun.«

»Nein«, stimmte Tom ihm zu. »Ich hab alles verloren.« Alles, außer Millys Silberschatz. Er war ein Idiot gewesen, dass er nicht gemerkt hatte, was sie trieb. Wenn sie sich gestritten hatten, hatte sie ihm manchmal erklärt, sie werde ihn verlassen. Er hatte sie ausgelacht, doch sie hatte die ganze Zeit die Silbermünzen gespart. Nun, das Geld gehörte jetzt ihm, und die verlogene Hure war er für immer los.

Die Familie Collins nahm ihn, schockiert über die Tragödie, bereitwillig auf.

Henry packte ihn an der Schulter. »Wir sind alle sehr traurig für dich, Tom. Bleib nur hier, so lange du musst.«

Tom schüttelte den Kopf, als wäre er bestürzt. »Ich hatte sie fast gerettet.«

»Du hast es versucht, Tom. Ich hab dich gesehen«, versuchte Will ihn zu trösten. »Ich wünschte nur, ich wär nah genug dran gewesen, um dir zu helfen.«

Ich bin froh, dass du's nicht warst, dachte Tom. Er saß, den Kopf auf die Arme gestützt, am Küchentisch und schluchzte. »Ich hab sie nicht immer richtig behandelt, und jetzt ist sie mir weggenommen worden. Ich werd für meine Sünden bestraft.«

»Ich bete für euch beide«, sagte Joanna, »für Millys Seele und dafür, dass der Herr dir Trost gibt und die Last der Schuld, die du trägst, erleichtert.«

Damit setzte sie sich ihm gegenüber an den Tisch, nahm seine Hände und betete. Der Rest der Familie stand respektvoll schweigend um sie herum.

Tom sprach ihr »Amen« nach und dankte ihr für ihre Gebete. Na, die hab ich aber alle hübsch zum Narren gehalten, dachte er. Niemand wird je erfahren, dass ich mir Milly vom Hals geschafft habe. Ich kann den trauernden Ehemann spielen und mir damit Joannas Mitleid sichern. Sie hat mich schon immer gemocht. Mit Joanna und den Heilbuths auf meiner Seite werde ich Meggan gewinnen. Ich kann auch auf ihr Mitgefühl spekulieren. Ich überzeuge sie davon, dass der Schock, Milly zu verlieren, einen besseren Menschen aus mir gemacht hat.

Er senkte den Kopf wieder auf die Arme, um seine Gedanken zu verbergen, und dankte der Vorsehung für die plötzliche Flut. Jetzt, da er Geld hatte, konnte er Meggan ein anständiges Zuhause bieten. In Millys Dose waren fast hundert Pfund. Die Schlampe musste jeden Tag auf dem Rücken verbracht haben, um so viel zur Seite legen zu können. Er hatte schnell begriffen, warum Milly das Silber gespart hatte. Nun, jetzt hatte sie ihn verlassen, wenn auch nicht auf die Art, wie sie es vorgehabt hatte.

Als am Montagmorgen die Dämmerung hereinbrach, boten die durchnässten Bachbewohner, die mit ihren gleichermaßen durchnässten Besitztümern oben auf der Böschung hockten, einen jämmerlichen Anblick. Es fiel immer noch ein leichter Regen, und durch etliche Läden lief immer noch knöcheltief das Wasser. Da die mächtige Welle, die dem Zusammenbruch der Hauptbrücke gefolgt war, auch alle anderen Brücken über den Bach weggespült hatte, gab es keine Möglichkeit, den Menschen am anderen Ufer zu helfen.

Als das Wasser im Laufe des Tages sank, machten sich die Leute auf den Weg in die Stadt. Sowohl die methodistische Kirche als auch der Speisesaal der Schule waren geöffnet worden, um den Wohnungslosen Obdach zu gewähren. Joanna Collins war unter den vielen, die herbeieilten, um zu helfen. Wenn die Menschen ihr für ihre Güte dankten, erwiderte sie nur: »Danken Sie dem Herrn.«

Während die Stadt noch mit dem Durcheinander kämpfte, konnte die Arbeit in der Grube wie gewohnt weitergehen. Trotz der vom Himmel gestürzten Wassermassen war die Grube praktisch unbeschadet davongekommen. Selbst die aus ihren Wohnungen vertriebenen Bergleute erschienen zur Arbeit. Viele hatten den in ihren Hütten gut versteckten Spargroschen verloren. Ohne

Heim und ohne Geld konnte kein Mann es sich leisten, einen Tag in der Grube zu versäumen.

Tom trat mit dem jungen Tommy Collins seine Schicht an. »Was bringt's, nichts zu tun?«, fragte er Will. »Ein Mann geht besser zur Arbeit, als herumzusitzen und zu grübeln.«

»Du hast recht«, stimmte Will ihm zu. »Ich geh in die Stadt, um zu helfen. Vielleicht hör ich ja was.« Er brachte es nicht über sich, Milly zu erwähnen. Tom verstand. Er nickte nur.

An diesem Tag war nichts Neues in Erfahrung zu bringen. Millys Leiche war wohl weit flussabwärts getrieben worden. Am Dienstag sorgte eine erneute Sturzflut für weiteres Chaos. Die Bachbewohner, die in ihre Hütten zurückgekehrt waren, wurden wieder weggewaschen. Trümmer, von der sinkenden Flut abgelagert, wurden erneut aufgewirbelt und weiter den Bach hinuntergespült. Millys Leiche wirbelte mit allem anderen herum und wurde dorthin getrieben, wo sie unentdeckt blieb, bis kaum mehr davon übrig war als gebleichte Knochen, eingehüllt in kaum noch identifizierbare Stofffetzen.

Die schreckliche Lage, in der so viele steckten, war das einzige Gesprächsthema der Männer in der Grube.

»Sammy kümmert sich um uns. Captain Roach hat geholfen, wo er konnte.«

»Ich hab gehört, die Gesellschaft will mehr Cottages bauen.«

»Das werden sie müssen. Hast du nicht die Notiz an der Tür der Schmiede gesehen?«

»Was stand drauf?«

»Niemand darf mehr im Creek leben. Es gilt ab jetzt als widerrechtliches Betreten. Wer nach dem ersten Dezember noch dort wohnt, wird nicht mehr in der Grube beschäftigt.«

»Das kann Sammy nicht machen.« Die Empörung war groß.

»Sammy besitzt das Land. Ganz Kooringa gehört der Bergwerksgesellschaft.«

»Captain Roach hat an den Betriebsdirektor, Mr. Ayers, geschrieben und um Geld gebeten, um uns zu helfen, das zu ersetzen, was wir verloren haben.«

Sobald irgendwo in der Stadt Menschen zusammentrafen, ging das Gespräch weiter. Und so dauerte es nicht lange, bis allgemein bekannt war, dass die Gesellschaft nicht die Absicht hatte, den Menschen, die dazu beigetragen hatten, sie reich zu machen, finanzielle Hilfe zu gewähren. Zu Recht wütende Menschen fragten sich, wie sie überleben sollten.

Ihre Antwort kam mit dem Klappern von Hufen und dem Rattern der Postkutschenräder, die vor dem Burra Hotel zum Stehen kamen. Der Kutscher rief: »Gold! Gold! Man hat Gold gefunden.«

»Wo?«

»Ist das wahr?«

»Erzählen Sie uns mehr.«

»Hat man wirklich Gold gefunden?«

Der Kutscher hielt die Hand hoch, um den Tumult zu beruhigen. »Es stimmt. In der Nähe von Bathurst, nordwestlich von Melbourne, ist Gold gefunden worden. Die Leute sagen, das ist nur der Anfang; überall im Land wird man Gold finden.«

Die Aufregung wuchs. Dies war die Antwort auf die Misere der Wohnungslosen. Vergiss Burra und die für die Lunge schädliche Knochenarbeit des Kupferabbaus. Sie würden dahin gehen, wo ein Vermögen darauf wartete, vom Boden aufgehoben zu werden. Als die Postkutsche nach Adelaide abfuhr, saßen darin drei Männer, die die Versprechungen auf Reichtum überprüfen und dann Nachricht nach Burra schicken würden. So begann der Exodus der Bergleute aus Burra, der den Niedergang der »Monster Mine« einleitete.

Meggan erfuhr von diesen Ereignissen erst viele Tage später.

11

Barney war am Samstag den ganzen Tag zänkisch gewesen. Am Abend jammerte er, ihm sei übel. Am Sonntagmorgen war er mit kleinen rosafarbenen Punkten übersät. Er begrüßte Meggan mit Tränen. »Mir juckt.«

»Ja, mein Lieber, das sehe ich.«

»Ich hab überall Punkte.«

»Du hast die Windpocken, Barney.«

»Hab ich die vom Wind bekommen?«

»Nein, mein Lieber. Und jetzt versuch, nicht zu kratzen. Ich gehe etwas suchen, was wir auf die Punkte schmieren können.«

»Mama«, rief er, als seine Mutter ins Schlafzimmer kam, »ich hab Windpocken.«

»Du meine Güte, ja.«

»Was hat Barney?«, fragte eine kleine, verschlafene Stimme aus dem anderen Bett.

»Oh, Sarah, hast du Punkte auf der Haut?«

Sarah inspizierte ihre Arme. »Nein. Warum, Mama? Hat Barney Punkte?«

Barney streckte den Arm aus, damit seine Zwillingsschwester ihn begutachten konnte. »Siehst du, Sarah. Sie jucken.«

»Du hast auch Punkte im Gesicht.«

»Er hat überall Punkte«, sagte Meggan und zog die Decke wieder über Barney. »Am Bauch und an den Beinen und überall.«

Sarah zog, zum Entsetzen ihrer Mutter, sofort ihr Nachthemd hoch.

»Sarah! Du sollst dein Hemd nicht so hochheben.«

»Aber ich hab auch Punkte auf dem Bauch. Schau.«

Mrs. Heilbuth strich rasch Sarahs Nachthemd schicklich nach unten und seufzte. »Nun, ihr seid Zwillinge, da muss man wohl damit rechnen, dass ihr gleichzeitig die Windpocken bekommt.«

»Wenn sie beide im Bett stecken, ist es immerhin leichter, nach ihnen zu schauen, Mrs. Heilbuth. Ich verzichte auf meinen freien Tag und den Besuch bei meiner Familie. Sie können sich unmöglich allein um zwei kranke Kinder kümmern.«

»Vielen Dank, Meggan, meine Liebe. Ich muss gestehen, ich weiß nicht, was das Beste für sie ist. Wissen Sie, wie man Windpocken behandelt?«

Meggan schüttelte seufzend den Kopf. »Als meine Brüder und ich die Windpocken hatten, ist unsere Ma zu einer Frau gegangen, die einen Kräutertrank zusammengestellt hat. Sie hat Ma auch einen Brei gegeben, der das Jucken gestoppt hat. Ich habe keine Ahnung, was es war, selbst wenn man in Burra Kräuter erhalten könnte.«

Mrs. Heilbuth hatte eine Idee. »Cookie weiß vielleicht etwas. Gehen Sie doch bitte in die Küche und fragen Sie sie. Bertie kann mit dem Pony in die Stadt reiten, um den Arzt zu holen.«

Meggan eilte in die Küche.

»Allein?«, fragte Cookie.

»Die Zwillinge haben die Windpocken.«

»Ach, du meine Güte. Der kleine Barney wird uns auf Trab halten.«

Meggan verzog zustimmend ein wenig das Gesicht. »Wissen Sie etwas, womit wir das Jucken lindern können?«

»Wenn wir woanders leben würden, wo Eukalyptusbäume wachsen, könnte ich einen Tee aus Eukalyptusblättern machen. So kann ich nur regelmäßiges Baden und Abreiben mit einem Schwamm empfehlen. Vielleicht sollten Sie dafür sorgen, dass die Kinder Handschuhe tragen, dann kratzen sie sich nicht so viel.«

»Das mache ich. Vielen Dank, Cookie.«

Barney war in der Tat so anstrengend, dass Meggan ihren ganzen Einfallsreichtum brauchte, um ihn zu unterhalten. Sarah war unglücklich, als sie hörte, dass Jenny sie nicht besuchen würde.

»Miss Jenny hatte die Windpocken noch nicht. Wenn sie euch besuchen würde, würde sie auch Punkte kriegen und krank werden. Das wollt ihr doch nicht, oder?«

Sarah wollte natürlich nicht, dass Miss Jenny krank wurde, fing aber trotzdem an zu weinen.

Am späten Vormittag hoffte Meggan inbrünstig, dass die Sache bald ausgestanden wäre. Die Kinder aßen ein sehr leichtes Mittagessen und legten sich dann schlafen, und Meggan war froh über die Gelegenheit, ein wenig zu entspannen. Sie holte sich ihre vielgelesene Ausgabe von Miss Austens *Stolz und Vorurteil* aus ihrem Zimmer und machte es sich auf der Veranda vor dem Kinderzimmer auf dem Liegesofa bequem. Dort war sie in der Nähe, um die Kinder zu hören, falls sie sich rührten.

Sie hatte keine halbe Stunde gelesen, da hörte sie die Stimme ihres Bruders, die ihren Namen rief.

»Will, was machst du denn hier? Ist zu Hause alles in Ordnung?«

»Der Familie geht's gut.« Er setzte sich neben Meggan, die die Füße auf den Boden stellte. »Hast du etwas von der Flut letzte Woche gehört?«

»Nur, dass die Erdhütten am Creek zerstört wurden und dass ein Mann sein Leben verloren hat.«

»Ja, William Box. Er war Witwer und hat fünf kleine Kinder hinterlassen, das jüngste noch ein Baby. Er war mit seiner Haushälterin und den Kindern die Böschung rauf in Sicherheit geklettert. Als er dann in die Hütte zurückging, um seine Möbel zu retten, ist das Dach über ihm eingestürzt.«

»Oh, wie traurig. Was ist aus den Kindern geworden?«

»Ich hab nichts gehört.«

»Was für ein Glück, dass nicht noch mehr Menschen umgekommen sind.«

»Es gab noch einen Todesfall, aber er wurde nicht gemeldet.«

Bei Wills ernstem Tonfall überlief Meggan ein leichter Schauer der Angst. »Wer?«

»Toms Frau Milly. Sie ist ertrunken.«

»Oh.« Meggan brauchte ein Weilchen, um die Nachricht zu verdauen. Ihr Bruder schaute zum Horizont, und ein Stirnrunzeln zog seine dichten, dunklen Augenbrauen zusammen. »Hast du gesagt, ihr Tod wurde nicht gemeldet?«

»Tom hat Ma und Pa glauben gemacht, er hätte Millys Ertrinken gemeldet. Aber ich weiß, dass er das nicht gemacht hat.« Seine Worte schienen ihn niederzudrücken.

»Was ist los, Will? Warum zögerst du so?«

Will richtete den Blick wieder auf seine Schwester. »Ich weiß nicht, Megs. Ich habe gesehen, wie Tom Millys Hand losgelassen hat.«

»Du hast gesehen …? Oh, und jetzt glaubst du …?«

Meggan sah, dass die Miene ihres Bruders noch grimmiger wurde. »Ja, Megs, das glaube ich. Ich fürchte, Tom hat Milly ertrinken lassen.« Er hörte seine Schwester nach Luft schnappen. »Kann sein, dass ich Tom Unrecht tue.«

Meggan schüttelte den Kopf. »Du kannst auch sehr gut recht haben mit deinem Verdacht. Ich halte Tom einer solchen Niedertracht durchaus für fähig.«

»Je länger ich über diese Nacht nachdenke, desto sicherer bin ich mir, dass ich recht habe mit meinem Verdacht. Aber was soll ich tun, Megs? Tom wird jede Anschuldigung leugnen. Außer mir hat niemand gesehen, was passiert ist. Ich weiß aber, dass ich nicht mehr mit dem Kerl zusammenarbeiten möchte.«

»Kannst du die Kameradschaft auflösen?«

»Ich kann Burra verlassen.«

»Was?!«

»Das Kupfer geht zu Ende. Die Schächte sind zu tief, die ganze Zeit läuft Wasser rein.«

»Was ist mit dem neuen Pumpenhaus, das gebaut werden soll, und der neuen Balancier-Dampfmaschine, die extra aus Cornwall kommt?«

»Könnte sein, dass beides zu spät kommt, um die Grube zu retten.«

»Steht es so schlecht?«

»Viel fehlt nicht mehr.« Er unterbrach sich. »Meggan, ich überlege, nach Victoria zu gehen, wie sie es jetzt nennen.«

»Warum nach Victoria?«

»Dort wurde ein reiches Goldfeld gefunden. Viele Männer werden Burra verlassen.«

»Und du willst einer von ihnen sein«, stellte sie nüchtern fest.

»Ja.«

»Ist es dir wirklich ernst?«

»Sehr ernst.«

»Nun, Will Collins, du erwartest aber nicht, über Nacht dein Glück zu machen?«

»So dumm bin ich nicht, Meggan. Nur ein Dummkopf verlässt sich auf das Glück. Ich bin bereit, hart zu arbeiten, und zufrieden, wenn ich genug verdiene, um zu leben und vielleicht für die Zukunft ein wenig zur Seite zu legen. Eines Tages suche ich mir bestimmt eine Frau.«

»Was sagen Pa und Ma dazu?«

»Ich habe es ihnen noch nicht gesagt.«

Sie saßen eine Weile schweigend da, und ihre Gedanken gingen in eine ähnliche Richtung.

»Wie kann die Grube ohne Männer weitermachen?«

»Die Grube hat ausgedient, Megs. Hohe Kupferpreise werden den Betrieb noch eine Weile in Gang halten, doch sobald sie fallen, bedeutet dies das Ende der Grube. Nicht nur Burra ist davon betroffen. Männer haben Kapunda verlassen. Sogar Moonta, Kadina und Wallaroo, wie es heißt. Der Kupferbergbau in Südaustralien geht zu Ende.«

»Kommt hinzu, dass der Schein von Kupfer noch nie so verlockend war wie das Glitzern von Gold.«

»Wohl wahr. Im Kupferbergbau kann ein Bergmann nur für Gedingelohn arbeiten. Ein Mann mit einem eigenen Claim hält die Zukunft in seinen eigenen Händen.«

»Glaubst du, hier könnte je Gold gefunden werden?«

»Meinst du, dann würde ich bleiben?« Er schüttelte den Kopf. »Es ist das falsche Land für Gold, Meggan. Victoria, ja. Es heißt, Ballarat ist nur der Anfang. Überall in der Kolonie wartet das Gold nur darauf, gefunden zu werden.«

»Du willst wirklich weg.« Auch dies eine Feststellung.

»Ich gebe zu, ich habe mehr als nur darüber nachgedacht, Megs. Ich gehe.«

»Was wird Pa sagen?«

»Pa weiß besser als die meisten, wie es um die Grube steht. Ich bin jetzt dreiundzwanzig. Ich brauche seine Erlaubnis nicht.«

»Aber seinen Segen würdest du doch wollen. Und meinen. Deswegen bist du doch hergekommen, oder?«

»Ich werd dich vermissen, Megs. Du bist die Einzige, die ich mit Bedauern zurücklasse.«

»Du musst tun, was du tun musst.« Sie umarmte ihn fest. »Ich werde dich auch vermissen, Will.«

Sie hielten sich umklammert, um sich zu versichern, welche Lücke in ihrem Leben entstehen würde. »Wann gehst du?«, fragte Meggan und wischte sich die Tränen aus den Augen.

»Erst in ein paar Wochen. Ich stürme nicht unvorbereitet los, ich bereite alles gründlich vor. Und dann sind da noch Hal und Tommy. Sie wollen bestimmt auch mit.«

»Dann geht ihr alle miteinander weg.« Meggan seufzte, obwohl die Trennung von ihren jüngeren Brüdern ihr nicht so viel ausmachte.

»Ich bin froh, Burra verlassen zu können. Und obwohl ich das nicht sagen sollte, bin ich froh, Mas übertriebene Religiosität und ihre Wohltätigkeit hinter mir zu lassen.«

»Ma hat ihren Frieden gefunden, Will.«

»Aber es ist schwer, mit ihr zu leben.«

Sie unterhielten sich über die Goldgräberei und Wills Pläne, bis Sarah aus dem Schlafzimmer nach Meggan rief.

»Ich bin dann weg, Megs.« Will stand auf und reckte sich. »Es wird ein Vergnügen sein, nicht jeden Tag durch niedrige Strossen zu kriechen, um sich sein Brot zu verdienen.« Er gab Meggan einen Kuss auf die Wange. »Pass gut auf dich auf, Megs. Wenn du das nächste Mal nach Hause kommst, reden wir weiter.«

Will nahm eine Abkürzung durch den Garten zu einem kleinen Baum, in dessen spärlichem Schatten er sein Pferd angebunden hatte. Er konnte nicht anders, als zur Vorderseite des Hauses hinüberzuschauen. Die ganze Zeit, da er bei seiner Schwester gesessen hatte, hatte sich sein Magen zusammengekrampft. Er hatte sich gar nicht richtig entspannen können, denn er war sich die ganze Zeit bewusst gewesen, dass Jenny Tremayne irgendwo in diesem Haus war. Will war fest entschlossen, nichts mit der jungen Frau zu tun haben zu wollen. Sein Herz jedoch hoffte auf einen kurzen Blick auf sie.

»Viel besser, dass ich sie nicht gesehen habe«, murmelte er, um abrupt stehen zu bleiben, als sie plötzlich vor ihm auftauchte.

»Ich habe auf Sie gewartet, Will.« Sie zeigte auf den Felsbrocken, auf dem sie gesessen hatte.

Will schwieg.

Jenny drückte die Zähne in die Unterlippe. Das würde viel schwieriger werden, als sie gedacht hatte. »Ich möchte mich entschuldigen.«

Er stand verstockt da und wappnete sich gegen die Gefühle, die nur sie je in ihm geweckt hatte. »Wann haben Leute wie die Tremaynes sich je bei Menschen wie uns entschuldigt? Die Gentry schert sich doch nicht um gewöhnliche Bergleute.«

»Das stimmt nicht.« Sie holte tief Luft. »Ich schon, Will.«

»Dann sollten Sie denen in der Stadt helfen, die bei der Überschwemmung ihr Zuhause verloren haben.« Er schritt weiter, um die Zügel des Pferds loszubinden.

»Will«, rief Jenny hinter ihm her. »Sehen Sie nicht, was ...«

»Sehen?« Er wirbelte herum und sah sie voller Zorn an. »Ich verbringe zu viel Zeit unter Tage, um über meine Nasenspitze hinauszusehen.«

Tränen traten in Jennys Augen. »Tut mir leid, dass ich das gesagt habe.«

»Dann tut es Ihnen eben leid, denn mir tut es leid, dass wir uns je begegnet sind.« Er bestieg das Pferd, während er das sagte, und trieb es zu einem Handgalopp an, ohne sich noch einmal nach ihr umzusehen.

Er hatte sich benommen wie ein Flegel, und diese Erkenntnis heizte seinen Zorn nur noch weiter an. Als Jenny Tremayne vor dem Benefizkonzert auf ihn zugekommen war, hatte er vor Verlegenheit keinen Ton herausgebracht, was in Groll auf die junge Frau umschlug. Mit ihrer sanften, musikalischen Stimme sagte sie, sie wünschte, sie könnten Freunde sein. Sein steifes »Ich sehe keinen Grund, warum« provozierte ihrerseits eine wütende Entgegnung über seine Sehkraft.

Die anfängliche Kränkung verflog bald und machte der Erleichterung Platz, sie wütend gemacht zu haben. Er konnte sich vor seinen Gefühlen schützen, indem er an diesem Zorn festhielt. Miss Jenny Tremayne, das wusste er von Meggan, würde Con Trevannick heiraten. Es konnte nur eines geben, was sie von Will Collins wollte. Und er war nicht bereit, sich für eine romantische Tändelei zur Verfügung zu stellen. Er würde sich nicht der Illusion hingeben, dass ihre Gefühle eine Spiegelung seiner eigenen waren, da konnte Meggan andeuten, was sie wollte.

Eine Woche später waren die Zwillinge schon wieder munter. Meggan fiel es schwer, sich an den Gedanken zu gewöhnen, dass Will bald abreisen würde. Zu ihrem Kummer trug noch das Wissen bei, wie sehr sie Con vermisste und dass sie ihre Gefühle für sich behalten musste – und die Erkenntnis, dass David Westoby ihr den Hof machte. Sie befürchtete, dass er ihr vor seiner Abreise aus Grasslands einen Heiratsantrag machte. Meggan mochte ihn und wollte weder seine Gefühle verletzen noch seinen Stolz.

Als Con schließlich zurückkehrte, geriet Meggan in einen solchen Tumult der Gefühle, dass sie sich, wäre sie nicht mit den Zwillingen im Schulzimmer gewesen, in seine Arme gestürzt hätte. Der Blick, den sie tauschten, war so emotionsgeladen, dass auf Barneys Gesicht ein Ausdruck unverhohlener Neugier erschien.

Con wandte den Blick von Meggans Gesicht ab, um die Zwillinge anzulächeln. »Ich habe gehört, ihr hattet beide die Windpocken. Freut mich, dass es euch jetzt wieder besser geht.«

»Uns auch, was, Sarah?« Sarah nickte. »Es hat schrecklich gejuckt, und ich hatte viel mehr Punkte als Sarah.«

»Tatsächlich?«

»Wann sind Sie zurückgekommen?«, fragte Meggan, die ihren spontanen Gefühlsausbruch bezwungen hatte.

»Vor einer Stunde. Ich habe schon mit Jenny gesprochen.«

Seine Miene verriet Meggan, worüber sie gesprochen hatten. »Dann war Ihre Reise nicht erfolgreich?«

»Ich habe den Mann gefunden, den ich gesucht habe. Er war ein Rodney Trelawn. Der Vorname und die erste Silbe ›Tre‹ im Nachnamen waren das Einzige, was er mit unserem Rodney gemeinsam hatte.«

»Was werden Sie jetzt tun?«

»Kann sein, dass wir erfolglos nach Hause zurückkehren müssen. Unsere Passage wurde gebucht, bevor wir England verließen. Wir waren jetzt so lange in Südaustralien und hatten keinen Erfolg, dass ich für die letzten paar Wochen keine großen Hoffnungen mehr hege.«

»Es tut mir leid.«

Er nickte. »Mir auch. Ich hätte Rodney um Jennys – und um Phillips – willen gerne gefunden. Wir setzen unsere Suche in den anderen Kupferbergbaustädten am Spencer-Golf fort, bevor wir an Bord gehen, um nach Hause zu fahren.«

Con und Jenny blieben noch drei Tage bei den Heilbuths. Drei Tage wachsender Qualen für Meggan. Die Tage überstand sie einigermaßen. Jenny, die sehr deprimiert war, dass sie ihren Bruder nicht hatten finden können, verbrachte die Tage größtenteils mit Meggan und den Kindern, sodass die Zusammentreffen zwischen Meggan und Con bar jeglicher unausgesprochener Gefühle waren.

Doch die Abende waren für Meggan eine rechte Strapaze, besonders wenn das Gespräch auf Cons und Jennys Rückkehr nach England kam. Der letzte Abend war der schwerste von allen.

»Sie müssen noch einmal für uns singen, Meggan«, sagte David Westoby, der sich entschlossen hatte, mit den anderen abzureisen. »Ein Abschiedskonzert.«

Meggan bemühte sich um ein Lächeln. »Natürlich, Mr. Westoby. Haben Sie einen besonderen Wunsch?«

»Singen Sie, was Ihnen beliebt, meine Liebe. Wir werden an allem Freude haben.«

»Ich habe eine Bitte.«

»Und die wäre, Mr. Trevannick?«

»Ich möchte, dass Meggan *The True Lovers' Farewell* singt.«

»Ah, ja. Das würde ich auch gerne hören. Würden Sie uns den Gefallen tun, Meggan?«

Meggan wandte sich von Cons ruhigem Blick ab, um David Westoby ein Lächeln zu schenken. »Ich werde es als Letztes singen.«

Sie würde Con nicht ansehen, während sie sang, denn dann würde sie allen verraten, wie es um ihr Herz stand. Stattdessen lächelte sie, als sie mit ihrem Vortrag fertig war, David Westoby an.

»Ich bin so froh, dass Sie mir die Noten mitgebracht haben. Ich mag dieses Lied sehr.«

»Ich auch«, bemerkte Con.

Da schaute Meggan ihn an, ohne zu bemerken, dass sowohl Jenny als auch Mrs. Heilbuth die beiden beobachteten. Und dass Jenny sich im Sessel zurücklehnte und gedankenversunken die Lippen schürzte. Mrs. Heilbuth schloss den Klavierdeckel und richtete den Blick wieder auf Meggan. So liegen die Dinge also, dachte sie.

Meggan blieb stehen, als sie das äußere Tor zum Küchenhof erreichte. Der Abend war angenehm, die Brise hatte eine Frische, die kühl war, aber nicht kalt. Sie umfasste den obersten Balken des Tors mit den Händen und legte den Kopf in den Nacken, um den Nachthimmel zu betrachten. Sie würde nie aufhören zu bewundern, wie strahlend die Sterne vor dem schwarzen Himmel funkelten.

Diese abendliche Einsamkeit war ihr noch kostbarer als die frühmorgendlichen Spaziergänge, die sie manchmal machte. Am Abend hatte sie das Bedürfnis, ein paar Schritte zu gehen, um ihrer Seele Frieden zu geben. Sie hatte weder Angst vor der Dunkelheit noch vor unsichtbaren Geschöpfen, die vor ihren Füßen wegflitzten. Einige Augenblicke schloss sie die Augen und nahm die nächtliche Atmosphäre in sich auf. Nachtgeräusche waren deutlich zu hören: das ferne Blöken eines Schafs, der Ruf eines Nachtvogels, das Knirschen von Kieselsteinen unter einem Stiefel. Da hörte sie die Schritte.

Ihr Herz machte einen Satz und schlug dann schneller. Nicht vor Angst, sondern vor Erwartung. Noch bevor sie sich umdrehte, wusste sie, dass es Con war, der näher kam. Sie hatte gespürt, dass er auf der dunklen Veranda saß. Hatte sie nicht gehofft, dass er ihr folgte? Langsam drehte sie sich um.

Sie standen einander gegenüber, und das Licht der Sterne war so hell, dass sie das Verlangen in den Augen des anderen sehen konnten. Con streckte die Hand aus, und sie sank bereitwillig in seine Arme. Bei der ersten Berührung ihrer Lippen explodierte die Leidenschaft. Sie waren hungrig, wollten einander mit jeder Faser. All die Gefühle, über die nie gesprochen worden war, lagen in diesem Kuss.

»Meggan, Meggan.« Seine Stimme war heiser an ihrem Ohr. »Du warst jede Minute jedes Tages, die ich von dir fern war, bei mir. Jetzt muss ich dich verlassen.«

Er zog sie wieder an sich, und Meggan, verwirrt von dem ersten Kuss, überwältigt von ihrer Liebe zu dem Mann, stand ihm in ihrer Leidenschaft nicht nach. Verlangen brannte in ihrem Körper, und sie wusste, dass sie sich nichts mehr wünschte, als von Con Trevannick geliebt zu werden. Hätte er sie gefragt, hätte sie sich ihm freimütig hingegeben.

Als Cons Mund ihre Lippen schließlich freigab, zitterte sie am ganzen Körper. Sie lehnte sich an ihn, legte die Wange auf seine Brust und schlang die Arme um seine Hüften. Er stützte das Kinn auf ihr Haar und hielt sie in den Armen.

»Liebste Meggan, ich glaube, ich habe mich schon beim allerersten Mal, als wir uns begegnet sind, in dich verliebt.«

Sie beugte sich nach hinten, um ihn anzusehen. »Da war ich erst zwölf Jahre alt.«

»Eine wunderschöne, leidenschaftliche Zwölfjährige, die zu einer noch schöneren und leidenschaftlicheren Frau herangewachsen ist.« Er drückte ihr einen leichten Kuss auf die Lippen. »Ich glaube, ich habe damals beschlossen, dich zu meiner Frau zu machen, wenn du erwachsen bist. Wie anders wäre alles gekommen, wenn du Pengelly nicht verlassen hättest?«

»Ich wäre Jennys Gesellschafterin gewesen, eine Hausangestellte, keine gleichrangige Freundin.«

»Für mich wärst du immer dieselbe Meggan.«

»Wozu? Hättest du mich zu deiner Geliebten gemacht? Mich vielleicht mit einem Kind sitzen gelassen, wie Mr. Tremayne es mit Mutter gemacht hat?« Die Heftigkeit ihres Verlangens flocht einen Hauch Bitterkeit in ihre Worte.

»Meggan, Liebste. Ich bin nicht mein Onkel. Ich hätte dir nie wehgetan.«

»Aber du hättest mich auch nicht geheiratet.« Sie befreite sich aus seinen Armen, um noch einmal über den Zaun zu schauen.

»Meggan.« Seine Stimme war sanft, bedauernd. »Ich kann dich jetzt nicht heiraten. Phillip liegt im Sterben. Ich habe ein Versprechen gegeben.«

»Du wirst Jenny heiraten.«

Sie spürte sein Seufzen mehr, als dass sie es hörte. »Ich kann auch Jenny nicht wehtun.«

»Was sollen wir nur machen?« Ihre Stimme war kaum mehr als ein Flüstern. Sie liebte ihn mit jeder Faser ihres Seins. Und jetzt wusste sie, dass er sie auch liebte. Und doch war diese Liebe dazu bestimmt, niemals Erfüllung zu finden. Er war durch gesellschaftliche und moralische Verpflichtungen gebunden. Sie waren dazu bestimmt, ihr Leben in entgegengesetzten Teilen der Welt zu leben.

Meggan dachte über die aussichtslose Liebe ihrer Mutter zu Phillip Tremayne nach. Sie dachte an die im Keim erstickte Liebe zwischen Caroline und Rodney. Ihr Herz war so verzweifelt, dass es sie nicht gewundert hätte, wenn sie einen weißen Hasen vorbeihoppeln gesehen hätte. Sie ließ sich von Con wieder in die Arme nehmen.

»Ich liebe dich, Meggan, meine kleine Zigeunernixe. Sag mir, dass du meine Liebe erwiderst.«

»Du weißt, dass ich dich liebe, aber wozu?«

»Ich wünschte, es könnte anders sein. Ich wünschte, wir wären uns in einer anderen Zeit an einem anderen Ort begegnet, wo ich frei wäre, dich zur Frau zu nehmen. Liebste Meggan, wenn es einen Weg gibt, dass wir zusammen sein können, dann finde ich ihn, das verspreche ich dir.«

Sie schüttelte traurig den Kopf. »Es hat nicht sein sollen.« In ihren Augen stiegen Tränen auf. Das erste Mal waren sie sich an dem Tag begegnet, da sie den weißen Hasen gesehen hatte.

Lange Zeit sahen sie einander einfach nur an. Es gab nichts mehr zu sagen. Schließlich beugte Con sich vor, um mit seinem Mund zärtlich über ihre Lippen zu streichen. »Komm. Ich bringe dich zurück zum Haus.«

Will und Tom Roberts waren seit über drei Stunden unter Tage. Das Vorkommen, an dem sie jetzt arbeiteten, lieferte Erz von guter Qualität, was ihnen am Abrechnungstag einen guten Lohn garantieren würde. Mit dem Fimmel durchbrach Will ein Stück Fels. Unter der Oberfläche schimmerte dunkelgrün Malachit auf.

»Sieh dir das an, Tom. Wir sind schon wieder auf Malachit gestoßen.«

Tom kletterte die steile Strecke zu Will hinauf. Zusammen schlugen sie Fels ab, bis sie die Malachitschicht gänzlich freigelegt hatten. Tom stieß einen leisen Pfiff aus.

»Das wird uns was einbringen, Will.«

Will stimmte ihm zu. Ihr letzter Gedingelohn war der geringste aller Zeiten gewesen und hatte für jeden nur sechzehn Pfund, acht Shilling und vier Pence ergeben. Verteilt auf acht Wochen Arbeit, belief sich das kaum auf mehr, als die Gedingearbeiter bekamen. Als Erzgedingehauer konnten sie sich normalerweise darauf verlassen, beträchtlich mehr Lohn zu erhalten. Wenn sie in ihrem letzten Vorkommen nicht auf den Malachit gestoßen wären, hätten sie nicht einmal diese Summe erreicht.

Will lächelte bei sich. Er hob ein eigroßes Stück des grünen Edelsteins auf, das von der Oberfläche abgebrochen war. Im Licht der Kerze, die in ihrer metallenen Halterung an der Strossenwand befestigt war, studierte er die schöne Streifenbildung des Malachits. Vor seinem geistigen Auge wurde daraus wunderschöner Schmuck: Halskette, Armband, Ohrringe und Ring. Er steckte den Stein in die Tasche. Ein kleines Stück Malachit aus seiner Grube würde Sammy nicht vermissen. Er beschloss, der Grube am nächsten Zahltag den Rücken zu kehren. Doch von seinen Gedanken und Entschlüssen verriet er Tom nichts.

Sie machten sich in ihrer Strosse wieder an die Arbeit. Eine Stunde später beschlossen sie, eine Essenspause einzulegen. Ihre Henkelmänner hatten sie auf einer kleinen Felswand in der Haupthöhle gelassen, aus der noch zwei andere Strossen in verschiedene Richtungen führten. Die Männer in der einen legten ihr Werkzeug weg. In der dritten bereiteten drei Gedingearbeiter, darunter ein Neuling von fünfzehn Jahren, ein Bohrloch für die Sprengung vor. Tom, der immer noch bei der Familie Collins wohnte, nahm die Fleischpastete heraus, die Joanna gebacken hatte.

»Was deine Ma kocht, ist wirklich ein Vergnügen. Meine Ma konnte nicht so lecker kochen, und Millys Essen war immer mehr, als ein Mann vertragen konnte.«

Die Erwähnung von Milly gab Will die Gelegenheit, auszusprechen, was ihm im Kopf herumging. »Kommt mir vor, als hättest du nicht lange um sie getrauert.«

Tom zuckte nur die Achseln, biss in die Fleischpastete und sagte mit vollem Mund: »Mir hat nie viel an der Frau gelegen. Ich bin froh, dass ich sie los bin. Sie war nur zu einem gut, und da war ich nicht der Einzige, der das gekriegt hat.«

»Aber dass sie so sterben musste.« Will hatte noch nicht vergessen, wie er entsetzt zusehen musste, wie Milly ertrank.

»Ich hab versucht, sie zu retten.«

»Hast du das wirklich, Tom?«

Die Frage schien in der staubigen Luft zu hängen, und in der Stille knisterte die Spannung zwischen den beiden. Aus einer der anderen Strossen kamen Männer, blieben stehen und schauten in ihre Richtung. Einen Augenblick später verklang auch das dumpfe Aufschlagen des Ladestocks aus der dritten Strosse. Die Stille schien auf Toms Antwort zu warten.

Jetzt, wo er seinen Verdacht in Worte gefasst hatte, hielt Will Toms Blick fest und wartete angespannt auf dessen Wutausbruch. Obwohl Toms Gesicht mit dem Ruß der Grube bedeckt war und nur von trübem gelbem Kerzenschein erhellt wurde, bemerkte Will die Zornesröte darin. Tom erhob sich. Will ebenfalls, er war auf eine bestimmte körperliche Reaktion gefasst. Er hatte keine Angst, sich mit Tom zu prügeln. Und es war ihm auch egal, wenn es das Ende ihrer Freundschaft bedeutete. Er mochte den Mann schon lange nicht mehr.

Tom stürzte sich auf ihn. Will duckte sich, kam wieder hoch und drehte sich wieder zu Tom um. In diesem Augenblick gab es einen ohrenbetäubenden Knall, der sie fast taub machte, und eine Druckwelle warf sie zu Boden. Steine polterten um sie herum. Die dritte Strosse verschwand in einer Staubwolke.

»Holt Hilfe! Holt Hilfe!«, schrie Will.

Der jüngere der beiden anderen Bergleute stürzte zur Grubenleiter, um Männer von der Abbausohle zu rufen und jemanden nach oben zu schicken. Will, Tom und der dritte Mann packten ihre Keilhauen und machten sich daran, den Steinschlag wegzuräumen. Bald eilten ihnen weitere Bergleute zu Hilfe. Sie arbeiteten viele Stunden, auch wenn alle wussten, dass wenig Hoffnung bestand, dass einer der Männer die vorzeitige Explosion überlebt hatte.

Als man die Leichen schließlich herausgezogen hatte, wurden sie zum Förderschacht getragen, um mit dem Göpel nach oben befördert zu werden. Will saß eine Weile da, die Ellbogen auf die Knie gestützt, und hielt den Kopf in den Händen. Dies war nicht das erste Mal, dass er geholfen hatte, Männer aus einem Steinschlag zu befreien. Solche Unfälle waren eine anerkannte Gefahr des Bergbaus. Außer dass dieser Unfall nicht hätte passieren müssen. Einer der Männer war offensichtlich so dumm gewesen, das

Ende des eisernen Ladestocks zu benutzen, um den Sprengstoff ins Bohrloch zu stampfen.

Er stand müde auf und sah sich um. Er sah Männer die Leiter hochsteigen und beobachtete das Flackern der Kerzen an ihren Kappen. Tom stand nicht weit weg.

»Du glaubst, ich hätte Milly ertrinken lassen.« In Toms Stimme war kein Zorn mehr.

Will sah sein Gegenüber einige Augenblicke an. »Ich weiß, dass du's getan hast.«

»Du hast keinen Beweis.«

»Nein. Dein Wort gegen meins. Wir arbeiten hier zusammen an diesem Vorkommen, Tom, aber ich glaube, es wäre besser, wenn du dir was anderes zum Wohnen suchst.«

Tom brummte nur. »Ich geh eh bald von Burra weg.« Er amüsierte sich über Wills Überraschung. »Ich denk, ich versuch's mit dem Gold.« Er nickte Will zu. »Und du gehst doch auch.«

»Wenn, dann nicht mit dir.«

»Vielleicht wart ich nicht noch sechs Wochen. Bis dahin kann ich schon auf den Goldfeldern sein und mein Glück machen.«

»Wenn du unvorbereitet gehst, kannst du auf den Goldfeldern leicht verhungern.«

»Jeder, der da hingeht, findet Gold. Wenn ich reich genug bin, komme ich zurück und heirate Meggan.«

»Was!« Will war erschüttert bis ins Mark. »Meggan heiratet dich?«

»Du denkst wohl, sie will mich nicht. Bei der Farbe von Gold wird sie es sich bald anders überlegen.«

Will schüttelte nur den Kopf. Er konnte sich einfach nicht vorstellen, dass Megs mit Tom verheiratet sein wollte.

»Das glaub ich erst, wenn's so weit ist. Ich geh rauf.«

Er ging zur Leiter und erwartete, dass Tom ihm folgte. Den ganzen Weg hinauf über hundertachtzig Meter Leitern gingen ihm Toms Worte im Kopf herum. Je eher Tom wegging, desto froher würde er, Will, sein. Wenn sie in sich überschneidenden Schichten arbeiteten, würde er das Vorkommen immer noch mit Hal und Tommy abbauen können. Wenn Tom weg war, war der Gedingelohn für den Einzelnen sogar noch höher.

Getreu seinem Wort verließ Tom Burra zwei Tage später mit einer Gruppe von rund zwanzig Männern, acht Frauen und fünfzehn Kindern. Alle wollten nach Victoria. Einige hatten vor, nach Adelaide zu reisen, um von dort per Schiff nach Melbourne zu gelangen. Andere, darunter auch Tom, hielten es für besser, auf dem Landweg zu den Goldfeldern zu reisen.

Als Meggan ihre Familie das nächste Mal besuchte, war sie froh zu hören, dass Tom Burra verlassen hatte, und bestürzt über das, was Will ihr über die Vorfälle unter Tage vor Toms Abreise erzählte. Empört und ungehalten reagierte sie auf Wills Enthüllung, Tom wolle sie heiraten.

»Nie im Leben würde ich Tom Roberts heiraten. Wie kann er sich so etwas einbilden, wo ich ihm doch klar gesagt habe, dass ich nichts mit ihm zu tun haben will?«

»Hat er zu dir vom Heiraten gesprochen?« Will wusste nicht, wann Tom vor seiner Abreise von Burra die Gelegenheit gehabt haben sollte, mit Meggan zu sprechen.

»O ja, er hat mit mir vom Heiraten gesprochen. Und da hat seine Frau noch gelebt.«

»Dann hat er sie doch ertrinken lassen.« Will kniff die Lippen zusammen ob der bitteren Tatsache.

»Glaubst du immer noch, Millys Tod war kein Unfall?«

»Ich weiß es. Tom war so kurz davor, es zu gestehen, dass ich absolut keinen Zweifel mehr habe.«

Meggan unterdrückte ein Schaudern. »Er ist ein böser Mann. Nur gut, dass wir ihn für immer los sind.«

»Ja. Ich hoffe nur, dass sich unsere Wege in Victoria nicht noch einmal kreuzen.«

»Hast du Pa inzwischen erzählt, was du vorhast?«

»Ich wollte es tun, wenn du zu Hause bist.«

Will brachte das Thema beim Mittagessen zur Sprache.

»Es gehen noch viele Männer nach Victoria, bevor das Jahr zu Ende ist. Die Männer reden von nichts anderem als vom Gold. Besonders seit die Nachricht sich verbreitet hat, dass Peder und Jory Kent in der ersten Woche ein Vermögen gemacht haben.«

»Sie hatten Glück«, bemerkte Henry. »Hast du von anderen gehört, die ein Vermögen gemacht haben?«

»Nicht von Männern aus Burra«, musste Will einräumen, »aber es heißt, dass jeden Tag einer einen großen Fund macht.«

»Das mag ja sein, doch für jeden Mann, der Erfolg hat, gibt es hundert, vielleicht tausend andere, die sich für nichts und wieder nichts abplagen. Ich würde nicht in der vagen Hoffnung auf Glück zu den Goldfeldern gehen, wenn ich mir nicht sicher wäre, dass ich genug verdienen könnte, um meiner Familie das tägliche Brot zu sichern.«

»Ich hab keine Familie, um die ich mich kümmern muss«, sagte Will und sah seinen Vater direkt an.

Henrys Blick war scharf. »Heißt das, was ich vermute, was es heißt, Sohn?«

Will blickte seinen Vater unverwandt an. »Ja, Pa. Ich bin dreiundzwanzig Jahre alt. Ich bin mir sicher, das Leben hat mehr zu bieten als den Kupferabbau.«

»Und du glaubst, das findest du bei der Suche nach Gold?«

»Wenigstens bin ich nicht unter Tage und warte darauf, unter einem Steinschlag zu sterben.«

Auf dieses Argument hatte Henry keine Erwiderung. Er sprach zu seinen anderen Söhnen: »Überlegt ihr beiden auch, auf die Goldfelder zu gehen?«

»Jeder Bergmann in Burra hat darüber nachgedacht«, antwortete Hal. »Wenn du gehst, Will, dann gehen wir alle drei.«

Tommy stimmte dem zu.

Henry sah Joanna an, doch sie sagte nichts dazu. »Scheint, als hätten unsere Söhne sich entschieden. Sie lassen uns hier allein.«

»So ist das Leben, Mann. Wir können sie nicht zwingen zu bleiben.«

»Haben wir deinen Segen, Ma?«, fragte Will.

»Ich werd zum Herrn beten, dass er euch beschützt.«

»Pa?«

»Geht mit meinem Segen. Obwohl ich nicht überrascht wäre, euch alle innerhalb von sechs Monaten wieder hier zu sehen.«

Will schüttelte den Kopf. Er hatte nicht die Absicht, je nach Burra zurückzukehren. »Es ist nicht meine Art, mich auf das Glück zu verlassen und am Ende zu verhungern. Ich hab Pläne gemacht, Pa. Ich hab vor, mich gut mit Werkzeug und Vorräten auszustatten, bevor ich gehe. Hal und Tommy werden sich gleichfalls gut vorbereiten und reiten lernen müssen, sonst nehme ich sie nicht mit.«

Henry nickte. »Gut. Du bist ein vernünftiger junger Mann. Wir essen jetzt fertig. Später reden wir über deine Pläne.«

12

Die Wochen, die auf die Abreise der Gäste folgten, waren für Meggan unruhige Wochen. In Grasslands fand das Leben wieder in seine normale Routine zurück, auch wenn die Besucher bei einigen ihre Spuren hinterlassen hatten. Sarah erklärte, sie vermisse Miss Jenny. Barney wiederholte viel zu oft die Hoffnung, Mr. Tvannick möge sie wieder besuchen. Meggan fühlte nichts als Leere und Trostlosigkeit. Dann kam der Donnerstag, an dem ihre Stimmung so niedergedrückt war, dass sowohl Cookie als auch Mrs. Heilbuth eine Bemerkung machten.

»Sie sehen aus, als hätten Sie drei Pence verloren und ein Halbpennystück gefunden.« Cookie stelle Schalen mit dampfendem Haferflockenbrei auf den Tisch. »Esst, Kinder. Und Sie, Meggan, brauchen jemanden, der Sie ein wenig aufpäppelt.«

Mehr als den Hauch eines Lächelns brachte Meggan nicht zustande. Wie einfach wäre doch das Leben, dachte sie, wenn Essen das Heilmittel für jedes körperliche wie seelische Leiden wäre. Doch der Haferflockenbrei würde die Traurigkeit und die enttäuschte Leere nicht vertreiben, die ihr ihren normalerweise herzhaften Appetit raubten.

Mrs. Heilbuth kam gerade rechtzeitig in die Küche, um Cookies Worte zu hören. »Geht es Ihnen nicht gut, Meggan?« Sie schaute Meggan forschend ins Gesicht. »Sie scheinen mir ein wenig blass zu sein.«

»Ich bin nicht krank, Mrs. Heilbuth, nur traurig. Heute ist in der Grube Abrechnungstag. Meine Brüder gehen jetzt nach Victoria.«

»Aha. Und Sie denken schon daran, wie sehr Sie sie vermissen werden.«

»Ich bin mir sicher, Ma und Pa empfinden ihr Weggehen viel ärger. Will werde ich am meisten vermissen.«

Mrs. Heilbuth wusste, wie nah sich die Geschwister standen, und suchte nach Worten, um sie zu beruhigen. »Ihr Will ist ein anständiger junger Mann mit einem vernünftigen Kopf auf den Schultern. Um ihn müssen Sie keine Angst haben; er wird seinen Weg in der Welt machen.«

»Indem er den anderen Optimisten folgt, die der Verlockung des Goldes nachgelaufen sind?«, fragte Meggan mit einer gewissen Schroffheit. »Das bürgt wohl kaum für eine wohlhabende Zukunft.«

»Sie machen sich unnötig Sorgen, meine Liebe. Barney, Sarah, hört auf, mit den Ohren zu wackeln, und esst euren Haferbrei.« Mrs. Heilbuth ließ sich auf der Bank Meggan gegenüber nieder und häufte drei Löffel Zucker in die Tasse Tee, die Cookie ihr hingestellt hatte. Sie rührte heftig und nahm dann mit einem zufriedenen Seufzer einen Schluck des süßen Gebräus. »Ihr Bruder ist viel zu vernünftig, um alles an aussichtslose Hoffnung oder leichtsinniges Spiel zu vergeuden. Wenn er kein Gold findet, wird er etwas anderes versuchen, bevor sie alle verarmen.«

Meggan musste zugeben, dass an der Bemerkung etwas Wahres dran war. »Sie haben natürlich recht. Will hat diese Unternehmung sehr sorgfältig geplant. Wochenlang haben sie alles zusammengetragen, was sie auf der Landreise nach Victoria womöglich brauchen werden.«

Mrs. Heilbuth nickte zufrieden. »Wie ich schon sagte, ein sehr vernünftiger junger Mann.«

Am folgenden Nachmittag ritten die drei Collins-Brüder hinaus nach Grasslands, um ihrer Schwester Lebewohl zu sagen. Sie saßen alle in der Küche, wo Cookie sie reichlich mit Tee bewirtete. Die

Zwillinge waren von ihrer Mutter angewiesen worden, sich so zu benehmen, dass Meggan Zeit hatte, mit ihren Brüdern zu reden.

Cookie stellte einen Teller Kekse auf den Tisch. »Ich habe auch noch einen Schwung Kekse gebacken, die können Sie in Ihren Proviantbeutel tun.«

»Sehr freundlich von Ihnen, Cookie.« Will schenkte ihr sein Lächeln, das sie von ihrem ersten Zusammentreffen an bezaubert hatte. »Wir müssen für uns selbst kochen, da wird es nicht viel Luxuriöses geben. Die meiste Zeit essen wir wohl gepökeltes Rindfleisch und Kartoffeln.«

»Sie haben doch wohl ein bisschen Mehl dabei, um Damper zu machen?«

Die Brüder sahen einander an, bevor sie unisono verdutzt den Kopf schüttelten.

»Was ist Damper?«, fragte Hal. »Wie macht man das?«

Cookie lachte ungläubig. »Das wissen Sie nicht? Nun, Sie werden es bald lernen. Alles, was man für den Teig braucht, ist Mehl, Wasser und eine Prise Salz. Wenn man Backpulver hat, kann man ein wenig davon hinzufügen, um den Teig lockerer zu machen. Alles, was man fürs Backen braucht, ist ein gutes Bett heißer Kohlen. Man mischt den Teig, formt ihn zu einem runden Laib und legt diesen dann auf die heißen Kohlen. Dann häuft man einige Kohlen obendrauf, damit es gleichmäßig bäckt.«

»Klingt ziemlich einfach«, bemerkte Hal.

»Dann kannst du das übernehmen«, sagten seine Brüder.

»Macht mir nichts aus. Ihr zwei könnt das Feuer machen und hinterher abwaschen.«

»Ist das nicht die Aufgabe des Kochs?« Meggan sah Will mit einem verschmitzten Grinsen an. Er grinste zurück.

»Du hast recht, Megs. Der Koch sollte sich um alles kümmern, was mit dem Essen zu tun hat.«

»Hey, Meggan. Auf wessen Seite stehst du?«

Eine Weile neckten die Brüder sich fröhlich, und Meggan und

Cookie beteiligten sich gut gelaunt mit weiteren streitlustigen Vorschlägen. Als das Wortgeplänkel sich der Sorge um die Pferde zuwandte, sah Meggan ihre beiden jüngeren Brüder an.

»Wie gefällt euch das Reiten?«

Beide verzogen das Gesicht. »Okay, nehm ich an«, murmelte Tommy.

Hal war freimütiger. »Ich würde lieber auf Deck eines stampfenden Schiffs stehen als rittlings auf einem schaukelnden Pferd sitzen. Ich weiß gar nicht, was Will am Reiten so großartig findet.«

Will, der, als er das erste Mal auf einem Pferd gesessen hatte, augenblicklich eine Zuneigung zu seinem Pferd und bis dahin ungeahnte Reitkünste entdeckt hatte, beruhigte seine weniger begabten Brüder.

»Ihr braucht nur ein bisschen mehr Praxis. Bis wir an den Goldfeldern ankommen, seid ihr auch sattelfest.«

Hal und Tommy stießen Schnauber aus, die andeuten sollten, dass sie davon noch nicht recht überzeugt waren.

»Ihr solltet dankbar sein«, schalt Meggan sie. »Viele sind den ganzen Weg zu Fuß gegangen. Wie würde es euch gefallen, wenn ihr gezwungen wärt, Schubkarren, hoch beladen mit all euren Habseligkeiten, zu schieben? Ihr habt zwei Pferde zum Reiten und noch eins, das euren Wagen zieht.«

»Und nur noch sehr wenig Geld übrig«, fügte Will hinzu. »Die Ausrüstung hat den größten Teil unserer Ersparnisse verschlungen. Wir müssen hoffen, sehr schnell Gold zu finden.«

»Und was, wenn nicht?«

»Dann muss mindestens einer von uns versuchen, irgendeine bezahlte Arbeit zu finden, um uns über Wasser zu halten.«

Cookie nickte anerkennend. »So gut, wie Sie diese Unternehmung vorbereitet haben, hätten Sie es verdient, Erfolg zu haben.«

»Vielen Dank, Cookie. Hoffentlich behalten Sie recht.«

Cookie stellte noch mehr Kekse auf den Tisch. »Wenn – und falls – Sie ein Vermögen machen, was fangen Sie dann mit Ihren Reichtümern an?«

Will nahm sich achselzuckend noch einen Keks. »Ich glaube, das überleg ich mir, wenn es so weit ist. Hal und Tommy haben schon Pläne.«

»Wir wollen ein Boot kaufen«, führte Hal Wills Andeutung weiter aus.

»Ein Fischerboot?«, fragte Meggan.

»Ein großes Fischerboot. Wir kommen zurück nach Südaustralien und lassen uns am Spencer-Golf als Fischer nieder.«

»Das überrascht mich nicht. Ihr beide, aber besonders du, Hal, seid immer schon gerne mit Joes Boot rausgefahren.«

»Irgendwo in der Familie muss es einen Fischer gegeben haben. Wir können nicht immer Bergleute gewesen sein.«

»Unter unseren Vorfahren muss auch ein Zigeuner gewesen sein, so wie Meggan immer übers Moor gestreift ist.«

Bei dem Wort »Zigeuner« empfand Meggan einen Stich wie mit einer Messerspitze. Sie linderte ihn, indem sie Will anlachte.

»Vielleicht waren auch ein oder zwei spanische Marodeure darunter mit schwarzem Haar und dunklen Augen, die sie uns beiden vererbt haben.«

Alle vier lachten zusammen. Sie scherzten, neckten sich und sprachen noch eine Weile über Pläne, Hoffnungen und Träume, bis es für die Brüder Zeit wurde, sich zu verabschieden.

Meggan blickte ihnen nach, wie sie die Straße hinunterritten, und erwiderte Wills letztes Winken, bevor sie um eine Kurve ritten und außer Sichtweite waren. Sie würde ihn schrecklich vermissen.

»Bist du glücklich, Pa?«

Henry richtete den Blick, der in die Ferne geschweift war, wieder auf das Gesicht seiner Tochter. Drei Wochen waren vergangen, seit Will, Hal und Tommy fortgegangen waren. »Warum fragst du?«

»Du wirkst ... besorgt.«

Er seufzte schwer. »Es ist nichts, worüber du dir Sorgen machen musst, Kind. Vielleicht ist es das ganze Gerede der Männer, die nach Victoria gehen. So viele sind schon weg. Ich denke, Ende des Jahres sind nur noch wenige Männer in Burra.« Ein tiefes Stirnrunzeln zog seine dichten Augenbrauen zusammen. »Ich weiß nicht, wie die Grube dann noch weiterarbeiten soll.«

»Du denkst aber doch nicht auch daran, mit Will Gold zu suchen?«

Henry wirkte ein wenig verdutzt über die Frage. Er schüttelte den Kopf. »Nein. Ich habe mein Leben lang in einer Kupfermine gearbeitet. Ich werde älter, Meggan, und allmählich überlege ich, ob es nicht an der Zeit wäre, etwas anderes zu machen, bevor ich zu alt dazu bin.«

Meggan nickte langsam. »Ich glaube, ich verstehe dich.«

»Ja? Ich bezweifle, dass deine Ma mich verstehen würde.«

Die Erwähnung ihrer Mutter, die das Cottage nach dem sonntäglichen Mittagessen verlassen hatte, um eine bettlägerige ältere Dame zu besuchen, brachte Meggans Gedanken auf ein sorgenvolleres Thema. »Ma ist nie richtig in Australien angekommen, nicht wahr?«

Henry schüttelte den Kopf. Joanna sagte selten ein Wort und lächelte nie. Sie hielt das Haus sauber und sorgte dafür, dass die Familie ordentlich gekleidet war und etwas Gutes zu essen bekam. Doch um sich herum hatte sie eine unsichtbare Mauer aus Religiosität errichtet, die niemand durchdringen konnte. Sie zeigte keine Gefühle und wirkte auch von den Gefühlen anderer ungerührt. Ihre Familie wusste sehr wohl um die Buße, die sie sich insgeheim auferlegt hatte.

Trotz ihrer vielen guten Taten galt sie als mürrisch und reserviert. Sie kleidete sich auffällig schlicht, fast wie eine Quäkerin, und Meggan dachte oft, dass ihre Mutter sich mit Absicht bemühte, jede Spur ihrer früheren Attraktivität zu verbergen.

»Glaubst du, Ma wird je wieder sie selbst sein?«

»Ich sehe wenig Hoffnung. Sie ist schon zu lange so. Ich dachte, nach Australien zu kommen würde ihr helfen. Vielleicht hätte es das, wenn wir woanders hingegangen wären oder wenn ich eine Farm gegründet hätte. Vielleicht war es ein Fehler, nach Burra zu kommen, das im Grunde nicht viel anders ist als Cornwall. Da sind die Grube, die sie stets an früher erinnert, und Menschen aus ihrer Heimat, die ihre Schuld lebendig halten.«

»Du meinst Tom Roberts.«

Henry nickte. »Tom hat sich nach Carolines Tod auch verändert.«

»Tom hat nur seine wahre Natur offenbart«, erwiderte Meggan. »Ich bin froh, dass Caro nicht gezwungen war, ihn zu heiraten. Sie hätte ein schreckliches Leben gehabt.«

Henry war ein wenig überrascht über die heftige Reaktion seiner Tochter. »Du hast ihn doch gut leiden können? Ich glaube mich zu erinnern, dass du mal gesagt hast, du würdest ihn gerne heiraten, wenn Caroline ihn nicht nehmen würde.«

Bei der Erinnerung daran verzog Meggan angewidert das Gesicht. »Meine Meinung über Tom hat sich genauso schnell geändert wie sein Betragen. Als er jünger war, war er nett, und ich war damals nur ein Kind.«

»Und jetzt bist du eine liebenswerte junge Frau. Bist du glücklich, Meggan?«

Nicht darauf vorbereitet, dass ihre Frage ihr selbst gestellt wurde, antwortete Meggan vielleicht ein wenig zu schnell: »Ja, Pa.«

»Du bereust nichts?«

Ihr Vater hatte seinen scharfen Blick auf ihr Gesicht gerichtet. Sie schüttelte den Kopf und schenkte ihm ein Lächeln, das alle Zweifel auslöschen sollte. »Ich habe ein gutes Leben bei den Heilbuths und freue mich immer, wenn ich für ihre Gäste singen kann.«

»Dann hast du deinen Traum aufgegeben?«

»Nur zur Seite gelegt. Ich bin erst neunzehn, Pa. Vielleicht, wenn ich älter bin. Wenn es sein soll, wird es sich ergeben.«

»Mit neunzehn sind die meisten jungen Frauen verheiratet.« Anscheinend erwartete er keine Antwort, denn er streckte die Beine aus und betrachtete seine Stiefel. Meggan überlegte, welche Gedanken ihrem Vater wohl solche Falten in die Stirn gruben. Schließlich fragte er: »Glaubst du, die Dinge passieren, weil sie passieren sollen?«

»Bis zu einem gewissen Grade, ja.« Meggan sprach langsam, während sie ihre Gedanken sortierte. »Es gibt Zeiten, da muss man das akzeptieren, was man nicht ändern kann. Wenn man die Wahl hat, kann man nur hoffen, die richtige Entscheidung zu treffen. Ich halte es für klug, vorher sorgfältig darüber nachzudenken, ob man die eine oder andere Richtung einschlägt.«

»Du hast einen klugen Kopf auf deinen jungen Schultern.«

»Das ist der Einfluss von Mr. Heilbuth. Er ist so etwas wie ein Philosoph, und wir führen abends oft interessante Gespräche.«

»Du erfüllst mich mit Stolz, Kind. Wenn für dich die Zeit zum Heiraten kommt, musst du einen Mann wählen, der deine Klugheit und dein Talent ebenso zu schätzen weiß wie deine Schönheit.«

»Bitte, Pa, sag das nicht.« Meggan wandte den Kopf ab, denn sie spürte, dass sie rot wurde.

»Was? Dass du bei weitem die hübscheste junge Frau in Burra bist? Es stimmt aber doch. Ich bin überrascht, dass du nicht schon einen ganzen Schwarm Verehrer hast.«

Meggan wollte nicht, dass ihr Vater dieses Thema weiter verfolgte. »Ich ermutige niemanden. Die meisten sind meiner Gleichgültigkeit bald überdrüssig.«

»Die meisten?«

Meggan verfluchte ihren Versprecher und die Hitze, die sie auf ihren Wangen spürte. »Alle, Pa«, sagte sie mit einer Bestimmtheit, die das Thema für beendet erklärte. Tom hatte Burra verlassen, und es war nicht nötig, ihren Vater mit den Drohungen des Mannes zu beunruhigen. Sie beugte sich vor und gab ihm einen Kuss auf die Wange. »Ich muss gehen. Grüß Ma von mir, wenn sie heimkommt.«

Henry begleitete sie bis an den Zaun, wo sie ihr Pony angebunden hatte. Er sah zu, wie sie die Leine losmachte und auf den Wagen stieg. Er hatte sich noch nicht daran gewöhnt, dass seine Tochter Pferd und Wagen so gut zu führen wusste. Er bemühte sich, genug Abstand zu halten, denn er mochte das Maul voller kräftiger Zähne nicht, die das Tier entblößte, als es jetzt als Antwort auf ein anderes Pferd auf der Koppel wieherte.

Er schaute dem Wagen bis zum Ende der Straße hinterher. Ja, seine Meggan hatte es gut getroffen. An der Ecke schaute sie sich noch einmal um und winkte, und Henry winkte zurück. Er hoffte inbrünstig, dass das Leben zu ihr freundlicher sein würde als zu ihrer Schwester.

Vielleicht war es das Ergebnis des Gesprächs mit ihrem Vater. Vielleicht hatte der Wunsch auch schon eine Weile in ihrer Seele geköchelt. Was auch immer der Auslöser war, Meggan erwischte sich immer häufiger dabei, dass sie darüber nachdachte, Sängerin zu werden. Gegen diesen wachsenden Wunsch kämpfte sie mit ihrer Liebe zu den Zwillingen und ihrer tiefen, respektvollen Zuneigung zu ihren Dienstherren an. Sie zu verlassen, redete sie sich ein, wäre ein Akt der Selbstsucht. Meggan rechnete jedoch nicht mit der Scharfsinnigkeit der Heilbuths.

Eines Abends, als die Zwillinge schon im Bett waren und Mr. Heilbuth sich in sein Arbeitszimmer zurückgezogen hatte, bat Mrs. Heilbuth Meggan, sich zu ihr zu setzen, um zu reden.

»Sie haben etwas auf der Seele, meine Liebe. Vermissen Sie Ihre Brüder?«

Meggan, bestürzt darüber, dass ihre Unruhe ihr so deutlich anzumerken war, stimmte ihr bereitwillig zu. »Ich vermisse sie. Besonders sonntags, wenn ich meine Eltern besuche und wir nur zu dritt am Tisch sitzen, wo wir doch früher zu sechst waren.«

»Ihre Eltern vermissen sie sicher auch.«

»Ich weiß, dass Pa einsam ist. Ma zeigt niemandem, was sie empfindet.«

»Doch es gibt noch jemanden, den Sie viel mehr vermissen als Ihre Brüder, nicht wahr?«

Mrs. Heilbuths Miene war freundlich und verständnisvoll. Meggan schluckte den Kloß in ihrer Kehle herunter. Sie hatte gedacht, ihr Geheimnis sei wohlbehütet.

»Woher wissen Sie das?«

»Sie haben beide gedacht, Sie würden Ihre Gefühle verbergen, doch jedes Mal, wenn Sie einander anschauten, war es für alle deutlich zu sehen. Ich glaube, ich liege richtig, wenn ich annehme, dass Con Trevannick der gewichtigere Grund für Ihr Unglücklichsein ist.«

Die Tränen, die Meggan so lange in Schach gehalten hatte, kullerten ihr jetzt über die Wangen. Mrs. Heilbuth nahm sie mütterlich in die Arme. Meggan legte das Gesicht an ihre tröstende Schulter, und während eine Hand ihr sanft übers Haar strich, weinte sie umso mehr, weil ihre eigene Mutter sie nie so im Arm halten würde. Schließlich ging ihr verzweifeltes Schluchzen in einige hicksende Schluchzer über.

»Fühlen Sie sich jetzt besser, meine Liebe? Es tut gut, sich richtig auszuweinen.«

Meggan setzte sich auf und fingerte in der Tasche ihres Rocks nach einem Taschentuch, um sich die Augen zu wischen und die Nase zu putzen.

»Nun«, fragte Mrs. Heilbuth, »was wollen Sie deswegen unternehmen? Er liebt Sie auch.«

Meggan antwortete mit ausdrucksloser Stimme: »Nichts werde ich tun. Er ist Jenny versprochen. Er wird sie heiraten, wenn sie nach Cornwall kommen. Vielleicht sind sie inzwischen längst verheiratet.« Sie unterdrückte den Schmerz, der ihr das Herz zerriss. »Ich muss ihn vergessen, Mrs. Heilbuth, und mein Leben weiterleben.«

»Wie schade.« Sie seufzte. »Sie schienen so gut zueinander zu passen. Manchmal ist das Leben einfach zu hart.«

»Bitte, Mrs. Heilbuth, ich muss ihn vergessen. Den Mann, den man liebt, nicht heiraten zu können ist nicht das schlimmste Schicksal, das eine Frau ereilen kann. Ich bin gesund und munter und besitze ein Talent.«

»Und hier bei uns werden Sie immer ein Zuhause haben. Für uns sind Sie wie eine ältere Tochter.«

»Ich weiß, und ich liebe Sie alle sehr. Deswegen habe ich mich lange mit dem gequält, um was ich Sie jetzt bitten möchte.« Sie holte tief Luft. »Mrs. Heilbuth, falls Mr. Westoby noch bereit ist, mich zu fördern, würde ich gerne eine Gesangskarriere aufnehmen.«

Zu Meggans Erleichterung freute Mrs. Heilbuth sich uneingeschränkt. »Meine Liebe, das ist die beste Entscheidung, die Sie treffen konnten.«

»Es macht Ihnen nichts aus? Ich habe ein schlechtes Gewissen, Sie zu verlassen. Die Zwillinge verstehen es vielleicht nicht.«

»Sie werden es verstehen, wenn Sie es ihnen erklären, auch wenn sie Sie schrecklich vermissen werden. Wir alle.« Mrs. Heilbuth nahm Meggans Hand. »Ich habe Ihnen immer gesagt, dass wir Ihnen nicht im Weg stehen. Wir finden jemanden, der Ihren Platz einnimmt ... nein, das ist falsch. Niemand wird je Ihren Platz einnehmen. Wir stellen für die Zwillinge ein anderes Kindermädchen ein. Es gibt viele, die diese Arbeit tun können. Ihre Stimme dagegen ist etwas ganz Besonderes.«

Meggan umarmte ihre Dienstherrin leidenschaftlich. »Vielen Dank für Ihr Verständnis. Schreiben Sie für mich an Mr. Westoby? Ich habe das Gefühl, es wäre angemessener, wenn die Anfrage von Ihnen käme.«

»Ich glaube, Sie haben recht. Ich schreibe noch heute Abend einen Brief und schicke ihn gleich morgen früh in die Stadt.«

Jetzt, da die Entscheidung getroffen war, fand Meggan auch innerlich wieder mehr Ruhe. Die Sicherheit, dass sie das Richtige tat, wuchs mit jedem Tag. Am meisten bedauerte sie, dass sie die Zwillinge verlassen würde, die sie beide innig liebte. Vorerst sagte sie Barney und Sarah noch nichts von ihrer drohenden Abreise. Dazu war Zeit genug, wenn sie mit David Westoby alles besprochen hatte.

Seine Antwort auf Mrs. Heilbuths Brief kam unerwartet schon mit der nächsten Kutsche. Der Wortlaut war kurz, fast knapp.

Liebe Virginia,
kann keine Vereinbarungen treffen. Meine Schwester ist
krank.
Bitte entschuldigen Sie mich bei Meggan.
Mit freundlichen Grüßen
   David Westoby

»Was meint er damit?«, fragte Meggan, als sie ihrer Dienstherrin das kurze Schreiben zurückgab. »Glauben Sie, Mr. Westoby hat seine Meinung über mich geändert?«

»Nein, nein.« Mrs. Heilbuth schüttelte den Kopf. »So ein Mann ist David Westoby nicht. Sein wiederholtes Angebot, Sie zu fördern, war stets ehrlich gemeint. Wenn seine Schwester sich von ihrem Leiden erholt, bekommen wir sicher eine zufriedenstellendere Antwort.«

Der zweite Brief kam erst zwei Wochen später. Sein Inhalt war gleichermaßen kurz gefasst.

Liebe Virginia,
meine liebe Schwester ist vor drei Tagen gestorben.
Ihr Tod ändert die Sachlage, was Meggan betrifft.

*Ich komme nächste Woche nach Grasslands, um die Angelegenheit zu besprechen.
Mit freundlichen Grüßen
David Westoby*

»Was glauben Sie, was er damit meint?«, fragte Meggan wieder, nachdem sie die kurze Nachricht gelesen hatte.

Mrs. Heilbuth runzelte verwirrt die Stirn. »Mr. Westoby hatte stets geplant, seine Schwester sollte Ihre Anstandsdame sein, damit nichts Anstößiges daran ist, dass Sie in seinem Haus leben. Vielleicht braucht er Zeit, um eine andere Person zu finden, die diese Rolle übernehmen kann.«

»Vielleicht«, sagte Meggan niedergeschlagen, »hat er es sich doch anders überlegt, und ich bleibe hier in Grasslands. Die Zwillinge werden sich freuen.«

Doch davon wollte Mrs. Heilbuth nichts wissen. »Quälen Sie sich nicht, Meggan, meine Liebe. Gedulden Sie sich noch eine Woche. Ich bin mir sicher, dass sich alles klärt.«

Geduld war schwer zu finden. Obwohl sie selbst wochenlang voller Unentschlossenheit hin und her überlegt und lange gebraucht hatte, um einen neuen Weg einzuschlagen, quälte Meggan sich jetzt damit, dass dies womöglich nicht mehr möglich war, denn sie war sich sehr wohl der Schwierigkeiten bewusst, sollte sie eine solche Karriere ohne Aufsichts- und Begleitperson in Angriff nehmen. Ihre Moral würde sofort in Zweifel gezogen und von vielen in Versuchung geführt werden. Ihr Wunsch, zu singen, war nicht so groß, dass sie bereit war, dafür ihren Ruf aufs Spiel zu setzen.

David Westoby kam eines Nachmittags spät, als Meggan und die Zwillinge unten am Bach waren und nach bunten Steinen und anderen Dingen suchten, die von Interesse sein konnten, denn sie wollten an ihrem Ende der Veranda auf einem kleinen Tisch eine Ausstellung von Fundstücken aus der Natur machen. Meggan sprach Mr. Westoby ihre Anteilnahme wegen des Verlusts seiner Schwester aus; doch abgesehen davon konnte sie erst mit ihm sprechen, als die Kinder ins Bett geschickt worden waren und die Erwachsenen sich zum Abendessen hinsetzten.

Während des Essens drehte sich das Gespräch um die Abwanderung der Männer zu den Goldfeldern von Victoria und die Auswirkungen, die das auf den Kupferbergbau und die Politik der Regierung in dieser Angelegenheit haben würde. Erst nachdem das Mahl beendet war, sprach David Westoby die Sache an, die Meggan am meisten interessierte.

»Würden Sie bitte für mich singen, Meggan? Später besprechen wir dann, was sich machen lässt.«

Einige von Meggans Sorgen fielen bei der unausgesprochenen Versicherung hinter seinen Worten von ihr ab. Mr. Westoby wird mir helfen, frohlockte sie, und als sie ihren kurzen Vortrag beendet hatte, war sie nur leicht überrascht über Mrs. Heilbuths Worte.

»Meggan, meine Liebe, Mr. Westoby hat mit uns darüber gesprochen, wie er Ihnen am besten unter die Arme greifen kann. Mr. Heilbuth und ich sind uns vollkommen mit ihm einig. Doch die Entscheidung liegt bei Ihnen.«

Meggan schaute den Mann an, auf dem all ihre Hoffnungen ruhten. »Was schlagen Sie vor, Mr. Westoby?«

Bevor er antworten konnte, entschuldigten die Heilbuths sich rasch. Mr. Heilbuth zog sich wie jeden Abend in sein Arbeitszimmer zurück, Mrs. Heilbuth nahm Meggans Hand und tätschelte sie beruhigend.

»Wir lassen Sie allein, dann kann David Ihnen darlegen, was er im Sinn hat.«

David? Meggan war verdutzt. Nie zuvor hatte sie Mrs. Heilbuth ihren Freund bei seinem Vornamen nennen hören.

»Meggan.« David Westoby war neben sie getreten. »Sie müssen auch lernen, mich beim Vornamen zu nennen.«

»Das wird mir nicht leichtfallen, Mr. Westoby.«

»Warum nicht?«

»Man hat mir beigebracht, Älteren mit Respekt zu begegnen.«

»Ich bin zwar älter als Sie, Meggan, aber ich würde mich Ihnen gegenüber nie als Respektsperson gerieren. Sie sind eine würdige junge Frau.«

Meggan akzeptierte das Kompliment ohne Schüchternheit. »Vielen Dank.«

»Möchten Sie sich setzen, meine Liebe?«

Meggan nahm auf dem Sofa Platz. David Westoby blieb stehen.

Er hielt die Hände hinter dem Rücken verschränkt und schaukelte leicht auf den Fersen, bevor er weitersprach.

»Mein Angebot, Sie zu unterstützen, war stets aufrichtig, Meggan. Ich verstehe vollkommen, in welches moralische Dilemma eine junge Frau geraten könnte, die diesen Weg alleine zu gehen versucht. Verzeihen Sie mir, dass ich so offen spreche, aber ich bin mir vollkommen sicher, dass Sie nicht den Wunsch haben, Achtbarkeit gegen Berühmtheit einzutauschen. Nein«, er hob eine Hand, als Meggan den Mund aufmachte, um etwas einzuwerfen. »Erlauben Sie mir, zuerst alles zu sagen, was ich sagen möchte, meine Liebe.«

Meggan neigte den Kopf und wartete darauf, dass er fortfuhr.

»Wäre meine liebe Schwester noch am Leben, hätte sie Ihre Anstandsdame sein können. Sie könnten in meinem Haus leben und meine Unterstützung annehmen, ohne dass daran etwas Ungehöriges wäre. Doch mit ihrem Tod hat sich die Situation verändert. Es ziemt sich für eine junge Frau nicht, mit einem Junggesellen unter einem Dach zu wohnen.«

»Ich verstehe.« Meggan spürte, wie Enttäuschung sich in ihr breitmachte.

»Doch es gibt eine Lösung«, fuhr David Westoby fort. »Eine, von der ich hoffe, dass Sie sie akzeptabel finden.«

Er unterbrach sich, wie um seine Gedanken zu sammeln. Meggan betrachtete ihn mit fragender Miene und einer leisen Ahnung von dem, was er ihr vorschlagen würde.

»Meggan, meine Liebe, würden Sie mir die Ehre erweisen, meine Frau zu werden?«

Meggan biss sich auf die Unterlippe. Sie richtete den Blick auf die wunderschöne italienische Vase aus gebändertem Amethyst und weißem Glas, die auf dem Klavier stand. David Westoby hatte Mrs. Heilbuth das kostbare Stück vor zwei Jahren zu Weihnachten geschenkt.

»Überrascht meine Frage Sie?« Er schien nach einem Grund für ihr Schweigen zu suchen.

»Nein.« Meggan richtete ihre Aufmerksamkeit wieder auf ihn. »Ich habe immer um Ihre Gefühle für mich gewusst.«

»Und erwidern Sie diese Gefühle?«, fragte er, ohne den Blick von ihr abzuwenden.

Meggan sah ihm in die Augen. Sie würde nicht lügen. »Ich schätze Sie sehr, Mr. Westoby. Doch ich muss ehrlich sein und Ihnen sagen, dass in meinem Herzen weder Liebe noch Zuneigung sind.«

Zu ihrer Überraschung lächelte er bei ihren Worten. »Ich bewundere Ihre Ehrlichkeit, Meggan. Ich suche nicht Liebe. Zuneigung wird, glaube ich, im Laufe der Zeit wachsen. Seien Sie versichert, meine Liebe, dass ich nie mehr von Ihnen verlangen werde, als Sie zu geben bereit sind.«

Er trat näher, setzte sich neben sie und nahm ihre Hände. »Als meine Frau kämen Sie in den Genuss materiellen Wohlstands, einer Position in der Gesellschaft und eines untadeligen Rufs, wenn Sie auf die Bühne gehen.«

»Achtbarkeit ist mir wichtiger als eine gesellschaftliche Position oder materielle Besitztümer. Ich würde Sie nicht wegen Ihres Wohlstands heiraten, Mr. Westoby.«

Wieder umspielte ein Lächeln seinen Mund. »Ich hätte Ihnen nicht alles, was ich habe, zu Füßen gelegt, wenn ich befürchten müsste, Sie würden es aus Habsucht annehmen. Ich bewundere Sie, Meggan. Ich gestehe, dass ich bereits ein gerüttelt Maß an Zuneigung zu Ihnen hege. Ich bewundere Ihre Ehrlichkeit und Ihre Integrität. Ich glaube, wir könnten eine sehr gute Ehe führen.«

Meggan senkte einen Augenblick den Kopf, bevor sie ihn wieder hob, um ihm direkt in die Augen zu sehen. »Ich bin zutiefst geschmeichelt, Mr. Westoby. Würden Sie mich für undankbar halten, wenn ich mir noch ein wenig Zeit ausbitte, bevor ich Ihnen meine Antwort gebe?«

»Ich möchte, dass Sie sich Ihrer Entscheidung ganz sicher sind. Ich werde geduldig warten.«

»Vielen Dank, Mr. Westoby.«

»David.« Er lächelte.

Meggan erwiderte sein Lächeln. »David.«

In dieser Nacht konnte Meggan nicht schlafen, denn zu vieles ging ihr durch den Kopf, als dass ihr Körper Ruhe hätte finden können. Mitten in der Nacht stand sie auf, zog einen dicken Morgenmantel über ihr Nachthemd und trat hinaus in die kühle Nacht. Sie hörte das Getrippel von Nachttieren, das Zirpen von Insekten und das Dröhnen eines Wallabys, das über die Koppel hüpfte. Doch vor diesen Geräuschen musste sie keine Angst haben, als sie die Einfahrt hinunterging und die diamantengleiche Klarheit der Sterne bewunderte.

Am Tor blieb sie stehen und durchlebte mit geschlossenen Augen noch einmal das letzte leidenschaftliche Zusammentreffen mit Con. Trotz seines Schwurs wusste sie nicht, wie sie je zueinanderfinden sollten. Sie mochte Jenny viel zu sehr, um ihr Schmerz oder Kummer zu bereiten, und ihre Sehnsucht nach Con ließ sie erkennen, dass es ganz gut war, dass sie an entgegengesetzten Ecken der Welt lebten, wo sie nicht in Versuchung gerieten.

Meggan wandte ihre Gedanken entschlossen von dem Mann ab, den sie liebte, um an den Mann zu denken, der ihr die Ehe angetragen hatte. David Westoby war noch nie verheiratet gewesen, und Meggan überlegte, warum wohl. Sie zweifelte nicht daran, dass er ein guter, freundlicher Ehemann sein würde. Mit der Zeit mochte sie in der Tat Zuneigung zu ihm entwickeln. Er bot ihr eine sichere Zukunft. Und was noch wichtiger war, er unterstützte sie in ihrem Wunsch, eine Karriere als Sängerin einzuschlagen. Er würde alles in seiner Macht Stehende tun, um ihr ihren langgehegten Wunsch zu erfüllen.

Der Mann, den ich wirklich will, ist so weit weg wie die Sterne da oben, gestand Meggan sich ein, indem sie noch einmal gen Himmel schaute. Es wäre dumm, mein Leben zu vergeuden, indem ich an dem Unmöglichen festhalte. Männer, die bereit waren, ihre Frauen auf die Bühne gehen zu lassen, waren dünn gesät. Wenn sie einen anderen Mann als David Westoby heiratete, würde sie womöglich nie mehr in der Öffentlichkeit singen können. Die Entscheidung fiel ihr letzten Endes leicht. Meggan ging zurück ins Haus, wo sie sich ins Bett kuschelte, um tief und fest zu schlafen, bis die Zwillinge am Morgen in ihr Zimmer stürmten.

Henry Collins setzte, wie es sein Recht als Vater war, dem Mann, der seine Tochter heiraten wollte, mit vielen Fragen zu. Insgeheim war er stolz, dass ein so wohlhabender und gesellschaftlich so angesehener Mann wie der Kaufmann Meggan zur Frau wollte. Er schaute zu Joanna hinüber, die schweigend zugehört hatte. Sie lächelte nicht, doch sie neigte leicht den Kopf.

»Wir würden uns glücklich schätzen, Sie in unserer Familie willkommen zu heißen, Sir. Aber zuerst muss ich mit Meggan sprechen.«

»Verstehe. Sie wollen sicher sein, dass sie aus freiem Willen Ja gesagt hat.«

Henry warf ihm einen scharfen Blick zu. »Unsere Meggan würde nie etwas tun, was nicht ihr freier Wunsch ist. Ich möchte wissen, ob sie wirklich glücklich ist über diese Heirat.«

Damit überließ er es Joanna, den potenziellen Bräutigam zu unterhalten, und suchte seine Tochter auf, die in der Küche wartete.

»Was meinst du, Pa?«, fragte sie und stand rasch von der Bank auf, auf der sie, das Kinn in die Hand gestützt, gesessen hatte.

»Dein Mr. Westoby ist ein feiner Mann. Und er scheint dich ehrlich gernzuhaben.« Als sie nicht antwortete, drängte er: »Und du?«

»Ich bewundere und respektiere ihn, Pa. Er würde nie etwas tun, was mir Kummer bereitet.«

»Der Mann ist beträchtlich älter als du.« Der Gedanke, der ihm gerade kam, ließ ihn den Kopf schütteln. »Ich hätte einen Schwiegersohn im selben Alter wie ich.«

Meggan warf ihrem Vater die Arme um den Hals und umarmte ihn. »Kommst du dir dann alt vor, Pa?«, fragte sie neckend.

Henry schob sie ein Stück von sich weg und lächelte, obwohl seine Worte ernst waren. »Macht der Gedanke an die Ehe dich glücklich, Kind?«

»Ich bin glücklich. Ich betrachte mich als vom Glück begünstigt, dass ein so guter Mann um meine Hand angehalten hat.«

»Dann ist alles gut.« Er umarmte seine Tochter. »Komm, meine Liebe. Wir gehen zu deiner Ma und deinem zukünftigen Ehemann. Wir müssen die Hochzeit planen.«

DRITTER TEIL

Adelaide
1851–1852

13

Die Collins-Brüder mussten bald feststellen, dass sie den Neid der Männer auf sich zogen, die auf der Straße nach Adelaide unterwegs waren. Von Burra aus machten sich so viele Bergleute auf den Weg, dass nur wenige Glückliche einen Platz in einer Postkutsche fanden. Die Mehrheit ging zu Fuß und nahm wenig mehr mit als Kleidung und ein paar Lebensmittel.

Die ersten ein oder zwei Tage schritten die, die zu Fuß gingen, mit forscher Begeisterung aus, angefeuert von dem trügerischen Vertrauen auf die Reichtümer, die sie in Victoria erwarteten. Wenn die erwartungsvollen Horden Gawler erreichten, von wo aus es immer noch mehr als zwanzig Meilen Fußmarsch waren, war die Begeisterung einer müden, verbissenen Entschlossenheit gewichen. Obwohl sie, lange bevor sie am ersten Abend Halt machten, wund geritten und müde waren, begriffen Hal und Tommy Collins doch allmählich, warum ihr Bruder auf Pferden und Wagen bestanden hatte. Reiten war auf jeden Fall besser, als zu Fuß zu gehen, besonders da sie auch um einiges schneller vorankamen als die anderen.

»Hoffentlich machen wir in Adelaide ein paar Tage Pause.« Hal lümmelte dicht an dem kleinen Kochfeuer an einem Sattel. Tommy rührte einen Eintopf aus Kartoffeln, Kohl und Pökelfleisch. Er runzelte über seinen ersten Kochversuch die Stirn.

»Wäre nett, zur Abwechslung mal was Anständiges zu essen. Schätze, das kommt auf Will an.«

»Was kommt auf mich an?« Will, der von einem dringenden Bedürfnis aus dem Busch zurückkehrte, hockte sich neben Hal.

»Ein paar Tage Pause in Adelaide. Die Stadt genießen, bevor wir uns auf den Treck rüber nach Victoria machen.«

Will gab nach. »Vielleicht ein oder zwei Tage. Ich würde gerne mit Leuten reden, die das Land kennen, um rauszufinden, welchen Weg wir am besten nehmen.«

»Übers Meer«, erklärte Hal. »Das ist schneller und sicherer.«

»Eine Passage für uns drei kostet Geld, das wir nicht haben.«

»Wir hätten jede Menge Geld, wenn wir bis Melbourne gewartet hätten, bevor wir uns mit Pferden und Wagen ausstatten.« Von den Brüdern war Hal derjenige, der sich auf dem Pferderücken am wenigsten wohl fühlte.

»Und du wärst begeistert den ganzen Weg bis Adelaide zu Fuß gegangen«, erwiderte Will.

Hal zuckte die Achseln. »Ich wette, du hättest uns Plätze in der Postkutsche besorgen können. Wo du doch so gut organisieren kannst.«

Seine Verdrießlichkeit überraschte Will. »Was ist denn in dich gefahren?«

Tommy kicherte. »Frag lieber, wo er nicht reingefahren ist. Wenn er nicht bald eine Frau findet, wird er unerträglich.«

Will stieß ein angewidertes Schnauben aus. »Wenn das, was zwischen deinen Beinen ist, so verdammt wichtig ist, sollten wir dich vielleicht besser in Adelaide lassen.«

»Vielleicht finde ich eine Frau, die mit mir kommt. Sie könnte für uns kochen und waschen.«

»Gute Idee«, erklärte Tommy und wies mit einer Grimasse auf die unansehnliche Pampe, die er jetzt auf die Teller verteilte.

»Es wird keine Frau mit uns kommen.« Will nahm seinen Teller. »Essen ist Essen. Mir ist es egal, wie es schmeckt. Du gewöhnst dich besser gleich an den Gedanken, dass es ohne gehen muss, Hal. Oder«, er sprach so langsam, dass seine Brüder wussten, dass er es ernst meinte, »ich zahle dir deinen Anteil aus, und du kannst uns gleich verlassen, wenn du willst.«

Schweigen breitete sich aus. Tommy schaute von Will zu Hal und dann wieder zu Will, dessen Blick unverwandt auf Hals Gesicht gerichtet war. Hal wandte zuerst den Kopf ab, und die Röte in seinen Wangen war das einzige Eingeständnis, dass er die Rüge seines Bruders eingesteckt hatte. »Ich bleib bei euch.«

Adelaide war überfüllt, in allen Unterkünften warteten Menschen darauf, eine Passage auf einem Schiff nach Melbourne zu bekommen. Die meisten gingen an den drei jungen Männern mit ihren Pferden und ihrem Wagen vorbei, ohne sie eines zweiten Blicks zu würdigen. Einige jedoch betrachteten den Wagen mit so viel Interesse, dass Will sich hüten wollte, ihn unbeaufsichtigt zu lassen.

»Es ist sicherer, wenn einer von uns immer beim Wagen bleibt. Wir müssen einen Platz finden, wo wir für eine oder zwei Nächte kampieren können.«

Sie setzten den Weg die Straße hinunter fort. Will und Hal ritten, Tommy fuhr den Wagen. Sie kamen nur langsam voran, doch das gab ihnen die Gelegenheit, sich umzusehen. Die Gebäude waren so unterschiedlich wie die Menschen. Solide Gebäude standen neben Bauten, die kaum mehr waren als Schuppen. Gut gekleidete Männer und Frauen gingen zwischen schlicht gekleideten Arbeitern und den von der Reise staubigen Goldsuchern umher. Zerlumpte Aborigines, deren Gesichter nicht verrieten, was sie über die Weißen dachten, lungerten in Gruppen herum.

Zwei Männer in Moleskinhosen und breitrandigen Palmbasthüten kamen aus einem Hotel. Nur Hal nahm Notiz von ihnen, und das auch nur beiläufig, bis einer von ihnen aufschaute und er sein Gesicht sah.

»Das gibt's doch nicht«, rief er. »Da sind Joshua und Adam Winton.«

Will schaute zu den Männern hinüber. »Tatsächlich.« Er hob die Hand zum Gruß, denn die Wintons hatten sie offenkundig auch erkannt.

»Will Collins, Hal, Tommy, was für eine Überraschung!«

»Ebenso. Wie geht's euch, Adam, Joshua?«

»Könnt nicht besser sein. Ich glaub's nicht, euch drei vor mir zu haben.« Adam betrachtete den Wagen. »Ihr seid nicht zufällig unterwegs nach Victoria?«

»Doch, sind wir. Und ihr?«

»Ha! Unser Pa würde uns bei lebendigem Leib das Fell über die Ohren ziehen, wenn wir ihm mit so einer Idee kämen. Hey! Aufgepasst!«

Der Fahrer einer Kutsche, die sich den Weg durch die verstopfte Straße bahnte, rief den Männern Beschimpfungen zu, weil sie die Durchfahrt blockierten. Das Zugpferd wollte sich vom Wagen entfernen, und Will zog die Leine an, um es wieder zum Stehen zu bringen.

»Wir können unmöglich mitten auf der Straße stehen bleiben, um zu reden. Wohin wollt ihr? Können wir uns irgendwo treffen?«

»Wir suchen im Augenblick nach einer Bleibe, wo wir auch den Wagen sicher unterstellen können.«

»Da habt ihr Glück, dass wir euch getroffen haben. In unserem Hotel ist gerade ein Zimmer frei geworden. Und euren Wagen könnt ihr in der nächsten Straße bei unserem lassen.«

»Ist er da auch sicher? Ich hab gesehen, dass einige großes Interesse an dem bekundet haben, was wir mit uns führen.«

»Euer Wagen wird vollkommen sicher sein. Und es gibt Ställe für eure Pferde.«

So wurde es verabredet. Joshua Winton ging zurück zum Hotel, um das Zimmer zu sichern, während Adam neben Will auf den Wagen stieg, um ihm den Weg zu dem Mietstall zu zeigen. Obwohl Will zufrieden war, dass der Ort sicher war, verzog er innerlich das Gesicht bei dem Preis, den man ihm für das Einstellen des Wagens und der Pferde abknöpfte. Und da das Hotelzimmer zusätzliche Ausgaben bedeutete, würden sie nicht allzu lange in Adelaide bleiben können.

Später saßen die fünf jungen Männer in dem Hotelzimmer, Joshua und Adam auf einem der schmalen Betten, Will und Hal auf dem anderen und Tommy auf der Matratze, die man für ihn noch auf den Boden gelegt hatte. Nachrichten darüber, was die Familien in den Jahren, seit sie zusammen als Auswanderer ins Land gekommen waren, gemacht hatten, waren bereits ausgetauscht worden.

»Und jetzt wollt ihr Gold schürfen, statt Kupfer abzubauen«, bemerkte Adam. »Erwartet ihr, reich zu werden?«

»Die Geschichten, die wir in Burra gehört haben, lassen erwarten, dass wir mehr verdienen als beim Kupferbergbau«, antwortete Will ernst. »Wir gehen allerdings davon aus, dass wir hart arbeiten müssen. Klar hoffen wir, reich zu werden.«

»Warum nehmt ihr den Landweg und nicht das Schiff?«, fragte Joshua.

»Das war Wills Idee«, sagte Hal. »Er fand es besser, die Ausrüstung schon in Burra zu kaufen.«

»Der Meinung bin ich immer noch. Durch Melbourne ziehen so viele, da ist das Angebot knapp, und die Preise sind hoch. Ich hoffe, in Adelaide kann mir jemand einen Rat geben, welche Reiseroute wir am besten wählen.«

»Das können wir euch sagen. Bis Riverview – wo wir wohnen – ist der Weg gut. Dort könnt ihr aber den Murray nicht überqueren, denn der Fluss ist viel zu breit, selbst die Pferde schaffen das schwimmend nicht. Etwa auf halbem Weg nach Riverview, in der Nähe der Mündung des Murray River in den Lake Alexandria, wendet ihr euch nach Süden, um runter nach Wellington zu gelangen. In Wellington überquert ihr den Fluss auf der Fähre. Wie die Reise auf der anderen Seite in Victoria weitergeht, weiß ich nicht.«

»Wann wollt ihr nach Hause zurück?«

»Übermorgen. Wir waren eine Woche in der Stadt. Morgen laden wir all unsere Vorräte auf, um am nächsten Tag früh loszukommen.«

»Würde es euch etwas ausmachen, wenn wir euch begleiten?«

Bei Adams freundlichem Lächeln bildeten sich Fältchen um seine Augen. »Das wollte ich gerade vorschlagen.«

»Aber dann können wir nur einen Tag in der Stadt bleiben«, beschwerte sich Hal.

»Das sind immerhin zwei Nächte«, meinte Joshua. »Du bist wohl auf ein bisschen Spaß aus, was?« Er zwinkerte Hal zu. »Komm mit mir, ich zeig dir, wo man sich richtig amüsieren kann.« Er zwinkerte Hal noch einmal zu und schenkte ihm ein schiefes, lüsternes Grinsen.

Hal grinste zurück. Joshua und er hatten, wie es schien, dieselbe Vorstellung davon, was ein richtiges Vergnügen war.

Die jungen Männer aßen im Speisesaal des Hotels zusammen zu Abend, und danach verabschiedeten Joshua und Hal sich für eine Nacht in der Stadt. Will und Tommy schlenderten eine Stunde die Hindley Street und die Randall Street hinunter und kehrten dann zum Hotel zurück. Joshua und Hal bekamen sie nicht mehr zu sehen.

Die beiden waren froh, den strengen Blicken ihrer älteren Brüder entkommen zu sein, und hatten es eilig, ein Hotel aufzusuchen, wo die Bardamen als gefällig galten. Reichlich betrunken verließen die jungen Männer das Hotel wieder.

»Warst du schon mal mit einer Schwarzen zusammen?«, fragte Joshua Hal.

»Ist das anders als mit einer Weißen?«

»Such dir 'ne nette Junge, dann ist es sogar noch besser. Und billiger als eine Hure obendrein. Den Schwarzen bedeutet Geld nichts. Gib ihnen ein bisschen Grog, und sie sind zu allem bereit.« Bei Hals leicht schockierter und doch neugieriger Miene stieß er ein geiles Lachen aus. »Komm, wir holen uns ein bisschen schwarzen Samt. Am Fluss kampieren bestimmt ein paar von ihnen.«

Die beiden machten sich trunken taumelnd auf den Weg an den

Stadtrand. Als Joshua einen Polizisten, der zu Fuß auf Wachrundgang war, die Straße herunterkommen sah, zog er den stolpernden Hal hinter ein Gebäude.

»Du willst doch nicht den Rest der Nacht auf der Polizeiwache verbringen, alter Kumpel.«

Er stolperte noch ein wenig weiter in den Schatten hinein und öffnete seine Hose, um zu urinieren. Auch Hal nutzte die Gelegenheit. Er sah die junge Aborigine, die sie beobachtete, zuerst. Er stieß Joshua an und fummelte gleichzeitig an seiner Hose herum, um sie wieder in Ordnung zu bringen.

Joshua, der noch nicht fertig war, ging auf die junge Frau zu. »Willst du?«, fragte er. »Schätze, sie will«, sagte er über die Schulter zu Hal. Er nahm ein Kopftuch aus der Tasche, hielt es ihr verführerisch vor die Nase und schwenkte es hin und her, während er mit seinem Glied wedelte, um ihr zu bedeuten, was sie tun müsse, um sich das Kopftuch zu verdienen.

Die junge Frau verzog keine Miene. Sie stand nur schweigend da.

Joshua hielt es selten für nötig, sein hitziges Temperament in Schach zu halten. So auch jetzt. »Gib schon ein Lebenszeichen von dir, du dummes schwarzes Flittchen. Ich will keine verdammte Statue bumsen.«

Er schlug der jungen Frau mit dem Handrücken ins Gesicht und warf sie dann zu Boden. Er war sofort auf ihr und hielt ihr mit einer Hand den Mund zu, um sie am Schreien zu hindern. Sie wehrte sich, und es gelang ihm kaum, sie festzuhalten. Sie fuchtelte mit den Armen und trat mit den Beinen aus.

»Das verdammte Flittchen ist wie eine Krake«, knurrte er wütend, »ich kann sie nicht gleichzeitig halten und bumsen.« Er schwang sich hinter sie, um ihre Arme mit den Knien zu Boden zu drücken. »Du darfst zuerst, Hal, während ich mit ihren Titten spiele. Ich schätze, sie beruhigt sich bald.«

Dass das, was sie da taten, eine Vergewaltigung war, kam dem betrunkenen Hal dort noch nicht in den Sinn, besonders, nachdem die junge Frau aufgehört hatte, sich zu wehren. Tage später würde er sich fragen, ob Joshua bewusst war, dass sie eine junge Frau vergewaltigt hatten. Sie ließ es teilnahmslos und stumm über sich ergehen, dass sie nacheinander in sie eindrangen. Joshua verlor bald die Lust. Er kam wankend auf die Füße und zog Hal weg, als der die junge Frau noch einmal besteigen wollte.

»Lass sie. Sie taugt nichts mehr, und ich hab 'nen ziemlichen Durst bekommen.«

Die beiden stolperten zurück zur Straße, ohne noch einen Gedanken an die junge Frau zu verschwenden, die sie in der Dunkelheit liegen gelassen hatten. Gerade als sie um die Ecke des Gebäudes gehen wollten, schrie Hal auf und stolperte. Ein faustgroßer Stein hatte ihn mit schmerzhafter Wucht an der Schulter getroffen.

»Verdammt!« Joshua hievte Hal auf die Füße und lief los. »Lass uns bloß hier abhauen.«

Erst als sie in das Hotel stolperten, das auf ihrem Weg lag, konnte Hal keuchend fragen: »Was ist passiert?«

»Ein Schwarzer hat Steine nach uns geworfen. Weiß nicht, wo der herkam.«

»Glaubst du, er hat mitgekriegt, was wir gemacht haben?«

»Wahrscheinlich.« Joshua zuckte die Achseln. »Der kommt jetzt nicht mehr hinter uns her.«

Davon war Hal keineswegs überzeugt, er hatte Angst. »Und was ist, wenn wir wieder rausgehen? Vielleicht wartet er auf uns und ist mit mehr bewaffnet als mit Steinen.« Bei dem Gedanken an einen geräuschlosen Speer, der seinen Körper traf, krümmte er sich vor Angst.

Joshua blieb vollkommen unbesorgt. »Die sind beide inzwischen zurück in ihr Lager gegangen, aber wir können ruhig noch eine oder zwei Stunden hier rumhängen, um ganz sicherzugehen, dass uns nichts passiert. Sieht so aus, als würde hier Karten gespielt. Hast du je Karten gespielt, Hal? Nicht? Na, dann wird's aber Zeit, dass du's lernst.«

Hal entdeckte bald, dass er weder Talent zum Kartenspiel besaß noch Glück beim Austeilen hatte. Innerhalb einer Stunde war er blank. Zuerst schlug er Joshuas Angebot, ihm etwas zu leihen, aus. Was, wenn er das auch noch verspielte?

Joshua winkte seinen Protest beiseite. »Niemand verliert dauernd. Noch ein paar Runden, und du hast den Dreh raus. Du bekommst dein Geld zurück. Komm, ich hab grad 'ne Glückssträhne.«

Leider änderte Hals Geschick sich nicht, und Joshuas Glückssträhne setzte sich auch nicht fort. Als sie in den frühen Morgenstunden zurück zu ihrem Hotel taumelten, hatten beide Schulden. Dort fanden sie die Tür verriegelt.

»Mist!« Joshua trat gegen die Tür. »Man sollte doch denken, ein Mann könnte in seinem eigenen verfluchten Bett schlafen. Ich wecke den verdammten Scheißkerl auf.«

Seine Stiefeltritte gegen die Tür wurden begleitet von obszönem Gebrüll. Hal setzte sich einfach neben die Tür und stützte den Kopf in die Hände. Er fühlte sich zu nichts mehr fähig, außer dort einzuschlafen, wo er saß. Dass andere, strenge Stimmen anfingen, Joshuas Flüche zu kontern, drang kaum noch in sein Bewusstsein. Als er hochgehievt wurde, protestierte er halbherzig. Der feste Griff des Polizisten an seinem Arm und der erzwungene Fußmarsch zur Polizeiwache schienen mit ihm gar nichts zu tun zu haben.

Als Will am nächsten Morgen wach wurde und feststellte, dass Hal in der Nacht nicht zurückgekommen war, wollte er gerade voller Unruhe Adam suchen gehen, als der an die Tür klopfte und eintrat. Sein Blick ging geradewegs zu dem unbenutzten Bett.

»Hal ist also auch nicht zurückgekommen.«

»Ich bin froh zu hören, dass Joshua auch nicht da ist.«

Adam schüttelte mit grimmiger Miene den Kopf. »Aber ich habe so eine Ahnung, wo er sein könnte.«

Die Resignation und die Verachtung in Adam Wintons Stimme ließen Will vermuten, dass Joshua nicht zum ersten Mal nicht nach Hause gekommen war. Will wusste genau, was für eine Art von Unterhaltung Hal gesucht hatte.

»Glaubst du, Joshua hat die Nacht in einem Bordell oder sonst wo verbracht?«

»Vielleicht, aber ich vermute, er ist eher auf dem Polizeirevier gelandet. Und Hal auch.«

»Was!« Dass Adam das so ruhig sagte, machte es für Will umso schockierender.

Tommy, der von den Stimmen wach geworden war, setzte sich auf seiner Matratze auf und blinzelte verschlafen. »Hab ich richtig gehört, Hal ist auf dem Polizeirevier?«

»Wenn dem so ist, wird er sich vor mir zu verantworten haben.« Will wandte sich wütend an Adam. »Hat Joshua es sich zur Gewohnheit gemacht, sich einsperren zu lassen?«

»Das letzte Mal, als wir in der Stadt waren, wurde er wegen Trunkenheit und Erregung öffentlichen Ärgernisses verhaftet. Ich habe ihn gewarnt, diesmal nicht wieder in Schwierigkeiten zu geraten.«

»Was machen wir denn jetzt mit den beiden?«

»Ich habe nicht vor, irgendetwas zu machen, bevor ich nicht gefrühstückt habe. Dann gehe ich zum Polizeirevier und schaue, was zu tun ist. Hoffentlich müssen wir nicht auf sie warten, weil sie vor einem Friedensrichter erscheinen müssen. Mit ein wenig Glück können wir nur ihre Geldstrafe zahlen und sie rausholen.«

»Geldstrafe!«, rief Will. »Wir haben doch fast nichts mehr!«

Adam hob die Hände in einer »Was soll ich machen?«-Geste. »Hal könnte mit einer Verwarnung davonkommen, besonders da ihr nur auf der Durchreise seid. Joshua wird sich glücklich schätzen, wenn er nicht vor den Friedensrichter geschleift wird.«

Adams Vorhersage erwies sich als richtig. Hal wurde unter der Bedingung entlassen, dass er sich für den Rest seines Aufenthalts in Adelaide des Alkohols enthielt. Joshua wurde dem Friedensrichter vorgeführt und bekam dort gesagt, er könne sich die Zeit bis zum nächsten Morgen im Gefängnis vertreiben.

»Hal hilft dir, eure Vorräte aufzuladen«, sagte Will zu Adam. »Tommy kann mir helfen, das, was wir brauchen, zu besorgen.«

Hal stöhnte. Er wollte nur irgendwo sitzen und sich seinen pochenden Kopf halten. Er wollte sich nicht einmal hinlegen, denn dann wurde das Pochen nur schlimmer. Das Letzte, wonach ihm war, war, einen Wagen mit Vorräten zu beladen. Doch er stritt nicht mit Will. Obwohl seine Erinnerungen nicht allzu deutlich waren, wusste er, dass er in der Nacht zuvor Dinge getan hatte, von denen er hoffte, dass niemals jemand davon erfuhr.

Am Abend war ihm der Gedanke an Essen immer noch zuwider, und er war froh, sich auf sein Bett plumpsen lassen zu können. Niemals, schwor er sich, würde er je wieder so viel trinken. Die nachfolgende Strafe war das ursprüngliche Vergnügen nicht wert. Er wünschte sich von ganzem Herzen, er hätte sich nie mit Joshua Winton eingelassen. Wenigstens versicherte sich Hal als Letztes, bevor er einschlief, dass sie am nächsten Morgen früh abreisen würden. Mit ein wenig Glück würde Will nie etwas von den Schuldscheinen erfahren, die er unterzeichnet hatte. Wenn er Adelaide erst einmal den Rücken gekehrt hatte, würde niemand hinter ihm herkommen und die Einlösung verlangen.

Er hatte das Gefühl, gerade erst eingeschlafen zu sein, als er von jemandem wachgerüttelt wurde, der ihn nicht besonders sanft in eine sitzende Position zog. Das Zimmer drehte sich um ihn. Er stöhnte und versuchte, die Hand abzuschütteln, die seinen Arm gepackt hielt. Mit einem gemurmelten Protest wollte er sich wieder hinlegen. Stattdessen spürte er, wie zwei Hände ihn weiter hochzogen, bis er stand. Er schwankte, blinzelte zweimal und starrte seinem älteren Bruder ins Gesicht.

»Wassis los?«

»Das hier.«

Zwei kleine Papierfetzen wurden Hal dicht vor die Nase gehalten. Zuerst runzelte er die Stirn, weil er nicht begriff, was das für Papiere waren und warum Will so wütend war. Er schob den Kopf zurück, um erkennen zu können, was auf den Zetteln stand.

»Oh«, war alles, was er herausbrachte. Und er konnte seinem Bruder auch nicht ins Gesicht sehen. Er ließ sich auf die Bettkante plumpsen und legte den Kopf in die Hände. Das konnten unmöglich die Schuldscheine sein, die er unterschrieben hatte. Entsetztes Leugnen kämpfte gegen die Wahrheit. Diese Burschen konnten doch unmöglich so bald ihre Forderungen anmelden. Er hatte ihnen gesagt, innerhalb einer Woche bekämen sie ihr Geld. Er stöhnte. Das alles konnte unmöglich passiert sein. Er spürte, dass Will vor ihm stand und auf eine Erklärung wartete. Und da er wusste, wie zwecklos das Leugnen seiner Schuld war, ließ er die Hände neben den Knien hängen, schaffte es aber immer noch nicht, Will anzusehen. Ein Blick zur Seite zeigte ihm, dass Tommy in der Tür stand und gleichzeitig besorgt und enttäuscht aussah.

»Es war Joshuas Schuld.« Die Bockigkeit, die er in seiner Stimme hörte, ließ ihn innerlich zusammenfahren.

»Das ist nicht Joshuas Unterschrift, Hal.«

»Joshua hat vorgeschlagen, Karten zu spielen.« Jetzt war er defensiv.

»Das war dumm von dir. Du kannst nicht Karten spielen«, erwiderte Will beißend.

Von Schuld genährter Zorn wühlte Hal auf. Er sprang auf die Füße, um seinem Bruder ins Gesicht zu sehen. »Glaubst du, das wüsst ich verdammt noch mal nicht?«

»Du meinst, du hast es zu spät rausgefunden?«

»Oh, Himmel!« Der Zorn war so schnell verraucht, wie er aufgeflackert war. Hal setzte sich wieder aufs Bett. Will hatte jedes

Recht, auf ihn wütend zu sein. »Ich war betrunken, Will. Es tut mir leid.«

»Es tut dir leid? Und das soll reichen?« Will wirbelte herum; er fürchtete sich vor dem, wozu er fähig wäre, wenn er in Reichweite seines Bruders bliebe. Der Anblick von Tommys verletzter und besorgter Miene heizte seine Wut noch an. Er ging wieder hinüber zu Hal. »Glaubst du wirklich, du könntest zu diesen Männern hingehen und sagen: ›Tut mir leid, ich wollte das Geld nicht verlieren‹, und von ihnen erwarten, dass sie es vergessen und uns unserer Wege ziehen lassen?«

»Ich dachte, wir wären längst weg.« Die Worte waren nicht mehr als ein defensives Gemurmel.

»Was! Was hast du gesagt?«, brüllte Will ungläubig.

»Du hast es gehört.«

»Willst du etwa behaupten, du hast diese Schuldscheine unterzeichnet und hattest nie die Absicht, sie zu bezahlen?«

Hal nickte wie betäubt. Er hörte Will fluchen, zwei harte Schritte Richtung Fenster machen und dann zurückkommen. Daran, dass Will in einen kornischen Tonfall zurückgefallen war, erkannte er, wie wütend sein Bruder war. Er spürte Wills Anspannung und welche Mühe es ihn kostete, vor Wut nicht ganz außer sich zu geraten. Schattenhafte Bilder der anderen schlimmen Sache, die er in der Nacht zuvor getan hatte, gingen ihm durch den Kopf. Wenn Will das herausfand ...

Hal stützte die Unterarme auf die Oberschenkel, ließ den Kopf hängen und weinte. Er weinte aus Reue, aus Scham und aus Angst vor Entdeckung. Er weinte, weil Will so wütend war und weil er gesehen hatte, wie enttäuscht Tommy von ihm war. Er weinte auch, weil er sich so verdammt schrecklich fühlte, dass er sich wünschte, der Boden würde sich unter ihm auftun und ihn verschlingen.

»Was würden Ma und Pa sagen, wenn sie das wüssten?«

Hal schüttelte den Kopf, bei der Erwähnung ihrer Eltern wurden aus den Tränen laute Schluchzer. Er brachte kein Wort mehr heraus. Und es gab auch nichts, was er hätte sagen können, um die Situation zu verbessern.

Will ließ die Reue seines Bruders ungerührt. Das Geld war weg.

»Ich habe deine Schulden bezahlt, Hal. Aber verstehst du, was das bedeutet?«

Diesmal nickte Hal. O ja, er wusste ganz genau, was das bedeutete.

»Wir haben keine zwei Pfund mehr. Was glaubst du, wie weit wir damit kommen?«

Er schniefte und rieb sich mit dem Ärmel wütend über die Augen. »Haben wir unsere Vorräte nicht schon?«

»Nicht genug für die fünf oder sechs Wochen, die wir schätzungsweise bis nach Ballarat brauchen.«

»Was sollen wir machen?«, meldete Tommy sich zu Wort.

»Wir können nur versuchen, unterwegs ein bisschen Arbeit zu finden. Selbst wenn es Arbeit gegen Essen ist.«

Will hatte seine Wut zwar unter Kontrolle, aber sie war noch nicht verraucht. Hal wusste, dass Will noch sehr lange wütend auf ihn sein würde. Und was für einen Schaden hatte er mit seinem dummen Betragen der engen Beziehung zu dem kleinen Tommy zugefügt? Die Enttäuschung seines Bruders schmerzte ihn mehr als alles andere. Er stieß einen tiefen, aufrichtigen Seufzer aus.

»Ich weiß, dass es nicht viel bedeutet, wenn ich sage, dass es mir leidtut, Will, Tommy. Aber es tut mir wirklich leid, dass ich so ein Dummkopf war. Ich versprech auch, dass ich alles tun werde, was ich kann, um es wiedergutzumachen.«

»Oh, das wirst du«, versicherte Will ihm, »verlass dich drauf. Und jetzt sollten wir zusehen, dass wir noch eine Mütze Schlaf bekommen. Wir brechen früh am Morgen auf.«

»Mit Adam und Joshua?«

»Nein. Die bleiben mindestens noch einen Tag. Adam kann erst fertig aufladen, wenn Joshua entlassen wurde. Abgesehen davon möchte ich dich von Joshua Winton fernhalten. Er war dir kein Freund.«

»Ich will ihn auch gar nicht zum Freund.« Hal war überrascht, wie erleichtert er war. »Ich bin froh, dass wir nicht mit ihnen reisen.«

Im weichen grauen Licht der verblassenden Nacht waren alle Farben zu Schatten gedämpft. Die Menschen, die schon auf den Beinen waren, achteten kaum auf diejenigen, die meist mit gesenkten Köpfen dahin gingen, wo sie den ganzen Tag arbeiten würden. Die Brüder Collins gingen schweigend, grüßten niemanden und sprachen auch nicht miteinander. Sie waren aufgestanden, hatten ohne viele Worte ihre Habseligkeiten zusammengepackt und das Hotel verlassen.

Auch am Mietstall sprachen sie nur das, was notwendig war, um die zwei Reitpferde zu satteln und das dritte Pferd anzuspannen. Als sie bereit waren, ihre Reise fortzusetzen, tauchte die Morgendämmerung die Stadt Adelaide in ein rosagoldenes Licht.

Die erste Pause des Tages machten sie nach mehr als drei Stunden. Danach übernahm Will das Führen des Wagens und ließ seine Brüder so weit vorausreiten, dass er ihre Stimmen nicht mehr hörte. Was auch immer Hal gegenüber Tommy als Entschuldigung vorbringen wollte, Will wollte davon nichts mitbekommen.

Er machte sich mehr Sorgen darum, wie sie das Geld zurückerlangen konnten, das Hal vergeudet hatte. Will würde seinem Bruder diese Dummheit erst verzeihen, wenn Hal jeden einzelnen Penny zurückgezahlt hatte. Sobald sie Ballarat erreichten, würde er Hal losschicken, damit er sich eine bezahlte Arbeit suchte. Sein Anteil an dem Gold, das sie fanden, würde im Verhältnis zu den Stunden stehen, die er für die Goldgräberei erübrigen konnte.

Die Straße in die Hügel hinein war gut ausgefahren, genau wie die von Burra nach Adelaide, und Pferde und Wagen kamen gut voran. Mehrere kleine deutsche Siedlungen in den Adelaide Hills fesselten die Brüder, denn sie waren anders als alles, was sie je gesehen hatten. Die hübschen Giebelhäuser mit ihren kleinen Fenstern und großen Dachböden standen inmitten blühender Gärten. Alte Frauen saßen in der Sonne vor der Tür und waren mit Stricken beschäftigt. Kinder in ihrer Nationaltracht spielten zusammen, die Mädchen trugen bunte Taschentücher auf den Köpfen. Männer, Pfeife im Mund, bestellten die Felder oder kümmerten sich um Ziegen und Kühe. Männer, Frauen und Kinder winkten den drei jungen Reisenden lächelnd zu.

Die Collins-Brüder wussten, dass die Straßen und Wege immer schlechter werden würden, nachdem sie die Vorgebirge mit ihren freundlichen deutschen Siedlungen hinter sich gelassen hatten. Am ersten Abend kampierten sie in den Mount Lofty Ranges. Will ging davon aus, dass sie weitere zwei Tage brauchen würden, um die steile Bergkette zu überwinden. Wenn sie sich nicht völlig verausgaben wollten, würden Pferde und Männer häufigere Pausen brauchen.

Die ersten Schwierigkeiten begannen, als sie einsehen mussten, dass der Wagen zu schwer war, um von einem Pferd allein über die Passhöhe gezogen zu werden. Unerfahrenheit und die Tatsache, dass sie kein anständiges Geschirr hatten, führten dazu, dass sie lange herumprobieren mussten, bis alle drei Pferde vor den Wagen gespannt waren. Der Abstieg war glücklicherweise etwas sanfter, unterbrochen von einer Reihe von mehr oder weniger steilen kürzeren Anstiegen.

Das Gelände, das sie in den nächsten Tagen passierten, war manchmal sanft gewelltes, manchmal hügeliges Land, doch hier brauchten sie nicht mehr als die Kraft eines Pferdes, um die Höhen zu schaffen. Die drei Männer nahmen sich die Zeit, die Landschaft, durch die sie reisten, zu genießen. Häufig sahen sie kurz vor sich Wallabys über den Weg hüpfen. Gelegentlich deutete nur ein schweres Dröhnen an, dass eines in der Nähe war und durch den Busch davonhüpfte.

»Diese Wallabys sind im Busch schwer zu erkennen«, bemerkte Hal. »Wenn sie unerwartet aufspringen, können sie einem richtig Angst einjagen.«

Seine Worte sollten sich als prophetisch erweisen, denn plötzlich sprang ein staubig-graues Wallaby fast direkt unter der Nase des Kutschpferds aus dem Busch. Erschrocken wich es rasch seitwärts aus, ohne jedoch langsamer zu werden. Das Kutschpferd scheute vor Angst, und Tommy brauchte all seine Kraft, um es unter Kontrolle zu bringen. Zunächst gelang ihm das, auch wenn sein Herz aus Angst schneller pochte, doch dann folgten mehrere Wallabys in rascher Folge dem ersten. Das Pferd machte einen Satz und brach in einen Galopp aus.

Tommy zog mit aller Kraft an der Leine und rief: »Hüh! Hüh!« Er hörte Hal und Will rufen und merkte, dass Will neben ihm galoppierte.

»Zieh die Bremse an«, schrie Will.

Dann war Will an ihm vorbei und beugte sich herüber, um das Zaumzeug des in Panik geratenen Kutschpferds zu packen. Doch er bekam es nicht zu fassen. Tommy spürte, wie er durch die Luft flog. O Gott, nein, dachte er bei sich. Bitte nicht.

Will schaffte es gerade so, mit seinem eigenen Pferd dem durch die Luft fliegenden Wagen auszuweichen, bevor dieser auf der Seite landete. Vollkommen verängstigt setzte das angeschirrte Pferd seinen ungestümen Galopp fort, bis der Wagen seitlich über den Rand des Weges rutschte und das Gewicht des Wagens das Pferd zum Straucheln brachte. Das Tier stürzte unglücklich und wurde von dem Wagen, der weiter bergab rutschte, mitgeschleift.

Bestürzt und hilflos sah Will dem Wagen noch etwa zehn Sekunden lang hinterher, bevor er rasch zurück zu Hal ritt, der sich über Tommy beugte.

»Lebt er noch?«, fragte er, noch bevor er aus dem Sattel stieg.

»Ich glaube schon.«

Will beugte sich über seinen jüngsten Bruder. Tommy atmete,

rührte sich aber nicht. Gesicht und Hände waren voll Blut, und auch das rechte Hosenbein war mit Blut getränkt. Das Bein war zwischen Knie und Knöchel grotesk verdreht. Will legte Tommy sehr vorsichtig eine Hand auf das Bein. Er spürte, wo der Knochen gebrochen war.

Hal kniete auf der anderen Seite seines Bruders und sah Will verstört an. »Was machen wir jetzt? Er ist böse verletzt, nicht wahr?«

Wills Miene war grimmig, ihm schossen alle möglichen Gedanken durch den Kopf. »Ich hab Angst, ihn zu bewegen.«

»Soll ich Hilfe holen? Schauen, ob ich einen Arzt finden kann?«

»Aber wo? Den ganzen Weg zurück nach Adelaide?«

»Was ist mit den deutschen Siedlungen?«

»Das ist fast genauso weit.«

»Dann sollte ich weiterreiten. Vor uns liegt sicher auch noch eine Siedlung.« Es musste noch eine Siedlung geben, das blasse Gesicht seines jüngeren Bruders gefiel ihm gar nicht.

»Am besten versuchen wir zuerst, es Tommy bequem zu machen.« Will zog seine Jacke aus und faltete sie zusammen, um ein Kissen zu machen, das er Tommy vorsichtig unter den Kopf schob. »Leg ihm eine Jacke über, Hal, um ihn warm zu halten, und bleib bei ihm. Ich gehe schauen, was mit dem Pferd und dem Wagen ist, dann entscheiden wir, was wir am besten machen.«

Will nahm sein Gewehr aus der Halterung am Sattel seines Pferds, bevor er den Hügel hinunterkrabbelte, -rutschte und -glitt. Das Pferd, das schwer verletzt war, jedoch noch lebte, lag auf der Seite, die Zugriemen um seine gebrochenen Beine verheddert. Will, der wenig Übung im Umgang mit Waffen hatte, hielt dem Pferd den Lauf an den Kopf. Der Rückstoß riss an seinem Arm und an seiner Schulter, der Knall dröhnte ihm in den Ohren. Das Pferd hatte ein dunkles rotes Loch im Schädel. Es lag still, denn jetzt litt es nicht mehr. Will ließ die Schulter kreisen, um sich von dem Rückstoß zu erholen. Ihm war übel von dem, was er da hatte tun müssen. »Du armes Vieh, mehr konnte ich nicht für dich tun.«

Der Wagen war arg demoliert, die Ladung war auf dem ganzen Weg den Hügel hinunter und um den Baum herum, wo der Sturz geendet hatte, verteilt. Ein Blick genügte, um Will zu verraten, dass der größte Teil ihrer Vorräte an Mehl, Reis und Zucker weit verstreut war. Abgesehen von diesen Lebensmitteln jedoch konnte der größere Teil der Dinge, die auf dem Wagen gewesen waren, gerettet werden. Er zog unter Schaufeln und Keilhauen einige Decken hervor und kletterte wieder hinauf zum Weg. Nachdem sie Tommy in Decken eingewickelt hatten, erklärte er Hal, was sie seiner Meinung nach tun sollten.

»Ich denke, wir sollten weiterfahren. Hoffe, dass wir an einer weiteren Siedlung vorbeikommen.«

»Ich reite sofort los.« Hal stand auf.

»Nein. Wir gehen alle zusammen. Ich will nicht, dass wir uns trennen. Wir müssen Tommy ein paar Minuten allein lassen. Ich will, dass du mitkommst, um ein paar Bretter und Seile vom Wagen zu holen.«

»Wofür?«

»Wir müssen eine Art Schlitten bauen, der von einem der Pferde gezogen werden kann. Wir müssen Tommy irgendwie transportieren. Und ich glaube, wir sollten versuchen, sein Bein zu richten. Ich weiß«, sagte er, als Hal aufkeuchte, »mir ist dabei auch nicht wohl zumute. Aber es scheint mir das Beste zu sein, es zu richten und mit einem Brett zu fixieren, statt es so zu lassen, wie es jetzt ist. Solange er bewusstlos ist, spürt er hoffentlich die Schmerzen nicht.«

Die Brüder machten sich rasch daran, die Dinge, die sie brauchten, den Hang hinaufzutragen. Mit einer Axt spaltete Will das bewegliche Rückbrett des Wagens, um für Tommys verletztes Bein eine Schiene zu machen. Er riss ein Hemd in Streifen, um die

Schiene am Bein zu fixieren. Dann wappnete er sich für das, was er tun musste.

»Du hältst ihn am besten fest, Hal, falls er zu sich kommt.«

Hal kniete sich in Kopfhöhe neben seinen jüngeren Bruder und hielt dessen Schultern. Ihm war übel vor Sorge. Tommys von den vielen blauen Flecken rasch anschwellendes Gesicht war ein schrecklicher Anblick.

Mit einem Messer schnitt Will das blutgetränkte Hosenbein ab. Er spürte, wie sich auf seiner Stirn Angstschweiß bildete und ihm in die Augen tropfte. Mit dem Ärmel wischte er ihn weg. Er hatte Angst – verdammt große Angst. Einen Augenblick hob er den Blick, um Hal anzusehen. Die offene Angst in Hals Miene war der Ansporn, den er brauchte, um das zu tun, was getan werden musste. Er packte Tommys Bein oberhalb und unterhalb der Bruchstelle. Sie hörten das Knirschen von Knochen auf Knochen. Tommys Körper zuckte. Ein rascher Blick auf Hal zeigte, dass der die Lippen zusammenbiss, als kämpfte er gegen das Bedürfnis, sich zu übergeben. Auch in Wills Magen rumorte es ziemlich. Er holte tief Luft und wischte sich noch einmal mit dem Ärmel die Schweißperlen von der Stirn.

»Ich hoffe um Tommys willen, dass ich das richtig gemacht habe.«

Er verband das gerichtete Bein so fest, wie er konnte. Hal half ihm, die provisorischen Schienen auf beiden Seiten des Beins festzubinden. Die beiden blieben noch mehrere Minuten an der Seite ihres Bruders sitzen, bis Will sich davon überzeugt hatte, dass es Tommy nach der primitiven Behandlung nicht schlechter ging.

»Dem Burschen scheint's gut zu gehen. Wir beide machen uns jetzt am besten daran, den Schlitten zu bauen.«

Sie schnitten Schösslinge, die sie als Querstreben verwendeten, um die Seitenbretter der Kutsche miteinander zu verbinden. Die Querstreben wurden an kräftigere Stämmchen gebunden, die ein wenig länger waren als die Bretter. Die Enden dieser provisorischen Kufen würden der einzige Teil des Schlittens sein, der den Boden berührte. Will hoffte, dass diese Konstruktion Tommy die Weiterreise einigermaßen erträglich machen würde. Aus dem Geschirr des toten Kutschpferds fertigten sie ein Geschirr, um den Schlitten zu ziehen. Als die behelfsmäßige Trage fertig war, hoben sie Tommy auf ein Bett aus Decken, deckten ihn mit weiteren Decken zu und zurrten ihn für den Transport an der Trage fest.

Jetzt mussten sie nur noch den Rest des Wassers, der nicht verschüttet war, holen. Ihre übrigen Sachen mussten auf dem Hügel zurückbleiben, und die Brüder konnten nur hoffen, dass nicht alles gestohlen wurde, bevor sie zurückkehren konnten. Wenn der Weg bergan führte, gingen Will und Hal zu Fuß und führten die Pferde. Sobald sie flacheres Land erreichten und die Anstrengung für die Pferde nicht mehr so groß war, ritten sie.

Am späten Nachmittag waren beide Brüder erschöpft und voller Sorge. Tommy atmete zwar noch, zeigte jedoch keinerlei Anzeichen dafür, dass er das Bewusstsein wiedererlangte. Hal betrachtete verzweifelt die Landschaft um sie herum. Sie waren in ein Gebiet gekommen, wo die Bäume weniger dicht standen und man eigentlich hoffen konnte, auf die Hütte eines Siedlers zu stoßen.

»Wir finden sicher bald ein Haus. Wir müssen jemanden finden.« Hals Stimme stockte, und dann schluchzte er auf. »Tommy darf nicht sterben.«

Will antwortete nicht. Er war todunglücklich und gab sich die Schuld. Sich in Südaustralien komplett auszustatten und dann auf dem Landweg nach Ballarat zu reisen war seine Idee gewesen. Wären sie per Schiff gereist, wäre Tommy jetzt nicht in so einem ernsten Zustand. Will konnte seine Schuld nicht in Worte fassen. Er konnte nur beten und wiederholte Worte und Wendungen, die er bei seiner Ma immer gehört hatte. Er, der Gott nie viel Zeit gewidmet hatte, wünschte sich jetzt, er stünde auf besserem Fuße mit dem Herrn.

Plötzlich stieß Hal einen Schrei aus. »Will, schau! Da drüben, das sieht nach Rauch aus. Endlich Menschen.«

Will schaute in die Richtung, in die Hal zeigte. »Du hast recht.« Vielleicht hatte Gott seine Gebete erhört. Obwohl er sich noch nicht erlaubte, sich erleichtert zu entspannen. »Reit voraus, Hal. Sag ihnen, dass ich mit Tommy komme.«

Hal trieb sein Pferd mit den Knien zu einem kurzen Galopp an und folgte dem Weg, bis er um ein Dickicht aus Sträuchern außer Sicht geriet. Wenige Augenblicke später war er wieder da und ritt schneller als vorher. Will zügelte sein Pferd.

»Was ist passiert?«

»Der Rauch kommt von einem Lager von Schwarzen, nicht von einem Haus.«

Will wunderte sich, warum sein Bruder so beunruhigt war. »Hast du etwa Angst vor denen? Du hast doch in Burra und auch in Adelaide viele Aborigines gesehen. Ist es ein Kampftrupp?« Er sah, dass Hal zitterte und im Gesicht aschfahl war.

Hal kämpfte gegen seine wachsende Panik an. Ein Kampftrupp, ja, das sollte er Will sagen, damit der umkehrte. Als er der Gruppe ansichtig geworden war, hatte er sich mit Übelkeit erregender Deutlichkeit daran erinnert, was er an dem Abend in Adelaide mit Joshua abgesehen vom Kartenspiel noch getrieben hatte. Von den Aborigines war bekannt, dass sie Rache nahmen. Was, wenn er wiedererkannt wurde? Ein Laut drang an seine Ohren, der ihm ein angstvolles Frösteln über den Rücken jagte. Erst als Will aufschrie und sich rasch vom Pferd schwang, wurde ihm klar, dass der Laut von Tommy gekommen war.

»Schnell, Hal, in meiner Satteltasche ist eine Flasche Whisky.«

Hal stieg behände ab. »Ist er bei Bewusstsein?«

»Nur teilweise. Aber ich glaub, ich gieß ihm ein bisschen Whisky die Kehle runter. Wenn es sonst nichts hilft, dann wärmt es ihn wenigstens ein wenig.«

Sehr vorsichtig brachte Will Tommy dazu, winzige Schlückchen

Whisky zu schlucken. Der Bursche stöhnte ein paarmal und schien dann wieder in Bewusstlosigkeit zu versinken.

»Wir gehen zu dem Lager der Schwarzen.«

»Die können uns auch nicht helfen.« Sämtliche Nerven in Hals Körper warnten ihn, sich von dort fernzuhalten.

»Aber sie können uns wahrscheinlich sagen, wo das nächste Haus ist.«

»Du sprichst ihre Sprache nicht.«

»Wir können uns in Zeichensprache verständigen. Sie sehen bestimmt, dass Tommy einen Arzt braucht.«

Hal, der noch mehr Argumente vorbringen wollte, sah aus dem Augenwinkel eine Bewegung. Er sprang rasch auf und wollte sich schon auf das Gewehr stürzen, doch Will packte ihn fest am Arm und hinderte ihn daran.

»Nein, Hal. Sie sind friedlich.«

Wenigstens hoffte er, dass die beiden Männer friedlich waren, obwohl sie Speere, Kriegskeulen und Bumerangs bei sich trugen. Ein Mann trug ein ziemlich großes Wallaby, der andere zwei große Eidechsen. Sie waren barfuß und nur in Umhänge aus Opossumfell gekleidet, die ihnen von den Schultern hingen und bis zu den Knien reichten. Ob sie überhaupt schon einmal Weiße gesehen haben?, überlegte Will. In ihren Mienen lag, soweit er das sagen konnte, weder Aggression noch Neugier.

Die beiden Aborigines traten an die Trage und schauten schweigend auf Tommy hinunter. Einer sagte in ihrer gutturalen Sprache etwas zu dem anderen. Der zweite, jüngere Mann nickte und schaute Will an.

»Sehr krang Bursche.«

Will staunte. Er hörte Hal nach Luft schnappen. Hatten sie wirklich so viel Glück?

»Sie sprechen Englisch? Er, mein Bruder, hat sich das Bein gebrochen.« Er tat mit den Händen so, als breche er einen Zweig entzwei.

Der jüngere Mann nickte. »Kommen mit.« Die beiden entfernten sich.

»Willst du wirklich mit denen gehen?«, flüsterte Hal.

»Natürlich folgen wir ihnen. Der Jüngere hat Englisch gesprochen, oder? Er muss wissen, wo es Weiße gibt.«

»Aber sie tragen nur Opossumfell. Schwarze, die Kontakt zu Weißen haben, tragen normalerweise anständige Kleidung.«

»Vielleicht tragen sie im Busch keine Kleider. Ich weiß es nicht. Mir ist nur wichtig, dass wir uns verständlich machen können. Wir müssen alles tun, was wir können, um Hilfe für Tommy zu kriegen.«

Er schluckte seine Angst vor Vergeltung und seine schuldbewusste Panik herunter. Diese Menschen, sagte er sich, gehörten ohne Zweifel einem anderen Stamm an. Selbst wenn sie versuchen sollten, ihm etwas zu tun, konnte er sich immer noch mit seinem Gewehr verteidigen. Der arme Tommy war hilflos. Sein Leben war in größerer Gefahr.

Schweigend folgten die weißen Männer den beiden Aborigines in ihr Lager. Die Gruppe war eine kleine Familie, eine alte Frau, zwei jüngere Frauen, ein halbes Dutzend Kinder verschiedenen Alters und ein Jugendlicher von etwa sechzehn Jahren.

Der jüngere der beiden Männer sagte schnell etwas in ihrer Sprache. Die alte Frau stand auf und ging zur Trage. Sie starrte auf Tommy hinunter, nickte weise und sagte etwas zu dem Mann. Er wandte sich an Will.

»Ihr bleiben, heute Abend.«

Will schüttelte den Kopf. »Mein Bruder braucht einen Arzt. Können Sie uns zu Weißen bringen?«

»Weiße weit weg. Alte Frau kennt Medizin.«

»Weiße Medizin?«

»Medizin unsere Volk.«

Hal sprach Will leise ins Ohr, damit der Aborigine ihn nicht hören konnte. »Frag ihn, wie weit es bis zur nächsten Weißensiedlung ist. Der Gedanke, dass die alte Frau etwas mit Tommy macht, behagt mir nicht.«

»Mir auch nicht, aber ich glaube, wir haben keine andere Wahl.« Mit lauter Stimme fragte er den Aborigine: »Wie weit ist es zum Haus der Weißen?«

»Vielleicht ganze Nacht.«

»Was ist mit einem Arzt – einem weißen Medizinmann?«

Der Mann schüttelte den Kopf. »Schwarze Medizin gut.«

Die alte Frau wandte sich in einem raschen Redefluss erst an die Männer, dann an eine der jüngeren Frauen. Diese antwortete kurz und verließ dann das Lager.

»Mirritji gehen Medizin suchen.« Er wies auf Tommy. »Bringen Junge Feuer.«

Zusammen lösten Will und Hal das Geschirr, an dem Tommys Schlitten hing. Mit Hilfe der beiden Aborigines trugen sie ihn näher ans Feuer. Schon lag die Kühle der heranrückenden Nacht in der Luft. Will bat Hal, sich um die Pferde zu kümmern, und knüpfte die Seile auf, mit denen Tommy an der Trage festgebunden war, während die alte Frau sich neben ihn hockte und das gebrochene Bein aufdeckte.

In Wills Kehle stieg Galle auf. Die Wunde eiterte schon. Die alte Frau nickte ernst. Dann kratzte sie ein wenig Holzkohle vom Rand des Feuers, nahm die Blätter, die die junge Frau ihr gebracht hatte, und ließ sie in den Feldkessel fallen, der im Feuer stand. Wills Sorge um seinen Bruder war im Augenblick von der Neugier verdrängt, wie die Aborigines wohl Wasser erhitzt hatten, bevor der weiße Mann mit seinen Blechbehältnissen gekommen war.

Aus dem dampfenden Feldkessel, der vom Feuer genommen worden war, um abzukühlen, stieg der an Minze erinnernde Duft von Eukalyptus auf. Will erinnerte sich, dass er gehört hatte, das Extrakt der Eukalyptusblätter besäße reinigende Fähigkeiten. Er fragte den Mann, der ein wenig Englisch sprach.

Der Aborigine nickte. »Gute Medizin. Reinigt gutt.«

Hal, der nach den Pferden gesehen hatte, kehrte jetzt zurück. Als er Tommys Bein sah, keuchte er auf. »Gütiger Himmel! Wenn wir nicht bald Hilfe für ihn holen, wird Tommy sterben oder, wenn's nicht ganz so schlimm kommt, das Bein verlieren.«

»Wir bekommen Hilfe. Es ist vielleicht nicht die Medizin, die wir kennen, aber es ist doch Medizin.« Im Stillen betete Will, dass er recht behielt.

Die alte Dame machte sich daran, den Eukalyptustee über die offene Wunde zu gießen, bis das Fleisch sauber und roh aussah. Dann mischte sie aus den Blättern und der Holzkohle einen Brei und schmierte ihn um die Wunde. Will und Hal sahen einander an, und in ihren Augen stand dieselbe Frage. Würde dieser primitive Brei heilen oder schaden? Sie konnten nur still bei sich beten, dass er half. Dann nahm die Frau ein Stück Rinde, befeuchtete die Innenseite und legte sie Tommy auf die Stirn.

»Rinde hilft aufwachen«, erklärte der Aborigine. »Du bleiben hier, bis Sonne kommen.«

Die Aborigines teilten großzügig ihr Essen mit ihnen. Auch wenn ihnen das rohe Kängurufleisch nicht besonders zusagte, wollten Will und Hal ihre Gastgeber nicht beleidigen, indem sie sich weigerten, es zu essen. Will unterhielt sich mit dem Mann, der sich Jerry nannte.

»Name hat Weißer mir gegeben.«

»Wo haben Sie Englisch gelernt, weiße Sprache?«

»Arbeit für Boss Harvey, lange her. Schafe.«

»Jetzt kümmern Sie sich nicht mehr um die Schafe.« Das war eine Feststellung und eine Frage.

»Jetzt Walkabout. Bald zurück.«

»Wenn morgen die Sonne aufgeht, müssen wir meinen Bruder zur nächsten Weißensiedlung bringen. Zeigen Sie uns den Weg?«

Der Mann schüttelte den Kopf. »Nicht gehen. Bleiben hier, bis Boss Harvey kommen.«

»Sie rechnen damit, dass Ihr Boss in Ihr Lager kommt«, rief Will. »Wann?«

»Bald. Junge bringen Boss Harvey Nachricht.«

Will schaute sich in der Gruppe um und sah, dass der Jugendliche nicht mehr unter ihnen war. Er hatte nicht mitbekommen, wie er fortgegangen war. Tiefe Dankbarkeit erfüllte sein Herz. Entweder hatte Gott ihre Gebete erhört, oder das Schicksal hatte beschlossen, freundlich zu ihnen zu sein. Er überlegte, was er den Aborigines geben konnte, um seine Dankbarkeit zu bezeigen. Ob der Mann wohl beleidigt war, wenn er ihm ein Geschenk machte?

Während Will mit dem Mann sprach, war sich Hal, der neben Tommy saß, unbehaglich der geschmeidigen Anmut der beiden jungen Frauen bewusst und der Art, wie das Feuer auf ihren Körpern schimmerte. Die Verunsicherung, die er empfand, seit sie das Lager betreten hatten, war durch das gelegentliche Kichern und die scheuen Blicke, mit denen die jungen Frauen die weißen Männer betrachteten, noch gewachsen. Doch ihre anziehende Halbnacktheit erregte Hal nicht. Vielmehr war ihm fast körperlich übel vor Schuld und Reue. Wenn diese Menschen von seinem Verbrechen in Adelaide gewusst hätten, hätten sie sie wahrscheinlich alle drei umgebracht, statt ihnen zu helfen. Beschämt wandte er den Blick von den jungen Frauen ab. Hal hoffte von ganzem Herzen, dass er nie im Leben mehr mit Joshua Winton zusammentraf.

In den kältesten Stunden der Nacht, die der Morgendämmerung vorausgingen, rührte Tommy sich und schlug die Augen auf, immer noch halb in dem Traum von Cornwall gefangen, den er geträumt hatte. Doch das hier war nicht Cornwall. Er hatte keine Vorstellung davon, wo er war. Sein Kopf schmerzte scheußlich, genau wie sein rechtes Bein. Als er versuchte, sich zu rühren, schrie er auf vor Schmerz. Er hörte Hals Stimme, die nach Will rief, und sah dann, wie sich das Gesicht seines ältesten Bruders über ihn beugte.

»Tommy. Gott sei Dank, dass du wach und wieder bei Bewusstsein bist.«

»Wie geht's dir?« Auch Will beugte sich über ihn.

»Mein Bein ... was ist passiert?«

»Erinnerst du dich nicht?«

Tommy wollte den Kopf schütteln, zuckte jedoch vor Schmerz zusammen. »Das Letzte, woran ich mich erinnere, ist, wie ich mit dem Wagen einen Hügel raufgefahren bin.«

»Das Pferd ist durchgegangen, es hat sich über ein Wallaby erschrocken, das vor ihm über den Weg gehüpft ist. Du wurdest vom Wagen geworfen. Und du warst bewusstlos und hast dir ein Bein gebrochen.«

»Wann war das?«

»Gestern Nachmittag.«

»Wo sind wir jetzt?«

»Im Lager einiger Aborigines. Die alte Frau hat dich mit ihrer Buschmedizin behandelt.«

»Wie spät ist es?«

»Kurz vor der Morgendämmerung, glaube ich. Lieg einfach still und versuch zu schlafen, bis es hell wird.«

Will stand auf, um sich einige Schritte vom Lager zu entfernen. Als er an Jerry vorbeiging, sah er das Weiße in dessen Augen im Dunkeln glimmen. Ohne dass ein Wort gesprochen wurde, drückte der eine aus, wie zufrieden, und der andere, wie dankbar er war. Will ging zu den Bäumen, wo er einen Platz fand, um sich zu erleichtern. Jetzt, wo er sich körperlich wieder wohl fühlte, spürte er auch, dass die Anspannung erheblich nachgelassen hatte. Ob Tommy ohne die Hilfe der Rindenarznei wieder zu Bewusstsein gekommen wäre, würde er nicht hinterfragen. Was jetzt zählte, war nur die Gewissheit, dass Tommy den Unfall überleben würde.

Vor Tagesanbruch hatten die Frauen schon das Feuer neu entfacht und einen Kessel mit frischem Wasser aufgestellt. Sobald es kochte, nahm eine der Frauen einen kleinen Beutel und schöpfte daraus eine Handvoll Teeblätter in das kochende Wasser. Dann nahm sie den Feldkessel vom Feuer und rührte den Tee dreimal mit einem Stock.

Will erinnerte sich daran, dass er gehört hatte, die Aborigines wären wild auf Tabak und Tee. Die Collins-Brüder rauchten nicht, doch in der Satteltasche war eine Packung Tee. Er konnte ihnen den Tee und vielleicht noch einen zweiten Feldkessel schenken, denn die Aborigines schienen nur den einen zu haben. Als er sah, dass die Frau Zucker holte, um ihn in den Tee zu tun, beschloss er, ihnen auch ihr Paket Zucker zu geben.

Der Tee war stark und fast Übelkeit erregend süß. Die Aborigines tranken aus zerbeulten Blechtassen. Die Collins-Brüder holten ihre Becher aus den Satteltaschen. Aus den Sätteln bauten sie eine Stütze, mit deren Hilfe sich Tommy halb aufsetzen konnte. Obwohl er den Becher mit beiden Händen halten musste, trank er den ganzen Tee.

»Hast du Hunger?«, fragte Hal.

»Ein bisschen. Ich glaub, ein bisschen was zu essen würd meinen Magen ein wenig beruhigen.«

Hal holte die Keksdose heraus. Er nahm einige für Tommy heraus und reichte die Dose dann den Aborigines. Die Hände der Kinder griffen begierig nach der süßen Speise, und auf ihren dunklen Gesichtern machte sich ein breites, vergnügtes Grinsen breit. Doch die alte Frau erlaubte nicht, dass sie sich satt aßen. Als Kinder und Erwachsene einige Kekse genommen hatten, schloss sie die Dose und reichte sie Hal zurück. Sie zeigte auf Tommy, und Hal wusste, dass sie ihm bedeutete, er solle den Rest der Kekse für seinen Bruder aufheben.

Die Stunden vergingen nur langsam. Als der Tag allmählich wärmer wurde, bewegte sich die Gruppe in den Schatten der Bäume an einem nahe gelegenen Wasserloch. Die Frau bereitete ein Gebräu aus verschiedenen Pflanzen zu und gab es Tommy gegen seine Schmerzen. Die Kinder spielten am Rand des Wassers, und die weißen Männer beobachteten interessiert ihre Spiele. Jerry und der ältere Mann hatten ihre Speere genommen und waren jagen gegangen, während die beiden jungen Frauen mit ihren aus Bast geknüpften Beuteln loszogen, um im Busch nach Essbarem zu suchen.

Bei ihrer Rückkehr hatten sie die Taschen voller Knollen und wilder Beeren. Kurze Zeit später kehrten die Männer mit einer Schlange und einer Eidechse zurück. Beide Reptilien wurden so, wie sie waren, auf die Kohlen geworfen. Wieder wurde das Essen freigebig mit den Weißen geteilt. Die Brüder zögerten zwar, die Reptilien zu probieren, doch der Hunger war stärker. Zu ihrer großen Überraschung stellten sie fest, dass die gekochte Schlange einem Huhn nicht unähnlich schmeckte. Die Beeren erinnerten im Geschmack an Himbeeren. Wieder einmal wurde der Feldkessel aufgesetzt, um Tee zu kochen.

Jerry grinste, als Hal ein Stück Eidechse nahm. »Schwarzenfutter gut, was?«

Hal, der sich unter den Aborigines inzwischen wohler fühlte, erwiderte das Grinsen. »Ziemlich gut. Was meinst du, Will? Jetzt brauchen wir uns keine Sorgen mehr zu machen, dass uns die Lebensmittel ausgehen. Wir können uns einfach eine Schlange oder eine Eidechse fangen.«

Zu seiner ungeheuren Überraschung brach Jerry in schallendes Gelächter aus. Die Worte, die er in seiner eigenen Sprache sprach, lösten in der Gruppe ausgelassene Fröhlichkeit aus. Hal sah Will an.

»Was sagt er? Was ist so witzig?«

Jerry schaffte es, sein Lachen unter Kontrolle zu bringen. »Lustig ist, dass Weißer versuchen, Eidechse fangen. Eidechse läuft verdammt schnell.«

Nun stieß Will ein leises Kichern aus. »Ich glaub, Jerry hat recht, Hal. Wir sollten besser von den Frauen einiges über Buschnahrung lernen.«

Worauf Jerry mit offensichtlicher Schadenfreude grunzte. »Weißer denken ziemlich klug, aber Schwarzer auch klug.«

»Sie haben recht.« Will wurde augenblicklich ernst. »Ohne Ihre Hilfe wäre Tommy womöglich nicht mehr am Leben. Und wir wären zweifellos sehr hungrig.«

Um die Mittagszeit ruhten alle. Die alte Frau, der alte Mann und einige Kinder schliefen. Tommy und Hal schliefen ebenfalls. Will konnte nicht einschlafen. Er setzte sich mit dem Rücken an einen Baum und lauschte auf alles, was die Ankunft von Jerrys Boss Harvey ankündigen konnte.

Erst am späten Nachmittag, als die Männer in der Hoffnung, noch ein Wallaby zu fangen, wieder ihre Jagdwaffen genommen hatten, hörte er das unmissverständliche, doch immer noch ferne Geräusch eines näher kommenden Wagens. Er sprang auf, um zu dem Weg zu laufen, dem sie gefolgt waren. Und tatsächlich näherte sich von Osten ein von zwei Pferden gezogener kleiner Wagen.

Er lief zurück ins Lager, um sein Pferd zu holen.

»Was ist los?«, fragte Hal alarmiert.

»Es kommt ein Wagen. Ich reite ihnen entgegen. Sag's Tommy.«

Hastig sattelte er sein Pferd, stieg auf und galoppierte dem herannahenden Wagen entgegen. Der Wagen hielt, als er ihn erreichte. Auf dem leichten, vierrädrigen Wagen saßen zwei Männer, in die Moleskinhosen und Flanellhemden der Siedler gekleidet. Der junge Aborigine hockte auf der Ladefläche.

Will vergeudete keine Zeit mit einer formellen Begrüßung. »Ich bin wirklich froh, Sie zu sehen, Mr. Harvey.« Er sprach den dicken Mann an, der die Leine hielt, den Mann, der aussah, als gäbe er die Befehle. »Ich bin Will Collins. Wie viel hat der Junge Ihnen erzählt?« Zum ersten Mal überlegte Will, ob der junge Aborigine Englisch sprach. Er musste wohl, denn Hilfe war gekommen.

»Ich habe gehört, dass es einen Unfall gegeben hat und dass Sie einen bewusstlosen Mann mit einem gebrochenen Bein hier haben.«

»Zum Glück ist er nicht mehr bewusstlos. Ich mache mir trotzdem noch Sorgen um ihn. Ich wünschte, wir könnten ihn zu einem Arzt bringen.«

»Auf dieser Seite von Adelaide gibt es keinen Arzt. Hier draußen kümmern wir uns selbst um uns. Hier, Sie fahren am besten mit mir, dann können Sie mir alles erzählen, was passiert ist. Jack kann Ihr Pferd nehmen.«

Der Mann namens Jack tauschte mit Will den Platz. Sobald Harvey den Wagen wieder in Bewegung gesetzt hatte, erzählte Will ihm alles, von da an, als ihnen die ersten Wallabys über den Weg gehüpft waren. »Wir hatten Glück, dass wir die Aborigines getroffen haben. Ich weiß nicht, was der Breiumschlag der alten Frau für Tommys Bein tun kann. Ich weiß nur, dass das, was sie ihm zu trinken gegeben hat, seine Schmerzen gelindert hat.«

»Sie wären wahrscheinlich überrascht, aber ich habe öfter, als ich zählen kann, erlebt, wie wirksam die Medizin der alten Mary ist.« Er nahm die Leine in die linke Hand, um mit der rechten den Ärmel seines Hemds hochzuschieben. Über den Unterarm vom Ellbogen bis zum Handgelenk lief diagonal eine tiefe weiße Narbe. »Das hat sie für mich gerichtet.«

»Wie ist das passiert?«

»Bei einem Unfall, beim Holzsägen. Ich habe schrecklich viel Blut verloren, bis Jerry seine Mutter geholt hat. Ich schätze, ich verdanke ihr mein Leben.«

»Die Frau ist Jerrys Mutter? Was ist mit dem älteren Mann?«

»Ein Onkel. Der Bursche hintendrauf ist sein ältester Sohn. Eine der jüngeren Frauen ist seine Frau, die andere irgendeine Cousine. Welches Kind zu wem gehört, dahinter bin ich noch nicht gekommen. Bei den Aborigines übernimmt der ganze Stamm die Aufzucht der Kinder. Da scheint es nicht so wichtig zu sein, wer die Eltern sind.«

»Jerry sagte, er kümmert sich um Ihre Schafe. Was ist mit den anderen?«

»Ich lasse sie am Bach wohnen. Der kleine Billy«, er wies mit dem Kopf auf die Ladefläche des Wagens, »hilft auf dem Hof.«

Sie hatten das Lager erreicht. Harvey ging sofort zu Tommy hinüber. »Wie geht es Ihnen, junger Mann?«

»Mir geht's schon besser.«

»Hmm. Soweit Ihr Bruder mir das erzählt hat, hatten Sie verdammtes Glück, dass Sie nicht umgekommen sind. Nun, wir laden Sie am besten auf den Wagen und bringen Sie zum Haus? Wir haben eine Matratze auf den Wagen gelegt, damit Sie nicht zu sehr herumgeschleudert werden. Ah, hier kommt Jerry. Wie ich sehe, hat er auch etwas zu essen.«

Jerry trug ein kleines Wallaby, das er auf den Boden legte. »Tag, Boss.«

»Sind Sie jetzt fertig mit dem Walkabout, Jerry? Kommen Sie zurück zum Haus.«

»Wir kommen zurück, Boss. Vielleicht wir reiten in Wagen.«

»Vielleicht nicht. Hab nicht genug Platz für euch alle. Aber ich nehme Mary mit. Sag ihr, sie soll mit mir kommen.«

Obwohl die Männer vorsichtig waren, bereitete es Tommy große Schmerzen, als sie ihn zum Wagen trugen, und er schrie mehrmals auf vor Pein. Als sie ihn auf der Matratze gelagert hatten, standen ihm Schweißperlen auf der Stirn. Will machte sich Sorgen, dass er wieder ohnmächtig werden könnte. Obwohl das vielleicht nicht das Schlechteste war. Die Reise, die ihnen bevorstand, würde für Tommy nicht einfach werden, auch wenn die dicke Matratze das Holpern abfederte.

Will und Hal banden ihre Pferde hinten an den Wagen, luden die Sättel auf und kletterten neben Tommy. Die alte Mary kletterte hoch und setzte sich im Schneidersitz nach hinten.

»Wie lange dauert es?«, fragte Tommy mit einer Stimme, die schwach und vor Schmerzen rau war.

»Ich schätze, wir sollten vor Mitternacht zu Hause sein. Zum

Glück ist Vollmond, und wir können unseren Weg gut erkennen.« Er schnalzte mit der Leine. »Setzt euch in Bewegung, ihr faulen Biester, wir müssen den armen Kerl nach Hause bringen.«

Harvey lenkte den Wagen über einen kaum erkennbaren Weg Richtung Norden. Als die Pferde ein gleichmäßiges Tempo eingeschlagen hatten, schaute Harvey über die Schulter zu Will. »Was machen Burschen wie Sie überhaupt hier draußen? Hatten Sie vor, eine Farm zu gründen?«

»Wir wollen, ich meine, wollten, nach Ballarat auf die Goldfelder.«

Harvey schnaubte. »Ha, hätt ich mir doch denken können. Dasselbe wie bei allen andern Männern in der Kolonie. Jack hier ist der einzige Weiße, der noch für mich arbeitet. Wie gut, dass Jerry und zwei andere Schwarze bereit sind, als Schäfer zu arbeiten.«

»Sind sie gute Schäfer?«

»Kann mich nicht beschweren, außer wenn sie auf Walkabout gehen. Das ist verdammt lästig. Egal, erzählen Sie mir von sich.«

Ohne in Einzelheiten zu gehen, erzählte Will, wie es gekommen war, dass die Familie nach Australien ausgewandert war, um in der Grube in Burra Burra zu arbeiten. Keiner der Brüder, sagte er, hatte sich über die Arbeitsbedingungen in der Grube oder über das Leben, das sie abseits der Grube lebten, beschweren können. Es war nur so, dass die Lust auf Veränderung sie umtrieb und die Goldgräberei sie gereizt hatte. Sie wussten, dass sie hart arbeiten mussten, um sich ihren Lebensunterhalt zu verdienen. Genug, um behaglich zu leben, mehr wollten sie gar nicht. Keiner von ihnen erwartete, ein Vermögen zu machen.

»Freut mich, dass Sie ein bisschen Verstand in der Birne haben. Schätze, jetzt müssen Sie Ihre Pläne ändern.«

»Ja.«

Nichts konnte entschieden werden, bevor Tommys Bein nicht geheilt war, und das konnte mehrere Wochen dauern. Falls Harvey bereit war, sie bei sich wohnen zu lassen, überlegte Will, konnten sie bei ihm bestimmt auch arbeiten. Finanziell waren sie jetzt noch mehr unter Druck als bei der Abreise aus Adelaide. Dann war da die Sorge, dass das Bein nicht ordentlich zusammenwuchs und Tommy sein Leben lang ein Krüppel bleiben könnte.

»Mr. Harvey ...«

»Harvey tut's auch.« Ein krächzendes Kichern war zu hören. »Harvey Ignatius Harvey wurde ich getauft. Je einen lächerlicheren Namen gehört?«

Da die Frage keine Antwort zu erfordern schien, fuhr Will mit seiner Frage fort. »Harvey, ich würde gerne irgendwann zurückreiten, um die Reste unserer Habseligkeiten zu holen. Denken Sie, das wäre möglich?«

»Schätze schon. Heute Abend kümmern wir uns erst mal um Ihren Bruder. Wenn Sie bereit sind, ihn allein zu lassen, kann Jack Sie morgen zurückbringen. Er kennt eine Abkürzung, sodass Sie an einem Tag hin- und zurückkönnen.«

Jack, der praktisch die ganze Zeit noch kein Wort gesagt hatte, schaute sich um und nickte.

»Könnten wir irgendein Beförderungsmittel mitnehmen, um alles zu transportieren? Es wäre mir lieber, ich müsste nicht zu oft reiten.«

»Die Abkürzung können Sie nicht mit einem Wagen nehmen. Glauben Sie, zwei Packpferde tun's auch?«

»Vielleicht. Tiere und Vögel werden sich sicher an unseren verstreuten Lebensmitteln gütlich getan haben, außer an den Dosen.«

»Richtig. Gütiger Himmel, heute Nacht wird's aber verdammt kalt. Wenn der Mond scheint, kommt's mir immer kälter vor. Wie geht's Ihnen da hinten?«

»Verdammt kalt«, wiederholte Hal. Er zog ihre Decken heraus, um Tommy zuzudecken und sich eine um die Schultern zu legen.

Will suchte die Whiskyflasche und reichte sie herum. Ein oder zwei Schlucke halfen vielleicht, das Frösteln aus den Knochen zu vertreiben. Harvey nahm dankbar an.

»Hätte selbst dran denken sollen. Es geht doch nichts über ein bisschen Schnaps, um die Eingeweide zu wärmen.«

Die alte Mary hatte ihnen den Rücken zugewandt. Will überlegte, ob er ihr auch einen Schluck anbieten sollte. Harvey, der nach hinten schaute, schien Wills Gedanken lesen zu können.

»Besser nicht, junger Mann. Sobald die Schwarzen ein bisschen Alkohol intus haben, sind sie zu nichts mehr zu gebrauchen. Bei den Frauen kann es so schlimm sein wie bei den Männern. In Neusüdwales habe ich gesehen, welchen Schaden der Alkohol anrichten kann. Was ich im Haus hab, halt ich gut unter Verschluss.«

»Vertrauen Sie ihnen nicht?«

»Das ist keine Frage des Vertrauens, sondern eine Frage, sie richtig zu behandeln. Der Alkohol tut ihnen nicht gut. Besser, man versorgt sie reichlich mit Tee und Zucker. Und ich möchte nicht das Risiko eingehen, dass ein betrunkener Schwarzer, der nicht weiß, was er tut, mir mitten in der Nacht mit einem Handbeil den Schädel spaltet.«

»Ich hatte den Eindruck, Sie trauen Jerry.« Will war verdutzt, Harveys barsche Reden schienen etwas anderes anzudeuten.

»Das tue ich auch. Er ist ein guter Mann, genau wie der junge Billy. Verstehen Sie mich nicht falsch, Bursche. Die Aborigines sind gute Leute, solange man sie richtig behandelt und ihnen nicht ihre Selbstachtung nimmt.«

»Ich kann nicht leugnen, dass sie sehr gut zu uns waren.«

»So sind sie. Solange man nicht so dumm ist, ihnen mit einer Waffe vor der Nase rumzufuchteln, sind sie ein friedliches Volk.«

Will sagte nichts mehr. In seine Decke eingehüllt überlegte er, wie wenig er im Grunde über die Aborigines wusste. In Burra waren sie einfach da gewesen, Teil des Landes. Niemand hatte besonders auf sie geachtet. In Adelaide schien es im Großen und Ganzen genauso zu sein. Obwohl die Umstände sehr bedauerlich waren, war er froh, jetzt ein wenig mehr über ihre Lebensweise zu wissen.

Hals Gedanken nahmen einen ähnlichen Verlauf. Er war sich jetzt fast sicher, dass die Frau, die er so brutal behandelt hatte – ein anderes Wort zu denken verbot ihm sein Gewissen –, nach Alkohol gerochen hatte. Nicht dass ihr Zustand sein Verhalten in irgendeiner Weise gerechtfertigt hätte. Es gab keine Möglichkeit, das, was er der Frau angetan hatte, wiedergutzumachen, selbst wenn er sie je wiedersah und überhaupt erkannte. Nur durch Taten, beschloss er in diesem Moment, konnte er das Böse, das er begangen hatte, tilgen. Nur durch seine Haltung konnte er den Aborigines danken, die ihnen so bereitwillig geholfen hatten. Von diesem Abend an, schwor er sich, würde niemand in seiner Gegenwart einen Aborigine schlecht behandeln oder schlecht über sie reden.

14

»Hier sind wir endlich, meine Liebe.«

»Hier« war ein imposantes georgianisches Wohnhaus, dessen Sandsteinfassade von der spätnachmittäglichen Sonne in ein warmes, goldenes Licht getaucht wurde. Das Haus war viel größer, als Meggan es in Erinnerung hatte. Sie konnte kaum glauben, dass dies jetzt wirklich ihr Zuhause war.

Genauso ungewohnt war es, dass der Kutscher ihr den Kutschenschlag aufhielt und sie mit der Hand respektvoll am Ellbogen stützte, um ihr beim Aussteigen zu helfen. Sie dankte ihm mit einem zögerlichen Lächeln, das, wie sie hoffte, nicht verriet, wie wenig sie es gewohnt war, von einem Bediensteten umsorgt zu werden. David stieg hinter ihr aus und trat neben sie.

»Wie ist dein erster Eindruck von deinem neuen Heim, meine Liebe?«

»Ich habe noch einige flüchtige Erinnerungen an das Haus von dem Tag damals, als Barney in den Fluss gefallen ist.« Sie wandte sich halb um. »Da drüben.«

David Westoby lächelte seine Frau an. »Ein glücklicher Unfall. Für uns beide, glaube ich zumindest.«

Meggan war überrascht. »Nun ... ja, vermutlich.«

Sie hatte oft über den günstigen Lauf nachgedacht, den ihr Leben durch Barneys ungestümes Stolpern in den Fluss genommen hatte. Und doch hatte sie nie überlegt, dass sie jetzt nicht mit einem angesehenen Ehemann vor ihrem eigenen prächtigen Heim stehen würde, wenn der kleine Junge damals nicht so wild gewesen wäre. Das Schicksal webte zweifellos mit den Fäden des Lebens der Menschen einen Bildteppich.

Die Haustür öffnete sich, und in der Tür stand eine ganz in Schwarz gekleidete Frau, deren Proportionen fast so imposant waren wie die des Hauses. Sie trägt ihr bestes Kleid, dachte Meggan, um den Herrn und die neue Herrin zu Hause willkommen zu heißen.

»Ah, Mrs. Mills.« David führte Meggan am Ellbogen die drei Stufen zur Veranda hinauf. »Erlauben Sie mir, Ihnen Mrs. Westoby vorzustellen. Meggan, ich habe dir alles über Mrs. Mills, meine – unsere – wunderbare Haushälterin und Köchin, erzählt.«

»Wie geht es Ihnen, Mrs. Mills?« Meggan schenkte der Frau ein freundliches Lächeln.

Das »Willkommen zu Hause, Sir. Willkommen, Madam« der Haushälterin enthielt, wie Meggan fand, kein wirklich warmes Willkommen für sie. Vielmehr glaubte sie in der Miene der Haushälterin ein wenig Enttäuschung zu sehen. Warum, überlegte Meggan, etwa wegen ihrer Jugend?

Die Frau trat zur Seite, damit sie die Halle betreten konnten. »Mrs. Mills«, sagte David, »wir brauchen beide eine erfrischende Tasse Tee. Möchtest du, Meggan? Oder würdest du lieber zuerst dein Zimmer sehen?«

»Ich hätte sehr gerne eine Tasse Tee.«

»Sehr wohl. Wir nehmen den Tee im kleinen Salon, Mrs. Mills.«

»Ja, Mr. Westoby.« Die Frau warf Meggan noch einen Blick zu und wandte sich dann ab.

David hielt Meggan immer noch am Ellbogen und führte sie jetzt auf eine Tür zur Linken zu. Der Salon war ein Raum mittlerer Größe mit einer wohnlichen Atmosphäre, was Davids Worte bestätigten.

»Dies ist der Raum, den wir am meisten nutzen. Es gibt einen größeren Salon und ein Speisezimmer, die nur benutzt werden, wenn wir Gäste haben. Ich zeige dir später das ganze Haus.«

Meggan liebte den Raum sofort. Sie stand in der Tür und sah sich um. An der Wand unmittelbar gegenüber war ein riesiger Kamin. In einer Nische auf einer Seite boten hohe Fenster einen Blick in Richtung der Stadt Adelaide. Neben dem Fenster stand auf einem ungewöhnlich geformten kleinen Tisch in einem Messingtopf eine Schusterpalme mit glänzenden Blättern. In der anderen Nische stand eine hübsche Kommode. Mitten auf dem Fußboden lag ein Perserteppich, und darauf standen zwei mit grünem Samt bezogene Lehnsessel, einer auf jeder Seite des Kamins, diesem leicht zugewandt. Meggan stellte sich vor, wie gemütlich es sein musste, an einem Winterabend dort vor einem lodernden Feuer zu sitzen.

Rechts von der Tür stand ein kleiner, runder Tisch mit drei Stühlen, auf der gegenüberliegenden Seite des Raums ein Schreibtisch, daneben eine Standuhr.

»Es gefällt dir.« David klang erfreut.

»Wie könnte es mir nicht gefallen?« Meggan lächelte ihren Mann an, der lächelnd zuschaute, wie sie den Raum in Augenschein nahm. »Ich verstehe, warum du diesen Raum so viel nutzt. Er hat eine sehr behagliche Atmosphäre.«

»Ich hoffe, du findest auch den Rest meines Hauses behaglich.«

»Ganz bestimmt.«

Just in diesem Augenblick betrat Mrs. Mills mit einem Tablett, auf dem ein hübsches Teeservice stand, den Raum. Sie stellte es auf den Tisch. »Ich habe auch etwas Kuchen gebracht. Ich dachte, Sie hätten vielleicht ein wenig Hunger, und Abendessen gibt es erst in drei Stunden.«

»Wie aufmerksam von Ihnen«, sagte Meggan. »Ich habe tatsächlich ein wenig Hunger.«

»Wie gesagt, bis zum Abendessen sind es noch ein paar Stunden. Soll ich einschenken, Sir?«

Gütiger Himmel, dachte Meggan, sehe ich wirklich so fehl am

Platze aus, wie ich mich fühle? Glaubt die Haushälterin etwa, ich wüsste nicht, wie man Tee einschenkt?

»Vielen Dank, Mrs. Mills, aber meine Frau wird einschenken.«

Beim Tee plauderten David und Meggan entspannt über dies und das. Schon vor ihrer Heirat hatten sie entdeckt, wie gut sie sich unterhalten konnten. Sie würden nie links und rechts dieses Kamins sitzen und verkrampft nach einem Gesprächsthema suchen müssen.

»Edith hat den größten Teil des Tages in diesem Zimmer verbracht.« David nahm die Tasse, die Meggan ihm reichte. »Meine Schwester hat die feinsten Handarbeiten angefertigt. Stickst du, meine Liebe?« Seine Miene verriet leichte Überraschung und Nachdenklichkeit. »Mir ist gerade aufgegangen, dass es vieles gibt, was ich von dir noch nicht weiß.«

Meggan lachte. »Ich verabscheue das Nähen. Ich hoffe, deine Edith, Gott hab sie selig, wird nicht denken, du hättest eine schlechte Wahl getroffen. Eine Nadel nehme ich nur zur Hand, wenn es absolut unumgänglich ist.«

»Dort in der Ecke, das ist Ediths Nähtisch.« Er wies mit einer Kopfbewegung auf den Tisch, auf dem die Schusterpalme stand. »Ich würde ihn gerne dort stehen lassen. Aber wenn du es wünschst, lasse ich ihn natürlich woanders hinstellen.«

»David, ich habe nicht die Absicht, dein Zuhause umzuräumen. Bitte, lass alles so, wie es ist.«

Sie stand auf und ging zu dem Nähtisch, fuhr mit der Hand über die Oberfläche und beugte sich leicht vor, um den Bildteppich, der darüber hing, genauer zu betrachten.

»Gestattest du?« David trat neben sie und stellte die Schusterpalme auf den Boden. »Jetzt kannst du ihn aufmachen.«

Meggan hob den Deckel und sah, dass alles so war, wie Edith es zurückgelassen hatte. Das Garn, die Nadeln, Scheren, Stoffe und halbfertige Stickereien in der Gobelintasche sahen aus, als seien sie erst vor wenigen Stunden beiseitegelegt worden. »Ich habe noch nie so ein Möbelstück gesehen. Du musst es unbedingt hier stehen lassen, David, als Erinnerung an deine Schwester.« Sachte schloss sie den Deckel. »Ich würde jetzt gerne den Rest des Hauses sehen.«

»Bist du dir sicher, dass du nicht zuerst ein wenig ausruhen willst?«

»Noch nicht. Ausruhen kann ich später.«

»Gut, meine Liebe, dann zeige ich dir zuerst die unteren Räume.«

Er geleitete sie durch die Halle zu einer anderen Tür, die sich in den Salon öffnete. Von dort führte eine Tür ins Speisezimmer. Diese beiden Räume waren, wie Meggan sehen konnte, in einem sehr viel formaleren Stil möbliert als der kleine Salon.

»Ich finde, wir sollten bald eine Abendgesellschaft geben, um dich einigen von Adelaides angesehenen Bürgern vorzustellen«, sagte David. »Nur eine kleine Soiree, so bald nach Ediths Tod. Einige werden es zweifellos scharf kritisieren, dass ich so kurz danach geheiratet habe. Ich hoffe, du machst dir nichts aus Klatsch. Ich fürchte, in der Stadt wird nicht wenig geklatscht.«

»Klatsch und Tratsch haben mich noch nie gekümmert. Aber die Idee einer kleinen Abendeinladung gefällt mir. Ich habe es nicht besonders eilig, in die Gesellschaft eingeführt zu werden. Ich fürchte, ich muss noch vieles lernen. Ich bin den feinen Lebensstil nicht gewohnt.«

»Das waren einige unserer inzwischen wohlhabenden Bürger auch nicht«, bemerkte er mit leichtem Zynismus. »Du besitzt mehr Haltung und hast bessere Umgangsformen als manche, die ich nennen könnte. Ich kann Leute nicht ausstehen, die sich für etwas Besseres halten als andere.«

Meggan lächelte, denn sie war sich sicher, dass seine Bemerkung auf eine bestimmte Person gemünzt war. »Dàrin, liebster Ehemann, sind wir uns vollkommen einig.«

Sie brachten die Tour durch das Erdgeschoss zu Ende, ließen die Küche und die Wirtschaftsräume jedoch aus. Mrs. Mills, sagte David, ziehe es sicher vor, Meggan diesen Teil des Hauses am nächsten Tag zu zeigen.

»Dein Kutscher ist Mrs. Mills' Ehemann?«

»Ja, nur die Mills wohnen im Haus. Und dann kommt jeden Tag ein Dienstmädchen, das Mrs. Mills beim Putzen und Waschen hilft. Mills kümmert sich um das Grundstück, die Pferde und die Kutsche und packt mit an, wenn schwere Sachen zu schleppen sind.«

»Wird von mir erwartet, Anweisungen zu geben? Das ist alles so neu für mich, ich glaube, es wird mir schwerfallen, mit Dienstpersonal umzugehen.«

Sie waren auf halbem Weg die Treppe hinauf. David blieb stehen. Seine linke Hand lag auf Meggans Schulter, und mit der rechten hob er ihr Kinn, damit sie ihm in die Augen sah.

»Meine Liebe, du musst dir um nichts, ich wiederhole, um gar nichts Sorgen machen. Mrs. Mills ist eine äußerst fähige Haushälterin. Edith war Witwe, sie war es gewohnt, ihr eigenes Haus zu führen, und sie hat sich regelmäßig mit Mrs. Mills beraten. Du musst nur ganz du selbst sein. Wenn du versuchen würdest, vornehm zu tun, was du, wie ich weiß, nie tun würdest, aber wenn, dann würdest du rasch feststellen, dass du dir die Haushälterin zur Feindin machen würdest. Such Mrs. Mills' Rat, und du wirst feststellen, dass alles glattläuft. Und jetzt lass mich dir die obere Etage zeigen.«

Im ersten Stock lagen mehrere Schlafzimmer. »Selten genutzt«, erklärte David ihr, »außer wenn George und Virginia Heilbuth oder andere Freunde die Stadt besuchen. Unsere Räume liegen an der Vorderseite des Hauses. Aber bevor du dein Schlafzimmer siehst, möchte ich dir dies zeigen.«

Sie waren den ganzen Flur hinuntergegangen, an dessen Ende er eine Tür öffnete.

»Ein Badezimmer«, rief Meggan aus. Und was für eines! Wie sehr unterschied es sich doch von dem praktischen Bad in Grasslands: Statt eines kleinen Fensters hoch in der nackten Steinmauer hatte dieser Raum ein großes Fenster mit Spitzenvorhängen und schweren Samtgardinen, die zugezogen werden konnten, um Privatheit zu haben. Die klauenfüßige Badewanne stand vor dem Fenster, davor lag auf dem Boden ein weicher Teppich. In einer Ecke verhieß ein dickbäuchiger Ofen bei kühlem Wetter behagliche Wärme. Es gab eine kleine Frisierkommode und einen Stuhl und daneben einen Ständer, auf dem man seine Kleidung ablegen konnte. An einem Regal an der anderen Wand stapelten sich saubere Handtücher.

»Wenn du ein Bad nehmen möchtest, meine Liebe, bitte ich Mills, heißes Wasser raufzubringen.«

»Ein Bad wäre wunderbar.«

»Dann kümmere ich mich darum, dass die Badewanne gefüllt wird. Und jetzt dein Zimmer.«

David führte sie den Flur zurück zu einem Eckzimmer. »Das war Ediths Zimmer. Ich habe es für dich vollständig renovieren lassen.«

Meggan trat durch die offene Tür und keuchte auf vor Entzücken. »Es ist wunderschön, David.«

Der Raum war hell und luftig, die Tapete an den Wänden hatte ein blasses, cremefarbenes Muster mit winzigen rosafarbenen Blüten und grünen Blättern. Hellgrüne Vorhänge passten zur Tagesdecke, und der Betthimmel war mit feinen Spitzenvorhängen drapiert. Das übrige Mobiliar bestand aus einem Frisiertisch, einer hohen Kommode und einem Kleiderschrank aus Holz in einem warmen Farbton. Meggan überlegte, ob es vielleicht Ahorn war. Ein Stuhl mit einem Kissen aus rosafarbenem Samt stand am Fenster. Wasserkrug und Schüssel auf der kleinen Kommode waren offensichtlich passend zu den Farben im Raum ausgesucht worden.

»Vorher war das Zimmer blau mit sehr dunklen und schweren Vorhängen und Möbeln aus Walnussholz. Ich glaube, es hat gut zu Edith gepasst, aber ich dachte, du würdest hellere Farben vorziehen.«

»Ich bin sehr gerührt. Vielen Dank, David. Du hast sehr gut gewählt.« Sie unterbrach sich und kaute leicht mit den Zähnen an der Innenseite der Lippen. »Du hast gesagt, das wäre mein Zimmer ...« Meggan ließ die Frage in der Luft hängen, denn sie wusste nicht recht, wie sie fortfahren sollte.

David nickte. »Ich behalte mein eigenes Zimmer, Meggan. Ich war zu lange Junggeselle, um noch meine Gewohnheiten zu ändern. Ich versichere dir, an einem solchen Arrangement ist nichts Ungewöhnliches, nicht bei den Wohlhabenden mit großen Häusern. Ich habe dir versprochen, dass ich keine unwillkommenen Forderungen an dich stellen werde, und ich habe vor, dieses Versprechen zu halten. Ich bin stolz und glücklich, dich zur Frau zu haben, meine Liebe. Lass uns unserer Ehe Zeit geben, von Tag zu Tag, von Woche zu Woche.«

Er beugte sich vor, um ihr einen zarten Kuss auf die Stirn zu drücken. In diesem Augenblick hatte Meggan das Gefühl, sie würde mit der Zeit lernen, ihren Mann zu lieben.

»Und jetzt lasse ich dich allein, damit du dich ausruhen kannst. Soll ich Alice rufen, damit sie dir beim Auspacken hilft?«

»Das ist nicht nötig. Ich bin es gewohnt, solche Dinge selbst zu erledigen.«

»Dann bitte ich Mills, dir ein Bad einzulassen. Alice ruft dich, wenn es fertig ist.«

»Danke.«

Allein gelassen trat Meggan an das Fenster an der Vorderseite des Hauses, wo ihr Blick über den Torrens River zu den Gebäuden auf der anderen Seite schweifte. Die Uferstreifen waren mit Gras und heimischen Bäumen bewachsen. Sie wusste, dass dort eines Tages Rasenflächen und Gärten entstehen würden, die an englische Parks erinnerten. Vielleicht würde sie diese Verwandlung im Laufe ihres Lebens noch miterleben.

Der Blick aus dem anderen Fenster ging auf Bäume und auf das dahinter fast ganz verborgene Dach des Nachbarhauses. Sie wandte sich von diesem Ausblick ab und ging langsam im Zimmer herum, berührte Dinge, bewunderte die Verzierungen und Gemälde, die das Gefühl der Scheu noch verstärkten. Vor dem dreiteiligen Spiegel blieb sie stehen, um ihr Ebenbild zu betrachten. Die junge Frau, die sie sah, war dieselbe, die stets ihren Blick erwidert hatte. Nichts hatte sich verändert, bis auf den goldenen Ring, der ihr vor zwei Tagen an den Ringfinger gesteckt worden war. Seltsam, dass dieses kleine Schmuckstück dafür sorgen konnte, dass sie sich so anders fühlte.

Joanna zuliebe war die Eheschließung in der methodistischen Kirche in Burra begangen worden. Die einzigen Anwesenden waren ihre Eltern, Mr. und Mrs. Heilbuth, die ihre Trauzeugen waren, und die Zwillinge gewesen. Meggan konnte sich sehr deutlich an jeden Augenblick des Tages erinnern. Sie war in ihrem alten Bett im Cottage der Eltern früh aufgewacht. Eine Weile hatte sie nur dagelegen, und ihre Gedanken waren zwangsläufig zu Con gewandert. Ihre Liebe zu ihm war nicht verblasst und würde auch nie verblassen. Und ihr zukünftiger Ehemann würde nie erfahren, dass ihr Herz bereits an einen anderen Mann vergeben war. Das hatte sie sich geschworen, bevor sie David Westobys Heiratsantrag angenommen hatte.

Sie war von Natur aus nicht labil und hielt auch nicht in vergeblicher Hoffnung an etwas fest, was sie nicht haben konnte. Wenn sie das Kleid anzog, das im Schrank hing, und dann am Arm ihres Vaters die Kirche betrat, würde auf ihrem Gesicht ein Lächeln sein für den Mann, dessen Frau sie werden würde.

Als sie sah, mit wie viel Stolz David sie anschaute, wurde sie ganz bescheiden vor Dankbarkeit. Die Heilbuths hatten ihr das

Hochzeitskleid aus weißem Barège geschenkt, dessen drei Röcke mit feiner Spitze gesäumt waren. Ihr viereckiger Tüllschleier wurde von einem Kranz aus weißen Satinrosen an Ort und Stelle gehalten. Sie sprach ihren Schwur mit klarer Stimme, unterzeichnete das Kirchenbuch mit sicherer Hand. Sie war – fast – glücklich.

Nach der Zeremonie gingen sie alle zu Fuß zum Burra Hotel, um ein Festmahl einzunehmen. Henry hatte darauf bestanden, es zu bezahlen, und das Angebot seines zukünftigen Schwiegersohns, für die Kosten aufzukommen, vom Tisch gewischt. Dann war es auch schon Zeit, ein Reisekleid anzuziehen und die Mietkutsche zu besteigen, die sie nach Adelaide bringen würde.

Sarah weinte, als Meggan sie zum Abschied küsste. Barney hielt ihr stoisch die Hand hin, doch als Meggan sich bückte, um ihn zu umarmen, weinte er genauso heftig wie seine Schwester. Auch Meggan hatte Tränen in den Augen.

»Wir werden uns wiedersehen. Ihr könnt uns in Adelaide besuchen, oder wir besuchen euch in Grasslands. Ich bin nicht weit weg.«

Mrs. Heilbuth umarmte sie wie eine Tochter. »Werden Sie glücklich, meine Liebe, auch wenn wir Sie sehr vermissen werden.«

Meggan wusste, auch ohne viele Worte, dass Mrs. Heilbuth immer für sie da sein würde, falls Meggan je eine verständnisvolle Zuhörerin brauchte. Als sie ihre Mutter umarmte, war Meggan überrascht, wie fest die sie hielt, auch wenn sie sich nie besonders nahegestanden hatten. An der Schulter ihres Vaters vergoss sie Tränen.

»Ich werde dich vermissen, Pa.«

»Na, na, Kind, du hast doch selbst gesagt, Adelaide ist gar nicht so weit weg. Nicht so weit wie deine Brüder.«

Das Fehlen ihrer Brüder hatte den einzigen kleinen Schatten über Meggans Tag geworfen.

»Ich hätte mir so gewünscht, sie dabeizuhaben, besonders Will.«

»Ja, er wäre sicher gerne bei deiner Hochzeit dabei gewesen. Du hast dir einen guten Mann zum Ehemann gewählt, mein Liebes.«

»Ich weiß, Pa. Ich weiß.«

Dann sagte David, sie müssten sich auf den Weg machen. Meggan lehnte sich aus dem Fenster und winkte, bis die Kutsche um die Ecke in die Commercial Road bog und die hundert Meilen weite Reise nach Adelaide begann.

Meggan hob die Hand, um ihren Ehering anzuschauen. Plötzlich überfiel sie eine ganz unerwartete Panik. Ich bin die Tochter eines Bergmanns, sagte sie zu ihrem Spiegelbild. Was mache ich hier, in diesem prächtigen Haus, verheiratet mit einem Mann, den ich kaum kenne? Ich habe keine Ahnung, wie ich mich als Herrin dieses Hauses verhalten soll. Alles, was ich kann, ist, anständig zu sprechen und eine Tasse Tee einzuschenken. Was ist, wenn ich ihn mit meiner gesellschaftlichen Unwissenheit blamiere oder in Verlegenheit bringe?

Ein Klopfen an der Tür, gefolgt von der Stimme eines Mädchens, das ihr Bescheid sagte, ihr Bad sei jetzt bereit, erlöste Meggan aus ihrer Panik. Sie öffnete die Tür und sah ein molliges Mädchen von etwa dreizehn Jahren vor sich stehen, ein Kopftuch um den Kopf und eine Schürze um die Taille. Sie war offensichtlich irgendwo im Haus mit Putzen beschäftigt gewesen.

»Du musst Alice sein.«

»Ja, Madam. Man hat mir gesagt, ich soll Sie fragen, ob Sie Hilfe brauchen.«

Plötzlich strich Alice mit der Hand über die Vorderseite ihrer Schürze, und ihr Blick schien irgendwo kurz über dem Saum von Meggans Rock zu haften. Überrascht ging Meggan der Gedanke durch den Kopf, dass das Mädchen genauso unsicher war, ob und wie sie Meggan helfen sollte, wie Meggan darüber, wie man die Hilfe eines Dienstmädchens in Anspruch nahm.

»Vielen Dank, Alice. Es ist nicht nötig, dass du bleibst. Du kannst zurück an deine Arbeit gehen.«

»Ja, Madam.«

Das Mädchen eilte davon, und Meggan, deren Gleichgewicht wiederhergestellt war, schaute noch einmal in den Spiegel. Du bist nicht mehr Meggan Collins, sagte sie zu ihrem Spiegelbild, du bist jetzt Mrs. David Westoby. Du hast ihn wegen der Sicherheit geheiratet und wegen der Aussicht auf eine Karriere als Sängerin. Sei dankbar, mein Mädchen, dass er bereit war, dich zu nehmen, auch in dem Wissen, dass du ihn nicht liebst.

Sie hatte großes Glück mit der Ehelichung eines so freundlichen und rücksichtsvollen Gentleman. Jetzt musste sie ihren Teil des Handels einhalten. Meggan hatte sich selbst auch ein Versprechen gegeben. Wenn David nach seinem Recht als Ehemann fragte, würde sie es ihm nicht verwehren.

Meggan sah ihren Mann erst wieder, als sie am späten Nachmittag nach unten ging. Sie hatte ausgepackt und ihre Kleider weggehängt, ihre wenigen persönlichen Besitztümer im Raum verteilt und lange in der Badewanne gesessen, wo sie, zu ihrer Überraschung, eingeschlafen war. Spürbar erfrischt, zog sie sich an, bürstete sich die Haare und drehte sie zu einem verschlungenen Knoten. Als sie ihr Zimmer verließ, lag ein Lächeln auf ihrem Gesicht.

Ihr Leben trat in eine neue Phase. Die erste war ihre Kindheit in Cornwall gewesen, gefolgt von der Jugend in Burra und den glücklichen Jahren in Grasslands. Jetzt war sie eine verheiratete Frau, die bald in die Gesellschaft von Adelaide eingeführt werden würde. Vor ihr schien wie ein Leuchtfeuer die Erfüllung ihres Traums auf. In ein oder zwei Jahren, hatte David gesagt, wenn sie ein wenig mehr Vortragserfahrung gewonnen hatte, wollte er mit ihr nach Italien reisen, wo sie bei den besten Lehrern der Welt Gesang studieren konnte. Meggan war so glücklich wie schon lange nicht mehr.

Am späten Nachmittag ging das Paar am Ufer des Torrens River spazieren. Zwischen ihnen herrschte kaum Schweigen, sie fanden immer ein Gesprächsthema. Und wenn sie in Schweigen verfielen, dann war es ein geselliges Schweigen. Beim Abendessen erklärte David ihr, dass er sich am nächsten Vormittag um verschiedene geschäftliche Angelegenheiten werde kümmern müssen.

»Es tut mir leid, dass ich dich so rasch allein lassen muss, meine Liebe. Bis du Freundinnen gefunden hast, möchte ich nicht, dass du dich einsam fühlst.«

»Ich habe mich in meiner eigenen Gesellschaft noch nie gelangweilt, David. Ich werde die Zeit damit verbringen, alle Einzelheiten deines Heims kennenzulernen ...«

»Unseres Heims.«

Meggan lächelte. »... und meine Position gegenüber Mrs. Mills festigen.«

»Ist das notwendig?«

Wieder lächelte Meggan. »Ich denke, wir müssen einen Status quo finden. Ich bin schließlich nur eine junge Frau ohne jegliche Erfahrung, wie man einen Haushalt führt. Mrs. Mills ist eine erfahrene Haushälterin.«

»Bald wirst du dich mit allem wohl fühlen. Und morgen Abend gehe ich mit dir zu Madame Marietta. Sie benutzt keinen anderen Namen. Ich glaube, sie hat einst in den großen Opernhäusern Europas gesungen. Wie es sie nach Adelaide verschlagen hat, weiß ich nicht. Sie ist eine etwas exzentrische Person. Ich bin mir sicher, du wirst sie mögen.«

Als David am nächsten Morgen das Haus verlassen hatte, um in sein Kontor zu gehen, begab Meggan sich in die Küche. Sie hatte beschlossen, den direkten Weg zu wählen.

»Mrs. Mills, ich weiß nicht, ob Mr. Westoby Ihnen etwas über meinen Hintergrund erzählt hat.«

»Nein, Madam.«

»Dann möchte ich es Ihnen, um jegliche Missverständnisse

zwischen uns auszuschließen, selbst erzählen. Ich bin die Tochter eines Bergmanns, Mrs. Mills. Bis zum zwölften Lebensjahr habe ich in einem Bergmanns-Cottage in Cornwall gelebt. Die letzten vier Jahre war ich Hausangestellte bei Mr. und Mrs. Heilbuth in Grasslands. Sie haben mich behandelt wie eine Tochter. Unter Mrs. Heilbuths Anleitung habe ich mir einiges angeeignet, was mich in die Lage versetzt, in der Gesellschaft den Platz an der Seite meines Mannes einzunehmen. Ich habe jedoch nicht die geringste Ahnung, wie man einen Haushalt wie diesen hier führt.«

Meggan überlegte, ob ihre Worte arrogant klangen, und senkte die Stimme.

»Mr. Westoby hat Ihre haushälterischen Fähigkeiten ausdrücklich gelobt, Mrs. Mills. Ich würde Ihre Hilfe und Ihren Rat wirklich sehr zu schätzen wissen. Ich könnte tun, was mein Mann vorgeschlagen hat, und einfach alles Ihren fähigen Händen überlassen. Und ich werde mich auf Ihr Wissen und Ihre Fähigkeiten verlassen. Trotzdem würde ich gerne lernen, wie man das Haus führt. Ich glaube, das ist meine Pflicht.«

Meggan hoffte, dass sie die richtige Mischung aus Autorität und Appell gefunden hatte. Mrs. Mills schien über ihre Worte nachzudenken.

»Sehr wohl, Madam. Ich bin froh, dass Sie keine sind, die mir mit falschem, affektiertem Getue kommt. Sie sehen aus und sprechen wie eine Dame. Mehr als manche, die ich nennen könnte. Wenn Sie wollen, zeige ich Ihnen die Küche und die Wirtschaftsräume des Hauses. Und wenn wir fertig sind, bringe ich Ihnen eine hübsche Tasse Tee in den Salon, und wir überlegen, wie die Dinge zukünftig laufen können.«

»Ich nehme an, sie werden so laufen wie immer, Mrs. Mills, aber ich danke Ihnen sehr für Ihr Verständnis.«

»Ich schätze, wir kommen gut miteinander zurecht«, erklärte die Haushälterin mit einer Zuversicht, die Meggan das Gefühl gab, sie hätten ihre Rollen getauscht.

Das Haus, in das David Meggan an diesem Abend führte, war ein kleines Steincottage, von der Straße aus fast gänzlich verborgen hinter einem Wildwuchs, der als Garten galt. Durch eine Ansammlung heimischer Pflanzen und importierter Sträucher schlängelte sich ein gewundener Pfad. Rascheln in dem Laub, das unter den Sträuchern lag, wies darauf hin, dass der Garten ein beliebter Tummelplatz für wildlebende Tiere war. Ein Stück den Weg hinunter, zum Glück weit über Kopfhöhe, huschte eine große Spinne mit goldenem Rücken auf ein Insekt zu, das in ihrem komplizierten Netz gefangen war.

»Ich habe dich gewarnt«, murmelte David, als er Meggans leises Aufkeuchen hörte.

»Oh, die Spinne macht mir nichts aus. Ich habe bloß noch nie so ein riesiges Spinnennetz gesehen.«

»Wenigstens weiß man, wo die Spinne hockt, nicht wie bei den anderen, die sich verstecken oder in der Nacht herumhuschen.«

Nach dem Garten war weder Madame Marietta eine große Überraschung für Meggan, noch das Durcheinander im Cottage. Der üppige Körper der Frau war mit einem seltsamen Gewand aus dunkelrotem Samt drapiert – ein passendes Wort gab es schlichtweg nicht. Um die Schultern trug sie einen gefransten Schal aus schwarzer Spitze. Lange rote Ohrringe, möglicherweise Granate, hingen an ihren Ohren, am Dekolleté trug sie eine schwarze Chiffonrose, und in ihrem unnatürlich schwarzen Haar steckte nahe dem rechten Ohr eine rote Rose. Die Hand, die sie Meggan hinstreckte, war schwer, denn sie war mit unzähligen Ringen besteckt.

»So ...« Sie klatschte in die Hände und betrachtete Meggan von oben bis unten. »... Sie sind den neue Schülerin. Können Sie singen?«

»Ich ...« Die forsche Frage verdutzte Meggan so sehr, dass ihr im Kopf ganz wirr wurde.

Die Frau stieß ein ungeduldiges Schnauben aus. »Kommen Sie,

kommen Sie. Wenn Sie nicht sprechen können, wie wollen Sie dann singen?«

»Meine Frau hat eine entzückende Stimme, Madame.«

»Dann lassen Sie sie mich hören. Worauf warten wir? Ziehen Sie die Mantel aus, Sie können doch nicht singen, wenn Sie so eingepackt sind. Sie müssen frei sein, frei.«

Arme flogen weit durch die Luft, um ihre Worte zu unterstreichen. Meggan knöpfte ihren Mantel auf und ließ ihn sich von David von den Schultern nehmen.

»Sie stehen da drüben«, wies Madame Marietta sie an. »Ich sitze hier und sehe Sie nicht an.« Sie wedelte mit einer beringten Hand in Richtung der Fenstervorhänge.

»Was soll ich singen, Madame?«

»Sie singen, was Sie möchten. Sie brauchen den Noten nicht.« Sie schaute Meggan wütend an. »Wenn Sie nicht ohne Noten singen können, taugen Sie nichts.« Sie setzte sich auf einen Sessel, der vom Fenster abgewandt stand. Eine Hand fuhr durch die Luft. »Fangen Sie an.«

Meggan schaute David hilflos an. Sie war völlig verwirrt, fühlte sich heftig ausgescholten und dumm und brachte keinen einzigen Ton heraus.

»Ich warte.«

David sagte stumm: *Over The Hills and Far Away.*

Meggan holte tief Luft, um sich zu wappnen, sah David an statt Madames Hinterkopf und begann zu singen. Wie immer legte ihre Nervosität sich nach den ersten Worten ihres Lieds, um in dem Augenblick wiederzukehren, da der letzte Ton verklang und Schweigen den Raum erfüllte. Madame Marietta sagte nichts.

Meine Stimme hat ihr nicht gefallen, verzweifelte Meggan, die Zähne von innen fest gegen die Lippen gedrückt. Ich darf nicht enttäuscht sein. Was spielte es für eine Rolle, dass David anerkennend lächelte, wenn ihre Stimme nicht gut genug war, um ausgebildet zu werden? Sie blickte ihren Ehemann flehentlich an.

327

»Madame«, setzte er an, um von einem weiteren gebieterischen Wedeln mit der beringten Hand zum Schweigen gebracht zu werden.

»So.« Madame Marietta drückte sich mit den Händen auf den Armlehnen des Sessels ab, um aufzustehen und Meggan anzusehen. »So«, wiederholte sie. »Sie haben tatsächlich ein Stimme. Sie kommen jeden Tag ein Stund hierher. Sie müssen den Arien von die große Opern lernen. Wenn Sie die perfekt beherrschen, können Sie sich als Sängerin bezeichnen.«

Voller Erleichterung stieß Meggan den Atem aus – den sie angehalten hatte, ohne es zu merken. »Vielen Dank, Madame Marietta. Ich werde hart arbeiten.«

»Natürlich werden Sie hart arbeiten. Wenn nicht, unterrichte ich Sie nicht.«

Der Gesangsunterricht begann gleich am nächsten Tag. Mills fuhr Meggan zu Madames Cottage, wo sie pünktlich um zehn Uhr ankam. Im hellen Tageslicht besaß das Durcheinander im Garten weniger Zauber als am Abend, denn jetzt sah man das Unkraut, das zwischen den Bäumen und Sträuchern wucherte. Die Goldene Seidenspinne blieb in der Mitte ihres großen Netzes hocken.

An diesem Morgen trug Madame Marietta ein wallendes Gewand, auch dieses in Rot. Meggan entdeckte bald, dass Rot in allen Schattierungen die einzige Farbe war, in die Madame sich kleidete. Die Rose, die sie im Haar getragen hatte, war von einem goldenen Turban abgelöst worden.

»Kommen Sie«, sagte sie, als sie die Tür öffnete. »Wir fangen gleich mit die Arbeit an.«

Meggan folgte ihr in das unordentliche Vorderzimmer.

»Legen Sie Ihre Sachen hier ab.« Eine Hand, auch heute schwer von unzähligen Ringen, zeigte auf einen geradlehnigen Sessel neben der Haustür.

Während Meggan Mantel und Handschuhe auszog, nutzte sie

die Gelegenheit, den Raum genauer unter die Lupe zu nehmen als am Abend zuvor. Madame Marietta war offensichtlich viel gereist. Gemälde an den Wänden zeigten Szenen, die von einem überfüllten Markt im Nahen Osten bis hin zu schneebedeckten Alpen reichten. Eine spanische Mantilla war an die Wand geheftet, daneben ein Bambusfächer, der wohl aus einem Land am Äquator stammte. Regale und Flächen waren voller Kuriositäten. Ein trompetender Elefant und die Porzellanfigur eines Chinesen standen neben einer bemalten alpinen Glocke. Über dem Klavier, das am Abend zuvor nicht einmal erwähnt worden war, hing eine grimmige primitive Maske.

»Und jetzt«, erklärte Madame und öffnete den Klavierdeckel, »will ich Ihre Tonleitern hören.« Sie setzte sich auf den Klavierhocker und ließ die Finger über die Tasten gleiten. »Sie fangen an.«

Ein ängstliches Beben beschleunigte Meggans Herzschlag. »Ich ... ähm ... ich habe nie Tonleitern gelernt, Madame.« Ich werde wieder weggeschickt, dachte Meggan, während sie zuschaute, wie Madames Rücken ganz starr wurde vor ... Empörung? Sie stotterte verzweifelt eine Erklärung. »Ich hatte keinen Unterricht, Madame. Deswegen möchte ich bei Ihnen studieren.« Bitte, sie muss mich verstehen. »Madame Marietta, mein ganzes Leben lang habe ich mir gewünscht, eine große Sängerin zu werden.«

Was würde passieren? Hatten ihre Worte in den Ohren dieser einschüchternden Frau genug Aufrichtigkeit besessen? Mit großer Erleichterung sah sie, wie sich der steife Rücken etwas aus seiner Starre löste. Der beturbante Kopf drehte sich zu ihr um, um sie noch einmal von oben bis unten zu mustern.

»Egal, wir fangen an die Anfang an. Sie singen diese Ton.« Ein Finger schlug eine Taste an, einmal, zweimal. Meggan sang den Ton.

»Noch einmal, bitte.«

Eine halbe Stunde später wandte Madame sich noch einmal an

Meggan. »Sie üben jeden Tag Ihre Tonleitern. Selbst den größte Sänger muss stets Tonleitern üben. Können Sie Noten lesen?«

»Nur wenig, Madame. Mrs. Heilbuth, meine frühere Arbeitgeberin, hat es mir beigebracht.«

Der goldene Turban nickte. »Ein wenig ist gut für die Anfang. Was ist mit die Sprachen?«

»Sprachen?«

»Italienisch und Deutsch? Sprechen Sie eine davon?«

»Nein, Madame.«

»Sie müssen sie lernen. Signor Pirotti kommt später, um Ihren Unterricht zu verabreden. Ah, hier kommt meine liebe Freund Frederick, um für uns zu spielen.«

Der Mann, der das Cottage betrat, war so konservativ gekleidet, dass er in dem exotischen Durcheinander, mit dem Madame Marietta sich umgab, ziemlich fehl am Platz wirkte. Er küsste Madames beringte Hand und wandte sich dann mit einer kleinen formellen Verbeugung Meggan zu.

»Ich nehme an, Sie sind unser neuer Singvogel.«

Meggan machte einen angedeuteten Knicks. Sein Benehmen schien einen zu verlangen. »Meggan Col… Westoby, Sir.«

»Entzückt.« Er nahm ihre Hand und zog sie hoch. »Ich bin Frederick Albert George William Smithington-Jones. Ich werde Sie Meggan nennen, und Sie müssen mich Frederick nennen. Ich habe das Vergnügen, Sie bei Ihren Stunden zu begleiten und Ihr Pianist zu sein, wenn Sie Ihr Debüt geben. Madame Marietta, ich muss diese bezaubernde junge Dame singen hören.«

Er setzte sich an das Klavier, und seine Finger plätscherten über die Tasten. »Was für Lieder kennen Sie, Meggan?«

»Ich kenne sehr viele Balladen und einfache Lieder. Die Opernarien muss ich noch lernen.«

»Kennen Sie das?« Er spielte mehrere Takte einer bekannten Ballade.

Während Meggan sang, wurde ihr klar, dass Frederick ein Pianist mit beträchtlichem Talent war. Sie hatte das Gefühl, er würde genauso ein anspruchsvoller Lehrmeister werden, als der Madame sich schon erwiesen hatte.

»Gut, gut. Unser Singvogel hat eine ausgezeichnete Stimme, Madame. Sie wird es gut machen.«

Der Turban nickte. »Sie wird es gut machen, aber zuerst muss sie arbeiten, arbeiten, arbeiten.«

David Westoby wollte alles über die Gesangsstunde seiner Frau hören. Nichts durfte ausgelassen werden. Meggan gab alles lustvoll wieder, und ihr Mann lachte herzlich über ihre Parodie von Madame Mariettas Akzent. Meggan fiel in sein Lachen ein.

»Welcher Nationalität ist Madame? Sie spricht sehr seltsam, ein wenig wie eine Französin.«

»Ich glaube, Madame ist so englisch wie du. Der Akzent ist Teil ihrer Exzentrizität. Sie wurde wahrscheinlich Mary getauft. In Adelaide ist sie eine recht bekannte Figur.«

»Und Frederick? Frederick Albert George William Smithington-Jones?«

Wieder lachte David. »Ein großer Pianist. Längst nicht so anmaßend, wie sein Name und sein beträchtliches Talent vermuten lassen. Magst du ihn?«

»Ja. Dann ist da noch Signor Pirotti. Er soll dreimal die Woche am Nachmittag hierherkommen, zu uns ins Haus, um mich in Deutsch und Italienisch zu unterrichten.«

»Du wirst sehr beschäftigt sein.«

»Ja. Wenn ich daran denke, dass ich mir Sorgen gemacht habe, wie ich damit zurechtkommen würde, eine müßige Dame zu sein.« Sie legte ihrem Mann eine Hand auf den Arm. »Ich bin dir sehr dankbar, David, dass du mir diese Gelegenheit bietest.«

Ihr Mann legte seine Hand auf ihre. »Die Freude, meine Liebe, ist ganz auf meiner Seite. Glaubst du, du würdest noch Zeit finden, um einige Tanzstunden zu nehmen?«

»Tanzstunden? Ich will doch nicht in einem Varietétheater singen!«

David lachte. »So empört, Meggan, meine Liebe. Ich meine Gesellschaftstanz. Wir werden zu vielen gesellschaftlichen Festen eingeladen werden, wo auch getanzt wird. Du möchtest doch kein Mauerblümchen sein, wenn auch ein sehr schmückendes? Wir müssen uns auch darum kümmern, dass du für diese Gelegenheiten und für jeden Tag neue Kleider bekommst. Schuhe, Handschuhe, Hüte, was auch immer eine gut gekleidete Frau braucht.«

»Du bist sehr großzügig.«

»Mhm.« Er schürzte die Lippen, verschränkte die Hände, drückte dabei die Zeigefinger aneinander und tippte sich damit an die Lippen. »Edith wäre mit dir zu den Läden und Schneiderinnen gegangen, wenn sie noch bei uns wäre. Ich muss überlegen, wer diese Aufgabe übernehmen kann, denn ich wüsste nicht, wo ich anfangen soll.«

»Vielleicht kann ich allein gehen.«

David sah sie an. »Das könntest du zweifellos, meine Liebe, aber ich will, dass du das Beste bekommst. Ich kenne dich gut genug, um zu wissen, dass du bei der Wahl eines Kleids eher auf der sparsamen Seite bleiben würdest.«

»Ich bin es gewohnt, kaum mehr als das Notwendige zu besitzen. Ich habe mich nie nach mehr gesehnt.«

»Ich weiß, das hast du nie und wirst du auch nie. Bevor du es sagst, ich weiß, dass du mich nicht des Geldes wegen geheiratet hast. Das ist jedoch etwas, wovon ich recht viel habe. Erlaube mir die Freude, es für dich auszugeben.«

Meggan stand auf, trat zu ihm und gab ihm einen Kuss auf die Stirn. »Du bist sehr gut zu mir, David. Ich verspreche dir, dass ich alles tun werde, um dir zu gefallen, alles, was eine Frau tun sollte.«

Er schaute zu ihr auf und sah ihr in die Augen, die ihn ruhig anschauten und seinem Blick nicht auswichen, damit er verstand, was sie meinte. Er stand auf und nahm sie in die Arme. »Ganz sicher, meine Liebe?«

»Ja, ganz sicher.«

David war kein anspruchsvoller Ehemann. An den meisten Abenden ließ er sie allein zu Bett gehen. Bei den seltenen Gelegenheiten, da er in ihr Zimmer kam, war er zärtlich und rücksichtsvoll. Meggan fand den Akt nicht unangenehm. David unterhielt sich vorher und hinterher mit ihr, und gerade in diesen Gesprächen lernte sie den Mann, mit dem sie verheiratet war, besser kennen. Mit der Zeit erwuchs daraus eine tiefe Zuneigung, und Meggan war sehr zufrieden mit ihrem Leben.

Morgens fuhr Mills sie mit der Kutsche zu Madame Mariettas Cottage. Die erste Stunde arbeitete sie mit Madame, übte Tonleitern, machte Atemübungen und lernte, ihren Stimmumfang zu erweitern. Wenn Frederick kam, wiederholten sie Lieder, die sie schon kannte. Beide waren kritische Lehrmeister. Wenn sie einen Ton nicht absolut präzise sang, schlug Frederick mit beiden Händen auf die Tasten, schaute beleidigt schweigend darauf und fing das Lied wieder von vorne an. Madame warf zur gleichen Zeit die Hände hoch, was für Meggan bald eine vertraute Geste der Verzweiflung war.

Es gab Zeiten, da rief Madame plötzlich aus: »Warum stehen Sie da wie ein Statue? Wo ist das Leidenschaft?«

Solche Ausrufe führten immer dazu, dass Meggan mitten im Lied stockte. Und wenn das geschah, hörte Frederick sofort auf zu spielen und wirbelte herum, um Madame wütend anzustarren.

»Würden Sie bitte nicht mitten im Lied unterbrechen, Madame. Ihre Anweisungen können warten, bis wir fertig sind.«

»Warten?« Madame war schockiert und wedelte dramatisch mit den Armen. »Wer sind Sie, dass Sie mir sagen, ich solle warten. Ich bin die Sängerin. Sie sind nur die Klavierspieler.«

Frederick sprang auf und richtete sich voller Entrüstung auf.

»Klavierspieler? Klavierspieler?« Seine Stimme schraubte sich in die Höhe. »Wie können Sie es wagen, mein Talent zu schmälern. Ich bin ein großer Pianist, ein Künstler.«

»*Ich* bin die große Künstlerin. *Ich* habe die Stimme.«

»Die Stimme«, tönte es voller Sarkasmus, »taugt nichts ohne die Klavier.«

»Jetzt machen Sie sich über meine Akzent lustig.«

Und so machten sie weiter, bis der eine oder die andere sich plötzlich mit dem Befehl, das Lied noch einmal von vorne zu singen, an die verwirrte Meggan wandte.

Nach den ersten verbalen Kabbeleien, bei denen Meggan vor Angst zitterte, die Schärfe zwischen Pianist und Gesangslehrerin könnte das vorzeitige Ende ihrer Gesangsstunde bedeuten, erkannte sie mit der Zeit, dass weder Frederick noch Madame die Beleidigungen, die sie einander an den Kopf warfen, ernst meinten. Sie lagen, wie ihr schien, vielmehr insgeheim im Wettstreit darum, wer die größere Beleidigung ersann. Wenn sie sich nicht gerade stritten, harmonierten sie stets auf das Vollkommenste.

Signor Pirotti besaß nicht das künstlerische Temperament der anderen beiden, und er war auch nicht der flamboyante Südländer, den Meggan erwartet hatte. Er war von untersetzter Statur und hatte hellbraunes Haar und blaue Augen, die durch eine Brille mit dickem Rand blickten. Er sprach perfekt Englisch sowie Deutsch und seine Muttersprache Italienisch. Später erfuhr Meggan, dass zu seinen Sprachkünsten auch noch Französisch, Russisch und Spanisch gehörten. Er wollte, wie er ihr erklärte, eine Studie über die Sprache der Aborigines machen, was der Grund war, warum er nach Australien gekommen war.

Bei Signor Pirotti gab es keine Unterbrechung der Stunden. Zuerst wurde Italienisch gelernt, und die grundlegenden Konversationskünste fingen in dem Augenblick an, in dem er den Salon mit »Buon giorno, Signora« betrat. Am ersten Tag hatte er ihr ein Buch gegeben, in das eine große Zahl alltäglicher Wörter und Wendungen geschrieben waren, in Englisch mit der italienischen Entsprechung. Meggan sollte alle Fragen auf Italienisch beantworten, und der Signor korrigierte ihre Aussprache.

Er war weder allzu kritisch, noch lobte er sie besonders. Seine Aufgabe war es, ihr eine Sprache beizubringen, ihre Aufgabe war es, diese Sprache zu lernen. Und nichts konnte ihn von seinem Ziel ablenken. Beharrlichkeit und stetes Bemühen, erklärte er, waren der einzige Weg zum Erlernen einer Sprache. Wenn Madame Marietta entschied, welche Arien Meggan singen lernen sollte, paukte Signor ihr die Verse ein.

Die Sache mit Meggans Garderobe nahm überraschend Madame in die Hand. Als sie erklärte, sie werde Meggan auf einem Einkaufsbummel begleiten, reagierten sowohl Meggan als auch David insgeheim mit Entsetzen auf das Angebot. Leider wussten sie beide nicht, wie Meggan Madames Angebot ablehnen sollte, ohne sie zu beleidigen.

»Nun«, sagte Meggan, »wenn sie etwas auswählt, was zu schrecklich ist, kann ich vielleicht immer noch sagen, ich würde es mir überlegen.«

»Du kannst nur hoffen, dass die Verkäuferinnen in ihrer Ansicht, was passend für dich ist, mehr Überzeugungskraft besitzen.« Er klang jedoch nicht allzu hoffnungsvoll.

»Mehr Überzeugungskraft als Madame? Die haben vermutlich eher große Angst vor ihr.«

Daher war Meggan äußerst überrascht, als sie entdeckte, dass Madame Marietta trotz ihrer exotischen Art, sich zu kleiden, einen unglaublich guten Geschmack besaß. Sie wählte stets den Stil und die Farben, die Meggan am besten standen. Und sie scheute sich auch nicht, David Westobys Geld auszugeben, auch wenn sie es nicht vergeudete. An diesem Abend führte Meggan ihrem entzückten Ehemann die drei Tageskleider und das Abendkleid vor, die sie bereits mit nach Hause genommen hatte. Mehrere andere Kleider für jede Gelegenheit wurden maßgeschneidert.

David äußerte sich begeistert über die Kleider. »Jetzt müssen wir unbedingt eine kleine Abendeinladung geben, um dich in die Gesellschaft einzuführen. Wenn die Leute dich einmal kennengelernt haben, bekommst du sicher viele Einladungen.«

»Bei meinen ganzen Stunden weiß ich gar nicht, wie ich Zeit für das gesellschaftliche Leben aufbringen soll.«

»Du wirst wählerisch sein können, meine Liebe. Nimm nur die Einladungen an, bei denen du das Gefühl hast, du fühlst dich wirklich wohl. Wenn unsere Damen der Gesellschaft dich singen hören, werden sie um deine Gesellschaft buhlen.«

»Werden sie mich singen hören?«

»So hatte ich es mir stets gedacht. Während du für die Oper ausgebildet wirst, musst du weiterhin auftreten.«

»Madame ist damit vielleicht nicht einverstanden.«

»Meggan, meine Liebe, Madame unterrichtet dich, aber ich bin derjenige, der deine Karriere managt. Ich begleite dich morgen zu deiner Stunde, um ein Programm für Vorführungen vorzubereiten.«

Die Zahl der Gäste für die Abendgesellschaft belief sich auf acht. Drei der Paare waren in Davids Alter. Mr. und Mrs. Brown, beide recht klein und von mächtigem Körperumfang, sahen eher wie Bruder und Schwester aus denn wie Ehemann und Ehefrau. Beide hatten graues Haar, waren in Braun gekleidet und trugen identische Stahlbrillen. Sie beteiligten sich kaum am Gespräch, doch ihre Augen hinter den Brillengläsern waren munter und aufmerksam, und sie erinnerten Meggan an ein Paar vollgefressene, freundliche Mäuse.

Mr. Brown war Davids Steuerberater, Mr. Harrison der Bankdirektor und Mr. Reilly der Anwalt.

»Ich finde, du solltest zuerst die Leute kennenlernen, mit denen ich geschäftlich zu tun habe«, hatte David gesagt. »Die Frauen führen alle ein reges gesellschaftliches Leben.«

Der Bankdirektor und seine Frau passten schlecht zusammen. Mr. Harrison war groß, dünn und von zurückhaltender Natur. Mrs. Harrison war ebenfalls groß, lang und aufdringlich. Zudem war sie neugierig und versuchte, Meggan jedes Detail ihres Hintergrunds aus der Nase zu ziehen. Meggan gewährte der Dame wenig Befriedigung. Von den drei Frauen empfand Meggan gleich eine Abneigung gegen Mrs. Harrison. Die ständig verdrießliche Miene der Frau, die Art und Weise, wie sie Meggan sorgfältig musterte, und ihr überhebliches Getue gegenüber den anderen Frauen zeichneten sie als Mensch aus, der stets kritisierte und irgendwo einen Fehler fand. Meggan hatte den Verdacht, dass sie gerne boshaften Klatsch verbreitete.

Die Reillys waren vollkommen normal. Sie kamen in Begleitung ihrer frisch verlobten Tochter und ihres zukünftigen Schwiegersohns Peter Stanton. Mrs. Reilly und ihre Tochter besaßen beide eine offene, großzügige Persönlichkeit. Meggan fiel es leicht, sich mit ihnen zu unterhalten, und sie nahm die Einladung der beiden Frauen zu einem Besuch gerne an. Sie waren fasziniert und interessiert, als sie hörten, dass Meggan eine Ausbildung zur Opernsängerin machte. Mrs. Brown schien nicht so recht zu wissen, was sie von einer verheirateten Frau halten sollte, die eine Bühnenkarriere anstrebte, während Mrs. Harrisons Miene unverhohlene Geringschätzung ausdrückte.

Als sie ihr Gesicht sah, war Meggan dankbar, dass David in die andere Richtung schaute. Leise, damit er es nicht hörte, fragte sie: »Gehen Sie gerne in die Oper, Mrs. Harrison?«

Die Verachtung wurde noch deutlicher. »Ich war einmal in der Oper, als wir noch in London lebten. Ich habe nicht den Wunsch, noch einmal eine zu besuchen. Ich nehme jedoch an, es gibt Menschen, die Spaß daran haben, Liedern zuzuhören, die sie nicht verstehen.«

»Singen Sie uns heute Abend etwas aus einer Oper?«, fragte Miss Reilly. »Ich würde zu gerne etwas hören.«

»Ich habe erst kürzlich mit der Ausbildung begonnen, Miss Reilly, und werde noch eine ganze Weile keine Opernarien singen können. Bis Madame Marietta ihre Zustimmung gibt, werden meine geselligen Vorführungen aus den Liedern bestehen, die ich immer schon gesungen habe.«

Meggan sang an diesem Abend ohne Begleitung, stolz, dass sie mit ihrer reinen Stimme keine musikalische Unterstützung brauchte. Als sie ihren kurzen Vortrag beendete, erntete sie begeisterten Applaus.

»Großartig«, rief Mr. Harrison.

»Bravo«, sagte Mr. Reilly.

»Oh, ich wünschte, ich könnte nur halb so gut singen«, ließ sich Miss Reilly vernehmen. »Ist Mrs. Westoby nicht wunderbar, Peter?«

»Allerdings«, stimmte der junge Mann ihr zu.

»Adelaide wird Sie lieben«, fügte Mrs. Reilly hinzu.

Die Browns lächelten und nickten anerkennend. Mrs. Harrisons Miene verriet nichts als reine Verwunderung. Sie schien nicht zu wissen, was sie sagen sollte. Später sprach sie Meggan dann doch darauf an.

»Ich sehe mich genötigt zuzugeben, Mrs. Westoby, dass Sie einiges Talent besitzen. Ihr Vortrag war recht angenehm.«

»Bitte, Mrs. Harrison, ich möchte nicht, dass Sie sich zu irgendetwas genötigt fühlen, solange Sie Gast im Haus meines Mannes sind.« Wie konnte die Frau es wagen, so herablassend zu sein? Meggan gab sich keine Mühe, ihre Verärgerung zu verbergen.

Mrs. Harrison holte tief Luft, und ihre Schultern wurden ob der Beleidigung ganz starr. »Ich habe Ihnen ein Kompliment gemacht, Mrs. Westoby, das Sie dankbar annehmen sollten. Ich verstehe Ihre Haltung nicht im Geringsten.« Sie stand auf und ging durch den Raum zu ihrem Mann.

Meggan schaute ihr hinterher. »Nein«, murmelte sie leise, »das tun Sie wirklich nicht.« Und ich hege keinen Zweifel daran, dass

Sie diejenige sind, der die Anspielung meines Mannes galt, als er das erste Mal von der Abendgesellschaft sprach, fügte sie in Gedanken hinzu.

Nachdem die Gäste sich verabschiedet hatten, fragte David Meggan sofort, ob sie Vergnügen an ihrer ersten Abendeinladung gehabt habe.

»Es hat mir großes Vergnügen bereitet. Vor sechs Monaten hätte ich mir nicht vorstellen können, dass ich einmal die Rolle der Gastgeberin spielen würde.«

»Eine Rolle, die du ausgefüllt hast, als wärst du dafür geboren. Was hältst du von unseren Gästen?«

»Ich mochte sie, mit Ausnahme von Mrs. Harrison. Sie scheint eine etwas unfreundliche Art zu haben.«

»Damit schätzt du sie ganz richtig ein, meine Liebe. Wegen der Stellung ihres Mannes in der Stadt wird sie überall eingeladen, obwohl ich nicht glaube, dass sie irgendwo besonders gerne gesehen wird.«

In den folgenden Wochen erfuhr Meggan, wie recht ihr Mann gehabt hatte. Vielleicht gab es im Leben der Frau etwas, das Unzufriedenheit oder Bitterkeit ausgelöst hatte. Kein einziges Mal hörte Meggan aus ihrem Mund ein freundliches Wort über irgendjemanden. Die Frau schien anderen alles zu missgönnen. Es bestand kein Zweifel, dass Mrs. Harrison David Westobys junge Frau um ihr Talent und ihre Beliebtheit beneidete.

Die Reillys waren die Ersten, die Meggan einluden, an einem geselligen Abend etwas zu singen. Madame bestand darauf, dass sie dafür bezahlt wurde, wenn sie sang, und dass Frederick als ihr musikalischer Begleiter ebenfalls engagiert wurde.

»Wenn Sie umsonst singen und irgendein Amateur Sie am Klavier begleitet, denken die Leute, Sie wären ebenfalls eine Amateurin.«

David war ganz ihrer Meinung. »Madame hat recht, meine Liebe. Du musst dich nicht nur bezahlen lassen, du wirst auch wählerisch sein müssen, bei welchen Gelegenheiten du zusagst, etwas zu singen. Innerhalb kürzester Zeit werden sämtliche Damen der feinen Gesellschaft stolz darauf sein, wenn sie die große Meggan Westoby überreden können, ihre Gesellschaft zu zieren.«

Meggan lächelte kläglich. »Ich bin noch nicht groß, trotz meiner Stimme.«

»Meine Liebe, das Urteil musst du schon mir überlassen. Gouverneur Fox und seine Frau, Lady Fox Young, geben gerne musikalische Abende. Madame wird dafür sorgen, dass du eingeladen wirst, bei nächster Gelegenheit dort zu singen. Glaub mir, meine Liebe, bald liegt dir ganz Adelaide zu Füßen. Anfang nächsten Jahres möchte ich nach Melbourne reisen, um dort meine Geschäftsinteressen auszudehnen. Ich würde diese Gelegenheit gerne nutzen, dich in Melbourne auf die Bühne zu bringen. Ich glaube, die Stadt ist seit der Entdeckung des Goldes ein wenig vornehmer geworden. Und dann noch zwölf Monate, und ich fahre mit dir nach England und Europa.«

»Lieber David, du bist so gut zu mir. Durch dich werden die Träume, von denen ich dachte, sie würden nie mehr sein als Träume, Wirklichkeit. Wie kann ich dir das je vergelten?«

Er nahm sie in die Arme. »Als ob du mir das vergelten müsstest. Du hast mich sehr glücklich gemacht, als du eingewilligt hast, mich zu heiraten.«

In den nächsten Monaten entwickelte sich Meggans Karriere ganz nach dem Plan ihres Mannes. Ihr Debüt im Haus des Gouverneurs wurde mit stehenden Ovationen aufgenommen. In dem Augenblick, als sie den Applaus mit einem Knicks entgegennahm, wurde ihr Hochgefühl überschattet von einer aufblitzenden Erinnerung daran, wie sie das erste Mal eine solche Berauschtheit erlebt hatte. In einer unvergesslichen Nacht in Burra war Con Trevannick unter den Zuhörern gewesen, und sie hatte das Lied gesungen, das bald ihr ganz besonderes Lied geworden war.

Weihnachten und Silvester mit ihren vielen Gesellschaften kamen und gingen vorbei. David hatte ihre Passage nach Melbourne für den fünfzehnten Januar gebucht.

»Ich habe Treffen mit mehreren Handelsschifffahrtsunternehmen und Wollhändlern verabredet, die in den letzten Januarwochen in Melbourne sind. Victoria ist wegen der Goldfunde im Aufschwung. Viele, die auf die Goldfelder geströmt sind, werden zweifellos Farmen gründen; einige große Schaffarmen gibt es bereits, und weitere werden folgen. Die Mine in Burra zahlt ihren Aktionären keine großen Dividenden mehr. Ich überlege, meine Grubenanteile zu verkaufen und stattdessen in den Schiffsverkehr zu investieren.«

Meggans ausgelassene Vorfreude auf die Reise wurde gedämpft, als sie zwei Tage, bevor sie lossegeln sollten, mit einem Brennen im Hals aufwachte. Sie sagte ihre Stunde bei Madame ab und blieb im Bett. Mrs. Mills bemutterte sie und brachte ihr Zitronengetränke mit Honig. Doch ihrem Hals wollte es nicht besser gehen. Am Abend hatte sie leichte Temperatur. David bestand darauf, dass sofort ein Arzt gerufen wurde.

Dr. McDermott, ein leutseliger Schotte mittleren Alters, kam sofort. Er betrat Meggans Schlafzimmer, stellte seine Arzttasche ab, trat ans Bett und legte ihr eine Hand auf die Stirn.

»Nun, was haben Sie gemacht, Mrs. Westoby? Ich hoffe, nichts, was Ihrer wunderbaren Stimme schaden könnte. Dann wollen wir uns Sie mal anschauen.«

Seine Diagnose war schnell gestellt. »Mandelentzündung. Ich habe schon schlimmere Fälle gesehen, aber ich habe auch schon leichtere Fälle gesehen. Nun, Mrs. Westoby, Sie werden eine Weile nicht singen können und müssen das Bett hüten, bis Sie wieder vollständig genesen sind. Ich lasse Ihnen einige Tabletten bringen, die Sie bitte einnehmen, und dann komme ich morgen wieder, um nach Ihnen zu sehen.«

Als David die Diagnose des Arztes hörte, erklärte er, er werde seine Reise nach Melbourne verschieben, um bei seiner Frau zu bleiben. Doch Meggan bestand eisern darauf, dass er seine Pläne beibehielt.

»Bitte, David«, krächzte sie. »Mein Hals ist zu wund, um zu streiten.«

»Bist du dir auch ganz sicher, dass du allein zurechtkommst?«

Meggan nickte.

»Trotzdem gefällt mir der Gedanke nicht, dich allein zu lassen. Ich bitte Dr. McDermott, eine Krankenschwester zu suchen, die bei dir bleiben kann.«

Hannah Rigby war etwa dreißig Jahre alt. Alles an ihrer Erscheinung war durchschnittlich. In einer Menschenmenge hätte sie keinen zweiten Blick auf sich gezogen. Ihr Betragen war ruhig und gemächlich und von freundlicher Natur. Meggan mochte sie sofort, und während der langweiligen Tage, die Meggan im Bett verbringen musste, wurde Hannah sowohl Gesellschafterin als auch Krankenschwester.

Nach der ersten Woche erlaubte Dr. McDermott Meggan, das Bett zu verlassen, jedoch unter der strengen Auflage, nichts Anstrengenderes zu tun, als in einem Stuhl zu sitzen. Madame Marietta, Frederick und Signor Pirotti kamen zu Besuch. Madame bestand darauf, dass ein Aufguss aus Salbei in Essig, gemischt mit dem gleichen Teil Wasser, zum Gurgeln vorbereitet wurde.

Krankenschwester Hannah widersprach. »Mrs. Westoby trinkt regelmäßig Zitronenwasser, um ihre Halsbeschwerden zu lindern. Ich gebe ihr auch mit Honig gesüßte Zitronengetränke.«

»Dann können Sie auch das Gurgelmittel machen. Ich befehle es Ihnen. Ich bin die Expertin.«

Meggan, die den Schlagabtausch zwischen Krankenschwester und Gesangslehrerin beobachtete, unterdrückte ein Lächeln. Madame würde ihren Willen bekommen. Das Gurgelmittel aus Salbei und Essig, so scheußlich es klang und wahrscheinlich auch schmeckte, wurde Teil ihrer Behandlung.

Ob das Gurgelmittel oder die Zitronengetränke wirksamer waren, am Ende der zweiten Woche fühlte sich Meggan fast wieder ganz gesund. Sowohl Dr. McDermott als auch Madame bestanden darauf, dass sie ihren Hals noch mindestens eine Woche schonte, bevor sie den Gesangsunterricht wieder aufnahm. Langeweile lastete schwer auf ihr, nachdem Hannah Rigby sich verabschiedet hatte. Sie spazierte durch den Garten, schrieb einen langen Brief an ihre Eltern und einen zweiten an die Heilbuths, dem sie einen besonderen Brief an die Zwillinge beilegte. Den Brief an ihre Eltern beendete sie mit der Frage, ob sie etwas von ihren Brüdern gehört hätten.

David hatte ihr an Bord des Dampfschiffs geschrieben und den Brief gleich bei seiner Ankunft in Melbourne aufgegeben. Meggan bekam ihn, kurz nachdem sie das Bett verlassen durfte. Ein zweiter Brief folgte zwei Tage später. Meggan schrieb zurück, um ihrem Mann zu versichern, dass ihr Zustand Fortschritte machte. Seither hatte sie zwei weitere Briefe erhalten. Alle waren kurz, ermahnten Meggan, sehr gut auf sich aufzupassen, und informierten sie darüber, dass die geschäftlichen Verhandlungen zufriedenstellend verliefen.

Jetzt saß Meggan im Salon, um einen beruhigenden Brief an ihren Mann zu schreiben.

Mein lieber Mann,
Du wirst Dich freuen zu hören, dass ich wieder ganz gesund bin. Meine wunderbare Krankenschwester Hannah Rigby hat sich am letzten Sonntag von mir verabschiedet. Ich folge den Anweisungen von Dr. McDermott UND MADAME, mich nicht anzustrengen und jeden Tag mehrere Stunden zu ruhen.
Morgen kann ich die Gesangsstunden wiederaufnehmen. Ich freue mich sehr darauf, wieder singen zu können. Wenn Du in zwei Wochen wiederkommst, bin ich wieder ganz die Alte.
Deine Dich liebende Frau
Meggan

Madame begrüßte Meggan im Cottage mit übertriebener Freude, Frederick mit einer Umarmung und einem Kuss auf jede Wange. Meggan wurde angewiesen, ihre Stimme in dieser ersten Stunde nicht zu strapazieren. Wenn in ihrem Hals nur eine leichte Trockenheit oder ein Kratzen zu spüren sei, solle sie Madame sofort informieren. Zu ihrer Freude hatte Meggan keine Beschwerden, obwohl Madame darauf bestand, dass sie häufig mit der Mischung aus Salbei und Essig gurgelte. Und Meggan durfte auch nicht ihren ganzen Stimmumfang ausschöpfen.

Als sie nach Hause kam, war sie sehr müde. Sie aß nur ein sehr leichtes Mittagessen und war froh, das Haus am Nachmittag für sich zu haben, denn es war Mrs. Mills' freier Nachmittag. Dieses eine Mal war sie froh, nichts tun zu müssen und sich ausruhen zu können. Vielleicht war sie doch noch nicht so vollständig wiederhergestellt, wie sie gedacht hatte. Mitten am Nachmittag wachte sie aus einem tiefen Schlaf auf. Eine Weile lag sie auf dem Bett, bis Langeweile sie dazu trieb, etwas – irgendetwas – zu machen, und sie die Treppe hinunterging.

Sie war auf halber Treppe, als sie es an der Tür läuten hörte. Sie erwartete keinen Besuch und wollte auch eigentlich niemanden sehen, und so war sie versucht, die Tür einfach nicht aufzumachen. Sie blieb auf der Stufe stehen, die Hand am Geländer, als es ein zweites Mal läutete. Unfähig, es wahrhaftig zu ignorieren, hoffte sie, dass der Besucher jemand war, den zu sehen sie sich freute.

Doch als sie die Tür öffnete, wusste sie nicht, ob ihre Freude überwog oder ihre Verzweiflung. Zunächst empfand sie nichts als eine heftige Erschütterung.

15

»Hallo, Meggan.«
»Con!« Sein Name war kaum ein Flüstern auf ihren Lippen.
»Kann ich reinkommen?«
»Ich ... ähm.« Der Ausdruck seiner Augen war ernst. In ihnen lag kein Willkommen, kein Hinweis auf Freude. Meggan verließ der Mut. Er wusste, dass sie verheiratet war. Bedeutete der Blick, mit dem er sie ansah, dass es ihm etwas ausmachte? Sie nagte kurz mit den Zähnen an der Innenseite der Unterlippe. »Ja, natürlich.«

Meggan führte ihn in den großen Salon, nicht in den Raum, in dem David und sie den größten Teil ihrer Zeit verbrachten. Ihr Herz pochte heftig; zu viele Gefühle kämpften um die Vorherrschaft. Warum war er in Adelaide und nicht in Cornwall? Woher wusste er, wo sie lebte?

»Möchtest du eine Erfrischung?«, fragte sie ihn, entschlossen, die höfliche Gastgeberin zu geben. Mit höflicher Zurückhaltung musste sie sich gegen das Verlangen wappnen, das in ihrem Herzen wuchs. Seine Miene war grimmig, fast wütend.

»Ich möchte keine Erfrischungen, Meggan. Ich möchte eine Erklärung.«

Ihr Herz hämmerte. »Ich verstehe nicht. Warum bist du hier?«

Con betrachtete sie unverwandt. »Ich bin zurückgekommen, um dich zu heiraten.«

»Nein!« Sie machte einen Schritt rückwärts, sank auf das Sofa und vergrub das Gesicht in den Händen. Wie sehr diese Worte sie schmerzten, wo sie ihr doch einst die größte Freude der Welt bereitet hätten.

Als Con nichts sagte, hob sie schließlich den Kopf. »Warum jetzt, Con, wo es zu spät ist? Ich bin verheiratet. Aber das weißt du, nicht wahr?«

»Ja. Ich bin gleich nach meiner Ankunft nach Burra gereist.« Seine Züge wurden nicht weicher.

»Es tut mir leid.« Was sollte sie sonst sagen?

Sie konnte nicht sitzen bleiben, während er vor ihr stand und sie mit verschlossener Miene ansah, ohne einen Hinweis darauf zu geben, was er fühlte. Sie stand auf und wandte sich von ihm ab. Wie ungeeignet war doch die Floskel »Es tut mir leid«, um die Verzweiflung zu erklären, die sie empfand.

»Warum hast du ihn geheiratet?« Er stellte die Frage mit so ruhiger Stimme, dass er sie auch hätte fragen können, ob sie Rosen mochte.

Meggan zuckte hilflos die Achseln, bevor sie sich wieder zu ihm umdrehte. »Ich hatte in Burra doch nichts mehr.«

»Du hättest auf mich warten sollen.«

»Woher sollte ich denn wissen, dass du wiederkommst?«, weinte sie. »Ich habe geglaubt, du würdest Jenny heiraten.«

Er stieß einen Schrei aus; jetzt war seine Stimme nicht mehr bar jeglicher Gefühle. »Ich konnte mich dir nicht erklären. Ich habe gedacht, du verstehst meine Lage.«

Meggan wandte den Kopf ab, ohne zu antworten. Würde ihr Leben immer voller Bedauern sein?

»Warum hast du David Westoby geheiratet, wenn du wusstest, was ich für dich empfinde?«

Sie fühlte den tiefen Schmerz in Cons Worten, aber litt sie selbst nicht ebenso? Das sah er doch sicher in ihren Augen, wenn sie ihn wieder anschaute.

»Woher hätte ich denn wissen sollen, dass du, als du mir deine Liebe gestanden und erklärt hast, du würdest einen Weg finden, wie wir zusammen sein könnten, da die Absicht hattest, mehr zu unternehmen, als mich zu deiner Geliebten zu machen?« Bitterkeit schlich sich in ihre Worte. »Ich hätte in derselben misslichen Lage enden können wie Caroline. Oder hast du es vergessen? Vergessen, warum ich keinen Grund habe, einem Tremayne zu trauen?«

Über sein Gesicht huschte kurz etwas, das ein Anflug von Wut sein konnte. »Ich bin ein Trevannick, kein Tremayne. Und ich habe auch Caroline nicht vergessen. Am Tag ihrer Beerdigung habe ich begriffen, wie viel du mir bedeutest.« Er unterbrach sich, der wechselhafte Tonfall seiner Worte entsprach seiner Miene. »Erinnerst du dich, dass ich dich damals gebeten habe, eines Tages freundlicher von mir zu denken?« Er trat näher, um nach ihrer Hand zu greifen. »Meggan, Meggan, hör auf, dagegen kämpfen zu wollen. Egal, was du sagst oder vorbringst, du kannst nicht leugnen, dass wir einander immer noch lieben.«

Leugnen, dass sie ihn lieben würde bis an ihr Lebensende? Da war es leichter, den Mond zu bitten, nicht zu scheinen. »Unsere Liebe ändert nichts. Ich bin verheiratet. Ich wusste nicht, dass du vorhattest zurückzukehren.«

»Wirklich nicht?«, fragte er leise. Und noch leiser begann er die Melodie von *The True Lovers' Farewell* zu summen.

Mit einem Aufschluchzen drehte Meggan sich von ihm weg und vergrub das Gesicht in den Händen. Sie erinnerte sich an all die Male, wo er sie gebeten hatte, dieses Lied für ihn zu singen. Er packte sie an den Schultern. Nah an ihrem Ohr entrang sich seinen Lippen ein gequältes »Meggan«.

»Du hast nichts gesagt. Ich habe nicht gehofft.« Ihre eigene Qual drehte sich grausam wie ein Messer in ihrem Herzen.

Seine Hände auf ihren Schultern griffen fester zu. »Schatz, ich konnte nicht. Nicht, bevor ich Phillip noch einmal gesehen hatte. Nicht bevor ich mit Jenny gesprochen hatte. Ich hatte das Gefühl, ich konnte erst mit ihr reden, als wir wieder nach Cornwall zurückgekehrt waren.« Seine Stimme stockte, denn er quälte sich nicht weniger als sie. »Ich liebe dich, Meggan.«

Mit einem weiteren Schluchzer drehte sie sich um und ließ sich von ihm in den Armen halten. Sie konnten die Stärke der Leidenschaft zwischen ihnen nicht mehr leugnen. Es gab keinen Gedanken, kein Argumentieren, nur das sichere Wissen, dass sie einander voll und ganz gehörten.

Erst später, als Con längst gegangen war, wurde die süße Freude ihrer Liebe von Schuldgefühlen verdrängt. Meggan schaute sich in ihrem Zimmer um, dem Zimmer, das ihr Ehemann so aufmerksam für sie hergerichtet hatte, und wurde von der Scham über ihren Betrug fast niedergedrückt. Wie konnte ich David so etwas antun? Oh, aber wie hätte sie Con wegschicken können? Sie liebte ihn so sehr.

Eine Lösung war nicht in Sicht. In einer langen, schlaflosen Nacht kämpfte die Treue zu David mit der Sehnsucht, mit Con zusammen zu sein. Sie hatte ihn gebeten, sie nicht mehr zu Hause zu besuchen. Er hatte sie gebeten, in sein Hotel zu kommen. Doch wie konnten sie, hier wie dort, sicher sein, neugierigen Blicken zu entgehen? Wie konnte sie auch nur ein kurzes Glück genießen, wenn sie Angst haben musste, dass der Klatsch David zu Ohren kam?

Meggan, der sowohl das Herz als auch der Kopf schmerzten, wollte gerade das Haus verlassen, um zum Gesangsunterricht zu gehen, als ein Junge einen Brief brachte. Sie wusste, von wem er war, noch bevor sie das Siegel erbrach.

Meggan, mein Schatz,
ich muss Dich wiedersehen. Wenn Du nicht willst, dass ich zu Dir nach Hause komme, müssen wir einen Ort finden, wo wir uns treffen können. Ich sehe ein, dass es unschicklich ist, dass Du ins Hotel kommst. Du hast recht, wenn Du sagst, dass wir jeden Klatsch vermeiden müssen, obwohl ich es beklage, dass wir uns heimlich treffen müssen.

Ich kann, jetzt wo wir uns so wunderbar geliebt haben, nicht einfach weggehen und Dich zurücklassen.
Meine liebste Zigeunernixe, wenn ich keine Antwort bekomme, werde ich heute Abend zu Deinem Haus kommen. Ich bin überzeugt, dass Du genauso leidest wie ich.
Ich liebe Dich von ganzem Herzen.
   Con

Zum ersten Mal kamen ihr Madame Mariettas Kritik und ihre Forderungen nach Perfektion sowohl kleinlich als auch verletzend vor. Als besäße ich kein Talent, dachte Meggan, und würde ihre Zeit vergeuden. Die verbalen Kabbeleien zwischen Madame und Frederick zerrten an ihren Nerven. Bei der dritten heftigen Auseinandersetzung konnte sie nicht mehr.

»Oh, hören Sie auf! Aufhören!«, schrie sie.

Tränen flossen schnell, rasch gefolgt von heftigen Schluchzern. Doch weil Meggan die Hände vors Gesicht schlug und sich abwandte, sah sie nicht, dass der Schock auf den Gesichtern ihrer Lehrer zu Bestürzung wurde. Sie ließ sich von Madame in einen Sessel schieben. Den Kopf auf der Sessellehne auf dem Unterarm gebettet, weinte sie, bitterer vielleicht, als sie um Caros Tod geweint hatte.

Die Stimmen von Madame und Frederick, die miteinander sprachen, drangen nur gedämpft in ihr Bewusstsein. Erst als ihre Tränen verebbten und ihre Schluchzer zu kleinen Hicksern geworden waren, hob sie den Kopf von den Armen.

»Nun?«, wollte Madame wissen, wenn auch nicht unfreundlich. »Was ist los? Sind Sie vielleicht krank?«

Meggan schniefte einen frischen Tränenstrom weg. »Nein, Madame, ich bin nicht krank.«

»Irgendetwas stimmt nicht, wenn Sie so weinen. Haben Sie schlechte Neuigkeiten? Probleme in die Familie?«

»Nein. Ich ...« Doch mehr brachte sie nicht heraus, denn schon flossen frische Tränen.

»Ah. Ich verstehe. Frederick, Sie lassen uns jetzt allein. Für heute ist die Unterricht zu Ende. Raus, raus.« Madame winkte herrisch mit der Hand. Sobald Frederick gegangen war, zog sie den Klavierhocker neben Meggans Sessel.

»Es ist also eine Angelegenheit von die Herz, nicht wahr?«

»Oh, Madame, ich liebe ihn so sehr, ich hätte auf ihn warten sollen.« Die Worte waren gesprochen, bevor sie überlegt hatte.

»Wer ist diese Mann, den Sie so sehr lieben und auf den Sie nicht gewartet haben?«

Meggan wünschte, sie könnte ihre Worte zurücknehmen. »Das ist mein Problem, Madame, ich habe schon zu viel gesagt. Ich hätte sagen sollen, ich bin krank.«

»Ihre Herz ist krank. Ich kenne den Symptomen. Und ich weiß auch eine Heilmittel.«

»Was für ein Heilmittel soll es dafür geben, wenn man einen Mann liebt, der nicht der eigene Ehemann ist?«

»Und Ihre Liebe wird erwidert?«

»Ja, ja. Er ist zurückgekommen, um mich zu heiraten, aber ich habe nicht auf ihn gewartet.«

»Und warum haben Sie nicht gewartet? Sie müssen mir den ganzen Geschichte erzählen.«

Meggan wusste, dass Madame so lange bohren würde, bis sie zufrieden war, und so erzählte sie ihr in zusammenhangloser Folge alles, sogar von dem weißen Hasen. Sie berichtete von der Tragödie von Caroline und Rodney und erzählte vom ersten Zusammentreffen mit Con Trevannick am Strand von Pengelly. Sie sprach über Jenny, Burra, Will und ihre Einsamkeit, als alle weggegangen waren, und ihren Entschluss, David zu heiraten. Am Ende erzählte sie ihr von Cons unerwarteter Rückkehr und dem Eingeständnis von Gefühlen, die zu stark waren, um ihnen zu widerstehen.

»Und jetzt sind Sie Liebende und wissen nicht, was Sie tun sollen?«

»Was kann ich tun, Madame, außer ihn zu bitten wegzugehen?«

»Ihre Verstand rät Ihnen, ihn wegzuschicken, aber Ihre Herz möchte mit ihm zusammen sein.«

»Ich muss meinem Verstand folgen.«

»Das werden Sie immer bereuen. Tun Sie, was Ihre Herz Ihnen rät. Nehmen Sie all die Glück, die Sie bekommen können.«

Meggan war ein wenig schockiert. »Raten Sie mir etwa, meinen Ehemann weiter zu betrügen? Habe ich ihm, indem ich ihm einmal untreu war, nicht schon genug Unrecht getan?«

Madame winkte ab. Die Gefühle eines Ehemannes waren, wie es schien, nicht von Belang.

»Sie möchten lieber Ihre eigene Gefühle und die von Ihre Liebsten verraten? Ihr Ehemann ist nicht da. Was er nicht weiß, kann ihn nicht verletzen.« Sie starrte Meggan an. »Und Sie dürfen es ihm niemals sagen.«

»Irgendjemand findet es heraus. Der Klatsch dringt zu seinen Ohren vor.«

»Nicht, wenn ich Ihnen helfe. Ich stelle Ihnen jede Nachmittag meine Cottage zur Verfügung. Nein. Ich bestehe darauf. Ich kann Sie nicht gebrauchen, wenn Sie so trübsinnig sind. Ich kenne den Freuden von eine Liebhaber. Wenn Sie die Erfahrung von eine solche Liebe haben, werden Sie eine noch größere Sängerin sein. Sie werden den Leidenschaft verstehen.«

Darauf fand Meggan keine Antwort. Mit ihrer dramatischen Stimme und ihren ausholenden Gesten war Madame stets überwältigend.

»Sie sind ganz für sich. Hier kann niemand sehen, wer kommt und geht. Und jetzt nennen Sie mir die Namen von die Hotel, in die er logiert. Ich schicke ihm eine Nachricht, dass er herkommt. Vielleicht singen Sie dann morgen wieder.«

Meggan blieb in dem Sessel sitzen, während Madame rasch hinausging, um Con eine Nachricht zu schicken. Mit wenig Erfolg versuchte Meggan, ihre verworrenen Gefühle und Gedanken zu ordnen. Diese Verwirrung begann allmählich, sich in körperlichen Symptomen niederzuschlagen. Ein Teil von ihr wünschte, Madame hätte die Angelegenheit nicht so entschieden in die Hand genommen. Doch gleichzeitig war Meggan erleichtert, dass jemand ihr die Entscheidung abgenommen hatte. Der größere Teil von ihr sehnte sich danach, den Mann wiederzusehen, den sie liebte.

Madame kam zurück, goss Meggan einen Kräutertee auf und bestand darauf, dass sie ihn auch trank.

»Eine Tee aus Kamille und Pfefferminze, die Ihnen hilft, ruhiger zu werden.«

Da sie dringend etwas brauchte, was ihre Nerven beruhigte, trank Meggan den Tee gehorsam.

Madame machte es sich neben Meggan bequem und erzählte von ihrer eigenen Jugend, als sie auf den großen Opernbühnen Londons gesungen hatte. Eine stürmische Romanze und eine darauf folgende Heirat mit einem wohlhabenden Yankee hatten sie nach Amerika gebracht. Als die erste romantische Aufwallung abkühlte, vermisste sie das Bühnenleben, zudem erstickte sie unter der strengen gesellschaftlichen Moral der amerikanischen Oberschicht. Kein Jahr nach ihrer Hochzeit brannte sie mit einem Musiker durch, um durch die Konzertsäle Europas zu tingeln, bis sie schließlich allein in Mailand gelandet war, wo sie das Glück hatte, einen Platz in dem großartigen Ensemble der Mailänder Oper zu finden.

Das bunte, wenn auch zweifelhafte Märchen, das Madame ihr erzählte, war so faszinierend, dass Meggan ihre Sorgen eine Zeit lang vergaß.

»Und wie sind Sie dann nach Australien gekommen, Madame?«

»Ach, das erzähle ich Ihnen ein andermal. Ich glaube, Ihr Geliebter ist da.«

Bei Madames Wortwahl stieg Meggan vor Verlegenheit die Röte in die Wangen, doch als es an der Haustür klopfte, machte ihr Herz einen Satz. Trotz ihres überreizten Zustands musste Meggan unwillkürlich lächeln, als sie Cons ungläubige Miene sah, als er in dem bizarren Durcheinander des Zimmers der exotisch gewandeten Madame Marietta gegenüberstand.

Madame bemerkte seine Miene entweder nicht oder war es vielleicht gewohnt, dass Menschen, die das erste Mal in ihr Cottage kamen, eine ähnliche Reaktion an den Tag legten.

»Gut. Sie sind hier. Dann lasse ich Sie beide jetzt allein.« Sie nahm eine geräumige Gobelintasche. »Wenn Sie gehen, bevor ich zurück bin, legen Sie die Schlüssel bitte in die Topf mit die Geranie.«

Sie ging ohne ein weiteres Wort. Und auch Meggan und Con sprachen nicht, bis sie allein waren. Und dann waren Worte überflüssig, denn sie warfen sich einander in die Arme, und hungrige Lippen fanden einander.

Con hielt sie so fest, als würde er es nicht ertragen, sie je wieder loszulassen. »Meine Liebste, die vergangenen Stunden waren wie Jahre leerer Zeit. Du ahnst ja nicht, wie unglaublich es ist, dich wieder in den Armen zu halten.«

»Ahne ich es nicht?« Meggan machte sich ein wenig aus seiner Umarmung frei, bis diese nicht mehr ganz so fest war. »Ich liebe dich, Con. Ich habe mich die ganze Nacht gequält, weil ich nicht wusste, was ich tun sollte.«

»Ich hatte keinen Zweifel. Ich will dich – brauche dich –, selbst wenn es nur für wenige kurze Wochen sein kann.« Er schloss die Augen und seufzte tief, und als er sie wieder aufschlug, suchte er ihren Blick. »Ich bin nicht ehrlich. Einige Wochen sind nicht genug. Ich wünschte …«

»Nein.« Meggan konnte ihn den Satz nicht beenden lassen. »Wir haben keine Zukunft. Ich liebe dich und will alles von dir haben, was ich haben kann, aber ich werde meinen Mann niemals verlassen.«

»Meggan, Meggan.« Er küsste sie wieder. »Wohin können wir gehen, um zusammen zu sein?«

Meggan lächelte, denn sie ahnte, wie Con reagieren würde. »Madame hat uns angeboten, nachmittags ihr Cottage zu nutzen.«

»Das ist nicht dein Ernst?« Er sah sie fast ein wenig schockiert an.

»Madame hat es ganz ernst gemeint.«

»Gütiger Himmel! Ausgeschlossen, dass ich dich hier drin lieben kann.« Er wies mit dem Kopf in Richtung Schlafzimmer.

»Ich auch nicht. Und doch können wir uns weder bei mir zu Hause noch im Hotel treffen. Man kennt mich zu gut.«

»Dann müssen wir an einen Ort gehen, wo niemand dich kennt.«

Die Lösung kam Meggan scheinbar aus dem Nichts. »Natürlich«, rief sie. »Wir gehen nach Hahndorf. Ich kann Mrs. Mills sagen, Madame hätte darauf bestanden, die kühlere Luft in den Bergen sei wohltuend für meinen Hals.«

Wie leicht ihr dieses Täuschungsmanöver fiel.

Am späten Nachmittag hielt Mills die Kutsche vor dem malerischen Hahndorf Inn an. Nachdem er ihr Gepäck in die Eingangshalle getragen hatte, wiederholte Meggan, sie werde eine Nachricht senden, wenn sie nach Hause kommen wolle, und schickte ihn weg. Mills hatte kaum die Kutsche gewendet, um zurück nach Adelaide zu fahren, da trat Con auf sie zu.

»Ich habe uns ein Zimmer gebucht mit einem schönen Ausblick über die Landschaft.« Er nahm ihre Hand und legte sie auf seinen Arm. »Sollen wir nach oben gehen, meine Liebe, wie das ehrbare verheiratete Paar, das wir angeblich sind?«

In seinen unbeschwerten Worten schwang ein unausgesprochener Schmerz mit. Nachdem sie sich in ihrem Zimmer aus einer leidenschaftlichen Umarmung gelöst hatten, umfasste Meggan Cons Gesicht mit beiden Händen.

»Mein Liebster, diese Zeit gehört uns ganz allein. Wir werden nicht an die Zukunft denken und auch nicht an die Vergangenheit. Wir werden zusammen glücklich sein, auch wenn es nur für kurze Zeit ist.«

Ein Klopfen an der Tür zeigte an, dass der Hausdiener mit Meggans Gepäck nach oben gekommen war. Ein Bursche von ungefähr fünfzehn Jahren brachte die Taschen ins Zimmer. Sein Trinkgeld nahm er mit einem freudigen Grinsen entgegen.

»Vielen Dank, Sir. Brauchen Sie sonst noch etwas? Möchte Mrs. Stuart, dass ihr ein Dienstmädchen beim Auspacken hilft?«

Meggan, die sich abgewandt hatte, um den Blick aus dem Fenster über die wohlbestellten Felder schweifen zu lassen, war froh, dass der Bursche nicht sah, wie sie auf den Namen reagierte.

»Möchtest du ein Dienstmädchen, meine Liebe?«

»Nein, danke. Ich komme zurecht«, antwortete Meggan und verlor fast wieder die Fassung, als sie das Glitzern in Cons Augen sah.

»Ich hatte gar nicht darüber nachgedacht«, erklärte sie in dem Augenblick, da der Bursche gegangen war, »welchen Namen du benutzt hast, um dieses Zimmer zu buchen.« Der Hotelportier hatte sie tatsächlich nur mit Sir und Madam angesprochen. »Warum Stuart?«

»Der Vorname meines Vaters und mein zweiter Name. Er schien mir so gut wie jeder andere.«

»Dein Vater hat einen schottischen Namen?«

»Meine Großmutter väterlicherseits stammte aus Glasgow. Und sie trug keinen geringeren Namen als Mary Stuart. Ich glaube, sie wollte verhindern, dass ihre Nachkommen ihr schottisches Erbe vergessen. Und jetzt, mein Schatz, möchtest du einen Spaziergang durchs Dorf machen?«

Meggan beantwortete seine Frage mit einem verschmitzten Lächeln. »Ich würde nach der Reise lieber etwas ausruhen. Ich glaube, ich lege mich ein Weilchen hin. Leistest du mir Gesellschaft?«

»Wenn ich das tue, kommt keiner von uns zur Ruhe.«

Er sollte recht behalten. In dem Augenblick, in dem sie ihre Kleider auszogen, stürzten sie in ein ekstatisches Liebesspiel, ein Geben und Nehmen leidenschaftlicher Energie, bis sie sich völlig verausgabt hatten, auch wenn sie noch lange nicht satt aneinander waren. Während seine Lippen die Züge ihres Gesichts nachzeichneten, erkundeten ihre Hände die festen Muskeln seines Rückens. Langsam und mit Bedauern lösten sie sich voneinander.

Eine ganze Weile lagen sie nur da und hielten sich einfach bei der Hand. Meggan war fast am Einschlafen, als Con mit den Fingerknöcheln über ihre Wangen strich.

»Ich liebe dich«, flüsterte er. Und wieder liebte er sie, diesmal mit einer langsamen Zärtlichkeit, die für beide noch viel köstlicher war als die leidenschaftliche Ekstase.

Zwei Wochen lange lebte Meggan in vollkommenem Glück. Sie sprachen weder über die Vergangenheit noch über die Zukunft. Es gab nur die Gegenwart. Jeden Gedanken an eine Welt, in der sie nicht zusammen sein konnten, schoben sie beiseite. Eines Morgens wachte Meggan auf und sah, dass Con sie, auf einen Ellbogen gestützt, beobachtete.

»Du bist so schön, wenn du aufwachst, dann hast du noch die Reste deines Traums in den Augen, und dein Mund ist weich und einladend. Ich könnte dich mein ganzes Leben lang so anschauen, wie du jetzt bist. Wenn nur ...«

»Nicht. Sag's nicht. Wir müssen akzeptieren, dass das alles ist, was wir haben können.«

Eine ganze Weile sagte er nichts, und ihrer beider Augen sprachen von dem, was in Worte zu fassen zu schmerzlich war.

»Du bist die schönste Frau der Welt. Ich bewundere alles an dir.« Er lehnte sich zurück, um sich auf die Seite zu legen, und fuhr ihr mit der Hand über die Wange. »Ich möchte nur hier liegen und dich anschauen, damit sich dein Gesicht für alle Zeit in meine Erinnerung brennt.«

Seine Finger berührten sie leicht wie eine Feder, fuhren durch ihre gelockten Strähnen, zogen den Bogen ihrer Augenbrauen nach und den Schwung ihrer Wangenknochen, und dann fuhr er mit einem Zeigefinger ihren Nasenrücken hinunter und berührte ihre Lippen. Überall da, wo seine Finger ihre Haut berührten, kribbelte es, und sie wünschte sich, er würde ewig mit diesen zärtlichen Liebkosungen fortfahren. Die ganze Zeit blickte er ihr tief in die Augen, selbst als er den Kopf näher schob, um mit den Lippen über ihren Mund zu streifen. Eine federleichte Berührung. Ein Elfenkuss. Und doch zündete er in ihr das mächtige Feuer der Leidenschaft.

Als er sich zurückzog, legte Meggan sich so auf ihn, dass sich ihre nackten Körper in ganzer Länge berührten. Die Hände in seinem dichten Haar vergraben, war es jetzt an ihr, ihn zu bewundern. Zarte Küsse berührten seine Augen und Ohren, Nase und Mund. Sie drückte einen Kuss auf seine Kehle, fuhr mit den Lippen hinüber zu seinen Schultern und dann nach unten zu seinen Brustwarzen. Die zitternde Antwort seines Körpers, sein erregtes Stöhnen, weckten ihre Leidenschaft von neuem.

Sie fuhr mit der Hand an seinem Körper hinunter und entdeckte, wie stark er erregt werden konnte, wenn sie diesen männlichen Körperteil berührte. Sie ergötzte sich an seiner samtigen, seidigen Stärke. »Du bist auch schön«, flüsterte sie.

Sie drängte sich an ihn, und er umfasste mit den Händen ihre Hüften, sodass sie eins werden konnten. Sie lagen beieinander, küssten sich leidenschaftlich und bewegten sich nur so viel, um so eng miteinander zu verschmelzen, dass sie das Gefühl hatten, ihre Körper könnten nie mehr getrennt werden.

Con und Meggan liebten sich in der Nacht und oft auch in der trägen Hitze des frühen Nachmittags mit tiefer Leidenschaft. Am

Vormittag mieteten sie Pferde, um an prächtigen deutschen Bauernhöfen vorbei bis dahin zu reiten, wo Weingärten angelegt wurden. Sie bummelten durch die Stadt und ergötzten sich am Duft und Geschmack der geräucherten deutschen Würstchen und der üppigen Torten. Überall hörten sie öfter die deutsche Sprache als ihre eigene.

»Man könnte glauben, man wäre gar nicht in Australien«, bemerkte Meggan. »Die deutschen Siedler haben möglichst viel aus ihrer Heimat mit hierhergebracht. Vielleicht fühlen sie sich mehr zu Hause, wenn sie sich rundum mit Vertrautem umgeben.«

»Haben die Cornwaller in Burra nicht dasselbe gemacht?«

Meggan schaute ihn überrascht an, bevor sie zustimmend nickte, denn sie hatte das irgendwie immer für selbstverständlich gehalten.

»Ja, das haben sie, genau wie die Waliser und die Engländer in ihren Siedlungen. Ich frage mich, ob es in zukünftigen Generationen auch noch so ist oder ob all diese verschiedenen Völker untereinander heiraten und ein Volk werden – das australische Volk.«

»Du denkst sehr gründlich nach, meine Liebe.« Con schenkte ihr ein nachsichtiges Lächeln.

Meggan packte seinen Arm fester und stieß ein leichtes Lachen aus. »Wirklich? Komm, wir gehen zur Konditorei, Con. Ich möchte ein köstliches Stück Torte. Ich ... Oh, mein Gott.« Ihre Stimme wurde zu einem schockierten Flüstern.

»Was ist? Du bist ja ganz blass geworden.«

»Ich habe Will gesehen.«

»Deinen Bruder?«

»Ja. Oh, du musst gehen, Con, denn ich glaube, er hat mich auch gesehen.«

Will hatte sie tatsächlich gesehen und kam die Straße heraufgelaufen. Meggan eilte ihrem Bruder entgegen, ohne zu schauen, ob Con sich wirklich entfernt hatte.

»Meggan!«

»Will!«

Sie umarmten sich stürmisch vor Freude, bevor sie zurücktraten, um einander mit einer Mischung aus Freude und Unglauben anzuschauen. Beide sprachen gleichzeitig.

»Was machst du hier?«

Sie lachten.

»Du zuerst«, sagte Will.

»Nein, nein. Du musst zuerst erzählen. Ich dachte, ihr wärt inzwischen längst in Victoria.«

Will verzog das Gesicht. »Wir mussten unsere Pläne ändern.«

»Warum? Was ist passiert? Ich sehe dir doch an, dass etwas passiert ist.«

»Ja. Nein, mach dir keine Sorgen, Megs. Komm, wir gehen irgendwohin, wo wir uns hinsetzen und reden können.«

»Gleich um die Ecke ist eine hübsche kleine Teestube.«

Meggan konnte ihre Besorgnis für den kurzen Fußweg kaum zurückhalten. Sie spürte, dass Will keine guten Nachrichten hatte. Sobald sie an einem kleinen Tisch mit einer rot karierten Tischdecke saßen, wollte sie alles erzählt bekommen. Sein Bericht musste jedoch warten, bis die Besitzerin sie mit Tee und Kuchen versorgt hatte.

»Wir hatten einen Unfall mit dem Wagen.«

»Einer der Jungen wurde verletzt«, rief Meggan aus. »Hal oder Tommy?«

»Tommy.«

»O Gott. Wurde er schwer verletzt?«

»Ziemlich schwer.«

»Wie schwer ist ziemlich schwer?«

»Er kann nicht mehr richtig laufen.«

»Nein! Der arme Tommy. Wie ist es passiert? Hast du einen Arzt für Tommy gefunden? Wo wart ihr? Warum seid ihr nicht nach Hause zurückgekehrt?«

Will nahm ihre Hand, um sie zu beruhigen. »Keine Fragen mehr, Megs. Ich erzähle dir die Geschichte der Reihe nach.«

Meggan hörte zu und stieß nur gelegentlich einen schmerzlichen Ausruf aus, während Will ihr von da an, wo ihnen das erste Wallaby unerwartet vor den Wagen gesprungen war, alles erzählte.

»Wie geht es Tommy jetzt?«

»Er ist gesund, obwohl er für den Rest seines Lebens humpeln wird.«

»Dann arbeiten Hal und du seither für diesen Mr. Harvey.«

»Tommy arbeitet auch. Er hat festgestellt, dass er ein Händchen für Lederarbeiten hat. Geschirre und Sättel kann er reparieren, ohne sein lahmes Bein zu beanspruchen.«

»Was machst du in Hahndorf? Wie weit weg ist Harvey's Run?«

»Gut zwei Tagesritte. Jack und ich haben einige Pferde an einen Ort etwas nördlich von hier gebracht. Jack hat ein Auge auf die Tochter geworfen. Ich habe ihn allein gelassen, damit er um sie freien kann, und bin runter nach Hahndorf gekommen, um nach ein paar Sachen zu schauen, die wir brauchen.«

»Wir?«

»Tommy, Hal und ich. Wir verlassen die Farm Ende der Woche und machen uns wieder auf den Weg nach Ballarat.«

»Ende der Woche. Oh, so bald schon. Gibt es keine Möglichkeit, dass ich euch alle noch einmal sehen kann, bevor ihr abreist?«

»Die Jungen wollen los, sobald ich zurück bin. Aber ich erzähle ihnen, dass wir uns getroffen haben.«

»Ich freue mich so, dich zu sehen. So ein Zufall, dass wir beide am selben Ort sind.«

»Wie kommt es, dass du in Hahndorf bist, Megs?«

»Ich bin hier, um mich von einer Krankheit zu erholen.« Meggan fürchtete, die Hitze, die sie in ihren Wangen spürte, könnte ihre Worte Lügen strafen. Zu ihrer Erleichterung wirkte Will nur bestürzt.

»Was für eine Krankheit? Warum bist du nicht bei den Heilbuths?«

»Oh, natürlich, das weißt du ja noch gar nicht. Auch bei mir ist viel passiert, seit ihr Burra verlassen habt.«

Meggan erzählte ihm von ihrer Heirat, von ihrem Gesangsunterricht und mit Stolz von ihrem Erfolg in Adelaide.

»Ich bin froh, dass sich dein Traum erfüllt. Ich würde gerne deinen Mann kennenlernen.«

»Vielleicht wirst du das eines Tages.«

»Er ist nicht hier bei dir?«

Meggan schüttelte den Kopf. »Er ist in Melbourne. Ich hätte ihn begleitet, wenn ich nicht die Mandelentzündung bekommen hätte.«

»Dann bist du allein hier?« Die Frage war kein müßiges Gerede.

Meggan wandte den Kopf ab, denn sie konnte ihrem Bruder nicht ins Gesicht lügen.

»Megs.« Er fasste nach ihrem Gesicht, damit sie ihre Miene nicht vor ihm verbergen konnte. »Ich habe Con Trevannick gesehen.«

Die oberen Schneidezähne in die Unterlippe gedrückt, blinzelte Meggan, um die Tränen in Schach zu halten. Will kannte sie zu gut, als dass sie die Wahrheit vor ihm hätte verbergen können.

»Verurteile mich nicht, Will. Wir lieben uns.«

»Liebe! Was hat Liebe zu einem Mitglied dieser Familie uns je gebracht? Nichts als Unglück.«

»Ich weiß, aber Con würde nie etwas tun, das mich verletzen könnte.«

Sein ungläubiges Schnauben stach ihr ins Herz. »Du überraschst mich, Megs. Ich dachte, ich würde dich besser kennen.«

Er war verärgert über sie. »Bitte, Will, ich könnte es nicht ertragen, wenn du mich für das hasst, was ich getan habe.«

»Ich würde dich nie hassen, Megs. Aber ich möchte es nicht erleben, dass man dir wehtut.«

Meggans Lachen war leicht bitter. »Wehgetan hat es, als Con nach Adelaide zurückkam, nachdem ich einen anderen Mann geheiratet hatte.«

Will war sichtlich besorgt. »Was ist mit deinem Mann, Megs? Du hast gesagt, er ist ein anständiger Mann. Wirst du ihn jetzt verlassen? Nur weil Con Trevannick beschlossen hat, dass er dich will?«

»So versteh mich doch, Will. Das hier ist nur ein kurzes Zwischenspiel. Eines, das ich brauche. Ich gehe zurück nach Adelaide, um wieder Davids liebende Ehefrau zu sein.« Gütiger Himmel, wie herzlos ihre Worte klangen.

»Wann gehst zu zurück, Megs? Bevor es zu spät ist?«

Sie runzelte leicht die Stirn über Wills Ernst. »Zu spät für was?«

»Ich weiß, wie stark deine Leidenschaft sein kann. Ich mache mir Sorgen. Je länger du bei Con Trevannick bleibst, desto schwerer wird es dir fallen, dich wieder von ihm zu trennen.«

»Ich habe mir nie eingeredet, unsere Trennung würde leicht.« Ein würgender Schmerz sorgte dafür, dass sie die nächsten Worte in gequälter Eile äußerte. »Ich muss zu meinem Mann zurück.«

Sie wusste, während sie das sagte, dass sie abreisen würde, so schnell Mills mit der Kutsche kommen konnte. Die Idylle mit Con war zu Ende. Sie würde Zeit allein brauchen, um um das zu trauern, was sie nicht haben konnte; Zeit, sich zu sammeln, bevor David zurückkehrte; Zeit, um zu lernen, jeden Hinweis auf ihren Betrug aus ihrer Stimme und ihrer Miene zu verbannen.

Nach dem tränenreichen Abschied von ihrem Bruder schickte Meggan sofort nach ihrer Rückkehr ins Hotel Nachrichten nach Adelaide. Erst nachdem sie den Brief abgeschickt hatte, teilte sie Con ihren Entschluss mit. Sie hatte gewusst, dass er überrascht sein würde. Doch sie hatte nicht erwartet, dass er wütend werden würde.

»Warum, Meggan? Du hast mit keinem Ton angedeutet, dass du

vorhast abzureisen. Wir hätten doch gut noch eine Woche bleiben können.«

»Ich kann nicht. Ich muss zurück nach Adelaide. Bitte, sei mir nicht böse, Con.«

»Hat dein Bruder etwas mit deinem überstürzten Entschluss zu tun?«

»Natürlich nicht.«

»Ich glaube doch, Meggan. Wenn du deinen Bruder nicht getroffen hättest, wärst du, glaube ich, gerne noch bei mir geblieben. Er hat dir Schuldgefühle eingeredet.«

»Ich *bin* schuldig!«, schrie Meggan. »Wir haben uns der schlimmsten Form des Betrugs schuldig gemacht.«

»Wir waren uns einig«, sagte Con ruhig. »Wir wussten, was wir tun.«

»Ich weiß, ich weiß. Ich liebe dich so sehr.«

Sie war in seiner Umarmung gefangen, die feuchte Wange an seine Brust gedrückt. Aus seiner Kehle hörte sie einen Schluchzer.

»Meggan. Meggan. Meine liebste Zigeunernixe, was sollen wir nur machen? Ich wünschte ...«

Meggan machte sich aus seiner Umarmung frei und legte ihm einen Finger auf die Lippen. »Scht, sag es nicht. Liebe mich einfach, Con. Liebe mich heute Abend und morgen. Das ist alles, was uns noch bleibt. Ich kehre nach Adelaide zurück, um auf meinen Mann zu warten. Wenn ich Hahndorf verlasse, darfst du mich nie wiedersehen.«

In dieser Nacht liebten sie sich mit der Verzweiflung von Liebenden, die sich trennen mussten. Am nächsten Tag ritten sie aus, an den Farmen vorbei bis zu einer Flussbiegung, wo sie sich auf dem weichen Farn noch einmal liebten. Am Nachmittag stieg Meggan in die Kutsche ihres Mannes, wohl wissend, dass Con sie von dem Fenster des Zimmers aus, das ihr Liebesnest gewesen war, beobachtete. Sie schaute nur einmal zurück. Abgeschirmt in der

Privatheit der Kutsche, lehnte sie den Kopf an das lederbezogene Polster und ließ bis Adelaide den Tränen freien Lauf.

Drei Tage lang blieb Meggan im Haus. Sie hatte nicht den Wunsch, ihren Gesangsunterricht wieder aufzunehmen und sich Madames scharfsinnigem, forschendem Blick auszusetzen. Um sich tagsüber zu beschäftigen, übte sie Italienisch und lernte die Verse eines neuen Lieds. Nachts saß sie meistens an ihrem Schlafzimmerfenster und schaute auf das schimmernde Mondlicht, das sich im Torrens River brach. Am vierten Tag bekam sie Besuch.

Er hatte nicht einmal einen Gruß, als sie ihm die Tür öffnete.

»Dein Ehemann ist noch nicht zurück?«

»Du musst wissen, dass er nicht hier ist, sonst wärst du nicht gekommen.«

Er lächelte traurig. »Willst du mich vor der Tür stehen lassen, Meggan?«

Ohne ein Wort drehte sie sich um und ging voraus in den Salon. Sobald sie dort waren, schienen sie sich nichts zu sagen zu haben. Sie standen nur angespannt da und kämpften dagegen an, einander in die Arme zu fallen.

»Du hättest nicht herkommen sollen. Wir haben uns in Hahndorf verabschiedet.«

»War es wirklich ein Abschied, wo wir einander so lieben?«

»Es muss ein Abschied gewesen sein. Das wissen wir beide. Wenn du mich wirklich liebst, gehst du wieder weg.«

»Ist es das, was du willst, mich nie mehr wiederzusehen?«

Meggans strenge Selbstkontrolle begann zu bröckeln. »Nicht. Ich bin eine verheiratete Frau, Con. Mein Ehemann ist ein guter Mann. Er verdient es, dass seine Frau ihm treu ist.«

»Du liebst ihn nicht.«

»Ich bin ihm zärtlich zugetan.«

»Könntest du ihn verlassen?«

»Nein! Und du solltest mich nicht darum bitten.«

Sein Seufzer brach ihr fast das Herz. »Dann tue ich es nicht.«

»Wir waren nie füreinander bestimmt, du und ich.«

Con schüttelte nur den Kopf. »Ach, Meggan, mein Schatz, wir waren für einander bestimmt, vom ersten Tag an, da wir uns am Strand begegnet sind. Du kannst nicht leugnen, was wir füreinander empfinden.«

In Meggans Augen brannten Tränen. »Ich leugne gar nichts. Ich werde die Erinnerungen an dich für den Rest meines Lebens hochhalten. Aber egal, wie sehr ich dich liebe, ich werde meinen Mann nicht verlassen.«

»Nein, natürlich nicht. Wenn dir die Gefühle deines Mannes egal wären, wärst du nicht die Frau, die ich liebe. Ich liebe dich wirklich, Meggan. Glaube nie, das hier war von meiner Seite nur eine Spielerei.«

»Ich weiß, dass es das nicht war. Genauso wenig wie von meiner Seite. Du hast gesagt, unser Schicksal sei an jenem Tag am Strand dort entschieden worden. Das ist wahrer, als du ahnst. Ich hatte an diesem Tag einen weißen Hasen gesehen.«

»Einen weißen Hasen?« Er wirkte bestürzt. »Sprichst du von dem alten Aberglauben?«

Ein winziges wehmütiges Lächeln umspielte ihre Mundwinkel. »Ich war ein versponnenes Kind.« Dann wurde sie ernst. »Kurz danach kam die Tragödie über unsere Familie.«

»Sicher Zufall. Glaubst du, unsere Liebe steht unter einem unglücklichen Stern?«

»Manchmal ... ich weiß nicht.« Sie hob mit flehenden Augen das Gesicht. »Geh zurück nach Cornwall, Con. Heirate Jenny, wie geplant. Das wäre das Beste für uns beide.«

Er nickte langsam. »Meine süße Zigeunernixe. Lass mich dich ein letztes Mal halten.«

»Ich ... Oh, Con.«

Sie trat in seine Arme. Sein Kuss war ungestüm, und ihre Tränen benetzten ihre Gesichter. Als sie den Kuss abbrach, hielt er sie weiter fest, so fest, dass sie seine Verzweiflung spürte. Nach einer Weile ließ er sie los und hob eine Hand, um ihre Tränen wegzuwischen.

»Adieu, Meggan. Möge dein Leben erfüllt und glücklich werden!«

Er verließ das Zimmer, das Haus, und Meggan blieb, wo sie war, bis sie wusste, dass er am Ende der Straße um die Ecke gebogen war.

Con ging rasch zurück zu seinem Hotel. Er musste Adelaide sofort verlassen, solange er noch die Kraft besaß, von Meggan wegzugehen. In seinem Zimmer packte er rasch seine Koffer, dann zahlte er seine Rechnung und beschaffte sich eine Mietkutsche mit Kutscher, der ihn zum Hafen bringen sollte. Dort angekommen, stellte er fest, dass drei Schiffe vor Anker lagen, von denen eines sich gerade zum Ablegen fertig machte. Vom Kai aus machte er den Kapitän auf sich aufmerksam.

»Können Sie noch einen Passagier aufnehmen?«

Der Kapitän lehnte sich über die Reling. »Können Sie sich eine Kabine leisten? Ich habe eine, die nicht besetzt ist.«

»Dann nehme ich sie.«

Er eilte zurück zur Kutsche, um den Kutscher zu entlohnen und sein Gepäck zu holen. Wohin das Schiff fuhr, wusste er nicht. Wichtig war nur, dass es ihn von Südaustralien wegbrachte.

16

Der Mann, der sich James Pengelly nannte, hatte nur eine entfernte Ähnlichkeit mit dem jungen Mann, der einst Rodney Tremayne gewesen war. In den Jahren in Australien hatte die Sonne seine einst blasse Haut gerötet. Sein Haar war ungepflegt und brauchte dringend einen Friseur, während ein Schnurrbart und ein kurzer Kinnbart seine untere Gesichtshälfte verdeckten. Die Augen waren immer noch vom selben klaren Blau, und die Fältchen um die Augenwinkel kamen vom vielen Blinzeln gegen die stechende Sonne. Diese Augen starrten jetzt die beiden jungen Frauen an, die Arm in Arm durch den Garten spazierten.

Ihr Lachen wehte durch das offene Fenster, die höhere Stimmlage der einen verschmolz harmonisch mit der tieferen Stimme der anderen. Die Besitzerin des klimpernden Lachens schaute zum Fenster herüber, lächelte und winkte. James antwortete mit einem Heben der Hand und einem Lächeln, obwohl es die andere junge Frau war, die seine Aufmerksamkeit erregt hatte.

»Sie sind eine Freude für die Augen, nicht wahr?« Charles Winton hatte den Raum betreten und stand jetzt neben seinem Buchhalter. »Wenn Sie Jane gesehen hätten, als wir sie gefunden haben, krank und halb verhungert, würden Sie noch mehr über die junge Frau staunen, die aus ihr geworden ist.«

»Das haben Sie schon einmal gesagt. Abgesehen von der Farbe ihrer Haut würde man nicht vermuten, dass sie eine Aborigine ist. Und doch frage ich mich, Charles, was die Zukunft für sie bereithält.«

»Inwiefern?«

»Nun, erst einmal wären nur wenige Weiße bereit, ein schwarzes Mädchen als ihre eigene Tochter aufzuziehen. Kaum mehr wären bereit, ein schwarzes Mädchen in der weißen Gesellschaft zu akzeptieren, obwohl die Regierung eine Politik der Assimilation vertritt. Sie haben Jane in die Zivilisation eingeführt, aber haben Sie ihr damit einen Gefallen getan?«

»Finden Sie, wir hätten die beiden sterben lassen sollen, wo es doch so leicht war, sie zu retten?«

James wandte sich um, um Charles anzusehen. Dessen Lippen waren vor Verärgerung fest zusammengepresst. Die dichten Augenbrauen unter der gerunzelten Stirn zusammengezogen, starrte er die beiden jungen Frauen an.

»Ich wollte weder Sie noch Mrs. Winton beleidigen, Charles. Ihre Wohltätigkeit ist äußerst löblich. Jane ist eine nette, intelligente junge Frau, und Hannah war in der kurzen Zeit, da ich sie kannte, ein absoluter Engel. Aber ...« Er unterbrach sich, um in einer stummen Wiederholung seiner Frage die linke Schulter zu heben.

Charles Winton räumte ein, dass an seiner Bemerkung durchaus etwas dran war. »Sie haben nichts gesagt, was Mary und ich nicht schon oft besprochen haben. Wir haben kürzlich lange über die Zukunft unserer beiden Mädchen nachgedacht, jetzt, wo sie im heiratsfähigen Alter sind. Wir werden für Jane einen guten Ehemann finden. Einen, der über die Farbe ihrer Haut hinwegsehen kann auf den Menschen darunter.«

»Ich hoffe für Jane, dass Ihnen das gelingt.«

James überlegte, wen Charles wohl im Sinn hatte. Wusste er, dass Joshuas Blick häufig auf Jane ruhte? Die junge Frau war von einer dunklen Schönheit, gegen die Annes angelsächsische Gesichts- und Haarfarbe geradezu fade wirkten. Ob sie sich ihrer Wirkung bewusst war oder nicht, Jane würde stets die Aufmerksamkeit von Männern auf sich ziehen. Der jüngere der beiden

Winton-Brüder gierte auf jeden Fall nach der jungen Aboriginal-Frau. Doch seine Begierde zielte nicht auf eine Heirat. Und Adam? Die Gefühle des älteren Sohnes gegenüber Jane konnte James nicht klar umreißen.

»... möchte nicht, dass Anne wegzieht, wenn sie heiratet.«

James, dem bewusst wurde, dass Charles Winton mit ihm sprach, richtete seine Aufmerksamkeit rasch wieder auf seinen Arbeitgeber.

»Anne und ihre Mutter«, fuhr Charles fort, »haben sich immer sehr nahegestanden. Mary hofft, dass Anne einen Mann heiratet, der bereit ist, sich hier auf Riverview niederzulassen.« Er unterbrach sich. »Sie haben sich gut in unseren Lebensstil eingefügt, James.«

Der Erklärung fehlte es so sehr an Feinsinn, dass die Botschaft unmöglich misszuverstehen war. James Pengelly antwortete, indem er den Sachverhalt klar formulierte. »Sie finden, ich wäre ein passender Ehemann für Anne.«

»Mary und ich haben darüber gesprochen. Wir hatten gehofft, der Vorschlag käme von Ihnen. Sie haben doch keine Abneigung gegen Anne, oder?«

»Niemand könnte Anne nicht mögen. Sie ist eine warmherzige, freundliche junge Frau.«

»Und, was sagen Sie dann dazu, James? In der Zeit, die Sie bei uns sind – zweieinhalb Jahre sind das jetzt, nicht wahr? –, haben meine Gewinne dank Ihrem Geschick mit Zahlen und Bilanzen eine beträchtliche Steigerung erfahren. Ich würde Sie gerne in Diensten halten. Mary möchte, dass ihre Tochter in der Nähe bleibt. Eine Heirat zwischen Anne und Ihnen scheint eine glänzende Idee zu sein.«

»Nichts für ungut, Charles, ich würde sagen, Ihre glänzende Idee ist in erster Linie zum Nutzen von Riverview und für Mrs. Wintons Glück.«

Charles Winton war ehrlich bestürzt. »Heiliger Strohsack! Vermutlich haben meine Worte Ihnen diesen Eindruck vermittelt. Wir sind hier nicht eigennützig. Anne hat ihrer Mutter anvertraut, dass sie gewisse Gefühle für Sie hegt.«

Jetzt war es an James, überrascht zu sein. »Anne hat nie eine Andeutung gemacht, dass sie mich besonders mag.«

Charles lächelte. »Sie denken zweifellos, wenn Anne etwas will, geht sie drauflos und nimmt es sich. Doch wie es scheint, ist unsere Tochter in dieser Angelegenheit ohne unsere Unterstützung nicht in der Lage, sich zu erklären.«

»Die Sie ihr bereitwillig gewähren.«

In diesem Augenblick schaute Anne wieder zu dem Fenster herüber, wo die Männer standen und redeten. Rasch wandte sie den Blick wieder ab. James glaubte, eine Röte ihre Wangen überziehen zu sehen. Vielleicht wusste oder erriet sie, um was das Gespräch sich drehte.

»Also, was denken Sie?«, fragte Charles Winton noch einmal.

»Im Augenblick habe ich gar keinen klaren Gedanken. Ich mag Anne, sehr. Doch bis jetzt habe ich noch nicht übers Heiraten nachgedacht. Seit ich nach Australien gekommen bin, war ich eigentlich entschlossen, Junggeselle zu bleiben.«

»Das können Sie nicht machen, Mann«, rief Charles aus. »Das Leben ist nichts ohne eine gute Frau an Ihrer Seite und Kinder, um Ihr Herz zu erfreuen. Und auch wenn es zweifellos stolz von mir ist, so etwas zu sagen, aber unsere Familie ist da doch ein lobenswertes Beispiel.«

James musste notgedrungen lächeln. Die Wintons waren in der Tat eine Empfehlung für Ehe und Familie. Der Schwur, Junggeselle zu bleiben, war aus dem Kummer und dem Schmerz geboren, die der junge Rodney Tremayne erlitten hatte. Die Erfahrungen in der Kolonie hatte James Pengelly hart gemacht. Cornwall, die emotionale Torheit der Jugend und der Verrat seines Vaters lagen weit hinter ihm. Diese Vergangenheit gehörte zu einem anderen Mann.

Warum sollte er Anne Winton nicht heiraten? Sie war, wie er zu ihrem Vater gesagt hatte, warmherzig und freundlich. Ihre Schönheit lag in ihrem Wesen, denn nur ein Vater oder ein Liebhaber konnte in ihrem Gesicht etwas anderes sehen als Reizlosigkeit. Anne schienen die recht gewöhnliche Anordnung ihrer Züge und ihre unbestimmbare Gesichts- und Haarfarbe keinen Kummer zu bereiten.

Bei reiflicher Überlegung hatte es eindeutig Vorteile für ihn. Er mochte die Familie Winton, hegte großen Respekt für Charles und Bewunderung für Mary. Hier in Riverview tat er die Arbeit, die ihm wirklich Spaß machte. Der Wohlstand hatte dafür gesorgt, dass die Schaffarm sich zu etwas entwickelt hatte, das einem kleinen Dorf ähnelte. James war schon einige Monate vor Ort gewesen, als die Familie in ihre zweistöckige Villa eingezogen war, erbaut aus örtlichen Steinen und durchweg mit Geschmack und Stil möbliert. Vor dem Haus lagen anziehende Gärten, und ein Rasen fiel ab zum hohen Ufer des Murray River. Links davon, hinter dem ursprünglichen Haus und der alten Küche, war die Stelle, wo James, wie er oft gedacht hatte, gerne sein eigenes Haus bauen würde. Er konnte es viel schlechter treffen, als Anne Winton zu heiraten.

»Gut, Charles. Wenn Anne mich will, bin ich einverstanden, sie zur Frau zu nehmen.«

»Ausgezeichnet.« Charles nahm James' Hand und hielt sie fest. »Ich nehme an, Sie wollen selbst mit Anne sprechen?«

»Ja. Ich heirate sie nur, wenn ich mir ganz sicher bin, dass sie das wirklich will.«

Charles ging zu dem offenen Fenster und lehnte sich hinaus. »Anne, komm doch mal einen Augenblick her.«

Er grinste James an. »Warum einen Dienstboten bitten, wenn ich sie doch selbst rufen kann.«

»Ja, warum?«

Wenige Minuten später betrat Anne den Raum, wo der Buchhalter ihres Vaters die Geschäftsbücher der Schaffarm führte. Ein rascher Blick von einem zum anderen bestätigte, was sie im Garten vermutet hatte. Das leichte innere Zittern, das sie gespürt hatte, wurde jetzt zu einem Dutzend in ihrem Bauch herumflatternder Schmetterlinge. Sie vergrub die Finger in den Falten ihres Rocks, damit sie nicht verrieten, wie sehr sie zitterte.

»Was ist, Daddy? Brauchst du mich?«

»Nein, mein Liebling. James möchte dich etwas fragen.« Er gab ihr ein Küsschen auf die Wange. »Ich lasse euch beide allein.«

Anne hörte, wie die Tür hinter ihrem Vater geschlossen wurde. Sie verschränkte die Hände vor dem Körper und schaute James direkt in die Augen.

»Was möchten Sie mich fragen, James?«

»Wissen Sie, warum Ihr Vater uns allein gelassen hat?«

»Ich vermute, dass er Heiratsvermittlung betrieben hat«, bemerkte Anne ohne jede Sentimentalität. Entschlossen, ihre Gefühle für diesen Mann nicht zu zeigen, bevor sie nicht wusste, wie sie aufgenommen wurden, war sie dankbar, als James lachte. Anne lächelte ihn an.

»Ich habe doch recht, oder? Vater ist zu dem Schluss gekommen, Sie sollten mich heiraten.«

»Wie unromantisch das klingt.« Das Lachen blieb in seiner Stimme. Anne würde stets offen sagen, was sie dachte.

»Hat Ihr Antrag denn irgendetwas Romantisches?«, konterte sie. »Ich nehme doch an, Sie werden mir einen Antrag machen.«

»Ja, das werde ich.« Er unterdrückte sein Amüsement. »Anne, ich möchte wissen, wie Sie zu der Sache stehen. Würden Sie mich heiraten, weil Sie meine Frau sein wollen oder weil es der Wunsch Ihrer Eltern ist?«

»Werden Sie mich dreist finden, wenn ich die Wahrheit sage?«

»Ich will die Wahrheit wissen. Ich habe keine Zeit, affektiert über falsche Schüchternheit zu lächeln.«

»Gut, denn ich werde niemals affektiert sein, und ich weiß auch nicht, wie man sich schüchtern gibt. Nun denn, James Pengelly, ich liebe Sie und wünsche mir nichts mehr, als Ihre Frau zu werden.«

Wieder lachte James. »Ich habe Sie noch nicht gefragt.«

»Dann fragen Sie mich.«

Er griff nach ihren Händen und hielt sie leicht in seinen. »Anne Winton, wollen Sie mir die Ehre erweisen, meine Frau zu werden?«

»Ja, James Pengelly.« Sie reckte sich mutig, um ihm einen Kuss auf die Lippen zu geben. »Es macht mir nichts aus, dass du mich noch nicht liebst. Aber wage es nicht, deine Meinung zu ändern.«

Charles Winton gab die Verlobung formell bekannt, als die Familie sich zum Abendessen versammelte. Er öffnete zwei Flaschen seines besten Weins, um alle Gläser zu füllen.

»Ich möchte einen Toast aussprechen«, erklärte er. »Adam, Joshua, Jane, wir trinken auf die Gesundheit von Anne und James, die sich verlobt haben. Heißt euren Schwager in der Familie willkommen.«

Die Reaktion der Brüder entsprach ihrem jeweiligen Naturell. Adam umarmte seine Schwester, schüttelte James die Hand und erklärte, er sei von ganzem Herzen für die Verbindung.

Joshua, der seine Schwester ebenfalls umarmte, sagte: »Ich hätte mir ja denken können, dass du deinen Willen kriegst, Anne«, und dann zu James: »Ich hoffe, du weißt, auf was du dich da einlässt.«

Anne reagierte mit einem spielerischen Klaps auf den Arm ihres Bruders. »Hör damit auf, Joshua.«

»Achte nicht auf ihn, Anne.« Jane trat zwischen die beiden, nahm Annes Hand und gab ihr einen Kuss auf die Wange. »Ich freue mich sehr für dich.«

Der einzige andere Mensch im Raum, der wusste, dass sie nicht glücklich war, war James. Er hatte ihr Gesicht gesehen, als Charles die Ankündigung verlauten ließ.

Es gab noch eine Neuigkeit, doch die hob Charles Winton sich für nach dem Abendessen auf.

»Anne, Jane, eure Mutter und ich wollen euch eine besondere Freude machen. Wir fahren mit euch nach Adelaide. Und«, er hielt eine Hand hoch, um die aufgeregten Stimmen zu beruhigen, »wir werden im Haus des Gouverneurs einen Ball besuchen.«

Adelaide war faszinierend. Anne erinnerte sich nur noch schwach an die Stadt, in der die Familie 1845 angekommen war. Sechs Jahre Wohlstand in der Kolonie hatten solche Veränderungen bewirkt, dass es nur wenig gab, was in ihrer Erinnerung eine Saite anschlug. Bei allem, was sie sah, machte sie aufgeregte Bemerkungen: Die Gebäude waren eindrucksvoll, die Läden faszinierend, die Menschen noch mehr.

Für Jane war alles neu, aufregend, anders. Für eine junge Frau, die nur die Abgeschiedenheit einer isolierten Schaffarm kannte, war Adelaide mehr als einschüchternd.

Erst als sie in ihrem Hotel ankamen, ging ihr auf, dass man sie als Kuriosum betrachtete; faszinierend, aber mit dem Status ihrer Adoptivfamilie unvereinbar. Die Blicke, die ihr bei ihrer Fahrt durch die Stadt gefolgt waren, hatten sie nicht beunruhigt. Sie hatte jeden Gaffer offen angeblickt.

Als die Familie die Hotellobby betrat, sah sie, wie der Portier sie mit offenem Mund und hervorquellenden Augen anglotzte, bevor er rasch wieder eine Miene ungerührter Unterwürfigkeit aufsetzte.

»Kann ich Ihnen helfen, Sir?«, fragte er Charles Winton, während es ihm schwerfiel, den Blick von der dunkelhäutigen jungen Frau zu lassen.

»Ich bin Charles Winton. Ich habe Zimmer reserviert für meine Familie. Ein Zimmer für meine Frau und mich, eines für meine

Töchter und ein Einzelzimmer für den Verlobten meiner Tochter. Er gesellt sich gleich zu uns.«

»Ah ... ähm«, der Portier lenkte seine Aufmerksamkeit rasch von den Frauen zum Reservierungsbuch auf dem Tisch. Nachdem er ungewöhnlich lange gebraucht hatte, um die Einträge zu studieren, sah er Charles stirnrunzelnd an. »Ah, ja, Ihre Räume sind für Sie bereit. Für Ihre Töchter haben wir ein sehr ruhiges Zimmer im hinteren Teil des Hotels reserviert. Haben Sie auch ein Dienstbotenzimmer bestellt, Sir?«

»Nein, wir haben keine Dienstboten mitgebracht.«

»Oh ... ah ... verstehe. Die schwarze Frau bleibt also nicht mit Ihnen hier. Sie haben Sie wohl irgendwo getroffen?«

Der Portier war so erleichtert, dass die Frau nicht im Hotel wohnen wollte, dass er ganz und gar nicht auf die empörte Reaktion des Mannes vorbereitet war.

»Diese beiden jungen Damen«, erklärte Charles in einem Tonfall, der seiner grimmigen Miene entsprach, »sind meine Töchter.«

»Aber ... sie kann nicht Ihre Tochter sein, Sir.«

»Es ist mir vollkommen egal, was Sie denken, junger Mann. Sie ist meine Tochter, Jane Winton. Wir würden jetzt gerne in unsere Zimmer geführt werden, oder ist es Ihnen lieber, ich spreche mit dem Besitzer dieses Hauses?«

Da der Portier nicht wusste, ob er von seinem Arbeitgeber für seine Abneigung, eine Schwarze als Gast in das Hotel aufzunehmen, gelobt oder gescholten werden würde, war er froh, Charles Winton darüber informieren zu können, dass der Besitzer derzeit nicht in der Stadt war. Und mit ein wenig Glück, fügte er bei sich hinzu, sind die Gäste wieder abgereist, bevor der Hotelbesitzer zurückkehrt.

Der Hotelpage, ein Bursche von zehn oder zwölf Jahren, betrachtete Jane mit offener Neugier, die nichts von der Abscheu hatte, die der Portier bekundet hatte.

Sobald die jungen Frauen in ihrem Zimmer allein waren, machte Jane ihrem Zorn Luft. »Hast du den Portier gehört, Anne? Sind die hier alle so? Glaubt niemand, dass wir Schwestern sind?«

»Spielt es eine Rolle, was Fremde denken? Du bist meine liebe Schwester und wirst es immer bleiben.«

Jane war das kein Trost. »Ich bin vielleicht als Mitglied eurer Familie aufgewachsen und weiß mehr über eure Lebensart als über die meiner Vorfahren, aber ich bin trotzdem eine Aborigine. Jetzt weiß ich auch, warum die Leute mich so angestarrt haben. Sie haben nur meine Hautfarbe gesehen.«

»Sie haben deine Schönheit gesehen, Jane. Warte, bis wir zum Ball gehen. Die Männer werden sich um dich scharen, und alle Frauen werden dich beneiden.«

»Ich weiß nicht, ob ich wirklich an dem Ball des Gouverneurs teilnehmen soll.«

»Du bist eingeladen, warum solltest du nicht daran teilnehmen?«

»Als Papa die Einladung angenommen hat, hat er da erwähnt, dass seine Adoptivtochter schwarze Haut hat?«

»Ich habe keine Ahnung, und du bist nicht schwarz, Jane, deine Haut ist von einem hübschen, warmen Braun.«

»Darüber, meine liebe Anne, lässt sich streiten. Ich bin nicht weiß. Ich habe den Eindruck, wir werden da, wo Aborigines normalerweise nicht gern gesehen sind, nicht willkommen sein.«

»Nur Menschen ohne Verstand im Hirn und Nächstenliebe im Herzen würden dir das Gefühl geben, nicht willkommen zu sein. Die Meinung solcher Menschen ist sowieso nicht von Belang.« Sie legte den Arm um Jane. »Kopf hoch, meine Liebe. Es wird alles wunderbar, das verspreche ich dir.«

Die nächsten Tage bestätigten eher Jane in ihrer Überzeugung als Anne. Die Überraschung in den Gesichtern der Menschen, die den beiden jungen Frauen das erste Mal begegneten, war verständlich. Das schockierte Zurückzucken und die Entrüstung, die dem folgten, waren unerträglich. Nur selten wurde die ursprüngliche Überraschung von unkritischer Neugier abgelöst.

In der Öffentlichkeit verbarg Jane ihren wütenden Groll. Nur Anne vertraute sie ihre Gedanken an. »Die fühlen sich alle Gott weiß wie überlegen. Hast du einigen dieser Frauen zugehört, Anne? Wir beide sind redegewandter als viele von denen, und doch behandeln sie mich, als gehörte ich in einen Zoo oder auf einen Jahrmarkt, als Kuriosum, das sie begaffen könnten.«

»Du darfst dich von solchen Leuten nicht aus der Fassung bringen lassen, Jane.«

»Ich bin eher wütend als bestürzt. Ich lasse mich nicht demütigen. Ich werde den Frauen in dieser Stadt beweisen, dass ich ihnen ebenbürtig bin.«

Jane wusste, dass sie die Kunst des Gesprächs wohl beherrschte und dass sie hübsch war, auch wenn sie zögerte, sich schön zu nennen. Doch sie trug ihre Kleider mit Stil, und ihr gesellschaftliches Benehmen war tadellos. Ich werde nicht so tun, sagte sie sich, als wäre ich so wie sie. Ich werde allen zeigen, dass ich stolz darauf bin, Aborigine zu sein, und dafür sorgen, dass sie mich als das respektieren, was ich bin. Allmählich freute Jane sich auf den Ball.

Mrs. Winton und die Mädchen sollten für den Ball neue Kleider genäht bekommen.

»Wir werden nicht zu extravagant sein«, versicherte sie ihrem Mann. »Ich möchte die Mädchen nur nach der neuesten Mode kleiden.«

»In diesen lächerlich langen Krinolinen? Äußerst unpraktisch, wenn du mich fragst.«

»Ich weiß, mein Lieber, aber sie sind die neueste Mode. Die Mädchen müssen welche haben. Schließlich ist der Ball eine ganz besondere Gelegenheit.«

Mrs. Winton machte am unteren Ende der Rundle Street eine Damenschneiderei ausfindig. Die Eigentümerin war in schlichtes Grau gekleidet, nur mit einem lilafarbenen Band besetzt. Das Kleid war so unscheinbar wie die ganze Person. Ein Straßenkleid aus grünem Satin, dessen Volants mit Pannesamt verziert waren, hing als Beleg für ihre Schneiderkünste an einem Ständer. Ihr ganzes Wissen um ihr Talent manifestierte sich in dem selbstherrlichen Anspruch, wählerisch zu sein, was ihre Kundinnen anging. Niemals würde sie ein Kleid für eine Frau entwerfen, deren körperliche Erscheinung dem Kleid nicht gerecht würde. Margaret Boyd war auf ihre ureigene Weise ein Snob. Während sie für Mrs. Winton und Miss Anne Winton bereitwillig etwas kreieren wollte, weigerte sie sich entschieden, ein Kleid für eine Aborigine zu schneidern.

»Obwohl ihre Eltern Aborigines waren, Miss Boyd, ist Jane als Annes Schwester aufgewachsen. Sie wird mit uns auf den Ball des Gouverneurs gehen und braucht ein Kleid.« Mary Winton fasste Jane am Arm, um zu verhindern, dass das Mädchen wütend aus dem Laden stürmte. Anne hatte ein entrüstetes Keuchen ausgestoßen. Die Schneiderin ließ sich weder von der einen noch von der anderen Reaktion aus der Ruhe bringen.

»Es tut mir leid, Mrs. Winton. Vielleicht sollten Sie sich eine andere Schneiderin suchen. Es gibt andere in der Stadt, die nicht so auf ihren guten Ruf bedacht sind.«

Mary Winton lag eine scharfe Erwiderung auf der Zunge, doch eine Frau in einem überreich besetzten Kleid aus dunkelrotem Taft, die sich gebieterisch einmischte, kam ihr zuvor. Das Kleid, das sie trug, war eindeutig nicht nach der neuesten Mode geschneidert, ihr Gesicht wirkte wie gemalt, und ihre Finger waren mit Ringen überladen. Statt eines Huts trug sie die schwarze Spitzenmantilla und den hohen Kamm einer spanischen Dame.

»Miss Boyd. Ich möchte mit Ihnen sprechen.«

Bei dem Eifer, mit dem die Schneiderin reagierte, warfen die Winton-Frauen einander erstaunte Blicke zu. Keine von ihnen brauchte auszusprechen, was sie alle dachten. Wenn zu den Kundinnen der hochmütigen Schneiderin ein so seltsames Wesen gehörte, wie konnte sie dann etwas dagegen haben, ein Kleid für Jane zu nähen? Alle waren bestrebt, das Gespräch von der anderen Seite des Raums mit anzuhören.

»Sie haben eine Problem damit, für die dunkle junge Frau eine Kleid zu schneidern?«

»Madame, sie ist eine Aborigine.«

»Sie ist ein sehr anziehende junge Frau, die in Ihre Kleider viel besser aussehen wird wie die reizlose Ding, mit die sie hier ist.«

»Aber sie ist schwarz, Madame. Wenn ich sie kleide, werde ich alle meine Kundinnen verlieren.«

Die Zuhörerinnen hörten ein deutliches Schnauben. »Wenn Sie die junge Frau nicht einkleiden, werden Sie Ihre beste Kundin verlieren.«

»Madame, das verstehe ich nicht.« Die Schneiderin klang schon nicht mehr ganz so selbstsicher.

»Haben ich Ihnen nicht die berühmte Mrs. Westoby hergebracht? Haben Sie nicht schon jetzt viele neue Kundinnen, weil sie Ihre Kleider trägt?«

»Wer ist diese Mrs. Westoby?«, fragte Anne ihre Mutter flüsternd.

»Ich habe keine Ahnung.«

Ihr Geflüster war belauscht worden. »Sie kennen die große Sängerin nicht?« Ein grimmiger, fragender Blick richtete sich auf die drei Frauen.

»Wir sind nicht aus Adelaide, ähm ... Madame.«

Die Frau wandte sich mit einem dramatischen Achselzucken wieder der Schneiderin zu. »Erklären Sie es diese Damen.«

Das Betragen der Schneiderin war inzwischen bar jeglicher Überheblichkeit. »Mrs. Westoby wird von der Gesellschaft so bewundert, dass ich durch sie viele neue Kundinnen gewonnen habe, die ebenfalls meine Kleider tragen möchten.«

Madame breitete die Hände aus. »Sie werden also diese junge Dame hier kleiden. Ich denke, irgendetwas in einem Kupfer- oder Bernsteinton.«

An dem Tag des Balls steckte James Pengelly Anne einen Saphirring an den Finger. Sie hatte den Ring selbst ausgesucht und ungeduldig darauf gewartet, dass er passend für ihren Finger umgearbeitet wurde.

»Gefällt er dir?«, fragte sie Jane und hielt ihr stolz die Hand zur Begutachtung hin.

Jane nahm die ausgestreckte Hand, um den tiefblauen Stein zu bewundern. »Er gefällt mir sehr gut.« Sie legte die andere Hand über Annes und drückte diese. »Du hast so ein Glück, Anne, mit einem Mann wie James verlobt zu sein.«

»Deine Zeit kommt auch noch.«

»Ich glaube nicht. Du hast ja gesehen, wie die Leute mich anschauen. Glaubst du wirklich, irgendein Mann möchte mich heiraten?«

»Warum nicht? James schätzt dich sehr.«

»James wird dich heiraten. Seine Wertschätzung zählt nicht.«

»Du wirst jemanden finden, der dich noch lieber hat als James. Auf dem Ball heute Abend sind sicher viele akzeptable Männer.«

»Wage es bloß nicht, die Heiratsvermittlerin zu spielen, Anne. Dann werde ich sehr ärgerlich.«

»Also, ich sorge auf jeden Fall dafür, dass du nicht ohne Tanzpartner dastehst.«

Jane konnte ein kleines Lachen nicht unterdrücken. »Liebe Anne, du bist die beste Schwester der Welt.« Sie wurde sofort wieder ernst. »Seit wir in Adelaide sind, war ich hin und wieder wütend und betrübt. Ich wollte unsere Eltern sogar schon bitten, nach Hause zu fahren, aber ich wusste ja, wie sehr du und Mama euch auf diesen Ball gefreut habt. Heute habe ich einen Entschluss gefasst. Ich gehe nicht zu dem Ball, als müsste ich mich für meine Hautfarbe schämen. Ich gehe mit erhobenem Haupt. Ich zeige allen, dass ich stolz auf das bin, was ich bin. Ich brauche niemanden mehr, um mich zu verteidigen. Von heute an will ich mich selbst verteidigen.«

Ein dienstbarer Geist war angestellt worden, um den Winton-Damen bei der Toilette zur Hand zu gehen und ihnen in ihre Kleider zu helfen. Sie begeisterte sich über Janes glänzendes, schwarzes dichtes Haar und kam, wenn sie eine Strähne abtrennte, sie lockte und der jungen Frau auf dem Kopf feststeckte, nicht mehr aus dem Schwärmen heraus. Der geschickte Einsatz einer kleinen Schere schuf mehrere dünne Strähnchen, die Janes Gesicht rahmten. Modische Löckchen, erklärte die Frau, passten zu Anne, würden Jane jedoch nicht zu Gesichte stehen.

Die jungen Frauen betrachteten ihr jeweiliges Spiegelbild mit Freude. Annes Kleid aus tiefblauem Chiffon betonte ihre helle Haut- und Haarfarbe. »Gott«, erklärte sie, »ich sehe ja fast schön aus. Aber du, Jane, du bist wahrlich schön.«

Ja, dachte Jane, ich bin schön. Der glänzende bernsteinfarbene Satin war die perfekte Wahl für ihr Kleid gewesen. Ihre Haut glühte, ihr Haar schimmerte, und sie konnte nicht aufhören zu hoffen, dass James sie ebenfalls schön finden würde.

Als die Familie sich in der Hotellobby traf, war sie zufrieden mit der Verwunderung in James' Blick. »Du siehst wunderschön aus, Jane.«

»Danke«, murmelte Jane, die merkte, dass er seine Augen nicht von ihrem Gesicht abwenden konnte.

»Findest du mich auch schön?«, fragte Anne.

»Wie könnte ich etwas anderes sagen?« Sein Lächeln löschte den eifersüchtigen Stich aus, den sie empfunden hatte.

»Ihr seid beide ein Labsal für die Augen«, erklärte Charles Winton. »Ich sehe, dass ich meine Geschenke klug gewählt habe.«

Vor dem Ankleiden hatte er den beiden jungen Frauen je ein Schmuckkästchen überreicht. In Annes war ein Saphiranhänger, in Janes eine Bernsteinhalskette. Die Stücke waren die perfekte Ergänzung zu den Kleidern der jungen Frauen.

Janes Ankunft auf dem Ball war die erwartete Sensation. Als Mr. und Mrs. Charles Winton, Misses Anne und Jane Winton und Mr.

381

James Pengelly angekündigt wurden, breitete sich im Saal zunächst Schweigen aus. Dass Jane Winton als Tochter von Charles Winton eingeführt wurde, sorgte rasch für einen Wirbel geflüsterter Spekulationen. Ihre Züge schienen denen der Aborigines zu ähneln, die man an den Rändern der Stadt sehen konnte. Doch die Gäste des Gouverneurs waren nicht bereit zu glauben, dass die junge Schönheit einem Volk angehörte, dem sie mit nichts als Herablassung begegneten.

»Eine Aborigine könnte nie so hinreißend aussehen.«

»Vielleicht ist sie eine Prinzessin von einer der pazifischen Inseln.«

»Vielleicht kommt sie aus Neuseeland. Ich habe gehört, die Eingeborenen dort sind viel zivilisierter als unsere hier.«

»Ist sie wirklich Charles Wintons Tochter? Wie kann seine Frau so etwas dulden? Die jungen Frauen scheinen im selben Alter zu sein.«

»Nun, er wäre nicht der erste Mann, der sich woanders umsieht, wenn seine Frau in diesem Zustand ist.«

»Wenn dem so war, dann ist die Mutter vielleicht eine Aborigine.«

»Unsinn. Ich weiß mit Sicherheit, dass die Familie erst 1846 ins Land gekommen ist.«

»Wer auch immer sie ist, sie ist auf jeden Fall überwältigend schön. Schauen Sie nur, wie sich die jungen Männer um sie drängen.«

Jane war das Zentrum der neugierigen Bewunderung. Und auch Anne bekam ihren Teil Aufmerksamkeit. Sie flirtete glücklich mit den jungen Männern und hatte den größten Spaß dabei. James, der bei ihrem Vater stand, wurde wichtigen Leuten vorgestellt. Anne machte es gar nichts aus, in einem Kreis von Bewunderern allein gelassen zu werden.

Während Anne flirtete, gab Jane sich reserviert und pflegte eine geheimnisvolle Aura. Die Kühneren unter ihren Bewunderern vermuteten, sie käme aus einem exotischen Land. Jane leugnete es weder, noch bestätigte sie die absurden Spekulationen über ihre Vorfahren. Sie beantwortete alle mit einem kleinen, geheimnisvollen Lächeln. Innerlich lachte sie, während ihre Verachtung für die weiße Gesellschaft wuchs.

Beide jungen Frauen waren bald für sämtliche Tänze des Abends versprochen. Den ersten Tanz hatte Anne allerdings für ihren Verlobten reserviert.

»Macht es dir etwas aus, James, dass ich alle anderen Tänze versprochen habe? Dich sehe ich doch jeden Tag, und ich amüsiere mich so sehr.«

»Amüsier dich nur, Anne. Es macht mir überhaupt nichts aus, wenn ich nicht jeden Tanz haben kann. Es ist eine Freude, euch beiden zuzusehen.«

Doch das war gelogen. Er konnte lächeln und Annes Flirtereien mit Nachsicht betrachten. Doch warum war er so wütend auf die Bewunderer, die sich um Jane scharten?

Irgendwann im Laufe des Abends wurde Anne aufs Tanzparkett geführt, und ihr Partner beugte sich zu ihr und sagte: »Da ist Mrs. Westoby. Ich frage mich, ob sie heute Abend etwas für uns singt.«

»Ich habe ihren Namen schon gehört. Ist sie eine gute Sängerin?«

»Gut? Sie ist großartig. Eine Frau, die vom Glück in jeder Weise begünstigt wurde: eine göttliche Stimme, ein schönes Gesicht und verheiratet mit einem der reichsten Männer Adelaides. Und es heißt, sie ist in einem Bergmanns-Cottage in Cornwall aufgewachsen.«

»Wie interessant. Ich frage mich, ob ... oh!« Anne sagte nicht, was sie sich fragte, denn sie hatte einen Blick auf das Gesicht der Sängerin erhascht. »Das ist Meggan. Oh, ich glaube es nicht.«

»Sie kennen Mrs. Westoby?«

»Nicht unter ihrem Ehenamen. Wir sind auf demselben Schiff nach Australien gekommen, aber ich habe sie seither nicht mehr gesehen. Oh, bitte, macht es Ihnen etwas aus, wenn wir nicht tanzen? Ich muss unbedingt mit ihr sprechen.«

»Ich begleite Sie hinüber.«

Meggan erkannte die junge Frau, die auf sie zukam, nicht sofort, doch als sie sie erkannte, freute sie sich umso mehr. »Anne, was für eine Überraschung!«

»Allerdings. Ich hätte mir ja keinen Augenblick ausgemalt, wir würden uns im Haus des Gouverneurs treffen.«

»Ich auch nicht. Du siehst gut aus, Anne.«

»Es geht mir auch sehr gut, und du siehst bezaubernd aus. Wir haben uns sicher viel zu erzählen.« Ihren Begleiter hatte sie ganz vergessen, bis er das Wort ergriff.

»Mrs. Westoby, darf ich die Gelegenheit nutzen, um Ihnen zu sagen, wie sehr ich Ihre Gesangskunst bewundere.«

»Vielen Dank.« Meggan nahm das Kompliment mit dem Selbstvertrauen entgegen, das ihr jetzt ganz natürlich war.

Der junge Mann schaute sie noch einen Augenblick bewundernd an, bevor er höflich vorschlug, die Damen allein zu lassen, damit sie ihre Bekanntschaft erneuern könnten. Die Frauen gingen zu einem leeren Sofa.

»Dann bist du jetzt wohl berühmt. Du hast ja damals schon gesagt, du wolltest eine große Sängerin werden.«

»Ja, habe ich. Ich bin sehr glücklich, dass mein Traum Wirklichkeit geworden ist. Was ist mit dir, Anne? Du hast immer gesagt, alles, was du vom Leben wolltest, sei, einen reichen und gut aussehenden Mann zu heiraten und viele Kinder zu bekommen.«

Anne lachte. »Mein Traum ist auch Wirklichkeit geworden.« Sie streckte die linke Hand aus. »Ich bin mit einem gut aussehenden Mann verlobt. Er ist zwar nicht reich, aber er arbeitet bei meinem Vater als Buchhalter. Wenn wir heiraten, bekommen wir unser eigenes Haus auf Riverview, und ich kann immer in der Nähe meiner Eltern und Brüder und meiner Schwester sein.«

»Schwester? Deine Eltern haben noch ein Kind bekommen?«

»Nein. Jane ist meine Adoptivschwester. Sie ist bei unserer Familie, seit wir Adelaide verlassen haben. Du wirst überrascht sein, Meggan. Das da ist meine Schwester, die mit den beiden Männern da spricht.«

»Das ist deine Schwester Jane? Ich glaube, sie hat ziemlich für Aufsehen gesorgt. Niemand scheint dahintergekommen zu sein, woher sie stammt.«

»So sollte es auch sein.« Anne kicherte. »Ich erzähl's dir, Meggan. Jane ist eine Aborigine. Wir haben Jane und ihre Mutter dem Tode nahe gefunden, kurz nachdem wir Adelaide verließen.«

»Dann ist sie als deine Schwester aufgewachsen. Was ist aus der Mutter geworden?«

»Hannah ist auch bei uns geblieben. Sie war meiner Mutter vollkommen treu ergeben. Sie ist leider letztes Jahr gestorben. Wir glauben, dass ihr Herz versagt hat.«

»Deine Geschichte hat mich neugierig gemacht, Anne. Ich möchte Jane kennenlernen, und ich würde auch gerne die Bekanntschaft mit deinen Eltern erneuern.«

»Natürlich. Und ich stelle dich meinem Verlobten vor. Er kommt auch aus Cornwall. Sein Name ist James Pengelly.«

»Pengelly? Wie seltsam. So hieß unser Dorf.«

»Ja, jetzt fällt's mir wieder ein. Ich dachte doch, dass ich den Namen schon einmal gehört habe. Da kommt er.« Sie lächelte über Meggans Schulter jemanden an.

Meggan drehte sich um und keuchte auf. »Rodney!«

Sie sah, wie sein Gesicht blass wurde, und seine Augen verrieten, dass er zutiefst schockiert war. Es war ihm deutlich ins Gesicht geschrieben, dass er sie nicht erkannte. »Sie müssen sich irren. Ich kenne Sie nicht.«

»Ich irre mich nicht, denn ich kenne Sie gut. Ich bin Carolines kleine Schwester.«

Die Bestürzung über das Wiedererkennen dämmerte in seiner Miene. »Meggan Collins.«

»Jetzt Meggan Westoby. Und Sie nennen sich James Pengelly. Kein Wunder, dass sie Sie nicht gefunden haben.«

»James, würdest du mir das bitte erklären?«, unterbrach Anne sie, die dem Wortwechsel nicht folgen konnte. »Ihr kennt euch? Warum nennt Meggan dich Rodney?«

»Das erkläre ich dir später.« Annes Besorgnis wurde beiseitegewischt. »Wer hat mich gesucht, Meggan?«

»Con und Jenny.«

Anne unterbrach sie noch einmal. »Ich verlange, dass du mir erklärst, was hier los ist. Wer sind diese Leute?«

Meggan hörte den Schmerz in ihrer Stimme. »Ich kann es dir nicht sagen, Anne.«

»Warum nicht? James?«

»Es tut mir leid, Anne. Bitte lass mich kurz allein mit Meggan reden. Ich erkläre dir später alles.«

Alles andere als zufrieden, ging Anne zu ihren Eltern. »Eben ist etwas ganz Seltsames passiert, Mama.«

»Was denn, meine Liebe?«

»Meggan und James kennen sich, aber sie hat ihn Rodney genannt.«

»Meggan?«

»Du erinnerst dich sicher an Meggan Collins, Mama. Ihre Familie war mit uns auf dem Auswandererschiff.«

»Ach ja, ich erinnere mich. Sie ist hier auf dem Ball?«

»Nicht nur auf dem Ball. Kannst du dir vorstellen, dass Meggan die große Mrs. Westoby ist, von der alle reden?«

»Tatsächlich? Wie erstaunlich.«

»Ja, und ich wollte sie James vorstellen, und dann hat sie ihn Rodney genannt, und sie haben über Leute geredet, von denen ich noch nie etwas gehört habe. Und jetzt sind sie irgendwohin zum Reden. Ich bin ziemlich durcheinander, Mama.«

»Dazu gibt es sicher keinen Grund. James ist ein guter Mann. Wo ist Jane? Ich sehe sie nirgends.«

»Sie war da drüben, mit zwei Bewunderern.«

»O ja. Unsere Jane hat inzwischen mehr als zwei Bewunderer. Ich bin sehr froh, dass alles so gut gekommen ist. Ich hatte Angst um sie. Obwohl es mir nicht recht war, sie mit einer geheimnisvollen Aura zu umgeben, scheint es doch, als wäre der Plan aufgegangen.«

Doch Jane hatte genug von der Farce. Während sie es zuerst amüsant gefunden hatte, dass alle über ihren Hintergrund rätselten, wäre sie jetzt am liebsten mitten in den Ballsaal getreten und hätte laut verkündet, wer ihre Vorfahren waren. Sie wollte diese Menschen herausfordern, sie nicht anders zu behandeln, weil sie nur eine Aborigine war und keine exotische Prinzessin.

Sie hatte sich aus der Gruppe von Bewunderern gelöst und ging im Saal herum, ohne sich zu ihrer Familie zu gesellen. Einige Damen baten sie, sich zu ihnen zu setzen.

»Ich bin Elizabeth Reilly«, stellte eine junge Frau sich vor. »Dies ist meine Mutter und dies unsere Freundin Mrs. Harrison. Bitte setzen Sie sich doch zu uns, Miss Winton. Meine Mutter und ich würden uns gerne mit Ihnen unterhalten.«

Jane hatte nicht den Wunsch, sich hinzusetzen und zu reden. Sie wollte sich schon entschuldigen, doch etwas in der Miene der Frau, die Harrison hieß, ließ sie es sich anders überlegen. Sie will nicht, dass ich mich zu ihnen setze. Na, dann erst recht.

»Erzählen Sie uns von sich«, sagte die junge Miss Reilly verzückt. »Alle sind neugierig, Ihre Geschichte zu hören.«

»Elizabeth, du bist viel zu ungeniert. Bitte verzeihen Sie meiner Tochter ihren Mangel an Manieren, Miss Winton.«

Jane lächelte die beiden Frauen an. »Ich bin nicht gekränkt, Mrs. Reilly. Ich weiß sehr wohl, dass manches Rätselraten die Gesellschaft beschäftigt, seit ich heute Abend hierhergekommen bin.«

»Und das ganze Gerede macht Ihnen nichts aus?«

»Ich amüsiere mich eher, obwohl ich es müde bin, mir die wilden Spekulationen anzuhören. Ich wurde von den Wintons adoptiert, als ich zehn Jahre alt war, nachdem sie meine Mutter und mich vor dem Hungertod gerettet hatten.«

»Wie schrecklich«, rief Miss Reilly. »Ich meine, nicht schrecklich, dass Sie adoptiert wurden, schrecklich, dass Sie am Verhungern waren.«

»Wo war das?«, fragte Mrs. Harrison. »In Indien? Oder in Afrika?«

»Oder in Australien«, fügte Jane hinzu, der durchaus nicht entging, dass die Frau nicht einmal so höflich gewesen war, sie mit ihrem Namen anzusprechen. »Ich bin eine Aborigine.«

Jane beobachtete die Reaktionen mit Zynismus. »Oh«, war alles, was Miss Reilly sagen konnte. Mrs. Reilly hatte es die Sprache verschlagen.

»Na, so was«, erklärte Mrs. Harrison empört und wäre fast über ihre weiten Röcke gestolpert, so eilig hatte sie es, aufzustehen und davonzueilen.

Auch Jane stand auf. »Bitte entschuldigen Sie mich, Miss Reilly, Mrs. Reilly. Ich muss zu meinen Eltern.«

Sie war noch nicht weit gekommen, da drang eine durchdringende Stimme an ihr Ohr.

»Darüber werde ich mit Gouverneur Fox reden. Eine Aborigine ... Aborigine!«, wiederholte die Stimme mehrmals. »Und sie wagt es, sich herauszuputzen, als wäre sie eine vermögende Frau, und besitzt die Dreistigkeit, sich unter die weiße Gesellschaft zu mischen. Wenn sie von einem zivilisierten Volk wie den Indianern abstammte, wäre sie ja vielleicht noch akzeptabel, aber eine Aborigine! Was ist nur aus der Kolonie geworden?«

Zustimmendes Gemurmel war zu hören, und dann wurde die Stimme eines Mannes laut. »Ich habe mit der jungen Dame getanzt. Ich fand sie sehr charmant.«

»Daran zweifle ich nicht, Mr. Pearson. Damen, die so welterfahren sind wie ich, wissen genau, warum sich Männer für schwarze Frauen interessieren.«

Jane trat zu der Gruppe. Ihre Wut war ein kalter, harter Stein in ihrem Herzen. »Oh, bitte, Mrs. Harrison, lassen Sie uns an Ihrem Wissen teilhaben. Es interessiert mich sehr, zu hören, was Sie dazu sagen.«

Sie hielt den Blick auf das Gesicht der Frau gerichtet, denn sie spürte, dass die Gruppe wonniglich erpicht darauf war, einer Szene beizuwohnen.

Mrs. Harrison war keineswegs beschämt. »Als wüssten Sie das nicht. Widerliche Flittchen, das seid ihr doch alle miteinander.«

»Tatsächlich?«, fragte Jane mit frostiger Stimme, die den einen oder anderen Zuschauer aufkeuchen ließ. Mrs. Harrison schien es nicht zu bemerken. Sie wedelte sich mit der Hand Luft zu.

»Oh, meine Liebe, die Luft ist ganz stickig geworden. Riecht jemand von Ihnen diesen Gestank? Nach ungewaschener Schwarzer.«

»Der einzige Gestank, den ich wahrnehme, ist der saure Gestank von Grobheit, Intoleranz und Verbitterung. Achten Sie auf sich selbst, Mrs. Harrison, bevor Sie die kritisieren, die bessere Manieren haben als Sie.«

Das Gesicht der Frau wurde knallrot. »Wie können Sie, Sie schwarze Parvenü, es wagen, so mit mir zu reden? Sie haben nicht das Recht auf einen Platz in der weißen Gesellschaft.«

»Ich habe das Recht meiner Erziehung. Das Recht der Freundlichkeit und des gesellschaftlichen Schliffs. Und von beidem scheinen Sie nichts zu besitzen.« Damit drehte Jane sich um und ging davon.

»Das ist ja unerhört!«

Jane wahrte die Fassung, bis sie die Tür erreichte. In dem Augenblick, da sie hindurchtrat, fing sie an zu zittern. Trotz ihrer Wut liefen ihr Tränen der Demütigung über die Wangen.

Sie konnte nicht mehr so tun, als spielte ihre Ethnie keine Rolle. Egal wie gebildet und wohlerzogen sie war, egal was für ein guter Mensch sie war, die Mehrheit ihrer Mitmenschen würde niemals über ihre Hautfarbe hinwegsehen. Man würde sie nie akzeptieren, sie würde nie einen guten Mann heiraten. Doch das hatte sie schon begriffen, als der Mann, den sie liebte, die Schwester mit der weißen Haut zu seiner zukünftigen Ehefrau erwählt hatte.

Meggan und Rodney James Tremayne fanden einen Sitzplatz in der Halle, wo sie sich unterhalten konnten, ohne belauscht zu werden.

»Erzählen Sie mir von Jenny und Con. Waren sie hier?«

»Ja, vor ungefähr sechs Monaten. Ich habe sie getroffen, als sie auf der Suche nach Ihnen nach Burra kamen.«

»Wissen Sie, warum sie den weiten Weg auf sich genommen haben, um mich zu finden?«

»Ich glaube, Ihr Vater war schwer krank und hat den Wunsch geäußert, Sie vor seinem Tod noch einmal zu sehen.«

»Mein Vater ist tot?«

»Das weiß ich nicht. Es könnte auch sein, dass er sich wieder erholt hat.«

Rodney James saß eine Weile nachdenklich schweigend da, den Blick auf den Boden gerichtet. Er hob den Kopf, um etwas zu sagen, da fiel sein Blick auf Jane.

»Jane!«

Meggan wandte sich um und sah, dass die junge Aborigine mit tränennassem Gesicht zum Ausgang eilte.

»Entschuldigen Sie mich bitte, Meggan. Ich muss herausfinden, was Jane so aus der Fassung gebracht hat. Kann ich Sie morgen früh besuchen?«

»Ja. Gegen elf würde gut passen.« Sie gab ihm schnell die Adresse, denn sie spürte, dass er besorgt war und Jane rasch folgen wollte.

Jane ging entschlossenen Schrittes weg von den Lichtern und der Musik; sie wollte nur noch allein sein. Sie hatte das Gefühl, sie könnte es nicht ertragen, zum Ball zurückzukehren. Sie wusste aber auch, dass sie nicht einfach gehen konnte, ohne ihrer Familie großen Kummer zu bereiten.

»Sie sind meine Familie«, sagte sie laut. »Anne ist meine Schwester. Joshua und Adam sind meine Brüder. Ihre Eltern sind meine Eltern.« Sie liebte sie alle. Nein, das stimmte nicht ganz. Joshua konnte sie nicht lieben. In seiner Gegenwart fühlte sie sich immer unbehaglich, denn sie konnte sich gelegentlich des Eindrucks nicht erwehren, ihm würde ihre Zugehörigkeit zur Familie missfallen.

»Jane. Warte.«

Jane blieb stehen, ihr Herz schlug ein wenig schneller.

»Jane«, sagte er noch einmal, als er bei ihr war. »Was ist los? Warum weinst du?«

»Ich weine, weil ich wütend bin.« Sie wischte sich energisch die Tränen aus den Augen. »Warum ist es so inakzeptabel, Aborigine zu sein, James?«

»Jemand hat etwas zu dir gesagt.«

»Ein Schwein von einer Frau. Sie hat mich ein widerliches Flittchen genannt.«

Auch er wurde wütend, denn Janes Schmerz rührte ihn. »Wer war die Frau? Man sollte sie zwingen, sich bei dir zu entschuldigen.«

»Glaubst du wirklich, irgendjemand könnte Mrs. Harrison zwingen, sich zu entschuldigen? Ich war so wütend, ich fürchte, ich habe ihr ins Gesicht gesagt, was ich von ihren Manieren halte.«

Zu ihrer Überraschung lachte er. »Tatsächlich? Sie braucht bestimmt Wochen, um sich von dem Schock zu erholen. Nach allem, was ich von dieser Frau gesehen und über sie gehört habe, hat sie jedes Wort verdient, das du gesagt hast.«

Sie erinnerte sich an die schockierte Empörung im Gesicht der Frau und fing an zu lachen. Dann vermengten sich der Schmerz der Beleidigung, das Gefühl, fehl am Platze zu sein, und die Angst um ihre Zukunft, und sie schluchzte in seinen Armen.

»Ich kann da nicht mehr reingehen«, sagte sie schließlich.

»Das musst du auch nicht. Ich bringe dich ins Hotel zurück. Warte hier auf mich, bis ich deiner Familie Bescheid gesagt habe.«

Nach kurzer Zeit war er wieder da. »Ich habe ihnen gesagt, dass du dich nicht gut fühlst, Jane. Du musst entscheiden, wie viel du ihnen erzählen willst.«

»Danke, James.« Sie wusste nicht, ob sie es ertragen würde, ihren Schmerz den Menschen zu offenbaren, die sie liebten wie eine Tochter.

James mietete eine Kutsche, um sie zurück ins Hotel zu fahren. Sie sprachen erst wieder, als er sie in ihr Zimmer gebracht hatte.

»Kommst du jetzt zurecht, Jane? Soll ich schauen, ob ich dir eine Tasse Tee oder heiße Milch besorgen kann?«

»Ich brauche nichts zu trinken.«

»Dann lasse ich dich jetzt allein.«

»Bitte, bleib hier.« Sie sah seine Überraschung, die Frage in seinen Augen. »Ich will nicht allein sein.«

»Was willst du?«

»Ich will, dass du …« Doch wie konnte sie ihn bitten, sie zu lieben, wo er doch ihre Schwester heiraten sollte? Wie konnte sie ihn bitten, sie noch einmal zu umarmen?

Es war jedoch nicht nötig, dass sie es aussprach. Er nahm sie in die Arme und wiegte mit einer Hand ihren Kopf an seiner Schulter. »Willst du wirklich, dass ich bleibe?«

Sie hob das Gesicht. Einen langen Augenblick sahen sie einander an. Dann senkte er ganz langsam den Kopf, bis seine Lippen sich über ihrem Mund schlossen.

Danach lag sie in seinen Armen. »Wirst du Anne immer noch heiraten?« Er erstarrte, was ihr verriet, dass er keinen Gedanken an Anne verschwendet hatte, als sie zusammen zum Bett getaumelt waren. Genauso wenig wie sie. Doch jetzt, übersättigt von den

Freuden der Liebe, musste sie wissen, ob das, was sie gerade getan hatten, ihm genauso viel bedeutete wie ihr.

Er rollte sich auf die Seite und streichelte ihr Gesicht. »Darauf kann ich dir jetzt keine Antwort geben, Jane. Ich brauche Zeit zum Nachdenken.«

Jane rutschte von ihm weg. Mit den Füßen auf dem Boden langte sie nach ihrem Unterkleid und zog es sich über den Kopf. Obwohl sie wusste, dass er sie beobachtete, sagte sie nichts, bis sie zur Tür gegangen war und ihn anschaute.

»Wenn du Zeit zum Nachdenken brauchst, dann liebst du mich nicht so, wie ich dich liebe, obwohl du mich bereitwillig genommen hast. Hast du mich zum Flittchen gemacht, James?«

»Jane, nicht!« Er war aus dem Bett gestiegen und zog sich jetzt seine Kleider an. »Ich habe dich nicht benutzt. Ich habe Gefühle für dich. Aber ich weiß nicht, ob das, was ich für dich empfinde, Liebe ist.«

»Weil ich schwarz bin.«

»Nein. Die Farbe deiner Haut hat mir noch nie Sorgen bereitet. Jane, ich habe heute Abend Neuigkeiten von meiner Familie gehört. Morgen früh erfahre ich mehr. Was ich gehört habe, hat mich zutiefst erschüttert. Ich kann nichts entscheiden, bis ich mehr weiß.«

Obwohl sie nicht reagierte, nahm er sie in die Arme, um sie noch einmal zu küssen. »Ich habe dich nicht leichtfertig genommen, Jane. Du bedeutest mir mehr als das. Ich bitte dich nur, Anne nichts davon zu sagen.«

Nein, sie würde es Anne nicht sagen. Was wäre damit gewonnen, ihrer Schwester wehzutun? Selbst wenn James sie liebte, würde er sie nicht heiraten. Anne würde seine Frau werden.

Um exakt elf Uhr am nächsten Vormittag klopfte Rodney James Tremayne an der Haustür des Hauses in der North Street. Nur eingefleischte Etikette hatte ihn in seiner Ungeduld daran gehindert, vor der verabredeten Zeit dort zu erscheinen. Er war seit acht Uhr auf den Beinen in der Hoffnung, beim Gehen würde sich das Durcheinander der Gefühle, das ihn nicht hatte schlafen lassen, lichten.

Das Wissen, dass sein schwer kranker Vater ihn ein letztes Mal hatte sehen wollen, bewegte ihn auf eine Art und Weise, wie er es nie für möglich gehalten hätte. Die ersten zwölf Monate, nachdem er zornig aus dem Arbeitszimmer seines Vaters gestürmt war, waren seine Gefühle von der Trauer um Caroline und den Groll über den Betrug ihrer Eltern beherrscht worden. Er hatte wirklich geglaubt, er hasste seinen Vater.

Die lange Seereise hatte ihm Zeit gegeben, das zu akzeptieren, was nicht mehr zu ändern war. Er würde Caroline nie vergessen. Und er würde seinem Vater und Joanna Collins nie verzeihen, dass sie ihr Geheimnis gehütet hatten, bis es zur unvermeidlichen Tragödie gekommen war. Was er tun konnte, war, dieses Leben hinter sich zu lassen.

Wenn er in heißen tropischen Nächten über das Deck schlenderte und sich über die Reling lehnte, um das sanfte Heben und Senken des Meeres zu betrachten, konnte er sich eingestehen, dass er ein Schwächling gewesen war. Hatte sein Vater ihn nicht oft ermahnt, mehr wie Con zu sein? Rodney hatte seinen älteren Pflegebruder zwar bewundert, war es jedoch zufrieden gewesen, sich durch ein Leben treiben zu lassen, das wenig Anlass zur Sorge bot.

Als das Schiff in Port Adelaide anlegte, war er immer noch fest entschlossen, ein anderer Mensch zu werden. Unbeeindruckt von der jungen Kolonie Südaustralien hatte er, als James Pengelly, ein Schiff nach Sydney genommen. Rodney Tremayne gab es nicht mehr.

Meggan öffnete ihm die Tür. »Ich bin froh, dass Sie gekommen sind, Rodney. Kommen Sie herein, dann stelle ich Ihnen meinen Mann vor.«

Er folgte Meggan in den Salon, wo ein distinguierter älterer Mann aufstand, um ihm die Hand zu geben.

»Sie sind also der schwer zu findende Rodney Tremayne.«

Rodney nahm die ausgestreckte Hand und schüttelte sie. »Ich bin, seit ich in Australien bin, James Pengelly, Sir. Ich hätte nicht gedacht, dass die Welt so klein ist und mich jemand aus Pengelly erkennt.«

»Es haben sich schon seltsamere Zufälle ereignet. Möchten Sie lieber allein mit meiner Frau sprechen?«

Meggan beantwortete Rodneys fragenden Blick. »Ich habe meinem Mann die ganze Geschichte erzählt.« Ihre Augen verrieten, dass sie ihm die Geschichte in allen Einzelheiten erzählt hatte.

Rodney schenkte ihr ein kleines Lächeln, in dem, selbst nach so vielen Jahren, noch eine Spur Bitterkeit lag. »Ich bin zu der Erkenntnis gelangt, dass man manche Geheimnisse besser nicht hütet.«

Dazu wussten weder David noch Meggan etwas zu sagen. Als David erklärte, er würde sie allein lassen, damit sie sich unter vier Augen unterhalten konnten, war Meggan einerseits erleichtert, denn sie war sich nicht sicher, ob sie über Con sprechen konnte, ohne ihre Liebe zu verraten, und David sich vielleicht über den Klang ihrer Stimme wundern würde. Andererseits war sie besorgt, dass sie, in Abwesenheit ihres Mannes, versucht sein würde, Rodney die Wahrheit zu sagen. Einige Geheimnisse sollten besser nicht gehütet werden, hatte er gesagt. Einige Geheimnisse waren sehr schwer zu hüten.

Plötzlich wollte sie am liebsten aus dem Haus gehen. Es war unerträglich, inmitten des Luxus zu sitzen, den ihr Mann ihr bot, und von dem Mann zu sprechen, mit dem sie ihn betrogen hatte. »Lassen Sie uns einen Spaziergang am Fluss machen.«

Rodney war einverstanden. Er hatte immer noch das Gefühl, sich bewegen zu müssen und nicht stillsitzen zu können. »Erzählen Sie mir von Con und Jenny. Nein. Erzählen Sie mir zuerst von

Jenny. Sie war das Einzige, was zurückzulassen ich bedauert habe, als ich Cornwall verließ.«

»Sie hätten ihr schreiben sollen«, tadelte Meggan ihn freundlich. »Jenny war durcheinander und bestürzt, weil Sie ohne jede Erklärung weggegangen sind.«

»Ich weiß. Ich war außer mir vor Kummer und Zorn. Der einzige klare Gedanke, den ich fassen konnte, war der, so weit wie möglich von meiner Familie wegzugehen.« Er machte eine Pause. »Hat Jenny mir verziehen?«

»Jenny hofft, dass der Tag kommt, wo Sie ihr erklären können, warum Sie weggegangen sind. Ich glaube, ein Schmerz ist geblieben. Sie war auch sehr traurig, dass sie Südaustralien verlassen musste, ohne Sie gefunden zu haben. Natürlich hat sie Rodney Tremayne gesucht und nicht James Pengelly.«

Er nickte und schwieg eine Weile. Meggan ging schweigend neben ihm her.

»Entnehme ich dem, was Sie gesagt haben, zu Recht, Meggan, dass Jenny nichts von Caroline weiß oder warum ich weggegangen bin?«

»Jenny sagte, Ihr Vater habe sich geweigert, es ihr zu sagen. Genau wie Con, als sie ihn danach fragte.«

»Aber Sie wussten es.«

»Erst Jahre später. Unsere Familie spricht nur selten über Caroline. Da Jenny mich nicht nach ihr gefragt hat, glaube ich nicht, dass sie wusste, dass ein Mädchen namens Caroline je existiert hat.«

»Ein Mädchen, das den Namen Caroline Tremayne hätte tragen sollen.«

Meggan schaute rasch zu ihm auf. Seine Miene verriet ihr, dass er die grausamen Tatsachen akzeptierte.

»Jenny sieht Caroline unglaublich ähnlich. Als ich ihr zum ersten Mal begegnet bin, habe ich einen ziemlichen Schock erlitten.«

»Wie sind Sie sich begegnet? Das war doch sicher kein reiner Zufall?«

»Eher eine Reihe von Zufällen, die genau hier begonnen hat.«

Sie erzählte ihm, wie sie Barney Heilbuth gerettet hatte, und umriss dann die Ereignisse der folgenden Jahre, bis Jenny und Con nach Grasslands gekommen waren.

»Sie wissen also nicht, ob mein Vater noch lebt?«

Sein Schmerz rührte sie. Sie wollte ihm sagen, dass sein Vater sich von seiner Krankheit erholt hatte. Doch das konnte sie nicht, ohne zu verraten, dass Con nach Australien zurückgekehrt war.

»Ich bin mir sicher, ich hätte Nachricht bekommen, wenn er gestorben wäre.«

Wieder gingen sie schweigend ein Stück.

»Sie haben von Zufällen gesprochen, Meggan. War es nur Zufall, dass wir uns gestern Abend begegnet sind? Oder gibt es eine stärkere Kraft – Schicksal –, die unser Leben beeinflusst?«

»Ich weiß es nicht. Man hinterfragt zwangsläufig die Ereignisse, die den Weg des Lebens leiten.«

»Spüre ich in Ihren Worten ein gewisses Maß an Wehmut, Meggan?«

»Nein. Obwohl ich oft über das Schicksal nachdenke.« Sie durfte nicht an Con denken oder an das, was hätte sein können. »Was machen Sie jetzt? Gehen Sie zurück nach Cornwall?«

»Ich glaube, ich muss. Es hat zu viele Zufälle gegeben ...«, er lächelte, »... oder Eingriffe des Schicksals, um sie zu ignorieren. Seltsam, all die Jahre habe ich wenig an meinen Vater gedacht, und doch verspüre ich jetzt den dringenden Wunsch, mich mit ihm zu versöhnen. Ich hoffe, er lebt noch.«

»Um Ihretwillen hoffe ich das auch. Ich glaube, Sie haben die richtige Entscheidung getroffen.«

»Ich weiß es.«

»Wann reisen Sie ab?«

»Sobald ich eine Passage buchen kann.«

»Nehmen Sie Anne mit? Dass Sie Anne kennen und mit ihr verlobt sind, ist auch einer der Zufälle, von denen wir gesprochen haben.«

»Ich muss Mr. und Mrs. Winton alles erklären, bevor ich das überhaupt in Erwägung ziehen kann.«

Doch er wusste, dass er Anne nicht mit nach Cornwall nehmen würde. Vielleicht lief er wieder davon. Lief vor seinem Versprechen gegenüber Anne und dem Begehren für Jane davon.

In dem Augenblick, da er das Hotel betrat, wurde er vom Portier angesprochen.

»Mr. Pengelly, Sir, Mr. Winton hat mich gebeten, Sie zu ihm zu bringen, sobald Sie zurückkehren.«

»Sicher. Wo finde ich ihn?« Charles erwartete also eine Erklärung.

»Die Familie speist im kleinen Salon zu Mittag, Sir.«

»Vielen Dank.«

Auf den wenigen kurzen Schritten durch die Halle zur Tür des kleinen Salons packte ihn einen Augenblick lang der panische Gedanke, dass Jane vielleicht nicht geschwiegen hatte über den vorangegangenen Abend. Er hatte auch Zeit zu überlegen, in welcher Stimmung sie ihn wohl begrüßte. Die Leidenschaft zwischen ihnen war sehr real gewesen. Er öffnete die Tür.

»James!« Anne stand mit nicht sehr damenhafter Hast auf und eilte ihm entgegen. »Wo warst du? Ich habe mir solche Sorgen gemacht. Oh, es war nicht nett von dir, meine Neugier letzte Nacht nicht zu befriedigen.«

»Es tut mir sehr leid, Anne. Ich musste Meggan heute Vormittag aufsuchen, bevor ich mich berechtigt sah, etwas zu sagen.«

»Wie kommt es, dass du Meggan so gut kennst? Du hast sie noch nie erwähnt.«

»Ich werde es erklären, wenn du mir erlaubst, alles der Reihe nach zu erzählen.«

»Setz dich, Anne«, sagte ihr Vater. »James, möchtest du mit uns essen? Wir werden uns anhören, was du zu sagen hast, nachdem wir gegessen haben.«

Es herrschte Schweigen, während er am Tisch Platz nahm und sein Essen serviert bekam. Er saß Anne gegenüber neben Jane. Während dieser Platz den Vorteil hatte, dass er Jane nicht ansehen musste, war er sich ihrer körperlichen Nähe deutlich bewusst und überlegte, ob es ihr ebenso erging.

»Jetzt«, erklärte Charles Winton, als das Mahl beendet war und das Serviermädchen das Geschirr abgetragen hatte, »würden wir gerne deine Erklärung hören, James.«

Die Familie hatte sich vom Tisch erhoben und sich auf einem bequemen Sofa und Sesseln niedergelassen. Rodney James stand mit dem Rücken zum Fenster.

»Ich nehme an, Charles, deine Tochter hat dir erzählt, wie überrascht ich war, als ich gestern Abend Meggan Westoby vorgestellt wurde. Wir kennen einander aus Cornwall.«

»Warum hat sie dich Rodney genannt? Du warst schockiert, James, und das musst du erklären.«

»Anne! Sei still und lass ihn in Ruhe erklären. Bitte fahr fort, James.«

»Danke, Charles. Mein richtiger Name lautet Rodney James Tremayne. Als ich Cornwall verließ, war ich entschlossen, mich von meiner Familie loszusagen. Pengelly war der Mädchenname meiner Mutter. Vom Augenblick meiner Ankunft in Australien an habe ich mich James Pengelly genannt.«

Charles Winton nickte. »Du bist nicht der Einzige, der in den Kolonien einen neuen Namen angenommen hat. Gibt es in deiner Vergangenheit etwas, worüber wir uns Sorgen machen müssen?«

»Ich habe kein Verbrechen begangen und auch nichts getan, dessen ich mich schämen müsste. Ich glaubte damals, mein Vater habe so etwas getan. Heute tut mir das leid.« Er schnitt die Frage ab, die Anne und ihrem Vater auf der Zunge lag. »Mehr als das zu

399

sagen habe ich nicht das Recht. Es sind noch andere Menschen betroffen.«

»Meggan?«

Rodney neigte den Kopf. »Ihre Familie«, sagte er ohne weitere Erklärungen. »Ich habe Meggan heute Vormittag besucht. Sie hat mich darüber informiert, dass meine Schwester und mein Pflegebruder letztes Jahr in Südaustralien waren und mich gesucht haben. Es sah so aus, als läge mein Vater im Sterben. Er hatte den Wunsch geäußert, Frieden mit mir zu schließen. Charles, Mrs. Winton, ich glaube, ich muss sofort nach Cornwall reisen. Mein Vater könnte noch am Leben sein.«

Mary Winton stimmte ihm sofort zu. »Natürlich musst du zu deinem Vater, James. Ich kann dich nicht anders nennen. Für mich wirst du immer James sein.«

»Wie bald möchtest du abreisen?«, fragte Charles.

»In vier Tagen.« Er nickte, als er die Überraschung der anderen sah. »Nachdem ich mit Meggan gesprochen hatte, habe ich sofort eine Passage gebucht.«

»Und was ist mit mir?«, jammerte Anne. »Wir wollten heiraten.«

»Es tut mir leid, Anne. Unsere Hochzeit muss warten.«

»Das ist nicht fair. Mama, ich sollte James begleiten.«

»Ausgeschlossen, dass du mit James reist, Anne. Das ist undenkbar.«

»Papa?«, flehte sie ihren Vater an.

»Deine Mutter hat recht, Anne. Du kannst nicht ohne Begleitperson reisen. Und du kannst auch nicht unter James' Schutz reisen, obwohl ihr verlobt seid. Nein.« Er hielt die Hand hoch, um weitere Einsprüche zum Schweigen zu bringen. »Keine Widerrede. Es ist keine Zeit zu heiraten, bevor James abreist, und deshalb wirst du auf seine Rückkehr warten müssen.«

Das Letzte wurde mit einem forschenden Blick auf den Anverlobten seiner Tochter gesprochen.

James spürte, dass man von ihm ein Versprechen erwartete, doch dazu war er nicht in der Lage. Er konnte nur versuchen, Anne zu trösten. Rodney James ging hinüber zu ihr. Er nahm ihre Hand und zog sie hoch. »Anne, du trägst meinen Ring. Ich habe dich nicht darum gebeten, ihn mir zurückzugeben.«

»Aber kommst du auch wieder?« Sie ahnte, dass er nicht zurückkehren würde, dass die Versöhnung mit seinem Vater nicht der einzige Grund war, warum er Australien unbedingt den Rücken kehren wollte. Ihr kam der Verdacht, dass er vielleicht in Meggan verliebt war. Jetzt, wo er sie wiedergesehen und erfahren hatte, dass sie verheiratet war, wollte er weggehen. War der wahre Grund, warum er die Frau am Vormittag besucht hatte, ein Stelldichein gewesen?

Sie sah, dass er den Blick auf Jane richtete, und ein neuer Verdacht keimte in ihr. James hatte Jane vom Ball nach Hause begleitet, und Jane war den ganzen Morgen ungewöhnlich still gewesen. Anne kaute nervös auf der Unterlippe herum, während sie die Augen schloss, sodass sie den kurzen Blickkontakt zwischen den beiden nicht sah. Sie atmete tief durch und schlug die Augen wieder auf. Wie lächerlich sie war. James hatte sie zur Frau gewählt, nicht ihre dunkelhäutige Schwester.

»Du hast mir noch keine Antwort gegeben, James.«

»Wenn ich nicht zurückkomme, schicke ich nach dir.«

Vielleicht würde er tatsächlich nach Anne schicken. Es wäre viel leichter, mit Anne verheiratet zu sein und in Tremayne Manor zu leben, als mit ihr an seiner Seite in Riverview zu leben, wo Jane stets präsent war. Als er Jane noch einmal anschaute, lag in ihren Augen keine stumme Botschaft, sondern nur abgrundtiefe Verachtung. Er wusste, was sie dachte, und wünschte, er könnte es ändern.

Die Familie verabschiedete ihn auf dem Dock in Port Adelaide. Er schüttelte Charles die Hand, erlaubte Mary, ihm einen Kuss auf die Wange zu geben, und umarmte die verdrießliche Anne.

»Willst du Jane keinen Abschiedskuss geben?«

»Das ist nicht nötig«, antwortete Jane schnell.

Er wollte sie unbedingt noch einmal berühren, doch er fürchtete, wenn er dies tat, würde er sich verraten. Er legte ihr die Hände auf die Schultern und gab ihr einen flüchtigen Kuss auf die Wange. »Pass gut auf dich auf, Jane.«

Dann ging er die Landungsbrücke hinauf an Bord, wo er wieder zu Rodney Tremayne wurde, denn das war der Name, unter dem er seine Passage gebucht hatte.

17

Als in der zweiten Aprilwoche Ostern nahte, war Meggan sich dessen sicher, was sie schon seit einigen Wochen vermutete. Sie erwartete ein Kind von Con. Jetzt stand sie vor dem Dilemma, was sie tun sollte. Da David in den Monaten ihrer Ehe nicht mehr als ein halbes Dutzend Mal auf seinem Recht als Ehemann bestanden hatte, war es äußerst unwahrscheinlich, dass er sich einreden ließe, er hätte seiner Frau ein Kind gezeugt.

Zudem schreckte sie innerlich vor einer solchen Täuschung zurück. Zu gut wusste sie um die verborgenen Gefahren, wenn die wahre Elternschaft eines Kindes verheimlicht wurde. So undenkbar es war, David einzureden, er sei der Vater, war es ihr noch verhasster, ihm ihre Untreue zu gestehen.

Ihr Mann hatte etwas Besseres verdient als den Schmerz und die Enttäuschung, die er bei so einem Geständnis erleiden würde. Er hatte ihr alles gegeben, seinen guten Namen, sein Zuhause, seinen Wohlstand. Er hatte ihr die Möglichkeit geboten, sich einen lange gehegten Traum zu erfüllen. Vor allem aber hatte er ihr seine Zuneigung und seinen Respekt entgegengebracht.

Ob die Zuneigung ihres Mannes so tief war, dass man sie als Liebe bezeichnen konnte, wusste Meggan nicht. Liebe war das, was sie mit Con teilte. Für David empfand sie Dankbarkeit und Sympathie und hatte ihn im Laufe der gemeinsam verbrachten Zeit sehr ins Herz geschlossen. Niemals im Leben würde sie so einem guten Mann wehtun wollen. Doch wie sollte es ihn nicht schmerzen, wenn er von ihrem Zustand erfuhr?

Zum Glück litt sie nicht unter der Morgenübelkeit, von der andere Frauen berichtet hatten. Die einzigen körperlichen Anzeichen für ihre Schwangerschaft – abgesehen davon, dass ihr Monatsfluss ausblieb –, waren eine leichte Zunahme ihres Taillenumfangs und ein Spannen in den Brüsten. Einige Wochen konnte sie ihren Zustand noch verheimlichen. Obwohl sie immer noch nicht gerne nähte, ging sie davon aus, dass sie Kleider, die ihr zu eng wurden, an der Taille etwas auslassen konnte.

Nicht einmal die stets wachsame Madame Marietta hatte einen Verdacht. Sie machte zwar eine Bemerkung über die blühende Gesundheit ihres Schützlings, führte diese jedoch auf den romantischen Aufenthalt in Hahndorf zurück. Meggan wusste, dass sie die Einzige war, der sie sich anvertrauen konnte. Wenn jemand verstand, wie leidenschaftlich Meggan dieses Kind wollte, diesen Teil von Con, den sie für immer behalten konnte, dann Madame.

Im Juni war sie im fünften Monat schwanger und ihre Taille war immer noch recht schlank. Und Meggan wusste immer noch nicht, wie sie ihrem Mann beibringen sollte, dass sie ein Kind von einem anderen erwartete. Egal wie sie es im Geiste formulierte, es blieb doch die Tatsache, dass sie David betrogen hatte.

Als Madame von ihren Plänen für ein großes Opernkonzert im Oktober sprach, wurde Meggan klar, dass sie nicht länger schweigen konnte. Am Ende ihrer Gesangsstunde, nachdem Frederick gegangen war, gestand sie es ihr.

»Madame, ich muss Ihnen etwas sagen. Ich bekomme ein Kind.«

Unglaube und Schock explodierten in Madames Gesicht. »Nein! Ausgeschlossen! Ihre Karriere hat gerade angefangen. Nein, Meggan, Sie können keine Kind bekommen.« Sie warf ihrer Schülerin einen Blick zu, der besagte: Du wagst es nicht, ungehorsam zu sein. »Haben Sie verstanden?«

»Madame, Sie haben mich nicht verstanden. Ich habe nicht gemeint, dass ich vorhabe, ein Kind zu bekommen. Ich erkläre

Ihnen, dass ich schwanger bin. Ich gehe davon aus, dass das Kind Anfang Oktober zur Welt kommt.«

Eine Hand flog in einer dramatischen Geste an die Stirn, und Madame taumelte einige Schritte, um sich auf einen Sessel fallen zu lassen, wo sie ihre verzweifelte Pose beibehielt. »Mögen die Götter mich beschützen. Wie können Sie so dumm, wie können Sie so *undankbar* sein?«

Meggan empfand die Reaktion als übertrieben dramatisch und vollkommen egozentrisch und schwieg, obwohl sie ein nervöses Flattern im Magen nicht unterdrücken konnte.

Madame ließ die Hand sinken und sah Meggan wütend an. »Sie sagen, Sie wollen ein große Sängerin sein. Und ich arbeite hart mit Ihnen. Ich kleide Sie gut. Ich nehme ein Stimme ohne jeden Ausbildung und nähre und perfektioniere sie, bis sie wie eine lupenreine Edelstein ist.« Sie sprang auf, Zornesröte im Gesicht. »Und jetzt sagen Sie, dass ich mein Zeit vergeudet habe. Sie bekommen stattdessen eine Kind.« Mit einem empörten Schnauben wandte Madame Meggan den Rücken zu, verschränkte die Arme und tippte mit dem Zeh ihres Hausschuhs einen aufgewühlten Rhythmus auf den Boden.

»Es tut mir leid, dass Sie so dazu stehen, Madame. Ich versichere Ihnen, dass Ihre Zeit nicht vergeudet war. Mein Wunsch, eine große Sängerin zu werden, ist nicht geringer, nur weil ich in diesem Zustand bin. Ich habe dieses Kind nicht geplant.«

Madame wirbelte herum. »Nicht geplant! Dann hätten Sie Ihre Mann vielleicht sagen sollen, Sie wollen keine Kind. Aber er ist schließlich eine alte Mann. Vielleicht ist er ja glücklich über seine fruchtbare Frau.«

Ihre Bitterkeit erklärte Meggan alles. Madame war nicht aus eigenem Wunsch kinderlos. Was auch immer der Grund für Madames Zorn war, Meggan wusste, dass sie ihr unmöglich anvertrauen konnte, dass David nicht der Vater des Kindes war. Sie suchte ihre Sachen zusammen.

»Was passiert ist, kann nicht ungeschehen gemacht werden, Madame. Es tut mir leid, dass mein Zustand Ihnen so viel Kummer bereitet. Ich würde gerne mit dem Gesangsunterricht fortfahren.«

»Aber will ich Sie unterrichten? Das ist den Frage.«

»Es ist Ihre Entscheidung, Madame. Ich werde abwarten, bis ich von Ihnen höre.« Und heute Abend, fügte sie in Gedanken hinzu, sage ich es meinem Mann und bitte ihn um Verzeihung.

Schuldgefühle und Angst und Sorge um David führten zu starken Kopfschmerzen, und sobald Meggan zu Hause war, zog sie sich in ihr Zimmer zurück und legte sich mit einem feuchten, mit einigen Tropfen Lavendelöl getränkten Waschlappen auf der Stirn ins Bett. Gedanken und Erinnerungen an die vergangenen zwölf Monate ließen sie nicht zur Ruhe kommen. Sie machten ihre Kopfschmerzen nur noch schlimmer.

Sie war wohl doch eingeschlafen, denn ein Klopfen an der Tür riss sie aus einem tiefen Schlaf. Erst als das Klopfen wiederholt wurde, verzog sich der Nebel und sie wurde richtig wach.

»Herein«, rief sie und rieb sich mit den Fingerknöcheln die Augen. Die Zeiger der Uhr zeigten, wie sie sah, auf die Zwölf und die Sechs. Auf der Frisierkommode war eine Lampe angezündet worden. Draußen vor dem Fenster war die Dunkelheit der frühen Winternacht hereingebrochen.

»Hast du geschlafen, meine Liebe?« Ihr Mann trat ans Bett. »Du bist doch nicht krank, oder?«

Seine Besorgnis weckte in ihr nur neue Schuldgefühle. Sie verdiente diesen Mann nicht. »Ich hatte Kopfschmerzen. Ich hätte nicht gedacht, dass ich einschlafe, und auch nicht, dass ich so lange schlafen würde.«

»Geht es dir so gut, dass du heute Abend auswärts essen möchtest?«

»Meine Kopfschmerzen sind fast verflogen.« Sie schob sich in den Kissen höher.

»Gut. Ich möchte mit einem Handelsschiffer ein Geschäft abschließen. Über einige Kleinigkeiten sind wir uns noch nicht handelseinig geworden. Er hat uns eingeladen, heute Abend mit ihm und seiner Frau zu speisen. Nach dem Abendessen werden Nuttal und ich unserem Vertrag die endgültige Form geben, während du und Mrs. Nuttal euch Gesellschaft leisten könnt.«

»Was sind die Nuttals für Menschen?«

»Aufrichtig. Fleißig. John Nuttal hat es in der Handelsschifffahrt weit gebracht. Er hat sich und seiner Familie ein behagliches Leben verdient. Aber jetzt steht er in Konkurrenz zu anderen Kaufleuten mit schnelleren Schiffen. Nuttal wäre zufrieden, sein Geschäft unverändert weiterzuführen, doch das ist leider nicht möglich.«

»Welcher Natur ist euer Vertrag?«

»Wir bilden eine Partnerschaft. Ich werde den größeren Teil des Geschäfts besitzen und den Bau eines neuen Schiffes finanzieren. Ich habe vorgeschlagen, unseren Handel nach China und Indien auszudehnen.« Er lächelte, was er selten tat. »Ich muss gestehen, meine Liebe, dass es mir richtig Spaß macht, Geld zu verdienen. Mehr wegen der Herausforderung, etwas anzupacken und zum Erfolg zu bringen, als wegen des Geldes an sich.«

»Ich bin mir sicher, dass du immer Erfolg haben wirst, egal was du in die Hand nimmst. Wann sollen wir essen?«

»Wir werden gegen acht Uhr erwartet, du hast also genug Zeit, dich fertig zu machen. Oh, und das hier ist für dich, meine Liebe.« Er reichte ihr einen Umschlag, den er in der Hand gehalten hatte.

»Die Post hat ihn heute wohl sehr spät gebracht.«

Meggans Herz machte einen Satz vor Hoffnung und Angst, der Brief könnte von Con sein, doch als sie den Umschlag in Händen hielt, erkannte sie die Handschrift ihres Bruders.

»Er ist von Will. Ich hoffe, er schickt Nachricht von ihrer sicheren Ankunft.« Sie schwang die Füße auf den Boden, um zu ihrem Schreibpult zu eilen, wo sie einen Brieföffner zur Hand nahm.

»Ich lasse dich in Ruhe deinen Brief lesen, meine Liebe. Du kannst mir später davon erzählen.«

Meggan rückte die Lampe näher an den Sessel und setzte sich, um Wills Brief zu lesen.

Meine liebe Megs,
wir sind ohne weitere Pannen in Ballarat angekommen und haben an einem Ort namens Red Hill, etwas mehr als eine Meile außerhalb der Siedlung, einen Claim abgesteckt. Wir hatten das Glück, fast sofort auf Gold zu stoßen. Die geringe Menge, die wir geschürft haben, reicht uns, um auf zukünftigen Erfolg zu hoffen.
Ich will gar nicht versuchen, Dir das Goldbergwerk zu beschreiben, außer dass es eine Zeltsiedlung ist, überfüllt, schmutzig und laut, und man sieht nur selten eine Frau. Wenn eine auftaucht, schallt laut der Ruf »Eine Frau, eine Frau« über das Gelände, und die Männer lassen alles stehen und liegen, um sie zu begaffen. Ich glaube, es wäre gefährlich, wollte eine Frau versuchen, sich ohne entsprechende Begleitung ins Goldbergwerk zu wagen. Wir haben schon festgestellt, dass es viele Schurken gibt.
Tommy und Hal schicken Dir liebe Grüße. Beide haben keine Lust, Briefe zu schreiben. Ich habe auch Ma und Pa geschrieben, um ihnen zu sagen, dass es uns gut geht. Von dem Unfall mit dem Wagen habe ich nichts geschrieben. Pa würde sich nur Sorgen machen, während ich den Verdacht habe, dass Ma es aus irgendeinem Grund als eine von Gott verhängte Strafe betrachten würde.
Wir haben in und um Ballarat viele Bekannte aus Burra wiedergetroffen. Einer der Ersten, dem wir begegnet sind, war Tom Roberts. Mach Dich auf eine Überraschung gefasst, Megs. Tom ist Wachtmeister! Er ist hier in Victoria der Polizei beigetreten. Ich kann dazu nur sagen, dass der Staat wohl große Schwierig-

keiten hat, Kräfte für die Polizei zu gewinnen, dass sie bereit sind, Hinz und Kunz zu nehmen. Die Freundschaft, die einst zwischen uns herrschte, ist ein für alle Mal vorbei.
Bitte schreib uns. Die Stadt kann sich noch keines Postamts rühmen. Bei der Ankunft der Postkutsche versammeln die Menschen sich, um die Post entgegenzunehmen. Die Briefe, die keinen Abnehmer finden, werden in Hudsons Laden hinterlegt.
Ich hoffe, Du bist wohlauf und glücklich.
Dein Dich liebender Bruder
   Will

Meggan las den Brief ein zweites Mal, bevor sie ihn in die Schublade ihres Schreibpults steckte. Auch sie musste ihren Eltern schreiben, um ihnen zu erzählen, dass sie ein Kind erwartete. Doch zuerst musste sie es David sagen. Sie wünschte, sie würden am Abend zu Hause essen, dann könnte sie ihr Geständnis ohne weitere Verzögerungen machen.

Obwohl ihr das Herz schwer war, genoss Meggan den Abend. Die Nuttals waren ein charmantes Paar mit einem behaglichen Heim an der Küste in der Nähe von Port Adelaide. Im Laufe des ausgezeichneten Mahls entfaltete Mrs. Nuttal ihr Talent als amüsante Gesprächspartnerin, und als die Männer sich zurückzogen, um ihre Geschäfte zu besprechen, unterhielt sie Meggan. Zum ersten Mal seit Wochen konnte Meggan unbeschwert lachen.

David und sie verabschiedeten sich wenige Minuten vor Mitternacht. In der Kutsche fielen Meggan die Augen zu, und sie nickte fast ein. David legte ihr einen Arm um und zog ihren Kopf näher, damit er an seiner Schulter ruhen konnte.

»Wir haben ein Stück bis nach Hause, meine Liebe. Schlaf ruhig, wenn du willst.«

Zärtlich an seine Schulter geschmiegt, dachte Meggan: Ich sage es ihm heute Nacht noch nicht. Ein Tag mehr wird nicht schaden.

David Westoby ließ seine Frau schlafen, als er am nächsten Morgen in die Stadt ging. Im Büro seines Anwalts Reilly traf er sich mit John Nuttal, um den Vertrag zu unterschreiben. Als das Geschäftliche erledigt war, aßen die drei Männer zusammen zu Mittag.

Um zwei Uhr verabschiedete David sich von seinen Geschäftspartnern. Er war überzeugt, dass sein Leben nie besser gewesen war, und beschloss, seine Frau mit einem neuen Schmuckstück zu überraschen. Beim Juwelier Boynton's konnte er sich jedoch nicht zwischen einem Saphirarmband und einem Rubinring entscheiden. Er überlegte schon, beides zu kaufen, da betrat Madame Marietta den Laden.

»Guten Tag, Madame«, begrüßte er sie. »Vielleicht könnten Sie mir bei der Auswahl helfen. Glauben Sie, meiner Frau würde der Ring besser gefallen oder das Armband?«

Madame inspizierte beide Schmuckstücke. »Ich glaube, die Armband. Sie kaufen also Schmuck, um ihr für die Baby zu danken.«

»Wie bitte, Madame? Haben Sie ›Baby‹ gesagt?«

Madame warf die Hände in die Luft. »Ach je, sie hat es Ihnen noch nicht gesagt, und ich verderbe ihr den Überraschung. Vergessen Sie, was ich gesagt habe.« Sie wies mit einem Nicken auf den Ladentisch. »Ja, die Armband.« Und verließ eiligen Schrittes den Laden.

David bezahlte das Armband und schob das Päckchen in seine Jackentasche, ohne recht mitzubekommen, was er tat. Er versuchte zu begreifen, was Madame gesagt hatte. Hätte sie wirklich angedeutet, dass Meggan ein Kind erwartete? Da er mit seiner Frau seit vor Weihnachten nicht mehr intim gewesen war, musste man Meggan die Schwangerschaft doch deutlich ansehen.

Falls das Kind von ihm war!

David hatte gerade den Laden verlassen, als ihn dieser Gedanke traf. Er stolperte und fuhr sich mit der Hand ans Herz, sodass ein Passant ihm zu Hilfe eilte.

»Es ist alles in Ordnung. Vielen Dank«, sagte er und atmete tief durch.

Auf Beinen, die ihm plötzlich zu schwach schienen, um ihn zu tragen, ging er langsam die Straße hinunter. Er weigerte sich, die Tatsache zu akzeptieren, dass Meggan von einem anderen Mann schwanger war. Doch war es so? Vielleicht hatte Madame etwas missverstanden, was Meggan zu ihr gesagt hatte. Das musste es sein. Meggan würde ihn nie mit einem anderen Mann betrügen. Er liebte sie und glaubte, dass sie auf dem besten Weg war, seine Liebe zu erwidern.

Die Kraft kehrte in seine Beine zurück, und er war überzeugt, dass diese Sache mit dem Baby nur ein dummes Missverständnis war. Er beeilte sich, über die Straße zu kommen, und achtete nicht darauf, dass die Straße hinunter ein Tumult war. Erst als jemand in seiner Nähe aufschrie, schaute er auf und sah die durchgegangenen Kutschpferde, die auf ihn zugaloppierten.

In Riverview konfrontierte Mary Winton Jane. Sie waren in dem kleinen Zimmer, das Mary als privates Wohnzimmer nutzte und in das sie Jane gebeten hatte, um ihr nach dem Mittagsmahl Gesellschaft zu leisten.

»Ich hatte gehofft, Jane, du würdest es mir aus eigenem Antrieb erzählen. Du erwartest ein Kind, nicht wahr?«

Jane blickte zu Boden. Sie hatte gewusst, dass der Tag kommen würde, wo sie nicht länger so tun konnte, als würde sie nur dick werden.

»Wie weit bist du?«

»Im fünften Monat.«

»Du bist dir ganz sicher?«

»Ja, Madam. Ich habe es nur einmal gemacht.«

»Wer war der Mann? Ich hoffe, es war keiner von meinen Söhnen.«

Jane schüttelte den Kopf.

»Wer war es dann?«

»Das kann ich nicht sagen.«

»Du meinst, du willst es nicht sagen. Sei nicht dumm, Jane. Der Mann, der dich in diese Lage gebracht hat, muss zur Verantwortung gezogen werden. Falls dies möglich ist, sollte er dich heiraten.«

»Er kann mich nicht heiraten.«

»Hat der Mann bereits eine Frau?«

Wieder schüttelte Jane den Kopf.

»Bitte, Jane, du musst mir sagen, wer der Vater dieses Kindes ist. Ich möchte dir helfen. Wir wenden uns nicht von dir ab, wenn du verführt worden bist.«

Jane riss rasch den Kopf hoch.

Mary sah ihre Miene und keuchte auf. »James Pengelly, Tremayne, wie auch immer er heißt, ist verantwortlich dafür. Oh, Jane, sag, dass das nicht wahr ist.«

Die ausbleibende Antwort war ihr Bestätigung genug.

»Wann ist es passiert?«

»In Adelaide.«

»Am Abend des Balls?«

»Ja.«

»Ich vermute, du hast es Anne nicht gesagt.«

»Ich möchte Anne nicht wehtun.«

»Das hättest du dir vor fünf Monaten überlegen sollen. Was meinst du wohl, wie Anne sich fühlt, wenn sie es erfährt?«

»Anne muss nur erfahren, dass ich ein Baby erwarte.«

»Anne muss die Wahrheit erfahren. Der Vater deines Kindes ist der Mann, mit dem sie verlobt ist. Das kannst du ihr nicht verheimlichen.«

»Ich weiß nicht, wie ich es Anne sagen soll.«

»Mir was sagen?«, fragte Anne, die das Zimmer nach einem kurzen Klopfen betreten hatte, das die beiden Frauen nicht gehört hatten.

»Du sollst nicht einfach so ins Zimmer platzen, Anne. Wo sind deine Manieren?«

»Ich habe geklopft, Mama.« Sie schaute von ihrer Mutter zu ihrer Adoptivschwester und sah die Anspannung in deren Mienen. »Was ist los? Mama? Jane?«

»Jane wird es dir erzählen.«

»Ich liebe dich, Anne. Ich wollte dir nicht wehtun.« Tränen liefen Jane über die Wangen.

»Was hast du getan, was so schlimm ist?«

»Ich erwarte ein Kind.«

Jane lief aus dem Zimmer, mehr brachte sie nicht heraus. Nach einem Augenblick wandte Anne sich verwirrt an ihre Mutter.

»Stimmt das, Mama? Bekommt Jane wirklich ein Baby?«

»Ja, Anne, Jane ist schwanger. Ich wünschte, ich müsste es dir nicht sagen, Schatz, aber ich kann dich nicht in Unkenntnis lassen. Der Vater des Kindes ist James.«

»James? Mach dich nicht lächerlich, Mama. Sehr viel eher doch wohl Joshua.«

»Warum denkst du, Joshua könnte dafür verantwortlich sein?« Bestürzt suchte Mary im Gesicht ihrer Tochter nach einer Erklärung.

»Ich habe mitbekommen, wie er Jane ansieht. Mach nicht so ein schockiertes Gesicht, Mama, du musst es doch auch bemerkt haben.«

»Joshua würde es nicht wagen, Jane anzurühren. Dein Vater würde ihn dafür grün und blau schlagen, und das weiß er. Das Baby wurde in der Nacht gezeugt, als James Jane vom Ball nach Hause gebracht hat.«

Mindestens eine ganze Minute lang sagte Anne gar nichts. Sie nahm ein Kissen, schüttelte es auf und legte es wieder weg. »Ich frage Jane selbst.«

Sie redete sich ein, dass sie es nicht glaubte, auch wenn sie tief im Herzen wusste, dass es wahr war. Jane war seit dem Ausflug nach Adelaide ganz verändert. Ich bleibe ganz ruhig, sagte sie sich. Jane hat mich bestimmt nicht absichtlich hintergangen. Falls James der Vater von Janes Kind ist, dann ist er nicht der Mensch, für den ich ihn gehalten habe. Und in dem Fall bin ich ziemlich erleichtert, dass ich hinter seinen Fehltritt gekommen bin, bevor ich mit ihm den Bund fürs Leben geschlossen habe.

Jane war in ihrem Zimmer, wo Anne sie auch vermutet hatte. Sie saß am Fenster, hatte das Kinn in die Hand gestützt und starrte hinaus. Als Anne hereinkam, wandte sie sich langsam zu ihr um. Anne war unverblümt.

»Ist James der Vater deines Kindes?«

Jane nickte.

Anne ermahnte sich, ganz ruhig zu bleiben. »Erzählst du mir, wie es passiert ist? Wenn James dich gezwungen hat, kann ich ihn unmöglich heiraten.«

»Er hat mich nicht gezwungen, Anne.«

Ich werde nicht wütend. Ich werde nicht weinen. Anne riss die Augen weiter auf, um ihre Tränen in Schach zu halten. »Hat er dich verführt?«

»Nein, Anne, er hat mich nicht verführt. Ich habe ihn gebeten, bei mir zu bleiben.«

»Du hast ihn gebeten? Du hast ihn gebeten, dich zu lieben? Wie konntest du so egoistisch sein?« Anne hörte, dass ihre Stimme sich hysterisch in die Höhe schraubte. »Warum, Jane? Warum?«

»Ich habe ihn in dieser Nacht gebraucht. Ich liebe ihn, Anne.«

»Aber James liebt dich nicht. Du musst dich ihm aufgezwungen haben.«

»Mehr, als ihn zu bitten, bei mir zu bleiben, war nicht notwendig. Er mag mich nicht lieben, Anne, aber für dich empfindet er noch weniger.«

Anne keuchte auf. Der Zorn in ihr explodierte. »Wie kannst du es wagen, so etwas zu sagen? Du versuchst, James die Schuld zu geben, wo du doch diejenige bist, die Schuld hat. Mrs. Harrison hat recht daran getan, dich ein Flittchen zu nennen. Denn genau das bist du.«

»Wage es nicht, mich ein Flittchen zu nennen.« Janes Wut wurde von Annes Zorn noch angestachelt. Sie stand auf, die Hände seitlich am Körper zu Fäusten geballt.

»Tut die Wahrheit weh, Jane?«

»Hat die Wahrheit über den Mann, den du heiraten willst, dir wehgetan, Anne?«

Mit einem wütenden Kreischen stürzte Anne sich auf Jane und schlug mit beiden Händen auf sie ein. Jane setzte sich zur Wehr. In weniger als einer Minute war Mary Winton da und befahl ihnen aufzuhören. Doch die aufgewühlten, wütenden jungen Frauen achteten nicht auf sie. Erst als Adam auf den Ruf seiner Mutter reagierte und beide jungen Frauen fest an einer Schulter packte, wurden sie getrennt.

»Was hat das zu bedeuten?«, wollte Mary wissen.

»Das weißt du sehr gut, Mama. Schaff sie hier raus. Schick sie weg. Ich will sie nie wiedersehen.«

»So beruhige dich doch, Anne. Wir müssen vernünftig darüber reden.«

Jane rieb sich den rechten Unterarm. Sie war gegen eine Frisierkommode gestürzt und würde bestimmt eine Beule bekommen. »Ich will nicht hier weg. Ich kann nirgendwo hin.«

Anne wandte Jane den Rücken zu, stemmte die Hände in die Hüften und trat ihrer Mutter gegenüber. »Wenn du sie nicht wegschickst, gehe ich. Ich kann immer zu Meggan gehen.«

»Sei nicht so dramatisch, Anne. Ich rede heute Abend mit deinem Vater. Dann entscheiden wir, was zu tun ist.«

»Ich verstehe, wie du dich fühlst, Anne. Jane, ich denke, du solltest ins Gästezimmer ziehen. Anne kann mit mir kommen, und du kannst deine Sachen jetzt rüberbringen. Ich schlage auch vor, du bleibst im Zimmer, bis die Angelegenheit geklärt ist.«

Selbst wenn unsere Rollen umgekehrt wären, sinnierte Jane bitter, wäre ich wahrscheinlich trotzdem die, die ins andere Zimmer ziehen müsste. Selbst wenn Anne mir verzeiht, kann ich nicht bleiben, aber wohin soll ich? Was wird aus meinem Leben? Ich bin wie eine weiße Frau erzogen worden, doch selbst wenn meine Haut weiß wäre, wäre ich eine unverheiratete Frau mit einem Kind.

Den ganzen Nachmittag über und während ihres einsamen Abendessens quälte sich Jane, um eine Lösung für ihr Dilemma zu finden. Immer wieder ging sie in dem kleinen Zimmer auf und ab und sprach ihre Gedanken laut aus. Oft lag sie auf dem Bett, starrte an die Decke und wollte nicht nachdenken, brachte ihren Geist aber nicht zur Ruhe. Erst um neun Uhr am Abend kam Mary Winton in Janes Zimmer.

Als Jane die Besorgnis und die Traurigkeit in der Miene ihrer Adoptivmutter sah, floh sie schluchzend in ihre Arme. Sie sah, dass Mary Winton sie liebte und großen Schmerz empfand.

»Bitte verzeih mir, Mama. Ich wollte niemandem wehtun.«

»Liebe Jane, das weiß ich. Bitte beruhige dich, damit wir darüber reden können, was zu tun ist.«

Jane schniefte und suchte ein Taschentuch, um sich die Nase zu putzen und die Augen zu wischen. »Ich muss weg.«

»Wir wollen dich nicht wegschicken, Jane. Ich möchte, dass du mir genau erzählst, wie es passiert ist. Anne ist außer sich vor Wut. Sie behauptet, du hättest James verführt.«

»Ich war durcheinander. Ich brauchte jemanden, der mich trösten konnte.«

In einer Flut von Worten erzählte Jane von den ganzen Demütigungen und der Wut und dem Schmerz in der Zeit in Adelaide, wo sie doch nichts anderes wollte, denn als Mensch akzeptiert und nicht wegen ihrer Ethnie abgewiesen zu werden.

»Was soll ich machen, Mama? Ich bin weder eine Weiße noch eine Schwarze. Was für eine Zukunft habe ich?«

»Deine Zukunft ist hier bei uns, bei deiner Familie. Ich habe dir gesagt, dass wir dich nicht wegschicken.«

»Was ist mit Anne? Ich glaube nicht, dass sie mir so leicht verzeiht.«

»Ich gebe zu, dass die Beziehung zwischen euch schwierig werden wird. Aber nur für einige Wochen. Dein Papa und ich haben beschlossen, Anne nach Adelaide zu schicken. Anne schreibt ihrer Freundin Meggan, ob sie bei ihr wohnen kann. Adam kann den Brief morgen mitnehmen. Mit ein wenig Glück findet Anne einen besseren Mann, den sie lieben und heiraten kann. Dann wird sie bereit sein, dir zu verzeihen.«

Nachdem ihre gequälten Gedanken so beruhigt worden waren, ging Jane zu Bett und schlief fast sofort ein. Sie hörte weder, wie die Zimmertür geöffnet wurde, noch die leisen Schritte über den Boden, bis sich eine Hand über ihren Mund legte und sie entsetzt aufwachte. Joshuas Gesicht schwebte begehrlich über ihr.

»Ich will nur mit dir reden«, sagte er. »Du schreist nicht, oder?«

Jane schüttelte den Kopf. Joshua nahm die Hand weg, beugte sich aber weiter über sie. Jane beobachtete ihn misstrauisch und schob sich im Bett so weit nach hinten, wie sie konnte. Joshua streichelte ihr mit der Hand, die er von ihrem Mund genommen hatte, über die Wange. Jane zuckte zusammen.

»Arme Jane. Ich habe gehört, du hast dich in Schwierigkeiten gebracht. Weißt du, ich bin sehr enttäuscht von dir. Du hast Anne wehgetan, und das wäre wirklich nicht nötig gewesen. Ich hätte dir gegeben, was du wolltest, wenn du mich nur gefragt hättest.«

»Ich hätte dich nie gefragt. Ich mag dich nicht, Joshua.«

»Zu schade, denn ich mag dich, Jane. Aber das Problem ist, verstehst du, dass ich jetzt sehr wütend auf dich bin, weil ich nicht der Erste war, der dich hatte.« Er schob die Hand von ihrer Wange den Hals hinunter, wo sie nahe ihrer Brust verweilte.

»Wenn du nicht gehst, schreie ich.« Selbst da hatte sie noch keine Angst vor ihm.

»Na, na, Jane, ich spüre dein Herz schlagen.« Er drückte die Hand fester gegen ihre Brust. »Du bist aufgeregt. Du willst mich. Ihr schwarzen Frauen wollt doch immer.«

Jane schlug ihn mit der Faust auf die Wange, hatte jedoch keine Zeit, den Mund zu öffnen und zu schreien, denn Joshua reagierte blitzschnell. Er hielt ihr mit einer Hand den Mund zu und zerriss ihr mit der anderen das Nachthemd.

»Du Flittchen. Dafür wirst du büßen.«

Er biss ihr in die Brustwarze und lachte, als sie vor Schmerz zusammenzuckte und aufkeuchte, was er mit seiner Hand auf ihrem Mund erstickte.

»Sei nett zu mir, Jane.«

Er fummelte am Gürtel seines Morgenmantels herum. Jane sah, dass er darunter nackt war. In diesem Augenblick bekam sie wirklich Angst. Sie schob ihn mit den Händen weg, schlug nach ihm, war wild entschlossen, ihn abzuwehren. Obwohl er ihr mit einer Hand den Mund zuhielt, parierte er ihre Schläge mit Leichtigkeit. Ein leises Lachen jagte ihr ein Frösteln über den Rücken.

»Wehr dich nur, Jane. Ich mag es grob.«

Die freie Hand schob er forschend zwischen ihre Beine. Es tat höllisch weh, und Jane hörte auf zu kämpfen. Wenn sie still lag, war es vielleicht schnell vorbei. Stattdessen biss er ihr wieder in die Brustwarze, und ihr Körper zuckte noch einmal zusammen vor Schmerz. Tränen traten ihr in die Augen.

Joshua lachte auf. »Ich genieße es, Jane. Ich wette, du auch.«

Er rollte sie rasch auf den Bauch, drückte ihren Kopf ins Kissen und hielt ihre Handgelenke eisern fest. So erniedrigte er sie. Jane biss sich so fest auf die Lippe, dass sie Blut schmeckte. Die Befriedigung, vor Schmerz laut aufzuschreien, würde sie ihm nicht gewähren. Sie versuchte, ihr Schluchzen zu unterdrücken. Die Tränen konnte sie nicht zurückhalten. Als er zum Höhepunkt kam, griff er unter ihren Körper, um ihre Brustwarzen zu quetschen, was ihn noch mehr zu erregen schien.

Als er schließlich fertig war, rollte er Jane auf den Rücken. »Von jetzt an wirst du gut zu mir sein, Jane. Ich werde dich nehmen, so oft ich will. Du erzählst es niemandem, nicht wahr? Niemand wird dir glauben, dass du ganz unschuldig daran bist. Wo du deine Sittenlosigkeit doch schon unter Beweis gestellt hast.«

Selbstsicher spottete er über sie, überzeugt davon, dass er sie gehörig eingeschüchtert hatte.

Jane starrte ihn durch ihre Tränen hindurch an. »Eines Tages bringe ich dich um.«

Er lachte nur und verließ das Zimmer.

Jane rollte sich zu einer Kugel zusammen und weinte, bis sie keine Tränen mehr hatte. Joshua hatte es ihr unmöglich gemacht, in Riverview zu bleiben.

Als der kühle, graue, neblige Morgen hell genug war, um etwas zu sehen, stand sie auf, zog warme Reisekleider an und ging leise hinüber zur großen Scheune, wo Adam seine Abreise vorbereitete. Ihr Herz pochte wild vor Angst, Joshua zu begegnen. Deswegen näherte sie sich vorsichtig dem Scheunentor und vergewisserte sich erst, dass Joshua nicht bei Adam war. Der Farmhelfer Ted half Adam, den Wagen zu beladen.

Er schaute Jane ziemlich überrascht an, nickte zum Gruß und fuhr mit seiner Arbeit fort. Adam kam zu ihr herüber.

»Warum bist du so früh auf?« Neugierig beäugte er ihr Reisekleid.

»Ich möchte, dass du mich mit nach Adelaide nimmst. Bitte, Adam. Ich kann nicht bleiben.«

»Ich dachte, die Eltern wollten, dass du bleibst? Haben sie es sich anders überlegt?«

»Ich habe beschlossen zu gehen.«

»Selbst wenn ich einverstanden bin, dich mitzunehmen, wohin willst du gehen?«

»Ich habe an Annes Freundin Meggan gedacht. Du könntest mich doch mit dahin nehmen, wo du den Brief abgibst. Ich bin mir sicher, sie hilft mir, einen Platz zu finden, wohin ich gehen kann.«

»Ich reise allein, Jane. Nach den Scherereien, in die er beim letzten Mal geraten ist, erlaubt Vater nicht, dass Joshua mit nach Adelaide kommt.«

»Wenn Joshua mitfahren würde, würde ich dich nicht bitten.«

Adam kniff die Augen zusammen. »Ist Joshua der Grund, warum du weggehen willst?«

Ungebetene Tränen traten Jane in die Augen, und sie nickte.

Adam stieß einen heftigen Kraftausdruck aus, und Ted schaute zu ihnen herüber. Adam legte Jane die Hände auf die Schultern. »Jane, hat er …?«

Wieder nickte Jane.

»Ich bringe ihn um«, fluchte Adam.

Jane brachte ein schiefes Lächeln zustande. »Das habe ich ihm auch schon versprochen.«

»Dann geh und pack deine Sachen. Ich erkläre es den Eltern.«

»Nein. Bitte, Adam, ich will nicht, dass sie es erfahren.«

»Sie müssen es erfahren. Joshua darf damit nicht durchkommen.«

»Er wird seine Schuld niemals zugeben. Er wird sagen, ich hätte mir das alles nur ausgedacht, und man wird ihm glauben.«

»Also, ich glaube dir. Ich weiß, was für eine Schlechtigkeit in meinem Bruder steckt, etwas Böses, das er vor den meisten Leuten verbergen kann. In Ordnung, Jane.« Er sah, dass sie ihn noch einmal um sein Schweigen bitten wollte. »Ich sage nichts, bis du sicher in Adelaide bist.«

Sorgsam darauf achtend, Joshua nicht über den Weg zu laufen, eilte Jane zurück in ihr Zimmer und packte rasch einen Koffer mit all ihren Besitztümern. Sie hatte nicht vor, mit nichts wegzulaufen. Wenn sie eine ehrbare Anstellung finden wollte – und sie würde sich Arbeit suchen müssen –, dann wollte sie gut gekleidet sein.

Erst als alles gepackt war und bereit, auf den Wagen geladen zu werden, suchte sie ihre Adoptiveltern auf. Sie saßen, wie sie gehofft hatte, allein beim Frühstück.

»Mama, Papa, ich gehe mit Adam nach Adelaide.«

»Jane?«

»Was ist das jetzt?«, wollte Charles Winton wissen.

»Wir haben doch gestern Abend über alles gesprochen, Jane. Es ist absolut nicht notwendig, dass du dein Heim verlässt.«

»Ich glaube, es ist die beste Lösung, wenn ich weggehe. Ich habe mich entschieden. Adam ist einverstanden.«

»Wohin willst du? Was hast du vor?«

»Ich werde Annes Freundin Meggan bitten, mir eine gute Stellung zu suchen. Ich möchte mir meinen Lebensunterhalt auf ehrbare Weise verdienen.«

»Oh, meine Liebe«, Mary schüttelte den Kopf, »das ist so viel leichter gesagt als getan. Sei vernünftig, Jane. Hier bei deiner Familie bist du sicherer als allein in Adelaide.«

Jane schüttelte den Kopf. »Ich reise mit Adam. Ich komme schon zurecht.«

»Wenn du so wild entschlossen bist wegzugehen, Jane«, sagte Charles Winton, »dann zwingen wir dich nicht zu bleiben. Wir versprechen dir, uns immer wie um eine Tochter um dich zu kümmern und dich als solche zu behandeln. Und wir erlauben nicht, dass du ohne genügend Geld, um dich zu unterhalten, abreist.«

»Danke, Papa, Mama. Ich liebe euch beide sehr.«

Nachdem Jane die Scheune verlassen hatte, fuhr Adam mit seiner Arbeit fort, doch in seinem Innern baute sich ein gewaltiger Zorn gegen Joshua auf. Diesmal war der Lump zu weit gegangen. Um Janes willen würde er diesmal nicht schweigen. Sobald er nach Riverview zurückkehrte, würde er allen erzählen, wessen Joshua sich schuldig gemacht hatte.

Der Wagen war fertig beladen, und Adam wollte hinüber zum Haus gehen, um zu frühstücken, als Joshua in die Scheune geschlendert kam. Er pfiff, wie ein Mann, der gänzlich ohne Sorgen ist, leise vor sich hin. Joshuas Selbstzufriedenheit war zu viel für Adam. Er trat auf ihn zu und landete einen eisernen Fausthieb auf dem Kinn seines Bruders.

Joshua wurde von der Wucht des Schlags nach hinten geschleudert. Adam sah den Schock im Gesicht seines Bruders, abgelöst von einem Begreifen.

»Ganz richtig, Joshua. Du weißt genau, warum ich dich geschlagen habe. Ich nehme Jane mit nach Adelaide. Und wenn dir deine Haut lieb ist, gehst du uns aus dem Weg, bis wir weg sind.«

Die Tür des Westoby-Hauses wurde von einer Frau geöffnet, die Adam und Jane für die Haushälterin hielten, denn sie trug ein einfaches schwarzes Kleid und hatte die Haare schmucklos aus dem Gesicht gekämmt.

»Guten Morgen«, sagte Adam, »ich bin Adam Winton, und dies ist meine Adoptivschwester, Miss Jane Winton. Wir würden gerne mit Meggan sprechen, Mrs. Westoby.«

Mrs. Mills, die die strikte Anweisung hatte, alle Besucher abzuweisen, zögerte, denn die Art, wie der junge Mann den Vornamen ihrer Herrin sprach, deutete an, dass er gut mit ihr bekannt war.

»Ist die Angelegenheit wichtig? Mrs. Westoby empfängt keinen Besuch.«

»Die Angelegenheit ist von größter Wichtigkeit.«

»Sehr wohl. Bitte warten Sie, während ich meiner Herrin sage, dass Sie sie gerne sprechen würden.«

Die Haushälterin schloss die Tür, und Adam und Jane blieben auf der Veranda stehen. Jane zupfte an ihrem Umhang herum. Adam schaute zum Fluss hinüber. Obwohl er auf dem Weg in die Stadt ununterbrochen darüber nachgedacht hatte, wusste er nicht, was er mit Jane machen würde, wenn Meggan ihr nicht helfen konnte. Er konnte sie nicht in Adelaide zurücklassen, wenn er nicht ganz gewiss war, dass sie in Sicherheit war.

Die Tür ging wieder auf. »Mrs. Westoby wird Sie empfangen. Bitte kommen Sie hier entlang.«

Sie wurden in einen stattlich möblierten Salon geführt, wo Meggan in einem Tageskleid aus schwarzer Seide aufstand, um sie zu begrüßen. »Adam, wie schön, dich zu sehen. Sie müssen Jane sein. Ich freue mich sehr, Sie endlich kennenzulernen. Ich hatte schon beim letzten Mal, als Sie in der Stadt waren, darauf gehofft.«

»Ich habe schon viel von Ihnen gehört, Mrs. Westoby.« Jane sah, dass die Frau, von der sie hoffte, Hilfe zu bekommen, in einem leicht fortgeschritteneren Zustand war als sie selbst.

»Bitte nennen Sie mich Meggan.« Mit einer Geste bat sie die beiden, Platz zu nehmen. »Es tut mir leid, dass Sie vor der Tür stehen bleiben mussten. Mrs. Mills wusste natürlich nicht, wer Sie sind. Ich lebe sehr zurückgezogen.« Einen Augenblick blickte sie zu Boden, um den immer noch frischen Schmerz zu verbergen. »Ich habe erst kürzlich meinen Mann verloren.«

»Meggan, das tut mir sehr leid. Sollen wir ein andermal wiederkommen?«

»Nein, Adam. David ist jetzt mehr als fünf Wochen tot. Wenn ihr in einer Woche nach Adelaide gekommen wärt, hättet ihr mich verpasst, denn ich kehre nach Burra zurück.«

Bei dem besorgten Keuchen, das Jane ausstieß, wandte Meggan sich ihr überrascht zu. Sie bemerkte die Unruhe der jungen Frau und den flehentlichen Blick, den sie Adam zuwarf.

»Stimmt etwas nicht? Ich habe mich so gefreut, euch zu sehen, dass ich ganz vergessen habe, dass Mrs. Mills sagte, die Angelegenheit sei dringend.«

»Wir hatten gehofft, du könntest Jane helfen. Doch wenn du nach Burra gehst ...« Er ließ den Satz unvollendet. Dass Meggan Adelaide verlassen könnte, war ihm gar nicht in den Sinn gekommen.

»Was für Hilfe suchen Sie, Jane?« Doch die Frage war eigentlich überflüssig. Janes Hand ruhte schützend auf ihrem Bauch.

»Ich kann nicht länger in Riverview leben, aber ich kenne in Adelaide niemanden. Ich wollte Sie bitten, mir zu helfen, einen Platz zum Leben zu finden.«

Meggan runzelte die Stirn. »Adam, deine Familie hat diese junge Frau doch wohl nicht hinausgeworfen?«

»Mein Vater hat finanziell für Jane gesorgt. Sie wird eine monatliche Zuwendung erhalten, die ausreichend ist, um davon zu leben.«

»Und was steckt hinter der Sache für eine Geschichte?«

»Eine lange, Meggan. Jane muss entscheiden, ob sie sie dir anvertrauen möchte oder nicht.«

»Ich würde es Ihnen gerne erzählen.« Jane spürte, dass Meggan Westoby eine unvoreingenommene Frau war. Sie würde sich ihre Geschichte anhören, ohne ein Urteil über sie zu fällen.

»Ich würde Ihre Geschichte gerne hören, Jane.«

»Dann kann ich Jane und dich eine Weile allein lassen, Meggan? Du kannst freier sprechen, wenn ich nicht dabei bin, nicht wahr, Jane?«

»Vielen Dank, Adam.«

Er stand auf und gab ihr einen brüderlichen Kuss auf die Wange. »Erzähl Meggan alles.«

»Das mache ich.«

Meggan lächelte Jane an, als Adam weg war. »Ich bin sehr neugierig, alles über Sie zu erfahren, Jane. Anne hat mir erzählt, wie es kam, dass Sie als ihre Schwester aufgewachsen sind. Ich lasse uns Nachmittagstee bringen, und dann erzählen Sie mir, warum Sie nicht mehr bei Ihrer Adoptivfamilie leben wollen.«

»Ich würde lieber auf den Nachmittagstee verzichten. Auch ich erwarte ein Baby, Meggan.«

»Ich habe es vermutet. Hat man Sie zu Hause rausgeworfen?«

»Nein, ganz und gar nicht. Meine Entscheidung, wegzugehen, wurde nicht mit Begeisterung aufgenommen. Meggan, wollen Sie mir zuhören, ohne mich zu unterbrechen, während ich Ihnen die ganze Geschichte von Anfang an erzähle?«

»Ich werde Ihnen ohne einen Mucks zuhören, Jane.«

Als Adam zurückkehrte, stellte er erleichtert fest, dass Jane bei weitem nicht mehr so unglücklich war. Er nahm an, ihr Verhalten bedeutete, dass eine Lösung gefunden worden war. Die starke Anspannung der vergangenen zwei Stunden ließ nach.

»Jane hat mir ihre Geschichte erzählt, Adam. Ich muss sagen, es gibt einige Aspekte, die mich sehr erzürnen. Wenn ich in Adelaide bleiben würde, würde ich Jane bei mir aufnehmen. Deswegen kommt Jane mit mir nach Burra. Die Familie, für die ich gearbeitet habe, die Heilbuths, waren zur Beerdigung meines Mannes in Adelaide. Zu ihnen gehe ich. Ich weiß, dass sie Jane mit offenen Armen willkommen heißen werden.«

VIERTER TEIL

Burra
1852

18

Ein kalter Wind fegte den Winterregen von der Seite gegen die Kutsche. Die Segeltuchrollos an den Fenstern konnten die Kälte nicht abhalten, und die Frauen zogen ihre Reisedecken enger um sich. Meggan hob eine Ecke des Rollos an. Die Fensterläden an den Häusern entlang der Commercial Road waren geschlossen, und im grauen Licht lagen die Häuser verlassen da. Ein weniger einladendes Willkommen war schwer vorzustellen. Meggan ließ das Rollo wieder zufallen.

»Wir sind bald da, dann können wir uns am Feuer wärmen. Der arme Mills wird sehr erleichtert sein, glaube ich.«

Er muss, beschloss sie, eine Zulage bekommen, um ihn für das Ungemach zu entschädigen, das er ausgestanden hat. Denn er hatte sich vehement gegen Meggans Absicht, mit der Postkutsche zu reisen, verwehrt, und seine Frau hatte ihm darin beigestanden. Sie hätten das Gefühl, ihren Pflichten nicht nachzukommen, wenn Mills seine Herrin nicht sicher nach Burra kutschierte.

Als die Kutsche um die Ecke in die Market Street einbog, sodass der Regen jetzt von hinten kam, hob Meggan das Rollo in der Tür noch einmal, um die Stadt zu betrachten, die sie im Frühling des vorausgegangenen Jahres das letzte Mal gesehen hatte. Jane betrachtete interessiert den für sie neuen Ort. Selbst wenn man das unfreundliche Wetter berücksichtigte, strahlte die Stadt eine Aura von Verlassenheit aus. Viele Läden waren verrammelt.

An der Grube war die Veränderung noch weit dramatischer. Das lärmende, geschäftige Treiben war Vergangenheit. Das mechanische Schlagen der großen Balancier-Dampfmaschine dröhnte umso lauter, weil andere Geräusche gänzlich fehlten. Es schien, als bewegte sich nur eine Handvoll Arbeiter über das Grubengelände. Meggan überlegte, wie viele wohl noch unter Tage arbeiteten.

Ihr Vater beantwortete ihr diese Frage, als sie, trocken und warm, am Küchenfeuer saßen.

»Die Belegschaft der Grube ist von rund zweitausend auf etwa vierhundert gesunken. Es wird nur sehr wenig Kupfer gefördert.«

»Wie kann die Grube dann noch existieren?«

»Auf der Grubensohle ist noch ein recht großer Erzvorrat. Der wird die Grube über Wasser halten, bis die Männer von den Goldfeldern zurückkommen.«

»Glaubst du wirklich, dass die Männer nach Burra zurückkehren?«

»Einige sind schon wieder da, obwohl nur wenige wieder als Bergleute arbeiten. Ayers ist überzeugt, dass die meisten zurückkommen. Goldsucher waren draußen in der Hoffung, in Südaustralien ein Goldfeld zu finden.«

»Davon hat mein Mann gesprochen. Bis jetzt waren sie nicht erfolgreich.«

»Und ich glaube auch nicht, dass sie Erfolg haben werden. Dies hier ist Kupferland, kein Goldland.«

Sie sprachen weiter über die Stadt und die Menschen, die noch da waren, über die, die weggegangen waren, und die, die, reich geworden durchs Gold oder mit leeren Händen, zurückgekehrt waren.

Jane saß da, hörte zu und staunte, dass Meggans Eltern sie so fraglos akzeptierten. Henry Collins mochte sie sofort, er war vom selben Schlag wie ihr Adoptivvater. Bei Joanna Collins war sie sich, trotz der freimütig gewährten Gastfreundschaft, nicht so sicher.

Es konnte nicht ausbleiben, dass Jane ins Gespräch mit einbezogen und nach ihrem Leben gefragt wurde. Als sie erzählte, wie die

Wintons sie gefunden hatten, spürte sie, dass ihre Mutter und sie mit derselben Großzügigkeit aufgenommen worden wären, wenn die Collins sie gefunden hätten. Trotzdem war sie froh, dass Meggan im Voraus einen Brief geschrieben und ihr Kommen angekündigt hatte.

Ein Windstoß rüttelte an den Fenstern, und der Regen ließ nicht nach.

»Wenn es weiter so regnet, müsst ihr uns für mehr als eine Nacht beherbergen. Ich möchte Mills nicht bitten, uns noch einmal bei so einem Wetter zu kutschieren.«

Mills war in die Stadt zurückgekehrt, um die Pferde und die Kutsche in einem Stall unterzustellen und sich ein Zimmer zu suchen.

»Ich verstehe nicht, warum du nach Grasslands gehst«, sagte Joanna. »Du solltest bei uns bleiben. Wir sind deine Eltern.«

»Ja, Ma, ich weiß, dass es dir lieber wäre, ich würde hierbleiben, aber ich würde den Anblick der Grube nicht ertragen. Ich muss aufs Land, wo Frieden und weite Landschaft sind.«

»Vergiss nicht, Joanna, unsere Meggan ist früher schon gerne übers Moor gestreift.«

»Meggan ist kein Kind mehr. Sieh sie dir doch an, eine Dame ist sie.«

»Innendrin bin ich immer noch derselbe Mensch, Ma. Wenn ich je die Gelegenheit hätte, übers Moor zu streifen, würde ich es, glaube ich, tun.«

Meggan sah die Wehmut in den Augen ihrer Mutter, bemerkte, dass sie ihrem Vater einen raschen Blick zuwarf, und beobachtete einen harten Zug um seinen Mund.

»Geht ihr je nach Cornwall zurück?«

»Deine Mutter würde gerne. Ich hingegen finde keinen überzeugenden Grund, die Reise anzutreten.«

Als der beständige kalte Wind die Regenwolken zwei Tage später vertrieben hatte, fuhr Mills Meggan und Jane hinaus nach Grasslands. Diesmal waren die Rollos der Kutsche aufgerollt, und die Frauen konnten die vorüberziehende Landschaft betrachten.

»Ich bin diesen Weg so oft gefahren«, sagte Meggan, »dass ich das Gefühl habe, nach Hause zu kommen. Ich freue mich sehr darauf, die Zwillinge wiederzusehen.«

»Ich frage mich, was die Kinder von mir halten werden?«

»Sie werden Sie wahrscheinlich für die aufregendste Person halten, der sie je begegnet sind. Barney wird mit den Tierspuren prahlen, die er unterscheiden kann. Er erwartet sicher, dass Sie ihm noch mehr zeigen können. Er interessiert sich für alles. Sarah ist auf ihre stille Art auch sehr interessiert.«

»Sie mögen sie sehr, Meggan.«

»Sie werden sie auch bald ins Herz schließen.«

Barney wartete am Tor, um es für die Kutsche zu öffnen und, als Mills hindurchgefahren war, wieder zu schließen. Meggan öffnete den Kutschenschlag, beugte sich hinaus und half ihm hereinzuklettern.

»Ich habe die Kutsche kommen sehen«, sagte er, »und wollte der Erste sein, der Sie willkommen heißt.«

»Und wo bleibt dann mein Willkommen?« Meggan streckte die Arme aus.

Barney umarmte sie stürmisch. »Ich bin froh, dass Sie wieder da sind. Wir haben Sie vermisst. Die Dame, die nach Ihnen kam, war ziemlich schrecklich. Sie hat nie mit uns gespielt oder uns erlaubt, Spaß zu haben. Wir waren froh, als sie wieder ging.« Er kicherte. »Versprechen Sie mir, es nicht meinen Eltern zu verraten, wenn ich Ihnen ein Geheimnis erzähle?« Meggan nickte. »Sarah und ich haben alles getan, damit es dazu kommt.«

»Das war nicht sehr nett von dir, Barney.«

»Na, sie war auch nicht besonders nett.«

»Zu Jane wirst du aber nicht ungezogen sein, oder?«

»O nein.« Er schaute zu Jane hinüber. »Ich mag Sie. Sie sind Meggans Freundin. Meggan hat bestimmt keine Freundinnen, die nicht nett sind. Sind Sie wirklich eine Aborigine?«

»Barney, sei nicht unhöflich.«

»Die Frage ist ganz natürlich, Meggan. Ja, Barney, ich bin eine Aborigine.«

»Können Sie einen Bumerang werfen?«

Jane lachte. »Nein, Barney, nur Männer werfen Bumerangs.«

»Oh.« Er war niedergeschlagen. »Ich hatte gehofft, Sie könnten mir beibringen, wie man ihn so wirft, dass er wieder zurückkommt.«

»Nein. Tut mir leid, Barney.«

Die Kutsche hielt vor dem Haus, wo Mr. und Mrs. Heilbuth mit Sarah auf sie warteten, um sie willkommen zu heißen. Sarah stürzte sich sofort in Meggans Arme. Wie sie das Kind so in den Armen hielt, spürte Meggan Tränen in den Augen. Sie hatte die Zwillinge vermisst. Mrs. Heilbuth umarmte sie, und Mr. Heilbuth gab ihr einen Kuss auf die Wange.

»Wir freuen uns so, Sie wieder bei uns zu haben, Meggan, selbst unter so traurigen Umständen.«

»Ich bin Ihnen sehr dankbar, dass Sie mich gebeten haben, zu Ihnen zu kommen.« Sie wandte sich um, um Jane an der Hand zu nehmen und sie nach vorne zu führen. »Dies ist Jane, von der ich Ihnen geschrieben habe. Jane, dies sind Mr. und Mrs. Heilbuth und Sarah, die Zwillingsschwester des kleinen Barney.«

»Wie geht es Ihnen?«, sagte Jane leise. »Ich weiß nicht, wie ich Ihnen danken soll, dass Sie mir erlauben, Meggan zu begleiten.«

»Sie müssen uns nicht danken. Als Meggan uns von Ihrer Notlage schrieb, waren wir uns sofort einig, dass Sie mit ihr herkommen müssen. Nun, Meggan, wir haben für Sie das Gästezimmer hergerichtet, und Jane kann Ihr altes Zimmer neben den Zwillingen haben.«

Sarah folgte Meggan ins Gästezimmer. »Sind Sie wieder unser Kindermädchen?«

»Nein, Jane wird euer neues Kindermädchen.«

»Aber vielleicht mag ich sie nicht. Ich möchte, dass Sie sich wieder um uns kümmern.«

»Ich werde immer eure Freundin bleiben.«

»Lesen Sie uns auch Geschichten vor und spielen mit uns?«

»Selbstverständlich.«

»Dann sind Sie auch unser Kindermädchen.«

Meggan setzte sich aufs Bett und zog Sarah in ihre Arme. »Sarah, Schatz, ich werde eines Tages wieder weggehen. Jane hat sonst niemanden, zu dem sie gehen kann. Sie bleibt in Grasslands, um sich um euch beide zu kümmern und eurer Mama zu helfen.«

»Sie könnten doch beide unsere Kindermädchen sein«, erklärte Sarah mit der Logik eines Kindes und krabbelte von Meggans Schoß. »Ich helfe Ihnen, die Sachen wegzuräumen.«

Das Mädchen begeisterte sich für die Kleider, die Meggan auspackte. »Sie haben aber viele schöne Kleider. Hat Jane auch schöne Kleider?«

»Ja, Jane hat sehr schöne Kleider, wenn auch nicht so viele wie ich. Sie hat auf einer Farm gelebt wie deine Familie, und deswegen hat sie mehr praktische Kleider für jeden Tag.«

»Ich wünschte, ich hätte auch Kleider mit Spitzen und Bändern.«

»Wenn du eines Tages ein solches Kleid brauchst, wirst du auch eines bekommen.« Meggan holte ein schlichtes Kleid aus grauer Seide aus dem Koffer. »Siehst du, Sarah, nicht alle meine Kleider sind mit Bändern und Spitzen besetzt.«

Sarah schmollte. »Ich würde Sie gerne in einem Ihrer hübschen Kleider sehen.«

Meggan lächelte freundlich. »Eines Tages wirst du das.« Ihre Kleider würden noch einige Monate ungetragen bleiben, denn ihre Figur veränderte sich jetzt schnell.

Als sie mit dem Auspacken fertig war, ging Meggan mit Sarah in Janes Zimmer, wo sie Barney trafen, der sie mit endlosen Fragen plagte. Er wandte sich aufgeregt an seine Zwillingsschwester.

»Weißt du was? Als Jane klein war, hat sie im Busch gelebt. Sie mussten jagen, um etwas zu essen zu haben. Jane kann mit uns jagen gehen.«

Sarah sah ihn zweifelnd an. »Ich will nicht jagen. Da muss man den Tieren doch wehtun.«

»Ich nehme keinen von euch mit zur Jagd. Aber ich kann euch zeigen, welche Buschnahrung man draußen finden kann.«

»Können Sie mir noch ein paar Tierspuren beibringen?«

»Ja, sicher.« Sie lächelte Meggan an. »Der Bursche hier hört ja gar nicht mehr auf zu fragen.«

Meggan lachte. »Ich habe Sie gewarnt.«

»Weswegen haben Sie die Frau gewarnt?«

»Nicht ›die Frau‹, Barney, ›Jane‹.«

»Tut mir leid.«

»Ich habe Jane gesagt, dass du ihr ein Loch in den Bauch fragen würdest.«

»Weil ich ›wissierig‹ bin, nicht wahr?«

Meggan lachte wieder und fuhr ihm durch die Haare. »Das weißt du noch, nicht wahr? Ist Cookie in der Küche? Ich würde ihr gerne Guten Tag sagen.«

»Wir haben auch neue Welpen. Lady hat jetzt Welpen. Mögen Sie Hunde, Jane?«

»Ich mag Welpen.«

»Dann kommen Sie.«

Sie gingen zusammen hinaus in den Küchenhof. Als sie Lady mit ihren vier flauschigen schwarz-weißen Welpen, die um sie herumtollten, auf dem Sackleinen liegen sah, hatte Meggan fast ein Déjà-vu-Erlebnis. Sie konnte Con sehen, wie er, amüsiert über Barneys Fragen, an der Wand lehnte. Sie sah ihn neben den Kindern knien und dem Jungen den Unterschied zwischen Welpenjungen und Welpenmädchen erklären. Wie lange das her zu sein schien.

Als die Welpen angemessen bewundert und gestreichelt worden waren, sprangen die Kinder vor Meggan und Jane in die Küche. Cookie nahm Meggan warm in die Arme.

»Es ist so schön, Sie zu sehen, Meggan. Die beiden haben keinen Tag aufgehört, von Ihnen zu reden.«

»Cookie, das ist Jane Winton, das neue Kindermädchen der Zwillinge.«

Cookie taxierte die junge Aborigine kurz. Sie war mit Aboriginal-Dienstpersonal im Haus aufgewachsen und war mit den Aboriginal-Kindern befreundet gewesen. Jane war anders als alle, die sie gekannt hatte. Die junge Frau war schön, und sie trug nicht die schlichten, billigen Kleider, die man Aboriginal-Dienstboten gemeinhin gab. Hinter dem schönen Gesicht sah Cookie einen intelligenten, freundlichen und seelisch starken Menschen. Jane war ein Mensch, den man hoch schätzen musste.

»Sie sind hier sehr willkommen, Jane. Wenn die beiden Ihnen Schwierigkeiten machen, sagen Sie mir nur Bescheid.«

»Vielen Dank. Und vielen Dank, dass Sie mich so herzlich aufnehmen. Ich bin wirklich froh, dass ich dank Meggan herkommen konnte.«

Cookie schenkte für sie drei Tee ein, schnitt Teekuchen auf und stellte für die Zwillinge Kekse und Milch auf den Tisch.

»Was Ihrem Mann zugestoßen ist, war schrecklich, Meggan.«

»Was ist passiert?« Diesmal war Sarah diejenige, die die Frage stellte, die ihr Bruder jedoch gleich beantwortete.

»Mama hat es uns erzählt. Meggan hat ihn verloren und ihn nicht wiedergefunden.«

Die drei Frauen tauschten erstaunte und amüsierte Blicke.

»Ich habe ihn nicht wirklich verloren, Barney.«

»Was ist mit ihm passiert? Ist er weggegangen?«

»Nein, Barney. Er ist gestorben.«

»Oh.« Der Junge runzelte die Stirn. »Dann hat Mama aber gelogen. Sie hat gesagt, Sie hätten Mr. Westoby verloren. Ich wollte Ihnen helfen, ihn wiederzufinden.«

Um die Tränen in ihren Augen zu verbergen, nahm Meggan Barney in die Arme. »Das ist sehr lieb von dir, Schatz. Deine Mutter hat nicht gelogen. So sagen die Leute einfach, wenn jemand gestorben ist. Sie sagen, man hat jemanden verloren.«

»Das ist dumm. Wie ist er gestorben?«

»Bei einem Unfall, Barney, und mehr werde ich dir darüber nicht erzählen.«

Eine Woche später hatte das Leben in Grasslands in einen entspannten Rhythmus gefunden. Für Meggan war es, als wäre sie nach Hause gekommen. Grasslands war für sie immer mehr ein Zuhause gewesen als das Cottage in Burra, Mrs. Heilbuth war immer mütterlicher gewesen als ihre eigene Ma. Mrs. Heilbuth war ganz aufgeregt wegen des Babys, das sie erwartete. »Sie werden eine kleine Seele haben, die Sie an Ihren Mann erinnert.« Meggan wusste, dass sie ihr niemals die Wahrheit sagen konnte.

Mrs. Heilbuths Fragen, ob sie Pläne habe, ihre Karriere fortzusetzen, konnte sie jedoch ehrlich beantworten. »Ich weiß es nicht, Mrs. Heilbuth. Ohne David hätte ich nie den Erfolg erreicht, den ich hatte. Ich habe das Gefühl, ihm alles zu verdanken. Eine innere Stimme sagt mir, ich solle fortfahren zu Ehren all dessen, was er für mich getan hat. Obwohl ich nicht glaube, dass ich den Mut habe, ohne ihn an meiner Seite weiterzumachen. Dann ist da das Baby. Mein Kind hat keinen Vater mehr, und deshalb muss ich immer für ihn da sein.«

»Dann hoffen Sie auf einen Sohn?«

»Tut das nicht jede Frau?«

Ein Sohn wäre in jeder Hinsicht eine Miniaturausgabe seines Vaters, sodass sie für den Rest ihres Lebens eine kostbare Erinnerung an den Mann hätte, den sie immer lieben würde.

Die Zwillinge fanden, Jane sei das beste Kindermädchen der Welt, außer Meggan natürlich, die in ihren Herzen immer den ersten Platz einnehmen würde. Sie erklärten, sie wären froh, dass Jane bleiben würde, um sich um sie zu kümmern, wenn Meggan sie verließe. Die Freundschaft zwischen Meggan und Jane wuchs mit jedem Tag. Mrs. Heilbuth war entzückt, als Jane ein leidenschaftliches Interesse für den Prozess der Käseherstellung an den Tag legte.

Am Ende der Woche wusste Jane, dass sie niemals wieder fortgehen wollte. Hier, umgeben von der Wärme dieser Familie, weit weg von Engstirnigkeit und Misshelligkeiten, konnte sie wieder glücklich sein. Hier würde sie das Entsetzen von Joshuas Vergewaltigung hinter sich lassen können. Sie würde nicht zulassen, dass die Erinnerungen sie Tag und Nacht heimsuchten, auch wenn sie es nie vergessen würde. Genauso wenig, wie sie ihr Versprechen vergessen würde. Wenn sie Joshua Winton je wiedersah, würde sie ihn töten.

Die Wintermonate vergingen, und die Tage wurden wieder wärmer. Hellgrüne Triebe an Bäumen und Sträuchern kündigten die neue Wachstumsperiode an. Flaumige gelbe Blüten bedeckten die Akazien, deren süßer Duft schwer in der Luft lag.

Je weiter die Schwangerschaft voranschritt, desto müder wurde Meggan und war es zufrieden, halbe Tage müßig zuzubringen. Wenn das kleine Wesen in ihrem Bauch sich rührte, legte sie manchmal eine Hand dahin, wo die Bewegung zu spüren war. Dann wusste sie, dass sie ihr ungeborenes Kind jetzt schon ungestüm liebte. Auch wenn das ein egoistischer Gedanke war, war sie froh, dass sie Cons Kind ganz für sich haben würde.

Einen Teil des Tages verbrachte sie damit, regelmäßige Korrespondenz mit dem Anwalt Mr. Reilly zu führen, der Davids Angelegenheiten regelte. Meggan war noch dabei, das Ausmaß der Geschäftsanteile ihres verstorbenen Ehemanns zu erkunden. All das und Davids Besitztümer gehörten jetzt ihr. Abgesehen davon, dass sie akzeptieren musste, von jetzt an eine wohlhabende Frau zu sein, hatte Meggan im Augenblick keine Vorstellung, was sie mit den Aktien, die sie besaß, machen sollte. Sowohl Mr. Reilly als auch Mr. Harrison von der Bank drängten sie zu verkaufen. Letzten Endes war das wohl das Klügste. Doch vorerst konnte sie sich zu keiner Entscheidung durchringen, und so wies sie Mr. Reilly an, alles solle so weiterlaufen wie bisher.

In den ersten Wochen in Grasslands schrieb sie Dankesbriefe an die Trauernden, die Davids Beerdigung beigewohnt hatten, und an andere, die ihr Beileid in Brieform ausgedrückt hatten. Doch einen Menschen gab es, dem sie nicht schreiben konnte. Den Menschen, den sie, wenn auch ohne jede Logik, für Davids Tod verantwortlich machte.

Davids Leichnam war von der Straße aufgehoben und ins städtische Leichenschauhaus gebracht worden, und Mills und Mrs. Mills hatten sie zur Identifikation begleitet. Sie bestanden darauf, sie könne sich einer solchen Aufgabe unmöglich allein stellen, ohne jemanden zu haben, der ihr beistand. Am Ende war sie diejenige gewesen, die die völlig aufgelöste Haushälterin hatte trösten müssen. Der Schock war Meggan so in die Glieder gefahren, dass sie viele Tage lang keine Tränen vergoss.

Davids Gesicht war unverletzt. Die Räder der Kutsche hatten seinen Körper zermalmt. Meggan hatte beim Anblick der Leiche gar nichts empfunden. Diese hagere Gestalt mit gelblicher, blutleerer Haut, die sich stramm über die Knochen des Gesichts zog, war nur eine makabre Karikatur des Mannes, der ihr Ehemann gewesen war.

In dem Augenblick, da sie sich abwandte, verbannte sie das Bild der Leiche aus ihrem Kopf. So wollte sie David nicht in Erinnerung behalten. Sie würde nur an seine Güte und Freundlichkeit denken und an die friedliche Zeit, die sie zusammen erlebt hatten. Sie würde sich an die zärtliche Liebe erinnern, die er ihr gegeben hatte. Eine Liebe, die sie in vollem Maße erwidert hatte. Sein Tod hinterließ in ihrem Leben eine nicht zu schließende Lücke.

Bei ihrer Rückkehr machte Mrs. Mills sich unter Tränen daran, eine Kanne erquickenden Tee zu kochen, und Meggan sah die persönlichen Dinge ihres Mannes durch, die man ihr ausgehändigt hatte. Unter ihnen fand sie ein Saphirarmband.

Am Tag der Beerdigung trug sie es, ungeachtet dessen, was andere denken mochten, über dem schwarzen Handschuh an ihrem Handgelenk. Das Armband war das letzte Geschenk ihres Ehemannes, und sie würde es zum letzten Abschied tragen. Madame Marietta unterstützte Meggan uneingeschränkt in dieser Entscheidung, Mrs. Harrison verfocht ihrer Natur gemäß die gegenteilige Position.

»Ha!«, erklärte Madame, als die meisten Trauernden gegangen waren. »Die werden sich mächtig das Maul zerreißen. Dumme Frauen, alle zusammen, die nichts anderes haben im Leben als die Kinder, die sie ihren Männern gebären.«

Meggan war zu müde, um ihr zuzustimmen oder zu widersprechen, und sagte gar nichts. Madames Groll gegen Frauen, die Kinder bekamen, gefiel ihr nicht recht.

»Ich hatte ihm noch gar nicht von dem Baby erzählt.« Sie war nicht stolz darauf, aber sie war erleichtert, dass sie ihm diesen Schmerz erspart hatte. Jetzt spielte es keine Rolle mehr. »Wenn ich es ihm an dem Abend erzählt hätte, als ich es vorhatte ...« Der Satz blieb unvollendet. Wenn sie doch nur weinen könnte. Wenn doch nur diese schreckliche Taubheit von ihr abfiele.

»Sie müssen sich nicht aufregen, Meggan. Ihr Mann hat es gewusst.«

»Was?« Madames Worte rissen Meggan aus ihrer Teilnahmslosigkeit. »Sie haben es ihm gesagt?«

Madame besaß zumindest so viel Gewissen, ein reumütiges Gesicht zu machen. »Ich habe ihm bei die Juwelier getroffen. Er bat mich um mein Meinung, ob er die Armband kaufen solle. Ich fragte ihn, ob die Armband ein spezielles Geschenk für die Baby sei.«

»Das haben Sie ihn gefragt?«

»Es war ein ganz natürlich Frage.« Madame breitete verteidigend die Hände aus. »Ich wusste nicht, dass Sie es ihm verheimlicht hatten.«

Meggan wurde ganz übel. »Was hat David darauf gesagt?«

Madame wurde nervös. »Vielleicht war er ein bisschen überrascht. Ich erinnere mich nicht. Ich habe die Laden sofort verlassen. Ich habe nicht einmal die Unfall gesehen.«

»Sie haben den Laden eiligst verlassen, weil Ihnen klarwurde, was Sie getan hatten. Vielleicht ist Ihnen sogar gedämmert, warum ich es ihm noch nicht gesagt hatte. Wie konnten Sie so gedankenlos sein?«

»Jetzt geben Sie mir den Schuld an Ihren Indiskretion. Das kann ich nicht akzeptieren. Ich gehe.«

»Ja, bitte gehen Sie, Madame. Ich möchte allein sein.«

Zeugen hatten ausgesagt, David habe gedankenverloren gewirkt und sei der Gefahr nicht gewahr gewesen, als er auf die Straße trat. Im abgedunkelten Zimmer liegend, wusste Meggan ohne jeden Zweifel, dass Madames unachtsame Worte der Grund für Davids Tod gewesen waren. Auch sie selbst hatte Schuld am Tod ihres Mannes. Dieses Kreuz würde sie immer tragen. Von diesem Tag an hatte sie sich bis zu dem Augenblick, da Adam Winton mit Jane vor der Tür stand, geweigert, Besucher zu empfangen.

Mr. und Mrs. Mills schützten ihre Privatsphäre mit allen Mitteln. Und wann immer Mrs. Mills die Schluchzer hörte, die klangen, als rissen sie ihre junge Herrin entzwei, war sie zur Stelle, um die Fluten mit einer Tasse starkem, süßem Tee einzudämmen und Meggan so viel Trost zu bieten, wie diese annehmen mochte.

Eines, was Meggan mit ihrem ererbten Wohlstand tun wollte, war, ihren Eltern einen behaglichen Lebensstil zu ermöglichen.

»Du musst nicht mehr arbeiten, Pa.«

»Was soll ich denn den ganzen Tag machen, wenn ich nicht mehr in die Grube gehen kann?«

»Du kannst tun, was du willst, Pa. Ich kann euch ein sorgenfreies und behagliches Leben bereiten, wo auch immer ihr leben wollt. Ich weiß, dass du immer gesagt hast, du würdest gerne reisen, um neue Orte zu sehen. Jetzt kannst du reisen.«

»Ich bin jetzt älter, Meggan. Ich ziehe nicht mehr durch die Welt.«

»Denk darüber nach«, fügte Joanna flehentlich hinzu. »Wir könnten nach Hause zurückkehren.«

»Zurück nach Cornwall? Nein, Joanna, das ist nichts mehr für uns. Australien ist jetzt unsere Heimat. Das andere Leben haben wir hinter uns gelassen.«

»Vielleicht du und die Kinder. Ich bin hier nie heimisch geworden.«

Henry warf seiner Frau einen scharfen Blick zu. »Das ist allein deine Schuld. Du hast dich in deiner Religion vergraben und alle, die gerne mit dir Freundschaft geschlossen hätten, von dir gewiesen.«

Die Härte in den Worten ihres Mannes, die selten zu hören war, ließ Joanna erbleichen. Sie verteidigte sich. »In Cornwall würde ich Freunde finden.«

»Was bedeuten mir Freunde, wenn Meggan und unsere Söhne in Australien sind?«

»Wie oft bekommen wir denn Post von unseren Söhnen?«

»Wir sind immerhin auf demselben Kontinent. Das allein zählt. Ich möchte nicht wie Phillip Tremayne werden, der ans andere Ende der Welt schickt, um seinen Sohn zu finden, bevor er vor seinen Schöpfer tritt.«

Die Erwähnung von Phillip Tremayne brachte Joanna zum Schweigen. Sie nahm ihre Näharbeit wieder auf und überließ Vater und Tochter das Gespräch. Ihre Worte drangen kaum in ihr Bewusstsein, denn sie war in Gedanken völlig mit der Vorstellung beschäftigt, in das Land ihrer Väter zurückzukehren. Die Sehnsucht, nach Hause zurückzukehren, hatte sie in den Jahren, die sie in Burra gelebt hatten, mit aller Macht unterdrückt. Da sie bis dato nie genug Geld gehabt hatten, eine solche Reise zu unternehmen, hatte sie auch nie über ihren Wunsch gesprochen. Jetzt jedoch hätte sie sich dank der Großzügigkeit ihrer Tochter diesen Traum erfüllen können. Wenn sie ihren Mann doch nur überreden könnte.

Jedes Mal, wenn Meggan ihre Eltern sah, flehte sie ihren Vater an, die Arbeit in der Grube aufzugeben.

»Wenn der rechte Augenblick kommt, Meggan«, antwortete er darauf stets.

»Und wann soll das sein, Pa? Wenn du nicht mehr arbeiten kannst?«

»Ich bin Bergmann, bis ich etwas anderes finde, womit ich meine Tage füllen kann. Ich bin kein Mann für den Müßiggang.«

»Wenn ich dich nicht überzeugen kann, die Arbeit in der Grube aufzugeben, Pa, dann lass mich Ma das Geld geben, um einen Urlaub in Cornwall zu machen, ja?«

»Meinst du das ernst, Meggan?«, rief Joanna überrascht.

»Ja, Ma. Ich würde dir eine Kabine buchen und mich um alles kümmern. Du bräuchtest es nur noch zu genießen.«

Die strahlende Freude in Joannas Gesicht wich rasch einem Stirnrunzeln. »Ich möchte nicht allein reisen. Dein Pa will mich nicht begleiten.« Sie warf ihrem Mann einen fragenden Blick zu, der mit dem erwarteten Kopfschütteln beantwortet wurde.

»Ich könnte dich begleiten, Ma.« Der Gedanke, ihre Mutter auf der Reise zu begleiten, kam ihr just in diesem Augenblick.

»Du kannst in deinem Zustand unmöglich reisen, wo das Baby schon so bald kommt.«

»Nein, Ma. Die Reise würde warten müssen, bis das Baby mindestens sechs Monate alt ist.«

Die andere Freude in Meggans Leben in den Monaten des Wartens auf die Niederkunft war es, Jane in die Welt der Romane einzuführen. Eines Nachmittags hatte Jane Meggan nach dem Titel des Buches gefragt, das sie gerade las. Zufällig war es an diesem Nachmittag *Verstand und Gefühl* von Miss Austen.

»Ich habe noch nie einen Liebesroman gelesen«, erklärte Jane.

»Noch nie? Was haben Sie denn gelesen?«

»Ich habe zwei Bücher von Charles Dickens gelesen. Sie haben Adam gehört. Davon abgesehen gab es bei uns nur Zeitschriften und ab und zu einmal eine Zeitung.« Sie lächelte. »Ich habe jedes Wort verschlungen. Der Rest der Familie fand mich seltsam. Keiner hat sich fürs Lesen interessiert.«

»Haben sie Ihnen niemals Bücher gekauft?«

»Ich habe nicht darum gebeten. Und da sie sich nicht für Romane interessierten, ist niemand auf den Gedanken gekommen, für mich Bücher zu kaufen.«

»Sie müssen sich meine Bücher ausborgen, wann immer Sie wollen. Kommen Sie mit. Ich gebe Ihnen *Stolz und Vorurteil* zu lesen. Es wird Ihnen bestimmt gefallen.«

Jane fand so viel Gefallen an dem Buch, dass sie es immer wieder las.

»Wenn ich einen Sohn bekomme«, erklärte sie, »taufe ich ihn Darcy.«

Meggan, Jane und die Zwillinge machten gerade einen Spaziergang am Bach, als bei Meggan das Fruchtwasser abging. Plötzlich wurden ihre Beine ganz nass, was sie gleichermaßen schockierte wie beunruhigte. Sie blieb stehen, denn sie wusste nicht, was mit ihr geschah. Jane drehte sich um, um zu schauen, warum Meggan stehen geblieben war, und schickte die Kinder rasch einige Wildblumen in der Nähe pflücken.

»Was ist, Meggan?«

»Ich bin ganz nass. Es läuft mir an den Beinen hinunter.«

Jane keuchte auf. »Wir müssen zurück. Das Baby kommt.«

»Woher wissen Sie das? Ich habe doch noch gar keine Wehen.«

»Das Fruchtwasser ist abgegangen. Hat Ihnen niemand gesagt, dass das passiert?«

Meggan schüttelte den Kopf. »Ich hatte keine Ahnung. Haben wir genug Zeit, zum Haus zurückzukehren? Jane«, plötzlich zitterte ihre Stimme vor Panik, »ich habe keine Ahnung, was mich erwartet.«

»Ich zum Glück schon. Als meine Mutter noch lebte, ich meine, meine leibliche Mutter, hat sie den Aboriginal-Frauen im Lager geholfen, ihre Kinder zur Welt zu bringen. Barney, Sarah, kommt, wir gehen zurück zum Haus.«

Mrs. Heilbuth steckte Meggan sofort mit viel Getue ins Bett. Cookie stellte zusätzliche Kessel mit Wasser auf den Herd. Bertie, der Stallbursche, wurde nach Burra geschickt, um die Hebamme und Meggans Eltern zu holen. Meggan lag im Bett und fühlte sich vollkommen wohl. Jane setzte sich zu ihr, sobald Mrs. Heilbuth die Zwillinge übernommen hatte.

»Hatten Sie schon Wehen?«

»Ein paar ganz schwache.«

»Das ist noch gar nichts. Wenn die Geburtswehen einsetzen, Meggan, dann werden Sie nicht mehr zweifeln, was das ist.«

Meggan aß ihr Abendessen im Bett und überlegte immer noch, wann die Niederkunft wohl anfangen würde. Ihre Erfahrung bis dahin war ganz anders als die Geschichten über Geburten, die man ihr erzählt hatte. Als ihr gegen zehn Uhr die Augen schwer wurden, dachte sie schon, Jane habe sich geirrt.

»Ich glaube, mein Baby ist noch nicht bereit, geboren zu werden, Jane. Ich dachte, es käme Mitte des Monats.«

»Wir müssen hoffen, dass es bereit ist, geboren zu werden, Meggan.«

»Sie machen sich Sorgen, Jane.«

»Ja. Wenn sich bis morgen früh nichts tut, müssen wir den Arzt holen. Ich weiß nicht, was mit dem Baby passiert, wenn es, jetzt wo das Fruchtwasser abgegangen ist, noch im Bauch bleibt, Meggan.«

»Weiß die Hebamme das? Ist sie schon da?«

»Noch nicht. Vielleicht ist sie bei einer anderen werdenden Mutter.«

»Jane, ich muss dieses Baby gesund zur Welt bringen. Ich würde es nicht ertragen, wenn ihm etwas zustieße.«

»Scht jetzt. Ich hätte nichts sagen sollen. Machen Sie sich keine Sorgen, Meggan, ich weiß, was zu tun ist, wenn die Wehen losgehen. Wir müssen nur hoffen, dass sie bald einsetzen. Ich schlafe nebenan. Sie sollten auch schlafen.«

Obwohl sie dachte, sie würde wach bleiben und darauf warten, dass die Geburt begann, schlief Meggan tief und fest und träumte, bis ein schrecklicher Schmerz im Bauch sie keuchend weckte. Das, dachte sie, hat Jane also gemeint. Beim zweiten Schmerz ballte sie die Hände zu Fäusten. Es heißt, das kann mehrere Stunden dauern. So lange ertrage ich das nicht. Die dritte Wehe war noch stärker.

»Jane!«, schrie sie. »Jane!«

Jane war im Nu an ihrer Seite und mahnte sie, ruhig zu bleiben.

Meggan warf den Kopf hin und her. »Ich kann nicht, Jane.« Eine weitere Wehe ließ sie laut aufschreien.

Jane warf rasch die Bettdecke zurück, zog Meggans Nachthemd hoch und beugte ihre Knie. »Ich kann schon den Kopf sehen. Ihr Baby braucht jetzt nicht mehr lange. Oh, Mrs. Heilbuth, halten Sie Meggans Hand, sie muss sich an irgendetwas festhalten.«

Niemals hätte sie sich solche Schmerzen vorstellen können. Meggan keuchte und schwitzte, schrie jedoch nicht mehr laut auf.

»Sie können ruhig schreien, meine Liebe«, sagte Mrs. Heilbuth.

Meggan schüttelte den Kopf und biss die Zähne zusammen.

Doch der Schmerz schien ihren ganzen Körper erfasst zu haben. Mit der linken Hand zerquetschte sie Mrs. Heilbuths Hand, mit der rechten hielt sie sich an der Bettkante fest. Ein Schmerzensschrei entrang sich ihr.

Plötzlich war alles vorbei. Fünf Minuten nach Mitternacht hielt Meggan ihre Tochter in den Armen. Sie staunte, wie winzig und perfekt sie war, die kleinen Finger mit den winzigen Nägeln. Sie berührte ihr Gesicht, das Cons so ähnlich war, und erfuhr eine Liebe, wie sie noch nie eine empfunden hatte. Als der winzige Mund sich um ihre Brustwarze schloss, um zu saugen, war sie fast überwältigt von dem Wunder, das ihre Tochter war.

Henry Collins hatte Nachtschicht. Auf der 50-Lachter-Sohle arbeiteten neue Männer, Männer, in die er wenig Vertrauen hatte, obwohl es kornische Bergleute waren. Sie waren als Gedingearbeiter eingestellt und unter Tage geschickt worden, um ein neues Vorkommen aufzuhauen. Bei den ständigen Wasserproblemen in den tiefsten Schächten wurde in den höheren Abbausohlen jede Unze Kupfer gesucht. Henry Collins stieg ab, um ihre Arbeit zu überwachen.

Die erste Sprengung war erfolgreich gewesen, jetzt wurde der Schutt beiseitegeschaufelt. Henry inspizierte den freigelegten Erzgang.

»Was meinen Sie, Käpt'n Collins?«, fragte einer der Männer.

»Der Kupferflöz läuft mehr nach Süden. Setzen Sie da drüben noch eine Ladung.«

Er nahm seine Taschenuhr heraus, um nach der Zeit zu schauen. Die Zeiger standen auf fünf Minuten vor Mitternacht. Er überließ den Gedingearbeitern das Bohren und das Setzen der Sprengladungen und krabbelte durch einen niedrigen Zugang im Fels zu einem anderen Vorkommen. An diesem Vorkommen waren die Erzgedingehauer mit schweren Keilhauen am Werk, das Erz zu brechen. Er sprach mit den Männern der Kameradschaft, bevor er eine kleine Keilhaue zur Hand nahm und sich an der anderen Seite des Gangs zu schaffen machte.

Die Explosion erschütterte die Erde unter ihnen, um sie herum und über ihnen. Zu Eis erstarrt, tauschten Henry und die Erzgedingehauer ängstliche Blicke.

»Die Dummköpfe haben zu viel Sprengstoff genommen«, schrie Henry. »Kommt, Männer, sie brauchen wahrscheinlich Hilfe.«

Henry erreichte den Verbindungszugang als Erster. Er war auf Händen und Knien; Kopf, Arme und Oberkörper steckten schon in dem schmalen Gang. Es gab kein Geräusch, kein ominöses Knacksen, keine Warnung. Die Felswand über seinem Kopf brach einfach zusammen.

Alle hielten es für das Beste, Meggan die Nachricht zu verschweigen. Alle, außer Joanna.

»Meggan wird wissen, dass etwas nicht stimmt, wenn ihr Pa sie nicht besucht. Wir sagen ihr besser die Wahrheit.«

Diese Worte hatte sie zu Mr. Heilbuth in den sonnigen Stunden des Vormittags gesagt, während die Männer immer noch damit zugange waren, den Bergsturz wegzuräumen und Captain Collins' Leiche zu bergen.

Mr. Heilbuth hatte die Hebamme zurück in die Stadt gefahren. Die gute Frau war erst eine Stunde nach der Geburt nach Grasslands gekommen. Sie hatte versichert, dass alles so war, wie es sein sollte, hatte Jane mit einem rechten Maß an Neugier betrachtet und einen bärbeißigen Kommentar über ihre Geschicklichkeit abgegeben.

Als Mr. Heilbuth die Hebamme an ihrem Haus abgesetzt hatte, war er zur Grube gefahren, um Henry und Joanna Collins mitzunehmen, damit sie ihre Tochter und ihr Enkelkind besuchen konnten. Erst als er an die Grube kam, erfuhr er von der Tragödie. Der Anblick der Männer und Frauen, die sich um das Fördergerüst drängten, sagte ihm alles, noch bevor er nah genug bei ihnen war, um ihre ernsten Mienen zu erkennen und die Taschentücher, mit denen Tränen weggewischt wurden.

Er band das Pferd mit der Kutsche etwas abseits an, um sich den Leuten zu Fuß zu nähern.

»Was ist passiert?«, fragte er einen Mann am Rand der Gruppe.

»Bergsturz. Hat Käpt'n Collins erwischt.«

»Gütiger Himmel! Er ist doch nicht tot, oder?«

»Schätze schon, so sicher wie das Amen in der Kirche.«

»Wo ist Mrs. Collins?«

Der Mann wies mit einem Nicken auf die andere Seite des Schachts. Mr. Heilbuth schob sich durch die wartende Menschenmenge, bis er an ihrer Seite war.

»Mrs. Collins, ich habe die Neuigkeit gehört. Besteht denn gar keine Hoffnung?«

Sie schüttelte den Kopf, und er sah, dass ihre Lippen sich in stummem Gebet bewegten.

»Mrs. Collins, ich habe auch erfreulichere Neuigkeiten für Sie.« Sie unterbrach ihr Gebet nicht. »Sie haben eine Enkeltochter. Meggan hat heute Nacht ein Mädchen zur Welt gebracht.«

Da sah Joanna ihn an. »Geht es ihnen gut?«

»Ja, beide sind wohlauf.«

»Wann wurde das Kind geboren?«

»Wenige Minuten nach Mitternacht, glaube ich.«

Einen Augenblick schwieg sie. Tränen traten ihr in die Augen. Sie richtete den Blick wieder auf den Schacht. Die Worte, die sie sprach, waren kaum vernehmlich.

»Der Herr gibt, der Herr nimmt.«

George Heilbuth blieb an Joannas Seite, bis Henry Collins' Leiche geborgen worden war, und als sie die Totenbahre zum Cottage trugen, ging er neben ihr her.

»Kommen Sie mit mir nach Grasslands, Mrs. Collins? Sie sollten nicht hier allein bleiben.«

»Ich muss zum Pfarrer gehen und mich um die Beerdigung kümmern.«

»Soll ich den Pfarrer herbitten? Es kommen sicher Leute, die ihre Aufwartung machen wollen. Ihr Mann war wohlgelitten.«

So konnte er die Nachricht, dass man Henry Collins am nächsten Vormittag um zehn Uhr beerdigen würde, mit nach Grasslands nehmen.

Mrs. Heilbuth war sehr besorgt über das, was ihr Mann ihr mitzuteilen hatte. »Die arme, liebe Meggan. Sie hat ihrem Vater so nahegestanden. Was für eine Tragödie. Wir müssen es ihr verheimlichen, bis sie stark genug ist, den Schock zu ertragen.«

Cookie war, als sie davon erfuhr, genauso einer Meinung mit Mrs. Heilbuth wie Mr. Heilbuth. Jane unterstützte Joanna Collins' Wunsch, es Meggan zu sagen.

»Wir können es ihr nicht verheimlichen. Wenn sie wach wird, will sie sicher wissen, warum ihre Eltern nicht gekommen sind, um ihr Enkelkind zu besuchen. Können Sie sie anlügen? Ich werde nicht lügen. Mrs. Heilbuth«, fuhr sie in sanfterem Tonfall fort. »Sie wollen doch sicher nur das Beste für Meggan. Versetzen Sie sich einmal in ihre Lage. Würden Sie nicht auch die Wahrheit wissen wollen?«

»Sie haben recht, Jane. Meggan wird es uns nicht danken, wenn wir sie in Unwissenheit lassen. Wenn ich es ihr erzähle, kurz bevor sie das Baby füttert, findet sie im Stillen der Kleinen vielleicht Trost.«

Mrs. Heilbuth weckte Meggan. »Wie geht es Ihnen, meine Liebe?«

»Sehr gut.« Ihr Mund, der sich zu einem Lächeln verziehen wollte, erstarrte, als sie Mrs. Heilbuths ernstes Gesicht sah. »Was ist? Mein Baby?« Sie schob sich hoch, um einen panischen Blick in das Kinderbettchen zu werfen, und wurde fast überwältigt vor Erleichterung, als sie das Baby sich recken und gähnen sah.

»Ihrem Baby geht's gut, Meggan.«

»Aber ...?«

»Ihr Vater, Meggan. Oh, meine Liebe, es gibt keine Möglichkeit, es Ihnen leichter zu machen.«

»Er ist tot?«

»Ja, meine Liebe. Letzte Nacht kam es in der Grube zu einem Bergsturz.«

»Oh.« Sie schrie nicht auf, das könne nicht wahr sein, und schluchzte auch nicht vor Kummer. Sie lehnte den Kopf in das Kissen und schloss die Augen. Ein Leben ohne ihren Pa konnte sie sich einfach nicht vorstellen. »Wann ist die Beerdigung?«

»Morgen um zehn Uhr.«

»Ich will dabei sein.«

Mrs. Heilbuth war schockiert. »Meine Liebe, Sie haben eben erst ein Kind zur Welt gebracht. Sie sollten mindestens zehn Tage das Bett hüten, ganz zu schweigen von einer viele Meilen langen Reise zu einer Beerdigung und zurück. Was ist mit dem Baby? Sie müssen hier sein, um es zu stillen.«

»Ich nehme sie mit. Wenn ich sie gut einwickle, wird ihr nichts passieren.«

Wieder zeigte Mrs. Heilbuth entsetztes Missfallen. »Seien Sie vernünftig, Meggan. Trauern Sie im Bett, wo Sie und die Kleine sicher sind. Ihr Vater wird das verstehen.« Aus der Wiege drang ein Wimmern. »Ich glaube, Ihre Tochter hat Hunger.«

Mrs. Heilbuth holte das Baby aus der Wiege und legte es seiner Mutter in die Arme. Das kleine Mädchen schmiegte sich an Meggans Brust und suchte nach der Brustwarze. Meggan knöpfte rasch ihr Nachthemd auf, um das Baby anzulegen. Mit der anderen Hand liebkoste sie sein weiches, schwarzes Haar.

»Ich nenne sie Henrietta, nach Pa.« Henrietta Constance, fügte sie im Stillen hinzu. Meine Tochter wird nach ihrem Vater und nach ihrem Großvater heißen. Das arme Kind, es wird weder den einen noch den anderen kennenlernen. Bei dem Gedanken weinte sie echte Tränen der Trauer.

Mrs. Heilbuth saß bei Meggan und tröstete sie, so gut sie es vermochte, bis Jane ein Tablett mit Tee brachte. Die Zwillinge folgten ihr, denn sie wollten unbedingt das Baby noch einmal sehen. Als sie die Kleine in Meggans Armen sahen, liefen sie zum Bett.

»Schau, sie ist wach«, sagte Sarah. »Kann ich sie auf den Arm nehmen, Meggan?«

»Bitte«, ermahnte ihre Mutter sie.

»Bitte?«

»Ganz kurz. Komm hier rauf aufs Bett.«

»Hat sie schon einen Namen?«

»Sie heißt Henrietta.«

Sarah hielt das Baby so vorsichtig wie zartes Porzellan. Ihr ganzes Gesicht strahlte vor Liebe und Staunen. Barneys Gesicht verriet ähnliche Gefühle, als ihm erlaubt wurde, den Platz seiner Schwester einzunehmen.

Das Leben geht weiter, dachte Meggan, der das Herz überfloss vor Liebe. Pass auf sie auf, Pa. Sorg dafür, dass ihr nichts passiert.

»Warum weinen Sie, Meggan? Sind Sie unglücklich, weil Sie ein Baby haben?«

»Nein, Barney. Ich bin sehr glücklich, ein so hübsches Baby zu haben.«

»Barney, Sarah, Meggan muss sich ausruhen. Ihr könnt das Baby morgen wieder besuchen.«

»Ja, Mama. Tschüss, Meggan.«

»Bekomme ich keinen Kuss, bevor ihr geht?«

Die beiden eilten zurück und kletterten aufs Bett, um ihr einen Kuss zu geben. Barney gab auch dem Baby einen Kuss. »Ich hab dich lieb, kleine Etty. Glauben Sie, sie hat mich auch lieb?«

»Dazu ist sie noch zu klein.«

»Aber sie wird mich lieb haben?«

»Ganz bestimmt, und Sarah auch.«

Glücklich über diese Gewissheit, folgte Barney seiner Mutter und seiner Zwillingsschwester aus dem Zimmer.

»Bleiben Sie bei mir, Jane?«

»Ich habe nicht die Absicht, Sie allein zu lassen. Soll ich die Kleine wieder in ihr Bettchen legen?«

Meggan schüttelte den Kopf. »Ich möchte sie noch ein Weilchen halten. Jane, was machen Aboriginal-Frauen, wenn sie Babys haben?«

»Was meinen Sie?«

»Liegen sie zwei Wochen herum und machen gar nichts?«

»Aboriginal-Frauen können sich einen solchen Luxus nicht leisten. Sie müssen immer Buschnahrung sammeln und zubereiten.«

»Dann laufen sie also kurz nach der Geburt wieder herum?«

»Ja. Warum fragen Sie?«

»Wenn eine Aboriginal-Frau das kann, kann ich das auch. Ich werde morgen zur Beerdigung meines Vaters gehen, und ich nehme Etty mit.«

Wie leicht ihr Barneys Abkürzung des Namens über die Lippen kam. Meggan fuhr ihrer Tochter mit einem Finger über die samtweiche Wange. »Kleine Etty. Der Name passt zu dir.«

Mrs. Heilbuth protestierte auch weiterhin, unterstützt auch diesmal von Cookie. Meggan blieb, mit Beistand von Jane, eisern. Baby Etty wurde in ein Umschlagtuch gewickelt und von Mrs. Heilbuth hinaus zum Pferdewagen getragen. Jane half Meggan, die, als sie aufstand, um sich anzukleiden, feststellen musste, dass sie doch nicht ganz so kräftig war, wie sie im Bett liegend gedacht hatte. Trotzdem würde sie es sich nicht anders überlegen.

Es war ein perfekter Septembertag, die Sonne schien, der Himmel war wolkenlos blau, Sträucher und Wiesen waren nach dem Winterregen von einem kräftigen Grün. Henry Collins' Sarg war bereits auf dem Leichenwagen, als George Heilbuth die Leine anzog und den Pferdewagen vor dem Cottage zum Halten brachte. Als Meggan den mit schwarzem Stoff behängten Wagen sah, der von zwei mit Federn geschmückten und mit Schabracken belegten Pferden gezogen wurde, keuchte sie auf und konnte die Tränen nicht mehr zurückhalten.

Mr. Heilbuth half ihr von dem Wagen herunter und ging dann Jane zur Hand, die Mrs. Heilbuth das Baby aus den Armen nahm, um es in Meggans Arme zu legen. Gestützt von Janes Arm, ging sie langsam zum Cottage. Ihre Mutter saß, umgeben von Trauernden, im Wohnzimmer. Meggan ging zu ihr, beugte sich vor und legte das Baby in die Arme seiner Großmutter.

»Ich habe sie Henrietta genannt.«

Der zarte Anflug eines Lächelns erhellte Joannas Augen, und sie wiegte das Baby an ihrer Brust. »Darf ich sie tragen, Meggan?«

»Ja, Ma. Mr. Heilbuth nimmt dich mit uns im Pferdewagen mit.«

»Das ist sehr freundlich von Ihnen, Mr. Heilbuth, aber Captain Roach schickt einen Pferdewagen für mich. Es wäre angemessen, wenn du mit mir fährst, Meggan.«

Die beiden Pferdewagen fuhren von der Grube zur methodistischen Kirche hinter dem Leichenwagen her. Zahlreiche Bergleute folgten zu Fuß dahinter. Entlang des Weges schlossen sich immer mehr Menschen der Prozession an. Viele warteten schon an der Kirche. Henry Collins war wohlgelitten gewesen.

Meggan blieb an der Seite ihrer Mutter und nahm ihr Henrietta ab, als das Baby quengelig wurde. Als die Erde auf den Sarg ihres Vaters geworfen wurde, war Meggan übel vor Erschöpfung. Bei ihrer Rückkehr ins Cottage erhob sie keine Einwände, als man sie anwies, ihr Kleid auszuziehen und sich ins Bett zu legen.

Den Rest der Woche blieb Meggan bei Joanna im Cottage. Sie wollte ihre Mutter nicht allein lassen und verspürte selbst das starke Bedürfnis, bei ihrer Mutter zu sein, ihre Trauer zu teilen und Trost in der Sorge um Etty zu finden. Es musste gepackt werden, denn das von der Bergwerksgesellschaft zur Verfügung gestellte Cottage hatte bis zum Ende der Woche geräumt zu sein. Captain

Roach schickte Männer, die halfen, die Möbel herauszuschaffen und sie in ein leeres Cottage in der Bridge Street zu bringen.

Die Einladung der Heilbuths, in Grasslands zu leben, schlug Joanna aus. Auch Meggan konnte sie nicht überzeugen, es sich noch einmal zu überlegen.

»Es gefällt mir nicht, dass du allein lebst, Ma.«

»Du könntest bei mir bleiben.«

»In einem so kleinen Haus würde ich ersticken. Wir würden bald anfangen, uns zu zanken.«

»Warum denn das?«

»Ma, das weißt du so gut wie ich. Wir sind uns zu ähnlich. Wir können beide sehr stur sein, wenn es uns in den Kram passt. Und dann die kleine Etty. Die Landluft ist sauberer.«

Sie hörten auf zu streiten und packten Bettwäsche aus, um sie in den Schrank zu legen. »Ma«, setzte sie nachdenklich an, »möchtest du immer noch zurück nach Cornwall? Wenn du willst, bringe ich dich.«

Joannas Augen blickten wehmütig in die Ferne. »Ja, ich möchte gern nach Hause.«

»Dann fahren wir, Ma. Sobald Etty ein bisschen älter ist.«

FÜNFTER TEIL

Cornwall
1853

19

Henrietta Constance Westoby war sechs Monate alt, als ihre Mutter sie in Plymouth die Landungsbrücke der Lady May hinuntertrug. Obwohl es offiziell Frühling war, hatte der Winter das Land noch fest im Griff, und der graue Himmel und ein rauer Wind hießen die Reisenden nicht willkommen. Es war auch niemand da, um sie bei ihrer Ankunft zu empfangen. Meggan beobachtete das fröhliche Wiedersehen lange Getrennter und dachte an ihre Brüder im fernen Australien.

Wenn sie in das Land zurückkehrte, das sie jetzt als ihre Heimat empfand, würde sie nach Ballarat reisen. Sie hatte öfter daran gedacht, Will einen Teil der Geschäftsanteile ihres verstorbenen Mannes anzubieten. Ihr Lieblingsbruder sollte nicht für wenig mehr als einen Wochenlohn auf den Goldfeldern schuften müssen wie ein Kuli, wo sie viel mehr Geld hatte, als sie je brauchen würde.

Der größte Vorteil ihres Reichtums war die Behaglichkeit, die sie sich auf ihrer Reise leisten konnten. Meggan und ihre Mutter teilten eine geräumige Kabine, speisten am Kapitänstisch und erlebten im Ganzen eine ganz andere Reise als die nach Australien acht Jahre zuvor. In Plymouth mussten sie nicht in der Kälte warten, bis ihr Gepäck entladen worden war. Eine Mietkutsche brachte sie ins beste Hotel der Stadt, wohin man ihr Gepäck liefern würde.

Drei Tage, nachdem sie in Plymouth von Bord gegangen waren, mietete Meggan eine andere Kutsche, die sie nach Helston bringen sollte. Meggan und ihre Mutter waren sich auf der Reise von Australien nähergekommen als je zuvor, und sie hatten darüber gesprochen, wo Joanna leben wollte.

»Ich wäre glücklich in dem Teil von Cornwall, wo ich aufgewachsen bin, aber ich möchte nicht ständig auf Grubengebäude blicken müssen.«

»Von unserem Cottage in Pengelly konnten wir Wheal Pengelly nicht sehen.«

»Aber in Pengelly könnte ich auch nicht glücklich sein.«

»Du weißt, dass du leben kannst, wo du willst, Ma. Ich kaufe dir ein Haus, wo auch immer du willst. Ich bestehe darauf, Ma. Ich gehe zurück nach Australien, aber erst, wenn ich weiß, dass du zufrieden und glücklich irgendwo ein neues Zuhause gefunden hast.«

In Helston suchte Meggan die Dienste eines Maklers, um ein passendes Haus zu finden. Dieser erkannte, wie wohlhabend seine Kundin war, und war zweifellos auf eine lukrative Provision aus. Das erste Haus, zu dem er mit ihnen fuhr, hätte eine ganze Schar Personal für seinen Unterhalt erfordert.

Meggan wollte nicht einmal aus der Kutsche aussteigen. »Ich will keine Villa, Mr. Rush. Ich suche ein einfaches, behagliches Haus.«

Das nächste Haus, das er ihnen anbot, war zwar kleiner, aber immer noch viel zu groß.

»Mr. Rush, wenn Sie mir kein Haus von der Art zeigen können, wie ich eines suche, dann suche ich mir einen anderen Makler.«

»Nein, nein. Es gibt etwas Kleineres, Mrs. Westoby, auf der anderen Seite der Stadt.«

»Sehr wohl. Dann sehen wir es uns an.«

Von außen war das Haus anziehend, im Garten blühten frühe Frühlingsblumen und in den Blumenkästen Veilchen und Polsterphlox.

»Ist das mehr nach Ihren Wünschen, Mrs. Westoby?«

»Was meinst du, Ma? Der Garten ist hübsch. Du sagtest, du

wolltest einen schönen Garten. Sollen wir es uns von innen ansehen?«

Joanna war unsicher. »Das Haus ist mir eigentlich zu groß.«

»Würden Sie es sich bitte wenigstens anschauen, Mrs. Collins?« Mr. Rush war begierig, zum Abschluss zu kommen. »Vielleicht finden Sie es doch angemessen.«

Das Innere des Hauses wurde dem, was der Garten versprach, nicht gerecht. Die Vorhänge machten den Eindruck, als wären sie seit dem Tag, da sie aufgehängt worden waren, nicht mehr gewaschen worden. Die abgewetzten Teppiche waren fleckig, die Holzböden abgetreten, der Kaminsims rußgeschwärzt. Der Mensch, der in diesem Haus lebte, kümmerte sich offensichtlich viel mehr um den Garten als um das Haus.

Mr. Rush war immer noch bemüht, sie von den verschiedenen Eigenschaften des Hauses zu überzeugen, als die Frauen auf dem Weg hinaus stehen blieben, um noch einmal den Garten zu bewundern. Der Makler bemerkte rasch, wie die Ältere der beiden Damen eine bunte Blüte berührte oder sich vornüberbeugte, um den Duft einer Blume weiter unten am Boden einzuatmen. Er eilte zu ihr in der Hoffnung, sie wegen ihres Interesses an dem Garten doch vom Kauf des Hauses überzeugen zu können.

Als er neben ihr stand, schaute Joanna die Straße hinunter zu einem strohgedeckten, weiß getünchten Cottage inmitten eines überwucherten Gartens.

»Mr. Rush«, fragte sie und warf ihm einen sehr kurzen Blick zu, bevor sie sich wieder umwandte, um weiter das Cottage zu betrachten, »wohnt dort jemand?«

»Ich bin mir nicht sicher, Mrs. Collins. Sie interessieren sich doch sicher nicht für so ein Haus.«

Meggan sah die Miene ihrer Mutter. »Sollen wir einmal zu dem Cottage hinübergehen, Ma? Vielleicht ist jemand da, der uns Auskunft geben kann.«

Mr. Rush kam unter kriecherischem Protest hinter ihnen her.

Das Tor quietschte leicht, als Joanna es aufstieß. Drei Haushühner, die im Garten herumgestöbert hatten, flatterten davon. Die Frauen sahen, dass dieser Garten dem anderen einst in seiner Lieblichkeit nicht nachgestanden hatte. Alles, was er brauchte, war, das Unkraut zu jäten, die wuchernden Sträucher zu beschneiden und tote und kranke Pflanzen durch neue zu ersetzen.

Nicht besonders entzückt über das Interesse seiner Kundinnen an einem so bescheidenen Haus, aber immer noch auf eine Provision hoffend, klopfte Mr. Rush an die Tür des Cottage. Als niemand antwortete, drängte er die Damen mit dem Versprechen, Erkundigungen einzuholen, zurück zur Kutsche. Auf dem Rückweg zum Hotel fuhr er sie noch an drei weiteren Häusern vorbei, die er für eine wohlhabende Frau passender fand. Eines war sehr charmant, ein großes Cottage mit einem gepflegten Garten.

»Die Familie zieht Ende nächsten Monats aus, um zu ihren Söhnen nach Australien zu gehen.«

»Das sind noch sechs Wochen, Mr. Rush. So lange möchten meine Mutter und ich nicht im Hotel bleiben.«

Sie kehrten rechtzeitig zum Mittagessen ins Hotel zurück. Nachdem sie Etty in ihre Wiege gelegt hatte, sprach Meggan mit ihrer Mutter über die Häuser, die sie gesehen hatten.

»Das Letzte hat mir gut gefallen, Ma. Sehr schade, dass es erst Ende nächsten Monats frei wird.«

»Ich habe das Haus gesehen, das ich will. Und es ist nicht dieses.«

»Du willst das mit dem überwucherten Garten.«

»Vielleicht bin ich eine dumme alte Frau, Meggan, aber ich hatte das Gefühl, das Haus hat mich gebeten, in ihm zu wohnen und ihm noch einmal Pflege zukommen zu lassen.«

»Aber Ma, ich wusste gar nicht, dass du so versponnen bist.«

»Nein, es sieht mir gar nicht ähnlich, auf solche Ideen zu kommen.«

»Sollen wir uns das Cottage noch einmal ansehen, Ma? Ohne

Mr. Rush? Solange er denkt, er könnte uns das andere Haus verkaufen, glaube ich nicht, dass er sich wirklich die Mühe macht, Erkundigungen einzuholen.«

Am Nachmittag nahmen sie eine Mietkutsche und ließen sich noch einmal zu dem Cottage fahren. Die Hühner scharrten wie zuvor im Garten herum, Fenster und Tür waren geschlossen, und es reagierte auch niemand auf ihr Klopfen. Die Vorhänge waren vorgezogen, sodass sie nicht hineinspähen konnten. Sie gingen seitlich um das Cottage herum, wo Spalierrosen an der Wand wuchsen und zwischen dem Unkraut unzählige süß duftende Jonquillen blühten.

Eine Gartenbank in einer geschützten sonnigen Ecke lud sie zum Ruhen ein. Joannas Miene war friedvoller, als Meggan sie seit Jahren erlebt hatte.

»Du willst dieses Haus wirklich, nicht wahr, Ma?«

Joanna lächelte zustimmend. »Ja, sehr.«

Sie saßen schweigend da und nahmen die friedliche Atmosphäre des Gartens in sich auf. In der einschläfernden Sonne, dem Duft der Blumen, dem Summen der Bienen und dem Vogelgezwitscher rückten die Sorgen der Welt weit weg.

»Hier könnte ich glücklich sein, Meggan.«

»Wir müssen herausfinden, ob es zum Verkauf steht. Allmählich glaube ich, dass hier gar niemand wohnt.«

Erst als Etty anfing zu weinen, standen sie auf. »Es wird Zeit, zu gehen, Ma. Etty muss gestillt werden, und wir haben den Kutscher lange genug warten lassen.«

Als sie in den Garten vor dem Haus kamen, sahen sie einen jungen Mann mit dem Kutscher reden. Dieser wies mit dem Kopf in ihre Richtung. Der junge Mann wandte sich ab und kam auf sie zu. Er war barhäuptig und gekleidet wie ein Bauer.

»Kann ich Ihnen behilflich sein, die Damen?«

»Ja«, antwortete Meggan, »falls Sie uns sagen können, wer der Besitzer dieses Cottage ist.«

»Das ist meine Ma, aber sie lebt nicht mehr hier. Sie lebt jetzt bei uns auf dem Bauernhof.«

»Würde Ihre Mutter mir das Haus verkaufen? Ich kann einen guten Preis zahlen.«

»Ma kann so was nicht mehr entscheiden. Wahrscheinlich erinnert sie sich nicht mal mehr daran.«

»Das tut mir leid. Das muss schwer sein für Sie.«

»Sie ist leicht zu pflegen. Möchten Sie einen Blick hineinwerfen?«

»Ja, falls die Möglichkeit besteht, dass wir es kaufen. Sonst möchten wir nicht Ihre Zeit vergeuden.«

»Wenn Sie es immer noch kaufen wollen, nachdem Sie es von innen gesehen haben, können Sie das Haus haben.«

Joanna war überwältigt vor Freude. »Würden Sie die Möbel mit dem Haus verkaufen?«

»Sie können es haben, mit allem Drum und Dran. Man sieht, wie sehr Ihr Herz daran hängt.«

Schon am nächsten Tag zogen Joanna, Meggan und Etty in das Cottage. Man hatte sich auf einen für beide Seiten angemessenen Preis geeinigt und zum Aufsetzen der Dokumente einen Notar hinzugezogen. Der Bauer vertraute ihnen vollkommen und war einverstanden, dass sie es gleich in Besitz nahmen. Meggan hatte ihre Mutter noch nie so glücklich erlebt. Sie spürte auch, dass die zwanghafte religiöse Leidenschaft ihrer Mutter ein wenig nachließ. Sie besuchte die Sonntagsmesse und las, bevor sie sich am Abend zurückzog, in der Bibel, doch sie sprach längst nicht mehr so oft über Gottes Willen oder die Notwendigkeit der Buße.

Der Sommer war auf dem Höhepunkt, und Joanna hatte sich gut in ihrem Cottage eingelebt, bevor Meggan das Gespräch auf ihre bevorstehende Rückkehr nach Australien brachte.

»Ich möchte Carolines Grab besuchen, bevor ich abreise. Möchtest du mitkommen, Ma?«

»Ich gehe nicht nach Pengelly, Meggan. Es wäre zu schmerzlich.«

Also ging Meggan allein. Sie mietete einen kleinen Einspänner, den sie selbst fahren konnte, und ließ Etty bei ihrer Großmutter.

Nachdem sie nur acht Jahre weg gewesen war, erwartete sie nicht, das Dorf sehr verändert zu finden, und zuerst konnte sie den Unterschied auch nicht benennen. Doch dann sah sie, dass einige Cottages leerstanden, während andere Anzeichen extremer Armut zeigten. Aus Neugier fuhr sie hinaus nach Wheal Pengelly und war bestürzt, die Grube verlassen vorzufinden. Das erklärte auch die Veränderungen im Dorf.

Auf dem Weg zur Kirche sah sie niemanden, den sie nach der Grube hätte fragen können. Sie band das Pferd an den Zaun und ging um den Friedhof herum zu der Stelle, wo Caroline in ungeweihter Erde beigesetzt worden war. Sie überlegte, ob das Grab überhaupt gekennzeichnet war, ob sie wüsste, wohin sie die mitgebrachten Blumen legen sollte.

Doch Carolines Grab war leicht zu finden. Jemand hatte sich die Mühe gemacht, ein Holzkreuz aufzustellen, auf dem ihr Name und das Datum ihres Todes standen. Große Steine umfassten den kleinen Grabhügel, der mit einem Teppich schneeweißen Steinkrauts bedeckt war, Carolines Lieblingsblumen. Das Gras rundherum war fast so kurz gehalten wie ein Rasen.

Meggan streute ihre Blumen auf das Steinkraut, wodurch es noch intensiver duftete. »Wer kümmert sich um dich, Caro? Wer in Pengelly ist so aufmerksam?«

»Würden Sie glauben, dass ich das war?«

Meggan wirbelte herum und keuchte auf. Keinen Meter vor ihr stand Rodney Tremayne. »Sie haben mich erschreckt. Ich habe Sie nicht gehört.«

»Bitte verzeihen Sie. Ich bin leise gegangen, weil ich neugierig war, wem der Einspänner gehört.«

»Und ich war neugierig auf Caros Grab.«

»Ich pflege es, seit ich zurück bin. Auch wenn es falsch gewesen sein mag, ich habe Caroline wirklich geliebt. Das ist alles, was ich jetzt noch für sie tun kann.«

»Ich bin Ihnen sehr dankbar. Sind Sie rechtzeitig gekommen, um Ihren Vater noch zu sehen?«

»Mein Vater lebt noch, obwohl jeder Tag ein Geschenk ist. Der Arzt sagt, sein Herz kann jederzeit aufhören zu schlagen, er kann aber auch noch Monate oder sogar Jahre leben.«

»Steht die Grube deshalb still?«

»Ach, der Grund dafür ist viel tragischer. Im letzten Sommer wurde die Grube überflutet. Fünf Männer sind ertrunken. Viele hatten Glück und sind entkommen. Seit dieser Tragödie steht die Grube still. Ich bezweifle, dass hier je wieder gearbeitet wird. Fast alle Familien sind nach Australien oder Amerika ausgewandert. Nur die Fischer sind noch da.«

»Lebt von der Familie Roberts noch jemand im Dorf?«

»Die Mädchen und die Mutter sind hiergeblieben. Doch jetzt, wo ich Ihre Fragen beantwortet habe, Meggan, erzählen Sie mir, wie es kommt, dass Sie hier sind.«

»Mein Vater ist auch bei einem Grubenunglück ums Leben gekommen. Ich habe meine Mutter nach Hause nach Cornwall gebracht. Sie hat jetzt ein Cottage in Helston.«

»Mein aufrichtiges Beileid, Meggan. Dann sind Sie nach Cornwall zurückgekehrt. Sie dürfen nicht abreisen, ohne Jenny zu besuchen. Sie wird ganz aufgeregt sein, wenn sie hört, dass Sie hier sind. Kommen Sie mit mir. Sie wird sehr überrascht sein.«

»Ich muss nach Helston zurück. Ich habe mein Baby bei meiner Mutter gelassen.«

»Sie haben ein Kind?«

»Ja, eine Tochter.«

»Ist Ihr Mann bei Ihnen?«

»Nein. Er ist in Australien.«

Das war mehr eine Ausflucht vor der Wahrheit als eine direkte

Lüge. Meggan wollte ihm nicht sagen, dass sie Witwe war. Und sosehr sie sich auch gefreut hätte, Jenny zu sehen, wollte sie doch nicht das Risiko eingehen, Con zu begegnen. Sie hatte gehofft, den Bewohnern von Tremayne Manor aus dem Weg gehen zu können.

Zusammen gingen sie um den Friedhof zurück. Rodney kam ihrem Lebewohl zuvor.

»Haben Sie Anne gesehen oder irgendetwas von ihr gehört?«

»Ich habe sie kurz in Adelaide gesehen. Sie hat im November letzten Jahres einen Lehrer geheiratet.«

»Ist sie glücklich?«

»Ich glaube, sie sind sehr verliebt.«

»Das freut mich für sie. Anne verdient es, glücklich zu sein.«

»Haben Sie sie geliebt?«

»Ich mochte Anne sehr, aber nein, geliebt habe ich sie nicht.«

»Anne hat das alles auf keinen Fall bedauert. Sie hat erklärt, Sie hätten ihr einen Gefallen getan, indem Sie weggegangen sind.«

Rodney lachte. »Anne ist also noch so geradeheraus wie immer?«

»Anne wird sich nie ändern.«

»Was ist mit Jane?«, fragte er nach einer Pause.

»Jane ist in Grasslands, wo ich vor meiner Heirat gearbeitet habe. Sie ist jetzt Kindermädchen der Zwillinge.«

»Ich hätte nie gedacht, dass sie die Wintons je verlassen würde. Sind die Leute, bei denen sie arbeitet, gut zu ihr?«

»Sie sind äußerst liebenswert. Jane ist ihnen sehr dankbar.«

»Warum dankbar? Was haben Sie mir verschwiegen, Meggan?«

Meggan schaute ihm direkt in die Augen. »Jane hat einen Sohn, Darcy. Er ist jetzt vier, nein, inzwischen eher sechs Monate alt.« Sie konnte fast sehen, wie Rodney rechnete, und sah, wie er erbleichte.

»Mein Sohn?«

»Ja. Ihr Sohn.«

»Deshalb hat sie die Wintons verlassen, deshalb habe ich einen Brief von Anne bekommen, in dem sie mich bat, unsere Verlobung zu lösen. Und ich habe ihr das angetan. Arme Jane.«

»Nicht so arm wie Caroline. Jane lebt und ist glücklich und hat einen hübschen Sohn, den sie lieben kann. Zerstören Sie nicht ihr Leben, Rodney.«

»Wie sollte ich Janes Leben zerstören?«

»Indem Sie Ihren Sohn anerkennen, indem Sie zurückgehen, um ihn zu sehen. Jane möchte ihn so großziehen, dass er stolz auf sein Volk ist. Sie hat noch nicht entschieden, ob sie ihm jemals sagen wird, dass sein Vater ein Weißer ist.«

»Sie müssen keine Angst um Jane haben, ich gehe nicht zurück nach Australien. Meine Wurzeln sind hier in Pengelly. Ich hatte das Gefühl, wieder lebendig zu werden, als ich kornischen Boden betrat.«

»Als Sie wieder den Namen Rodney Tremayne angenommen haben.«

»James Pengelly ist in Australien zurückgeblieben, dem einzigen Ort, wo er je existiert hat und wo er auch hingehört. Hier ist kein Platz für ihn, und in Australien ist kein Platz für Rodney Tremayne.«

Sie trennten sich, kurz nachdem Meggan ihm das vage Versprechen gegeben hatte, Jenny zu besuchen, bevor sie Helston verließ. Spontan lenkte Meggan den Einspänner in den Weg, der zum Cottage der Roberts führte. An dem heruntergekommenen Zustand der bescheidenen Wohnstatt hatte sich kaum etwas verändert.

Ein Mädchen von rund siebzehn Jahren öffnete ihr die Tür und machte rasch nervös einen respektvollen Knicks. »Ma«, rief sie, »da is' 'ne Lady an der Tür.«

»Wer?«

»Meggan Collins, Mrs. Roberts«, rief Meggan.

»Komm rein, Kind. Agnes, bring Meggan rein.«

Die Augen vor Überraschung weit aufgerissen, trat Agnes zur Seite, damit Meggan sich unter dem niedrigen Türsturz hereinbücken konnte. Obwohl es ein warmer Sommertag war, hockte Mrs. Roberts zusammengekauert am Feuer.

»Hallo, Mrs. Roberts.«

Die alte Frau sah sie mit zusammengekniffenen Augen an. »Ja, du bist tatsächlich Meggan Collins. Siehst so aus, als hätt'st du's zu was gebracht. Du erinnerst dich an Meggan, Agnes, obwohl du noch klein warst, als sie das Dorf verlassen hat?«

Agnes nickte schüchtern. Sie konnte den Blick nicht von der schönen Frau wenden. Das Mädchen hatte in seinem ganzen Leben noch nie so etwas Schönes gesehen wie Meggans lilafarbenes Kleid, niemals so einen funkelnden Ring gesehen wie den, den Meggan am Finger trug. Sie war sprachlos vor Ehrfurcht. Wie gerne hätte sie ein Kleid getragen, das nur halb so schön war, und wie gerne hätte sie so schön gesprochen. Wie gebannt hörte sie ihrer Ma zu, die erzählte, dass die Zwillinge Annie und Betty beide Fischer geheiratet hätten und Agnes die Einzige sei, die noch zu Hause sei.

Meggan berichtete wiederum von dem Leben und Treiben der Familie Collins, seit sie Pengelly den Rücken gekehrt hatten. Nicht alles wurde verraten, und ganz sicher nicht alles, was Meggan über Tom wusste.

»Dann schürfen deine Brüder Gold. Weißt du, was mein Tom jetzt macht?«

»Will hat geschrieben, dass Tom der Polizei beigetreten ist.«

Auf Mrs. Roberts' Gesicht machte sich ein zahnloses Grinsen breit. »Mein Tom bei der Polizei. Das ist großartig, was, Agnes? Er ist ein guter Kerl, mein Tom.«

Die arme Frau hatte das Recht, Gutes von ihrem Sohn zu glauben. Ihr Leben war hart genug, ohne dass man ihr erzählte, dass ihr Lieblingssohn einen noch schlechteren Charakter hatte als ihr

Ehemann, der sie geschlagen und sie, solange er lebte, immer wieder geschwängert hatte.

Nachdem sie sich verabschiedet und sich alles Gute gewünscht hatten, folgte Agnes Meggan aus dem Cottage.

»Ich konnt's nicht vor Ma sagen. Aber können Sie mich mit nach Australien nehmen?«

»Was ist mit deiner Mutter, Agnes? Wer würde sich um sie kümmern?«

»Annie oder Betty würde sie zu sich nehmen. Ich habe doch hier in Pengelly nichts. Ich möchte vorwärtskommen, so anständig reden wie Sie.«

»Ich verstehe, Agnes.« Das Mädchen hatte recht. In Pengelly hatte sie keine Zukunft. Selbst wenn sie in Helston Arbeit fand, dann nur in niedrigen Diensten. »Ich hatte überlegt, für die Rückreise eine Gesellschafterin einzustellen. Möchtest du mich als mein Dienstmädchen begleiten? Wenn du dich auf der Reise gut anstellst, behalte ich dich in meinen Diensten.«

Agnes machte einen freundlichen Eindruck. Auch Tom war in dem Alter ein netter Bursche gewesen. Meggan wollte keine langfristige Zusage machen, bevor sie nicht einschätzen konnte, ob in seiner jüngsten Schwester nicht doch einige schlechte Eigenschaften schlummerten.

»Vielen Dank, Meggan, vielen Dank.«

»Du musst sofort mit deiner Mutter und mit deinen Schwestern reden. Wenn du mein Angebot annehmen willst, musst du Ende der Woche nach Helston kommen. Du musst mit angemessenen Kleidern ausgestattet werden. Und du musst deine Pflichten lernen, bevor wir losfahren. Ich kann dich nicht an Bord ausbilden.«

Agnes packte begeistert Meggans Hand und küsste sie, dankte ihr überschwänglich und versprach ihr, hart zu arbeiten.

»Ich muss gehen, Agnes. Bis Ende der Woche.«

Joanna war von ganzem Herzen einverstanden mit Meggans Entscheidung, Agnes Roberts in Stellung zu nehmen. Sie kannte die dunkle Seite von Toms Natur nicht und hielt ihn immer noch für einen guten, hart arbeitenden Mann.

»Es wär schön, wenn das Mädchen Tom wiedersehen würde. Hast du vor, nach Ballarat zu fahren, um deine Brüder zu besuchen?«

»Ja.« Allerdings nicht, um Tom Roberts zu begegnen, wenn dies irgendwie zu vermeiden war.

Am Morgen nach ihrem Besuch in Pengelly wachte Meggan mit solchen Kopfschmerzen auf, dass sie zu Hause bleiben musste und Joanna nicht bei einem Besuch bei einer ihrer neuen Freundinnen begleiten konnte. Sie lag auf dem Bett und schaute zu, wie Etty schlief, da hörte sie das Rumpeln von Kutschenrädern. Die Kutsche hielt, wie sie glaubte, ein Stück die Straße hinunter. Daher war sie verdutzt, als es an der Haustür klopfte.

Meggan öffnete die Tür dem Menschen, den zu sehen sie am wenigsten erwartet hätte.

»Jenny!« Instinktiv trat sie vor, um ihre Freundin zu umarmen. Dann traten beide zurück, die Hände auf den Armen der anderen, und lächelten. »Sie hätte ich nicht erwartet, Jenny.«

»Als Rodney mir erzählt hat, dass Sie in Cornwall sind, wollte ich keinen Tag länger warten. Oh, es ist so schön, Sie zu sehen.«

»Und Sie auch. Kommen Sie herein, ich habe Ihnen viel zu erzählen.« Sobald sie saßen, stellte Meggan die Frage, die sie nicht länger aufschieben wollte, denn das würde es nur schwerer machen, sie überhaupt zu stellen: »Wie geht es Con?«

»Gut, soweit ich weiß.«

»Er ist nicht zu Hause?«

Jenny stieß einen Schrei aus. »Wie dumm von mir, Meggan, das können Sie natürlich nicht wissen. Con hat sich in Australien niedergelassen. Er hat in Victoria eine Farm gegründet.«

»Oh.« Die ganzen Wochen, seit sie in Cornwall war, hatte sie sich vorgestellt, er sei in Pengelly, und darum gebetet, dass sie ihm nicht zufällig über den Weg lief, wenn sie in der Stadt war, während sie gleichzeitig doch darauf gehofft hatte, einen Blick auf sein Gesicht zu erhaschen.

»Er hat geschrieben, dass Sie schon verheiratet waren.«

»Ja.« Und sie hatte angenommen, er wäre zurückgekehrt, um Jenny zu heiraten. Würde das Schicksal sie für immer trennen? Würde der Schmerz in ihrem Herzen nie vergehen?

Jenny nahm Meggans Hand und sprach liebenswürdig, voller Besorgnis: »Was ist, Meggan?«

»Ich bin verwitwet. Mein Mann ist letztes Jahr im Juni umgekommen.«

»Das tut mir sehr leid. Sie trauern noch um ihn.«

»Er war ein guter, freundlicher Mann. Ich glaube, ich habe ihn geliebt.«

»Lassen Sie uns von glücklicheren Dingen sprechen. Ich hörte, Sie haben großen Erfolg gehabt als Sängerin.«

Eine Viertelstunde unterhielten sie sich, wie Freundinnen das tun, über ihr Leben, seit sie sich das letzte Mal begegnet waren. Meggan erzählte Jenny von ihren Brüdern in Ballarat.

»Ist Will verheiratet?«

Meggan hörte in der Frage mehr als müßige Neugier. »Ich glaube, Will würde nur heiraten, wenn er die Frau wirklich liebte.«

Jenny senkte den Blick, um ein unsichtbares Stäubchen von ihrem Rock zu wischen. »Ich hatte immer den Verdacht, dass Sie ihn lieben«, fuhr Meggan fort.

»Ihr Bruder mag mich nicht mal.«

»Mein Bruder liebt Sie auch. Das hat er mir gesagt.«

Jenny hob bestürzt den Blick. »Wann? Warum hat er es mir nicht gesagt? Warum hat er zugelassen, dass ich Australien verlasse?«

»Hätten Sie das Leben einer Bergmannsfrau leben können? Könnten Sie es jetzt leben, wo er nur ein Zelt und ein offenes Feuer hat, um darauf zu kochen?«

»Mit Will an meiner Seite könnte ich alles.«

»Dann kommen Sie mit mir zurück nach Australien, Jenny. Beweisen Sie Will Ihre Liebe, dann wird er seine nicht leugnen können.«

»Was ist, wenn er mich nicht akzeptiert? Was ist, wenn meine Reise umsonst ist?«

»Wenn Sie nicht den Mut haben, die Gelegenheit beim Schopf zu packen, wie wollen Sie dann den Mut finden, das Leben zu akzeptieren, das er Ihnen bieten kann?«

»Liebe Meggan, Sie sind immer so praktisch. Haben Sie ... oh, was war das?«

»Meine kleine Tochter. Entschuldigen Sie mich bitte kurz, ich hole sie.«

Sobald sie eine frische Windel trug, hörte Etty auf zu weinen und gluckste zufrieden, als Meggan sie zu Jenny brachte. Jenny stand sofort auf, um das Kind auf den Arm zu nehmen.

»Meggan, wie schön sie ist. Wie heißt sie?«

»Henrietta. Wir rufen sie Etty. Der kleine Barney hat ihr den Namen gegeben.«

Meggan beobachtete Jenny mit einem Lächeln. Vielleicht würde die junge Frau eines Tages ihr und Wills Baby mit derselben Zärtlichkeit halten. Sie bemerkte, dass Jenny leicht die Stirn runzelte und ihr einen raschen Blick zuwarf, bevor sie ihre Aufmerksamkeit wieder dem Baby zuwandte.

»Meggan«, fragte sie, ohne aufzuschauen, »ist Con der Vater?«

Meggan war so schockiert, dass sie keine Antwort herausbrachte.

Jenny schaute auf und sah ihr ins Gesicht. »Etty hat Cons Augen. Ich denke nicht schlecht von Ihnen, Meggan. Ich weiß, wie sehr Con Sie geliebt hat. Und obwohl Sie versucht haben, Ihre Gefühle zu verbergen, wusste ich, dass Sie ihn lieben. Deswegen habe ich ihn zu Ihnen zurückgeschickt.«

»Zu spät. Wir haben das kleine Glück genossen, das uns gegeben wurde, während mein Mann auf Reisen war.«

»Und dann dachten Sie, Con wäre nach Cornwall zurückgekehrt, um mich zu heiraten. Deswegen weiß er nicht, dass er eine Tochter hat.«

»Ja.«

»Sie müssen ihm schreiben, Meggan. Ich gebe Ihnen seine Adresse. Sie haben mir gesagt, was ich mit meinem Leben anfangen soll, jetzt sage ich Ihnen, was Sie mit Ihrem anfangen sollen. Con ist unverheiratet, Sie sind Witwe, und Sie haben gemeinsam eine wunderhübsche Tochter. Sie gehören zusammen.«

»Genau wie Will und Sie. Sie müssen mit mir nach Australien zurückkehren, Jenny. Wenn Sie es hinauszögern, werden Sie es wie ich womöglich immer bedauern.«

Jenny war nicht die einzige Tremayne, die das Cottage in Helston besuchte. Drei Tage später setzte die Kutsche Jenny an dem Hotel ab, wo sie mit Meggan zum Mittagessen verabredet war, und brachte Phillip Tremayne dann zu Joanna Collins' Cottage.

Er verzichtete auf jeden formellen Gruß. »Ich muss mit dir reden, Joanna. Kann ich hereinkommen?«

Sie wandte sich um und führte ihn in die Küche, denn sie wollte ihm ganz bewusst nicht die besondere Ehre erweisen, ihn im Salon zu empfangen. Sie ging um den Tisch herum und stützte die Hände auf der gut geschrubbten Tischplatte ab. »Was willst du?«

Einen Augenblick betrachtete er sie fragend. »Willst du mir nicht erst einmal Guten Tag sagen, Joanna?«

»Hast du Guten Tag gesagt?«

»Es tut mir leid. Ich hatte zu große Angst, du würdest mich wieder fortschicken.« Er wartete einen Augenblick, ob sie vielleicht etwas sagen wollte. »Du siehst gut aus. Ich war überrascht und sehr erfreut, als ich hörte, dass du wieder in Cornwall bist.«

»Warum?« Joanna war auf der Hut, denn sie war überzeugt, dass Phillip Tremayne sie nur aufsuchte, weil er etwas von ihr wollte. Doch da lebten Gefühle wieder auf, die sie längst für tot gehalten hatte, und das machte sie weniger selbstsicher.

»Ich habe mir schon lange gewünscht, es wiedergutmachen zu können ... was Caroline zugestoßen ist.«

»Caroline ist tot.«

»Ich weiß. Wenn ich mehr Interesse an ihr gezeigt hätte, als sie noch lebte, hätte die Tragödie vielleicht abgewendet werden können.«

»Das konntest du nicht. Es hätte Gerede gegeben.«

»Gerede hat es am Ende sowieso gegeben. Die Wahrheit kommt immer ans Licht. Joanna, du hast mir erzählt, Hal sei mein Sohn. Ist das wahr?«

»Ja.«

»Weiß er es?«

»Niemand weiß es.«

»Ich habe nichts für Caroline getan, aber jetzt würde ich gerne etwas für Hal tun.«

Joanna war sofort auf der Hut. »Er soll es nicht erfahren.«

»Er soll es nicht erfahren, bis nach meinem Tod. Ich möchte ihm etwas hinterlassen.« Joannas Protest kam er schnell zuvor. »Wenn Rodney nicht zurückgekehrt wäre, hätte ich Hal zum Haupterben eingesetzt.«

»Nein. Da sind noch deine Tochter und Mr. Trevannick.«

»Con hat beschlossen, in Australien sein eigenes Leben zu leben. Jenny möchte zu ihm. Obwohl ich ihre Entschlossenheit nicht verstehen kann. Wie auch immer, das spielt jetzt keine Rolle. Rodney bleibt zu Hause. Er wird Tremayne Manor erben. Hal soll ein kleines Legat bekommen.«

»Nein.« Joanna schüttelte den Kopf.

»Wenn du dir Sorgen um Klatsch und Tratsch machst, den wird es nicht geben. Bei der Verlesung meines Testaments wird sein Name nicht genannt werden. Nur mein Anwalt wird seine Identität kennen.«

»Wie wird Hal sich fühlen, wenn er erfährt, dass du sein Vater bist?«

»Was soll es schaden? Henry Collins ist tot, und du bist weit weg.«

»Du bist immer noch derselbe. Du denkst nur an dich.«

»Ich denke an Hal.«

»Dann sag ihm nicht, was er besser nicht weiß. Er wird dich hassen. Er wird das Geld nicht nehmen.«

Phillip setzte sich schwer und stützte die Ellbogen auf den Tisch. Eine Weile saß er da, den Kopf in die Hände gestützt. Joanna nahm ihm gegenüber auf einem Stuhl Platz und wartete, bis er den Kopf hob.

»Ach, Joanna, du warst immer schon klüger als ich. Du hast recht, ich habe in dem Bestreben, meine Sünden zu büßen, solange das noch möglich ist, in erster Linie an mich gedacht. Aber das mit dem Legat werde ich mir nicht anders überlegen. Es kann ein Geheimnis für ihn bleiben. Es soll deine Entscheidung sein, ob du ihm sagst, woher das Geld kommt, oder nicht.«

»Danke, Phillip.«

Er lächelte. »Wenn mir verziehen ist, dann nenn meinen Namen. Verzeihst du mir so viel, dass du mir eine Tasse Tee machst?«

Joanna erwiderte sein Lächeln, stand auf und goss mit dem heißen Wasser aus dem Kessel auf dem Kaminvorsprung Tee auf. Als sie die Tasse vor ihn auf den Tisch stellte, griff er nach ihrer Hand.

»Joanna, darf ich dich von Zeit zu Zeit besuchen? Ich habe nie aufgehört, dich zu lieben.« Er spürte das Zittern ihrer Hand. »Und dir geht es nicht anders.«

»Ich gehe nicht mit dir ins Bett.«

Ein trauriges Lächeln spielte um seine Mundwinkel. »Mein Körper ist des Liebesakts nicht mehr fähig, und ich möchte auch nicht deinem Ruf schaden. Die Zeit, die mir noch auf Erden bleibt, möchte ich deine Freundschaft, Joanna, um etwas von dem nachzuholen, was uns versagt blieb, als wir jünger waren.«

»Weil unsereiner nicht heiraten konnte.«

»Wie wahr. Vielleicht hätte ich dich heiraten und mit dir nach Australien gehen sollen, wo solche Dinge wie Stand meines Wissens keine Rolle spielen.«

»Nein, Phillip. Deine Wurzeln sind genau wie meine in Cornwall.«

Als er aufstand, um sich zu verabschieden, fragte er noch einmal: »Darf ich dich besuchen, Joanna?«

»Du bist jederzeit willkommen.«

Alle Vorkehrungen für die Rückkehr nach Australien waren getroffen worden. Agnes Roberts, die, wie sich herausgestellt hatte, sowohl von rascher Auffassungsgabe war, als auch begierig, ihrer Herrin zu gefallen, war mit einer neuen Garderobe ausgestattet worden. Meggans Koffer waren gepackt. Am nächsten Morgen würde Rodney Jenny von Tremayne Manor herüberbringen und die Frauen dann von Helston nach Plymouth begleiten, um dafür zu sorgen, dass sie sicher an Bord ihres Schiffes kamen.

An diesem letzten Nachmittag empfand Meggan den Wunsch, Pengelly ein letztes Mal zu besuchen. Wie zuvor band sie den gemieteten Einspänner am Friedhofszaun an, bevor sie die Blumen zum Grab ihrer Schwester brachte. Von dort ging sie hinauf ins Moor, wo sie als Kind herumgestromert war und gespielt hatte. Die Sonne schien warm auf ihren unbedeckten Kopf, und sie ging viele Meilen. Sie spürte einen Frieden, den sie viel zu lange nicht empfunden hatte. Da sie noch nicht gehen wollte, setzte Meggan sich auf einen Felsbrocken und sog die Atmosphäre in sich auf.

Aus dem Augenwinkel nahm sie eine Bewegung wahr und wandte den Kopf. Sie hielt die Luft an. Ein weißer Hase hockte da und beobachtete sie. Meggan blieb ganz ruhig. Der Hase blieb ebenfalls still hocken. Eine ganze Weile blieben sie so, weder Meggan noch das Tier rührte sich.

Meggan neigte den Kopf zur Seite. »Du lächelst mich an, nicht wahr?«

Der Hase zuckte mit den Ohren.

Meggan lachte laut auf, und der Hase verschwand.

Mit der Unbekümmertheit ihrer Kindheit sprang Meggan auf und lief lachend den Hügel hinunter.

Nie wieder würde der Schatten des Aberglaubens ihr Leben verdüstern. Sie war frei, zu dem Mann zu gehen, den sie liebte.

GOLDMANN

Einen Überblick über unser lieferbares Programm
sowie weitere Informationen zu unseren Titeln und
Autoren finden Sie im Internet unter:

www.goldmann-verlag.de

Monat für Monat interessante und fesselnde
Taschenbuch-Bestseller

Literatur deutschsprachiger und internationaler Autoren

∞

Unterhaltung, Kriminalromane, Thriller,
Historische Romane und Fantasy-Literatur

∞

Klassiker mit Anmerkungen, Anthologien
und Lesebücher

∞

Aktuelle Sachbücher und Ratgeber

∞

Bücher zu Politik, Gesellschaft, Naturwissenschaft
und Umwelt

∞

Alles aus den Bereichen Esoterik, ganzheitliches Heilen
und Psychologie

Die ganze Welt des Taschenbuchs

Goldmann Verlag • Neumarkter Straße 28 • 81673 München